幫會奇觀

范紹增
何崇校
等著

新鋭出版社
發行

編輯前言

在中國近現代史上，曾出現過形形色色的幫會。究其淵源，概自明末清初以來，民族矛盾、階級矛盾日深，許多破產農民、失業手工業者爲謀求生活上的互助，並用以反抗壓迫他們的統治者，遂結成帶有封建迷信色彩的祕密會社，如洪幫、清幫等。這些幫會初時或以「反清復明」、「濟困扶危」相號召，吸引了大批社會下層民眾。在推翻清王朝反動統治的鬥爭中，一些會社也確曾扮演過勇猛革命的鬥士。然自清亡以後，這些幫會因目標不明，加以成員良莠不齊和其本身固有的封建性、落後性的組織特點，有些被帝國主義、封建軍閥等反動勢力所操縱利用，成爲阻礙中國革命的反動力量。

我們認爲，對於中國近現代歷史僅從正面去認識是遠遠不夠的。我們輯錄大陸中央及地方政協有關幫會及黑社會組織方面的部分文史資料，甄別取捨，擇其有代表性、有地方特點的彙成此書。以當年的淸幫頭子、袍哥大爺等人物的親述歷史，披露舊中國幫會實行的那套充滿封建迷信色彩的幫規、暗語以及惡霸流氓勾結帝國主義，交結官府特務，欺壓百姓、販毒走私、殺人越貨的種種罪惡勾當，讓讀者能從另一側面認識中國的近現代歷史，這正是我們編輯此書的目的所在。

目錄

我所知道的洪門史實

樊崧甫

明末朝政腐敗，民不聊生。後清兵入關，神州易主，延平王鄭成功退守閩東南，高舉「反清復明」大旗，團結各種力量抗清，遂創金台山明遠堂。此爲洪門開山立堂之始。後民國成立，志願已達，更兼成員良莠不齊，組織渙散，以致漸離根本，形成江湖流派。作者曾爲五聖山禮德堂堂主。本文對洪門的緣起發展、組織結構及幫規行話等情況均有生動記述。

洪門的緣起及其發展

明朝末年，山海關守將吳三桂引清兵入關，鎮壓農民革命。清軍趁機顛覆明朝，統一中國。明延平郡王鄭成功退守福建東南一隅，並光復台灣，奉明正朔，繼續抗清。鄭鑒於當時文武官員朝秦暮楚反覆無常，謀以異姓骨肉加強團結，遂於一六六一年(清順治十八年九月)創立金台山明遠堂，與諸大臣及大將結義爲異姓兄弟，是爲洪門開山立堂之原始。

洪門的祕密口號爲「明大復心一」，反過來爲「一心復大明」，目的是反清復明。洪是明太祖朱元璋洪武年號的洪。「洪英」是洪門開山祖，雖有洪英其人，但暗示爲洪武門下的英雄。鄭成功創立洪門的意義有二：一爲故主求復興；一則尊王而「攘夷」，有民族革命含意。洪門的性質是封建的，山主以公、侯、伯、子、男自封，分封弟兄以三十六個部位，稱仁義弟兄，維護五常八德。洪門中的禮是行「拐子式」的軍禮。舉行隆重儀式時，空著中央，表示不做皇帝，留待朱洪武的子孫。清朝視洪門爲大逆不道，一經查出即抄家滅族，誣爲紅巾賊，呼爲紅幫土匪。外界不察，都稱洪門爲「紅幫」，實際上中國沒有紅幫。

洪門是反對清朝統治的組織，因而當時在城市中難以插足，只能於窮鄉僻壤占山立寨，招兵買馬。他們結義時效法古人燒三把半香：頭把香，效法羊角哀、左伯桃結成生死知交；二把香，效法桃園三結義，不願同年同月同日生，但願同年同月同日死；三把香，效法梁山一百零八將；半把香，義氣不正常，單雄信不投唐，秦瓊泣血哭留半把香。洪門的組織是仿效梁山的，但只留三十六天罡，不要七十二地煞。幫中兄弟相稱，大哥不大，么滿不小，講求平等，沒有輩份。洪門裡的部位分內八堂、外八堂。內八堂爲京官，均稱大哥，計山主、副山主，稱龍頭大哥；香長、盟證爲客卿，不入正系；座堂爲宰相，陪堂爲副宰相，管堂管人事，執堂管總務，禮堂管禮教，刑堂管刑法，心腹、護劍、護印爲一排心腹大爺，在內八堂爲老么，在外八堂爲大哥，帶尚書銜。外八堂名義上有十排，四七兩排爲婦女散將，不入堂，故稱八堂。一排心腹，爲外江總督；二排聖賢，爲軍師，以關羽居二，通常不封普通兄弟，而以位置和尚，在梁山爲吳用；三排爲桓侯亦稱當家，管糧台；四排金鳳(亦稱金姊四姊)，位置兄弟的配偶；五排紅旗、藍旗、黑旗、執法(亦稱轅門綱紀)，爲中軍，管號令執法亦稱管事；六排巡鳳，花冠，青崗，爲山內守備巡查將校；七排銀鳳，爲未婚女子散將，亦稱銀妹七妹；八排白衣、鎮山、守山、巡檢，爲祕書長及守將，比擬公孫勝，通常以位置道士；九排江口、檢口、斗口、守口，管山口水口守備巡邏；十排大滿、小滿、銅章、鐵印，爲九門提督，管衛戍侍衛。共計三十六個半部位(么滿半個)。

鄭成功以延平郡王結拜群臣，地位不高的夠不上參加，所以初期的洪門組織路線是吸收上九流，即所謂一流舉子二流醫，三流地理四流推，五流丹青六流相，七僧八道九琴棋。

明遺臣顧炎武(亭林)講學陝西華陰雲台書院，以民族大義感化諸生，受洪門祕密結社影響，眾欲舉義，倒清復明，推顧爲首。顧以王侯將相名稱注目，遂仿洪門組織漢留(亦名漢流哥老、袍哥），以大哥大爺二哥么哥相稱呼，發闖王藏金，設票號、當鋪，準備糧台。於是哥老會蔓延很廣，由西北以至於西南及兩湖。

洪門以反清與清廷勢不兩立，清廷防範甚嚴，如發覺即抄家滅族，凡放「白鴿票」(洪門憑證票布)殺無赦。因此洪門只能於窮山僻壤開山聚眾，而在都市裡只好創立禮門，藉戒煙、戒酒、戒賭、戒嫖名義發展組織。禮門首領居常不以眞旨告門徒，至命終時始反清復明旨密告傳衣缽人，故禮門公所是清官允許設立的。

洪門開山，立遭清兵剿捕，即進入戰爭狀態，廣泛發展勢不可能，於是又變相創立白門，以神道設教，引人入彀，如白蓮教、紅燈照、紅槍會、大刀會、小刀會、天地會等皆屬之。在封建社會裡，這些組織極易發展。

洪門曾派翁乾潘到北京坐探清廷消息。翁爲清廷所獲，意志不堅，降清後，另組安清幫❶。安清幫將組織中橫的關係變成縱的關係，再不是兄弟敘義，而是師徒相傳了。這個幫原定二十個字的輩份，即：「清靜道德，文成佛法，仁論智慧，本來自信，元明興禮。」這二十字以清始，一直上溯到元明，可想見其政治意義。到了清末，二十個字用完了，又添了「大通悟學」四字，這是革命黨人添的，據說是徐錫麟、秋瑾所辦紹興大通武學的隱語。清亡後，幫中人又添後二十四代，即：「萬象依皈，戒律傳實，化渡心回，普門開放，廣照乾坤，帶法修行。」後又續二十四代，即：「緒結峴計，山芮克勤，宣華轉忱，慶兆報魁，宜執應存，挽香同流。」清廷責成清幫護運軍糧，將杭州至北通州的運河分成一百二十八段半，封翁乾潘的門徒一百二十八人及書童一人(門外少爺)爲碼頭官。職級由四品都司迄於五品守備和六品千總，師徒世襲。每一段有一個名稱，如江淮四、興武六等。碼頭官得收徒弟，年老時選擇得意門生一人傳衣缽，召集徒子徒孫開大會，名爲關山門，傳位於繼承人。老師關山門后，不得再收徒弟，如再收被揭發，香堂上打四十扁擔。老師關了山門，承繼人就任碼頭官，開香堂，收徒孫。

其他徒弟，不管輩份如何高，不得開香堂收徒弟。其實碼頭官雖有軍職，實不帶兵，僅做諜報工作，所以收徒多下九流中人。洪門視清幫爲叛徒，碰見糧船就打。後經妥協，糧船碰到洪門阻擋，立將船尾放下，表示卸尾而過。太平天國時，清幫被洪門殺了五十六個碼頭官，剩下七十二幫半。海禁開通後，糧食由輪船直運天津，運河失去作用。清幫失去經濟基礎，有些清幫分子，也投入反清，洪清的敵對關係，也就無形消失。清亡後，清幫無清可安，碼頭官不復存在，對幫規無復約束能力，不傳衣缽，輩份高的也就開起香堂收門徒了。洪清界限原是很嚴的，洪門諺語：「由清轉洪，披紅掛彩；由洪轉清，抽筋剝皮。」清幫的人投降洪門，開山門時，是把他作叛徒來歸看待的。（對清幫我是空子，不能詳細敍述。）

❶ 安清幫後傳爲「清幫」或「青幫」，「洪門」後傳爲「洪幫」或「紅幫」。本書未作統一。下文中出現稱謂不一的情況，不再注明。——編者

洪門反清的傳聞

鄭成功首開金台山明遠堂，與文臣武將結爲異姓兄弟，是時擁有土地與人民，實無所謂祕密結社。金台山爲鄭軍駐所，無所謂占山落草。後來鄭成功派其盟弟部將蔡德英、方大成、馬超興、胡德帝、李式開及其軍師陳近南進入清占區發展組織。蔡德英發展於東南，是爲洪門。陳近南於西北擁戴顧炎武，發展爲漢留。二者組織形式大致相似，組織路線卻有歧異。茲分別概述於下：

鄭成功派往內地發展組織的部將盟弟蔡德英等五人，原爲洪英舊部。洪英，字啓盛，山西平陽府太平縣人，崇禎四年進士，參督師史可法幕。揚州淪陷，洪英以事先出城，未罹難，收集史可法舊部，繼續奮鬥，屢戰不利，病歿於三汊河。蔡德英等投依潞王，潞王降清後即

往福建歸唐王，後隨鄭成功收復台灣，參與金台山會盟。蔡等受鄭密令回大陸發展，潛至福建莆田縣九連山少林寺。方丈智通精武藝，法徒一百二十八人皆慓悍。智通勸蔡等落髮爲僧，精練武術，待機起義，蔡等遂於此練技結眾。鄭成功胞侄鄭君達隨父書丹賈於粵，聞訊挈其妻郭秀英及妹鄭玉蘭她的兒子道德、道芳往投，共同練武。寺僧中有馬福儀者，以武功居第七，奸惡成性，圖姦郭秀英及鄭玉蘭，爲眾斥逐下山，遂叛盟向清撫告密。清將陳文耀、張近秋率兵三千乘夜襲圍，火燒少林寺，僧眾百餘殉難，只蔡等十餘人突圍，用袖箭射死馬福儀。清兵乘勝緊追，蔡等十餘人復中途潰散，僅蔡德英、方大成、馬超興、李式開、胡德帝等五人一起逃奔，追者仍不捨，幸遇舟子謝邦恆擺渡過河，又於中途結納勇士吳士佑、方惠成、張敬之、楊信佑、林大江，共投惠州寶珠寺。寺僧吳天成、洪太歲、姚必達、李式地、林永超納之。清兵追至，眾越牆奔烏龍山。史可法部將吳烈之子吳廷貴在山採樵，用樵斧擊殺清將陳文耀，蔡等得脫身遁至右尋鎮高溪廟。蔡等五人傷癒以後，刺臂出血，喝血酒，重新盟誓，再行組織，規劃復仇。尊洪英爲始祖，鄭成功爲武宗，史可法爲文宗，是爲洪門結社之始。

蔡德英等後奔江西贛州，遇唐王部將黃昌成及其妻鍾文君，同往弔鄭君達墓，適郭秀英、鄭玉蘭、鄭道德、鄭道芳亦在掃墓，幸得相敘。不意死敵張近秋官鄂，被其探悉，報清督發兵兜緝。郭秀英持劍（相傳此劍劍柄有「汳陰復湯」〈反清復明〉四字，係在危急間，由鄭墓後出現，當係神話）直撲張近秋，殺清兵無數。清兵暫退後，郭秀英以劍授二子使遁，自己和鄭玉蘭投三汊河而死，謝邦恆葬之河畔。蔡等逃至歐家廟，與寶珠寺僧吳大成相遇，謝邦恆、吳廷貴亦到，遂分三隊埋伏森林中，狙殺張近秋，合力擊退清兵，奔襄陽萬雲寺。萬雲寺的主持萬雲龍俗名胡得起（洪門稱爲達宗），爲明潞王部將，在山東起義戰敗逃此。萬雲龍與漢留在四川雅州開精忠山的白鶴道人陳近南深相結納，蔡等至，遂共推陳近南主持復明事宜。

白鶴洞爲陳近南出家處，洞後有紅花亭，地甚幽靜，便於志士聚會。一六七三年（清康熙十二年），吳庭貴、吳天佑、洪太歲、姚必達、李式地、林永超等自廣東來會，吳天成、方惠成、張敬之、楊信佑、林大江等自福建黃泉村來會，黃昌成與其妻鍾文君及周洪英自江西贛州來會，遺臣志士不期而至者千餘人。其中有少年朱洪竹者，乃崇禎太子，李妃所出，逃亡在外，聞群賢聚集，特來相聚，眾擁立爲王。陳近南發號施令，軍由襄陽出發，勢如破竹，攻抵武昌，爲清將于成龍所敗。朱洪竹、萬雲龍俱戰歿。陳近南扼守襄陽凡三閱月，傷亡慘重，不得已分散黨徒於各省，發展組織，待機再舉。

一六九八年（清康熙三十七年）眾重集於廣東惠州高溪廟，圖大舉，未果。陳近南病歿，會務由寶珠寺五僧吳天成等主持。不久吳天成等相繼殂謝，僅存頭目蘇洪光。於是又傳神話：謂蘇洪光一日病死，群龍無首，勢將瓦解；眾方惶恐間，蘇洪光忽又甦醒，自言渠爲崇禎宦官王承恩，隨駕縊於煤山，忠魂未散，遇達摩傳諭，借屍還陽，償我復明心願，繼蘇洪光未竟事業云云。眾遂推蘇爲主帥，改名天佑洪，以天爲父，以地爲母，日爲兄弟，月爲姊妹，改會名爲天地會，又名三合會。軍名三合軍，取天時、地利、人和之義。起兵反清，連戰克捷，震蕩七省。明總兵周遇吉侄周豪率韓龍、韓虎、李昌國等來會，以史可法侄史鑒明爲軍師，女俠關玉英爲女兵統領。軍發襄陽，祭萬雲龍、鄭君達墓，尊朱洪竹爲先皇，大舉入蜀。清四川總督王春美派心腹符、田二人詐降，天佑洪不察，竟加信任，允其加盟，將符排四（第四位），田排七，任副軍師。軍抵重慶，與清兵接戰，符、田內應，全軍大敗。天佑洪中流矢負傷，退駐白虎山，幸關玉英擒獲田七，剖心以祭先烈。後符四化名邱榮新亦就擒，以一百零八刀剮死。洪門以符、田之諱，四七兩排忌男子，而以安插女將。大嫂排金鳳，稱四姐；姑娘排銀鳳，稱七妹。洪門中有百分之二十屬女性以此。自此以後很少吸收士大夫加入洪門，並重訂會章，定三十六步半官階及三十六條、二十一則、七十二款、十禁、十刑等規律，防奸至爲嚴格。又定木陽城制度，製一斗上書木陽二字，開山時，立三十六誓，以打木陽城爲最重典禮。

天祐洪因創劇，將會務軍務交蘇洪寶、林烈主持；卒以創傷致死，同門尊爲威宗。蘇洪寶、林烈領三合軍轉戰數縣，復被清兵圍困。關玉英馳援得解圍，但關玉英亦戰死。後王春美改督粵，蘇洪寶潛入督署刺殺 蘇亦被害，會務僅剩林烈主持。林烈分遣黨徒向南洋各埠及內地各省發展祕密組織，或開山據寨，或祕密結社，均自立名稱，如九龍山、三點會、三合會、七首會、雙刀會、紅槍會、大刀會、小刀會等，擴大力量，待機再起。

一八四九年（清道光二十九年）陳正成在新加坡設三合會，並分支於廈門，加入者甚眾。陳被清兵捕殺，黃威繼領其眾響應太平天國，占領廈門，自稱明軍指揮官。劉麗川建小刀會於青浦，亦響應太平天國起義，攻占上海，俱以美、英、法等各帝國主義幫助清廷，爲清兵所鎮壓而敗覆。

清光緒初年，孫文（逸仙）在廣州學醫❷，遇三合會首領鄭士良，取得聯繫。旋孫在檀香山加入致公堂，後被推爲堂主。陶成章在浙江進行革命，首先聯繫洪門九龍山。洪門弟兄加入興中會有劉傳福、蕭松山、楊鴻鈞、何玉林、劉福家等多人，加入光復會的有王金滿、王金寶、祝紹康、王金發、呂東升、周華昌、張白岐等多人。鎮南關起義、黃花崗起義，洪門弟兄俱踴躍參加。辛亥武昌起義，四川、陝西、湖南、浙江均由洪門率先起義。中華民國成立，反清的志願已達，洪門組織無形渙散，形成江湖流派，以致「大哥吃兄弟，兄弟耍大哥」，沒有什麼力量。

❷ 光緒元年是一八七五年，孫文在廣州學醫是一八八六年。——編者

漢留的反清及其沿革

漢留發展不限於上九流，人品比洪門複雜，相傳有驚(相命)、培(草藥)、飄(變相行乞)、猜(賭局)、風(騙局)、火(煉金)、爵(賣假官)、耀(騙局)、僧、道、隸、卒、戲、解(賣藝)、幻(神道巫術)、聽(音樂)等等。因此漢留發展甚快，組織遍及大河南北，瀰漫西北西南，直至山海關外東北地區。

清初，陳近南想説吳三桂反清，入川聯繫義士，於一六七〇年(清康熙九年)在雅州開精忠山，屯聚健兒，以圖恢復；後見三桂雖叛清但不爲明，大失所望，乃養晦待時。不意爲燒四牌綽號「彎帽根」叛徒方賓良所出賣，清建昌鎮總兵馬賡武率兵五百到陳宅圍捕，陳近南精武藝，突圍逃脫，變服至湖廣襄陽白鶴洞出家爲僧。從此漢留亦忌四排，凡叛徒俱稱「彎帽根」。陳近南在襄陽與洪門會師，轉戰四川、湖北、廣東情節，已詳洪門反清事略。清康熙、乾隆年間，河北、河南、山東一帶的響馬和保鏢大都爲洪門漢留支系，如竇二敦就是一支，與叛徒黃三太、黃天霸父子作生死鬥爭，其他難以類舉。

一八一四年(清嘉慶十九年)貴州林懷明開築青山，其子林濤，英俊義俠，以父故不得聚義，眾特設么滿半排地位，記名「矮舉」。

一八四八年(清道光二十八年)永寧郭永泰開蓋忠山，持有在福建漁人手內尋獲的《金台山實錄》原本。據傳鄭成功於一六六二年(清康熙元年)病故，子鄭經立奉遺命以《金台山實錄》作要件保存。一六八〇年(清康熙十九年)鄭經戰敗於廈門，次年以憂憤逝世，次子鄭克塽嗣位。一六八三年清兵提督施琅陷台灣，鄭克塽將《金台山實錄》用鐵盒密封沈於海，免爲清朝所獲。郭永泰於一八三五年(清道光十五年)省族叔於廈門道署，出遊憩民家，見其蓋米甕有舊書一本，面署《金台山實錄》五字，書面蓋有小圖章，文曰「延平郡王招討大將軍印」，知係鄭成功遺物，問所由來？據云伊父業漁善泅水，能在水中伏一晝夜，於海底得一鐵盒，無法揭視，竭三日之力始將鐵盒鑿開，內貯金珠數件、小玉印一方，舊書數本，餘無他物，因不認字，不悉何書。郭永泰以百錢將書購得並問小玉印何在？云已售與鄰某，郭永泰又以白金十兩贖回。鄭成功係藩王，開山令俱王者口吻，郭永泰開山時不敢沿用，託凌桐皆仿原本略加增改，以資實用，名之曰「海底」，又名「金不換」。從此組織規模大備，開山立堂者，奉爲圭臬。

清代傳至嘉慶，盛極而衰，政治日趨腐化，洪門漢留組織日益壯大起來。一八一〇年（清嘉慶十五年）福建范松如開了人頭山，一八一八年四川方安瀾開了蓬萊山，一八一九年四川郭禹欽開了華嚴山，旋起旋仆，未遺實錄。迨蓋忠山開建後，各省風起雲湧，群雄崛起，開山立寨。清道光末葉，洪秀全起義於廣西，清廷失去控制力，洪門漢留勢力益漫衍。惜太平軍囿於上帝教範圍，對洪門不甚支援，以致潛力不能發揮，但蓋忠山哥弟已遍布各省，分頭反清。一八二五年（清道光五年）雲南胡林章開廣金山，其屬貴州胡佐臣於一八五七年（清咸豐七年）開金鳳山，接著雲南胡雲於一八六六年（清同治五年）開大興山。背榜下山的袍哥湖南王森萬於一八八九年（清光緒十五年）開寶雲山。江蘇李雲龍於一八九四年（清光緒二十年）開東粱山。甘肅楊鴻鈞於一八九五年（清光緒二十一年）開金龍山。同年賀桂林開西涼山。廣東蕭朝擧於一八九七年（清光緒二十三年）開天興山。同年王金寶開萬雲山。山西林式開於一九〇五年（清光緒三十一年）開福明山。甘肅馬海秋於一九〇六年（清光緒三十二年）開嘉峪山。山東馮紫電於一九〇七年（清光緒三十三年）開蓬瀛山。蓋忠山的袍哥在四川開山的有：李雲九於一八七六年（清光緒二年）開青城山，彭立山於一八八五年（清光緒十一年）開回龍山，同年彭煥如開飛龍山，顏鼎章開大峨山。胡文翰於一八八九年（清光緒十五年）開九成山，同年張聯第開華陽山。李煜華於一八九八年（清光緒二十四年）開巍峰山。陳平侯於一九〇一年（清光緒二十七年）開蓬萊山。胡朗秋於一九〇三年（清光緒二十九年）開金華山，同年袁朗溪開寶成山。何金粱於一九〇六年（清光緒三十二年）開九華山。董伯高於一九一〇年（清宣統二年）開西明山，同年黃華成開寶林山。四川各山頭因保路案發生，聯合改組爲興漢公光復會。蓋忠山會友華復如於一九〇三年（清光緒二十九年）在雲南開紫金山。林懷明築青山的支系，江西劉家鵬於一八九三年（清光緒十九年）開飛虎山。陝西李明良於一九〇四年（清光緒三十年）開萬寶山。

山海關蕭松山於一八九七年(清光緒二十三年)開寶華山，同年浙江何振瀛開終南山。

清政府對於洪門和漢留開山，是必然派兵剿辦的。開山規模很大，開山盟誓後，就立時起兵作戰，上述開山都是一場劇烈戰爭。孫中山先生組織興中會，章炳麟、陶成章組織光復會，黃興組織華興會，雖富革命精神，但無群眾基礎，不得不由洪門漢留入手。洪門漢留弟兄粗人多，組織散漫，缺飲領導力量，因孫、黃等倡議反清，於是紛紛投入革命黨。川漢路案發生，四川漢留紛紛起義攻擊清督趙爾豐。辛亥革命雖以新軍爲主體，而通信聯絡、偵牒暗刺、籌款劫殺場等祕密活動及起義時冒險犯難的敢死隊，均由洪門會友擔任。起義軍的四川都督尹昌衡、湖南都督焦達峰、陝西光復軍大統領張雲山，均爲洪門漢留首領。中華民國成立，清帝退位，洪門漢留反清目的已達，活動告一段落。

「洪門九龍山」的活動

我最初是洪門九龍山紅旗老五，但我那時候年輕，在浙江陸軍小學讀書時期，夠不上祕密活動，卻也約略知道一點，現將回憶所得的資料提供於下。

浙江地方沒有九龍山，這山在安徽鳳陽府。相傳朱元璋的父母自句容縣乞食到鳳陽落户。父死，家貧無以爲葬，朱元璋與其兄抬父屍到城西南山中掩埋，行至離城約二十里的田野中，忽遇狂風暴雨，兩兄弟拋屍逃回。翌日天晴往埋，則屍已被天風積土，儼然成冢。及朱元璋建立明朝，年號洪武，還在父墳設陵。據風水家言，所葬處是九龍搶珠之地，東南西北有九條山脈結穴於此。浙江洪門弟兄開山，稱九龍山，乃紀念明朝的意思。

在九龍山以反清復明爲號召時，會眾以時間距離太久，對明朝沒有感情，認爲是爲他們自己打天下。那時響應者很少，僅在極窮苦的山區和炭山貧雇農和燒炭工中發展些組織。天目山中的炭工和天台山、四明山的開荒墾民，是發展的對象，但缺乏領導，時起時仆。九龍山的發展，還是光復會領袖陶成章、秋瑾等深入內地聯絡後開始的。陶、秋等原在日本組織光復會，接受樊光（原名翀）的革命應從聯絡內地實力派和幫會入手的建議，歸國後以維新勸學爲名，溯之江而上，訪問嚴州、金華、處州各縣，轉赴台州，經新昌、嵊縣回紹興，聯絡各地豪紳及九龍山首領。他們越山過嶺，加入九龍山做大哥，九龍山首領亦加入光復會爲會員。經他們的拉攏，開明豪紳加入山頭的很多，各自立會立堂，發展九龍山分山組織。因此九龍山支派繁衍，俱爲光復會革命效力。

據我所知，九龍山的山主在紹興、台州兩府屬之四明、天台兩山脈的，以王金發、張伯岐爲首領；台屬仙居一大支，以周永廣、王元青爲首領；臨海王文慶亦成一支系，金華張恭、蔣祿山及永康應榮古、呂公望、應老九、應仲儉亦另樹一幟。處州府屬的縉雲縣，居括蒼山頂峰，九龍山會黨特盛。在邑紳樊寶川（字藝卿）的提倡上，其學生趙貴田、呂東升首創山頭，利用縉雲、仙居交界的九蟠山開荒聚眾。楊金雄成立九龍會，蔣國藩成立鼎新會，李煉川成立自新會，周華昌成立光復會。麗水陳子滕、陳子俊及雲和魏蘭均有所組織。衢州府屬毛雲鵬及嚴州府屬胡某均樹立分會，養精蓄銳，待機而動。

清光緒二十幾年，九龍山會黨在於潛、昌化炭山上聚眾起義，殺清將巡防營一個統領，兵員擴至兩萬餘人。清廷大調兵馬，會眾戰鬥失利潰散（據我少年時一個拜兄李保時對我說，他參加過起義，敗逃出來，首領何人不詳）。當我七歲那年，一九〇〇年（清光緒二十六年，庚子），九龍山主王金滿（天台人）起義抗清，其所屬仙居一支的王元青曾打到縉雲東鄉，歸途被清兵截擊，被俘三十多人，盡爲縉雲知縣所殺戮。縉城居民紛傳夜鬧鬼哭，有許多親戚逃到我家避鬼。王金滿與清兵交戰數年。王戰歿，其弟王金寶繼起，兵出新昌，與清兵戰於大樹市，陣斬防營統領劉長勝，大獲勝利。清集兵反攻，王金寶亦戰死，嵊縣人祝紹康繼任山主（人稱牛大王），加入光復會，與秋瑾合夥。後祝病故，王金發、張伯岐領其眾，積極擴大組織，購械屯糧，準備舉義，但未與清兵作大規模戰鬥，唯清廷防緝甚力。

九龍山與光復會合流後，遂在光復會領導下進入浙江省會杭州活動，由光復會曾留學外國的會員介紹，打進陸軍學校（武備學校、弁目學校、炮工學校、陸軍小校、測量學校等）以及新軍標營和警察機構；並利用鄉親戚友關係打入清衙署充當小官吏，其他各界也有滲入。清代對拜兄弟是不禁的，發展比較容易。縉雲縣有個李寅，號枝青，他住候潮門直街過軍橋六號，充巡撫衙門材官頭子（戈什哈是內差官，材官是外差官，巡撫出門時在轎前後侍衛）。處州所屬的九龍山會友闕麟書、呂東升、丁鑅、呂漢富、吳再生、趙舒等到杭州活動時，總是住在他家裡，拉他入了夥。他消息靈通，可資掩護，人很慷慨，不計住宿費；以找差使考學校爲名，住久一點也無人注意，他家就成了祕密的聯繫中心。秋瑾也常常到他那裡，對革命起了極大的作用。

那時，關於革命的宣傳鼓動，由光復會首領負責多，關於籌款、運械、偵察、聯絡、組織兵員等實際行動，大都由九龍山頭目負責。一九〇九年九龍山副山主張伯岐到杭州偵察地形，計劃暴動，被清撫偵知逮捕，判定解回原籍嵊縣就地正法。案爲材官頭子李寅所知，急派人趕赴嵊縣，通知九龍山主，先伏兵於清風嶺，當解差上了清風嶺休息時，伏兵驟起劫解，將清兵殺盡，救出張伯岐。

一九一一年十一月四日（農曆九月十四日）浙江光復軍在杭州起義，主力軍由新軍八十一標、八十二標擔任，但攻擊軍裝局和巡撫衙門及旗城的便衣敢死隊和劈開望江、艮山兩城門的便衣伏兵，俱由九龍山義士擔任。在城門未劈開前，是由九龍山會眾和陸軍小學學生先發動的，軍裝局也是九龍山會眾獨力攻開的。擲炸彈轟大門的會友犧牲了。省垣光復後，王金發即率所部攻取紹興，成立紹興府屬軍政分府，自立爲都督。張伯岐留杭，任浙江軍攻府直屬敢死團團長。這時呂東升、周華昌、樊光等也起義於縉雲。呂率主力占處州。周分兵出永康，將順之江東下參加北伐，在永康被清巡防營襲擊敗散。張恭、蔣祿山起義於金華，王文慶起義於台州，胡××起義於嚴州，皆稱分府都督，揭竿而起，盛極一時。

辛亥革命勝利，清室已被推翻，洪門失去了反清意義，各首領都做了新官，但不到一年，即被袁世凱指使浙督朱瑞把他們的部隊掃除得乾乾淨淨，九龍山從此無形渙散。

一九一二年秋，闞麟書等把洪門和青幫合流組成共進會，翌年被袁世凱以會員分子太濫，擾亂社會秩序，明令解散。上層少數會員轉入國民黨。

民國時期的洪門

洪門效法粱山，形成勢力集團，初以反對清廷爲主旨，清室顛覆後，極爲袁世凱北洋政府所仇視，屢施壓迫。國民黨雖在辛亥革命時利用洪門，但在取得政權後，對這些綠林之士也就不那麼重視了。洪門中人也以反清目的已達，逐漸渙散，僅少數洪門分子爲個人的目的，結拜弟兄，無非搞些生活互助，無革命目的結合，也起不了政治作用。其中四川漢留公口還是存在的，有的成爲惡勢力割據的工具。孫中山先生領導過的致公堂，民國以後仍蔓延於美洲及南洋群島和香港等地的僑民中。現在的致公黨就是由致公堂而產生的。國內洪門的各個山頭，名目很多，互不相屬，彼此情況也不甚了解。群山之中有個五聖山，散布地域較廣，人數較多，我是這山的最後盟長之一，現將五聖山的情況介紹於下。

五聖山是國民黨幾個黨員因反對北洋軍閥失敗流亡於日本時所創議，於一九二三年在上海成立的。這個山頭取名五聖，意在紀念洪門的前五祖、中五祖、後五祖，並非地理上眞有五聖山。取名五聖也還有另一原因：開始結義時，只有五弟兄，故以五聖爲名。結義的宗旨是反對北洋軍閥。這五人是朱卓文、梅光培、明德(字潤身)、向海潛(字松坡)、張子廉。

五聖山分五堂：長曰仁文堂，朱卓文爲堂主；次曰義衡堂，梅光培爲堂主；三曰禮德堂，明德爲堂主；四曰智松堂，向海潛爲堂主；五曰信廉堂，張子廉爲堂主。五聖山後有發展，內八堂的大爺及心腹背榜下山自行設社開分山的甚多，山主爲雙龍頭，背榜下山的爲單龍頭。現將各堂的發展和活動情況就我所知分述於下：

㈠仁文堂：堂主朱卓文係廣東人，在香港及兩廣方面發展弟兄，以其眾擁護孫中山先生。朱卓文死後，繼起無人，這一堂無形消失。

㈡義衡堂：堂主梅光培，亦廣東人，和仁文堂同時在香港兩廣發展，堂眾有數千人。在日本軍隊進攻香港的時候，曾組織義勇軍抗日。梅在那時病了。一九四七年智松堂堂主向海潛提議請李福林繼任，但未經本堂弟兄通過。

㈢智松堂：智松堂堂主向海潛，湖北大冶人，在辛亥革命時曾任鄂軍民軍司令。據傳向海潛進洪門是在徐朗西標下，後來脫離獨立的。他在長江流域上溯四川下至江浙均有發展，吸收國民黨軍政界分子爲多。李濟深就是他堂內的會辦。上海各大寺院的住持或當家和尚大多站在他的山頭，如靜安寺的持松，就是其中的一個。智松堂裡商家也不少。但是向海潛對進山的弟兄，沒有公開名冊，只有他自己知道，堂內弟兄集會聚宴碰頭時，經他介紹才互相認得。他反對蔣介石，蔣囑戴笠派高級親信特務徐亮(爲彬)進了他的堂，把他控制得緊緊的。他反對杜月笙，但是他很貧寒，又染大煙癮，要靠徐亮、杜月笙給他些生活費，因此不敢公開得罪他們。智松堂的人數雖拉得很多，一點也沒有作爲。一九四〇年向海潛派了一個心腹弟兄經湖南赴湖北發動游擊部隊，被蔣介石偵知，令薛岳截捕槍決。向海潛自己因此也被通緝，好在那時他在桂林行營李濟深處作顧問，讓他走回重慶，經我函第九戰區軍法執行監盧豐年(致英)代爲疏解，才將通緝令取消。蔣介石把他羈縻在重慶，給他一個在特務戴笠控制下的軍委會人民動員委員會常務委員名義，每月送三百元車馬費，過著不死不活的日子。他怕留在上海的弟兄被日寇壓迫利用，玷污山頭，派了一個拜弟王鐵民另開福壽山掩護了下來。一到抗戰勝利，那福壽山就自動取消。向海潛曾要求到敵後游擊，蔣介石不許他活動。

一九四四年蔣慮洪門、清幫大肆發展組織，動搖他的班底，下一道通令並在報刊上公告：取締幫會，凡黨政軍人員參加幫會的撤職，並勸幫會中自動登記退出。但是大家置之不理，戴笠爲此宴請幫會首腦協商。我勸戴以牽連太多，不要撥草驚蛇逼出亂子，結果是令而不行。

一九四六年向海潛回上海，辦理洪門復員事項，改組洪興協會，向仍任理事長。九個常務理事中，五聖山首領占了四個(向海潛、張子廉、樊崧甫、毛雲)，但實際權力抓在上海社會局派來的王知本手中，名義上算是發展新經濟，實際上啥事都沒做。

這時美洲華僑司徒美堂偕楊天孚回國，想聯合全國洪門組織致公黨。我那時已發動籌備民生共進黨，在上海會合，協議統一組織一個政黨，名稱再定，司徒等是反蔣獨裁的，大遭蔣幫疑忌。蔣介石派徐亮來滬，願給以重金並用國大代表爲餌，阻止洪門辦黨，改辦「新社會建設協會」。由杜(月笙)指使顧家棠出面請客，覃振、司徒美堂和我不知就裡，皆如約赴宴。到時見向海潛、張子廉、杜月笙、徐亮皆在座。客一到齊，杜月笙首先説明爲幫會組黨、組會問題，約會座談。徐亮主張組會，而我主張組黨，並且是不依賴政府的獨立政黨，兩人爭辯甚烈。覃振發言説，洪、清、漢、禮、白各幫會聯合組黨，一定是一個大黨，名稱是黨是會都無妨；但必須是一個政治獨立的黨，如接受現政府經費支助，而由政府立案的，則無論是會是黨，均仰承政府意旨，失去組織政黨意義，認爲要組織就組織一個獨立的政黨。向海潛斷然説：「決定組會不組黨，誰反對，以家法制裁。」我憤然抗議説：「組黨不犯法，爲什麼要用家法制裁。老大不仁，莫怪兄弟不義，各幹各的，誰敢賣友求榮。」覃振氣得不入席即拂袖而去。司徒美堂和我勉強終席，但散後仍各自準備組黨。向海潛和徐亮則自行組會，中了蔣介石分化之計。

「中國新社會建設協會」以向海潛任傀儡的董事長，徐亮爲總幹事把持會務。後由徐聘章士釗爲祕書長向浙江發展，被浙江省參議會所拒絕。徐亮盜竊王曉籟、樊崧甫等浙人名義電浙疏通，乃許其成立，亂收社員爲特務作外圍。後被蔣軍駐浙部隊總司令劉建緒以擾亂治安控於蔣，蔣以破壞洪門組黨目的已達，遂勒令解散。

向海潛爲便於自己的控制，由毛雲疏通上海市社會局得到批准，創立「上海市協社」，自爲理事長，以五堂堂主爲常務理事，成爲一個聯絡感情、生活互助的團體，絕不過問國家政治。這個協社在蔣介石破壞協商會議發動內戰時開過一次會，我擬了一個反對內戰宣言，經理事會擴大會議通過。但向海潛極力反對，說這宣言發出去，我們上海住不成了，不能發，就作罷了。我向向海潛建議：由他祕密與李濟深聯繫，與李合作，向表示同意。因此智松堂盟友如杭州的汪雲山等參加了民革地下工作。上海解放前夕，向海潛被特務押上飛機，送往香港。上海解放後，他派王智聖到滬，表示擁護人民政府，後聞在港爲特務所監視，行動失去自由。解放後，智松堂無形消散。

(四)禮德堂：禮德堂堂主明德，湖北人，在鄭州隴海路局所辦學校任教職。他發展組織，以隴海路員司爲基礎，旁及工商、文教各界。隴海鐵路局的副局長(如吳士恩)、工程師、段長、副段長、站長、副站長大都成爲他的拜兄拜弟，不論哪方面派來的局長，遇事要和他商量。他可使全路罷工，不通過他，辦事就不順手。他在車上帶人帶貨都很便利，運輸有優先權，成了隴海路線的一霸。抗戰期中，李西峰任汪僞許昌綏靖主任，他們暗中輸誠重慶蔣政府。一九四四年明德去到重慶，戴笠允撥步槍八千枝給他組織部隊，不料回到西安，戴忽翻悔，電胡宗南將槍截回。抗戰勝利後，他反正，蔣介石委爲副總指揮，卻被戴笠指使別動縱隊司令劉慕德夜襲逮捕，將他活埋，連屍首也不知下落。

一九四六年一月五聖山首領向海潛、張子廉、樊崧甫、毛雲、樊光、邰爽秋想乘政黨解禁機會，將幫會改爲公開的政黨。經張子廉介紹，禮德堂內八堂執事大爺歡迎我代理堂主。這時我任軍委會戰區軍風紀第五巡察團主任委員。禮德堂正群龍無首，積極列名具函表示擁戴。

我原係九龍山的紅旗(五排)，辛亥革命後，共進會解散，對於這個過時的組織早不過問，偶然碰到團體中人，爲了自己工作的便利，利用舊歷史蒙混過關。一九四〇年我越山過嶺轉入五聖山智松堂，部位升爲執堂，旋復升信廉堂座堂，俱背榜下山。我以爲此種封建組織不應發展，雖有開山資格，卻不收納兄弟，只取聯繫而已。第六戰區司令長官陳誠痛恨洪門組織，對我說要下令將洪門分子格殺勿論。我問陳可曉得洪門的宗旨？他說不曉得。我告以洪門的歷史。陳云分子不良應殺，我說：「國民黨員中亦多不良分子，難道所有的國民黨人都應殺掉麼？犯法者刑，不犯法而殺之，毋乃太過乎？」陳誠語塞，這命令才擱置不發。我在洪門歷史根基至爲淺薄，但洪門中以我地位高，利用我作號召工具，我有時也能替他們起些緩衝作用，因此幫會中人老是拉攏我，在堂裡掛個空名。

一九四五年初秋，日本宣告投降，我決計冒險另組政黨。一九四六年一月，乘述職到重慶之便，我與樊光、郎爽秋等約同政學界友人商議組黨。經與向海潛、張子廉、毛雲、郎爽秋、樊光等共同協商，擬定建立「中國民生共進黨」。我在《中央日報》發表一篇《對於協商會議前途之展望》，促蔣將政權公開。但是這些發起人非常軟弱，怕得罪蔣幫，一切推在我的身上。我是一個現職軍官，也不敢放手進行，在重慶時只議而不行。我千方百計慫恿國民黨中央委員方覺慧(子樵)脫離國民黨來領導新黨，他以會門太復雜不敢承允。我從重慶返西安，禮德堂首腦人等舉行歡迎會，表示擁戴新堂主。時民主同盟已派杜鑫如在西北發展組織，我也試組民生共進黨。我怕蔣介石干涉，打了一個電報給他，聲明係協助國民黨的，並把黨章草案寄給他。蔣介石沒有答覆。後國民黨陝西省黨部主委張守約訪我，說中央欲將戴笠軍統人員安置在民生共進黨裡，問我意下如何？我聞言大驚，對張說：「政黨有自己的政治主張，不能在政府的指揮下。這辦法我不同意。」張守約也沒再找我。

民生共進黨在西北發展得很快，一面收洪門弟兄，一面擴張地方籌備會，隨即改爲西北執行部籌委員。軍風紀巡察團調駐鄭州後，我即在河南各地進行組織，利用隴海線、京漢線洪門關係，在西安成立同德運輸企業公司，在鄭州成立五倫企業運輸公司，爲民生共進黨建立經濟基礎。正在興高采烈時，蔣介石軍委給劉峙、胡宗南一個密電，叫他們下令將民盟和民生共進兩黨勒令取消，勒令停止活動。

一九四六年五月，國民黨政府由重慶還都南京，軍事委員會撤消，改組爲國防部，各軍風紀巡察團亦奉令結束。我回到南京，旋赴上海，與致公堂司徒美堂合作，籌辦洪門政黨。司徒不會內地方言，被蔣所派特務擺弄挾制，無法開展。我無奈，只好單獨進行。在此時，向海潛召集五聖山各堂首領開了一個會，終南山主韋以黻（作民）也參加。向海潛自封爲總堂主，提議以毛雲代理仁文堂堂主，義衡堂堂主留給李濟深或李福林，禮德堂堂主以韋以黻兼，以我爲副堂主，經眾通過。會後韋回南京，没有兩星期就病故；又公推我繼任，並兼管終南山事務。我爲擴大辦黨的基礎，在上海、杭州開了幾次香堂，結拜了上千弟兄，以促進民德發展民生爲目標，在政治上走中間路線，没有什麼作爲。

洪門被蔣介石派特務徐亮和杜月笙分化之後，向海潛跟徐亮辦中國新社會建設協會，司徒美堂改辦民治黨，我和張子廉合作籌備民生共進黨。這兩個黨既缺乏政治人才，又無經濟基礎，尤其我所籌辦的民生共進黨，在左翼方面看來，我是軍官，過去和蔣密切，疑爲蔣的化身；在右翼看來，我是國民黨舊人，脱離國民黨自樹一幟，是反黨，最小限度也起分化作用，並簡呼爲民共黨，認爲是中共的從屬。因此，民生共進黨籌備再籌備，總是成立不起來。一九四七年春，以孫科爲背景的自由黨林東海等到滬，拉攏民治黨、民生共進黨，招待記者，宣布組織中間黨聯盟，引起各報對我的劇烈批評。同年秋，蔣介石撕毀協商會議協定，內戰重起，這兩黨就無形停頓了。一九四八年夏，我由邰爽秋介紹，答應與中國國民黨革命委員會京滬地下工作人員王葆真合作，就不再公開活動。一九四九年五月初，蔣介石迫我復員任京滬杭警備副總司令，被我拒絕。蔣以我脫離國民政府，令特務毛森逮捕入獄。上海解放我出獄後，通知本堂各分支接受中國共產黨領導，停止一切活動，禮德堂從此結束。

㈤信廉堂：信廉堂堂主張子廉，浙江杭州人，少年時在上海製造局充機械工人，後返杭自營機器修理店，參加了光復會，竊取清軍旗營火炮主要機件。光復軍起義圍攻旗營，旗兵欲發炮，炮已破壞，對杭州光復著有功績。張子廉後在上海經營三友實業社，轉創三星棉織廠。五四運動時，他建立了路段商會聯合會，與官用的總商會對抗，號召工人擁護孫中山先生革命主張。但他幼年失學，文化水準低，領袖慾高，無堅決意志，輕於聽信，衝動快，轉變亦快，雖結合一些群眾，但散漫無組織，不知帶群眾往何處去。他又加入恆社，受到杜月笙挾制。

我在洪門不是著草鞋上山，而是越山過嶺加入的，雖然擔任過堂主，可是我對全盤情況也不很了解。山頭太多了，有些山人數很少，彼此沒有聯繫。上海方面有人向我說，楊嘯天開了仁愛堂，王曉籟開了敦厚堂，周伯剛開了大公堂，朱古烈開了同慶堂，湯成道開了榮萱堂。但是否有其事，我也始終不明白。所以我寫的這篇東西極爲片面。洪門在清朝二百五十多年間，不少的人是流過鮮血的，我不嫌淺陋，就我所知，在這裡提供一點資料，以供參考。

我所知道的清洪幫

崔錫麟

三〇年代初，隨著日本對華侵略的不斷升級，中國面臨著亡國危險。作者先後加入清洪幫，並出任第二集團軍少將參議，團結各方力量籌措抗日物資。該文對上海及重慶開山堂的經歷，以及對兩幫派的幫規、暗號、紀律述之甚詳，爲了解清洪幫組織內幕提供了較爲詳實的材料。

我參加洪門的經歷

自從一九三一年「九·一八」事變，日本軍國主義侵占我東北三省，組織了僞滿洲國以後，每思雪此國恥，還我河山，無奈我手無寸鐵，自慚無助於收復失地，總想成立人民團體，組織在野力量參加東北義勇軍的活動。但當時的國民黨反動派，不但不許你救國圖存，而且救國有罪。我想到明末鄭成功創立洪門組織，開山立堂，招攬天下英雄抗清的豐功偉績，又想到孫中山先生辛亥革命時，利用洪門組織的「反清復明」思想在辛亥革命鬥爭中起的作用，聯想到當時全國各地仍有洪門與清幫之組織的現實情況，感到這是積聚抗日力量的一個機會。於是我便決定加入「清、洪幫」。爲了同時利用「清、洪」兩幫已成的組織力量，我先拜上海清洪幫首領張仁奎(字錦湖)將軍爲師。張將軍是江淮洪門「春寶山」坐堂大爺，曾參加辛亥革命起義，任過揚州都督，旋改任南通鎮守使，膺陸軍上將銜，是清幫大字輩。我加入清幫後，便準備加入洪門。一九三四年我到上海與清幫弟兄張竹平、蔣光堂、熊少豪、董顯光等人從事新聞工作，在上海《時事新報》、《大晚報》、《英文大陸報》、《申時電訊社》四社總管理處，擔任總發行部主任，這是我搞「清、洪幫」接近群眾的有利地位。上海十里洋場，在租界內搞新聞事業、搞幫會活動，國民黨反動派是無法干涉的。

我於一九三四年加入上海洪門「五聖山」，山主是向海潛，湖北人，曾經參加過辛亥革命，久居上海。山堂哥弟很多，大部分是中下層人物。我由清、洪幫弟兄黃華(字叔巍，廣東人，是五聖山的心腹大爺，抗日前任廣東某縣縣長)推荐，加入五聖山。在向山主住宅設小香堂，舉行了入門扎根的宣誓儀式，向關公像行了跪拜禮。向山主封我為一步登天的心腹大爺，位列內八堂大哥，是穿靴子上山的袍哥。從此我便在上海利用辦新聞事業之餘，大搞「清、洪幫」的活動，上海清、洪幫頭頭，我接觸到不少。

我有幾個清、洪幫的好弟兄好朋友徐逸民、范文藻、楊寶璜、邱漢平、韋敬周等人，他們都是美國留學生，在上海都有一定經濟地位和社會地位。如韋敬周是財政部造幣廠廠長，楊寶璜是英國怡和公司上海海洋輪船部經理，徐逸民是名醫外科專家，范文藻是上海著名的建築工程師，邱漢平是有名的大律師(一九四七年當選國民黨立法委員)。徐逸民諸兄與我在一起聚談時常說，我們這些拿筆桿的縱然不能拿槍桿子打日本鬼子，收復東北三省，但我們不能甘心等著做亡國奴，我們都是清、洪幫的上層人物，應該發揚我們洪門老祖宗鄭成功先賢「反清復明」的精神，創立一個新的洪門山堂，團結文武英雄志士，打倒日本鬼子，收復東北三省。徐逸民和楊寶璜兩位大哥和我首先表示贊同，其他幾位大哥也同意。於是，就由我們六弟兄擔任籌備工作(籌備工作大約從一九三四年冬天開始)。徐逸民大哥是廣東人，心直口快，他夫人是美國人。徐兄愛國之熱忱很高，這次開山堂大部分籌備費用是他掏的腰包。

徐兄提議新創山堂定名為「五行山」，取意用金木水火土的物質力量來消滅日寇，收復東北。徐兄又提議擁戴一位年高德劭的老洪門大哥汪禹臣老前輩(他時已七十多歲了，曾參加過辛亥革命)擔任「五行山」山主，以資號召(汪的兒子汪英賓也是美國留學生，當時與我在《時事新報》同事)，我們兄弟們擔任副山主兼內八堂職位。徐兄又提議請漢口的一位老洪門山主白玉山(時在上海怡和洋行工作)做「五行山」副山主，以利指導洪門規章制度，並利於邀約鄰省鄰縣各山頭堂口的弟兄來滬參加「五行山」的成立大會。我們大家一致同意徐逸民大哥的提議，決定一九三五年春節後，找一個寺廟舉行開山立堂的大會。其他五位大哥當場公推我擬訂「五行山」山、堂、水、香名稱，並起草出山柬檄文，以便分發三山五岳的袍哥，俾資聯絡號召。我當然義不容辭。隔了三天後，我們又碰頭了，我便拿出擬訂的山、堂、水、香的四柱名稱和出山柬檄文，我訂名爲「五行山、衛國堂、保家水、團結香」，這是洪門袍哥所稱的本山四柱。我所草擬的出山柬檄文的全文已回憶不全，原文起首與結尾的一些重點詞句有：

嗚呼，九一八，一二八，我大好河山竟被日寇侵略，東北淪陷，滬江喋血，倭奴小鬼，儼同野獸，鯨呑我土地，刦掠我財富，殺害我同胞，姦淫我婦女。我無辜人民，白骨如山，血流成河。……是可忍也，孰不可忍也。石達開有言：「忍令上國衣冠，淪於夷虜；相率中原豪傑，還我河山。」我洪門哥弟皆炎黃之子孫，不能坐以待斃，爰創立「五行山」，高擧義旗，聯合中原之豪傑，聚合天下之英雄，誓掃東夷，還我河山。爲此呼籲三山五岳之袍哥，協力同心，浴血奮戰，滅此朝食，痛飲黃龍，謹此柬告。

在這次碰頭會上，我們決定於一九三五年農曆二月初二日夜晚在上海法租界某寺廟中(我忘其寺名)開成立大會。因民間說法，農曆二月初二日是龍抬頭的日子，是吉日，故選擇這天開山立堂。由逸民大哥請汪禹臣、白玉山兩位大哥分頭邀請鄰省鄰縣以及上海各洪門組織推派代表前來參加「五行山」成立大會。

在開會前五天，專門預定了旅館房間和飯館，由白玉山大哥專司招待任務，並準備了開山用的一些香燭紙馬和宣誓用的雄雞白酒等等。

徐逸民又請託黃金榮大哥跟捕房打個招呼給予保護，實際請捕房不要來打擾我們開山的活動。黃金榮原是法租界巡捕房的前督察長，是我們清幫上海「仁社」的老同參弟兄，當時上海三大亨之一。在租界裡開山立堂，就不必像前清時代要派兄弟放哨幾十里，防範清兵偵捕。在上海只要跟租界巡捕房打個招呼就萬事大吉。上海是清、洪幫的世界，巡捕房裡的中國巡捕多數都是清、洪幫組織成員。

在舉行開山大會以前，徐逸民專門託縫衣匠人縫製六套明代服裝，方巾帽子，圓領長袍，都是黃色，以便正山主和五位副山主於開山時穿戴。

農曆二月初二日夜九時，參加成立大會的哥弟們從各方面陸續來到開山的寺廟（不用集體行動以防引人注意）。這天晚上，法巡捕房的便衣巡捕帶手槍在寺外流動巡邏，以防有人來搗亂。這四位便衣巡捕也是洪門某山頭外八堂的小兄弟。

大約到夜十一時，由汪禹臣老大哥宣布大會開始。此時汪大哥仍以普通袍哥身分出場，尚未穿新製的明朝裝——黃袍。黃華大哥擔任司儀，按成立大會秩序單宣讀。在宣布開會以前，神台上已供奉著彪、[illegible]、[illegible]、[illegible]、[illegible]（按：這是自撰之字）五祖之神位，牆上貼著「五行山」成立大會順序單：

一、淨面淨手：由預定的山主、副山主及內八堂大哥挨次進行。

二、燃燭焚香：淨面淨手燃燭等，均口唸詩句，司儀宣布淨面，山主第一個淨面時，司儀口唸「金盆打水亮鏜鏜，照見漢家日月長，反清復明來淨面，（此時山主將手巾在水面反覆一次）——恭迎五祖鑒忠腸。」以下司儀不再唸詩句，各人挨次淨面。

燃燭詩由當家三爺燃燭時宣讀：「高燒紅燭照山堂，洪門義氣萬年長，中華兒女心如火，民族前途放異光。」

焚香詩由當家三爺焚香時宣讀：「五祖堂前萬載香，同心合力定家邦，凱歌高唱班師日，痛

飲黃龍喜更狂。」❶

❶據白玉山說：開山堂時，淨面淨手，燃燭焚香，以及燒紙馬送祖，洪門原有傳統詩句，這次本山為適應抗日宗旨，由汪老山親自編寫，交當家三爺宣讀。——作者

三、全體哥弟朝拜五祖，行三跪九叩首禮：跪！一叩首，再叩首，三叩首（凡三呼）。

四、擁護汪禹臣老拜兄榮任「五行山」山主。

五、擁護徐逸民、楊寶璜、范文藻、韋敬周、白玉山五位大哥榮任「五行山」副山主。在宣布正副山主以後，管家三爺當即將預製的黃袍、方巾給正副山主穿戴齊全。

六、全體哥弟向正副山主行祝賀禮：向五祖神位行跪拜禮，一跪三叩首，正副山主立神台前作揖還禮。

七、請汪山主封本山內外八堂各位大哥勳位。在封內外八堂哥弟前，汪山主指定徐逸民、楊寶璜、范文藻、韋敬周四位大哥為今晚被封內外八堂勳位之大哥以及兄弟伙被提升成員，擔任恩承保荐四大盟兄（湖南洪門組織稱恩、盟、拜、證四大盟兄。洪門有些山主自兼坐堂，統稱恩兄，有單獨設坐堂者，都以坐堂為本山恩兄。「五行山」以後吸收兄弟伙成員，都以坐堂大爺為恩兄，大約在「七七」事變前，汪禹臣老山主病故後，即公推徐逸民大哥繼任山主兼坐堂大爺）。

八、司儀傳令稱：奉汪老山主命令，封副山主徐逸民大哥兼本山坐堂大爺；

封副山主楊寶璜大哥兼本山陪堂大爺；

封副山主范文藻大哥兼本山文堂大爺，加封崔叔仙大哥為文堂大爺；

封副山主白玉山大哥兼本山武堂大哥並兼禮堂大爺；

封副山主韋敬周大哥和韋頌冠大哥為本山糧堂大爺；

封邱漢平大哥為本山刑堂大爺；封梁其田等大哥為本山心腹大爺。

九、全體哥弟向內八堂各位大哥行祝賀禮，向五祖神位行跪拜禮，一跪三叩首。正副山主和內八堂各位大哥立神台前作揖還禮。

十、請山主封本山外八堂各位哥弟的勳位。由司儀傳令稱：奉汪老山主命令(根據預定名單，除心腹已封外)：

封某某等爲「五行山」三哥擔任當家三爺；

封某某等爲「五行山」五哥擔任紅旗五爺；

封某某等爲「五行山」六哥擔任□□六爺；

封某某等爲「五行山」八哥擔任□□八爺；

封某某等爲「五行山」九哥擔任□□九爺；

封某某等爲「五行山」十哥擔任執法么爺。

十一、全體山主，內外八堂兄弟行禮，向五祖報喜，行跪拜禮一跪三叩首。

十二、請山主宣讀本山頭的山、堂、香、水名稱。山主宣讀本山頭是「五行山、衛國堂、團結香、保家水」，並説明山、堂、香、水是本山最祕密的組織暗號，上不告父母，下不告妻兒，只作串連暗號。

十三、請坐堂大爺宣讀《五行山出山柬》檄文。

十四、請刑堂大爺宣讀洪門紀律。十條十款如下：

十條：一、打倒日本小鬼；二、繼續反清復漢；三、收復東三省；四、消滅滿洲國；五、反對投降賣國；六、鏟除一切漢奸；七、反對外國侵略；八、不做外國奴隸；九、義氣團結，互相幫助；十、有福同享，有禍同擋。

十款：一、不准殺害無辜；二、不准奸盜偷竊；三、不准營私舞弊；四、不准扶強欺弱；五、不准出賣山堂；六、不准屈服投敵；七、不准私通敵僞；八、不准洩漏祕密；九、不准賣友求榮；十、不准私立山堂。

按照洪門五祖紀律，如有違犯本山十條十款者，「光棍犯法，自綁自殺。」❷

❷ 這十條十款，並非《海底》的條文，而是邱漢平根據洪門紀律精神擬定的。

十五、歃血同盟。由紅旗五哥左手縛著雄雞，口中唸道：殺盡倭奴還我血，同心合力復河山。右手舉起鋼刀，將雄雞頭斬斷。雞血流入一大型瓦盆中，由五哥把雞血與白酒攪和，由山主汪大哥領頭排隊，由五哥舀起一碗血酒，各人挨次飲一口血酒，表示萬眾一心消滅日寇，恢復東北三省，痛飲黃龍。

十六、全山哥弟宣誓。由坐堂徐逸民大哥宣讀誓詞一句，全體哥弟同聲宣讀。誓詞曰：義氣團結，誓滅倭奴，如有違背本山紀律，甘願自裁，此誓。宣誓後，眞是鴉雀無聲，異常嚴肅。

十七、請副山主白玉山大哥講洪門簡史，講全國洪門組織，講洪門串連暗號、碼頭接待規矩等等。這時已到深夜三時左右，白大哥講了一些以後，說時間來不及了，將來定期專講這一問題。

十八、坐堂徐逸民大哥宣布明天下午六時在某某餐館酒會，共慶本山勝利成立。我記得次日的酒會，有二十多桌。說明這次參加大會者約有二百多兄弟。

十九、全山兄弟團拜，慶賀「五行山」成立大會勝利完成。由山主、副山主、內外八堂全體哥弟分班列隊向五祖神位行跪拜禮，一跪三叩首，以示慶賀。

二十、恭送五祖。仍由山主、副山主、內外八堂全體哥弟分班列隊向五祖神位行跪拜禮，一跪三叩首。最後由汪禹臣山主捧著五祖神位放在紙馬上燃燒焚化，送祖回天，以免留下五祖遺跡，被空子利用。焚紙馬送祖時，山主口唸：「五祖神前盟誓願，洪門義氣萬年長，今天送祖回宮闕，全仗靈威復舊邦。」

大會結束已是日上三竿，大家陸續分散，以避免外人注意。這是我第一次親身參加洪門上海「五行山」開山立堂的經過。一九三七年八月十三日上海爆發抗日戰爭以後，我又在重慶參加創立洪門「皕華山」，那是我第二次親身參加洪門成立大典。

「八一三」上海開戰，馮玉祥將軍指揮上海抗日第一線戰鬥，其舊部三十二師師長王修身（字蒂民，早年是馮將軍的衛隊旅旅長，我曾在此部隊工作過，與王旅長有八拜之交）率全師人馬開到上海大場附近與日寇浴血作戰。王師長深夜從火線上趕來上海找我（當時我住上海法租界裴地澳路蒲石路一○三號），請我參加軍隊抗日。這是我的夙願，義不容辭。王師長請我擔任該師少將參議兼三十二師司令部駐滬辦事處處長，專駐上海爲該師勸募抗日軍用物資。我欣然允諾（這一工作對我在抗日階段策動清、洪幫抗日，起了不少作用），便辭去上海新聞工作和礦業公司工作投軍抗日。那幾年爲組織抗日力量，我在上海聯絡了許多清、洪幫的上層分子，組織了清幫「仁社」和洪門「五行山」，本來就是爲抗日組織力量的，這下我就用上了「仁社」和「五行山」的弟兄們。這兩個組織的成員極大部分有相當財力物力，愛國之心不落人後。我請他們出人力物力來抗日，弟兄們聽說我擔任三十二師的駐滬辦事處處長，專爲勸募抗日軍用物資，各洪門、各清幫弟兄就源源不斷地送抗日軍用物資到我辦事處，託我運送前方。送來的物資有大小汽車、大量石油及軍用電器器材、無線電器材，以及軍用服裝（棉背心有幾萬件）和大量罐頭食品。同時主持上海市地方協會的負責人（即抗日後援會）黃炎培、錢新之、杜月笙諸先生原是我的熟人和老朋友，我向黃老等請發軍用物資，從沒有拒絕過。因爲三十二師是馮先生的老部隊，又特別照顧。我記得在上海一個多月血戰期間，我交副官押運送到前方的軍用物資有二十多卡車。我雖未能親臨前線殺敵，而能弄來一些抗日軍用物資，於心稍慰。

上海保衛戰失敗後，一九三八年春節前我經香港轉移到武漢。

我到了漢口以後，王修身師長因我在上海戰場上給他軍隊勸募到大量物資，對我非常感激，特地從老河口(此時三十二師在老河口休整補充)趕來漢口，在味腴酒家設宴爲我接風。是晚席間有第二集團軍總司令孫連仲(字仿魯)、第二十六軍軍長蕭之楚(字景湘)，還有其他一些軍官(都是馮玉祥將軍的老部下)。在酒席筵前王師長代我吹開了，説我是上海「仁社」的才子，上海報館的名記者(其實我做報館總發行部主任，並未做過記者)，爲人義氣，交滿天下等等。

我記得這次晚餐後第三天，王修身來旅館看我(我住在漢口太平洋飯店)，王對我説：「孫仿魯總司令和蕭景湘軍長均想聘請你擔任他們司令部的少將參議，代表他們司令部向國府各部接洽事務，並請代他們司令部勸募一些抗日軍用物資。」經王一再勸説，我想擔任三個軍部少將職務，等於帶十個師的部隊進行一些活動，這對我抗日的初衷是一個極大的鼓舞。我應允了。幾天後，我接到第二集團軍和第二十六軍的聘書，擔任少將參議。軍師部供給我住房，撥給了我小汽車，關於交際費，三個軍師部准予實報實銷，這就有利於我展開交際活動。此時我還兼福建省府專員。爲拉清、洪幫的上層兄弟爲我抗日部隊服務，我代表部隊在漢口辦外交工作。爲方便工作的開展，我加入了漢口洪門「太華山」。山主楊慶山是漢口的地頭蛇，當時任漢口市稽查處長，在漢口有相當的惡勢力。同時我把上海「仁社」和「五行山」撤退到武漢的哥弟們團結起來，每逢星期四晚間舉行聚餐會，藉以聯絡互助，幫助逃難困難的哥弟們解決問題。由於我擔任了少將職務，接觸面更廣了，加上清、洪幫哥弟的協助，我在武漢募到的抗日軍用物資並不比上海少。有一次我向行政院賑濟委員會募到一批後方醫院用的美國產醫療器械計二十五大箱，内中大小型X光機就有五大箱。因我託洪門有力哥弟韋作民同張競立(交通部會計長)同賑濟委員會委員長許世英講了一句話，許委員長便將原封不動的二十五箱醫療器械全部批贈給三十二師後方醫院。後來王師長對我説，經後方醫院醫生估計，這二十五箱醫械在當時至少値十萬美元。我今天記上這一筆，說明清、洪幫組織，在抗日階段也盡過一些打擊日本軍國主義者的力量。

一九三八年九、十月間，日寇包圍武漢，我轉移到重慶，仍舊代表軍師部對有關方面聯繫和繼續進行勸募抗日軍用物資。

我到了重慶後，決心要搞一個全國性的清、洪幫組織以幫助抗日工作。大約在一九三八年十一月間，我受福建省銀行董事長徐學禹、總經理邱漢平的聘請，擔任福建省銀行重慶分行經理，並兼總行顧問。徐、邱兩兄都是留學生，徐是我上海「仁社」、邱是我上海「五行山」的最要好的兄弟。他們力勸我搞金融事業，以利於發展幫會上層組織，發展經濟力量，對抗日可以增加實力。從此我做了金融工作，雖兼軍師部少將參議名義，但不再受軍隊報酬。我做了銀行經理以後，利用金融地位和軍隊關係，很順利地聯繫到了全國清、洪幫上層骨幹人物。當時我在重慶住在一位清、洪幫上層領導大哥韋以黻(字作民)家中。作民兄是我清幫上海「仁社」八拜盟兄，他是洪門內八堂字號大哥。作民原是清末秀才，曾到美國學習交通事業，在重慶時任交通部技監。作民的清幫徒弟學生和洪門弟兄，遍及全國交通系統，而且交游廣闊，參加過許多社會團體，因此各界朋友衆多。且作民爲人忠實仁厚，助人爲樂，素有韋陀菩薩之稱，而與我特別友善。當時我住在韋家，朝夕討論如何創造全國性洪門最高山堂，來統一全國洪門志士，整頓洪門，爲抗日救亡貢獻力量。作民主張我們自己先創立山堂，然後才能有地位，才能聯繫全國各山堂的山主或各山內八堂大哥來組織全國最高山堂，統一全國洪門組織，整頓洪門，爲中華民族持久抗日進一步作出貢獻。

大約在一九三九年春，我已遷出韋宅，在重慶山王廟路五號租了三層樓住宅。是年夏，作民與我決定在重慶創立洪門「皕華山」(命名用意是要使洪門百花齊放，勝利地收復中華民族的錦繡河山)。本山堂宗旨是根據洪門「反清復明」的傳統精神，「反對日本異族，還我河山」。作民決定在初夏清和之日，就在我山王廟的住宅內舉行「皕華山」成立大會，約了清、洪幫在重慶的上層成員近百人來參加成立大會。其中極大部分成員是軍政人員，如孫桐萱(軍長)、張汶(字景賢，副師長)，蔣鋤歐(字訴心，鐵道鐵甲車總司令)、錢公南(交通部技正)、壯智煥(經濟部司長)等人，其中有兩位朝鮮人參加，一名李青天，一名李范奭。李范奭當時擔任國民黨重慶中央訓練團教官，抗戰勝利後，任南朝鮮李承晚政府的國務總理。李青天曾任李承晚的陸軍總司令。

作民因我曾經在上海參加過成立「五行山」的大會，請我擬訂「皕華山」成立大會的節目和山、堂、香、水與出山詩。

我擬的四柱是《皕華山》、《抗日堂》、《四海水》、《義氣香》。我擬的出山詩兩首是：

（一）

東夷日寇逞猖狂，犯我河山奪我疆。
關外淪爲新傀儡，南京屠殺血汪洋。
強搶財物傷人命，姦淫婦女剖胸膛。
黃帝子孫齊努力，誓把倭奴一掃光。

（二）

大好河山遭掠奪，中華兒女愾同仇。
妻離子散拋園宅，國破家亡淚橫流。
願獻此身驅日寇，拚將一死救神州。
今朝歃血同盟後，不滅倭奴誓不休。

關於開山立堂的程序節目，我就抄寫「五行山」開山立堂時的二十個程序和洪門紀律十條十款，經作民大哥和蔣鋤歐大哥(內定的未來正副山主)過目審核，一律同意。

作民大哥通知他的清幫徒弟、重慶市稽查處處長陶一珊(軍統特務)派便衣警衛，在山王廟五號前後左右布防，保護「皕華山」開山立堂。

開山立堂的日期，是一九三九年初夏，但確實日期我忘了。是日夜十一時開始，由錢公南(原是作民清幫徒弟)司儀，按照我抄來的二十個程序逐個進行。

按第四項節目，擁護韋作民大哥榮任「皕華山」山主兼坐堂大爺。

按第五項節目，擁護蔣鋤歐大哥，崔叔仙大哥爲「皕華山」副山主兼陪堂大爺。(本山山主以下內八堂都稱大哥，以示進一步民主。)

接著韋作民大哥指定，蔣鋤歐、崔叔仙、李范奭、莊仲文爲四大盟兄。

封蔣鋤歐大哥兼武堂大哥。加封李青天、張景賢爲武堂大哥。

封崔叔仙大哥兼文堂大哥。封李范奭大哥爲刑堂大哥。封莊仲文大哥爲禮堂大哥。封錢公南大哥爲糧堂大哥。封胥惜吾(也是作民的青幫徒弟)爲心腹大哥。

外八堂受封的哥弟，我多半是初相見，記不清楚了。

作民山主在會上談了一些洪門紀律與串連暗號。

成立大會的第二天晚上，我們全山弟兄在重慶某酒家聚了一次餐。此後由韋作民山主攜帶山、堂、香、水的印刷品布票和出山詩，分送給在重慶的和外地的全國各山頭、堂口的山主、舵把子，「皕華山」到此勝利成立了。此後本山內八堂的幾位大哥便積極研究召開全國統一性的最高山堂的組織，以謀進一步抗日救亡，多半在作民家或山王廟五號晚間聚會，討論聯絡各山堂山主、內八堂哥弟以及四川各堂口舵把子。四川洪門組織稱袍哥，大山首領稱舵把子，堂口有班輩之分，分仁字號堂口、義字號堂口，仁字號比義字長一輩，但都屬於袍哥組織。當時在重慶仁字號堂口的老舵把子名田得勝，已七十歲左右了。據田自稱曾參加四川辛亥革命起義。田得勝在四川袍哥中歲數較大，資格較老，對四川各縣的舵把子聯繫頗多，吃得開，叫得響，是我們聯絡的對象。我們又聯絡了在重慶的洪門山主。如「長白山」山主張樹聲、「五聖山」山主向海潛、「太華山」山主楊慶山等人，由作民大哥設宴聚會一次，討論組織全國統一性的洪門組織，以謀共同抗日救亡。不久，我們的活動被特務頭子軍統局局長戴笠知道了，他向蔣介石作了彙報。蔣説：「洪幫要統一組織起來抗日，萬一被『異黨』利用，不堪收拾。四川遍地是袍哥，勢力很大，必須控制四川袍哥的各縣頭頭，至於外省外縣的洪門山主、清幫老頭子在重慶逃難，並沒有自己的地盤，沒有群衆，無關重要。但對四川各縣的袍哥組織，必須控制，要用軟的手段，不能硬來。」於是戴笠去找上海幫會頭頭杜月笙設法組織全國清、洪幫大聯合，也説是爲了增強抗日力量。杜月笙在上海是清幫聞人，但班輩並不高，而且杜又不是洪門哥弟，要同四川袍哥拉洪門關係，就必須加入洪門。據説杜在這一時期爲幫助特務頭子做工作，才在重慶加入洪門的。嗣由杜月笙以清、洪幫兩重身分和戴笠兩人具名在重慶交通銀行(當時杜是該銀行常務董事)邀請田得勝、張樹聲、韋作民、向海潛、楊慶山等人宴會，提議全國清、洪門大團結，組織「中國人民動員委員會」，由政府協助加強抗日。被請的客人心中有數，實際是把清、洪幫的頭頭骨幹組織起來，加以監視和利用(是年秋在重慶市海關巷七號成立了「中國人民動員委員會」)。在杜月笙、戴笠聯名請客的第二天，韋作民召集「皕華山」內八堂各位大爺會談，詳細地談了杜月笙與戴笠提議組織「中國人民動員委員會」的內情祕密，要我們趕快收起組織全國性的最高山堂的計畫，以免受害。我記得作民兄最後説了一句：「杜月笙無恥，又一次出賣幫會。」

二、洪門紀律

洪門紀律是非常嚴格的，但各山堂的哥弟不管犯了洪門什麼規章制度，沒有開除出洪門組織的制度。因洪門組織是祕密團體，怕被開除的哥弟脫離洪門組織以後，會洩漏洪門內部的祕密。洪門對違反紀律的哥弟處罰只有兩種。第一種是輕刑——「三刀六個眼，自己找點點」，自己戳。第二種是死刑——「自綁自殺」。

關於「自綁自殺」的例子，萬武回憶時曾有一段記述：一九〇四年黃克強(黃興)、彭希明、陳少芝、曹亞伯等爲在長江準備起義，公推萬武與劉道一(都是洪門大爺)前往湘潭策動哥老會首領馬福益共圖大業。我們動身去柳州的前兩天，馬福益有個結義兄弟叫馬龍標的，少年英俊，辦事能幹，頗得馬福益的寵信。因他生得漂亮，會中一個兄弟的妻子和他勾搭上了。按照洪門紀律，對於穿紅鞋(指與會中弟兄的妻子通姦)是殺無赦的。那件事給馬福益知道了，就將他交刑堂提訊，訊問明白後，判了死刑。到了執刑日期(就是我們動身去柳州的前兩天)，馬龍標當面託馬福益照顧他的母親，然後慷慨自赴刑場。我還記得那天夜晚是苦雨淒風，送他的人約六七個，我與劉道一也一同前往，馬福益依依不捨地對他說：「兄弟呀，你不該生得太體面了，所以送了你的性命。」説罷就向刑場走去，龍標在前，馬福益在後，第三是我與劉道一並肩而行，一行七八人，鴉雀無聲，氣象慘淡。正走時，忽聞馬龍標用極悲慘的聲調叫了一聲：「大哥，地下滑得很，前面又有一條小水溝，你留心一點啊！大家聽了都不覺淚下，尤其是馬福益忍不住淚流滿面，叫了一聲：「兄弟，謝謝你，祝你十八年後再做一個頂天立地的好漢！」説話之間，已經到了刑場。我留心看那刑場如何布置，原來一無所有，只見前面無去路，對著我們的是浩浩蕩蕩的大江。那時馬龍標高叫一聲：「各位兄弟們，一齊少陪！」説畢只聽得咚的一聲，人已不見了，但見水波蕩漾而已。馬福益默禱了半晌，才率領一行人回到家中。這就是「自綁自殺」的紀錄史實。

洪門暗號

洪門的暗號很多，如語言、動作等等。據洪門老前輩傳説，對本山堂的四柱——山、堂、香、水的名稱，和四大盟兄——恩、承、保、荐四位大哥的姓名，必須牢牢記住，便可遍行天下，到處有洪門兄弟招待照顧，幫助辦事。但四柱名稱和四大盟兄的姓名，必須絶對保密，不可對洪門兄弟以外的非洪門組織成員洩露，而且上不能對父母講，下不能對同胞手足和妻子兒女講，這是洪門組織絶密的暗號。它主要用在洪門各山堂之間的聯繫問答。據傳説詳載洪門《海底》暗號頗多，而我未見過《海底》。據前輩年長者所談的一些暗號，略記於下。

洪門各山堂爲了彼此聯繫，在某些城鎮或地區設立碼頭，內部稱爲「方首」。在前清時，某山堂在某城鎮或地區設立碼頭「方首」，必須通報全國洪門各山堂，以便聯繫。到了晚清年代，沒有全國性洪門組織，聯繫的面不廣了，大致一省的洪門組織都有聯繫，互通「方首」所在地點，用茶館酒店爲聯繫地點，將茶館酒店名稱地點，互相祕密通告對方。

各山堂互相聯繫，接洽工作，原則不用書面聯繫，怕在途次被清廷查獲受罰，所以用暗號與對方聯繫。對準暗號就是自己人，便可談私話。否則冒充洪門哥弟，就要吃苦頭。聯繫碼頭的「方首」(是一方之首之意)，必須是「紅旗老五」主持(或由執法老么代行)，要非常熟悉洪門的規章制度，以及各山堂的四柱——山、堂、香、水的名稱和各山堂的山主和坐堂大爺的姓名，以利盤問前來聯繫的洪門哥弟。

到外碼頭聯繫的洪門哥弟，如係組織派遣的，組織會告訴他要聯繫的外碼頭所在地點，以及茶酒館的名稱，使去聯繫者易於尋找。有些過路的洪門哥弟缺了路費或發生因難，因不知「方首」所在地點，就得在碼頭上到處找茶館酒店，去擺暗號講暗語，可是有些碼頭未設「方首」，則這位過路哥弟只好失望。因爲洪門是祕密組織，不好到處問人。違犯洪門紀律是會受處罰的。

凡是洪門哥弟到某碼頭聯繫「方首」，到茶館酒店時，不管是否知有「方首」紅旗老五，來客進門應用右腳向前跨門檻。如此店有紅旗老五，總要留心來客進門是右腳還是左腳。來客坐下將兩手分開撲在桌邊，口稱請堂倌泡茶，即在酒店，也先稱請堂倌泡茶。

堂倌問先生要什麼茶，來客答要紅茶。如是紅旗老五，必須用蓋碗茶杯送茶來（茶葉紅、綠均可，並不一定是紅茶，講紅茶與洪字同音，有找洪門兄弟之意），同時堂倌拿一雙筷子給來客，客將筷子放在茶碗左首桌上，同時將茶碗蓋子仰放在筷子左首。堂倌又問先生要吃什麼？客答我要吃糧（原是入洪門者稱爲前來吃糧就是當兵之意）。堂倌又問先生從哪裡來？答從山裡來（由山堂來之意）。堂倌又問先生到哪裡去？答從水路回家（從山堂香水訪自家人）。此時堂倌如繫「方首」的紅旗老五（有時是執法老么代理），便換稱呼您哥子府上哪裡？答家堂頭鄉（香）下（到此來客已暗言山堂香水四字）。堂倌又問您哥子尊姓大名？昆仲幾人？答兄弟姓某名某弟兄八人，我是長房老幾，或二房老幾（八人指內外八堂，長房指內八堂，二房指外八堂，老幾指擔任的職位）。

到此，堂倌——紅旗老五在來客的動作和問答的言語中，已初步認定來者是洪門哥弟，此時還未來點心或酒菜，堂倌對來客說，您哥如要解手，便所，我可領您去（便所暗示，可以方便談話所在）。來客要說謝謝五哥（這表示來客已認定堂倌是洪門自己人了，稱一聲五哥）。隨即跟著堂倌去便所。凡設「方首」的茶酒館，都預備一個空房間，可爲祕密談話的所在地。

此時，紅旗老五根據來客答話某房老幾，判斷來客在內外八堂的地位。如係內八堂的便稱他爲大哥，如係外八堂的便稱他爲您哥子。紅旗老五在室內低聲問：你寶山的四柱？老寨主尊姓大名？答的是山、堂、香、水的名稱和山主的姓名。老五如認爲四柱和山主姓名對上布票，便說晚間幾時請到某處找兄弟細談。到此，雙方握手，認爲是自己人，請來客入座吃東西。如在茶館，由客人要點心多少，如數送上。如在酒館，由堂倌送上二菜一湯，酒一壺，飯隨量。吃畢來客說：請結帳。堂倌紅旗老五說一聲記帳了。來客不能言謝，這又是暗號。來客晚間遵守約定時間，去訪紅旗老五，談來此任務以及見「方首」、「舵把子」等大哥接洽公務，均由紅旗老五領見，如因山堂公事來訪者，本「方首」儘量招待，不管住多長日期，臨走時送路費；如係個人路過私人拜訪者，本「方首」招待食宿三天，臨走時送到達下一有「方首」碼頭的路費。過了三天，送過路費，再不招待。

以上是洪門成員一般聯繫用的動作與語言暗號。

清幫組織以及我參加清幫的經歷

清幫是一個縱的組織，所謂縱的組織是按班輩分前輩後輩，如家庭中之高、曾、祖、父、子、孫等長幼輩分一樣。參加清幫拜師如父，收徒如子，所以清門有這樣的口號：「一日爲師，終身爲父；師徒如父子，兄弟如手足。」所謂兄弟如手足者，凡同拜一個師父的徒眾稱爲同參弟兄，稱清幫前輩爲師「父」，不是稱師「傅」。

清幫的口號：「義氣團結，互幫互助。有飯大家吃，有衣大家穿。有福同享，有難同當。」「師父領進門，交情在各人。」這就要求同參弟兄義氣互助，完全如同家族式的組織。清幫組織，每一輩分有一個字代表，前有十六個字，後有二十四個字，就是前十六代，後二十四代，共計四十代。大約在抗日前，我在上海聽說，清幫後二十四字輩已經延續到「覺」字輩。我不知道這前十六個字，後二十四個字輩是「元明心理，大通悟覺，普門開放，萬象依舊，羅祖眞傳，佛法玄妙」。據我的「師父」張鏡湖先生說：「從晚清開始，由後二十四個字排輩，到上海『仁社』成立（一九三五年）爲止，已經延續了前八個字輩分，即『元明心理，大通悟覺』。」鏡湖先生的師父，是理字輩，人稱揚州沈二太爺（名字我忘了）。鏡湖先生本人是大字輩，我是通字輩。

投奔清幫，有二道手續。第一步上小香堂，先拜師父做門生，是入清幫的外圍，這是師父考核門生的階段，要經過三年或者更長些才能轉爲徒弟。第二步，師父認爲門生可靠，便准許門生上大香堂，行收徒弟的大禮以後，才能稱爲徒弟，這才算是內圍子弟。幫內的語言，在未上大香堂以前，叫做徒訪師三年；師訪徒三年，又稱爲「一腳門裡，一腳門外」。下面談談我親身加入清幫的經過，藉以說明清幫組織的一系列手續與儀式。

前面講過，當時先加入洪門者，就不能再入清幫，加入清幫者可以加入洪門。我爲了聯絡清幫、洪門的在野力量來抗日，我先加入清幫，後加入洪門。加入清幫，必須由你要拜的那位師父的徒弟二人介紹，經那個師父同意後，才可以辦入門手續，舉行拜師的大禮，即上小香堂。

大約是一九三三年，我在原西北軍二十五路總指揮部工作。有一位師長戴潘周（字介屏，蒙城縣人），談到上海清幫大字輩張鏡湖老太爺（這是清幫小輩對長輩的尊稱，一般稱師父或稱老頭子）。張鏡湖先生已七十多歲了，因他是清幫大字輩，便專收清幫徒弟，不搞洪幫。他是當時中國清幫中最有威望的首領，全國各省市都有他的門徒，有些是省長、軍長、師長。戴師長說：「我也是張師父的徒弟。」我便要求戴師長介紹我先加入清幫，拜張老太爺爲師。戴說介紹入門，要有二位門徒介紹才行，答允我再另找一位門徒——杜鳳舉軍長作介紹人。杜軍長住上海，戴師長先函託杜向張師父介紹我是軍中人士、學者，張師父同意了。杜軍長給戴師長回了信，戴師長覆謝，並說我就去滬拜師。戴師長給我去滬出差機會，給我介紹信去上海看杜軍長，杜教我寫拜門帖子，用紅字寫，格式如下：

門生崔叔仙（是我在軍中用名），三十二歲，江蘇省高郵縣人，承杜鳳舉軍長、戴介屏師長介紹，自願拜在張老太爺鏡公麾下爲徒，終身聆訓，聽候驅策。

三代：曾祖崔福、祖崔陽春、父崔瑞亭。

門生崔叔仙叩呈　民國二十一年九月×日（日期忘了）

門生帖子上寫「拜麾下爲徒」，是因張老有上將軍銜，尊稱「麾下」。次日我遵杜軍長指導，備了贄敬禮——鴉片煙土二球(這是張老嗜好之品)連同門生帖子交由杜軍長領我到張師父家拜門。

張鏡湖先生住上海市華山路範圍。自建三層樓洋房，寬大宏敞。我來到張府前，已先有張老門徒羅鑫泉(上海牙醫)在客廳内等我們了。我們到後，羅到樓上通報張老，張老才入客廳。杜軍長與我二人就地向張老行了一跪三叩首見面禮(這是杜軍長事前同我言明的見面禮節)。張老便問我大致經歷，軍中情況，家庭情況。羅鑫泉已在佛堂前燃燭焚香，入客堂，請我們入佛堂上香(這是小香堂，簡單得很)。羅司儀口稱崔老弟向祖師爺行大禮，面向如來佛三跪九叩首。又稱：崔老弟向張師父行拜師大禮(張師父立香案左首並未坐下)，我仍向佛前三跪九叩首。又稱：向師兄杜大哥行大禮，我面向佛前一跪三叩首。接著杜鳳擧説向羅師兄(指羅鑫泉)行大禮，我即向佛前一跪三叩首，入門禮儀完畢。接著羅鑫泉領我到樓上見了師母，當面行了一跪三叩首的大禮。

以上是初次收門生的經過。

大約未過三年，記得是一九三五年春，我在上海做新聞工作時，參加了張師父家的大香堂，成爲張老先生的正式門徒了。

我參加大香堂的經過和儀式回憶如下。

據同門兄弟講，上大香堂的儀式是非常隆重的。大約在開大香堂以前十天左右，張門下各省的徒弟和門生都先後趕到上海來參加盛會。所有的門生和徒弟都給張師父送賀儀，一律送錢，視各人能力，不論多寡，多的有百元千元者，少的有十元數十元者。名爲送禮，實是作此次開大香堂的費用。張師父是山東滕縣人，是滕縣的最大地主，全滕縣的土地有十之五六係張師父的私産。

清幫組織的規章制度，均載在《清幫通草》中(是一本清幫法規)。我見過此書，内容我記不清了。張門這次擧行的大香堂的儀式，據説是按照《通草》所規定的傳統儀式辦理的。清幫開大香堂，按傳統規定，應在市外寺廟中舉行，因爲張師父年高七十以上，未到郊區寺廟舉行。張師父住宅宏偉寬大，就在上海海格路(現華山路)范園張宅舉行了。這天來參加大香堂的門生徒弟有一百多人，多半是京滬附近徒衆(據聞張師父門生與徒弟在全國各省有二三千之衆，軍政界人占多數，如外省的蔣鼎文、韓復榘、陳銘樞、黃琪翔、孫桐萱等人委託同參弟兄代表送禮參加。杜鳳舉、戴介屏、王修身由我代表參加，南京韋作民，張競立，上海警備司令楊虎、黃金榮、陳佛生(又名陳世昌，杜月笙的師父)，還有上海新聞界的張竹平、熊少豪、董顯光、汪英賓、鄭希陶以及工商、金融界的季自求和一些資本家，都於晚八時前來范園集合。

香堂的布置，堂正中懸羅祖畫像，是明代衣冠，文人裝束。供桌上設黃紙書寫的翁祖師爺之神位(置中)，錢祖師爺之神位(置左上首)，潘祖師爺之神位(置右下首)，神位前供乾果四包，葷素菜八件。沿供桌置香爐燭台，桌邊設桌幃，桌下又置一香爐，在門外又用黃紙寫上「陳四小祖之神位」，設香爐燭台供四菜。據說陳四是第一位進清幫的，因犯幫規逐出門，後人念他入幫最早，在開大香堂時，給他一份香火，以示紀念，但因是被逐者故將他神位設在門外。

衆門生與徒弟隨張師父(稱本命師)和傳道師樊錦臣、引見師高士奎進入香堂，先進山門的老徒弟排在前面，新進山門的門生排在後面。張師父屬江淮泗幫，樊師父屬嘉海衛幫，高師父屬新五六幫。因爲翁、錢、潘三位祖師原各有一幫組織，收徒弟時，三位師父要同到香堂受禮。如翁收徒應由錢、潘分任引見師和傳道師，錢、潘收徒弟即以其他二師爲引見師與傳道師，這樣某一師父收的徒弟，也等於其他二位所收徒弟。門內話叫做「一師皆師，一徒皆徒」。凡清幫徒弟，必須認眞牢記上大香堂時，本命師父傳授的三位師父的幫頭和三位師父的三代姓名，這叫做三幫九代，是清幫最祕密的暗號。

張、樊、高三位師父入堂以後，有二位先進弟兄擔任香堂執事兼司儀。燃燭焚香，又焚五束香(用紅紙條裹著)插在桌下的香爐內，名爲五指抱頭香，表示幫中弟兄抱頭團結、共講義氣。

接著又焚了一束香，插在門外陳四小祖神位前，司儀口稱：請本命師張師父孝祖，在翁、錢、潘三祖師神位前三跪九叩首。接著引見師樊師父、傳道師高師父相繼孝祖，都是三跪九叩首，然後司儀請三位師父到門外陳四小祖神位前行一跪三叩首大禮。

三位師父回入香堂，坐在香案上首(即香案左邊)，司儀口稱：各兄弟孝祖。這時堂前一百多徒眾，全體跪在堂前地氈上，面向祖師神位行三跪九叩首大禮後，司儀者口稱：向門外小祖行大禮。各人原地面向門外三跪九叩首後，立在堂前。

這時司儀者請張、樊、高三位師父移坐在香案前正中坐著。司儀口稱：各位先進老大參師，新進弟兄陪拜。於是全體跪下，面向三位師父，三跪九叩首。起立後，先進老大立於兩旁，我們新上大香的立於正中。司儀口稱：各位新兄弟行拜師大禮，三跪九叩首(三位老師都坐著。)一、向本命師張師父行拜師大禮，三跪九叩首。二、向傳道師樊師父行拜師大禮，三跪九叩首。三、向引見師高師父行拜師大禮，三跪九叩首。之後，司儀口稱：各位新兄弟跪下受訓。於是全體跪下，由司儀執事把桌下的五指抱頭香提起給每一位新上大香者各持一支香跪著聽訓。張師父訓示：

問：你們自願入幫的？還是受人指使入幫的？

同聲答：(這是事前由司儀執事教導過的)我們是自願入幫的。

問：十大幫規，你們能遵守嗎？

答：自願嚴格遵守，誓守十大幫規。

接著張師父說一聲，請引見師、傳道師訓話。

高師父訓話說：師父領進門，交情在各人，清幫弟兄都要講義氣，講互助，有福同享，有難同當，有飯大家吃，有衣大家穿。

樊師父訓話，講了十大幫規內容，我當時也記不全，上香後由司儀執事給了我們各人一份油印的十大幫規。

三位師父訓話後，司儀要大家起立，挨次將手上拈的那支香恭恭敬敬地插入香案上的香爐內，而不是插回桌底下的香爐內，這也是清幫祕密暗號之一，各人仍回堂前向三位師父面立。本命師張師父將印好的三幫九代的名單吩咐司儀執事給新收的徒弟各人發給一張，張師父隨即指示說：這是我們門裡絕密之寶，要妥爲保存，不得對外洩漏，上不告父母，下不告妻子兒女。你們要記牢三幫九代，腰中不帶柴和米，走遍天下有飯吃，這就是你們的終身飯碗，切記切記。

司儀等張師父講話後，便口稱：各位新兄弟向三位師父謝恩，三跪九叩首。傳道與引見師起立，仍移坐香案上首。司儀口稱：各位新兄弟向各位先進老大行見面禮，一跪三叩首。接著各位先進老大（連同二位執事）一同高呼向三位師父道喜，行大禮三跪九叩首。

司儀焚紙馬宣布禮畢，繼稱：各位新老兄弟上樓拜見師母並道喜。新弟兄在前走，老弟兄在後走，司儀領新兄弟拜見師母行大禮，就地板三跪九叩首。接著老弟兄口稱向師母道喜，也就地向師母行一跪三叩首的大禮。此時已近午夜子時了，大香堂到此圓滿成功。司儀對大家說：師母已備好元宵湯團，請大家入席團圓。吃元宵時，有些先進老大對我們說，今天幸好沒有邀請其他大字輩的前人班子來趕香堂，若是來了十位八位的的大字輩師父，對每位大字輩師父，新老兄弟都要行三跪九叩首大禮，那會把頭叩昏暈的。司儀又對大家說：明天中午師父請各位兄弟們來范園吃團圓酒。次日上午十一時，各路弟兄已陸續來到范園張師父家中，新老同參弟兄儼同手足，親若家人。這天張師父家樓上下擺了十二桌酒席，佛堂正中三位師父坐在首席，其他都是有社會地位的陪席，如韋作民、楊虎、黃金榮、張競立、鍾秉鋒、張竹平、熊少豪、董顯光、季自求等人。大約在下二時散席。司儀執事即席傳達二事：一、明天下午六時，新受栽培的全體徒弟在新利查飯店設宴向三位師父謝恩，並請全體先進老大作陪，不另具請帖，務懇準時光臨。二、今天午宴後，大家請三位師父到花園攝影留念。三位師父坐正中，先進老大坐在師父兩旁，或坐在師父後面，新受栽培的徒眾立在先進老大後面，攝影後各散。

次日，新利查飯店的晚餐是西餐，設了一百二十個坐位，三位師父當然是首坐，由新兄弟推舉一位年歲大的同參大哥坐主位，代表大家做主人。可是那晚楊虎與黃金榮及其他十幾個並未到新利查飯店晚餐。張師父說他們來對我說過，因公事忙不能來了。當晚宴會的餐費約三百多元，原則由新弟兄共同負擔，這次五十多位新弟兄，貧富不等，師父有命，各人量力納費，不足之數，指定三位新徒(均爲大資本家)包辦。這三位是英商怡和公司經理韋頌冠、英商怡和公司海洋輪船經理楊寶璜、財政部造幣廠廠長韋敬周。一般經濟力量不足的新徒至少也納五元或十元、二十元，不足之數由韋、楊、韋三位包辦了。

張師父的門徒，大部分是社會上層人物，多半有自備汽車。散席後，有汽車的弟兄們，跟在三位師父後面把三位師父送回家中。這次香堂的經歷到此結束。

在這次晚餐會上，有好多門徒提議組織上海「仁社俱樂部」，以利同參弟兄聚會，聯絡感情，互助事業。張師父點頭同意。大約幾個月以後，「仁社俱樂部」實現了。因張師父名「仁奎」，故以「仁社」命名。

清幫的祕密和暗號

清幫的最主要的祕密是「三幫九代」，這是絕密的暗號，也是清幫中成員互相聯繫的暗號，你如答得對上號，碼頭大哥便知道你是自己人，立刻會以禮相待，招待你食宿三天，臨行還會送你路費到下一碼頭。這是在幫兄弟困難時跑碼頭混飯吃的重要法寶。所以在上大香堂時，師父在發給「三幫九代」時對徒弟們說：這是「終身飯碗」。

師父發給我的油印品——「三幫九代」。上面寫著本命師：江淮泗幫，張上錦下湖，祖師沈上某下某，曾祖師某上某下某。傳道師嘉海衛幫，樊上錦下臣，祖師某上某下某，曾祖師某上某下某。引見師新五六幫，高上士下奎，祖師某上某下某，曾祖師某上某下某。此即清幫的「三幫九代」，並不是三位師父家族三代。我因從未跑過碼頭，對「三幫九代」姓名未記牢，因此寫不出曾祖輩師父之姓名。

談到清幫成員因事聯絡外幫，或跑碼頭混飯吃，平時又不相識，就得用清幫言行的暗號來打交道，略談一些如下。

幫中成員，到外碼頭尋師訪友，初到一個碼頭，不知誰是碼頭負責的老大（幫中人對幫中人一般稱老大，這是船上工人的稱呼），又不便到處打聽，以免暴露清幫成員身分。可是清幫規定，在各城鎮，特別是沿杭州至大沽口之間的大運河兩岸的城鎮，都設立茶館、酒店作爲清幫碼頭的聯絡點，這是因爲清幫組織原來是組織船幫代清廷沿大運河運糧，所以在沿運河兩岸設茶館酒店，作爲清幫碼頭聯絡站。因此幫中人到外地，要聯絡接頭，就先到茶館酒店掛牌。所謂掛牌，就是在茶館酒店裡，擺出幫規的動作，講出幫規的語言。幫中人入座以後，招呼堂倌（就是招待的服務員），泡蓋碗清茶。這就表示要找清幫道友。堂倌如係本碼頭負責人，便要注意來客的一切動作和語言，以便迎接自己人。

茶倌立刻泡來一蓋碗綠茶送給客人，客人隨即將碗蓋取下，放在茶碗左首，茶碗蓋頂朝外，蓋底朝裡。這時堂倌送來一雙筷子，竪放在茶碗右首，客人隨即將筷子橫放在茶碗前面。這兩手，就是掛牌動作的暗號。

堂倌初步知道來的是幫中人，便來打招呼盤底了，問答都應説幫中語言暗號。堂倌問老大尊姓？貴地何地？客人答：在家姓（潘），敝家師賜名（某某），與敝家師同住某城某市（本來原不是與師父同縣同鄉，也要說同師同籍，這爲了盤問三幫九代時，就不必一一交代師父的籍貫，這是幫規的規定）。又問：老大可有門檻？這時掛牌人要起立恭恭敬敬答稱，不敢占祖師爺靈光。再問：貴前人幫頭上下？掛牌人仍恭立答稱，在家子不能言父，出外徒不敢言師，敝家師是江淮泗幫，張師父上錦下湖，祖師某上下，曾祖師某上下。連續把傳道師、引見師三代分別答完，這叫做交代「三幫九代」的絕密暗號。堂倌知道是自己人，請老大坐下來用茶用餐，以便細細領教。這是表示將招待自己人。掛牌人根據堂倌的動作和語言，了解到當倌確是自己人，便起立請問老大尊姓上下？貴前人尊姓上下？堂倌答稱：自己人不客氣了。便簡稱敝姓某名某某，敝家師某上某下某。這時掛牌人了解到是誰在此站碼頭，於是在茶館裡便飲茶吃點心，在酒館裡便飲酒吃飯。吃完以後，堂倌走到客人面前招呼一聲，代老大記帳了（意思不必付錢），請跟兄弟舍下談。來到茶酒館一空房坐下，堂倌又開始深入盤問：老大頂哪幾個字？按後二十四個字排行，如果是通字輩，便答稱；頭頂二十世，身背二十一世，腳踏二十二世。碼頭老大便知來者是「通」字輩。來者回問：（因客主地位不同，問答語言各異）請問老大燒那爐香？堂倌答：（不說第幾世）頭頂二十一爐香，腳踩二十三爐香，手提二十二爐香。來者便知對方是「悟」字輩，比自己小一輩。但家門規矩，仍稱對方老大。這時堂倌已知自己比來客小一輩，便改口稱：請問某（來者姓氏）師父到此有何貴幹？答稱：到此接洽家務（公事），或到此尋師訪友（私事）。不管是辦公事或私事，碼頭老大立即送來客到碼頭招待所住下，供應三天食宿，臨行送路費。如辦公事，應領來客拜見站碼頭的管家師父，由管家師父通知招待，如何招待，也不限定三天。從此碼頭老大便把來客當作自家人一樣遇事相助。

清幫《通草》上記載的幫內暗語暗號，還多得很，例如，盤問船有多長？船頭多寬？船尾多寬？船上有多少板？有多少釘？桅杆有多高等等，這是在懷疑對方是「空子」，是尋釁地盤問「通草」內容。我都未留心記。上面所談的是清幫主要祕密暗號。

清幫的紀律

清幫最主要的紀律，是十大幫規：

一、不准欺師滅祖。二、不准藐視前人。三、不准擾亂幫規。四、不准江湖亂道（就是不准洩漏幫內祕密）。五、不准扒灰倒籠。六、不准引水帶線。七、不准奸盜邪淫。八、必須有福同享。九、必須有難同當。十、必須仁義禮智信。據「通草」規定，違犯十大幫規者，輕者三刀六個眼，重者九刀十八疤，要自己拿刀自己在大腿上戳。最嚴重者死刑，用石板捆綁犯規者從船上投入水底。

辛亥革命以後，不守幫規者，所在多有，如黃金榮、杜月笙、張嘯林等清幫小頭頭，在上海形成流氓集團，其作奸犯科，危害人民的行為，都是違背十大幫規的，但我並未聽說有誰被幫內處死者。據說辛亥革命以前，清幫紀律還是很嚴的。

張鏡湖先生在二〇年代以後，所收的門生徒弟，極大部分是社會上層人物，且多知識分子，多半是謀互助為發展個人事業而加入張門清幫組織的。這些人能講義氣，但也不能說很少違犯幫規。

上海清幫「仁社」

張鏡湖先生舉行大香堂以後，新門徒在新利查飯店備謝酒請張師父等舉行宴會時，席間有人提議把張門的徒弟用社團法人的形式，組織「仁社俱樂部」，以謀團聚互助互利。但因當時匆匆酒會，張先生雖表同意，卻未定何時辦。

因我已成了張師父的正式徒弟，是內圍成員，存心要推動「仁社」組織，好拉攏同參中的軍、政、商、學界的上層分子，為我個人事業的發展，有利我組織力量，反對日本侵略。我鼓動同參中的老弟兄張竹平、韋作民、徐逸民（上海名醫）、莊鑄九（盛宣懷的女婿，資本家）等積極帶頭推動組織「仁社」。由張竹平、韋作民、徐逸民等去請示張師父同意後，便由張竹平、韋作民、徐逸民、莊鑄九、季自求、陳守志、崔叔仙等七人爲籌備委員，在《時事新報》館舉行首次會議，決定推由張竹平、韋作民、徐逸民在交通便利處租一幢房屋作爲社址，推季自求草擬「仁社」贊，推崔叔仙草擬「仁社」章程，準備送社會局備案。

沒有幾天，張竹平對我說（時我在四社報館工作，與張終朝見面），「仁社」社址房屋已租妥了，在福煦路三八三號（現在的延安中路），此處房屋原是孫科（前立法院長）一幫廣東人的俱樂部，內部家具俱全，連同房屋頂費，一併由「仁社」出價接收。這筆房產與家具要花幾十兩黃金，是由幾位有錢的弟兄解囊相助的。像我們搞文化職業的窮小子無力資助，也不要我們花錢。這就體現了義氣互助的清幫精神。

社址由莊鑄九、陳守志、徐逸民、鄭希陶、汪大燧（上海市警察總局的督察長）等負責管理，雇了一位事務員名劉公坡，二位工友，一位廚師，辦理日常事務。從此每天晚上六時，社內開一桌晚餐六個菜，老弟兄可隨時來晚餐，所有餐費，職工開支，暫由幾位有錢的弟兄掏腰包。「仁社」正式成立後，由社員繳納會費以供開支。

在「仁社」籌備階段，多半是幾位籌備委員來晚餐，藉開碰頭會。沒有幾天，季自求的「仁社」贊寫好了，並用玻璃鏡框裝好，準備「仁社」開成立大會時懸掛客堂中。季自求是南通市人，長古典文學，學者風度，當時他任中國郵政儲金匯業總局的主任祕書。該總局局長也是張師父的門徒，名字我想不起了。我起草的「仁社」章程也寫好，交張竹平拿到籌備會通過，又送給張師父看過，而後送上海市政府社會局備案。此時上海市市長是吳鐵城，吳也是張師父的門生，「仁社」備案是毫無問題。可是張師父從未公開向徒弟們說過吳是門裡人，因爲吳尚未上過大香，只是算門生，不算是徒弟，還是「一腳門裡，一腳門外」。

大約在一九三五年五月，「仁社俱樂部」拿到政府批准立案的通知以後，便在「仁社俱樂部」新社址舉行了成立大會。從此會員們都稱「仁社」，不稱什麼俱樂部。大家以爲「仁」字是張師父的名字，稱「仁社」似乎親熱些。會員須經社長批准，張師父是全體門徒早經決定的「仁社」社長。在成立大會以前，有幾位老兄弟，如張竹平、韋作民、徐逸民、季自求、莊鑄九等人去到張師父處要會員名單。我要說明一下，「仁社」表面上是俱樂部，章程上也寫的民主制度，實際上「仁社」實行的是張師父的家長制，所有會員都必須是張師父指定的，而且理事長、副理事長、各理事也是張師父指定的。這次張竹平等人取來的會員名單只有二百多名，據一些老兄弟說，張師父在全國各地徒弟門生，有三四千人之多，但張師父未全部寫出來。這次拿來二百多名的單子都是社會上層人物，文職有特任、簡任、荐任以上者，武職有將校以上者，以及社會名流、資本家，有少數是他三〇年代的徒弟。名單上還有二十多位是門徒還未上過大香，但他們有社會地位。張師父並指定了理事長、副理事長和常務理事名單，我們早知吳鐵城(當時的上海市長)和軍統的特務頭子戴笠都是張師父的門生，但並未列名。張師父不願將那些地位較高的或地位較低的門生徒弟列爲「仁社」會員，怕有諸多不便。張竹平等徵得張師父同意，這次算開成立大會，每年會員大會在張師父生日(大約是十月間)召開，以免外埠會員往返多次。

「八・一三」戰事爆發，上海各界熱心抗日，都向上海地方協會(黃炎培等主辦)捐獻抗日軍用財物。

時崔叔仙任陸軍三十二師駐滬辦事處處長，又因三十二師師長王修身、副師長戴介屏是「仁社」會員，在上海的「仁社」會員大量捐獻了軍用物資，如大小汽車、汽油、電訊器材、棉背心、罐頭食品等，交由崔叔仙運送前方，贈送給三十二師，大大鼓舞了抗戰士氣。這是「仁社」對抗日的小貢獻。

「八·一三」上海周圍淪陷後，我化裝乘英輪經香港到武漢，繼續抗日工作，上海「仁社俱樂部」的活動情況我便不知道了。此後在漢口和重慶都由我通知在後方的「仁社」會員，每月聚餐一次藉資聯繫。一九四一年我去蘭州做農民銀行總經理後，重慶「仁社」會員的每月聚餐會，由鏡湖先生的三兒子張叔良做聯繫工作，時張叔良在重慶做保險業務。

上海清幫「仁社」以外，在上海還有一個「仁社」組織，那是從外國留學回國後的留學生組織。

在「仁社俱樂部」成立以後，一九三六年初，大約是「八·一三」日本侵華前一年春季，蔣介石偵悉山東省政府主席韓復榘有反蔣陰謀。蔣知韓復榘和韓的幾位師長都是張鏡湖先生的徒弟，遂託吳鐵城(當時的上海市長)和錢新之(當時的交通銀行董事長，是鏡湖先生的把兄弟，錢住宅與鏡湖先生住宅緊鄰，張、錢平時往來頗密)請鏡湖先生去南京與蔣見面，談山東問題。鏡湖先生以國家爲重，答允去南京，蔣遂掛專車接鏡湖先生。蔣在中山陵官邸門口迎接張老，蔣見到張老用清幫規矩，稱呼「張老太爺」。蔣與張老深談國家安危大計，請張老太爺去山東一趟，力勸韓以國家爲重，不可內亂，免起戰禍，使人民遭殃。蔣表示韓如不動，我保證對韓增加協餉以示誠意。張老允之，蔣又派專車送張老去山東見韓，力勸打消反蔣陰謀，以利害說之，韓兵不過十萬左右，而蔣嫡系軍隊有百萬之眾，且裝備堅利，韓反必敗。況且蔣允增加協餉，張老對韓表示負責擔保蔣介石絕不食言，也不懷恨。韓認爲，蔣雖有百萬雄師，但都牽制在「剿共」陣地，無法調兵山東，故始則不同意。繼因韓手下的四位師長也都是張老門徒，一致同意張老的勸告，韓也只好同意，打消反蔣之謀，張老又回南京答覆蔣介石，要蔣絕不能食言，不能懷恨韓，不能向山東開刀。蔣堅決表示，一定聽老太爺的吩咐。此事係張老之子張叔良對我親口言之。

上海和其他地方清幫社團組織

自從清幫老前輩張仁奎上將在上海組織了清幫「仁社俱樂部」以後，上海和南京立即組織了清幫「榮社」、「興中學會」、「恆社」、「文社」等社會團體。

「榮社」是黃金榮領導他的徒衆所組織的社會團體，組織成員都是黃金榮的徒弟和門生。這些人大部分是中下層人物，有捕房探員和中小商業主，除特色的門徒蔣介石以外，很少有軍政界上層人物。「榮社」設在上海市曹河涇黃家花園（黃金榮的私宅），「榮社」的日常事務由黃的得意門徒唐家鵬主持。黃的門徒我很少認識，但我知道他的特色門徒蔣介石拜黃金榮爲師的一些史料。據我的「仁社」同參弟兄朱景芳（黃金榮大世界的經理，是黃的親信）對我說過：「蔣介石從日本回國後，在上海紗布交易所做拍板工作。當時蔣在交易所還未得發，便託人介紹拜黃金榮爲師，寫過門生帖子。蔣借黃的關係，在交易所內曾一度發了財，不久又失敗了。爲了避債曾到外碼頭混了一段辰光。而後又回到上海，與他的情婦陳某住在十六鋪『孵豆芽』（上海話就是不得意在家無聊之意）。後來由陳其美給蔣寫介紹信到廣州孫中山先生大元帥府做副官，蔣因此得發，做了廣州黃埔軍官學校校長，有了軍事力量的本錢。中山先生去世，他表面上仍同共產黨合作北伐，做了國民革命軍總司令。到了上海，黃金榮和楊虎、陳群、杜月笙等人，幫助蔣介石搞『四・一二』大屠殺，殺了不少共產黨人，與共產黨分了家。蔣到南京成立了國民政府，黃金榮認爲蔣介石等於做了『皇帝』，便把蔣介石以往給他寫的門生帖子送還給蔣介石。」

大約在一九三六年的春秋佳日，黃金榮過六十歲，在曹河涇黃家花園裡大宴賓客，來賓都是清幫中人。特別是張鏡湖先生的門徒，因與黃是同參兄弟，所以凡在上海的同參兄弟都給黃送壽禮，到黃家花園拜壽。作者是辦報的窮文人，因係同參弟兄，也送了十元壽儀。在黃金榮舉行午宴時，黃對各來賓宣稱：「蔣總司令（蔣介石）送給我二萬元壽禮，我不能收，我準備拿蔣總司令的二萬元到杭州爲清幫祖師父羅祖建立家廟，徵求大家意見。」全堂賀客都拍手歡迎。這是我在場親耳聽到的事實，說明蔣介石雖貴爲國民黨的國家主席，仍不忘「十大幫規」，所尚能尊師重道。這次蔣送二萬元壽儀，還因爲黃金榮在「四・一二」政變中對蔣做過幫凶，所以一併感恩圖報。

蔣介石在上海交易所失敗以後，在上海「孵豆芽」年代，曾經利用清幫身分跑外碼頭混飯吃。那時他熟諳《通草》幫規，到處講「義氣」，但只是要別人講義氣，要清幫碼頭供他食宿而已。等到戴上總司令、國府主席、委員長、總統和國民黨總裁等桂冠，除對黃金榮有所孝敬外，對任何人他未承認過是清幫「悟」字輩，這在「十大幫規」中叫做「擾亂幫規」。因此「榮社」社員名冊不敢列入蔣介石三字，但是「榮社」社員中知道蔣入幫情況者，頗不乏人。

「興中學會」是楊嘯天的清幫組織，會址設在上海浦東大廈(即杜月笙的浦東同鄉會的大樓，杜月笙的「恆社」也設在此大廈中，地址在現在的延安東路接延安中路的交界處)。

「興中學會」由楊的得寵門徒王寄一主持會務，聽從楊的命令開展會務。楊的其他門徒，我相識不多，但王、楊有二項小故事，值得記一記。

大約一九四〇年我在重慶做福建省銀行經理時，王在重慶社會部工作。有一天王來找我，說因公事要到南京汪僞組織去找僞政府軍政部長楊揆一商量一件事，要我寫一封介紹信去南京見楊(王知我與楊是「仁社」前輩，而且私交好)，並說這是祕密公務，「請崔老師不要對任何人講起」。我知王是去淪陷區活動，定是愛國行動，就親筆代他寫了介紹信。不久韋作民清幫「文社」有些學生來對我說，王寄一到南京做了漢奸了。我似信非信，置之而已。可是抗戰勝利以後，我在鎮江做農民銀行經理時，大約在一九四七年冬季，楊嘯天領著王寄一來鎮江看我，住在我家裡。我問王寄一現在何處工作，他說仍舊在社會部工作。我就問起他從重慶到南京見楊揆一的往事。我內心在揣摩爲什麼王寄一由重慶以國民黨身分到南京與漢奸鬼混，抗日後又回到國民黨工作？這還不算奇怪。大陸解放後，我響應政府號召，起義從香港回上海工作。一九五一年在我家門口(烏魯木齊南路一四五號)見到王寄一，寒暄了幾句。王說，他現在北京交通部擔任專員工作。我思想翻騰了，認爲王寄一是怪人。在解放前利用幫會先搞國民黨工作，又到淪陷區周旋於漢奸之間，抗戰勝利後又搞國民黨工作，解放後，又做了北京人民政府的專員。我覺得費解。此時我在上海公安局做反特工作，我立即用書面將王寄一以上的一切政治行動，向公安局作了彙報。

另一件事是楊嘯天親口對我談的。一九三九年我在重慶做銀行經理工作，家住大梁子山王廟五號。楊嘯天住上清寺范莊（范紹增的住宅）。楊雖仍掛著上海警備司令的頭銜，可是個光桿司令，除身邊有一位少年副官外，手下沒有一個兵，終日無聊，三天兩天到我家來晚餐，作方城之戰（因我銀行廚師會做上海、廣東菜，楊頗賞識）。在一九三九年至一九四一年初，楊與我經常見面，常常表示對蔣介石不滿。有一次楊說民國十一年在廣州孫中山先生大元帥府，楊與蔣同時擔任中山先生的副官，楊與蔣同一臥室，與蔣曾經換帖，有八拜之交。楊、蔣二人都是作客他鄉，未帶家眷，都喜歡吃「鹼水面」（即廣州珠江的船妓）。楊說蔣常去珠江逛船，又怕中山先生叫他。蔣出門時把牀帳放下，牀前放一雙鞋子。有一次中山先生差另一副官來叫蔣，楊說他身體不好，睡了，那副官看帳子放著，牀前有鞋子，就去回稟孫先生。楊說：「我同蔣在廣州年代裡，是眞誠對蔣。蔣卻專耍手段，不講義氣。就不談幫會關係，也要顧到把弟兄的關係。可是抗戰以後，蔣專聽戴雨農的話，說我有二心，不給我實權，給我這空頭司令頭銜，每月領一個中將餉，過著困難生活。蔣還騙我說，等抗戰勝利後，仍讓我做上海市警備司令。我知他又在耍手段，他一輩子不講信義，總有一天要失敗的。」抗戰勝利以後，楊嘯天並未繼任上海市警備司令，於是在上海大搞他的「興中學會」組織反蔣。

「恆社」是杜月笙的清幫組織。關於杜月笙的發跡史，據「仁社」會員陸桂山（黃金榮的親信）說：杜月笙的老頭子（即清幫師父）陳佛生是沒有能力的人，杜月笙的發家，全靠黃老闆（即黃金榮）一手提拔。那時黃老闆是法捕房的督察長，杜月笙還是小癟三，在十六鋪水果攤上撿些破爛水果，拎水果籃子，在南市（中國地界）串弄堂、賣水果。杜在小癟三中吃得開。黃老闆有一天要向南市某戶某人偵探情況並逮捕他。因捕房偵探人員不能到中國地界偵查或捕人，黃老闆對陳佛生（南市一帶清幫頭頭）説，在南市找幾個小弟兄，到南市某戶偵探某人行動，設法把某人綁進租界，送到法捕房。佛生説這不難，十六鋪一帶我有好些小傢伙，其中杜月笙等人每天在南市一帶串弄堂賣水果，要小杜乘某人出門時，叫幾個小傢伙把某人綁進租界來，大哥（指黃）派幾個巡捕在租界邊上接應。

陳佛生的這個計畫很靈，三天以後，黃老闆要逮捕的某人被杜月笙等綁送到法捕房。因此黃老闆對杜月笙開始感興趣，便要陳佛生把小杜帶來見見面，以後好讓他在中國地界做些偵探工作。後來佛生領著月笙來拜見師叔黃老闆（因陳比黃大，先入清門，先進門爲大，因稱黃爲師叔）。月笙見到黃老闆，叫了一聲師叔，趴在地下一跪三叩首，行了見面大禮。黃老闆説：「以後我的巡捕有事找你，你聽他們指揮。」從此杜月笙就有了靠山了。十六鋪和南市的小癟三、小流氓知道杜月笙見過黃老闆，大家都來跟杜月笙交朋友。於是杜成爲南市一帶的小流氓頭子了。

杜月笙以爲黃老闆接見過他，膽子也大了，跟小流氓商量：偷偷摸摸，賣水果不夠混生活。有個不花本錢的生意，我們可以做。中國地界有錢的鴉片煙鬼子每天到法租界來賣煙土，我們小弟兄沿著租界邊布防，見到賣煙土者從租界出來，剛入華界，便把他煙土搶來往租界裡跑。煙土在華界是違禁品，持煙土者被搶了煙土，不敢向華界警察局報案。案子是出在華界，被搶者又不敢向租界巡捕房報案。我們把煙土搶來，在租界開個煙土店。賣我們店的煙土，保險出租界沒有人搶。我們不是也做了煙土店老闆了嗎？這就比賣爛水果要好多了。

一群小流氓舉雙手贊成。於是杜月笙便領著一群小流氓幹起搶煙土和賣煙土的買賣來了。在法租界公館馬路（現在的金陵東路）開設了某字號商店，實際專賣煙土。杜月笙居然也做起老闆來了。杜月笙有手段，對同夥的小弟兄們凡事公開，不吃私，寧可讓別人多分些利益，自己少拿些利益。杜定了一個暗地宣言，不准其他流氓在法租界南邊沿華界搶土，要搶可加入到杜的小集團，否則給他「吃生活」。於是南市一帶小流氓請親託友，跟杜老闆說情入夥。杜的流氓集團成員越來越多。杜老闆被人們稱爲「杜瘟神」。

杜老闆搶賣煙土的生意日益興旺，可是有一次搶土惹禍了，誰知又因禍得福。事情的經過是這樣的：杜的小集團偵悉由南通運來一船煙土，有好幾百斤，要在十六鋪上岸運入法租界。杜便組織小流氓集團，冒充中國便衣偵探，租用幾輛出租汽車在碼頭等著(司機也是集團成員)。在南通運煙土船靠近十六鋪碼頭時，這群「便衣偵探」便一擁而上，把船老大同水手們一起關進艙房，對他們說：「聽說你船私運煙土，我們奉命前來偵查。」其餘一些「便衣偵探」便在船上亂翻，找到四只紅色衣箱，內中裝著煙土。後來聽說，不過一百多斤煙土。這些「便衣偵探」便把四箱煙土裝入等在碼頭上的汽車內，送往公館馬路杜老闆的商號。「便衣偵探」離船時，對船老大說：「不准上岸，聽候報告局長處理。」船老大心裡有數，明知這些是流氓冒充「偵探」。船上押運煙土的老闆也不爭吵，就讓這些流氓把煙土搶走了。

哪知這批煙土是由黃金榮包運，向黃交付保險費的。杜的流氓集團有一項規定，每次搶來的煙土不管多寡，要保存三天以後，才能出售分贓，以防租界上有權勢者來「講經頭」(即辦交涉)。船上押運煙土的老闆去找保險者黃金榮，黃說沒關係，會找回來的。黃自己明白，這次包運煙土，事前没有給南市一些流氓頭頭打招呼，怕他們搶到手分掉，黃老闆內心還有些著急。黃即刻把陳佛生找來，要陳去找杜月笙調查冒充「偵探」搶這批煙土的人，送點錢把煙土贖回來。陳找到徒弟小杜，說明來意。杜說不知這批貨色是黃阿叔保險的，二話没說便同幾個小弟兄，叫了「祥生」(上海出租汽車商)幾輛小汽車，把四箱煙土親自送到黃公館(鈞培里)。杜見到黃老闆，趴下來一跪三叩首，口稱：小侄無知，不知此貨是阿叔保險的，現在原封不動送來了。黃金榮即刻把杜拉起來說：這不能怪你們，是我事前没有跟你們打招呼，「光棍不擋財路」(這是幫內語言），這四箱煙土，你拿一箱回去，給小弟兄們分分。杜答稱：我們已「欺師滅祖」，對不起阿叔，哪能再分一箱煙土。杜堅決不受，便稟辭而去。黃金榮從此對杜月笙便另眼看待。黃對陳佛生說，你徒弟小杜夠義氣，要他常來我家走走。

不久黃金榮小生日，幫中小朋友賀客盈門，黃未見到杜來拜壽，便問他自己的門徒：小赤佬（小鬼之意，是對杜親熱之稱）今天怎麼不來給我拜壽，派人去叫他中午來我家吃麵。去者回來向黃說：小杜店裡這幾天生意不好（是說未搶到煙土），一些小弟兄伙食開不了，小杜把自己的一些好衣服，連新做的杭綢罩衫一齊送到當鋪，當錢給兄弟們開伙食了，所以不能來拜壽。

黃聽說後認爲小杜真講義氣，克己待人，越發對他重視，即刻要自己徒弟拿了幾十元送給杜，要他把衣服贖回，趕快到黃公館拜壽吃麵。杜立即贖衣服穿上，還買了四色壽禮，到黃家磕頭拜壽。就在這次拜壽以後，黃對陳佛生和杜月笙說，月笙的小弟兄一天一天多起來了，南市的生意（指搶土）也興旺了，我來跟捕房說，讓月笙在法租界設個賭場，讓小弟兄們混口飯吃。不久杜月笙又成了大賭場的老闆了。杜也大量收徒，在租界形成流氓集團的首領之一。這全是黃金榮一手提拔，後來杜月笙成爲上海「聞人」以後，其惡勢力竟駕諸黃金榮之上。杜成了上海「聞人」以後，由他的「政客」徒弟陸京士等和一些門下清客提議成立「恆社」，社址也和「興中學會」在一處大樓內——即浦東大廈（現在延安路上）。

最後陸桂山還說了一句：若不是金榮大哥提拔，月笙哪會有今天。

抗戰階段，孔祥熙任行政院長、財政部長兼中國農民銀行董事長。一九四〇年前後，我擔任行政院簡任組長和中國農民銀行董事會祕書。除星期日外，我幾乎每天要拿著行政院或中農董事會的公文，到上清寺范莊「孔公館」送給孔祥熙批閱。因此我多次親眼見到、親耳聽到杜月笙在與孔談運銷大煙土的問題。後來我了解到，當時蔣介石命令部下假禁鴉片煙爲名，在四川各地沒收煙土。四川多年來號稱川土出產地，這次禁煙運動搜括到的煙土據說有幾十萬斤，存在四川涪州等地方。孔祥熙便動腦筋想借土開發財源。孔商得蔣的同意，便找戴笠和杜月笙來商量。這時香港被日寇占領，杜月笙才到重慶不久，孔對戴、杜說：你們兩位在敵陷區上海等處都有人，政府沒收的一批煙土，放在四川毫無用處，託你們兩位設法運進淪陷區賣掉，變成錢，給財政部增加一些收入。杜月笙滿口答應：「沒有問題，我包銷。但內外運輸要請雨農兄(戴笠號名)派妥員護運。」戴與杜是老把弟兄，是做壞事的老搭檔，戴也滿口答應。此次把大批鴉片運往淪陷區出售，將要危害不少善良人民。聽說杜月笙特地在重慶設一公司商號，向孔廉價購進煙土，運進淪陷區高價出售。杜老闆固然盈餘億萬，戴笠也分肥不少。

日寇占領沿海各省以後，杜月笙指使他在淪陷區的徒子徒孫幫助戴笠在淪陷區組織「忠義救國軍」，表面口稱敵後抗日，實際在淪陷區「剿共」。

「文社」是上海清幫成員韋以黻(字作民)和張競立(字彬人)兩同參兄弟於一九三五年在南京創立的。所有的會員，都是韋、張兩君的門生徒弟，其中有女弟子。韋、張兩君的門生和徒弟極大部分是交通部系統的中、下級官員和「復興社」成員，都是受過高中以上教育的知識青壯年。抗日戰爭期間，「文社」成員大部分到了漢口、重慶。「文社」成員每月有一次聚餐會，韋作民兄因同我私交厚，聚餐常常邀我去參加。作民兄積極抗日，每次聚餐會，他都教導他的門生徒弟要義氣團結，打倒日本鬼子，幫助政府收復失地。「文社」作風，比之上海的「榮社」、「興中學會」、「恆社」要好一些。

爲弟兄幾遭戴笠毒手

一九三九年春天，我住在重慶市南溫泉鎮盧家花園，軍統特務頭子戴笠認爲我幫助清洪幫兄弟楊揆一逃出重慶，到南京汪精衛僞政府做漢奸，於是一面先派大批便衣特務包圍盧家花園，監視我行動，一面報請軍法執行總監何成浚出拘票逮捕我。這個罪名不小，可能要丟腦袋的。

這場驚險事故，必須從頭説起。

楊揆一，湖北省人，早年在日本士官陸軍學校讀書。蔣介石、李烈鈞(字協和)、何成浚都是該士官軍校的同學。揆一是上海張鏡湖先生的清幫門徒，是上海清幫「仁社」的會員，也是漢口「太華山」洪門弟兄，與我和韋作民等是同參弟兄，向有往來。

「八·一三」中日戰爭爆發，上海、南京淪陷後，我於一九三八年春轉移到漢口時，何成浚任湖北省主席，楊揆一任湖北省政府祕書長，韋作民在漢口任平漢鐵路局長，我任第二集團軍等部隊的少將參議，常常去找何成浚、楊揆一幫我捐募抗日軍用物資。因揆一是「仁社」弟兄，幫我捐募抗日軍用物資特別熱心，所以我與楊的私交日益加深。

一九三八年秋，漢口將失守，我和楊揆一、韋作民等「仁社」弟兄都轉移到重慶。一九三九年春因日寇敵機不斷轟炸重慶市，我同作民在市郊南溫泉鎮借了兩處房子，作民住鎮中，我住鎮西虎嘯口盧家花園。園主盧德斅是大地主洪門哥老會仁字號大爺，因我是洪門內八堂弟兄，盧兄特邀我住他家花園避炸。我在盧家第三天，重慶市被炸頗烈，城中居民紛紛往郊區、鄉區逃避，楊揆一也逃到南溫泉鎮。楊到盧家找到我，説他原住重慶寄廬被炸，衣物家具全毀，隻身逃到南溫泉鎮。楊還説住旅館，吃飯店，總非久計。楊知我近半年來與四川袍哥的關係頗多，託我轉託袍哥代他找一住所。我當時領楊到南溫泉鎮上找到本鎮碼頭大舵把子譚備三。譚是這一帶的洪門領袖，是大地主、大資本家，重慶川鹽銀行的常務董事。譚説，楊大哥既是兄弟夥，就在我家住下。楊怕打擾，要求代租一宅。譚説，正好我鎮上有兩間空房，請楊大哥住下，我會派人照料(四川袍哥確講義氣)。當時譚領我與楊揆一到那住宅，房屋很寬敞，譚叫兄弟夥搬來牀桌家具和日用物品，一個下午解決了揆一的新居問題。揆一不肯就食於譚家，他仍每天就食於飯店。次晨我去看楊，送給他一百元法幣，給他零用。我記得楊說了聲「真是雪中送炭」。說真的，我爲搞清洪幫，在兄弟夥中花費不少，然而我一生事業之進展也獲得清洪幫兄弟夥幫助不少。可是我爲了幫助楊揆一繼續解決困難，亂子因此產生了。

因爲我是第二集團軍總司令孫連仲(字仿魯)的少將參議。孫因在前方作戰，把家眷愛妻(據說是溥儀的堂姐妹)寄託在雲南省總司令盧漢(字永衡)家中。孫託我代表他去昆明面謝盧總司令，並探望其岳母。我因三天後就要飛昆明，特去走告楊揆一，問問他的近況，告訴他我將去昆明幾天。我到楊處，有一位五十多歲的壯者在座，楊隨即給我介紹說：「這位是我在日本讀書時的老同學李協和先生」。我說：「久仰了，李將軍是北伐後的老主席」(北伐後，李曾任南京國府主席，是辛亥革命老同志)。楊對我說：「最近何總監(指當時軍委會軍法執行總監何成浚)派我去蘭州擔任軍法執行分監工作，我不想去，正在同協和兄商量。」我說你們有事商量，我先走了。好在我飛機票還未弄到手，還有二三天才會走呢。

次日清晨楊揆一來找我說：「我不想去西北了，協和兄家住昆明，有花園住宅，日機不炸昆明，協和約我去昆明到他家長住避難。協和今早已飛昆明了，我來同您商量，請您代我弄張飛機票，同您一道飛昆明。」我一口答應，楊辭去。我便趕往重慶找韋作民買兩張飛機票，說明楊揆一去昆明看李烈鈞(李協和之官名)，與我同行。因航空屬交通部業務，韋是交通部技監，我想託韋買飛機票，當無問題。可是韋作民對我說，買昆明飛機票不那麼容易，因昆明靠近緬甸，是出國線路，必須通過軍統機場檢查站，還要有商店擔保才能拿到票。我丟下兩張票款，託作民趕辦。我知重慶稽查處長陶一珊是作民的得意門徒，買飛機票無問題。

下午我回到南溫泉對楊揆一說：「飛機票明天我去拿，你準備準備，在二三天內動身，把借用的一切東西交代一下。」次晨我一早就進城到交通部找韋作民問飛機票的事。作民說：「一珊已同檢查站打過招呼，票子隨時可買，但還要辦商保手續。」作民即刻陪我乘汽車到飛機場檢查站，取了兩張乘客登記表，馳往城內新中實業公司找經理胥惜吾蓋了擔保的公章(胥是韋的清幫徒弟)。韋又陪我去飛機場付款取到兩張飛機票，我便與韋作別回南溫泉。我對楊說：「兩張飛機票已拿到手，在我處，後天早晨您在家等我，七時出發，九時起飛。」楊問我：「飛機票多少錢？」我說：「我已付過了，您留些錢在身邊零用吧。」

兩天後的中午，我同楊揆一同機到達昆明。我們同到旅館吃了午飯，楊說要雇車去郊區李協和家去住，我們就分手了。

我在昆明住了五天，見了幾次盧總司令和孫仿魯夫人，公事辦完了，回到重慶向仿魯總司令覆命後，便回南溫泉盧家花園休息。

大約我回家的第三天清晨，韋作民來盧家花園找我說：「你出事了，你知道嗎？」我說：「我沒做壞事呀。」韋說：「戴雨農說你親自保駕送楊揆一到昆明，楊經河內、香港到上海，在你上海家中住了幾天，現在楊應汪精衛邀請在南京擔任漢奸職務(據以後了解楊任汪偽軍政部長和湖北省長等職)。戴雨農認定你通敵，報請軍法執行總監拘拿你法辦。因何總監說，崔叔仙是三個軍部駐渝代表，必須把事情弄清楚才能發拘票，要戴先派便衣把你監視起來。從昨天起你花園前後，日夜都布置了便衣偵探，你這幾天不要出花園門。我知你去昆明是代孫總司令去辦事的。楊揆一是巧逢同機。我通知你辦事處給孫總司令報告你被監視情況，有覆電，我會來告訴你。軍法執行總監不得孫總司令回話，他們也不敢逮捕你的。」韋去後，我便約花園裡同住的鄰人天天打麻將，故作鎮靜。當時我身邊有兩個勤務兵，我要他們到花園牆外看看有什麼人。他們回來說，前門後門，老是有幾個人轉來轉去。我知道特務確在監視我。

作民與我分手後的第三天下什來看我說：「孫總司令特由前方趕到重慶，看了戴笠與何總監，證明你確是他派去昆明看盧總司令和孫總司令家眷的；並說楊同崔是老朋友，楊託崔買飛機票同機飛昆明，這是偶然巧合，不能證明是崔要楊去南京做漢奸。孫總司令對他們表示：

他擔保崔參議是愛國者，『八·一三』以後，爲抗日做了不少貢獻。現在戴、何在商量，準備解除對你的監視。」韋說：「這些消息是陶一珊告訴我的，一珊請崔老師不要擔心。」

第三天韋還未來看我，仿魯先生派了一位副官放了一部小汽車來盧家花園接我進城談話。我到重慶勝利大廈，見到總司令，孫先生說：「好險呀，我要不來一趟，你真要吃他們苦頭。」孫先生又告訴了我對戴、何交涉和擔保經過。他最後說：「交朋友還是要愼重，楊揆一、何成浚、李烈鈞都是蔣先生在日本的同學，哪會想到楊揆一會去同汪精衛合作。」

我說：「總司令還不知道，楊揆一在日本學軍時，汪精衛在日本搞同盟會，楊、汪本來是老朋友。」孫先生說：「這就難怪。」我謝謝總司令之後便告辭了。

中國人民動員委員會的內幕

當韋作民在重慶創洪門「硒華山」以後，山内内八堂的大哥們主張積極聯繫全國各洪門山主，成立全國性的洪門最高山堂的統一組織——總山堂，以謀增加抗日力量。事被特務頭子戴笠偵悉。蔣介石入川以後，早已面示戴笠要防範洪門勢力的發展和活動，並指示戴笠要用軟的手段，不能硬幹。蔣介石在日本讀軍校時，經陳其美介紹加入同盟會，又加入陳其美的洪門組織，回國後又加入黃金榮的清幫。他深知清、洪幫人數眾多，隱蔽極深，捕捉不易。他本人現在做了委員長，口頭是不願談清、洪幫了，然而他知清、洪幫是不好對付的。況當時川陝雲貴等省洪門在野潛力還很普遍，蔣爲了控制清、洪幫，怕被「其他黨派」利用，所以他指示戴笠要用軟的手段把清、洪幫控制起來，免得動搖後方。因此戴笠找杜月笙商量，如何把全國清、洪幫首領和頭頭與一些有力的清、洪幫成員組織起來。戴笠跟杜商量，組織「中國人民動員委員會」作爲清、洪幫聯合組織，把全國清、洪幫頭頭都「邀請」來擔任委員，把次要頭頭用「中國人民動員委員會設計委員」的名義籠絡起來，也就是控制起來，監督起來。其用心頗能體仰蔣介石的「用軟手段」的辦法。

大約在一九四〇年前後，由戴、杜出面邀請重慶和流亡在重慶的外省的清、洪幫老頭子和山主們宴會。據韋作民宴會後對我說，這第一次宴會在重慶交通銀行大樓舉行，因杜是交通銀行常董，住在重慶南岸海棠溪交行宿舍，杜到市區都在交行會客。戴、杜借交行宴請清、洪幫老頭子和山主舵把子（四川稱洪門領導者，普通稱「某某老舵把子，某某老拜兄、老大哥」）。韋說，除他以外，被邀者有四川的田得勝，上海的向海潛、楊嘯天，武漢的楊慶山，浙江的張子廉，河北的張樹聲。戴、杜是主人，另外還有一位陪客徐亮。賓主共十人，酒席很豐盛，是魚翅宴。在「動員委員會」成立後，韋才同我談起徐亮（徐字味冰，江蘇省常熟人，當時不到五十歲）是戴笠微時十個把弟兄之一，當時是軍統局（特務機關）的大將。戴把徐拉來做陪客，是要徐來與這些清、洪幫的首領見見面，以後代表戴笠與這些動員委員會的委員和骨幹們聯繫工作。韋說，這是派徐亮來監視清、洪幫的活動。韋還說，戴、杜兩人在宴會上對來客特別謙虛客氣，爲客人們斟酒敬菜。席間並未談組織清、洪幫問題，但大家心裡有數。因爲被邀者都是清、洪幫的首領，當然是爲了幫會問題。據韋說，酒席完畢，大家進入客廳，飲茶會談開始了。先由戴笠開口說：「清、洪幫有悠久歷史，一向有愛國心。現在日本鯨吞我們半個中國，蔣先生主張把全國清、洪幫聯合起來（這是迎合偵悉我們要組織全國洪門總山頭的動機）幫助政府來共同抗日。因月笙兄是中國幫會出色人物，最講義氣。蔣先生已同月笙兄談過這一問題（戴此言捧杜，抬高杜的身價，好讓杜來做全國清、洪幫領袖。可惜杜的班輩太小，幫中人表面敷衍，內心反對），現在請月笙兄同你們大家商量商量，如何組織全國清、洪幫大聯合。」

據以後韋作民與張樹聲同我說：戴笠要組織動員委員會，固然是爲了監視幫會活動。同時因四川省是哥老會的天下，杜在四川幫會中吃不開，戴來搞清、洪幫大聯合，想幫助杜拉攏四川袍哥。

接著，杜月笙開口了：「各位老前輩，雨農兄已經傳達了蔣委員長的指示，這是我們幫會的光榮任務，義不容辭。我已經同雨農兄商量過，用『中國人民動員委員會』名稱作爲我們全國清、洪幫大聯合的對外名稱，請大家商量商量，是否可用？」首先由四川的仁字號老舵把子田得勝應聲表示贊同，接著來賓們極大多數表示爲了加強抗日力量，贊成清、洪幫大聯合，組織「中國人民動員委員會」。

韋作民對我說：「我明知戴、杜唱雙簧把戲，是爲了監視清、洪幫的活動，但我是政府的簡任官，不能不表示贊成。可是我佩服張樹聲老大哥，真是硬骨頭。張大哥在當時竟不發一言，裝耳聾。」戴說：「讓味冰趕快租房子開始籌備。」賓主就散會了。

在這裡我要插一段話，張樹聲是西北軍馮玉祥部隊的老將軍，曾參加辛亥革命，是洪門「長白山」山主，是清幫的大字輩。抗日階段他在重慶大收洪門哥弟，大收清幫徒眾，以抗日復國爲宗旨。有很多政客、軍人，都是他的洪門弟兄或清幫徒弟，如宋哲元是他洪門兄弟，蕭振瀛是他清幫門徒。此外也有很多下級軍官，或商店老闆，或汽車駕駛員，他是兼收並蓄。當時蔣介石侍從室副官和孔祥熙侍從室副官，多數也是張老的門徒。張老在清幫是大字輩，比我和韋作民長一輩，照清幫算，張是我們的師叔輩。韋同我深知張老爲人正派，民族思想很濃，有抗日決心。先是我與韋作民準備組織全國性洪門總山頭，與張老商量，他十分贊成，而且主張積極進行。因此我與作民加入了張老的洪門「長白山」爲內八堂大爺。這一來，我和韋作民與張成了兄弟班輩。爲了推動組織全國洪門總山頭，我們三人還結盟效桃園結義，拜成把弟兄，張居長，韋居爲次，我老三。可惜張同我一樣，抗日勝利後，以社會賢達身分競選「國大」代表、他或許未能像我起義投誠。

關於組織全國性的洪門總山頭，作民還出面在我住宅(山王廟五號)請了幾位山主、舵把子聚會，討論組織全國統一性洪門總山頭的問題。

韋作民本是我家的常客，以後又多一個常客張樹聲老大哥。我們三人是常見面的。張年老，不大多說話。韋才五十多歲，精力正旺，對戴雨農和杜月笙搞「人民動員委員會」一舉，明知是特務來監視幫會活動，但當時韋是交通部技監，是簡任官，不敢得罪於特務頭子，只好跟著他們周旋。因爲韋有一個清幫組織「文社」，韋的徒弟多是中下級官員，不少人是「復興社」成員。在抗日階段，這些復興社分子一部分參加了「中統」，一部分參加了「軍統」，頭子是徐恩曾和戴笠。當時重慶衛戍總司令部的稽查處處長陶一珊是軍統大將，就是韋作民的開山大徒弟。他的一些復興社分子的徒弟常常來同韋談軍統內部情況。韋的兒子韋倬就是復興社分子，作民的一些復興社分子徒弟大部是他兒子韋倬介紹入門的。因此軍統要監視清、洪幫的措施，韋作民比別個幫會首領知道得早，知道得多。

韋作民和張樹聲等幫會首領應戴、杜之邀宴後沒有幾天，韋作民對我說：「中國人民動員委員會」的會址，已經指定在重慶海關巷七號，開過一次籌備會，已經推定籌備人選如下：戴雨農、杜月笙、楊嘯天(即楊虎)、田得勝、韋作民、張樹聲、張鈁、李福林、梅光培、司徒美堂、楊慶山、向海潛，此十二人爲「中國人民動員委員會」委員。後來又由杜月笙介紹浙江人張子廉爲委員，算是十三位委員。由戴雨農爲主任委員，由徐亮擔任本會祕書，每月開會一次。

又隔幾天以後，張樹聲、韋作民來我家對我說，動員委員會已開過成立會了，到了九位委員，李福林、司徒美堂、梅光培、張鈁四位委員未到會。第一次動員會議決議在「動員委員會」以下設立：中國人民動員委員會設計委員會，請動員委員會委員介紹自己的和其他的洪門兄弟和清幫門徒，擔任設計委員會委員，並指定一位設計委員爲設計委員會主任委員。作民說：「這是戴、杜要進一步了解幫會中大多數次要人物，好作特務的控制和偵探的對象。」戴笠派前重慶衛戍總司令部重慶稽查處處長趙世瑞(陶一珊的前任)爲設計委員會的總幹事，並説趙世瑞和徐亮都是清、洪幫的老弟兄(這是明顯的捏造)。

又隔些時，韋作民來對我開玩笑：「叔仙！恭喜！恭喜！特來道喜。人民動員委員會多數委員推荐您擔任設計委員會主任委員。戴先生說，他知道您很能幹，在幫會中認識的人很多，在軍政界、金融界均有地位，請我轉達，歡迎叔仙兄擔任設計委員會主任委員。」我對作民說：「我們老弟兄三人（指樹聲、作民與我本人）都不贊成這清不清、洪不洪的大聯合組織，作民兄你爲何不在會上代我推辭。」作民說：「我在會上不好不答允轉達，因爲上年你住在盧家花園，爲楊揆一的事他派特務多人圍困你近十天，戴對你情況十分了解。他又知道我同你的私交，當場我不好代你推辭，只好來告訴你。你如不願擔任這個主任委員，我們研究怎麼回話。」我對作民說：「請對戴說，孔祥熙院長近來兼任中國農民銀行總行董事長，我在該行擔任董事會祕書，每天要來往孔公館送董事會的公文請孔院長批閱，我實在沒有時間兼任設計委員會主任委員工作，請另選賢能。」我提「孔院長」三字是要使戴雨農不好再同我糾纏。韋代我婉言謝絕，但仍派我擔任設計委員。我只去開過一次會敷衍而已。戴另派顧震（東海縣人，前北洋軍閥軍長，老清幫弟兄）擔任設計委員會主任委員。

漫談清洪幫

楊方益

作者自幼居住鎮江，大半生身歷耳聞目睹清洪幫（主要是清幫）勢力在當地的發展。故對兩幫派的名稱由來、發展區域、開香堂儀式、幫規種種以及淪陷時期和抗戰勝利後的幫會活動，均能娓娓道來。文末附鎮江頭面人物向春亭回憶其利用幫會發跡的經過。

我最初知道和接觸過的一些幫會人物

這裡所説幫會人物，主要是指靠幫會活動吃飯「混世」，發展勢力，甚而因之起家發跡的。這些人物也分布於當時的上、中、下流社會裡，人們常常提到「上八洞神仙」，或「中、下八洞神仙」，就是對他們社會地位高低的評價。

我世居鎮江五條街之一的梳兒巷，童年就知道五條街有些比較特殊的人物，被人稱爲「十二屬」。我喜向年長者尋問，隨著年齡的增長，逐步懂得這「十二屬」並不是指他們的生肖屬「鼠」、屬「牛」等等，而是指在五條街一帶「混世」的十二個地頭蛇。這些人都拜了清幫老頭子，仗勢欺人，軟敲硬詐，以後這些人由老而死，但竟也新陳代謝，逐步形成了「新十二屬」。那時鎮江城裡關外，都知道並常談論五條街的新、老十二屬，但我進出五條街數十年，也請教過不少人，從來没有人能説清楚這新老二十四人究竟是誰，而且也從來没有人承認過自己是「十二屬」之一。這新老二十四人雖説不清楚，但別人是有點數的，如我就知道其中還有一個至今健在，已年近九旬的人。而這些人直到解放前後，如問到他們是不是「十二屬」，不但矢口否認，甚至還面紅耳赤，認爲是對他的污辱。這大概因爲「十二屬」在當時屬於下流社會，在清幫中是「下八洞的神仙」，以後他們中有的社會地位有所上升，連他們自己也恥於承認了。

我在二十一、二歲時，認識了一個清幫人物顧華堂，是清幫通字輩，是靠幫會「混世」吃飯的人。他對清幫幫規、人物，異常熟悉，而且對清幫的行話「海底」背誦如流，因而成爲清幫中知名的「傳道師」，常常受到江南江北各地幫會中人的邀請。他屬於清幫內的中流人物，是「中八洞的神仙」。我每遇到他，總喜歡拖他閒談，問長問短，因而知道了不少關於清幫的知識和一些趣聞瑣事。我由於好奇，曾千方百計地要求他帶我看一看清幫開香堂收徒弟的實況，但因他遵守幫規，始終未肯滿足我的要求。

我二十四歲時，有兩個上海清幫中有名的大字輩人物曹幼珊、李琴堂，算是「上八洞神仙」了。他們路過鎮江，一時高興，要在鎮江收幾個徒弟(因他們輩份較高，在上海已不能收了)，便在大埂街某宅大廳開香堂。我通過關係想去參觀，但由於幫規是不准幫外人——「空子」闖入的，就拒絕了我的要求。但邀約我參加他們的晚宴，可以讓我看看事前的布置和準備，並參加一些談話和詢問。到半夜開香堂之前，退到大廳前一進屋內住宿。事實上是讓我隔著窗櫺觀看，因此，可以說我是親眼看見過開香堂儀式的。此後，我曾借閱過一本書，是上海某書局的石印本，大致是《安清幫規大全》，記載著清幫歷史來源、香堂儀式、幫規、海底等等，是由一個清幫較有名的大字輩人物付印了數百冊，分贈「家裡人」，並不公開發售。由於以上這些情況，加上以後到中年時也接觸過一些清幫人物，我總算對清幫有些了解。

清、洪兩幫名稱的由來

據傳清洪兩幫都來源於明王朝覆滅以後。清王朝的順治、康熙年間，民間逐漸形成了以「反清復明」爲宗旨的民族組織，並有傳說是明末遺老或劍俠之流所領導創建的，其目的是企圖保存一些反清力量，待機而動；而領導的人並能藉這股勢力的掩護，隱姓埋名，出沒市井之間進行活動，而不被清王朝的官吏爪牙所察覺。由於時間的推移，這個「反清復明」的目的並未能達到，逐漸被遺忘了，並演變成爲一個並無鮮明政治目的，時間連綿近三百年，地域擴散達十數省的鬆散幫會組織。

清幫初期原是祕密組織，開始是在運糧船上，以船上執事、水手和縴夫等爲對象。當時清朝皇室和政府，以及黃河以北的八旗駐軍所需大宗糧米，必須完全取之南方，尤其是長江下游。並特定數千艘大糧船負責在大運河——由杭州到天津向北運輸，故這條運河又名漕河，即運輸漕糧之意。清王朝並設專職重臣「漕河總督」負運漕糧之責。總督之下，又分設二品銜大員的「分巡道」，分段督運。可見這條漕(運)河，實爲清皇室和政府命脈所在，是生死攸關的運輸線。而志在反清的清幫在這方面建立根據地，一旦發難，全線響應，就可以切斷糧餉，危及京畿。清幫既然以糧船職工爲主要對象，並就在船上開設香堂大收徒子徒孫，自然發展很快，鬧得轟轟烈烈。於是，原來的祕密組織不能保密，不久也被清王朝得到消息，立即敕令漕河總督嚴查法辦。當時的漕督，深知幫會勢力已蔓延到運河全線的所有糧船上，考慮到如貿然採用壓力手段，很可能激成事端，反爲不便。乃召集清幫頭目，反覆曉以利害，勸令他們不要有所舉動，偃旗息鼓；一面向清室覆奏，說他們實名「安清幫」，拉攏師徒關係，目的是爲了順利地運送漕糧，並無不軌行動。這樣，一場風波平息了，這個幫會組織也逐漸淡忘了原來宗旨，並習慣地自稱「安清幫」了。以後以訛傳訛，誤以「安清幫」爲「安慶幫」，說是發源於安徽，這絕非事實。久之幾代相傳，既不知原始的反清宗旨，也不贊同安清字樣，改簡稱「清幫」，因行駛運河，取「風平河清」之意。最後再誤「清」爲「青」，習慣稱爲「青幫」了。

關於紅幫，原稱「洪門」、「洪幫」，據傳也是明亡後的一個反清組織。顧名思義，「洪」是指明王朝開國皇帝明太祖朱元璋的年號「洪武」；則「洪幫」、「洪門」明明有復明的含義了。以後也和清幫一樣，年代久遠，面目全非，演變成被某些人利用，有很複雜成分的幫會組織，結果竟成爲混世吃飯、交朋友、成家立業、發財致富的工具。有的依仗它扶植自己的勢力，招兵買馬，做軍長，當司令，有的藉以嘯聚英雄好漢，占據山寨，打家劫舍，當上無本生涯的山大王；他們已完全不知道原來的「反清復明」的性質了。

關於兩幫名稱演變的由來，以上所傳似有一定的理由，姑誌之以待考證。

清、洪兩幫發展區域以及「充」和「賴」的問題

清幫既起源於運糧船，由船發展到岸上，再沿運河兩岸逐漸擴散，於是京、津、河北、河南、山東、江蘇(上海當時屬於江蘇)、浙江等省市，再溯而西上，安徽、江西以至兩湖都逐步打下基礎。洪幫據傳發源於四川，亦即人所共知的「四川袍哥」。雲南、貴州等省，也頗有發展。但兩幫有兩個不同的特點：第一，清幫是「准充不准賴」，而洪幫則「准賴不准充」。既然清幫准許冒充而不許抵賴，其活動自然比較公開，發展也比較快速而廣泛；洪幫可以抵賴而不許冒充，而且在一般情況下要嚴守祕密，幫規也比較嚴峻，當然也就發展慢而範圍較小了。這是就兩幫比較而言。如單談洪幫，除西南幾省外，也發展到下江南北。不過它的成員，一般遵守「賴」的原則，嚴守祕密，故不易爲人所知。例如，前面提到的向春亭，是清幫有名的「占山頭」人物，遠近皆知；但他曾在民國十三年(一九二四年)又加入了洪幫，而且是位尊的「袍哥大哥」，那時他從不隨便和人談洪幫的事，基本上也無人知道他也是洪幫中人物，直到一九三九年，他在四川、雲南一帶受命辦理駄運業務，必須利用「袍哥大哥」的身分進行活動，這時他才爲少數同鄉所知。即使到抗戰勝利後，我曾偶然和他談到幫會並詢問洪幫的內幕，他說：洪幫幫規較嚴，還是少談爲妙。可見他還是有所顧忌的。所以洪幫眞實情況，幫外人所知極其有限，本文實際上也只能偏重於談清幫資料了。

兩幫第二個明顯不同的特點是：即有無輩份問題。清幫是一輩一輩地傳下來，在民國初年以後的近四十年中，是「大」、「通」、「悟」三個字輩的時代，已經是清幫的二十一、二十二和二十三代了。而洪幫則没有輩份，都算同輩，最尊的稱作「大哥」，其次是「老三」、「老五」以至「老么」，地位各不相同。

清幫的開香堂和趕香堂

關於清幫收徒弟要開香堂舉行儀式，據我所知，抗戰以前，清幫早已發展到十幾省的廣大區域，規矩禮節，基本上是一致的。抗戰開始後，大片地方陸續淪陷，一些清幫中站山頭、有名望的人物，不惜直接落水當漢奸，有的遷居西南後方，有的寓居香港、澳門；也有很多暫時遷移别地，隱跡潛蹤，不肯公開活動。於是剩下一批更下流的幫會中人，甚而一些冒充的「空子」也開香堂收徒弟，儼然成了站山頭的清幫老頭子。這些新興的清幫老頭子，和日僞勾結，爲非作歹，根本不注意幫規儀式。而他們開香堂收徒弟，也不一定有通曉幫規儀式的「傳道師」來主持，無法「引經據典」，就隨意安排。

開香堂在清幫中確是一件鄭重其事的大事，他們進行時是非常嚴肅的。香堂一般利用朝南廳堂，堂内上首正中擺設供桌是供天地的，牌位上則寫著「天地國親師」五個大字，是從封建君主時代相沿承襲下來的，將「君」字改爲「國」字而已。距天地供桌以南一米許處，正中又設一供桌，設三個牌位——翁、錢、潘三位祖師；而在香堂東偏間還放著一張較小的供桌，供的是「小爺」的牌位。據説，翁、錢、潘三人創立清幫，是結拜過的異姓兄弟，以後遭遇變故，幫的活動停止了(很有可能即前面所説清王朝詔令漕河總督查辦而暫停活動時期)。過了一段時間，才有三房潘祖爺的一個後代「重整家園」，繼續開堂授徒，逐漸恢復了清幫的活動。因而以後對這個「中興」的祖師，稱爲「小爺」，另設供桌，以示尊崇。有人説，此後清幫子孫，都是三房潘祖師爺的後代，翁、錢兩房，就算中斷了。所以清幫中人自我介紹或介紹別人，有人簡單地說：「他也頭頂一個潘字」，或「我也是潘家子孫」雙方就都明白是「家裡人」了。

開香堂授徒時，必定有三個師父，主要是「本門師」(常常被誤稱爲「本命師」)，這是正式投拜的老頭子；其他兩個是「引進師」和「傳教師」(常常被誤稱爲「川跳師」)。引進師是介紹人之意，而傳道師則是香堂的靈魂，負責儀式的正常進行，並傳授幫規「海底」。至於幫口問題，由於清幫發源於糧船，就按照糧船的行駛，分成三十六幫半，說是象周天三百六十五度；而幫名則按「江淮」、「興武」、「嘉衛」等各由一排到十二。以後各幫收徒傳孫，發展各有不同，有些幫口已默默無聞，而有發展的只有「江淮四」、「興武六」等八、九個幫口。當開香堂時，本門師所邀約的其他兩師，都必須不同屬於一個幫口。在開香堂的儀式當中，有一項就是三個師父要分別各自交代其本人的幫口和三代的姓名籍貫，因爲三個師父不是一幫，所以稱做「三幫九代」。然後再由傳道師交代「十大幫規」。這個「三幫九代」、「十大幫規」，每一個清幫中正式拜過師的人都必須熟記，而遇到某些場合都必須能交代出來。我看到有一篇史料上寫的是「四個師」、「幫規十二條」，這很可能是汪僞時代，有一個漢奸常玉清，組織了一個什麼「安清同盟會」所訂的一些「制度」。

開香堂行禮，幫裡稱作「孝祖」，不管什麼字輩，都嚴肅地站立在各自的行列，字輩再大也無坐下的。在參加的人進入香堂按班肅立以後，由傳道師點燭燒香，發號施令；而每一動作，比如燒每一爐香，傳道師都高聲朗誦幾句似詩非詩、似贊非贊的詞句，而且熟讀如流，這也都是傳道師的看家本領之一。香燭點燒齊後，仍在傳道師指揮之下，先由本門師等先後向三張供桌叩拜，繼而所有參加和趕香堂的人按字輩依次叩拜，最後方由新投師孝祖的人叩拜。而這些剛「進山門」投師孝祖的叩拜方式，和其他已進山門的叩拜方式是不同的，在進入香堂前傳授演習過了。他們必須先微微彎腰，將左手按在左大腿上，再將右手加在左手背上，然後先跪右腿，繼而放開兩手，再跪左腿。雙膝跪齊後，三次叩首，起立；再這樣跪拜，共計三跪九叩首，在三處供桌前都是如此。拜過牌位後，再向三師進行一跪三拜。接著站在三祖師香案前，由三師各自交代三代，再由傳道師交代「十大幫規」及簡單傳授清幫中互相查核的行話——「海底」。而傳授「海底」，更是象徵性的；一時哪裡能記住，都只有隨後和「三幫九代」、「十大幫規」一併傳抄背誦了。

其實，一般清幫中人，除一些專門當傳道師的以外，很少有人能背誦幫規和大量「海底」，而最主要的、基本的則是「三幫九代」，必須熟記，因爲有時碰到「家裡人」，特別是長一輩的「前人班子」，不一定有惡意或故意盤問，也會隨便問道：貴前人(指本門師)是哪一位？那就不能隨便答姓甚名誰，而必須按照「家裡規矩」，用一定的方式回答了。

香堂在交代幫規等以後，正式儀注已算完成，最後由本門師介紹「趕香堂」的前人班子和同輩的「家裡人」。因「先進山門爲大」，投師者都必須一一叩拜，長輩還揖，同輩回叩。這時投師者已經過「孝祖儀式」，其叩拜方式和其他人一樣了。投師者的香堂儀式完畢，就算正式清幫中人。行這種儀式，也叫做「上大錢糧」。

開香堂時，除了三師和投師的人以外，其他參加的人都稱做「趕香堂」。但趕香堂的人有兩種不同情況。一種是屬於「幫場架勢」的，大多和香堂的老頭子有交情來往，或雖無交情，甚而並不相識，經特別邀請而來；也有因開香堂的人名頭大，雖並不相識，特主動趕來表示祝賀，藉以拉攏的。這些人當然都是爲了「幫場架勢」而來。另一種是對開香堂的不滿意，或因故有了隔閡，鬧矛盾，甚而有的因爲開香堂的不知名，懷疑其混充，意在搶占山頭的，這些人是居心挑剔尋釁，而且都是直接闖進香堂。他們到達後，當然雙方都緊張，但都要保持禮貌，找機會進行對話，實則用內行話即「海底」進行問答，一方面找岔兒，另一方面使出解數，都是暗藏機鋒，一著不讓。經過認眞交鋒，結果也各有不同。有的看到開香堂的或傳道師確是有「道行」的「家裡人」，又有許多有名望的「夠味兒」的朋友在場，儀式也很正規，無懈可擊，自然渙然冰釋，互相拉交情了；也有各不相下，經過在場朋友「拉場」，順水推舟藉以下場的；有的雖然來勢洶洶，終敵不過坐地老虎，不得不夾著尾巴走路的；也有互相挑剔，各不相讓，衝打一場，以致儀式不能繼續進行，只好半途而廢。這樣的老頭子，自然就站不住腳，只好另開碼頭了，不過這種情況極少，闖來的人也並不準備鬧到這種地步，逼人太甚，一般總是經過斡旋，言歸於好的。

開香堂一直是被人注目的事，不管是在北洋軍閥或國民黨統治時期，都是被禁止而不能公開進行的(敵僞時期可能是例外)。故總是選擇鄉村廟宇或城市深宅大院，並在深更半夜進行，以免洩露遭到干擾和破壞。即使這樣，還需要在周圍層層密布暗哨，一遇風聲，立即掩蔽或轉移。

香堂儀式既在半夜進行，一般在事前即隔晚辦一餐酒席，事後，即凌晨一餐是點心，茶水煙酒(多數還須供鴉片煙)，香燭紙馬，加上外地客人車船川旅食宿等等費用，總數也頗驚人。這表面上都由收徒弟的老頭子一手包銷了，其實，羊毛出在羊身上，還是取之於徒弟，師父是不會蝕本的。因爲徒弟拜師另外還要寫帖子，照例要付上一個「押帖費」的紅紙封套，數目並不一定，小的十元八元，大的幾十上百、上千也是有的。上海黃金榮搞什麼「四教堂」落成時，十分鋪張，轟動全市，甚而將全國京劇名演員都邀來參加堂會，以示慶祝，並乘機大收徒弟。這些徒弟，所花的押帖等等費用，都是成千上萬，令人咋舌。杜月笙也建造一個「杜祠」，富商之子黃××投帖拜師，押帖費送了一艘輪船爲贄敬禮，價值五萬元，以供賀客到浦東的輪渡(以上這些數字都是物價正常、幣值穩定時的數字，有人說黃××押帖費五十萬元，那過分誇大了)，後得被派爲扶香亭的執事，詡詡自得，引以爲榮。

老頭子拿到徒弟的押帖費來開銷香堂一切費用，往往是頗有盈餘的。何況，還有趕香堂的「老老少少」、「爺兒們」、「哥兒們」，照例都必須致送「香儀」、「賀敬」，他們都是江湖混世的朋友，多的也會幾十上百，以顯示手面，拉攏交情，這些都是老頭子的額外收入了。所以開一次香堂，開支不小，收入也很可觀。

「小錢糧」、「開山門」、「關山門」和「靈前孝祖」

開香堂收的徒弟，稱爲「上大錢糧」，這是和「上小錢糧」相對而言的。開一次香堂，必須收一批徒弟，其中還要有幾個能多出錢的，還要邀請引進、傳敎兩師和很多幫場架勢的人，所以就只能偶一爲之。不在開香堂時期，若有人希望向有名望的老頭子投師，也可以向師父投遞一個帖子，附上押帖費若干元，再加上一兩桌酒席，邀請師父一些朋友和同門兄弟，這就叫做「上小錢糧」。這種徒弟，沒有另外兩幫師父，談不上「三幫九代」，也不嚴格傳授幫規海底。按照淸幫認眞地說，叫做「一隻腳門裡，一隻腳門外」，遇到有人「參敎」時(詢問盤查之意)，可以老實回答：「曾在某太爺門下，上過一分小錢糧」，對方即可諒解，不再尋根究底了。淸幫對上過大、小錢糧的人，都認爲是「家裡人」；同一個師父則稱爲「同參兄弟」或「同山弟兄」。「同參」是一同參拜祖師之意，「同山」則是指一個山頭。對幫外人都稱爲「空子」，但有一些「空子」很接近幫會人物，而且嫻熟幫規禮節，幫裡對這種人也很尊敬重視，稱爲「玲瓏空子」。

一個幫會中人，從投師孝祖、交結朋友、闖蕩江湖，到逐漸有了名氣，這才有資格並敢於收徒弟。最初要挑選一個夠條件的——包括能混，有手面，最好是能花鈔票的作爲第一個，稱爲「開山門」的徒弟。以後陸續收了徒弟，這個「開山門」的大師兄，家裡人都稱之爲「小老大」，在同山兄弟中有相當的權威，往往可以代表老頭子發號施令，也常常可以代表老頭子招待迎送江湖朋友，逐步培養成爲下一代的老頭子了。有時對同輩弟兄也稱之爲「小老大」，但這都是表示親暱而尊重的稱呼，和前面所說開山門的「小老大」有所不同。老頭子的親生兒子要報師孝祖，必須另行投師，不允許對自己的生父上大、小錢糧。

一個人開山收徒弟若干年後，徒弟多了，也有的徒弟有資格收徒孫了，於是就應當關山門停止收徒，否則新收的徒弟，一進山門就成爲那些徒孫的「前人班子」，很尷尬。這時常常再挑選一個有條件的作爲一個最後的「關山門」的徒弟。這個關山門的人也比較特殊，同山的兄弟，都應當多加照顧，親暱地稱爲「老巴子」；而一般家裡人，即使不是同山，也要看其老頭子的面子而另眼看待。其時，有些老頭子已關過山門了，遇到特殊情況，主要是遇有條件比較好的徒弟，也有重開山門、再關山門的。總之，不管「小老大」、「老巴子」或重開山門，這個對象一定要很能幹，或有錢，或特有勢力，或兼而有之，才能爲老頭子發生一點作用而被重視。

老頭子死了，他們叫做「過世」，即使沒有關過山門，也自然關了。何況有許多早在生前關過山門的，但也並不排除再開山門收一兩個特殊的徒弟，其方式就是採用「靈前孝祖」。一般由這個已死老頭子的徒弟們做主，並徵得和老頭子同輩的前人班子同意，於開香堂時，除設前面所說三張供桌之外，再於香堂下首設一供桌，供上這個已死老頭子的牌位，也就是說靠這個靈牌收徒弟，行禮時，由資格較高的一個同山弟兄代表老頭子傳授本門師的幫口三代；另外再請兩個幫口不同、和師父同輩的人分作引見、傳道兩師，如沒有適當的人，也可以請下一個字輩的代表其師父分別交代幫口三代和幫規等。所以，「靈前孝祖」一定要具備幾個條件：㈠這個被投拜的已死人物，一定在當時字輩較高，名望較大，提出來很響亮；㈡這個投師的人，一定也要有相當名望或其他較好條件(如有錢、有勢等)，對同山弟兄和已死師父都有利；㈢一定要多數同山弟兄和幫裡有地位的人共同支持，並來參加香堂儀式。這種香堂規模較大，也不是輕而易舉的。

北洋軍閥直系頭子吳佩孚在一敗塗地之後便躲在天津誦經拜佛，約在一九三二年左右，大概又動了塵念，忽然想當起清幫老頭子來了，也許是想以此結交朋友，蓄積力量，以圖東山再起。但清幫的第二十代禮字輩早已死亡淨盡，又不能做第二十二代的通字輩，也只有用「靈前孝祖」的方式了。於是清幫中人多處邀約，據說當時全國大字輩尚存三十七人，竟請到了近二十人；有名的通字輩也到了很多。據傳香堂規模相當大。本門師的代表爲誰，已忘了，引進師、傳道師的代表，則爲上海有名的大字輩曹幼珊（原籍江都）和李琴堂（原籍鎮江，蒙族）兩人。前面第二節所說有上海幾個大字輩路過鎮江，收了幾個徒弟一事，就是他們相約北上參加吳佩孚投師儀式去的。

「海底」、「通草」、「參敎」以及字輩

各種幫會，一般都編造許多隱祕的對白或詩歌，作爲內部對話標準，或對是否是「家裡人」的考驗，逐步形成了它一套內部通行語言，有人將這些整理記錄下來，加上一些幫規儀式等等，稱爲「海底」，也有人稱爲「通草」。據我所知道和看到過的這類海底、通草，有很多種，有繁有簡，雖然主要內容有某些相同，有的卻差別很大。有人說清幫稱爲「通草」，洪幫稱爲「海底」，也並不是這樣截然分開的。我前面提到所看過的《安清幫規大全》，係經清幫中有文化的人加工整理過的；又聽說有張鏡湖寫印過《通草》，當然也是整理過的。但我問過清幫中熟悉幫規及「海底」的人，卻不承認那些公開印行東西，說都是一些「玲瓏空子」搞的一些人所共知的公開材料，並認爲沒有什麼價值。其實，他們所認爲寶貴的「祕本」，也各不盡同，究竟他們祖師爺所「眞」傳下來的《海底》是怎樣的一本，也無從考查和確認了。

「參敎」一詞，在清幫中是很有分量的。如果兩個初會的江湖朋友，或是初次暗示自己是幫會中人，提出：「我們來『參敎參敎』」，就必須鄭重對待了。這一詞表面上是請敎之意，事實上也就是按照「海底」、「通草」進行對話，並加以考核的意思（《林海雪原》中楊子榮初見座山雕時的問答，就屬於「參敎」）。「海底」的內容，很多牽涉到船上的詞語。將這些江湖話稱爲「海底」，可見是由於

起源於運糧船幫的原因。所以，一些自命爲正統的傳道師，只承認「海底」而不承認那些流傳的「通草」。

一般說，「參教」是爲了弄清楚是不是眞正的「家裡人」，像那種窮追猛打，盤根究底的「參教」，則是不相信對方是「家裡人」，或者雙方有了「核子」(矛盾)，借「參教」問倒對方，「霉」對方，拆對方的台，而這種情況是極少見的。一般查問一下「三幫九代」，能熟練地交代出來，也就可以算是交卷及格，彼此就可談家常講交情了。而在「參教」交代「三幫九代」時，也有一定的形式和說法，稍一差錯，就被對方看「翹」了。兩人對面而坐，態度嚴肅，兩手分按桌角，互相奉茶、奉煙等等都有一定的規矩。例如倒茶要右手執壺把，左手微按壺蓋茶嘴之間。請酒赴宴或便飯時，敬酒奉煙，敬菜送菜以至吃完後打招呼，都有一定的方式。在正式發問時要兩手按桌角，微微欠身起立。說：「請問老大(這時不明字輩，故一律互稱「老大」)哪一座寶山？」回答者也要手按桌角欠身起立，說：「好說好說，敝幫是×××(興武六、江淮四之類的幫名)，敝家師上某下某(這是表示不敢直呼「前人」之名，而將兩字拆開來稱，如係單名，則說「單名一個某字」)，他老人家是某省某府某縣人氏。」其實，自辛亥革命後，早已廢掉「府」一級政權了，但交待三幫九代時，相沿一定要說明某省某府某縣，不能馬虎。接著，不須對方發問，交代：「敝師爺……」、「敝師太……」，和前面一樣，但不須再交代幫口，這就算交代了一幫三代。如此，再繼續交代引進師和傳道師的幫口三代。「三幫九代」交代完畢，彼此打個招呼，就算「參教」結束，而互相承認是「家裡人」，可以隨隨便便談話了。但如有一方發現對方字輩比自己大，是「前人」班子或師爺班子，就一定要用「海底」上的話打招呼，表示在此地還不便，等以後再補「家裡的規矩禮」。如你在屋内都是「家裡人」，還必須按「家規」進行叩拜。

談到清幫字輩，「大」字輩以上還有「理」字輩，是一般人皆知的。我二十歲左右時，還認識鎮江一個拳師任小斗，就是「理」字輩，當時一些「大」字輩都尊重他。他善拳術，精於醫治跌打損傷，藏有祖傳袐方，近三十年來鎭江著名的傷科醫生許春華，就是由任傳授拳術和醫道，最後將袐方也交給許了。許是向任學拳學醫的徒弟，和清幫無關。實則「大」字是清幫的第二十一代，一般人都知道那時一些站「通」字的較多，往往說：「我頭頂二十一，腳踏二十三」，就表明是「大」字輩的徒弟。我所記得的，三祖師以下，第一代爲「羅」字，就是：「羅、祖、眞、傳、佛、法、玄、妙、普、門、開、放、萬、象、依、歸、園、明、性(不是「心」字)、理、大、通、悟、覺、嘉、律、傳、寶……」寶字下面還有，我記不得了。這樣，對於文義也較通順的。

有人提到，「參教」時如發現「空子」冒充，可能要吃「三刀六個眼」，在清幫是不會這樣的，因爲清幫是「准充不准賴」，遇到「空子」冒充，還和別人「參教」，被戳穿了，給一個「下没趣」，不准其「混充好漢」，最多逼著「另開碼頭」，滾開就算了；如真是「窮光蛋」，還可多少給點「盤費」，以示江湖義氣；至於「三刀六個眼」，是洪幫的口頭語，遇到爭執，互相搞翻了，爲了表示自己的決心，用匕首在自己腿上狠戳三刀通心過，就成了「三刀六個眼」，使對方服貼。這種傳說是不是事實，無從考查。至於清幫爲了整肅幫規，私設公堂，罰輸錢財，棍棒吊打，甚而捆綁之後，投沈江河，也是個別現象，並不普遍。

抗戰前的一些清幫人物

抗戰前，我還在中青年時代，接觸面還不廣，對當時清幫頭面人物並不熟識，僅就當時所聞作一回憶。

清幫發展到中上層社會，是在辛亥革命後的民國年間，而其鼎盛時期則在國民黨統治以後到日寇入侵以前，即一九二七年到一九三七年的十年間。清幫雖然已由「反清復明」的宗旨逐步蛻變爲毫無政治目的、鬆散的民間幫會組織。當時官吏、豪紳，認爲幫會就是青皮、流氓，即使並未參加幫會，也可以加上幫會帽子，至少也要打板子，坐班房，枷號示衆的。然而幫會特別是清幫，採取了掩蔽祕密方式，仍然大量發展於下層階層中。它不僅發展在青皮、流氓、土匪、大盜中，也發展在醫卜、星相、賣藝、賣藥等各種走串江湖爲生的人當中，也發展在碼頭、驛站挑抬搬運賣苦力的勞動人民當中，甚而還發展到官府近側爲官府耳目、爪牙的禁捕、役吏當中。民國和清王朝的專制體制畢竟不同，隨便抓人、打人、枷號示眾現象，多少有所顧忌。幫會方面，雖然不能公開開香堂，但已可較爲自由地發展了。原來的幫會人物，經濟狀況有的逐步上升，也經營某些行業；加上茶館、酒店、戲館、旅館、浴室、輪船運輸等等行業，要接觸社會上各式各樣的人物，情形比較複雜，往往需要利用幫會，便也成了當時幫會的發展方向。幫會也進入社會的中層，甚而中層偏上了。這些行業，有的本是官紳資本，他們參加幫會以減少麻煩，有的還請了幫會中有聲望的人擔任「外照」，表面上成了行號的負責人，實則並不過問業務，只是擔個名義爲行號「擋擋風水」而已。後來軍警界人物，也有打出旗號公開參加幫會活動的。例如在一九二〇年左右，當了多年旅長兼南通鎮守使的張鏡湖（張大鬍子），就是有名的大字輩，並曾廣收門徒。他以清幫頭子交結江湖朋友而知名。前面提到有一種清幫的「通草」本，就是他整理印行的。由此清幫頭面人物地位逐步上升，也能和當時上流社會接觸交往了。

如果說清幫在北洋軍閥統治時期逐漸發展，而到一九二七年以後國民黨統治時，成爲它的極盛時期，最主要的原因，則是和蔣介石利用清幫反共分不開的。當蔣介石決心發動「四・一二」反革命政變時，就利用了上海清幫頭子黃金榮、杜月笙、張嘯林等組織「共進會」，聚集他們的徒子徒孫，向共產黨首先發難，這是人所共知的史實。在蔣介石政權鞏固以後，他們都是有功之臣，身價十倍，原來被人貶稱的「麻皮金榮」，逐漸爲「黃金榮先生」所代替，以後又大興土木，建造廳堂樓閣。竟有些無恥文人，將他的廣收門徒，比作孔子的弟子三千，爲他的建築題名「四教堂」（取《論語》「子以四教：文、行、忠、信之意），作序上匾，大大熱鬧了一番。「杜先生」不甘人後，也建造了一所雄偉壯觀的「杜祠」。他們兩家先後的「盛會」，不僅轟動上海，各地幫會和知名人物，甚而工商界、軍政界人物也雲集上海，大肆慶祝，還將全國有名的戲曲家、藝人招致上海，爲他們作堂會。這樣，清幫在國内社會地位更加提高，在上海及江、浙、皖一帶大爲發展。

談到黃金榮等人在清幫的字輩，據我所知，只有張嘯林站「大」字，黃金榮係站「通」字，杜月笙還要小一輩，以後「爬樓子」爬成「通」字。所謂「爬樓子」，是因清幫中人原來字輩較低，後勢力發展了，幫内地位增高了，就另行投拜一個高一輩的「前人」班子，或由幫内有影響的「好朋好友」幫襯架勢，證明他原來是某人的「下巴殼子」(即徒弟，如説「上眼皮」即師父)，就自然而然地爬上一層樓了。外面傳説他們三人都是「大」字輩，是不符合事實的。在那個時期，清幫中人多方聯繫訪查，全國的「大」字輩，只有三十七人左右。黃金榮邀集他們到上海爲「四教堂」落成祝賀，只到了十七人，並曾攝影留念，而這些人多數是在滬、蘇、皖、浙一帶。那時上海居住的「大」字輩有五人，除張嘯林外，最著名的有曹幼珊、李琴堂兩人。曹幼珊人稱曹三爺，李琴堂人稱李二爺，他們原來在鎮江没有正當行業，就先後去上海「混世」，憑清幫關係，也「混」得家成業就，並收了不少徒弟。但他們對收徒弟頗有選擇，主要是以服務娛樂等行業以及某些工商業的老闆、經理爲對象，而這些徒弟，大多是爲了「借一步走走」，藉老頭子的聲勢站住脚，以免被人欺負；他們決不會惹事、闖禍，爲老頭子造成麻煩，而且四時八節對老頭子孝敬豐富。曹、李二人不僅在上海幫裡幫外而且在長江沿岸、直到武漢以至平、津一帶的江湖朋友方面，都頗爲知名，鎮江、揚州一帶就不用説了。但黃、杜、張等效忠蔣介石反共建功之後，地位劇升，曹、李等考慮不能再收徒弟了，因他們所收門徒，站「通」字輩，和黃、杜平起平坐，而且還是黃、杜所收徒弟的「前人班子」，是頗難相處的，久後必然要和黃、杜一幫矛盾激化，説不定會出什麼亂子。於是他們「關了山門」以示好感。這樣，避免了和黃、杜的矛盾，並贏得了他們的尊重而相安無事。這也説明黃金榮並不是「大」字輩。至於説曹、李「關山門」，也是騙人的，前面不是説到他們北上路過鎮江，又收了一批徒弟嗎，就又「開了山門」。好在這些新收的「通」字輩，不會和上海方面發生摩擦的。

由於上海是四方薈萃、華洋雜處的水陸碼頭，幫會的發展比較快，易向下傳，字輩自然就比較小。當上海「大」字輩退居，「通」字輩站山頭做世面的時候，鎮江、揚州一帶，則仍然是「大」字輩當令，還在大收「通」字輩徒弟（一些資格較老的「通」字輩，也在開香堂收徒弟了），所以曹幼珊、李琴堂可以在鎮江收徒。而其時鎮江「大」字輩最「吃得開」、名字最「響」的，則是朱炳元，曹、李和他也是頗有來往，互相幫襯的。

朱炳元，人稱朱二太爺，早年所收徒弟，大多是江邊碼頭、車站的工頭和工人，以後家成業就，名氣大了，在這些範圍內，就讓徒弟去收徒孫。他自己收徒弟很愼重，選擇一些年歲較大的殷實人家子弟或商業老闆、小開之類。他逐漸和社會上的中上層人士交往，以後又擔任蘇浙皖卷煙查驗局鎮江分所負責人，而成爲半官人物。於是工商團體和商業行號人士，又不得不和朱接觸，他的社會地位也就逐步上升，雖還未能躋於士紳之林，至少已不將他看成一個幫會頭子而鄙視了。其時傳説朱的最得力大徒弟是閔芝貴和向春亭，閔的情況我不清楚，而向的師父實是清江馮守義。馮常來鎮江，和朱關係密切，早年將向託給朱照拂，朱就培養提拔。向對朱也十分尊重，他們關係親密，有些人就以爲他們是師徒而傳開了。但向以後的成功，也確是和朱分不開的。

當時鎮江的「大」字輩，除朱炳元外，還有楊善之、魏子榮、胡小望、步長生等。楊善之人稱楊二太爺，住排灣，所收徒弟多在排灣以西以至高資橋頭一帶，主要是一些鄉鎮保長以及農村中的尖子人物，地域範圍似乎與朱炳元是楚河漢界，各不相擾，雖未正式簽過協定，大概是互相默契的。而以後句容、丹陽、金壇、溧陽一帶農村，多有慕楊之名來投師者，以後楊也多次去這些地方開香堂收徒，勢力頗廣，甚而有時在這個區域內，能對競選發生相對的影響。胡小望原是鎭江蒙族人，所以徒弟主要在鎭江南鄉官塘橋、西麓、上黨一帶，這裡當時是土匪出沒之處，他的徒弟較爲複雜就可想而知了，在市內南門大街五條街一帶，也收了一些徒弟，多是一些下層青皮、「十二屬」之類，還有一些是原鎭江旗營裡已經沒落的滿蒙籍八旗子弟。步長生人稱爲步侉子，住陋園巷，所收徒弟多爲附近小孟湖、黑橋一帶拉人力車、挑抬的苦力。這一帶也較爲複雜，有些兵痞、土匪出沒於此。他們有時在省保安團、縣保安隊吃餉當兵，有時利用槍支擋路搶劫，可說兵匪不分，其中有無步長生的徒弟，也很難說。魏子榮情況記不清了，他和朱炳元、楊善之都可以和中上流社會階層交往，而胡小望和步長生則不能，他們各個勢力範圍的分布也有所不同。

以上一些「大」字輩的清幫人物，是當時鎭江各階層中都知名的，其他還有在蘇北站山頭、經常往來鎭江而知名的，有清江的馮守義，人稱馮二太爺；揚州的阮慕伯，人稱阮五太爺；朱鈞甫，朱炳元之弟，人稱朱五太爺，以及瓜洲的樊蓋臣等。另外還有北伐時期的國民革命軍第一師師長、當時任江蘇省政府委員兼建設廳廳長的揚州人王柏齡。揚州商會會長王敬亭也都是大字輩，不過他們厠身於軍政界或工商界，不以「混世」身分出現，也不開香堂收徒，只是有這麼一個關係而已。

如說當時清幫的「大」字輩，全國只剩三十七人，前面所涉及的，包括上海張嘯林、曹幼珊、李琴堂等已有十二人，而且大多在蘇、滬、浙、皖一帶。至於當時的「通」字輩、「悟」字輩，也很活躍。尤其是「通」字輩中較有基礎的人，其中向春亭、江炳堃已在鎭江廣收門徒，而向更爲佼佼。入清幫「混世」的，也都知道並非正道，某些混得較有聲勢的人，就想到要成「正果」才行。他們對江湖朋友就力求「四海」、「夠味兒」(意味著不吝金錢廣爲結交，並盡量滿足別人的要求)，對幫外社會中上層人士，也多方聯繫結納，爭取一定的聲譽，最後能躋於紳士、名流之林，這就算是成了「正果」，而向春亭就是這類的一個典型人物（見向的談話記錄）。

淪陷時期的鎮江清幫

鎮江淪陷前，清幫的一些「大」字輩、「通」字輩的頭面人物，大多離開本地，有的輾轉遷徙後方，有的避居蘇北或農村。據我所聞，前面提到的滬鎮一帶清幫知名人物，除張嘯林意欲「下水」，即被狙擊而死外，其他基本上都沒有投敵投僞，甚而不久即返回鎮江居住的汪炳堃，虛與敵僞周旋，堅持不接受一官半職，不參加活動，保全了民族氣節。但也有些無恥之徒勾結日僞無惡不作。上海有常玉清，自命爲清幫總頭目，成立什麼「安清同盟總會」，重行整理訂立章程、幫規等等，並於各地成立分支機構，儼然以清幫最高領導者自居，當時敵僞報紙上也有片斷新聞報導的（大概是一九四二年以後的事）。鎮江於淪陷後，很快就出現了搶占山頭的「通」字輩老頭子邱鳳儀、胡春潮等人。但不管是上海、鎮江或是別的淪陷區域，都直接聽命於日本軍部特務機關而受其控制。

邱鳳儀又名逢宜，據說是廣東人，鎮江淪陷前是江蘇省建設廳的辦事員，又傳是「大」字輩排灣楊善之的門徒，是上過「大錢糧」或「小錢糧」還是冒名頂替，無從查考；但以後楊門弟子都承認他是「同山弟兄」而互相利用。他很可能是早已接受日本特務聯繫，祕密潛伏的漢奸，不以一個很遠的異鄉人，淪陷時逗留鎮江，很快就參加日本憲兵隊宣撫班，而且十分重用，不久，又委爲丹徒縣（包括現在的鎮江市區和丹徒縣全部）財政局長。邱既是日軍心腹，可以直接出入軍部並和大小「太君」接觸，又是僞府官吏，地位僅次於僞縣長，同時又成爲清幫占山頭的老頭子，眞是炙手可熱。當時有人稱他左右逢源，無往不宜，於是就又自名「逢宜」。

胡春潮，鎮江的蒙籍旗人，是以五條街南門大街到鎮江南鄉作爲勢力範圍的「大」字輩胡小望的兒子。在抗戰前，他鬼混浪蕩，曾在保安隊、警察隊當過起碼的差遣，屬於「下八洞」一流人物。淪陷前後和日本特務掛上了鈎，靠他父親在幫名義，以「小老大」的身分號召頗有影響。日本人當然要利用他，因而也當上了丹徒縣警察局長，仍然在他父親那個勢力範圍內，收了不少下一輩的徒弟。以後又兼任了蒙籍救濟院院長，儼然成了鎮江蒙族領袖，加上他父親的徒子徒孫的捧場，在幫會中也「吃得開」了。

邱、胡兩人字輩相同，「官」階相同，然而氣派、聲勢、場面，胡則比邱大爲遜色，這不僅因爲日本人對邱支持，胡的應付「手面」也大不如邱，自然在各方面都相形見絀了。邱是宣撫班成員，日軍部及特務機關可以直進直出，直接談話；而胡則必須藉助於翻譯王佑喜(日軍翻譯兼僞丹徒縣府科長，原以理髮爲業)。至於「手面」，是江湖幫會中人講交情、講義氣、「夠味兒」的一個重要方面。實際上無條件的交情義氣是没有的，總還夾雜著許多複雜的因素，歸根到底，還是互相利用。因而他們不僅會弄錢，還要會大手大腳地用錢，以這個標準衡量，胡春潮就不如邱鳳儀遠甚。

鎮江淪陷後，我舉家輾轉避居到上海，其時對胡、邱兩人並不相識。一九四一年八月，因我岳父在鎮病危，不得不和我妻倉猝返鎮探望。爲了避人耳目，略爲化裝並乘較晚火車，於傍晚六時抵鎮。在南門站下車步行回家，沿途並未遇見熟人。是夜十二時左右，竟有人敲門，説是警察局局長派來的。家人均感禍事臨頭，乃開門詢問後，來人係僞警官曹××(已忘其名)，持有局長胡春潮、督察長嚴竹君名片，云傍晚我被中正橋(現解放橋)崗警所見。胡、嚴特邀約明晨在宴春酒樓早點。我感到身入虎口，姑允應約，以觀究竟。次日如約前往，嚴竹君是我早年認識的，代爲與胡介紹之後，都表示爲了交個朋友，並無別意。講些客套話之後，胡並告知曾打電話約邱鳳儀來見面陪客，因他有事不能來，最好去拜望一下。正談話間，邱鳳儀送來請柬，邀約當晚到其家中「便酌」。這時我感到爲難，而胡、嚴兩人説：「你們楊家在鎮江是有名氣的，你在上海同鄉、朋友多，他(邱)完全是爲結交朋友，絶無他意；而且你來鎮江，也可能碰到麻煩，你必須吃他這一頓，萬一有事，他必能爲你解決。」於是我決定當晚赴約。

邱鳳儀家住在京畿嶺西大院一幢樓房內，樓上有四大間通敞的客堂，布置得富麗堂皇。邱請來了一個曾和我多年同事的時任僞縣政府主任祕書兼第一科科長的潘佑之作陪；還有一些工商業者，特別是五洋業的江步泉、朱容生、楊利生等和清幫人物江炳堃也請來了，共計兩桌，頗爲豐盛，還招歌女來唱「堂會」。席後，邱將我和潘佑之拉到一邊，說：「我知道你雖非家裡人（指不在幫），但希望你能下水（指當漢奸）。潘祕書兼著科長，希望讓出一個職務來給你。郭縣長必然也歡迎。胡春潮也想你當他警察局的科長，不要理他。」我即告訴他，係爲岳父病危而來，現病勢已無指望，一俟喪葬完畢，即需返回上海。邱又說：「你既不願下水，絕不勉強，希望以後常回鎮江，安全問題可以放心。」我只有表示謝意。以後我問潘佑之，欠下這椿人情怎麼辦？潘說你不用爲此介意，他這是例行的普通招待，幾乎天天如此，遇到招待特殊客人時，那個場面，你還没有看見呢。這眞使我爲之咋舌。

以後日僞聯合「清鄉」（約一九四三年），日寇想藉以消滅潛伏活動的共產黨和游擊隊，而僞方人員則意在斂財肥私。爲了「清鄉」，撤銷了僞專區公署、縣政府兩級建制，成立了兩級「清鄉」機構。人們都知道這將是一次大規模的嚴酷的「清箱」運動，殷實富户和稍有資財的人都感到自危，而原任的一些僞官、新貴，箱子裡是比較有油水的。於是剛剛卸任的僞黨務專員、僞縣長、處局長、科長等，都迅即另開碼頭，離開鎮江，以避「清箱」之鋒，胡春潮也走開了。唯邱鳳儀有恃無恐，固然因他和「皇軍」有直接聯繫，可倚爲靠山，同時也自信「手面」可以解決問題。「清鄉」主要新貴，有鎮江區清鄉公署專員袁殊、祕書沈無捐、丹徒縣清鄉公署主任張修明、祕書汪家楨；而最活躍弄權炙手可熱的則爲沈無捐。據聞邱鳳儀摸底後，有一次專門宴請沈無捐，不僅酒席豐盛，而且用了一套眞銀特製的台面。全副台面用銀雖僅近百兩，而精工細緻的費用要幾倍於銀的價值。這些漢奸們都嘖嘖稱羨，邱當場就贈送給沈，次日即將全套台面洗擦乾淨，並加一套進口的西餐具親自送去。以後，邱不但在「清鄉」中穩住了腳，且沈無捐又把自己兼任的模範區(今市區及近郊區範圍)區長讓給邱鳳儀兼任。於是邱鳳儀既成了「皇軍」信賴的鷹犬，又是「清鄉」的新貴，再加上是站鎮江山頭的清幫老頭子。這時他就大量收徒弟，來者不拒，其中有一部分原本就是痞棍流氓，投入邱門之後，很多安插在邱所兼任所長的「檢問所」裡當爪牙，更是欺壓行人，無惡不作。但也有不少城鄉小康人家的子弟，農村有田產的，城市有房子的，以及商號經理、小開等，也向邱鳳儀投帖拜師。這一些徒弟，主要是藉這塊「金字招牌」作護身符，避免或減少受人敲詐、欺壓而已，而邱鳳儀這時因胡春潮已遠避他方，幾乎是獨佔山頭，除笑納大宗投師的押帖費外，還可四時八節享受「孝敬」。他之所以有「手面」，能夠揮金如土，這也是其小小來源之一。

清幫「准充不准賴」，這是指幫裡互相關係而言。如在一般場合，尤其是在中上層社會中，都是遮遮掩掩，實際上大多數還是在「賴」。而在淪陷時期，一般不掩蔽這種關係，甚而以此沾沾自喜。鎮江邱、胡兩人以「局長」身分，廣收門徒，事實上已完全公開；而「安清同盟會」則更成爲公開的「法團」了。而按照清幫的幫規、儀注、習慣行事，正式開香堂收徒弟，傳授「三幫九代」、「十大幫規」和「海底」、「通草」等等，就非常之少了。據說以後根本就不開香堂，徒弟們遞一個拜門帖子，附押帖費和禮物，並請上幾桌酒，就算師徒關係確立了。互相之間的來往，可以直來直去，由別人或自我介紹，說是某人的徒弟(當時有「在某某會下」的說法)，站什麼字，以後就直接談話，根本也談不上「參教」、「盤海底」了。

鎮江淪陷時期的清幫勢力，初期分屬邱、胡兩人，而後期則全屬邱一個人。此外，也有其他較有名的通字輩如江炳堃，曾收過一些徒弟，並聽說開過香堂；而四鄉方面，也有各站山頭的，聽說有高資的吳某某(大字輩楊善之的徒弟)，上黨的談朝宗(據說曾拜過大字輩胡小望)。

淪陷八年當中，鎮江兩個橫行的清幫頭子，胡春潮早於「清鄉」開始前銷聲匿跡。邱鳳儀則在剛剛勝利時潛逃了，直到解放後的一九五一年才在上海拿獲，斃於鎮江看守所中。胡春潮聞亦被拿獲處決。

抗戰勝利後的鎮江清幫

一九四五年日寇投降後，鎮江清幫的局面也大大不同了。原來投拜在邱鳳儀、胡春潮等門下的徒子徒孫，紛紛改換門庭，另行投師，以免被指爲漢奸。他們絕大多數投入了中統特務、黃色總工會理事長祁仰希的門下。其時清幫頭面人物，除祁仰希外，還有向春亭、步漁鄰、談朝宗、趙慶棠等都有多有少地收過徒弟，但情況和祁仰希不同。

清幫有資格的人物要推向春亭，他參加清幫到抗戰勝利時已有近四十年的歷史，他是按照清幫正規儀注在香堂裡拜師孝祖的。他交游廣闊，不但在滬蘇一帶江湖朋友中享有盛名，即在長江上下游及西南幾省，也相當知名；不僅是清幫頭面人物，而且兼爲洪幫的「大哥」。他這時的社會地位，更比抗戰前大大提高，故而總是有意識地沖淡幫會色彩，自然就更不願大張旗鼓地開香堂收徒弟，即使是上「小錢糧」遞帖子，也極其愼重地選擇。以他當時的聲望地位，找人引荐上門投師的自然不少，而他一般都謝絕，只有極少的幾個較大字號的老闆、經理遞帖子。外傳他徒弟很多，其實都是抗戰前所收的，而且大多是江邊一帶行業，尤其是輪船業方面的經理、小開、老大(相當於船長)、老軌(相當於輪機長)，以至水手等比較多。由於向是屬於成「正果」的，就愛惜名聲，對徒弟們就不肯放縱，因而較少爲非作歹的。

向春亭之所以能成「正果」，和他廣交朋友、有手面也是分不開的。例如抗戰期間，他在西南時和雲南有名的龍三公子(龍雲的兒子)結上朋友，有了洪幫關係；勝利後，龍三公子在南京陸軍大學受訓，向去南京邀約來鎮、揚一帶遊覽。龍邀約了團長以上的陸大同學二十餘人來了，向殷勤接待，約了十幾個本地人士作陪，借復廬俱樂部盛筵款待，借汽車，放專輪，漫游金、焦；又專輪直送揚州，邀請揚州知名人士作陪。回鎮之後，又和路局打交道專包一節車廂，親自送到南京。前後三、四天，所費驚人，而向則毫無吝嗇。由於他比較正派熱情，當時各方面人物都比較重視他，鎮江「三老」冷御秋、陸小波等也經常和他商量關於地方的一些問題。在一九四八年鎮江商會最後一次改選時，向春亭亦被選爲僅次於陸小波的商會領導人之一；解放時，他陪同陸小波和其他地方人士迎接大軍渡江，做了一些有益於人民的事。向主要以經商、做生意(也做過私販煙土生意)以維持其龐大開支，沒有那種唆令門徒敲詐勒索、收取規費、作惡多端的行徑。

和向春亭作風相反，清幫頭子祁仰希，不僅是作惡多端的流氓，而且是個漢奸特務。他青年時，是火柴廠的工人，鬧過幾回工潮，成爲工會骨幹，地位逐步上升。淪陷期間，參加了汪僞特工，又和蔣方特工掛上鉤；勝利後，以中統專員身分出現，並當上黃色總工會理事長。一面以清幫「通」字輩老頭子身分大收徒弟，其範圍大多數是想找靠山的所屬各產業、職業工會的骨幹和工人，但也有一些屬於資方的，如理髮、飯菜館、浴室、人力車等行業的老闆、小開等。還有一些日僞時代的漢奸、翻譯、特務小爪牙投奔到祁仰希門下來「改換門庭」。據説他的徒子徒孫有兩三千人之多。他既是黃色總工會理事長，還擔任一個參議員的名義，儼然列於「地方人士」之林。祁仰希本來就有中統、幫會兩個方面的惡勢力，再加上這麼一個法團領袖的身分，可以隨意出入大小機關衙門，參加各種集會、活動，就更容易吸引一些爪牙，聚成一股惡勢力任意橫行了。成千徒弟的孝敬饋贈，足夠他的揮霍。遇到勞資糾紛，更是他的生財之道，一般資方不得不買他的帳。如遇雙方都是他的徒弟，必然都向他許願；他等火燒起來之後，出面料理，很快就解決了。眞是左右逢源，無往不利。

祁仰希，原已有一妻一妾，後又納了一個比他小二十歲的妓女爲妾；吸食鴉片煙已不夠刺激提神，天天非打嗎啡針不可，隨身帶著器具自己注射；手槍不離身邊，有時憑空放上兩槍，似乎藉作消遣，實則給人以一種無形的威脅。一切都表現了一個十足的流氓工賊面目。

祁仰希在清幫站「通」字，其「前人」是誰，已難考查，但絕不是冒充的。因他出跡於黃色工會，和低層社會有頻繁交往；尤其各產業、職業工會裡的一些工頭，多數是幫會中人，如想混充，並且充的是輩份較高的「通」字輩，是不可能的。他對三教九流，確實是有一套的。例如，江湖有一種強討惡化的一幫，學會一種方法叫「開塘」，在強討未達目的時，用討飯碗在自己額上一拍，頃刻血流滿面，用以訛詐。而祁仰希竟頗擅此道，我也曾兩次親見他在大庭廣眾之中表演過「開塘」手法，一次用瓷碗，一次用玻璃杯，用力向前額一拍，碗、杯立即粉碎，而額上毫無傷痕。如要血流滿面，可以隨心所欲，而且傷勢不重，一兩天即可恢復，不帶疤痕。這種「技能」也必須經過投師傳授，且非一朝一夕所能練就。清幫和其他幫會一樣，本屬三教九流，爲各層人物都有的大雜燴，就這一點而言，祁仰希也確在清幫下流層裡「滾」過一陣子。他是屬於不想「成正果」一類。

步漁鄰是清幫大字輩步長生的兒子。據我所知，他並沒有拜過老頭子，但「家學淵源」，對清幫情況可能知道一些。我曾問過他什麼叫「三幫九代」，他微笑不答，估計可能是答不出了。他中學畢業後，曾在杭州之江大學讀過書，一九二七年以後，一直在國民黨鎮江縣黨部當縣黨部委員，創辦了《東南晨報》，自任社長。勝利後，恢復了《東南晨報》，又任縣參議員、縣農會理事長，當時是鋒利而爲人所畏的風雲人物，但看不出「混世」的清幫頭子味道。後來他忽然自稱是「通」字輩，收起徒弟來了，由於他父親的關係，也沒有人懷疑。大概也只收了幾十個，除個別漁行小開、報館職工外，大多數在第三區(今丹徒上黨一帶)，其中有一個叫侯銘富，於解放前不久，由步推荐任第三區區長。解放後，步由上海祕密去舟山聯繫，弄了一個「反共救國司令」之類的名義，即令侯在第三區活動，步則在上海遙控，結果雙雙在上海被捕，解到鎮江處決。

還有兩個在鄉區以清幫名義收徒弟發展惡勢力的典型，就是三區（上黨）的談朝宗和六區（寶埝）的趙慶棠。

談朝宗在敵僞時期就當上了三區區長，勝利前和國民黨鎮江地下縣長李守之聯繫上，委爲地下區長，故勝利後仍得繼續蟬聯。由於曾任漢奸區長，經常被人攻訐，地位不穩，以後更加大收徒弟以培植個人的惡勢力。終於在一九四八年冬，被中統以他案逼令法院予以逮捕，而區長一職即落入侯銘富之手。談朝宗收徒不少，據聞没開過香堂，照種種跡象看，他多半是「空子」冒充的。

趙慶棠原係知識份子，教育學院畢業，寶埝區人，參加了國民黨地下工作，被任爲六區（寶埝）區長。勝利後還繼續任職一個時期，改任鎮江幹部訓練所教育長。趙慶棠頗有野心，想先當上國大代表，然後再圖發展。他想以幹訓所和寶埝區兩個基地培植黨羽，發展勢力。但寶埝區土勢力相當複雜，你爭我奪，各不相下，趙慶棠乃大收徒弟，以期取得這一塊地區的控制權。他在寶埝區的範圍，後再向金壇的直溪橋、丹陽的延陵一帶，與談朝宗產生了矛盾，談不敢與之爭衡。趙冒充是鎮江楊善之的徒弟，號稱有徒眾六千之多。我問過他，他説估計在三四千之間，自己承認根本没見過楊善之，而且也没聽到過香堂怎麼開法，有關幫會的常識也不知道。他是一個對清幫一無所知的冒牌「老頭子」。

抗戰勝利後的清幫，繼承了敵僞時期的一套，日趨下流，而成爲極端反動的道會門。

幾個「混世」人物

還有幾個「正宗」的清幫人物，我所説所謂清幫「正宗」，是意味著完全靠清幫混世、吃飯，甚而起家的人物，以我較熟悉的，於上、中、下流中各舉一、二人，可見一斑。

江炳堃，在他中年到晚年的近四十年當中，不僅在幫會裡，而且在社會上都很知名，我和他儘管年齡相差近三十歲，也有相當交誼。

江炳埜在辛亥革命前，被援引到縣衙門裡充當一名差捕。當時衙門口「辦公事」的差捕吏役，一般都有幫會關係，否則也站不住腳。他投何人爲師，我已忘了。當時有一個老資格、有辦法的捕頭，人稱老錢二，他對江培養教導，因而江在江湖上逐漸知名。在民國初年，江得到知名人士的支持，戰勝了對手蔣某，由當時的縣知事張鵬派爲縣公署的政務警警長。政務警有別於一般警察，專爲執行行政勤務以及行政方面的傳喚、拘捕等有關違犯行政法規的事項，實際上是由前清的捕頭演變而來。幾年後又派兼縣公署留置所所長，該所相當於拘留所或看守所，是違犯行政法令或欠繳錢糧捐稅，弄到這裡的人是還沒有到違警或違法的程度，不夠送警察局或法院的。江炳埜的這兩個有聯繫的職務，一直保持到一九三七年淪陷以前。這二十幾年中，由北洋軍閥到國民黨，由縣知事、縣公署到縣長、縣政府，經過十幾任，而江的這兩個名義始終不變。舊時期這種屬於差役性質的名目，是常常爲人所瞧不起的。但歷任的知事、縣長及其僚屬，以及地方紳士，都是請他坐下來談話，給予相當禮遇。而當時一般差役及其頭目，在上級面前，是不能坐著談話的。他辦事周到，手腕圓滑，於此可見。

他在清幫站「通」字，早期也收過一些徒弟，主要分布在政務警、催徵警(縣政催交錢糧的)、司法警(法院裡執行業務的)和警察、偵緝隊裡，如擔任多年司法警長的劉益昌、偵緝隊長崔少卿等都是。

他的處世哲學是力求圓滑，不得罪人。他常說：「結交一個朋友很難，斷絕一個朋友很容易。」又常說：「君子愛財，取之有道。」意思是不敲詐勒索，要讓人家心甘情願地送錢。又常說：「熱鍋膛不必多燒，冷鍋膛一定要常燒。」意思是說，在台上有權勢的，你拍馬也不起多大作用，而對台下無權的，你多加照拂關顧，以後他上台了，必然報答你。事實上他確是如此，舊官下台或某些人因事進入留置所，甚而有些官吏因事被省政府送縣政府臨時關押的，江炳埜都是竭力周旋照顧。他這種「雪中送炭」的手法，不僅博得了對方好感，而且也頗收實惠，較之一般惡煞神似的獄吏高明多了。他還常説：「我們蹲在缺德的場所，但要做修德的事」，也就是「公門中好修行」的意思。他還有一個劊子手的技能，用刀砍頭時，要恰巧在關口上，不須再砍第二刀。此外，還要善於「堂綁」，對死刑犯用一根繩子由兩肩綁到背後，打一個活扣，只須半分鐘左右，即無法擺脱，雖然梟首只用過一兩次，而槍決、堂綁，則經常有的。他説：殺人和堂綁，不是我們能作主的，但能殺得痛快，綁得不難受，也是可以積德之處。他晚年家裡布置一個佛堂，吃齋、念佛，恐和這也有聯帶關係，可能是一種懺悔吧。

江炳堃雖然幫會出身，而名聲較好，社會地位逐漸上升，以後又在大西路以西開了中等五洋煙紙店，加上徒弟們的孝敬，享受其小康而安定的生活。

淪陷時，江炳堃短期避蘇北即回鎭江。日寇、漢奸不肯放過他，於是他虛與委蛇，堅持不下水，以一個江湖上有名的清幫頭子，在日僞權力範圍內，周旋八年，最後還能保住民族氣節，這也是不容易的。在這期間，聞漢奸清幫頭子常玉清，曾叫江炳堃任「安清同盟會」鎭江分會副會長，我未聞他在這方面有所活動。又知他曾按照老規矩開香堂收過少數徒弟，都是小開之類，沒有肯將地痞、流氓和特務收入門下。

勝利後，冷御秋、陸小波兩老先後由渝滬返鎭，他們得知江炳堃八年中能保存名節情形，相當重視。兩老都曾到江炳堃家中探訪慰問，這固然是對於他不作漢奸的贊賞，還由於冷老早年創建伯先公園和辦理鎭江塘壩工程時，也出過一點力氣。建國後，他七十歲時去世。

以清幫混世、吃飯，在幫裡打了一輩子滾的人物，只有前面提到過的傳道師顧華堂了。顧在幫裡站「通」字，因幾乎是以傳道師爲業，所以上海以至蘇南蘇北的幫會中人，不管上中下流都認識他，人稱爲「顧四爺」。他本姓羅，右眼皮有點外翻，許多人背後喊他爲「羅四瞎子」，這渾名在幫裡也是無人不曉的。他的師父傳給他一本「海底」，他識字很少，只有死記硬背，背熟後再去認字，順藤摸瓜，很有進步，後可以看看簡單的書信，但還是不能寫。他對這部「海底」十分珍視，認爲是傳「家」之寶，平時不肯輕易示人。爲避麻煩，他將「海底」用油紙包裹，盛以木盒，砌在牆壁內，說將來傳給關山門徒弟。某年因修繕牆垣，不得不將木盒暫時取出，我特往糾纏後，大略地看過一下，是那時的一種「毛邊紙」，用黑筆抄朱筆圈點，字不工整，但是繩頭正楷，內容極爲豐富。如香堂如何布置，儀式進行程序，十大幫規，進行儀式時每一動作，如點燭、燒香、磕頭、傳授幫代、幫規等應吟頌的詩句，都有詳細記載；對在各種場所吃飯、喝茶，座位如何安排，茶杯碗筷如何安放，兩手如何動作都有定式；對在各種場所互相接觸往來，或辦理交涉，如何問，如何答，有的用暗語，有的用詩句，都有十分詳盡的規定。比我所見過的其他「通草」、《安清幫規大全》等都多幾倍。試提一兩處向顧詢問，他都能滾熟對答，一字不訛。因他有這種本領，各地特別是鎮揚一帶開香堂授徒時，大多請他當傳道師，如輩份、幫口不合，不能由他當傳道師，亦必請他去指導一切。所以他那時經常離家「出差」，不僅有吃有喝，臨行時還須送一筆豐厚的程儀，若干年中基本上以此爲生。據說那時開香堂，如顧四爺沒有到，往往被懷疑是不是合乎正規。

顧華堂還有一個特殊本領，即賭錢是「活手」。一副三十二張的「牌九」，只要摸三、五牌，他就可以從背面側面全部認識，想要什麼牌就能拿到什麼牌。而別人看著他是按規矩順序拿的，實則他是挑的，只是手捷眼快而已。如一副一百三十六張的「麻將」，他只要看過幾副牌，就至少已認清三、四十張，有這樣許多「明張」，他要做大牌，還不得心應手！我也曾纏他表演過，例如牌九的四門八張牌，其中最大的兩張牌他已看清在第三路，而擲骰子後應拿第二路，他搶先拿到第三路，同時以四、五兩指將原第二路推下去和第四路聯結，這樣偷梁換柱，任何人也看不出來。而麻將則主要是換牌，在摸牌時以四、五兩指勾著一張廢牌，用拇、食、中三指明摸牌時已將廢牌換了一張需要的牌回來。

舊社會抽頭聚賭，引誘富家子弟傾家蕩產是不稀奇的。據顧華堂說，雖也學會了這一手，從未正面用過，但在反面用過幾次。據他說，他最反對軟賭害人，所以特學會這一手，是費了若干年的功夫練出來的。他常常闖入聚賭的場所觀看，如其是「硬賭」，就不去管它；如是「軟賭」，見他到了，往往一哄而散。但有時也遇到一些不明底細的人，繼續搞花樣，他就不客氣地坐下去加入賭局，使出他「活手」的絕技，將那些小「活手」搞得一乾二淨；有些不知趣的，還想動武動槍，但一明白這就是顧四爺，也只得自認晦氣了。

我之所以和顧華堂熟識，是由於南門大街有幾家中等商店請顧華堂照料，我經常去其中的一家五洋店而逐漸和他相熟。所謂照料，不過是經常去這些商店坐坐，喝杯茶而已，這就使當地一些小流氓、地痞不敢去囉嗦了，而他每逢過年過節，也必爲商店向這些流氓「開銷」一些，兩面討好一下。這也就是顧華堂混世的一種方法。但很少看到他賭錢，有時三缺一被拖上，他是每場必輸，從未贏過。我也問過，他說，我這是不得已湊一角，爲了陪客，不爲賺錢，如我常贏，知道我是「活手」，我還能做人嗎？

顧華堂常說：混世混光棍的，也不可喪失良心，要有義氣，要正派，才不會受天老爺的懲罰。但他實際上究竟如何，由於我當時是爲了好奇而和他接觸，並不深入了解。

鎮江淪陷後，立即成爲豺狼當道的世界，販賣鴉片煙土大有油水。於是一些痞棍亡命之徒大跑煙土生意。煙土本來就是祕密買賣，而且要通過日寇和國軍的控制線，情形就更加複雜，這就必須有組織地進行了。他們找到顧華堂，奉爲頭頭，顧欣然「出山」，領著大做煙土生意。但僅僅兩年左右，顧華堂這個名字就從淪陷區的鎮江社會裡消失了，具體原因是什麼，至今四十餘年了，仍不得而知。

幫會中也有一種既無一技之長，又沒能混出江湖名氣，而依賴幫會爲生，到處流浪，混充「朋友」，來度其寄生生活的人。例如一九三二年左右，有一名叫邱占奎的寄寓鎮江一家中上旅館幾個月之久。他首先拜訪了鎮江一些較有名氣的幫會中人，交代了幾句江湖話，知道是「家裡人」，對方不得不酒食款待，並去旅館回拜。以後流露盤川短缺，爲了江湖義氣又不得不慨贈一、二十元或三、四十元。以後他就利用一些回拜的名片證明和某人是朋友，到處自我介紹是「頭頂潘字」，目的是借川資，十元八元甚而三元二元也行，最後竟投名片去拜會鎮江縣縣長張鵬。張早有所聞，立即開庭訊問。當時縣政府雖不兼理司法，但遇有違警或違犯行政法令的可以開庭判處罰金或十五日以下的留置（相當於拘留）；如係違法，也可預審後移送法院；邱老實承認沒有正當職業，是以「走江湖」爲生的，甘願即日離開，並具結退庭。其實，邱占奎另開碼頭之後，仍然打著清幫招牌，繼續這種「混世」方法。這在幫會中是被視爲下乘而瞧不起的。

還有一種人，也無一技之長，入幫就是爲生活爲發財，又不願遵守江湖規矩，專以凶橫、強討、敲詐爲事。他們認爲一定要比別人凶，否則即被人欺。這一類「混世」方法也是不少的。例如五條街有一個小「青皮」羅志澐，常橫行於附近一帶，以後又投拜「通」字輩嚴竹君（敵僞時期警察局督察長）。羅投拜之後，爲其師父跑腿頗爲殷勤賣力，嚴也非常照顧他，羅的生活環境逐步改變，對嚴的需求也逐步升級，嚴無法應付時，只得婉言謝絕，使羅頗爲惱怒。某日，羅竟約了嚴的許多朋友和徒弟說：我拜嚴某爲師，磕過許多頭，大家都看見的，現嚴某無情，他應當著大家對我磕頭還給我，欠帳扯直，解除師徒關係。弄得嚴哭笑不得，以後雖經勸解，羅還是直接間接向嚴敲詐。按幫規說，這是「欺師滅祖」，不能容許的，卻也無可奈何。據說日僞時期，還是由嚴將他安排在偵緝隊鬼混；由於到處發狠，混不出什麼名堂來，一九四八年，他宣稱要一心一意做生意了。他之所謂做生意，既不設牌號店面，更沒有伙計職工，他的辦法，就是對某些有限價而實際黑市價格已漲得很多的貨物，特別是五洋香烟等強買強賣，看中某家商號，就強買某種貨物，再一轉手去大賺其錢，實則等於強搶，一些商號對他都側目而視。像這種類型的「混世」方法，在幫會中也認爲是不屑一提的。

一九八三年六月二十六日

附：向春亭談清洪幫（楊方益根據一九六五年談話筆記整理）

我原名向啓華，生於一八九〇年，江都縣仙女廟東鄉向家莊人，九歲喪母，寄養在親戚朱仲明家。一九〇五年十六歲時，由朱帶到鎭江，介紹到利記輪船局，由經理馬冠千安排在永吉小輪船上做學徒。一九一一年利記結束，由馬冠千帶到泰昌小輪公司，先派在碼頭上照料，後又派上航船當押水，因而有機會認識清江的清幫「大」字輩馮守義，並投拜爲師，和他學會了「混世」方法，並逐步善於應付了。一九二四年三十五歲時被調升爲公司協理，以後又升爲副經理、代理經理，直到抗戰時止。

我加入清幫之後，一九二四年又加入了洪幫。因爲洪幫是「准賴不准充」的，我就保密，所以當時沒人知道。我在清、洪兩幫中不僅學會「混世」方法，而且懂得許多處事的道理和經驗，由一個小職員逐步升到代理經理的地位。又因拉上多方面的關係，並擔任了航政局顧問、水上公安第五區偵緝隊長和鎭江縣政府捐稅徵收處主任等職務。抗戰後，還在西南負責過交通部的駁運所工作，又當上了參議員、輪船業同業公會理事長、鎭江商會常務理事，自己還創設了輪船公司，算是家成業就，名利雙收。我這大半生的發展，和幫會關係是分不開的。

幫會是一個總稱，不管清幫、洪幫以及其他，都叫做「混世」的。「混」的方式方法，形形色色各有不同，但必須混得「光彪」，各方面「吃得開」，大家都說這人「有味兒」，「夠朋友」，這樣逐漸就「混」出去了，並且逐漸增加聲勢，列於「地方人士」，甚而成爲大、中碼頭的「知名聞人」。這才是「混世」中最上等的。「混世」有個信條：「講交情走遍天下，講狠處寸步難行。」幫會中有很多人是講狠處的，要顯示他的狠，什麼都幹，不顧一切，到處興風作浪，敲詐勒索，抽頭聚賭，打架鬥毆，偷吃扒拿，甚而當土匪做「瓢把子」，當烏龜吃娼門飯，都頂著幫會招牌，搭上幫會關係。這些「混世」的，我瞧不起，幫會中人一般也看不上眼的。我從十幾歲到鎮江碼頭就開始學「混世」，接觸過許多前輩老頭子。我的師父馮守義，以及前人班子朱秉元、楊長富等，都勉勵我要向上，不要做下流事。又看到上海的黃金榮、杜月笙等家成業就，也很受影響，就一心一意想「混得光彪」，向上爬，希望成爲士紳聞人，以後總算是慢慢爬上去了。

我經常想：要「混」上去，必需有錢有勢，更主要的是要有錢。有了錢，善於用，就可以造成聲勢，成爲有錢有勢的知名人物。怎樣找錢呢？我從少年時到鎮江來，就吃輪船飯，單靠薪水收入是不行的，又不屑做那些敲詐勒索、打架鬥毆的事，而且這樣也弄不到大錢，還可能吃官司倒楣。考慮做生意，自己又不會做，就加入股份請朋友代做，朋友也歡迎我這樣的人參加。做生意，要揀有把握、賺錢多的。利潤最高的算是大煙土，故我在最初就參加了李長義的煙土買賣。我出資一千元，他們照顧我，和其他每股三千元的同樣分拆盈利，利益自然更優厚了。以後陳果夫當省政府主席時，鴉片公賣，我也參加了晉昌土膏行股份，也同樣給我特別優厚的紅利。這都是因爲我已逐漸有了聲勢，可以爲他們所利用而已。另外，還參加了一些普通商業股份和臨時的囤貨生意。

做生意後，收入多了，手頭活絡了，聲勢也隨之大了，但反過來開支也大了，逐漸感到不夠應付需要了，於是考慮必須進一步建立自己的行業，完全由自己控制，這樣才能鞏固自己的經濟基礎，造成更大的聲勢。我決定成立自己獨資的輪船公司，後得到實現；還計畫著經營和輪船業務有連帶關係的，如倉庫、燃料、運輸行等業務，企圖逐步成爲多種業務的「托拉斯」組織。終因抗戰勝利後國民黨政局動蕩不定，並且很快解放，我的計畫未能實現。

前面說聲勢造成，收入增多，但開銷也隨著加大。江湖上說：「靠山吃山，靠水吃水。」我既然是靠幫會起家，上門來「求幫」的人，尤其外地來的人，日益增多，都要分別應付。因爲大多是小一輩的，他們進門後，大都就磕頭，也就是還了家裡的規矩禮，再交代了他自己的幫口，以確認是「家裡人」，那就要注意觀察其目的和要求了，一般是不肯直截了當地提出的。有的路過這裡缺了盤川，就給買一張到達目的地的車、船票，再給十元八元的零花錢；有的是慕名來拜望結識，甚而帶了別碼頭朋友的介紹信，這就須看來人的身價，酌情招待一番，不可稍有吝嗇；有的要求介紹職業，有的要求協助解決什麼問題，都須看人看事，分別對待。而對外地來的，最低限度必須請吃一頓肴蹄蟹包的早茶，再派一名徒弟陪著逛逛金山、焦山，致送一、二十元川資；有的住兩、三天的，還需包銷旅館飯食。總之，既上了門，必須招待周到，使其滿意而去。其中也不免有少數是冒充「家裡人」的，只要不過分無賴下流（清幫是「准充不准賴」），也就不揭穿他，還多少給一點錢，不讓他完全失望。還有一些外地知名的「家裡人」，專程或路經鎮江，都必然要來看望我，這就必須盛筵款待，還投其所好——嫖、賭、吃、喝，招待周到，不能稍有吝惜之意。我幾十年就是本著這種作風應付的，久而久之，各方面都傳開來，說鎮江向某人「夠朋友」、「有味兒」。這就是我遠近知名的原因。我不但交結了許多江湖朋友，而且互相援引，也和許多中高級軍政人員攀上交情（筆者按：向春亭在解放前的十多年當中，和國民黨中、上級軍政人員有來往，並有相當交誼，如當過交通部長的張嘉璈，當過國民代表大會祕書長和社會部長的洪蘭友，四川、雲南的一些軍、師、旅長，江蘇省政府的一些廳處長等），必要時對我也是有用處的。

前面談過，我除參加清幫外，還有洪幫關係。洪幫即洪門「洪幫」，一直比較隱蔽，而且和清幫相反，是「准賴不准充」的，所以知道我參加洪幫的人極少。而我大半生都是以清幫關係活動爲主，只有抗戰期間，在四川、雲南參加馱運工作，則是靠洪幫關係活動的。

由四川敘府到雲南昆明，約五百餘華里，交通不便，貨物運輸完全依賴駝馬輸送，戰時國民黨交通部特設馱運管理所專司其事。這一路盜匪較多，馱運貨物時有被劫事件，交通部部長張公權要我負責馱運工作，我是由於楊管北的關係和張熟識的。我表示不願擔任所長或副所長名義，就派我爲高等顧問，所址設在宜賓。我又介紹敘府人卓甫臣，要求也派爲高等顧問，我們一同打通這條路線。卓是洪幫的「袍哥大爺」班子，在四川路上很「吃得開」，所以我援引他參加。卓就派人和我一同沿線活動。近津有一個江澐洲，擔任著一個什麼隊長之類的名義，實際上是土匪頭子。我先去拜會他，談「自己人」的關係，拉攏好了，再由他知照沿途各方，諄囑維護抗戰物資，對馱運所多加協助。江澐洲同意四川由敘府到雲南邊境，由他負責。又爲我們介紹側雞鎮的「舵把子」張政卿，經聯繫後由雲南邊境到昆明一段由張負責。這樣，由敘府到昆明的馱運業務便暢通了。以後由馱運所每月致送江澐洲、張政卿各一千元，沒有給名義。我和他們能夠打好交道，表面上是談了抗日的大道理，實際還是以談「道義之交」聯繫成功的。

所謂「道義之交」，在洪幫不是泛泛的一句應酬話，而是非常重視的。主要是讓這個當地的「山主」、「舵把子」能識別並相信你確是「自己人」，接著就必須承認是「道義之交」，那一切問題就比較好辦了。「自己人」是洪幫的説法，和清幫説「家裡人」是一樣意思，但不能混淆説錯。這在清幫還無所謂，在紅幫就「黃」了。「黃」包含著「錯誤」、「丟人」、「黃台」之意，在洪幫是很犯忌的。既認定是「自己人」，就要顧全「大義」，在這方面，洪幫比清幫要重視得多。如何識別呢？主要就是靠一套刻板的的儀注和呆板的江湖口頭話，也就是「切口」而已。例如我拜會江澐洲時，由卓甫臣派他的「管事三爺」唐鐵珊，拿著卓的介紹信陪我一道去，到達後即正式舉行「拜山」，將「錦囊子」(信)和「荷葉子」(名片)遞進去，即使「自己人」隨便談話時，也必須説「切口」。如「錦囊子」「荷葉子」説成「信」「名片」，那又「黃」了。這一「黃」，你不是眞「自己人」，而是「空子」假冒的，事就辦不成，還可能討沒趣，因洪幫對「充」是很犯忌的。當我的名片和信遞進去後，「山主」知道有來頭，隨即小跑迎出大門。這時拜山的人一見到面，就要搶上去說：「金碼頭，銀碼頭，久聞大哥隆貴寶碼頭，久仰貴碼頭山清水秀，五穀豐登。」「山主」回答：「好說，好說，請進去坐。」隨著進去後，拜山的人仍必須搶上去說：「愚下(不能自稱「我」或「兄弟」)來得很晚，沒有到大哥龍虎寶帳站班護衛，今後轅門候令。」一面說著，一面就要「甩拐子」。這個「甩拐子」很重要，是幫內江湖禮節，「山主」也必須回禮，這時雙方都聚精會神注意自己和對方的動作，都在這時可以認清對方在幫裡的真正身分地位，而動作熟悉與否，也可以鑒別對方資格深淺，並且和以後講「道義之交」進行聯繫、磋商，大有關係。我在洪幫是「袍哥大哥」，就要顯示「大哥」的身分。「甩拐子」時，兩腿斜開，右腿在前略屈，左腿在後略直，這叫做「前弓後箭」。右膀前伸，四指微曲，伸豎大拇指向對方三起三落以表示敬意；左手食指內曲，大指斜伸，餘三指並伸，「大哥」身分則按在左胸乳部，指尖微向下斜。如係「管事老三」，則按在右膀上部，其餘「老五」　，以至「老么」，所按部位和形式都略有不同。見面「甩拐子」，即以此表明自己在幫內地位，對方也在注意你「嗨」的什麼了。「嗨」讀若「吼」，洪幫切口，似「站」字之意。這樣搶著說並「甩拐子」，對方「山主」必定回答：「好說，好說。」並回「甩拐子」，此後即可坐下並正式說明來意了。(筆者按：當年向春亭談到此處時，曾做了示範動作，將「甩拐子」情形，加以解釋，經筆者根據其動作記錄，並經向看過同意的。向提到「袍哥大哥」和「管事老三」及其餘老五以至老么，當時未注意詢問洪幫在「大哥」之下，是否二、三、四、五……順數下去?「老么」是否即「老十」?「管事老三」之外，其他是否都有職稱等等，對於洪幫，我所知甚少，希望知情者今後補充。)

我對「山主」江澐洲的「拜山」，是作了充分準備的，一切都比較順利，於是坐下來談到正題。看江的態度也確將我看作「自己人」了，就告知「拜山」目的，一面講「道義之交」，一面也談些抗日愛國的大道理，要求協助。在談話中，也不可完全和普通人談話一樣，還必須適當地運用江湖「切口」，以顯示是道道地地的「自己人」。最後臨告別時，也要照例打招呼：「愚下背住你大哥的威武旗，請大哥打個『好字旗』。」這就是請他立即採取措施之意。他回答：「一切放心，愚下負責。」這就完全落實了。還必須講一句：「謝謝大哥金言。」「山主」回答：「好說，好說。」就不會再有問題了。

問題談妥告別時，「山主」也必定會約時間邀請「便飯」，這絕不能客氣，一口就回答：「一定叨擾。」其實所謂「便飯」，就是大擺筵宴，「山主」也一定會將附近一方知名的「自己人」請來作陪，三桌五桌不算事。在客人到齊之後，經「山主」介紹，「拜山」的人也必須「甩拐子」滿打招呼，交待幾句，而全體陪客，也必須一一回禮。在他們回禮「甩拐子」時，也可以看出各人不同的身分地位。在席上喝酒吃菜時，互相談話之間，亦必須適當運用「切口」，碗、筷、杯的擺放和使用，都有一定的規矩，不容稍亂。這兩場——「拜山」和趕宴應付過去，不「黃腔」(沒有說外行話和不適當地運用「切口」)，不失儀(沒有在「甩拐子」和赴席時有不合規矩的動作)，大家都知道是一個真正的「自己人」，一切就都關顧照應了。

我就利用這洪幫的「袍哥大哥」身分關係，將這五百多里的道路打通了。沿途雖然有許多「山頭」，許多「瓢把子」，但都知道名義上是官方的馱運所，實由「自己人」負責的，大家爲了「道義之交」不予阻撓，有時還給予照顧。此後馱運所就能安安穩穩地做那買賣和運輸緊缺的貨物，業務是相當順手和有豐厚利潤的。張公權找我的目的達到了，異常滿意，我也不過問具體業務，除按月送給高等顧問的車馬費外，遇有和「自己人」的來往交際等費用，實報實銷，一切都較正常安定。大半年後，我看任務已圓滿完成，因自己有別的打算，乃辭職而離開了馱運所。

洪門在浙江

蔣成言

長江中下游一帶的洪門，自本世紀二〇年代起以浙江「五聖山」頗具盛名。作者當年與「五聖山」山主向海潛私交很深，後「上山插柳」，成為「五聖山」的「禮堂大爺」。本文著重記述「五聖山」成立、發展的經過，以及山主向海潛等洪門頭子的生平劣跡。

洪門在浙江的早期活動

清道光以後，各省山堂風起雲湧，浙江王金滿也開堂於九龍山，活動地區由四明、天台擴及於浙西。光緒年間，九龍山會眾曾舉行過一次規模頗大的起義，屢挫清兵。王金滿死後，其弟王金寶繼為山主。王金寶死後，竺紹康、王金發、張伯岐等先後帶領其眾，洪門勢力日益擴大。雙龍會、平陽黨、祖宗教等會黨的弟兄，幾遍及全省。光復會成立後，為了擴大組織，進行武裝革命，對江蘇、浙江、安徽、江西、福建五省的洪門會黨，積極加以聯絡。光復會會長蔡元培曾親往嘉興邀祖宗教首領敖加熊入會，光復會領袖陶成章更負起聯絡會黨的全責。在光復會的聯絡號召之下，浙江的洪門會黨首領如：張恭、敖加熊、竺紹康、沈榮卿、周華昌、王廉、王金發、趙舒、呂公望等，均相繼加入光復會。於是光復會之實力乃大增。光復杭州時，王金發所率領的敢死隊，極大部分都是會黨中人；對浙江全省之光復，洪門會眾也起了很大的作用。

陶成章當年聯絡會黨加入光復會時，為了消除洪門中人的顧慮，曾與約定：洪門弟兄入光復會後，「洪家」舊規如山堂、口號、家法、堂章仍可照舊。因此洪門在浙江的組織，並未因洪門中人參加光復會而消失。不過浙江光復以後，洪門一些領導人物，有的做了新官，有的遭到北洋軍閥袁世凱的打擊殘害。如王金發即被朱瑞捕殺於杭州。當時洪門殘存勢力參與反袁鬥爭者，也均被目爲「亂黨」，遭到朱瑞的殘酷鎭壓。加以長江中下游均爲清幫活動的天下，因之自辛亥光復至二次革命以後，到抗戰結束，洪門在浙江就很少活動。

五聖山與向海潛

一九二二年前後，洪門中幾個上層人物集於上海，想以上海爲基地，爲洪門打開一個局面，於是在一九二三年四月於上海建立五聖山。以朱卓文、梅光培、明德(字潤身)、向海潛(字松坡)、張子廉五人爲五聖山五堂的堂主。但五聖山建立後，由於受了清幫的鉗制、排擠，在上海上層社會中，如金融企業界等方面，根本就插手不進去；而當時軍政界人員，也未予支持，所以洪門在上海仍未能打開新的局面。向海潛長時間局促於上海方濱路祥茂里兩間小屋子裡，感到一籌莫展。抗戰軍興，向離滬西上至漢口、萬縣、重慶，由於長江上游，素爲洪門「袍哥」的根據地，同是洪門，無所忌諱。向遂以五聖山的山頭，積極向外活動，得到廣大的下江人的擁戴，入門者甚多。同時，四川「袍哥」首領范紹增等，與向海潛素有關係，對五聖山的活動，給予方多幫助，於是五聖山在四川一帶，頗具盛名。向海潛復把五聖山的活動力量，伸延至湘、桂、粵一帶。所以在當時西自川、黔，南至湘、粵，五聖山是洪門中一個最有勢力的山頭(據向海潛對我説，全國山堂，在當時是以他這個山頭爲最高)。以後洪門在浙江的活動，完全由五聖山直接領導。現就我所知者略爲言之。

「五聖山」山主向海潛，因政途失意，才跑到上海來開山立堂的。所謂重整旗鼓，爲洪門打開局面，也不過是想憑此來尋找個人的政治出路。向海潛湖北大冶人，早年曾參加興中會、華興會，隸黃興部下，在洪門中之根基較深。武昌起義時，任鄂軍民軍司令。其後投靠奉系軍閥張宗昌充旅團長，想在北洋軍閥中求得高官顯爵，但始終得不到張宗昌的重視，失意而去。一九二三年到上海開山立堂時，提出的目標，是反對北洋軍閥，可能亦是有所感而發。一九二七年蔣介石竊取革命成果，篡奪政權後，向海潛乃多方拉攏國民黨反動集團的上層人物，與吳鐵城、商震、錢大鈞、楊虎城、譚延闓、居正、王正廷、鄭毓秀、劉紀文、李濟琛等均常有接觸，或函電往來。這些人中，有親蔣的，也有反蔣的。吳鐵城、楊虎城等對向海潛均時有經濟接濟。後李濟琛還被聘爲五聖山會辦，尊爲客卿，地位在山主與副山主之間，這也是開洪門未有之先例。向海潛對蔣介石，能親則親，不能親則反，談不上什麼政治主張的。抗日軍興，廣東有大批難民向內地撤退，在李濟琛的支持下，由五聖山洪門弟兄沿途負責護送，江珠江西走至梧州而南寧，而桂林，歷經艱難，將老弱、婦孺等兩萬餘人，送達安全地帶。這可說是五聖山在抗戰中所做的一件好事。向海潛曾企圖以洪門弟兄爲基礎，組織抗日武裝，對外當然說是保國衛民，其內心何嘗不存個人打算？但不料謀事未成，即遭到蔣介石的打擊。當他派的一個姓王的(也是洪門弟兄)至湖南去組織游擊隊時，即被薛岳抓去槍決。而且蔣介石還下令通緝向海潛。向乃逃往桂林託庇於李濟琛帷幕之中。不久向妻又去世，生活至爲抑鬱狼狽。記得一九四一年我供職於浙江交通管理處，在金華負責處理軍運時，一日有洪門弟兄蔣濤(洪門紅旗老五)、金繼銘(洪門心腹大爺)來看我，神色頗爲倉皇。他說是奉向海潛之命，由滬押運棉紗六十大件及其他物資赴桂，作五聖山「糧台」之用，但一路費盡力氣，才輾轉運到金華，又適逢軍事緊張，火車、汽車均無法託運，日寇即將臨境，這批物資如有損失，對向無法交代，請我代爲尋找交通工具。我這時雖尚是門外人(洪門術語謂之空子)，但感於與向海潛往日私誼，不能不全力相助。在萬分困難中，設法派出兩隻木船，並派了四名武裝，將這批物資搶運至江山，轉運到桂林。其後向海潛從桂林來信(洪門術語謂之上福)，特爲此對我表示感謝。後來我進入洪門，得到山主的「破格封賞」，與此也有關係。以洪門五聖山的最高山主，從事單幫走私，從此事也可説明向海潛此時情況之窘迫。向在桂林局處了一個時期，多方託人活動，經樊崧甫、吳鐵城等的疏通，總算取消了通緝令。但蔣介石對他仍是不放心，要他住到重慶去，給以戰時民衆動員委員會一個常務委員的空銜，實際上是等於軟禁。抗戰結束後，向自重慶回到上海，就改組洪興協會。繼組織「中國新社會事業建設協會」（書記長是軍統特務徐亮）上海總會；又欲與海外洪門領袖司徒美堂等組織一個洪門統一的黨；一九四七年又組織上海市協社。這一系列的活動，副山主張子廉，禮德堂堂主樊崧甫都參與其事的，不過他們之間的意見不盡一致。這都説明洪門五聖山幾個首領，在抗戰結束後，都想憑藉洪門組織作資本，參與政治活動，爭取個人的地位。

我與向海潛的關係比較深，與張子廉、樊崧甫也有接觸。他們之間雖有矛盾，在根本問題上，則没有什麼分歧。樊崧甫在蔣介石下面歷任要職，據説是因爲受到陳誠的排擠，也很想以洪門爲據點，另謀發展。在組黨、組社的問題上，樊是想組織一個「民生共進黨」，向則主張組社。向是有難言之隱，他也亟欲爲洪門在政治上爭取一個公開獨立的地位。他曾經對我説，當洪門醞釀組黨時，杜月笙曾經勸他不要搞政黨活動。杜暗示説這是蔣介石的意思，只准組社，不准組黨。向對此不能不加考慮。事實上自軍統特務徐亮打入洪門之後，不僅智松堂，而且整個五聖山的活動，都在軍統嚴密監視控制之中，很難有自由施展之餘地。當時洪門弟兄都有這種看法與感覺，不過向海潛自己還不肯承認這一點。有一次我爲了軍統特務楊必勇自入洪門後在杭州碼頭對門内弟兄也進行特務活動，特地赴滬向他彙報請示，他叫我對這些事不要管。我試探他是否與軍統已有協議，問他：「有人説你已被軍統派人監視，你自己不知道嗎？」他説：「是誰説的？」我沈思少頃回答説：「我也有這樣看法。」他怒形於色地説：「你以後不許這樣胡扯。」可見這句話正是碰到他的痛處。回憶一九四六年有一次我在復興中路九星里向海潛家中與向正在談天，向忽得一電話，我聽他對通話人說：「我在家裡候駕。」語畢擱上電話，神色緊張地對我說：「我有要事，你回去吧。」次日我去時，他家裡人告訴我，戴笠昨晚來了，與向海潛談了很久。這也說明，抗戰結束，向回上海後，軍統對向海潛還是毫不放鬆的。我加入洪門以後，向海潛派一個內八堂的「刑堂大哥」方漢英，教我有關洪門內部一些規矩、術語等。我曾與向海潛談起，我說：「這些東西，都是前輩傳下來的，現在時勢變了，潮流不同了，這些隱語、堂規用不著了，還要學它幹什麼？」他卻很鄭重地說：「今天固然用不著，總有一天會用得著的。」可見他對洪門還有一個不便告人的打算。一九四八年樊崧甫在上海協社一次會議中，建議用洪門幾個領導人的名義，對時局發表一個聲明，呼籲停戰言和。向海潛不同意。最後樊崧甫又提出與李濟琛暗中進行聯繫。向海潛是同意了。我曾問過向海潛為什麼不同意呼籲停戰言和？向說：「他們只圖個人發展，不考慮我和洪門弟兄的安全。發表了這樣的聲明，我們還能存在嗎？」從這裡也可以看出向海潛並不是反對將洪門組成一個獨立的政黨，而是由於不能擺脫軍統的控制，為了個人的安全，不敢組黨。在無可奈何之中，只有仿效杜月笙「恆社」的組織，成立了一個上海市協社。在組黨、組社問題上，向與樊雖發生爭吵，但後來樊與向還是相互尊重的。如一九四七年年底，在上海靜安寺內擺香堂，向海潛親自主持。這次香堂收的弟兄極大部分是招商局的人員。在拜過香堂後，設宴款待，向是主位，首席本來應該是副山主張子廉，但張反被列入次席，樊坐首席。這次張子廉託病未來，派其兄代表參加（這次我是以內八堂的禮堂大爺的身分，親自與他們斟酒）。我見向對樊的態度，也很密切。這雖然是向海潛有意抑制張子廉，但也可說明，向與樊並未因組黨、組社意見分歧而到決裂的地步。根據以上一些情況來看：向海潛並不是不肯反蔣，而是不敢公開反蔣；因為當時軍統如果要殺掉向海潛這樣的人，是不必費大氣力的。向海潛個人的作風既貪財又好色，且嗜吸鴉片。他經常來杭州作短期遊，每次都在七寶寺、昭慶寺、華藏寺、覺圓寺等寺院裡廣收弟兄，其目的無非是貪香金。美其名作爲協社基金，實際上都被他個人囊括而去，杭州碼頭是一文也不能分潤的。而且他每來杭州一次，其揮霍費用，都由杭州碼頭供奉。向有時還以籌辦企業基金、或山堂急用爲由，向洪門弟兄打「抽豐」。在洪門中，山主的命令，好似「聖旨」一樣，誰也不敢不盡力「孝敬」。杭州碼頭成立後，內部搞得一團糟，與向的作風是分不開的。向海潛對於反動政府軍政頭子也是極力拉攏的，一九四七年夏，向來杭住在昭慶寺，浙江省警保處長竺鳴濤去拜訪他，其時我也在坐。向對竺說：「咱們五聖山初在杭州設立碼頭，你要多多照顧。」這時竺鳴濤諾諾連聲地說：「請放心，請放心」，態度極爲恭敬。原來竺鳴濤的父親竺紹康，曾經是浙江洪門九龍山的山主，與向海潛早有交誼，向曾封竺鳴濤爲「太保」(洪門中有一種規定，凡其先輩與山主沾親帶故，入門後不能以弟兄相稱，而由山主封爲太保，地位雖低，名分實大)。向每到杭州一次，也必大肆請客應酬，無非是叫門中人看看山主是如何吃得開。又如一九四七年四月，向海潛在上海大做生日，設壽堂於靜安寺內，賀客盈門。除洪門弟兄外，上海國民黨軍、政、警、憲的要人幾乎都到了，只是清幫頭子杜月笙、黃金榮託病未到，派代表前來賀壽，連居正、孫科等一些所謂黨國顯要，都有壽屏、壽聯送來。蔣介石也送來一封厚禮，數目不詳，我翻閱禮簿上，也沒有記載。我曾就此事問向海潛：「聽說蔣也有禮送來，爲什麼不落禮簿？」向笑而不答。這說明蔣介石對向海潛雖是監視控制，但也還想拉攏利用的。在五聖山幾個首領中，樊崧甫的威望比較高，一方面是由於他在國民黨統治集團居有較高的職位，可以與蔣介石直接拉關係，在這方面向海潛就不能不借重於他。同時樊崧甫的作風也非向可比，樊也曾多次來過杭州，也曾擺過香堂廣收弟兄，但從未向門中弟兄打「抽豐」。在抗戰結束後，向海潛還是沈醉於「山主」的威嚴，而樊崧甫似乎已經看穿了這一封建組織是過時了，而熱中於要做一個政黨的領袖。至於張子廉與向海潛之矛盾，完全是由於爭奪五聖山的領導地位。上海解放前夕，樊崧甫被捕，張子廉隱匿不見，向海潛則被軍統架上飛機劫往香港。洪門末代的山頭——五聖山的壽命，也就此完結了。

杭州建立「碼頭」前後

抗戰勝利以前，杭州本無洪門組織，浙江全爲清幫勢力所占據。敵僞時期，清幫頭子王鴻生在杭州掛起「安清同盟會」的招牌，廣收門徒，爲日寇充當鷹犬，殘害同胞。抗戰勝利後，這些清幫頭子，逃的逃，關的關，殺的殺，清幫一度消聲匿跡。一九四六年的夏天，五聖山正副山主向海潛、張子廉等，聯袂來杭遊覽時，認爲當時在杭州開闢碼頭是一個有利的時機，但由於人選問題，向、張兩人意見未能一致。張子廉是杭州人，自謂對杭州情況比較熟悉，杭州碼頭應該由他派人來主持掌握；而向海潛認爲杭州碼頭極爲重要，人選問題，應該由山主來決定。結果兩人都同意杭州建立「碼頭」，人選問題，俟返滬後再行考慮。向海潛這次到杭州，大肆投帖拜客，對當時浙江國民黨黨、政、軍、金融界一些頭面人物，都極盡拉攏之能事。而竺鳴濤、阮毅成、方青儒、周象賢、金潤泉，以及所謂社會名流如呂公望、馬文車等，也視向海潛爲貴客上賓，先後設宴招待，向更認爲將來杭州碼頭大有可爲。向離杭前，在下城七寶寺內大擺香堂，親自主持，收了一批弟兄。杭州八大叢林的方丈和尚，如淨慈寺的欽亮、靈隱寺的弘妙、昭慶寺的弘法、六和塔的妙乘等，都收入洪門五聖山。是夜七寶寺外，車水馬龍，途爲之塞，警察局還派警來保護。向在香堂舉行入門儀式時，對新入門的弟兄，還作了「訓話」。向這次是滿載而歸，既收了一批「新貴人」，又賺了大筆香金。曾廣澍也是這次入門的。

向、張二人返滬後不久，張子廉物色到了一個軍統特務陳慶尚（字炳如），未經向的同意，即派爲洪門五聖山的杭州「碼頭官」。向海潛得知後大爲震怒，兩人幾乎發生火併。不久向海潛派張子廉去重慶，處理該地五聖山內部矛盾問題；陳慶尚已進陸大將官班，即乘機以五聖山山主名義，改派曾廣澍爲洪門五聖山杭州的「掌旗大哥」(即碼頭官)。向唯恐曾一人力有未逮，又加派鄭國琛、蔣誠(即作者蔣成言)、汪日昌、許支夏、康健、楊必勇等協助曾廣澍辦理「糧台」一切事務。

鄭國琛，浙江瑞安縣人，早年畢業於黃埔軍校第三期，一九四三年他在重慶入洪門，向海潛封他爲智松堂內八堂的「陪堂」大爺。一九四七年，任杭州市在鄉軍官會總幹事，鄭即利用職權，將大批地痞流氓，甚至漢奸，冒充退役軍人，吸收入會。五聖山在杭州建立碼頭後，鄭就將這批人收入洪門，作爲他在洪門中的基本力量。杭州洪門分子之雜，作惡之多，這也是一個主要原因。

曾廣澍，湖南湘西人，在國民黨軍隊中曾充八十三軍政治部代主任。抗戰勝利後，在杭州經商，與許支夏合夥開設西子汽車公司。一九四六年加入洪門，當時拿出了很大的一筆香金，孝敬向海潛，向初封爲心腹大爺，杭州建立碼頭時，即派他爲杭州碼頭官，同時提升爲內八堂的執堂大爺。

陳慶尚，浙江永康縣人，黃埔軍校第四期畢業，是個職業特務，曾任「軍統局」江西站站長。在杭州加入洪門，後來在五聖山的步位是內八堂的執堂大爺。

蔣誠，字成言(即作者)，浙江東陽縣人，曾入黃埔軍校第三期，中途離校，後畢業於上海南洋大學。曾任浙江省常備團團長，浙江省交通管理處視察，浙江省政府浙東行署科長等職。抗戰勝利後，棄政經商。一九四七年在上海加入洪門。步位是內八堂的禮堂大爺。

汪日昌，湖北人，與向海潛是同鄉。據他自己說：汪僞時期在浙西游擊部隊充團、旅長，在太湖打游擊(實際是太湖地區打家劫舍的燒毛土匪)。一九四七年入洪門，其步位是「內八堂」的刑堂大爺。

許支夏，湖南人，在國民黨部隊中最後職務是八十三軍軍需處長。一九四七年加入洪門，在洪門步位是「內八堂」的刑堂大爺。

楊必勇，湖南芷江人，是個職業特務。曾任軍統金蘭特別站站長，抗戰勝利後，從十二軍官總隊轉業，任杭州市政府視察，兼任保密局浙江站直屬通訊員。一九四七年由曾廣澍介紹加入洪門，其步位是「心腹」。

康健，湖南人，在國民黨軍隊中歷充團長、副官主任等職。抗戰勝利後，從十二軍官總隊轉業，任浙江省政府視察。一九四六年入洪門，其步位是「心腹」。

從這些頭兒的出身經歷，也可以看出洪門五聖山杭州碼頭的具體面貌。杭州的洪門組織，既是完全掌握在國民黨反動軍官、軍統特務、太湖慣匪這些傢伙的手中，就直接成爲一股反共反人民的惡勢力了。

杭州碼頭建立後，即大肆吸收「弟兄」，一年之中，達六千餘人。先以杭州爲中心，繼即擴張至郊外塘栖以及嘉興，均設有大小碼頭。爲了對外公開掛牌，杭州市協社在一九四七年五月，正式成立。杭州協社負責人，也就是洪門五聖山杭州碼頭幾個負責人，向海濳並添派禮德堂的趙煜參與負責。杭州市協社成立的那一天，特假西湖飯店大廳舉行過一次建社典禮和慶祝大會。五聖山副山主張子廉，禮德堂堂主樊崧甫也來參與此會。參加大會的除洪門弟兄外，來賓也很多，其中包括反動派的黨、政、軍頭子，如杭州市市長周象賢，浙江省保安處副處長王雲沛，杭州市警察局局長沈溥，國民黨省黨部主任委員張強、《東南日報》副社長劉湘女、退役軍人陶廣、「國大」代表吳孝姑（她是十二軍官總隊總隊長周建陶之妻），社會名流馬文車、呂公望，金融界金潤泉、張范園（中央銀行杭州分行經理張忍甫之子）等等。西湖飯店上上下下都擠得水洩不通，大門外也站滿了看熱鬧的人。軍警機關也出動一批人來維持秩序。洪門五聖山在杭州對外的招牌，就這樣掛起來了。

杭州五聖山碼頭吸收弟兄，都是用一些江湖話來作欺騙宣傳，說什麼：「咱們洪門弟兄講仁講義，互愛互助，遇難而破，遇急而解，走遍天下，都是咱們洪門弟兄……」以此來蠱惑一些人加入洪門。當然大多人加入洪門，是各抱有不同的動機與目的的。例如駐在杭州的國民黨憲兵第十三團團長黃公霸，他看見向海潛與軍政界一些上層人物都有交往，看到樊崧甫在國民黨軍界有很高的地位，所以他就加入洪門，想憑藉拉攏更多的上層的力量來達到自己升遷的目的。當時杭州市警察局局長沈溥，也加入了洪門。因爲他是北平警高派的首腦，想藉洪門的力量來鞏固他的地位；同時也可藉洪門的組織，多探聽社會上的情況，以配合他的特務活動。又如杭州有個錢莊小開韓直夫，他是一貫從事投機倒把，他之加入洪門，是想藉洪門弟兄的暴力，來搶購黃金、大頭。再如杭州清幫頭子梁步飛，本係樓武佐的學生，過去也廣收門徒，在杭州下城一帶，頗有惡勢力；清幫失勢後，混入洪門，想藉洪門來維持他的舊地盤。當時杭州有所謂「五毒」，指的「國大代(表)」，「立法委(員)」，軍官總(隊)，青年從(軍)，新聞記(者)，這些人中的有些人，哄嚇敲詐，橫行霸道，欺凌群眾。其中有不少加入了洪門。當年老百姓提到「五毒」，無不談虎色變。也有些人聽了洪門中人一些欺騙性的宣傳，糊裡糊塗地加入了洪門。加入之後，反而大吃其虧。當年有很多所謂在鄉軍官，由鄭國琛的介紹，加入洪門後，氣焰更不可一世。杭州碼頭建立後，就是這樣東拉西扯地拼湊了六、七千人，對外號稱萬人，虛張聲勢。

洪門的堂規紀律本來是很嚴的，違反者要受「家法」制裁。杭州碼頭建立前後，向海潛表面上也一再告誡弟兄，不要參加政治活動。但洪門末代的五聖山，這些「家法」和告誡，早已成爲具文。杭州碼頭既然是這樣濫收兄弟，而且在軍統特務操縱利用之下，由上到下，都是一丘之貉，也就談不上什麼「家法」「堂規」。這些人打著「洪門弟兄」的牌子，到處爲非作歹，而碼頭上幾個頭兒，也各有打算，從事各色各樣的活動，所做的種種壞事，筆難盡書。茲就尚可回憶者，略述於下。

鄭國琛曾拉進一批在鄉軍官加入洪門。這些所謂在鄉軍官，都是蔣介石在「復員整編」的口號下被編遣下來的。大部分是外省人，沒有職業，生活狼狽，因之對蔣介石心懷怨恨，平日即憤憤不平。當杭州各校學生舉行反內戰、反飢餓的示威遊行時，其中有一部分在鄉軍官也欲起而響應。有個住在湖墅的在鄉軍官廖奇，江西人，也曾入洪門，正擬召集一批在鄉軍官參加反內戰、反飢餓示威遊行，事爲鄭國琛所探悉，即指示周斌(洪門金鳳四姐)前往勸阻。周找到廖奇即問他：「你們要參加反內戰、反飢餓的遊行，是主動的，還是被人指使的？」廖回答：「我們主動也好，被動也好，誰也管不了，也不怕誰來管。」周斌見廖態度冷淡，乃用巧言相勸，她說什麼「我知道你們目前的生活困難，內心也痛苦，但要解決你們生活困難，絕不是參加遊行所能做到的，說不定還會招致禍害。」又說：「反內戰、反飢餓是共產黨搞的，難道你們也會被人利用嗎？你我是同門中人，就不能不把利害告訴你們。」廖奇說：「我們從不被人利用。我們是活不下去了，與其一家大小餓死，不如搞它個名堂，來出這口惡氣！你說共產黨騙人，蔣介石才騙人哩！抗戰八年，我們爲他賣命；今天勝利了，反把我們一腳踢開，使我們一家老小，離鄉背井。蔣介石管這些事嗎？你如果夠朋友的話，就應該同情我們，否則，請你向上報告，逮捕、法辦也好，殺頭、槍斃也好，我們不怕……」周斌見廖奇態度堅決，又掉轉話鋒，講起洪門弟兄的仁義來。接著威脅利誘道：「如果你只爲了出口氣，鬧出事來，你是爲首的，結果你一人代人受過，聰明的人不會這樣做的。至於你個人經濟困難，你不要看我是一個女流之輩，倒也懂得點義氣慷慨，一定給你想辦法。我今天來的目的，就是前天鄭國琛爲了在鄉軍官會要舉辦在鄉軍官福利事業，想辦個戲館，很想借重你去幫忙。叫我來徵求你的意見，問你願不願幹，如果願意的話，等預算批下來，就通知你去籌備。」廖奇聽周斌這樣一說，心裡也就活動起來，結果是在周斌哄嚇利誘兼施之下，廖奇接受了周斌的勸告，即不再召集在鄉軍官參加反飢餓、反內戰遊行示威。

當年國大代表競選時，杭州流氓頭子朱承德，是C．C．羅霞天的骨幹，到處收門徒、拜弟兄，在杭州擁有一定的惡勢力。於國大選擧時，他曾託許厘父（《浙江商報》社長）來探洪門杭州碼頭上的意見，希望洪門能夠幫忙爲朱承德拉票。碼頭上幾個負責人如許支夏、康健、汪日昌等都表示願爲支持；楊必勇卻説：「朱承德平日目空一切，且與洪門素無關係，今天有事卻來抱佛脚，我們碼頭上豈可被他利用。」繼而楊必勇又提出來，如果朱承德要洪門幫忙，叫他貢獻大米一千石作爲杭州「糧台」基金，大家也同意這個辦法。許厘父據情轉告朱承德，朱一方面認爲没有洪門幫忙也有勝利把握，同時認爲一千石大米數字太大，不肯輕易拿出，這件事即行作罷。又程潛競選副總統時，也曾利用洪門的力量，爲其奔走，杭州方面是魏振民最爲出力，洪門中尤其是湘籍的都擁護程潛，搞得非常熱鬧。

解放前夕一幕冒充革命武裝的醜劇

杭州解放前夕，還出現過一幕冒牌革命武裝的醜劇。參加這幕醜劇的有：軍統特務、流氓地痞、太湖土匪、反動的退役軍官，也有冒充民革的地下成員。他們各抱著不同的目的，打著漂亮的旗號，叫什麼「民主聯軍」、「人民革命軍」。其中有很多人是「洪門弟兄」。五聖山杭州碼頭上的汪日昌、楊必勇、曾廣澍、康健等就是其中的重要角色。當時我在上海。事後，洪門中參與其事者與我談起汪日昌等參與這次活動的詳細情況。

楊必勇原是軍統職業特務，受毛萬里之命，打入洪門五聖山的杭州碼頭，進行活動的。當杭州國民黨各機關潰散前，楊必勇並不作逃走的打算，並對人説：「我是不走的。」可能也是毛萬里、毛森的授意，要他留下來繼續進行特務活動。解放大軍渡江前後，杭州有人進行策反起義、組織部隊的活動。聽説所謂「民主聯軍」的旗號，就是他們提出來的。陶廣這時也在杭州想搞軍事投機。據説他與李濟琛有些關係。李濟琛是洪門五聖山的「會辦」，與向海潛私交殊深。因此汪日昌、曾廣澍、楊必勇、康健等也就想通過這點關係，參與這次的軍事投機活動。汪日昌、康健、楊必勇等，爲此曾在杭州長壽路曾廣澍的家中，祕密舉行了幾天會議，決定由汪日昌負責與陶賡進行聯繫。汪向陶賡吹噓杭州的「洪門弟兄」有一萬餘人，其中有一大部分都當過兵，打過仗，還有許多在鄉軍官。只要洪門一聲號召，立即可以成軍。汪還大吹他過去在太湖所領導的數千水上「英雄」，人槍俱全，也可以馬上拉過來，成立一個「軍」是絕不成問題的。陶因另有門路，沒有和他們發生關係。汪日昌有一天晚上假借陶的名義，往告曾廣澍說：「陶老總已得到上面同意，給我們一個『縱隊』的番號，我爲縱隊司令。」他們協商了一下，就自行決定：以康健爲副司令，曾廣澍爲第一支隊長，楊必勇爲第二支隊長。以後陶賡與魏仲連組織「江南先遣縱隊第一師」，在太湖沿岸收羅舊部成立部隊。陶賡被周嵒逮捕，汪日昌、楊必勇等仍大肆活動，到處拉人、拉槍、籌款。惟籌款沒有來源，要曾廣澍他們幾個人自己挖腰包，誰也不肯。汪日昌有一天似怒非怒地對大家說：「現在苗頭有了，升官發財就在眼前，你們不想辦法，難道坐享其成嗎？」他又說，誰肯出力，將來「論功行賞」要看這次的表現。洪門中一個弟兄韓直夫，自告奮勇拿出幾百個銀元。汪日昌又寫了許多派某某爲參謀、某某爲軍需、某某爲副官之類的「派令」，叫他們各自拿銀元來接受委任。他從中就撈了一筆。他們原來的計畫，在國民黨各個機關部隊撤走、共產黨部隊尚未到達時，先乘機來一次「劫收」，然後以起義的姿態，歡迎解放軍進城，向共產黨邀功討賞。如果不成，就調轉矛頭，上山下海與人民爲敵，向舟山報功（國民黨浙江省政府是時已撤至舟山）。而楊必勇的特務組織與活動，也就可以藉此掩護下來。汪日昌這個縱隊成立後，除了三百多個大大小小的「官兒」以外，所謂洪門弟兄萬餘人，太湖水上「英雄」有幾千，都是騙人的鬼話。當解放軍尚未到達杭州、國民黨軍政各機關已全部逃散時，這幕戲就在民權路國民黨省黨部的原址正式開台。什麼司令以下的大小「官兒」數以千計，帶了紅臂章耀武揚威地在街路上跑來跑去，汪日昌自稱縱隊司令，在大街小巷貼起了「安民布告」，內容說什麼：我軍配合解放軍並肩作戰，解放杭州，希望市民安居，保持正常秩序，所有倉庫物資，任何人不得擅自移動，聽候接收。布告尾句還有什麼「本司令有厚望焉」幾個字。汪日昌還不知在哪裡搞來一輛小轎車，坐在裡面像煞有介事地駛來駛去，顯示威風。當時杭州居民都弄得莫名其妙，共產黨領導的中國人民解放軍還沒有到，不知是哪裡鑽出這批「革命部隊」來，有的還以爲真是解放軍的便衣隊。但是不久有很多人就被認出來了，原來有不少人即是杭州的洪門弟兄。他們都大吃一驚地說：「解放軍怎麼會有這些壞東西在裡面呀!?」有的人看到汪日昌所貼的布告，不禁搖頭嘆氣，流露失望的樣子。汪日昌他們開台第一天即向杭州市商會勒索派款，要銀元二千塊。但市商會只籌了二百元派周仰松送去。這批司令、隊長正在興高采烈地準備大事「劫收」，大做其升官發財的迷夢時，中國人民解放軍就迅速到達，解放了杭州。對這夥所謂「民主聯軍」、「人民革命軍」即採取了斷然的處置。他們這一罪惡陰謀才未得逞，這幕醜劇也就散場了。

周斌、汪日昌謀財害命的事實

這裡補敘一下周斌的情況。周是浙江永嘉人，一九四〇年在金華與鄭國琛姘識，兄妹相稱，掩人耳目。金華淪陷後，相偕入川。鄭固有婦，周也有夫，二人咸感長此姘居，終非結局。鄭乃介紹軍委會中將處長徐某與周結婚。周貌並不揚，卻工媚善妒，性極凶悍，徐與結婚後，不堪其苦，屢行自殺，得救未死。徐之友朋中，多洪門弟兄，咸爲徐不平，對周欲有以懲之，周聞之亦懼。她嘗聞洪門中人言，洪門規矩，同門弟兄，既往不咎，應言歸於好。周乃設法於一九四三年在重慶加入洪門，封爲「金鳳」(洪門吸收女子入門，以「金鳳」爲最高步位)，於是徐友中之洪門弟兄，見周已入洪門即不便以暴力加之。周入洪門不久，與徐離婚。她又在向海潛前施展其吹捧諂媚之能事，向亦幾爲所迷。一九四六年周又隨鄭國琛來杭州。向海潛來杭時，在我處與周又相見，周去後，向曾對我說：「周斌手段高妙，且極毒辣，你們對她要當心點。」杭州碼頭建立後，周遂以洪門金鳳四姐身分，大肆活動，揚言她是山主親信，並謂與徐亮的關係極密。她對人外示豪爽，內懷陰譎，有時也能急人之急，解囊相助。初識者，幾認爲她是女中「英豪」。在杭州市警察局刑警隊及在鄉軍官會都有掛名，終日到處奔走，顯示很「吃得開」，與社會上的上、中、下三等人，都有交往，人們稱她爲「女大亨」。她不但爲軍統做爪牙，進行特務活動，且亦在外大肆敲詐，騙取錢財。西湘歌場有歌女小紅，美姿容，常受到顧客的侮辱玩弄，其中亦有洪門中人。小紅每在受辱之後，即痛不欲生。周斌聞之，即召小紅伴加慰藉，並說：「你如拜我爲乾娘，這些無賴子誰敢侮辱你！」小紅墜其圈套，遂認周爲乾娘。周斌家經常聚賭，麻將、牌九、撲克、挖花等，樣樣都有，勝負數以萬計。賭者大多商界中人，也有所謂太太、姨太太、交際花之類參加，咸以在周家賭博，不怕流氓敲詐，更不畏警察來抓賭。周也常自拍胸說：「在我這裡，就是開大門賭錢，誰敢來在太歲頭上動土，你們放心玩吧！」她常設佳餚美酒，招待也極周到，更藉小紅之姿色，以吸引賭眾。小紅自拜周爲乾娘後，一切聽周之擺布。賭客中有個亦官亦商的林孝友，多財好色，周迫使小紅與林發生關係，受孕。周又命其打胎，並以此向林詐得鉅金。小紅打胎後，體日弱，向林要錢醫療，林答以錢已給周，囑其向周索取。小紅求周，周拒之曰：「你有所需，應向林某去拿，爲何竟動起乾娘的念頭。」小紅以林之言相告，周乃拍案大罵：「賤貨太不識相」，揮之使去。小紅忍氣吞聲，賣盡衣服，去院醫治，久而不癒，病深色衰，在杭州歌場已不能立足，乃去上海另謀生路。人既憔悴，又無行頭，上海歌場，也走不進去，只好在茶店賣唱求乞，不久即死去。小紅就是這樣被這個洪門中的女流氓周斌誘騙挫辱致死。

再說汪日昌的騙財害命的手段。一九四七年十月間，有個商人王國楨，江蘇吳江人，與人合夥來杭州想買一隻小輪船，經人介紹，認識了「洪門大哥」汪日昌。介紹人先將汪日昌捧得很高，說他在杭州門路多，勢力大，人又慷慨義氣，肯替人幫忙，託汪任何事，都有辦法。王國楨也就信以爲眞，兩人一見如故，朝夕與共凡數日，汪日昌看出王國楨人地生疏，認爲可欺，乃設局進行詐騙。布置周密，極其譎詭：先則故作慷慨，舉凡共遊同吃，都不讓王花費分文；繼則故意在王國楨在旁時，嗾使人前來有所請託，汪皆慨諾。以此種種引王入甕，王不察，墜其譎術。一日，汪日昌對王說：「船已物色一隻，船主是我朋友，頗蒙賣賬，船價由四百五十石大米，降至四百石。中保人都由我充之，不須絲毫破費。」王感甚。相偕至拱宸橋看船，王頗滿意。回城後，遂與汪談成交事，並慫汪鼎力玉成，惟帶來現款，尚差百石，擬先付三百石，尾數去吳江籌來。汪曰可。王將相當三百石米的款子交汪，汪問要否他出具收據，王說：「難道我不相信你老大哥嗎？」言罷辭汪去吳江籌款去了。不數日，攜款來杭，汪則避而不見。王焦急萬分，到處尋找，終於湖濱公園中遇汪，談起付款成交問題。不料汪不認賬，王此時始恍然大悟，遂也責汪人面獸心。汪則向王索取收據，王無法拿出。汪藉口反說王無賴，竟聚眾毆王致傷。王走頭無路，先後向警察局及法院控告，反動政府均以「口說無憑」斥之去。王至是感到絕望，悲忿欲死，神經因之失常，終日顛沛於大街小巷，遇人就哭訴冤枉；最後寫了一封絕命書寄與吳江妻子，本人即投河自盡。其妻得信抱子趕來杭州，王已死去數日。她在杭州人地生疏，呼救無門。王妻在杭將其夫草草埋葬後，在回吳江途中，也抱子投河自殺。一家三口，就這樣被汪日昌逼死了。

我參加洪門的經過和下場

杭州碼頭雖不是由我「掌旗」，但杭州碼頭局面之打開，我是起了推波助瀾的作用。像以上所述的洪門中人在杭州的一些罪惡活動，我雖未直接參與，但事前或事後，都是知情的。而杭州碼頭的主要事務，最初一個階段，都是我操縱的，曾廣澍徒有虛名而已。這裡我也簡單說一下我參加洪門的經過，及我在杭州碼頭上活動的情況。我在洪門根基極淺，既不是「穿草鞋上山」（又稱插柳上山），也不是「越山過嶺」，而是「上山插柳」。一九四七年三月我才於上海加入洪門的五聖山，即一步登天，高居內八堂「禮堂大爺」。原因是五聖山山主的「恩賜」。早在一九三三年夏，我就認識了向海潛，當時我旅居上海方濱路茂椿里姊家，與向是毗鄰，兩宅曬台相連，常在晚間納涼時，相與聊天，情感相投，漸成知己。我雖知向是洪門首領，然未嘗動入門之念。惟彼此年齡懸殊，尊稱他爲「向老先生」。久之，向對我說：「你稱我爲老大哥吧，這樣更親切些。」此後我就稱他爲「老大哥」，他也以「老弟」稱我。不知者，以爲我也是洪門中人。向的來客，多洪門中人，並不迴避我，因此洪門中如毛雲、羅海濤、金繼銘等，都是這時認識的。他們談話，時吐洪門術語，我不懂就問。久之，我對洪門中的人物及其術語、堂規，已約略知一二。其後我離滬返杭。一九三七年，向西上後，我仍留浙。一九四一年在金華，遇洪門中人蔣濤、李德儲，始知向被通緝，避居桂林。是年金華淪陷時，我幫助金濟銘搶運出洪門五聖山桂林「糧台」大批物資，輾轉運抵桂林，曾得向來書致謝。抗戰勝利後，向由川回到上海，斯時我已棄政經商，與夏晦如、吳定江等合資經營華比煙草公司。由於資金不足，時感周轉不靈。在上海經商如果無雄厚資金，或惡勢力之支持，是很難發展的。羅海濤勸我加入洪門。羅是五聖山智松堂的「坐堂大爺」，與向海潛同鄉，也是向的親信。他是由清幫轉到洪門，當時充當上海麵粉業公會理事長。他告訴我上海商業中一些「門坎」，我也想通過洪門在上海金融界多拉點關係，便於調用頭寸，發展營業。同時我與向海潛私交又甚好，我就決定加入洪門，向海潛表示極爲歡迎。一九四七年三月十五日的晚上在上海靜安寺特爲我擺了一次香堂，舉行入門儀式。向知我對洪門術語、堂規等還不夠懂，問答有困難，特意關照我：「有人問你來歷，你就說：我是五聖山的信徒，是奉命上山插柳。你記牢，不要說錯。」香堂開始了，向封我爲內八堂的禮堂大爺，爲了使大家知道對我爲什麼要破格「恩賜高爵」，向還將我與五聖山的關係作了介紹，並還提起我當年在金華爲五聖山糧台搶運大批物資的事情，我就是這樣加入了洪門。入門後，我爲了華比煙草公司的經銷業務，經常留杭，這時五聖山的杭州碼頭正在建立之始，我奉派協助曾廣澍負責杭州碼頭事務。在「授命」之時，向海潛特意對我說：「杭州是我們五聖山極重要的碼頭之一，本來有意派你『背榜下山』，因你入門不久，門裡事務，尚未熟練；同時張子廉久蓄獨霸杭州的念頭，與你又沒有一點淵源，他(指張子廉)回來之後(時張奉派至重慶處理門中糾紛事)，必然對你百般刁難，你是對付不了的。曾廣澍雖然能力淺，可是比你圓通，他又與張子廉相熟。經我再三考慮，決定派曾廣澍『掌旗』，另派你與其他幾個人協助辦理。不過你們要當心張子廉的離間，你去浙之後，把我這一指示，傳達給他們聽聽。」我當時還問向海潛有什麼其他重要任務沒有？向沈思了好久，才回答我說：「現在還談不到，到一定時候，會知照你們的。」他還談起浙江方面幾個顯要，說沈鴻烈是他的同鄉，也是老友，竺鳴濤也是洪門中人物。並說：「杭州方面，已有布置。你們放膽去做，遇難及時奉報。」我回到杭州，將向海潛這一「指示」，傳達給曾廣澍等。大家心中有數，「忠心耿耿」地爲向辦事。曾廣澍等知道我與山主有深厚的關係，同時也因爲我這時尚有點經濟力量，並不吝嗇，所以對我都很尊重，遇事都先與我磋商。我在杭州兩年(一九四七年至一九四八年)，曾經爲了謀求政治前途與商業發展，就主動地時常到竺鳴濤、阮毅成、周象賢、王雲沛、呂公望、馬文車、劉湘女、金潤泉、張范園等處去表示接近，拉攏關係。我通過張范園的關係，得在杭州開泰、盈豐、義大等十幾家錢莊開戶往來，經濟大有活動。我自從與曾廣澍等共同主持洪門五聖山杭州碼頭之後，非常賣力。當時杭州碼頭由於初建，「糧台」空虛，爲了設法充實杭州「糧台」的經濟力量，我就向曾廣澍等提出籌設一個商行，將利潤所得，全部捐入「糧台」，所有行內人員，均聘本門弟兄充任。其次，廣收成員方面，其對象以社會「上層」爲主，「中級」爲副，下層的(指地痞流氓及其他)要加以甄別，不可盲目吸收。這樣既可收得巨額「香金」捐入「糧台」作爲基金，也可藉新入門的弟兄的經濟力量，充實糧台。以上意見，他們都同意，並將這一決定上報向海潛，受到嘉許。後來由我獨資開設一個協記商行，營業尚稱發達，並有盈餘，撥與杭州「糧台」。曾廣澍等也積極地吸收成員，不到半年，發展到四、五千人，其活動地區也由杭州市區伸延到郊外及塘栖一帶。在這一段時間，向海潛時來杭暢遊，其一切用度，大部由我「供奉」，很少由「糧台」開支。時張子廉已自川返滬，聞得杭州碼頭爲智松堂獨占，大爲忿怒，來到杭州，處處挑眼尋差，給我難堪，指我爲「向派」，並說向海潛派遣我們在杭建立碼頭是個「亂命」，張又在曾廣澍、汪日昌等與我之間，從事挑撥離間，而促成杭州碼頭幾個負責人鬧內訌。我處此情況之下，行事處處棘手，趕到上海向向海潛訴苦，並將張子廉指向以山主名義派我等在杭建立碼頭是個「亂命」據實以告。向聞之大怒，遂召集在滬的各堂堂主以及內八堂步位以上的大爺，如樊崧甫、毛雲、許承恩、羅海濤、杭孟蔚等數十人舉行緊急大會，張子廉也奉召參加；杭州方面有曾廣澍、鄭國琛、蔣誠、汪日昌等；蘇州有朱炳熙等也奉電趕來參與此會。會前，向海潛早作布置，欲以「家法」治張子廉以「反上」之罪，張子廉事先不知道。張乃副山主兼信廉堂堂主，名位僅次於向海潛，但會場上的正席，無張的座位，張見狀就知不妙。會議既開，向海潛即將張子廉的「反上」罪行，及在川處理「家門」事務得賄不公等情事當眾宣布，要大家公斷論處。於是群相責難，杭孟蔚並提議將張趕出五聖山，此議雖未執行，張已威信掃地。張經此打擊，初則消極，繼則企圖積極報復。向、張之間，矛盾益深。五聖山中張的一些親信，認爲是禍從我起，說我進讒，乃集中矛頭，對我攻擊，說杭州碼頭社會輿論極壞，我要負主要責任。向海潛至此，也大傷腦筋，後一階段我忙於經商，留杭日少，加之張子廉時與爲難，而曾廣澍等懾於張之權勢和聽信陳慶尚、汪日昌、楊必勇等的挑撥，不與我接近，有事也不與我商量。但我是杭州碼頭負責人之一，外間非議，自難脱卸關係。另一方面，上海華比煙草公司，因經營不善，所有資金，虧蝕殆盡，遂宣告破產招頂。同時，我在杭州方面協記商行，也以用人不當，元氣大傷，而自己洪門中人，時來打抽豐，開支太大，經濟日益拮据。即使向海澘來杭，也不能同過去一樣地盡情招待。有一次向海澘藉口要爲其妻李瑞英辦刺繡學校，囑我籌資捐助，此時，我的經濟力量，遠非昔比，故婉詞拒絶，向頗不滿，情感日益疏淡。於是親張者就乘機中傷，並揑造事實，説我欺上壓下和縱容「弟兄」爲非作歹，把杭州輿論太壞的全部責任推在我身上。後又以要挾的口吻，對向海澘提出如下的建議：杭州碼頭弄得一團糟，應由蔣誠負主要責任，如不加以論處，山主也難逃包庇縱容之嫌，以後就無人受命了。也有人對向進言：如不去我，則無法團結張子廉。要求向以山事爲重，權衡輕重利害。向海澘處此情況下，初尚猶豫，繼則爲群議所動，擬召我去滬加以懲處。這一消息，羅海濤特以電話告我，叫我早作準備。我不肯去滬吃眼前虧，遂致書向海澘(此書由羅海濤轉交的)，訴説苦衷，要求退出洪門五聖山，並請其推念前情，不要過於使我難堪，否則，就是掛出「黑牌」(洪門家規嚴處名稱)，也在所不計云云。此後，我就再不與洪門中人往來。他們是否掛出黑牌，則不得而知。以上就是我所知道的洪門在浙江的一些活動和我參加洪門五聖山智松堂的經過和下場。

一九六四年七月

(原載《浙江文史資料選輯》第十輯)

我所知道的江西洪江會

周寒僧口述　高啓東記錄

洪江會即洪幫。作者早年名周金龍，青年時投身軍旅並加入同盟會。後奉同盟會指示，加入洪江會，成爲洪門「大哥」。本文回憶江西洪江會在辛亥革命時期的主要情況。皆爲作者親身經歷。

我參加洪江會經過

我是一九〇六年（清光緒三十二年）參加同盟會的。那時我在五十四標當見習生。見習生和士兵很接近，成天稱兄道弟，和士兵混在一起。五十四標已實行新軍徵兵制，士兵之中，有童生、秀才，可以說知識分子很多，而且來應徵入伍的多數是抱有革命思想的青年。我參加同盟會之後，同盟會便交給我一個任務，就是要聯絡幫會，預備實力，作爲革命的力量。洪江會的宗旨，可以說與當時的同盟會完全相同，它倘若與同盟會合作，當然是一股極大的力量。但是洪江會對外極嚴密，如果不投身幫會，就無法拉攏他們過來。我既然要完成同盟會交給的任務，便決定進洪江會。

自進入洪門之後，我注意向士兵群眾發展，把那些具有革命思想的同志，都引進洪門來。後來我開山頭收徒弟，收到兩千人左右。在軍隊方面，因我成了大哥，便居於領導地位。

洪江會的碼頭

洪江會既是極祕密的組織，當然不能固定在一定的地方，所以不能有地域的區分，而是隨時流動的，今天在這裡，明天就可能走到別的地方去了。但是又有所謂「碼頭」，似乎是地域，而其實並不是劃定的一個區域，而是某某大哥住在某處，那附近一帶如果有什麼事故，概由他出面解決，這就叫做某人的碼頭。如果這位大哥遷移到別處了，原來這個地方就不是他的碼頭了。從前南昌城裡城外就有許多碼頭，都是這樣的情形。但是也有沒有碼頭的大哥，不是凡大哥都有一個碼頭的。

開山頭

開山頭即是收徒弟，開山頭要自己取一個山名、一個堂名、一個香名、一個水名，叫做「山堂香水」。山堂水三個字很容易理解，惟有這個香字的意義，需要解說一下才能明瞭。香，是神前燒的香煙的意思，神前的香煙又含有繼續不斷的意思，那麼這個香字就是世世代代連接不斷，往後傳下去，不要忘了漢族祖國的意思。

「山堂香水」，各人取的名都不相同。專就南昌城裡城外而言，就有幾十個，也難以記清。現在我把自己當年開山頭所取的「山堂香水」名稱，寫在下面，作爲一個例子。

中華山　志士堂　四海水　五岳香

因爲「五岳」有包括全國各地美好山河的意思，表示熱愛祖國。洪門中，「山堂香水」的名字有許多取「五岳」兩個字的。

同在一個地方，可以有好幾個山頭的，他們各自收徒弟。徒弟的多少各不同，有幾十個的，有幾百個的，有上千的，看各人的發展能力。南昌市裡、市外，所有開過山頭的所收的徒弟，没有精確的總數，約略估計有兩萬人左右。

開山頭的不完全是粗魯漢，其中有知識的人還是有的；但是開山頭的必定有武功，會打拳術的。

收徒的儀式

想入幫的徒弟必須先有人介紹，經介紹後，還要經過幾個月的考察。第一條要緊的是要口緊，不洩漏會裡的祕密。經考察過後，認爲可以收做徒弟了，便舉行入幫儀式。其儀式大概是這樣：

在房屋廳堂上首設一香案，點起紅臘燭，燒起香來。香案上供一座紅紙的神牌，神牌當中寫「五祖神位」，神牌兩旁，左寫「宋江主位」，右寫「桃園文位」。廳堂兩旁擺著交椅，旁邊站著小隊子。小隊子手上都拿著極鋒鋭的小刀子，還有另外拿大刀的。那位開山頭收徒弟的大哥，坐在左邊第一把交椅上，徒弟從外邊低下頭，兩手下垂，走到香案神牌前跪下。他跪的兩旁地上，插有好多把小刀子，這是壯威風的意思，下邊還站有武徒。武徒是幫裡的一種職稱，是有武力的徒弟的簡稱。他的任務是，如果幫裡有人犯了幫規，經大哥決定應處死的，就由武徒去執行。徒弟跪在地下對著神位發誓，首先聲明自願參加，保守祕密，一不准對上代説，二不准對親戚朋友説，三不准對妻子説。如果説了，七孔流血。其次，發誓不准「報馬子過關」。「報馬子過關」是隱語，它的意思是，如果不是本幫的弟兄，而將他冒充爲在幫的，混進了幫來，那是絕對不許的。發誓時，把插在地上的小刀，拿一把起來，捉過一隻預備好的公雞，一刀把雞頭斬下。如果不用雞，改用一把點燃了的香，一刀把點燃的香頭斬下來，也是可以的。斬雞頭或斬香頭的意思是，如果不遵守幫規，便要同雞頭或香頭一樣的被斬下來。舉行這種儀式的時候，還須要「閉扇子」(閉扇子是隱語，即關閉門户的意思)，以示機密。

舉行進幫的儀式總是選擇深夜，在人家住宅裡。從前南昌城内外，一家人住一棟房子的是常有的，只要這家是在幫的，便可以在他家舉行，不會有洩漏祕密的危險。也有在「鏡子」上舉行的（鏡子是隱語，水叫鏡子），即是在底子上舉行（底子是船的隱語）。把船放到河中間，四面沒有其他的船，也有把船靠到沙洲上舉行的，這底子上的人，當然是在幫的；還有到鄉下山裡去舉行的。看哪樣方便就哪樣做，並不限定在一個什麼地方。

徒弟進幫，要繳制錢六百六十六文，名叫香堂費，爲買香燭和雞的費用。貧窮的只繳一半。再貧窮的付不出錢，這香堂費便由開山頭的大哥拿出來。洪幫原是重義氣，輕財錢，所以徒弟應繳的費用，由大哥拿出來是常有的事。

每開一次山頭，所收徒的人數，總是幾個人，最多不過幾十個人。一次能收十幾個人不是常有的事。入幫之後有個憑證，在會裡名叫「飄風子」。上面有「山堂香水」四個名稱，還有四句話。這四句話也是各不相同的。我的四句是：「中華自強，志在興邦，人民平等，五族改良。」但是大哥的姓名和入幫的徒弟的姓名都不載在上面。有的大哥在上面做個暗記，也有不做暗記的。年月日也不載。這個「飄風子」是刻板印刷的，有的用黃綾子印字，也有用黃紙或紅紙印字的。進幫的當天不發「飄風子」，往往遲好久發給。接到這個「飄風子」，必須收藏到極隱蔽、穩妥的地方，不許遺失。

幫會成員

參加洪江會的人，各種行業的人都有。只要有那樣一個行業，這個行業裡面必定有在幫的人。其面之廣，可以説是達到極點。各種商店和茶酒飯館的老闆、伙計，開鴉片煙館的、開澡堂子的以及澡堂子裡擦背修腳的、剃頭的，殺豬的屠夫、刻字的匠人，打鐵的、做銅匠的、做漆匠的，駕船的船户和划船的水手，衙門裡的三班六房，女的當娼的，以及妓院裡的那些人，街上的叫化子和無業遊民，出家的和尚、道人等等，都有進幫的。所以洪江會裡要什麼有什麼，比如要刻「飄風子」，就有會刻字的兄弟；因此會裡的祕密絕對不會被外人知道，而它的力量的雄厚，也就可想而知。當年同盟會要聯絡幫會來作革命力量，孫中山先生是有見識的。

違犯幫規

在幫的人如果犯了幫規，由大哥按情節輕重分別處理。比如殺死了自家的兄弟，即同在幫的人，那是要償命的。又如在官廳裡，把同幫兄弟的姓名供了出來，官廳釋放了，他也是要被處死的。決定了要處死的，就由武徒去執行。至於情節較輕，不必處死，卻要受三刀六眼之刑的，那就要自己動手，拿小刀子在自己大腿上戳三刀子，這就是所謂「好漢犯法，自辦自殺」。自己深深的刺三刀子，並且不許做聲，如果叫了一聲「哎喲」，就認爲是「不值價」。「不值價」是幫裡的話，就是不是好漢的意思，洪幫裡是重視好漢的。戳了三刀不作聲的，在旁邊的武徒們就會說好漢，拿刀傷藥替他包紮。以後在幫裡，還可以有上升的希望，能有「前程」。如果是「不值價」的，就把他送出去，出去之後，這性命就難保了。因爲門外也會有武徒，曉得他「不值價」，就把他弄到偏僻的地方，結果他的性命。那麼怎樣把他弄到偏僻的地方呢？有的竟是用繩勒住頸，背起他走。倘若碰著過往的人，就裝做埋怨的口氣說，「你這人怎樣吃得這樣醉」，彷彿是送醉漢回家的樣子，用這樣的話遮掩過往人的耳目。武徒把他勒死之後，或者在偏僻地方殺死之後，就把屍體裝在簍子裡，綁一塊大石頭沈到河裡去。如果是女的犯幫規，也是同樣的處理，不過三刀子不戳在大腿上，而是戳在手膀上。

幫裡的等級

幫裡的等級由大哥決定。凡是瓶子裡有貨的(瓶子裡有貨是說肚子裡有見識的意思)，對待同幫兄弟熱忱的，消息靈通的（如某人背了風火，即某人出了事，或者某人犯了幫規能首先知道），辦事妥當的，大哥可以按其成績而給予提升。但不是人人都能上升，而且等級要逐步上升，不能越級提升。

幫裡最高的一級叫龍頭。升到了龍頭就可開山頭、收徒弟了。一個人可以開兩個山頭，開過兩個山頭的叫雙龍頭。雙龍頭又叫「掛補子」。龍頭之下有身護大爺、藍旗老三、紅旗老四、么滿老九等這些等級稱號。么滿又稱爲是小弟弟。

凡是開過山頭的，稱爲內八堂先生；普通在幫的都是外八堂哥弟。開過山頭的又叫「舵把子」，意思是爲首的。南昌城內外有很多「舵把子」，據我所知道的有：陳細鬼、彭木香、花燈和尚、胡如東、諶老炳、徐瑞堂、許祥麟、洪寶林、龍廷、梅福祥、周金龍。

洪幫沒有字輩，與清幫不同。徒弟稱師傅也是稱大哥，哥弟之間，總是你哥子，沒有其他的尊稱。

洪門的義氣

洪幫最重義氣，有事彼此幫助。比如在廟裡看戲，有在幫的人被人毆打，被打的人只要舉起手來，做一個暗號，所有戲場裡在幫的人，就會一齊蜂湧而來，幫著打，不使自己弟兄吃虧。這個暗號是，將大指與食指靠攏，做成一個圈子，那中指、無名指和小指三個指頭伸直，做成一個暗號，高高舉起，向空中搖晃一下，在幫弟兄一見這暗號，便知道是自己兄弟。他們雖然是面不相識，仍然是會來幫助。這個手勢暗號的意義是：圈圈就是在圈子裡的意思，進了幫的叫做在圈子裡，又叫「受過家模」。那三個伸直的指頭就是作爲「桃園三結義」，要像劉備、關羽、張飛那樣的講義氣。

錢財看得輕，也算幫裡的一種義氣。誰有錢，誰就拿出來用。比如一個在幫的到一個新地方，身上沒有錢，人生面不熟，怎麼辦呢？一種辦法是，他只要在街上走路時，將手做暗號，假裝頭上或臉上癢，在頭上、臉上抓兩三下。同幫的人看見了就會走過來「對實」(對實是幫裡的隱語，即查問明白，能夠證實的意思)。經他引見當地的大哥。另一種辦法是，坐在茶館裡，做上暗號，把三個指頭放在桌面，那兩個指頭做的圈圈，放在桌子旁邊，這樣也會有人過來「對實」。像這樣做暗號訪同幫的，幫裡的隱語叫做「掛牌」。見過大哥之後，不需要半天這地方就會全曉得新來了一個同幫的，他的吃住都會有人招待。如果還要往別處去，還能送路費。還有在路途中遇到了看財氣的(看財氣是搶劫的隱語)，這看財氣的往往會在路邊用石子擺一個陣圖，如你在這陣圖上加擺一個相對的陣圖，不但不會被搶劫，還可以得著招待或路費。

幫會的山頭各有不同，但是路路相通。別省的幫會來到江西，也是同家兄弟一樣的招待，惟有青幫不作爲自家人；個別的做朋友也是可以的。

洪門的禮節

洪門的禮節先從「三請教」說起：

兩個不相識的人，見面之後，需要弄清是不是一家人，那麼先說一句「請教」，那人回答：「轉請教」，又回一句「再請教」。這才回答各自姓名。這在洪門裡叫做「三請教」。

等級低的坐的時候，兩隻手都做成暗號，放在大腿彎上。對大哥行禮時，左手做成暗號，右手做成拳頭(拳頭的大指不能伸出，要縮得與第二指一般平，龍頭才可以把大指頭伸出來)，直伸向前，左手搭在右臂靠肩；或搭在肘上，或搭在手腕上，把身子斜斜一彎，這就等於軍隊的舉手禮。大哥的答禮，只用左手或右手做成暗號，放在胸左或胸右的乳部。如果在吃茶吃酒的時候，敬大哥的茶或酒，大哥可以把手做成暗號在桌上按一下。

拿水煙袋敬客，也有一個儀式。左手拿水煙袋，右手做成暗號，把水煙袋的嘴靠著右手伸直的三個指頭，送向客人面前。如果客人是不吸煙的，拿回水煙袋來，自己吸的時候，就把右手從煙袋嘴往下，轉到煙袋底下，再從煙袋底下，靠裡上轉到煙袋嘴上，這樣的打個圈子才吹燃紙枚吸煙。這也是一種敬意的表示。

九江、南昌的光復，洪門兄弟出過力

武漢起義時，我在江西混成協工程隊當見習生。爲防備武漢的革命起義軍來到江西，撫台就派臬台張檢往九江督辦軍務，我被派帶一排士兵往九江安裝軍用電話。到九江之後，洪門弟兄以及同盟會聽說我到九江來了，便來邀我去開祕密會議，地點在下炮台山灣裡。參加會議的多數是五十三標和炮台的軍官、士兵。這次參加的人，我記得姓名的有：藍軍衡（後來當炮台參謀）、戈克安（後任炮台總台官）、陳廷訓（他是在圈子裡的，後來在袁世凱當政時代任將軍府將軍）、朱漢濤（後在九江衛戍司令）等人。當時決議由陳廷訓放炮爲號，因爲他是上炮台的炮目。當夜九點鐘一聲炮響，軍隊一齊出動，手臂上纏白布爲記，進攻道台衙門。道台保衡嚇跑了，推舉五十三標標統馬毓寶爲都督，炮台總台官徐世發爲統制，這是九江光復有洪門力量的事實。當我被派到九江的時候，隊官蔡杰叮囑我不要靠攏武漢的革命起義軍。哪知我正是要去靠攏他們，能去九江正合我的心願。

九江光復不久，接著南昌光復。南昌的光復是由蔡森帶馬隊爬城進去的。這馬隊裡也有洪門的哥弟們。所以說，九江和南昌的光復，洪門都是出過力的。

在此以前，洪門弟兄也曾有過起義的事：光緒年間，萍鄉大庵嶺煤礦（後來叫安源煤礦）事件，爲頭的龔春台便是洪門的人。當時人們是說龔春台「造反」。這裡面有個叫雷天鳴的，就是我的一個像兄弟般的朋友。後來龔春台失敗，雷天鳴逃走，有一百多個起義群眾被清政府殺害，這是我在萍鄉親眼所見的。此外還有永寧縣（現在的寧岡縣）的趙飛龍、趙飛虎的起義失敗，他們也是洪江會的。

江西洪江會的結局

馬毓寶並不在圈子裡，不過洪門哥弟們很擁護他，而馬毓寶對待洪門哥弟也相當寬大。南昌光復之後，由於城裡城外的大哥彼此不相統屬，他們手下的弟兄就有些爲非作歹的，後來彼此又漸漸互相效尤，弄得群眾對他們確實有些不滿，馬毓寶對此並未深究。李烈鈞接任江西都督之後，對洪江會便採取嚴厲手段，加以懲處。那時我已調往漢口當營長了，駐在距漢口九十華里的祁家灣。南昌的情況，我只是聽說的。

洪江會遭到懲處，這當然也是洪門自己的錯誤所致，他們自己把功勞埋沒了。從此以後，洪門就漸漸地隱藏起來，以致漸漸歸於消滅。

（原載《江西文史資料選輯》第十一輯）

廣東洪門忠義會始末

何崇校

廣東洪門忠義會是軍統分子葛肇煌於抗戰勝利後，劫收了漢奸組織的「五洲華僑洪門西南本部」而改編的洪幫組織。該組織於解放前夕成為廣東最大的幫會。新中國成立後，該會的一些烏合之衆逃亡香港，改稱「十四K黨」，在國民黨反動派的支持下繼續作惡，於一九五六年製造了震驚國際的九龍大騷亂事件。本文作者當年與葛肇煌頗有私交，對該組織的內部情況多有了解。文中所述多為親身經歷。

洪門忠義會創立人葛肇煌其人

洪門忠義會是與葛肇煌分不開的。葛肇煌係廣東河源縣人，生於一九〇〇年，排行第三。先世曾在清政府內做過低級武官。歷代以至他的父親，都精於拳術，他家專有醫治跌打刀傷的祕方。到了葛肇煌，拳棒他沒有學好，但還記得幾個跌打祕方。他早年參加國民黨軍隊，一九三四年，他在第九十三師任連長，曾參加追擊長征中的紅軍。一九三六年，他升任該師的通訊營營長。那時兩廣的陳濟棠、李宗仁、白崇禧等聯合起來反對蔣介石，蔣介石收買了陳的部下余漢謀倒戈，陳被迫下野，而李宗仁、白崇禧的部隊尚盤踞廣西。蔣介石將九十三師調到廣東的西江，準備相機向廣西進擊。九十三師師長是甘麗初，黃埔第一期學生，是廣西人。蔣介石將甘師擺在江西接近廣西，是想用政治手段解決和李、白的衝突。不久，蔣與李、白是和解了，蔣仍將由一個廣西人任師長的九十三師駐防西江。是年十二月，「西安事變」

發生，九十三師才調離廣東，葛肇煌也隨部隊離粤。

葛肇煌身材高大壯實，膚色黄黑，額角很低，嘴裡鑲了幾枚金牙，一股庸俗氣。他見人時，總是滿面笑容，説明他能相與人，在舊社會懂得「撈世界」。他有一種講大話而面不改色的本領。一九四二年間，葛那時已脱離了九十三師，參加了軍統，在廣東緝私處惠陽查緝所任專員。但任職不久，就被人控告，説他有私販槍枝行爲，受到撤職處分。軍統局還命令廣東站將他扣押，審查他的私販槍枝罪。後以查無實據，僅關押了幾個月便將他釋放。那時我因事到韶關，聽説他吃官司出來，特地去安慰他。他在西河壩廣州酒家請我和我一個剛從惠陽來的内弟吃飯。我那内弟年輕不懂事，在席上一見葛，即説：「這位葛專員我認識。」並大聲向我説：「葛專員在惠陽收了鄉親們萬把塊錢，説是能代買到自衛槍枝，但收了錢後，總無下文，鄉親們都想追回這筆錢呢！」我蹴了内弟一腳，禁阻他在酒席上當面揭發主人陰私。但葛肇煌聽了反而泰然自若，毫不介意。他面不改容，仍很愉快地招待我們吃完那餐飯，面皮厚得很。葛講大話亦能頭頭是道。記得在一九四八年，一次他和我深談，葛向我自述他的長處，他說：「我自問無所長。我只是善於去拉攏別人，還能説得別人相信。但將人拉來之後，如何去組織他們，我就毫無辦法了，這就要靠別人幫助了。正如我能到市場去採買，但買回來後，如何烹飪成菜席，我就毫無辦法了。」

葛出身於舊式的官僚家庭，但性格尚不古板，做人十分豁達，並不拘泥。他有一個女兒，十八、九歲，愛扮男裝，毫無女孩氣，別人總誤會是葛的兒子。葛的老婆三嫂對這個女兒不大高興，而葛肇煌則總是支持這個女兒，說：「何必那樣古板？」葛的好大言(能説謊)和豁達不拘泥小節的性格，是適合他做一個黑社會頭子的。

葛肇煌在韶關受扣押被釋放後，軍統以他在九十三師任通訊營營長時，駐防西江，對西江情形熟悉，於一九四三年秋，派他爲西江獨立行動大隊長，命他相機派人潛入日寇占領區進行騷擾。一九四四年初，葛肇煌將他的大隊部設在三水縣的蘆苞鎮。這地方當時是日寇尚未騷擾的地方。葛蹲在這個安全點，他並不派人進日占區去騷擾，而是施展他講大話的「特長」，又憑藉軍統的背景，去和附近一帶的大天二勾勾搭搭，幹違法走私勾當。葛平時愛聽人稱他爲「葛大哥」，那時其實葛尚不是洪門幫會中人，他是於一九四六年才加入洪門的。

從「五洲華僑洪門西南本部」到「洪門忠義會」

一九四五年八月，日本宣告投降，蔣介石爲了防止在日占區附近活動的共產黨部隊進入大城市，發布通令：非指定的部隊不得擅自移動進入城市。這個通令下達之後，在華南方面，軍統系統的武裝——「中美合作所別動軍」，首先就不遵守。「別動軍」第一縱隊的蔡春元支隊和汪瑞文支隊，就強自開入廣州。蔡春元還帶同禺北著匪謝大傻一起進入廣州。他們一進廣州，搶劫綁架，無所不爲。這個時候，葛肇煌尚在三水縣西南鎮附近，他聽到日本投降消息，便極想闖進廣州去發一筆劫收財，但他一來怕日軍會阻攔，二來他也接到蔣介石不准任何部隊擅進城市的通令，他曾被軍統關押過，還有所顧忌，躊躇不決。後來他聽說「中美合作所」的別動軍已進入廣州，又聽到廣州日軍只警戒守衛他們的營房倉庫和日僑居住區，其餘地區日軍俱不再管。葛遂於八月二十八日率少數親信竄進廣州。廣州地區以前不歸葛的活動範圍，廣州情況他還不熟悉。他竄進廣州時，廣州僞禁煙局所存幾萬兩鴉片和台灣商人的貨物，已給別動軍先搶去了。有些地方，他又不能碰。葛撈不到什麼油水，正在懊喪。有人向他建議，說廣州有個洪門組織「五洲華僑洪門西南本部」，是日僞指使下組織起來的，擁有相當會員，會址設在一德路一座三層的大洋樓內。這個巢穴，現在尚無人去動它，你葛大哥去接收它，不但可以得到一座洋樓，大批家具，還可以繼承這個組織，自己可以掌握起來，將來可以在華南幫會中取得一個地位。葛聽了十分高興，立即行動起來。

「五洲華僑洪門西南本部」，是廣州淪陷於日寇後，由漢奸頭子李蔭南、馮璧峭、郭衛民等，請准日軍特務機關長（即聯絡部長）矢崎勘二少將組織起來的（李是僞廣東省銀行行長，後兼任僞廣東建設廳廳長，馮與郭先後任僞廣州市警察局局長），由李蔭南擔任會長。成立後，他們用種種方法誘迫人參加。他們還恢復了過去的機器總工會和下面的各支部，改稱爲「休憩室」，然後強迫「休憩室」的全部工人參加「五洲華僑洪門西南本部」，否則要開除原有工作，廣州市的輪渡碼頭工人和馬路邊的香煙攤都被強迫入會，所以當時他們自稱擁有會員十萬（這是誇大的）。這個洪門組織，初稱爲「五洲華僑洪門大同盟」，後來才改用「五洲華僑洪門西南本部」名稱。內部分總務科（科長林皋）、組織科（科長戴曙光）、宣傳科（科長周眞）、調查統計科（科長林朝傑），組織相當龐大。

葛肇煌平時愛聽別人稱他「葛大哥」，他對幫會頭子身分，一向羨慕，現在有機會給他做幫會頭子，他覺得十分愜意。他帶領他的左右心腹，將「五洲華僑洪門西南本部」劫收下來。「五洲華僑洪門西南本部」原有舊人，大多已逃散或潛匿，未逃散的正在憂慮。他們這個組織是與日僞有關，日本投降，一些漢奸正在等候受逮捕的命運，他們擔心從後方來的「重慶人員」不知會對他們如何爲難，葛肇煌掛著抗戰人員的稱號，又是軍統頭目，現在來接管，做他們的「護法」，他們認爲合意。當時從後方來的人，也不注意或不知道有這個組織，因此葛肇煌劫收得很順利。不但得到一批陳設家具，也可藉此成爲廣東幫會一個頭子。

在日本宣告投降後第二個月，即一九四五年十月，軍統將它在抗日戰爭時期建立的暫設機構，一律裁撤；葛肇煌的西江獨立行動大隊，也在裁撤之列，葛本人則調在軍統廣東站做上校直屬通訊員。一九四六年一月間，有別的軍統分子，向軍統局局本部檢舉葛肇煌，控告葛在日本投降時，闖進廣州，擅自接收「五洲華僑洪門西南本部」的會所和大批家具，並且在祕密進行幫會活動。葛是犯了擅自接收罪和擅自進行祕密團體活動罪，這是軍統不容許的。局本部將這件案電令廣東站查明具覆，以憑處理。那時原廣東站站長鄭鶴影已受調將赴美國接受特務訓練，在辦理出國手續，廣東站由我負責。我是認識葛的，並有相當交情，遂有意對葛袒護。我呈覆局本部，説葛肇煌接收的「五洲華僑洪門西南本部」的會所，是向私人租賃來的房屋，每月須交納租金，不等於接收僞產。會所內的家具，多已陳舊，數量不多，並不值錢。我便向局本部建議，説廣東一向有洪門三合會的組織，這個幫會組織，與其控制在別人手中，不如控制在我們軍統人員手中，有時尚可供利用，會對我們工作有利，請准許葛參加這個洪門組織，並由他去進行活動。軍統局回電批准了我的建議。接著我還調了廣東站另一直屬通訊員梁達章去做葛的助手，幫助葛去發展他的幫會組織。在軍統局未批准之前，葛肇煌還在擔心會受處分，對「五洲華僑洪門西南本部」的活動，也只能偷偷摸摸地去搞，自從軍統局不給他處分還批准他可以進行幫會活動之後，他的膽子就壯起來了。

葛肇煌以「五洲華僑洪門西南本部」這個名稱，是日僞時期採用的，如沿用下去，會受人譏笑和指責，遂將這個洪門組織的名稱，改稱爲「洪門忠義會」(以下均簡稱爲忠義會)。葛自封爲會長，並對外宣稱，洪門忠義會是他另行建立的，與過去的「五洲華僑洪門西南本部」無關。

葛接收五洲華僑洪門西南本部後，進行會員登記。在改名爲忠義會時，我曾問他的助手梁達章，來登記的舊會員有多少人，梁説尚不到三百人。以前「五洲華僑洪門西南本部」向外宣稱，它的會員人數是以萬計的(它自稱有十萬以上，這當然是吹牛，這個組織基本是在廣州地區活動，當日本宣告投降時，據廣州僞警察局調查，當時廣州人口，僅有四十萬，那能四個人中便有一個是洪門分子)。當年漢奸李蔭南、馮璧峭、郭衛民利用權力強迫人入會，以便勒收會費，參加者只是被迫掛一個名，現在葛肇煌已無那種強迫人入會的權力，過去被強迫參加的人，當然不願再來登記。來登記的兩百多人，可以説是對幫會最迷戀的分子了。

那時葛肇煌已不便再復用一德路那座舊會所，他將那座三層大樓交出，改在廣州西關寶華正街租賃一所舊式大屋，門牌是十四號，作爲忠義會會所。葛過去未曾參加過洪門，這時(一九四六年三月間)才由一個過去在「五洲華僑洪門西南本部」充傳斗師的吳一峰,「扎」他(「扎」是三合會黑話,意即提拔他或頒封他)爲三合會的「雙花紅棍」。「雙花紅棍」是洪門三合會這一派系中的最高職位,類似另一洪門派系哥老會中的山主(龍頭)。三合會中的職位比較簡單,大致分爲紅棍、紙扇、草鞋三類。紅棍是主持人,是當家,是執行者;紙扇之幕僚,是參謀,是祕書;草鞋是外勤,是交通員,是聯絡員、通訊員。三會合中,所有職位都是由會中傳斗師扎封的(「斗」與「道」同音,可能由此訛轉)。傳斗師是一代傳給一代的。相傳三合會的創始人陳近南,就是第一代的傳斗師。這個職位是洪門三合會中「清貴」之職,地位很高,但無實權(吳一峰是粵劇演員出身,作演員時並不有名,解放後已爲政府逮捕)。

葛肇煌建立忠義會後,開始時,他尚不是想利用它來作什麼政治活動,而是想在黑社會中樹立他個人在黑社會中的地位。他樂於別人稱他爲「大哥」,想利用它來做些包煙庇賭,幹些走私訛詐等勾當。一九四六年至一九四八年這幾年,葛在荔枝灣附近另租一屋,作爲俱樂部形式,誘人聚賭,他從中抽頭。葛既成爲黑社會頭子,又是軍統成員,廣州警察局的刑警隊,多是軍統分子,葛又暗中分些好處給他們,他們對葛的聚賭,雙眼隻開隻閉,不予過問。那時在廣東掌權的軍事方面是「廣州行營主任」張發奎,政治方面是「省主席」兼「保安司令」羅卓英。羅是陳誠的左右手,這兩個人對軍統並不完全買帳。有人向羅卓英報告(是CC方面的人向羅報告),說有個葛肇煌在廣州搞幫會活動,並在市區內開設俱樂部聚賭。羅準備將葛逮捕。這個消息傳到葛肇煌耳中,他慌起來,趕忙逃匿北郊棠溪村一個姓梁的忠義會會友家中,躲了半個多月。後來得當時軍統(一九四六年八月,軍統已改稱保密局,爲行文便利起見,本文提到保密局名義時,仍一律稱它爲軍統)廣東站負責人向羅卓英說項,向羅解釋葛肇煌組織幫會,是經軍統同意的。並替葛掩飾聚賭行爲,說聚賭可能是葛的手下人所爲,以後當令葛約束停止。同時,廣州行營參謀長甘麗初,也對葛支持,替葛向羅卓英疏通。甘麗初任第九十三師師長時,葛肇煌是他部下的一個營長，甘有意包庇舊部；而且甘正是葛在西關開設賭博俱樂部常客之一，自然更要為葛的聚賭開脫。羅卓英和甘麗初曾是同事，羅卓英做入緬遠征軍總司令時，甘是遠征軍中一個軍長。現在甘又是廣州行營參謀長，同在一地，也可說是同僚，不能不買帳。羅想逮捕葛的事，才没有實行。

葛肇煌對「新社會建設協會」的態度和華南一些幫會與軍統的關係

「新社會建設協會」是一九四六年間軍統為了想控制全國幫會而在幕後發起組織的。軍統頭子戴笠和上海有名的清幫頭子杜月笙交往很密。軍統分子中，有不少曾加入過幫會(洪門與清幫)，軍統和幫會，向有千絲萬縷關係。一九四六年八月間，軍統曾向它所屬單位發出一個通令，大意是，軍統骨幹準備參加國大代表的選舉，為了競選，擬控制國內幫會組織，加以運用，希在上海已成立有「新社會建設協會」籌備處，將來正式成立後，便作為控制全國幫會機構，希各地軍統人員，對各地幫會聯繫，吸引他們參加該會。隨令還附發「新社會建設協會」(以下簡稱新建會)發起宣言和章程多份。宣言上列名的發起人，有洪門頭子向松坡、清幫頭子杜月笙以及軍統骨幹徐慰冰(徐亮)等數十人。顯然，這個所謂新建會，實是軍統一個外圍機構。

一九四六年年底和一九四七年初，軍統陸續派出它的一些骨幹分子在蔣管區各省設立新建會各省分會的籌備處。華南方面，在一九四七年，它派張輔邦為新建會廣東分會籌備處書記，鍾可莊為廣西分會籌備處書記，張荔浦為香港分會籌備處書記。張荔浦是廣東肇慶人，黃埔四期學生，曾在軍統組織的「忠義救國軍」內工作過，他雖然參加洪門，可是對香港的洪門組織毫無淵源，香港英政府雖然一面承認洪門在香港存在，但一面又嚴禁洪門在香港公開活動，張荔浦知道他無法在香港建立新建會分會，索性不到香港，只遊蕩來往於廣州肇慶間，鍾可莊是廣西人，曾做軍統廣西站站長。他受派後，在桂林掛起新建會廣西分會籌備處的招牌，但遭到廣西當局黃旭初的抵制，他無法活動。後來新建會總會既不能成立，他的分會也只好停止籌備，將招牌除下。張輔邦是廣東大埔人，黃埔三期學生，是孫文主義學會、復興社、軍統的骨幹，曾經短期做過蔣軍師長，和羅卓英是同鄉。他受派後，興沖沖地跑到廣州，請求羅卓英支持，羅也答允。他憑藉羅卓英勢力，用極低租金，向廣州「敵僞產處理局」租得廣州市槳欄路一座四層樓大洋房的僞產，他將下面三層以高額金租給商人開設「凱旋酒家」，四樓留作分會籌備處辦公之用，天台則由他與另一位軍統骨幹林郁民合辦一個商營的「風行廣播電台」；另外又在中山縣承下近千畝沙田，轉佃給別人，他做「二路地主」。在這二方面，他獲利不少，表面上他說是拿來充分會經費，實則放進他的私囊。張輔邦雖然得到省主席羅卓英的支持，可是他的分會工作並無進展，原因是他與廣東幫會沒有淵源，首先是葛肇煌不肯合作。

那時（一九四七至一九四八年），廣東的主要幫會組織，只有葛肇煌的洪門忠義會和駱天一主持的五聖山仁文堂在廣州一個分堂（那時，熊社曦、何崇校領導的洪門大洪山，僅在廣東境內欽縣和小董建立分堂，在廣東尚未有分堂）。但葛肇煌對張輔邦始終不合作，藉故不肯將忠義會參加新建會。新建會是軍統發起和主持的，葛肇煌是軍統分子，他不肯對新建會捧場，將他領導的洪門組織參加新建會，似乎奇怪。其實這是反動派內部，各爲私利，互相勾心鬥角常有之事。一九四八年五月間，葛肇煌一次和我閒談，他曾向我說：「我可以對你老何坦白地說，我是不準備將忠義會加入新建會的。忠義會是我自己辛辛苦苦搞起來的，局本部（軍統）對它未曾有過什麼幫助，這幾年爲了搞忠義會，局本部還曾想將我查辦，廣東當局也曾經想將我扣留，是得到幾位朋友，包括你在內，替我解圍，這與軍統局無關。如果我將忠義會加入新建會，他們就會插手進來，可能還會在忠義會內將我排擠掉，我何必這樣笨。忠義會不是軍統屬下的一個組織，軍統不能對它直接發號施令，何況新建會對軍統局又是相隔一層，所以我對張輔邦只能敷衍。」葛這些話，我認爲是他的真心話，我還認爲他所持的理由是有道理的。我對他說：「我同意你的看法。我在廣西搞的『大洪山』，我也不想將它加入新建會。何況新建會的總會，現在尚不能成立，我們至少要看看風頭，待新建會總會確能立案正式成立，我們再考慮。」我還對葛肇煌說：「忠義會和『大洪山』都是洪門組織，洪門已存在幾百年了，而軍統只是現在政府一個機關，性質根本不同。洪門與軍統不能相提並論，我們現在雖然是洪門組織一個頭人，但是『忠義會』和『大洪山』畢竟不是我們個人的。我們如果將我們的洪門組織完全交給軍統屬下的新建會來控制，也是違背洪門的傳統。」葛點頭稱是。我和葛的談話，兩人都存有這樣的思想，利用軍統來掩護我們的洪門組織。如果軍統想完全控制我們的忠義會和大洪山，我們是反對的。我們只能組織忠義會與大洪山作爲我們私人的工具，但不能讓它成爲軍統直接控制的工具。

新建會廣東分會籌備處不能得到忠義會的支持，已肯定不能有所發展。當時在廣東的幫會組織，僅有五聖山仁文堂下的駱天一分堂，和張輔邦稍爲接近。駱天一對張輔邦籌備的分會，還表示支持。駱天一之對張輔邦接近，其實也不是真心支持新建會，而是想借助張輔邦來與葛肇煌對抗。駱天一與人合資在廣州上九路開一家「式式酒家」，他的住宅和他的分堂便設在「式式酒家」後進。他的分堂人數不多，分子中有些是廣州法院和廣州憲兵團人員，舊廣州一些不肖法官，利用駱作耳目和接收訴訟雙方賄賂的中介人，駱也從中取利。自從葛肇煌在廣州建立忠義會後，葛抱有相當野心，他想將廣東境內的洪門都控制在他手上，他排斥其他洪門單位在廣州活動。他除了與我有友誼關係，他聽任我所領導的大洪山在廣東發展之外，其他洪門單位想在廣州活動，他都盡力壓迫打擊。駱天一就常常受他壓迫。我曾聽過駱天一親口講：「人家(指葛肇煌)有力量，我只好退讓啦。」駱想借助張輔邦的新建會分會來與葛肇煌門爭，可是張輔邦不是洪門中人，新建會廣東分會後來也沒有正式成立，他對葛始終無可奈何。一九四九年十月廣州解放，駱天一隻身逃亡澳門，他在廣州的分堂也就瓦解了。

洪門五聖山是曾經和軍統有過密切關係的，這關係不是指駱天一分堂（駱天一只是曾經和軍統控制下的新建會廣東分會接近），我是指五聖山義衡堂堂長梅光培。因爲五聖山義衡堂堂長梅光培，曾是軍統的上海區區長（軍統一個區，下面可以轄幾個站）。

五聖山是於一九二三年才在上海開山成立。中國地理上並無五聖山這座山名，這個洪門組織之所以取名爲五聖山者，除爲了紀念洪門五祖之外也因爲這個洪門組織是由朱卓文、梅光培、明潤身（明往）、向松坡（向海潛）、張子廉五個人發起組成之故。這五個人都曾參加國民黨。五聖山分有五堂：長曰仁文堂，朱卓文爲堂長；次爲義衡堂，梅光培爲堂長；三曰禮往堂，明潤身爲堂長；四曰智松堂，向松坡爲堂長；五曰信廉堂，張子廉爲堂長。五個堂中，以智松堂發展人數較多。

梅光培是台山縣端芬鄉人，一九三四年至一九三五年間，他是軍統（那時尚稱特務處）的上海站站長和上海區區長。梅青年時期是旅美華僑。在美國時，和吳鐵城相友善，他們同時加入孫中山的同盟會。梅後來回國，孫中山在廣州成立大元帥府，梅在大本營曾任財政處處長。後來在一九三五年，他任軍統（特務處）上海區區長時，他的特務身分並未暴露。在這一年，梅又曾爲軍統扣留關押過，是因那時桂系頭子白崇禧派心腹人×××端赴南京，組織暗殺蔣介石。那人和梅光培是老友，知道梅光培在上海是洪門頭子，相識不少三教九流，又知道梅於一九二五年間，因廖仲愷被刺案，蔣介石曾指梅是廖案幕後主使人之一，被蔣介石逮捕關押在黃埔很久，幾乎被槍斃，對蔣抱有夙怨；但後來梅轉變了，已做了蔣手下一名特務頭目。那人到達上海，找到梅光培後告訴梅，他受白崇禧委派，此行來上海，是爲了組織暗殺蔣介石，問梅能否代爲物色兩名刺客？梅稍爲作態，佯即應允。梅叫他的五聖山義衡堂內的心腹，物色到兩名刺客。刺客行期定實後，梅光培卻用急電電知南京特務處，說白崇禧已派了兩名刺客入南京行刺蔣介石，已定於某日搭某班車由上海到南京。梅將兩名刺客的姓名、年貌、特徵、服裝等在電報內都講清楚了。這兩名刺客一到達南京下關車站，特務處的行動特務已在「恭候」，將兩人綁架到特務處的祕密機關，經過嚴審，兩名刺客一一供認。當時特務處的司法股股長是周養浩(周是一九七五年的特赦戰犯，後在美國定居，此案就是周親自對我講過，可惜那個白崇禧心腹人的姓名，已記憶不起來)。周詢問他們被收買經過和在上海的接洽人。刺客說，他們是「經友人介紹，才幹這勾當。談判條件，也是友人居中。決定後，介紹人說，主使的大哥要見他們一面，於是被領到虹口區某路某弄某號，見了這位大哥，但不清楚他的姓名，只是聽娘姨(女僕)叫了他一聲『梅先生』，其餘則無所知」。特務處處長戴笠見行刺案的情報是梅光培報來的，刺客供出的「梅先生」年貌，也和梅光培一模一樣。戴笠命人在檔卷登記簿內查梅光培在上海的住址和接頭處的地址。刺客供出的見梅的虹口某弄，正是梅光培在上海祕密接頭處之一。這件事，顯係梅光培搞的鬼。戴遂僞稱有事面商，電召梅到南京。由周養浩部署審訊圈套，在中間掛一張布幕隔開，周在幕前審詢，戴笠陪梅光培在幕後靜聽。梅越聽下去面色越變，戴將梅領到別室，問他是怎麼一回事？梅只好將實情說出。並說：「我考慮不替那友人代找刺客，他會另找別人去物色刺客，事情反會更糟。才敷衍他一面代找刺客，一面密報上來。當時不先將實情向上面說清，是顧慮導致誤會，反被見疑。現在刺客已逮到，事情容易說清楚了。」戴認爲梅所說尚屬實情，僅將梅關押數月，便予釋放。不久又隨即派他到香港，協助當時特務處香港站站長邢森洲，進行收買陳濟棠手下的空軍。陳濟棠的原空軍司令黃光銳是台山人，飛行員不少是台山人，梅與他們是同鄉，利用這種關係來拉線索。梅在香港爲軍統活動時，曾利用過義衡堂洪門分子(這是邢森洲告訴我的)。一九三六年梅的老友吳鐵城到廣東任省府主席，吳計劃在廣東境內建立一個情報網，作爲他個人耳目，請梅相助，梅舉荐他一個台山同鄉甄直愚(是黃埔五期學生)來主持。吳鐵城特在廣東省政府民政廳內設立一個「禁煙調查股」(又稱第六股),作爲他那個情報網組織的掩護,梅居幕後監督。到一九三八年冬,日寇侵占廣州,吳鐵城逃往連縣,他的省主席烏紗帽也丢了。梅光培在廣州淪陷前已遷寓香港養病,一九四〇年,他病死在香港。

梅光培死後,五聖山義衡堂堂長空出幾年。義衡堂的成員原來不多,散處在上海和香港。一九四七年,智松堂堂長向松坡,曾提議請李福林繼任義衡堂堂長,當時未得該堂通過。

一九四九年六月間,李福林曾邀請大洪山正山主熊社曦和我同到大塘鄉(李福林家鄉)厚德圍他的家中作客,由馬湘和朱克勤陪我們同去。馬湘久任孫中山的侍衛長,朱克勤是廣州「工商航業公司」董事長,他們都是洪門分子。李福林在他的花園一座水榭内接待我們。飯後,李福林拿出一個大公文封,從中抽出一張委任狀給我看,那是國民黨陸軍總司令余漢謀委他爲「廣東反共救國軍總指揮」的委任狀。當時我還微笑對他説:「余老總拿這個委任狀給登老(李福林字登同),豈不是要登老屈就嗎?」李説:「時局搞成這樣,廣東是我家鄉,我也無法推辭啊。」他還説:「這是既無兵又無餉的差事,現在我只委了(朱)克勤做珠江水上支隊司令。克勤久在珠江搞航運,對珠江水面熟,又有些船,他又自告奮勇願意做,故先委了他。」後來廣州解放,朱克勤逃往香港,他收買一、二個反動記者,在香港一些小報上替他吹牛,説什麼「反共救國軍珠江水上支隊」司令朱克勤如何如何在珠江活動的假新聞。朱的「司令」名義的由來,便是如此。

那天李福林還拿出一面三角式的小杏黃旗給我們看,對我們説:「這是向松坡送來給我的,老向要求我出來主持五聖山義衡堂,我尚在考慮,一來年紀老了,精力差了;二來這種事,也應多徵求同門叔父的意見。」熊社曦和我都説道:「只要登老出來開堂,我們一定捧場贊助。」可是我們後來未聞他正式出來擔任義衡堂堂長。九月間,李福林全家逃往香港。到十月廣州解放前夕,我才聽人説,有人用李福林和義衡堂名義,在廣州河南開香堂,那時我已決定逃離廣州，不去過問了。這個時候的五聖山義衡堂，是與軍統毫無關係的。」

一九四九年忠義會在廣州的一系列活動和閻錫山委葛肇煌爲「湘粵桂邊區反共救國軍總指揮」經過

進入一九四九年，蔣介石政權的支柱——國民黨的軍隊，在三大戰役中打得大敗。蔣介石的本錢已快輸光，他只好引退，讓李宗仁上台，蔣則退居幕後，伺機再起。這個時候，在未解放地區的反動派和反動分子，可以説是「人心惶惶」。他們中大致有三種思想狀況：一種是準備頑抗到底，一種是準備逃亡，一種是「聽天由命」。當時在廣東的幫會頭子的思想狀況，大致也是如此。葛肇煌是屬於第一類型，他對人民的革命巨浪準備頑抗到底。爲了頑抗，他認爲必須增強他的力量增大他的本錢。忠義會便是葛肇煌的本錢。

首先，葛肇煌是想造成他在廣州的「名聲」，但忠義會畢竟只是一個祕密結社，它在廣州活動，除了黑社會中人或留心黑社會情況的人，知道有一個洪門忠義會之外，社會上一般人還是不知道。葛肇煌想要在宣傳上下功夫，碰巧這時大洪山在廣州建立一個「格字號」分堂，舉行半公開的開堂儀式，這給了葛肇煌在宣傳上一個啓示。

大洪山在廣州建立「格字號」分堂對葛肇煌的影響

一九四九年初，有一個在廣西參加大洪山、名李日全的人，幾次向我請求准許他在廣州建立一個大洪山分堂。後來我同意了，將這個分堂定名爲「格字號」，擇定三月二十九日，借用大德路海軍聯誼社爲他舉行開堂儀式。那時大洪山正山主熊社曦尚在武漢，我在廣州以副山主身分主持儀式。開堂前，按照洪門習例分柬其他洪門組織和少數熟人，請他們來觀禮。那天到場的有四百多人。過去在廣州的洪門舉行香堂（三合會稱爲「做戲」），都是暗中舉行，也從未有

四、五百人一次參加香堂的。「格字號」開堂的禮儀，是按照哥老會的傳統儀式，這比三合會的傳統儀式更「莊重」更誇張。這次「格字號」開堂儀式的隆重，可以說是廣州洪門史上空前的。那天忠義會方面，葛肇煌帶了梁達章等六、七個骨幹到場，他還帶了當時廣州警備司令部的稽查處處長×××同來（這時廣州警備司令部是葉肇，這位稽查處長的姓名，現在我追憶不出，他不是軍統分子，是葛的友人）。葛對那天的儀式極感興趣，使他產生又羨慕又不服氣的思想，這對於以後他的活動，產生一定的影響。

「格字號」的開堂儀式，足足舉行了三個多鐘頭。儀式舉行後，在海軍聯誼社大禮堂擺了幾十桌酒席，舉行慶賀宴會。因爲距開宴的時間尚有一個多小時，葛肇煌帶了他的人到附近一家茶室休息。他對梁達章等人說：「老何這樣大搞，他們的禮儀比我們的盛大隆重，値得我們學習，老何還請了一些外客，這是一種很好的宣傳，以後我們就要抓抓宣傳。」（葛肇煌這番話，是事後梁達章對我說的）不久後，在七月間，葛肇煌利用慶賀陳近南誕辰，在廣州爲忠義會舉行更盛大的傳斗授旗儀式，大概就是受大洪山「格字號」開堂儀式的影響。那晚宴會之前，葛還對我說：「老何，警備司令部不知你這樣大搞，如果他們事前知道，他們會阻止你的。」我聽他的口吻，有些不服氣的意味。我微笑不答。

接著，葛肇煌確爲忠義會大抓宣傳，凸出在下面幾件事：

一、拉攏李焰生，利用李所辦的《小廣州人報》爲他和忠義會宣傳。

李焰生是廣東合埔人（解放後，合埔劃歸廣西），早在三〇年代，他參加汪精衛、陳公博的國民黨改組派，是一個追隨汪精衛、陳公博的反動政客、反動文人。一九四八年，李焰生在廣州辦了一個《小廣州人報》，是一個小型三日刊。主要刊載一些低級趣味文字和小道新聞，迎合當時一般小市民的興趣，是廣州當時最有銷路的一份小報。一九四九年，葛肇煌和李勾搭上。葛也懂得報紙的重要，他就利用李替他宣傳，在李所辦的小報上，不時出現葛肇煌的名字。

李也利用葛的黑社會勢力，對他有所幫助。他們互相利用。一九四九年十月，廣州解放，《小廣州人報》停刊。李本人逃往香港。李逃到香港後不久，又在香港《自然報》任總編輯，仍繼續與葛勾結。

二、拉攏「愛國藝人」關德興；利用關爲忠義會宣傳。

關德興爲過去粵劇名演員，藝名新靚就，是過去較有名的粵劇小武。關曾去過美國演戲。抗日戰爭開始時，關在美國和香港等地，做過一些義演籌款，捐獻作救濟難民費用。香港淪陷，關轉入內地，在柳州等地也多次舉行義演，曾博得「愛國藝人」的名聲。抗日戰爭勝利後，關回到廣州，經常來往廣州香港間，在香港主演過一些武俠電影片。從前的粵劇演員，有不少是與洪門有關聯或參加了洪門的。關在美國時，就已和當地洪門有關係。葛肇煌想利用關德興的名聲爲忠義會宣傳，加以同屬洪門關係，故一經人介紹，他們便立即接近。一九四九年六月間，關德興在廣州舉行一次募捐義演籌款（那次籌款原因我已記不很清楚）。關德興義演前，葛肇煌替關組織一次大規模的舞獅隊遊行。那天組織的舞獅隊行列有幾百人，他們邀請各武術館參加，廣州的武術館，大多與黑社會有聯繫。遊行時忠義會一部分會員參加。他們在遊行隊伍中，除了有關德興義演廣告外，還高擎幾面「洪門忠義會」的大旗，招搖過市。洪門是祕密結社，過去在廣州尚未有過高擎洪門旗幟來遊行的。這次葛組織的大規模舞獅隊遊行，既爲關德興義演宣傳，也爲忠義會自我宣傳，使廣州居民有了忠義會印象。

三、爲葉素平母親舉辦大出喪，藉此爲忠義會大宣傳一番。

葉素平是當時忠義會內第二號人物，以前是軍統的行動隊長，是一個殺人不眨眼的凶徒。一九四九年六月間，葉的母親病死，出喪時，葛肇煌特爲她組織一次大規模出喪。爲了那次葉母出殯，葛肇煌動員忠義會全部人馬，要他們合力醵資辦好那次喪事。叫忠義會會員發動所認識的人賻送花圈輓聯，張羅儀仗和樂隊等。出殯的那天，執紼者將及萬人，送殯行列長達數里，經過的馬路，交通爲之梗塞。在那一天，廣州市各儀仗館的儀仗、彩亭，幾乎給他們租用光，樂隊也幾乎雇用光。能雇請的和尚尼姑也都雇請了。他們所認識的武館，也邀請他們出舞獅隊，只是在獅隊行進時，不槌響鑼鼓(槌用水泡濕的鼓面，打已裂的舊鑼)。甚至西郊沙貝、横沙等鄉村的小學校，也強迫他們停課，叫全部學生穿著制服來送殯。因爲葉素平在日軍投降後，夥同手下人，和横沙、沙貝等鄉的地方惡霸勾結，藉口爲學校籌款，大開煙賭，撥出一小部分錢充學校經費。所以這些鄉村的學校，也得受他指揮。那天葛肇煌擔任大出喪總指揮，手執總指揮小旗，起勁地來往奔走。葛這樣賣力，是想向廣州居民炫示有他們這一個忠義會，同時也爲鼓勵忠義會的成員和對葉素平施加籠絡。第二天的廣州報紙，很多都報導這次大出喪的盛況，葛肇煌宣傳的目的，是達到了。

閻錫山委葛肇煌爲「湘粵桂邊區反共救國軍總指揮」

在一九四六至一九四八年間，忠義會和葛肇煌在廣州並不出名。進入一九四九年，經過葛肇煌大肆宣傳，確給他收到一定的宣傳成效，廣州已有很多人知道有一個洪門忠義會，也知道了有個洪門頭子葛肇煌。他的臭名，甚至傳到逃來廣州的國民黨行政院院長閻錫山耳中。閻錫山在統治山西時，爲了控制他的部下，他組織一個以「鐵疙瘩」爲名的特務機構。他認爲這還不夠，他還要利用洪門，他在山西開了一個名爲「民族山」的洪門山堂。他到了廣州後，訪問廣州洪門情況，有人向他舉荐葛肇煌，閻便派人去和葛聯繫。在六月間，閻錫山委葛肇煌一個「湘粵桂邊區反共救國軍總指揮」名義，令葛在解放軍南下到達廣東時，在湘粵桂邊區進行軍事擾亂活動。葛曾對閻錫山吹牛，說他可以聯合另一洪門組織大洪山(老大洪山的基礎在兩湖，復辦後的大洪山在廣西已有不少地方組織，至於他的忠義會，他自命是有相當勢力的，所以他吹噓自己可以在湘粵桂一帶活動)。哪知大洪山並没有同意和他作軍事合作，在湘粵桂邊區，他實在是無能活動的，到十月十四日廣州解放，葛肇煌倉皇逃亡澳門，他的「總指揮」招牌，始終未能掛出來。

忠義會在廣州舉行一次盛大的傳斗儀式和授旗儀式

葛肇煌自從得到閻錫山給他暗中支持後，他的膽子更大了，他需要加速擴大他的忠義會，也需要提高他本人在幫會中的名聲，他更加要利用一切機會進行為忠義會和為自己宣傳。舊曆六月十七日（新曆七月中旬），是洪門三合會這一派系創始人陳近南誕辰，每年這一天，三合會組織，多舉行慶賀儀式。葛肇煌抓住這個慶賀誕辰機會，作一次擴大宣傳。按洪門習例，會內舉行各種儀式，都是祕密進行。葛肇煌不遵守慣例，利用這一天為忠義會作半公開的傳斗儀式和給各分會的授旗儀式。事前他大發請柬，邀請其他洪門組織，洪門前輩，各有關團體以及熟人，出席觀禮。會場借用廣州西關荔枝灣國民大學校舍（國民大學校長吳鼎新，是廣東一位老教育家，他怎會將校舍借給流氓頭子葛肇煌使用，經過還不清楚）。那天忠義會的傳斗大會，戲劇性十足。會場的一端，臨時用木板搭了一個約二尺高的台壇。葛肇煌身穿一套新西裝，獨自一個踞坐在一張交椅上，神氣十足。寇世銘也穿一套新西裝，手執三角令旗，站在傳令台上，扮演一個「中軍」角色。那天，舉行傳斗儀式後，是授旗儀式。由寇世銘在指揮台上，逐一傳喊分會長的姓名，他們走到台邊，由葛肇煌發給每個分會一面小旗。那時忠義會一共有十四個分會，分會的名稱，一至十三，是按數字次序排列，即第一至第十三分會。另一個分會稱長江分會。忠義會是屬於洪門三合會這一派系，總會和一至十三分會，所用儀式動作，是按三合會傳統；唯獨長江分會，則照哥老會的傳統動作。長江分會分會長李日全，原是大洪山的人，他兼入忠義會，他仍保留用哥老會的傳統禮儀動作。忠義會各分會長的姓名，我尚記得的，計有長江分會分會長李日全。另一個分會長是羅耀昌，羅原是葛肇煌做西江獨立行動大隊長時的助手，後來在廣州行轅做諜報參謀。另一分會長是王××，是當時廣東保安司令部的諜報隊隊長。另一分會長是李潤，李是廣州西郊泮塘鄉土霸，有「泮塘皇帝」之稱。忠義會當時的總人數，他們自稱超萬人以上，這是誇大的，實在人數，連四鄉在內，大約只有三千多人左右。授旗儀式完畢後，有來賓講話。登壇講話的來賓中，最引人注目的，是一個國民黨行政院參議王××，講的一口安徽口音，他是閻錫山的代表。他說，他一生從未參加過這樣儀式隆重的大會。他說，他看了洪門的典禮儀式，使他非常感動。他對洪門極力吹捧，說什麼：「洪門的忠孝信義，是中國傳統道德的象徵，洪門將負起復興中國的責任。」那時大陸上的國民黨反動派已面臨滅亡，所以個中人講的話，也是不倫不類的。大會儀式舉行後，擺上七、八十桌酒席，舉行宴會。

一九四九年廣東的洪門頭子兩次重要會議

在廣州及其附近的洪門頭子於一九四九年，曾舉行兩次重要會議。一次是忠義會會長葛肇煌倡議的，是忠義會和大洪山兩個洪門組織間的會議。另一次是大洪山副山主何崇校倡議的。參加會議的，除包括忠義會大洪山之外，還有廣州市附近地區的洪門老人。前一個會議是討論合作反共問題；後一個會議是討論將洪門兩大派系各組織進行大聯合的問題。關係都很重要，茲分記如下：

一九四九年五月間，大洪山正山主熊社曦，從武漢竄逃到廣州。我循例設宴為他接風，並介紹在廣州一些洪門頭子如葛肇煌等和他認識。嗣後我們經常在上九路廣州酒家一起飲早茶。在六月某日的上午，我們又在廣州酒家相會，葛肇煌向熊社曦和我提議說：「現在時局一天一天不同，我們不能不有所準備。忠義會和大洪山，是華南最大的兩個洪門組織，我們不妨約定一個時間，雙方商談一下，來決定今後我們的共同行動。」熊社曦表示贊成，我也表示同意。時間決定就在第二天的上午，地點在抗日西路（即現在的和平西路）七十二號二樓梁達章家（三樓是一家安興石礦公司）。熊社曦表示説：「我不懂廣州話，明天我們兩方商談，大洪山方面，由何大哥全權代表。」葛肇煌同意了。這時大洪山南寧總堂（大洪山在南寧復辦，總堂設在南寧）一個培堂大爺孟璐，剛從廣西來廣州。第二天，我依時偕同孟璐，張贊（張是大洪山的紅旗管事，解放後在廣州受逮捕法辦），三人同往梁達章家。梁的客廳內，除了梁外，還有忠義會的骨幹葉素平、寇世銘在座。

梁達章見我們到來，即向我說：「昨晚三水縣西南鎮有人來，邀請葛大哥即去西南，葛大哥不能出席我們今天的商談了。忠義會方面，由葉素平、寇世銘和我作代表，這裡有葛大哥給熊、何兩位大哥的親筆信。」梁將信遞給我，信的內容和梁所説一樣。我便説：「葛大哥臨時有事不能來，既由你們三位全權代表忠義會，也是一樣的。」商談開始，由葉素平先發言，葉説：「看樣子，解放軍不難會打到廣州，如此，葛大哥和我們已研究過，如果解放軍眞的打到廣州時，忠義會會員決定凡是自己有槍枝的，拿起槍來，在市區和郊區予以抵抗。在撤出市郊後，也準備在廣州外圍、珠江三角洲一帶打游擊，到不能立足時，則循西江向西撤退。忠義會知道大洪山在廣西的梧州、貴縣、南寧、柳州、龍州、舊州，以及貴州的興義（黃草壩），雲南的剝隘、下關等地，俱有分堂，在廣東境內的茂名、吳川、欽縣、小董，也有分堂，所以盼望我們互相協作。將來忠義會的兄弟西撤時，希望大洪山在各地的分堂予以支持協助。」葉素平又説：「我們知道大洪山的基礎在廣西，廣西經李宗仁、白崇禧、黃旭初多年經營，地方團隊和鄉村基層幹部，大多數忠誠可靠。我們退到廣西後，和他們合作，仍可以幹一個時期，總要給共產黨一些麻煩。將來即使廣西也不能立足，仍可以向西經過剝隘、昆明、下關，朝滇緬邊界撤退。我們還可以在邊界山中做山大王。如果連山大王都做不成，再將槍枝繳給緬甸人，才走人不遲。這些意見，葛大哥和我們都考慮過了，認爲只要大洪山能給予合作，是可以做得到的。」雖然葉素平滔滔講了一大篇似乎動聽的話，但是我已經經過長期考慮，認爲今天洪門這樣鬆懈落後的組織，拿來與有嚴密組織的共產黨作鬥爭，是肯定撈不到什麼便宜的，徒然招致洪門子弟之無謂犧牲，我不能這樣。我早決定必要時離開中國，逃往海外。幾個月前，我已決定不讓我能影響的洪門組織，使它捲入政治漩渦。四月間，我自己起草一份用正、副山主名義發出的通告，要求大洪山的總堂和各分堂，不要去介入政治鬥爭。因此，雖然聽了葉素平一大篇娓娓動聽的話，並未影響我的決心。我向他們說：「我們不是不想反共，我們也知道共產黨不會放過我們，不過，既是要對共產黨打，就不能不知己知彼。我們都是洪門的頭人，對今天洪門的情況，洪門的力量，應該懂得。我坦率地說，洪門在今天，實在是一個極鬆懈的組織，以這樣一個鬆懈組織，去與有最嚴密組織的共產黨戰鬥，是撈不到便宜的，徒然招致共產黨對我們兄弟大量屠殺。洪門是應講義氣的，我不願洪門兄弟白白枉死，這一點義氣，我要保持住的。所以對忠義會的建議，我不能同意。」葉素平、寇世銘兩人極力向我勸說，葉甚至說：「何大哥，你何必這樣怕事呢！」我說：「我是考慮，我們如行差一步，會導致洪門兄弟會無辜大量死亡。我個人並無所怕，當年你我同在淪陷區工作，你是知道的，我豈是怕事的人。」（那時我在廣州淪陷區做軍統光粵站站長，葉素平是軍統廣州行動隊隊長。此人非常橫蠻，人稱他葉老牛。）我堅持自己意見。梁達章則坐在一旁，默不作聲，商談無結果而結束。過了兩天，葛肇煌見到我，對我說：「我們的意見雖不一致，但是我們私人的感情，我們兩個山堂的感情，仍是始終如一，我們大家都不要多心。我們的行動雖不一致，但我們之間的來往，仍是照舊一樣。」

忠義會提出的反抗共產黨計畫，以我所知，尚不是軍統對葛肇煌有什麼授意，而是葛肇煌、葉素平、寇世銘等幾個人，爲了求存，狂妄設想出來的。

另一次會議是在一九四九年六月下旬，是在忠義會與大洪山舉行商談之後，那時我的思想非常苦悶，也非常矛盾。既不想將洪門拉進反共的政治漩渦，但又想抓住洪門作爲造就自己在社會地位的一種本錢。那時我已決定待解放軍將到廣州時逃往海外，但我在海外毫無基礎，既無親友，又無歷史淵源。我知道海外不少地區是有洪門組織的，我就想把洪門關係作爲我逃亡海外的橋樑。爲此我尚須提高我在各個洪門組織中的聲望，我遂設想招集華南各洪門組織，洪門「前輩」，來舉行一次會議，看看洪門能不能大聯合起來。如果能成功的話，那麼這件事是由我發起策動的，自然就可以提高我在洪門的聲望。

我有此打算後，我先對熊社曦說了，他表示贊同，並說：「我初來廣州，什麼也不熟，言語也不通，如果商談能舉行，就請何大哥代表大洪山。」我又對葛肇煌說了，他也表示同意，但是他說：「假如能聯合起來，這個領導機構是怎樣組成呢？」我說：「我的想法，我們只是求聯合，還不是求統一。聯合與統一不同。既是聯合，當然我們洪門各單位，還保持他們組織的獨立性。如果商談聯合得成，這個聯合機構自然是採用民主形式。至於如何具體做法，這要待我們商談研究，才能決定。」

我遂分頭向我所知在廣州及其附近的洪門組織，洪門「前輩」，發出邀請，聲明這次會議，尚是座談性質。座談的時間，是六月下旬某日晚上，地點是廣州靖海路口永安堂大廈（即現在的工會大廈）三樓梁××律師事務所（梁是中山唐家灣人，畢業於上海持志大學）。那晚出席的有二十餘人，大洪山有我和張賓、孟璐，忠義會葛肇煌派梁達章爲代表帶了兩個人來，此外有肇慶的張荔浦，東莞的袁良騶，佛山的黃××，廣州的陳××等（一時想不起他們的名字，黃是篆刻家，陳是跌打醫生），此外尚有一些人。

會議由我主持，我在會上作了開場白，我講的話中，有一段我這樣說：「我們的前輩爲了反清，創立洪門，爲了民族生存，前五祖和後五祖，轉輾鬥爭，開始時是孤軍奮戰，蒙受過很大犧牲，一度給清政府鎮壓下去。到了道光年間，清廷日趨腐敗，有志之士，在各地紛紛建立洪門山堂，洪門的人數和組織都擴大了，但他們都是分散活動，未能聯合起來，成爲一個統一的力量。天下洪門既是一家，是否可以聯合起來，使洪門更有力量呢？我們不妨大家來研究研究。

出席的人發言都很謹愼，發言的人也不多，可能他們尚不是各組織實際負責人，也可能這是有關洪門體制的問題，他們就小心翼翼起來。發言人中最帶代表性發言的是東莞的袁良驅，袁說：「雖說天下洪門一家，但是北方的哥老會和南方的三合會，它們的組織禮儀隱語暗號都不同，如眞正的聯合，也應當一切統一起來。但是誰又願意捨己從人，廢棄自己的舊規矩來跟著別人呢？即使這些方面可以保持兩方的舊傳統，而聯合起來之後，必然會產生誰來領導的問題，爲了這個問題，又有什麼保證不在內部起爭奪呢？在過去，天下洪門雖無聯合統一的組織，但洪門兄弟，只要擺出洪門的暗語身分，陌地相逢，有所求助，大家還是互相幫助。如果聯合後，爲了某些權利而產生爭奪，鬧出傷義氣的事，反爲不好。所以還是仍讓它照舊爲好。」袁是主張不要成立聯合組織的。另有幾個人附和他的意見。大家討論了一陣，多數還是認爲搞聯合組織，困難很多。對洪門大聯合的倡議，就被擱下來了。

事後我也想通了，我妄想搞洪門大聯合是不會成功的，今天已不能與清朝未被推翻前相比。那個時候，洪門還有一個共同想推翻清統治的政治目標，因此，孫中山還能號召洪門，爲「驅除韃虜，恢復中華」這一目標而聯合起來。加以孫先生具備偉大胸襟，有磊落光明態度，使很多洪門領袖信服，才能在一個時期聯合起來，推舉孫先生爲總龍頭。今天的情況已不同了。今天的洪門已演變爲一個黑社會，充其量只是一個社會互助組織。而且各個組織之間，爲了自已利益，已在明爭暗鬥不已。在廣州的葛肇煌與駱天一之間，便是如此。在香港的三合會，各有地界，每每爲了「撈過地界」，也常起衝突。利益衝突時，已不講什麼「江湖義氣」了，又怎能使它們聯合起來呢。這次想將洪門聯合起來，是我倡議的，而我又不能也不願提出一個政治目標，既無政治目的，而私利之爭的成見，已根深蒂固，今天想洪門大聯合，談何容易，我的妄想落空，是理所當然的。

葛肇煌逃亡香港和被驅逐出境

廣州解放前夕忠義會的應變會議

一九四九年十月，解放軍已越過湖南，進入廣東境內。在廣州的國民黨軍政機關，很多已經疏散撤離了。有錢的居民，有一些已陸續遷往香港、澳門去居住。有些是已決定要離開而在廣州事務尚未了的，則恃著廣州與香港、澳門間交通便利，十三日晚間才離開廣州的（廣州是於十四日解放的）。至於絕大多數廣州居民，是留在廣州，迎接解放。因此雖然有一部分人感到很緊張，但在解放前夕，廣州市表面還似平靜。

我於十月十日離開廣州。我登上開往澳門的輪船上時，李日全趕上船來給我送行（李日全是忠義會長江分會分會長，又是大洪山「格字號」分堂的座堂大爺）。李日全告訴我，他剛去參加葛肇煌召集的忠義會骨幹應變會議回來。李又告訴我說：「最近葛大哥已幾次召集忠義會分會長和重要兄弟，商議共產黨到來時的對策。今天（指十日），是在寶華正街十四號舉行一次最後應變會議。葛在會上宣布，估計解放軍三、四天後可進達廣州，我方在廣州已無有力部隊，我方也不擬在廣州抵抗。忠義會以前本擬在廣州和近郊對解放軍予以阻擊，然後再從西江撤退，退往廣西。因大洪山方面不同意，這個計畫已不能實行。現在決定分三個方面行動：凡自問能在廣州潛藏的，聽任他留在廣州；自問不能留在廣州市區，但仍可潛伏附近四鄉的，也聽任自行疏散往四鄉；自問既不能留在廣州，也不能潛伏附近四鄉，而自己又有武器的，則可以跟隨廣州衛戍總司令部地方團隊指揮所一起行動。廣州衛戍總司令部地方團隊指揮所已決定將能帶走的地方團隊循新會、中山撤往三灶島，和海軍配合，固守海島。共黨尚無海軍，可以固守一時的。葛大哥宣布後，『泮塘皇帝』李潤表示，他的分會人員願意隨衛戍司令部地方團隊指揮所一起行動。另一些分會則表示，他們的人，可以在附近四鄉潛伏。」我問李日全：「你和你的分會人員怎樣打算？」李說：「『格字號』和長江分會人員，多數是汽車工人，平時也沒有什麼非法事件，共產黨到來後，大概不致相逼。因此我們決定不走。」

後來我才知道李日全不走的原因，是他事前已和一個祕密組織「公東」、「公同」取得聯繫，這個組織叫他不要走。所謂「公東」、「公同」，是由CC分子蘇浴塵(原國民黨廣東省黨部宣傳科長)和中統分子鄔野佛等所組織，蘇等自稱早與共產黨廣州地下工作人員取得聯繫，得到同意組織「公東」、「公同」，準備在國民黨軍警撤離廣州而解放軍尚未到廣州這一段時期，來維持廣州秩序。但黨的地下工作人員，並不承認授意過組織這些團體，而是蘇浴塵等自行組織。後來李、蘇、鄔等俱爲人民政府逮捕，這是後話。

國民黨廣州衛戍總司令李及蘭，只是一個禿頭司令，手下並無正式部隊。廣州解放前，他已將司令部大部分人員，在廣州給資遣散，一部分職員，在撤退到石岐時遣散，留下最後一部分人員，則在前山登上隸華輪逃亡海南島。

廣州衛戍總司令部地方團隊指揮所，指揮官是李崇詩，副指揮何峨芳，兩人都是軍統分子，葛肇煌與他們素來認識，亦有相當交情，所以葛將有武器的忠義會分子跟隨他們行動。十月十二日，由何峨芳率領這一部分人，乘船經江門，斗門，竄往三灶島。這批人到達三灶後，以國民黨海軍不肯接濟，給養不繼，最後瓦解星散，大部分逃往香港、澳門。

葛肇煌在十月初，已將他的家屬送往香港。他本人是於十月十三日偕同三、四名隨從，化裝雇一艘小蝦罟船逃往澳門。在船經順德勒流附近時，被地方股匪喝住搜查，將他們所帶錢物都搜去。葛的跟隨說：「這是葛大哥。」那些地方土匪說：「我們不管葛大哥葛二哥。」眞是「強龍難鬥地頭蛇」。葛等無可奈何，好在這些地方股匪不要船家的船，葛肇煌只好狼狽逃往澳門。

葛肇煌是於十月十五日逃到澳門的。他找到熟人借得一些錢，在澳門新馬路國際飯店住下，他設法和他手下聯繫。十月下旬某日，葛到銀龍酒家飲茶時撞見我，即刻拉住我，堅請我到他所寓旅店一談。在國際飯店五樓一間房間內，葛對我說：「你看我今後應怎樣辦才好？你老哥務請給我出點主意。」我想了想，對他說：「我們的交情，是應該爲你設想。我的看法，現在共產黨已占領廣東，看情形我們很少有回去可能了。你能否從此改名換姓，遠走高飛，另謀生活？」葛說：「我不能。我爲了求生存，不能不幹下去。我是想向你領教，今後我應怎樣幹法？」我說：「我們要幹，總要有本錢，也要有憑藉。忠義會是你的本錢，現在雖然是人員四散，但是總可以聯繫回一部分。現在國內是不能搞洪門活動了。香港是大碼頭，是可以混下去的。幸而忠義會過去與香港好幾個三合會組織有關係，忠義會還設香港，大概尚不致受當地三合會排擠。只是香港英當局，一向表面上禁止幫會活動，如何通過英國人一關，還要想點辦法。這就要扯上一點政治關係，借助一點政治力量的幫助，才能在香港站好腳根。現在是在找政治幫助問題：閻錫山跑到台灣，未必有辦法，你過去和他也並無認眞深厚關係，現在他也幫不了你什麼忙。你唯一能找的政治幫助，只能是軍統局(保密局)，可是過去軍統並不重視你，你也不認識毛人鳳。現在情況變化了，他們被迫要從大陸全部撤出，在這個關節問題上，你還是可以打動他們的。他們需要派人在大陸擾亂，你就不妨對他們大吹特吹，說忠義會還有多少人在內地，可以起作用等等，他們是會相信的。如此，你便有了政治背景憑藉。先在香港打開碼頭，待站穩腳根後，可以幹一下。至於將來會搞成怎樣，那是將來的事了。」葛聽了頻頻點頭，說：「你講得好，我想我也只能這樣辦。今後我決定照你所講的方針辦。」葛又說：「過兩天我要轉往香港，忠義會已有不少兄弟逃到香港，我要召集他們商議一下。今後還希望老哥多多幫助。」

在一九四七、一九四八年間，當張輔邦搞新建會廣東分會籌備處時，葛肇煌對軍統曾是若即若離，表面上敷衍，暗地裡抵制。現在他從老巢廣州逃亡出來，他自感走投無路，又不得不想方法來靠攏軍統了。我在國際飯店和葛談了一陣後告辭。過幾天，葛果眞離澳赴港。以後我們没有再見面了。

葛肇煌在香港被驅逐出境

葛肇煌在澳門逗留了一天左右即轉往香港。葛一到香港，在德輔道皇后大酒店開了一個大房間，召集逃到香港的忠義會骨幹分子舉行祕密會議。開會的消息，被香港警察署偵知，在葛等開會時，派警察去掩捕。在這同時，也另有人暗中將消息通知葛肇煌(香港的警察，一向和三合會有勾結)。出席的人很多得以逃脱，只是葛肇煌和幾個走遲了被捕。後由香港英法院判葛以從事非法祕密結社活動，驅逐出境，永不許回香港。葛肇煌被驅逐往海南島，一同被捕之羅耀昌則被驅逐往澳門(羅被逐到澳門後，在新嘉賓旅店住了很久，來找過我幾次，後來他回廣州，爲政府逮捕)。這是根據被逐者自報的志願。葛肇煌既有心拉住軍統這條線，原想是即往台灣的，可是那時蔣幫怕共產黨和革命人士湧進台灣，對台灣入境控制得相當嚴，非事前批准，不輕易得登岸。葛肇煌在軍統局局本部內還没有熟人，他不能直接赴台，他知道軍統廣東站站長鄭星槎，在廣州解放前夕，已率站部人員逃到海口，葛在名義上還是廣東站的上校直屬通訊員，他一向認識鄭星槎，所以他在被遞解出境時，自報願往海南島。

葛肇煌重回香港，洪門忠義會在香港改稱十四K黨

葛肇煌到台灣與蔣幫取得政治聯繫

葛肇煌在香港被驅逐出境到達海口，很快就找到鄭星槎。他對鄭吹噓他尚有多少洪門兄弟留在大陸，他如何有辦法可以指揮他們等等。鄭星槎將葛的情況報告軍統局(保密局)。這時國民黨正在成立一個「大陸作戰處」，以鄭介民爲處長，進行對大陸破壞騷擾，正需要網羅一批亡命之徒潛入內地搗亂，有葛肇煌這樣一個工具，正合需要。軍統局(保密局)即電令鄭星槎，

命鄭在海口爲葛肇煌代購飛機票，將葛送往台灣。葛到台灣後，見到當時的「大陸作戰處」處長鄭介民和保密局局長毛人鳳。葛對他二人大大自我吹噓一番。葛表示要聯繫尚隱蔽在內地的忠義會分子，和再派遣人潛入大陸，必須在香港建立據點，只是他本人已被香港政府驅逐出境，難以回去。鄭、毛等答說，這一點可以想辦法。後來由國民黨駐香港外交人員向香港英政府祕密接洽。在反共問題上，帝國主義和各國反動派是一致的，所以不需多大功夫，香港政府即取消葛肇煌及其黨羽到香港的禁令。葛肇煌又再行回到香港。

十四K黨名稱之由來

葛重到香港後，因他認爲有軍統頭子的支持，便放手幹起來了。這時一些忠義會分子，也陸續逃亡到香港，葛就將他的忠義會在香港重建起來。忠義會屬於洪門三合會這一派系的，在香港原有的洪門三合會組織，它們都有一個奇特的名稱，如「聯益」、「四和」等等。忠義會遷到香港後，爲了不刺激香港警察當局，他們將洪門忠義會的名稱暫時收起。它的成員，對外以十四K黨人自稱。「十四K黨」這個名稱之由來，還是由於忠義會在廣州時，會址設在西關寶華正街十四號。它的會員到會所去，每每說是「到十四號」去。後來「十四號」這名詞，在他們內部，就成爲總會的代名詞，進而成爲忠義會對外的代名詞。由「十四號」訛轉爲「十四K」(在社會上低成分的金飾，有十四K金，十四K這名詞很流行)。在廣州時，十四K已成爲忠義分子對總會的代名詞，他們遷到香港後，索性自稱爲「十四K黨」黨人。其實他們並沒有想組織什麼政黨。

十四K黨成爲香港最大的黑社會組織之一

香港的黑社會，大多和三合會有關。這種幫會組織，爲了利害上的衝突，有時也爲利益上的需要，他們一面互相嫉妒排擠，一面又互相支持勾結。葛肇煌在廣州時，香港三合會分子到廣州時求助於他，他還樂於幫助，他對香港一些三合會還結得一定的「人緣」。忠義會逃亡到香港，香港的三合會，對他們尚不排擠。十四K黨分子，他們認爲是「搏命」從廣州逃出來的，在香港新碼頭，不拚命掙扎，就不能生存。加以又有軍統的暗中支持，精神上給了他們鼓勵，所以他們特別凶惡。十四K黨在香港，漸漸成爲最大的黑社會之一。十四K黨不僅在香港、澳門社會爲非作歹，它與國民黨特務潛入大陸活動，也有千絲萬縷關係。

葛肇煌之死

葛肇煌在一九五四年病死在香港。十四K黨黨人，爲他舉行盛大的出殯儀式。出殯那天，除了十四K黨全體人員外，香港的三合會分子，其他黑社會分子，以及與黑社會有關的「偏門」行業，如舞廳、導遊社、俱樂部、麻雀館等等的從業人員，俱參加送殯。送殯行列擺的花圈、素亭、樂隊等，也擺了幾條長街。那次葛的出喪，是香港近二、三十年來出喪儀式最鋪張的一次。十四K黨黨人，他們繼承在廣州搞宣傳的經驗，認爲給他們的頭子鋪張喪事，是他們的重要宣傳工作，是他們向香港社會顯示他們聲勢的機會。香港歷史上尚未有過一個幫會頭子之死，出殯儀式之盛，有像葛肇煌那樣的。葛肇煌死後，他的黨羽，繼承葛的反動衣缽，仍繼續在香港澳門作惡。

一九五六年十月九龍大騷亂事件與十四K黨

一九五六年十月，國民黨指示駐香港的特務，組織以十四K黨黨人爲核心，聯合其他黑社會分子，發動一次大騷亂，目的爲了反共。他們利用十月十日辛亥革命紀念日的機會，裹挾萬餘暴徒，在九龍製造一件大暴行。僅在十月十日這一天，被洗劫被燒毀的工廠、商店，即有嘉頓、新中、大豐、中建等土產食品公司和周生生金鋪、廣州鋼窗廠、華南金屬玩具廠共八家。被搗毀焚燒的有香島中學、大華小學、廣東省銀行九龍分行。十二日荃灣和附近深井地區，有好幾家規模較大的紗廠、醬料作坊以及其他工廠被縱火。九龍城東頭村和西頭村，有許多布廠被搗毀。暴徒還襲擊上海街的工人留產所，把工人醫療所全部拆毀。他們在街頭攔截和燒毀汽車，把一個司機活活在車中燒死。在荃灣騷亂中，死傷累累，其中有小孩，以至有被強姦後殺死的婦女。

暴徒襲擊的目標中，有許多是屬於中國人民政府的產業，如廣東省銀行九龍分行。或者是經營大陸產品的土產公園和百貨公司，如中建公司、廣州公司等。或者是愛國的商店學校，如香島中學和一些進步工會。在上述許多企業、商店、工廠、學校，以及居民住宅遭受暴徒襲擊時，雖然受襲擊者一再報警求援，香港英國當局遲遲不予援救。

九龍大騷亂中，被暴徒打死打傷不少人。十月十四日上午，香港英國當局，發表一項顯然縮小的統計說：在這幾天的騷亂中，有四十五人死亡，三百五十八人受傷。但是據當時住在九龍的友人說，在這場騷亂中，他在九龍窩打老道一個殮房，就親見有四十一具屍體；送到醫院，因傷而死亡的，還未計算在內。

後來查知，在九龍大騷亂未發生前，國民黨駐香港的特務頭子，十四K黨和香港原有三合會頭頭，以及九龍難民營的流氓頭，「自由勞工」的頭頭們，先後在新樂大酒店和石硤尾徙置區舉行宴會和會議。在會議上，他們分配行凶任務，規定行凶時標誌——十四K黨人佩臂章，其他幫會的人頸上圍白毛巾，難民營的流氓帶證章。會議決定分配的襲擊地點：荃灣地區和青山道，嘉頓餅乾公司一帶，由十四K黨負責；九龍市區歸「敬義」幫和十四K黨負責；香島中學和李鄭屋村和徙置區歸「二龍堂」幫會負責……

暴行開始時，他們用大卡車運送暴徒到指定地點行凶，事畢又用大卡車運走。他們的頭頭，有的穿著筆挺的西裝，乘坐「的士」(小轎車)親臨現場指揮，車上插有白旗或國民黨黨旗。聯絡人員也分乘插有旗幟的「的士」，來往穿梭不絕。

九龍大騷亂事件，十四K黨人是主要凶手。

九龍大騷亂事件剛發生時，香港英國當局就對自己的行政機關迅速加以保護措施。十一日下午，事態逐漸擴大，香港英國當局雖然調軍隊進入市區，下了宵禁令，可是這些軍隊，或者在暴徒行凶之後才姗姗來前；或者在那裡袖手旁觀；有些甚至聞風避開。香港英國官方發言人，在事情發生後，即在十月十一日荃灣發生暴亂的當晚，立即宣布説：「這完全是兩派華人的衝突，警察和英軍都没有責任」云云。事實如山，顯然這次反動派組織暴行，香港英國當局是事前知情的，事情發生後，又有意對暴徒庇護。我國國務院總理兼外長周恩來，於十月十三日，約見英國駐我國代辦歐念儒，爲九龍事作提出抗議。

九龍大騷亂事件發生之前，外電報道説，有美國中央情報局人員，自美遄赴台灣轉到香港，進行某種活動。九龍騷亂事件發生後不久，在歐洲又爆發更嚴重的匈牙利事件。這股國際上的反共暗潮，如此巧合，又豈是偶然的。

（原載《廣州文史資料選輯》第十八輯）

我復辦洪門「大洪山」的經過

何崇校

作者早年參加過洪門，後任「軍統」越桂邊區站站長。本文憶述抗日戰爭勝利後作者根據「軍統」(保密局)利用幫會的指示，於廣西籌建洪門幫會「大洪山」的前後經過，以及「軍統」爲此在廣西的一些活動。

我和熊社曦在南寧復辦洪門大洪山

一九四六年八月，我在廣州主持軍統廣東站工作時，接到軍統局(當時已改爲保密局。下面提到此機構我仍稱它爲軍統)一個通令，大意是：軍統爲了參加國大代表競選，擬控制國內幫會，除了已在上海成立「新社會建設協會」籌備處(以下簡稱新建會)，作爲軍統的外圍，吸引全國幫會參加外，希各地軍統人員，對各地幫會廣爲聯繫，吸引他們參加該會，並將聯繫情況隨時上報。隨令還附發新建會的發起宣言和章程草案多份。發起宣言上列名的發起人，有洪門頭子向海潛、青幫頭子杜月笙，軍統分子徐亮等數十人。

國民黨反動派利用幫會來幹反動勾當，我是素知的。蔣介石早年就參加過幫會。一九二七年三月，蔣介石率領他的總司令部，沿長江東下，去進攻孫傳芳的殘部時，曾在他的總司令部內設立一個特務處，以楊虎爲處長，收買幫會分子，沿途在九江、安慶等地，凶毆進步工人和學生。蔣介石進占上海後，即組織幫會分子，冒充工人團體，向革命工人挑釁，製造糾紛和衝突，藉口發動了臭名昭著的「四．一二」反革命政變。軍統頭子戴笠，早年參加青幫，他做了特務後，更常和幫會勾結進行反動活動。

我在二十一、二歲時，流落在長江一帶，曾在武漢參加過洪門，以後十多年未再與它接觸；現在接到軍統通令，要求所屬成員去聯繫幫會，鼓動他們參加新建會。我初時並不感興趣，只將通令飭屬照抄轉發下面各組和所屬直屬通訊員便算了。

當月下旬，我又接到軍統局命令，調我去南寧重建「越桂邊區站」任站長。那時軍統將我調往廣西，我有些留戀廣州大城市生活，藉故推延不去。迭經軍統局幾次來電催促，我才於一九四六年十一月中離開廣州赴南寧。

在抗日戰爭時期，軍統曾建立過一個越桂邊區站，站長是陳卓峰，站部設在邊境的靖西。後來軍統又成立一個南寧辦事處，以徐光英爲主任，將越桂邊區站裁撤，人員俱併入南寧辦事處。一九四五年八月日本投降。十月，軍統的南寧辦事處也裁撤了，人員分別他調或撥送各地軍官團辦理轉業。僅保留有一個潛伏電台。

我到達南寧後，先找到那個潛伏電台。隨向局本部簽請在廣東站調用幾名人員作爲越桂邊區站站部內勤人員，並陸續簽准在南寧和龍州恢復南寧組（以余英才爲組長）和龍州組（以謝炳晉爲組長）。不久，軍統局又將原來隸屬廣東的湛江組（組長麥英幹）、北海組（組長杜若能）撥歸越桂邊區站管轄。到一九四七年二月，這個重新建立的越桂邊區站，除了已建立好站部之外，下面已擁有南寧、龍州、湛江、北海四個組和四座電台（南寧組未設電台，站部和其他三個組都附設電台一座）機構和設備，可以說已初具規模了。

越桂邊區站站部設在南寧，下轄有兩個組設在廣西境內。廣西當時是蔣管區，但它是桂系的老巢，桂系與蔣介石之間，是面和心不和。蔣介石在廣西境內設立特務機構確非桂系所願，但也不能拒絕。兩者之間的關係是微妙的，在抗日戰爭爆發之前，軍統局設在廣西境內的機構，是絕對祕密的。一九三九年，蔣介石在桂林設立軍委會桂林行營，以桂系白崇禧爲主任。行營內的第二組，是辦理情報的，組長是楊繼榮。楊和我是黃埔四期同學。他是一個叛徒，後來成爲軍統骨幹。楊在桂林行營和白崇禧還合得來。自此以後，軍統在廣西境內的一些機構和人員，利用桂林行營的第二組爲掩護進行特務活動。後來桂林行營改爲軍委會桂林辦公廳，主任改由李濟深擔任，楊繼榮調充廣西緝私處處長。由另一軍統骨幹鄭兆一（也是黃埔四期學生）接替。第二組仍繼續爲在廣西境內的軍統機構和軍統人員作掩護。例如輸送給各組無線電台之器材和電池，各潛伏單位內勤人員免除兵役之證明等，均由第二組發給護照和證明書。一九四二年前後，我在桂林負責軍統廣西站工作時，廣西站站部設在桂林東郊，就以桂林辦公廳第二組檔案室的名義來掩護。此後，廣西站已半公開活動。一九四六年我到南寧重建越桂邊區站時，因我不是廣西人，在南寧没有熟人。我到南寧十天之後，就去拜訪當時在南寧任第十軍官總隊總隊長羅奇，希望通過他拉上南寧的人事關係。

羅奇是廣西容縣人（解放前，廣西軍政頭目，以桂林與容縣兩地人居多），據説他是桂系骨幹夏威的親戚，是黃埔軍校第一期學生，曾充蔣軍第六軍軍長，我以黃埔軍校先後期同學關係去訪問他，羅奇見我倒也「一見如故」。他説，在日軍投降時，他曾到廣州，知道我在廣州活動。我也直率地告訴他，軍統派我來收集有關中越邊境情報和調查有關越南革命情況。我是首次來桂南，人事不熟，請他多予關照。羅滿口答允，他還告訴我一些越南情況，如説越方在桂南搜購武器炸藥和延聘願赴越南參加革命的軍事人才。

隨著新年和春節到來，羅奇舉行多次聚餐和春宴，每次都邀請我做客，有意讓我結識一些人。這些人中，就有當時任廣西第四行政區專員的黃中廑，南寧商會會長賴壽銘等人。羅對他們介紹我的身分説：「何同志是我黃埔同學，這次中央派他來，是考察和了解越南情況的。」

抗日戰爭結束，蔣介石即裁撤了一些在戰時增設的軍事機構，設立了若干個軍官總隊，來收容那些被裁和編餘的軍官，以便讓他們轉業（後來蔣介石發動內戰，戰事逐漸擴大，有些被裁軍官又招回部隊）。

一九四七年一月中旬某日，羅奇在酒家宴請第十軍官總隊（專收容被裁和編餘的軍官以便轉業）一部分軍官，我也被邀做客。同席有人向我介紹說：「這位熊社曦同志，是洪門的大哥。」我說：「是嗎？」熊微笑點頭。介紹人又說：「熊大哥還經常開香堂呢。」這時我頓想起軍統局進行拉攏幫會組織新建會的事來，我遂問熊：「你對搞幫會感興趣嗎？」熊仍微笑點頭。我又問：「在南寧開過大香堂嗎？」熊說：「地方政府一般都反對洪門活動，我怕惹麻煩，不敢開大香堂。軍官總隊中有些隊員知道我是洪門中人，他們也希望能參加，所以在家中開清香堂介紹他們參加。」我就對熊說：「現在上海在籌備成立一個新社會建設協會，洪門和清幫中有名的人如向海潛、杜月笙等，都是發起人，現正在呈請社會部立案。這個協會歡迎所有幫會參加。各幫會參加後，即可公開活動，將來國大代表選舉，各幫會的領導人就可以運用幫會力量，參加競選。」熊聽了極感興趣，便問我：「何先生可有協會的章程？」我說：「新建會的發起宣言和章程，我放在廣州未帶來，我可以寫快信去要，一個星期可以寄到。」熊問我的寓所地址，可否許他一星期後到我寓所拜訪。我表示歡迎他。

歸來後，我寫快信寄給廣東站書記徐國初，要他將新建會的宣言和章程即寄一份來南寧給我。一星期後，熊社曦果然到長春園寓所訪問我。這時由廣東站寄給我的新建會宣言和章程亦已收到。熊看閱後，問我：「假如我主持一個洪門山堂，何先生能否介紹我參加新建會？」我說：「當然可以。」熊就向我講述他所在的洪門大洪山情況及復辦計畫。

熊說：「青年時便參加洪門大洪山。大洪山的創始人是湖北襄陽人李肖白，創立時間是在光緒中葉。創立後，在湖北、湖南有相當發展。大洪山創立宗旨仍在繼承前人遺志，想推翻清朝。光復前，湖北的新軍，不少人參加大洪山，辛亥年黎元洪也參加大洪山。大洪山的堂名是抱冰堂，現在武昌蛇山上還有一座抱冰堂的房屋建築，就是李老山主生前建成的。李老山主已於抗戰開始時在襄陽病逝，那時，他已是八十以上高齡了。他逝世時，沒有指定大洪山的繼承人。那時我在湖北，所以知道這些情況。八年抗日戰爭，交通阻隔，大洪山老一輩的大爺們，分散各地，未曾聚會商談大洪山繼承問題。現在我們可以矯稱受李老山主遺命，說是他老人家指定我們做繼承人，我們就可以在南寧開大香堂，將大洪山復辦起來。這樣，我們就掌握了這個洪門組織了。」我說：「我們在南寧復辦大洪山，你估計尚在世的大洪山大爺們，不會反對嗎？」熊說：「不會的，老一輩的，已死去不少，過去我在洪門中人緣還好，不會有人反對的。」我說：「那麼，我同意你在南寧將大洪山復辦。只要你在洪門內部要得開，外面政治方面，如碰到麻煩，我可以負責支持你。」熊說：「我想請何先生當復辦大洪山的副山主。何先生如肯做，我也便於在外面號召何先生當了副山主，我心裡也感到踏實一些，我可以放膽去搞。」我說：「我在年輕時，雖曾參加洪門，但十多年已不過問了。以前我在洪門中的身分是排六，能一下子就做龍頭嗎？」熊說：「洪門中是可以平步登天的，有什麼不可以。」那時，我還沒有想到利用洪門這個組織去競選國大代表，但一想到自己是軍統的站長，假如我能控制一個幫會組織，就可以供自己利用。至少在搜集情報方面，幫會分子可以供我利用。於是就對熊說：「你要我當大洪山副山主，未始不可。不過軍統的規矩，是不准它的成員隨便參加其他組織的，軍統尚不知我過去曾參加洪門，現在我來當大洪山副山主，尚須報請軍統局批准才行。」熊說：「既然軍統是新建會的幕後人，它歡迎幫會參加新建會，何先生來做大洪山副山主，軍統局想不會反對。」熊又說：「關於籌備復辦大洪山一切手續，由我負責，我手下有些幫手，半個月內一切可以準備好，請何先生立即向上級軍統請示。」我答應了。

我和熊社曦二人在長春園我的寓所內，就此決定了將洪門大洪山在南寧復辦。我們還商定了一些復辦的細節。我對熊說：「洪門始創時的目的是反清復明，辛亥革命推翻清朝後，這個目標已不存在了，而今天洪門還繼續存在，不但國內有，國外也有。洪門失去創立時的目的而還能繼續存在，主要原因是因爲它早已演變成一種社會互助組織。在今天，我國社會上不少人是盼望他們能有一個互助組織，來應付生活上一些問題，特別是在某種下層社會中，洪門這種組織是可以滿足這些人的希望的。現在有大批被裁汰出來的軍官，他們自感難有出路，準備走江湖，做小行商來糊口，很希望有一個江湖互助組織。無數作戰受傷的榮譽軍人也感到政府不能保障他們的生活，自感前途渺茫，也希望能有一個互助組織。私販鴉片的煙幫，在廣西的交通線上是很多的，他們做的偏門生意，遇到內部發生糾紛，或受外面的欺凌，他們的事又不能見光，不能向官府打官司，也極需要一個組織來仲裁，洪門就可以成爲這樣一個江湖互助組織。所以我們在此地將大洪山的招牌掛出來，是大可以發展的。」熊聽了顯得很高興。他說：「我也這樣想。」我又說：「大洪山復辦之後，關於大洪山的發展和內部事務，請你全責去搞，不須徵詢我的意見。我的精神還須貫注於別的工作。嗣後大洪山吸收新人、開香堂、舉行聚餐，都不須邀我。若對外發生什麼糾紛，到時來和我商量不遲。」熊說：「我一定照辦。」

我發電給軍統局，請求批准我擔任洪門大洪山副山主。往常站部發急電向局本部請示，快則兩三天，遲則六七天，總會有回示，可是這封請示電，十天後竟無回音，而熊社曦已兩、三次向我詢問，他還說：「我籌備復辦大洪山工作，進行得很順利，已完成得七七八八了。」他說：「我估計上面一定會批准何大哥參加大洪山的，所以對發出給其他洪門兄弟山堂的通知和請柬，已定於四月二日爲我們的復辦日。預定那天要向兩三個分堂授旗，復辦慶典大香堂的職事人員也已指定，到時何大哥不來做副山主，不親臨行禮，就令我十分尷尬了。」我說：「今天距你所定的復辦日，差不多尚有一個月，上面一定有回電，你不必焦慮。不過復辦的那天，我不能不出場，對洪門的禮儀動作，久已生疏。到那天將有洪門的前輩來參加，演不好，豈不給人暗笑。」熊說：「副山主必須行的禮儀和必須說的隱語，過天我謄寫一份送來，何大哥只要記熟幾條就可以了。」

過了半月，軍統批准我做大洪山副山主的回電到了。我將軍統批准的回電通知熊社曦，讓他放心。熊又到我寓所，帶來復辦大洪山的通告和請柬等印件請我過目。通告的文章寫得很好，我還問這是誰的手筆，熊說：「大洪山的兄弟中，有幾位是很會寫舊文章的。」熊還告訴我，他們已在編印一本「海底」（即洪門的傳說、組織、禮儀、隱語、暗號等的彙編），封面用《金不換》字樣，扉頁上準備印正副山主的相片和題字。題字已請一位書家寫了，只欠我們的相片，熊邀我飯後同去攝一張合照以便刊印在《金不換》上。熊怕我在開山典禮上禮儀不熟，在我寓所，他作了示範，我們就像演戲般排隊練了一番。我想起流行在粵閩和海外的洪門三合會，它們吸收成員舉行儀式，他們的隱語就稱爲「做戲」（當年三合會分子舉行儀式，爲避免清政府官吏注意，故意在戲台上舉行，被外人發現，就說是做戲，後來不須在戲台上掩飾時，也索性通稱爲做戲，成爲固定隱語了）。

大洪山在南寧復辦，時間是一九四七年四月二日，第一次舉行的大香堂，是設在大洪山一個「禮堂大爺」周家琪家中（周是江蘇泰興人，是一個汽車運輸商，也是一個鴉片販子）。周家後院很寬闊，可以舉行儀式。那天熊社曦親來邀我，熊對我說：「今天將授旗三個分堂的主持人（洪門哥老會稱爲『座堂大爺』），南寧分堂的鄧篤初，百色分堂是盧明軒，貴縣分堂是周俊。」熊說：「鄧、周二人是廣西人，盧是廣東人。鄧過去做過桂軍團長，周俊過去曾任桂軍某師的副官處長，盧在百色做汽車運輸，暗中也販運鴉片。」我們到了周宅，見後院密密站著三百多人，這些人中，有些是熊以前吸收的，有些是新參加的，今天都來參加香堂儀式。香堂司儀是一位「紅旗管事」張贇。張是江蘇蘇州人，精熟洪門的禮儀隱語。熊社曦在軍中做補充團團長時，他一向跟著，做衛生隊隊長，他是熊的親信。那天的大香堂，香煙繚繞，充滿了祕密結社氣氛，也顯露出有些緊張。開香堂行禮時，正副山主的動作是差不多的，我跟著熊的動作，依樣畫葫蘆。香堂儀式結束後，全體都去萬國酒家參加宴會，幾乎將這酒家的席位全部包占了。洪門這種半公開活動，在南寧大概是從來未有過，大洪山便這樣在南寧復辦起來了。

大洪山自從在南寧復辦之後，正如我和熊社曦所估計，在南寧的第十軍官總隊的退役軍官，來往雲南、貴州、廣西、廣東的鴉片販子，地方土霸和交通運輸事業的經營者，紛紛加入。熊社曦不斷舉行開香堂，陸續吸收新分子，大洪山在逐漸擴大。這些情況，熊社曦有時對我談，有時也不對我談，我已看出熊是唯利是圖的人，洪門習例，參加時一定要繳納「香規錢」(數目不拘，按各人能力身分而定)，這種香規錢，除了支付開香堂時費用和分一部分給辦事人員外，大部分是落在山主的私囊。還有人告訴我，那些想取得分堂主持人地位的人，熊社曦對他們都要索取一筆相當數目的錢，對這些情形，我從不向熊詢問，也故作不知。我的想法，只望大洪山先發展起來，人多才有勢。等到它發展到一定規模，我再設法控制它不遲。

大洪山復辦不到一個月，四月底軍統局來了一個電令，要我即將越桂邊區站結束，將原轄南寧組、龍州組，撥歸廣西站管轄(廣西站站部設在桂林，那時站長是蘇業光)；湛江組、北海組仍調回廣東站。由廣東站調來的內勤人員，仍調回廣東站；邊區站吸收的直屬通訊員，則撥交南寧組指揮。我感到這個命令有些突然。越桂邊區站剛剛重建起來不過四個月，爲什麼忽然又將它裁撤？這個結束命令，對邊區站人員作了明確安排，唯獨對站長一人，竟連「另候任用」，或「另有任用」的字眼都沒有。通常軍統對它屬下的站長，解除站長職務後，每給以「設計委員」或直屬通訊員名義，這次裁撤邊區站，對我卸職後好似不聞不問，這使我極爲反感。

邊區站結束的應辦手續，我交給原站内的會計陳漢昭辦理(結束後，陳改任南寧組副組長)。在這同時，適值我的妻在澳門病重，家人打電報催我回澳門。我打電報給軍統局稱：已遵令將邊區站結束，關於經費報銷未了手續已交會計陳漢昭辦理，因妻病重要返澳門。我決定在五月初離南寧返澳門，並告知熊社曦。熊極力挽留我。我說，妻病重，現又無重要事務，不回去看看，人情所不許。熊無可奈何，堅請我早日回南寧，我含含糊糊答應了。又再三叮囑他：「大洪山不妨盡力發展，但切記不要刺激桂系當局。如果政治上遇到困難，我已囑咐同事余英才關照你。」熊說：「你的囑咐，我一定記得。」翌日，我悄悄地乘船東下回澳門去。

我回到澳門後，熊社曦頻頻來信問候我妻子病狀，催我早日回南寧，他在信中說：「山堂託你大哥的洪福（洪門中大爺輩和正副山主之間都互稱對方爲大哥），非常興旺，已增加了不少分堂，人數已急遽增多。舊曆五月十三關帝誕辰，大洪山總堂擧行盛大慶祝，組織了幾隊舞獅隊遊行，盛況是南寧未曾有過的。」並說：「現在總堂的事務一天天增多，我不易應付，請你早日回南寧主持。」

我回家後，在澳門得讀香港出版的進步報紙和刊物，打開了眼界，初步認識到國民黨的江山已不易保持，思想起了動搖。加以越桂邊區站結束時，軍統局無端將我撇開，心中積存不少反感。我已不擔任軍統職務，再去專搞幫會活動，江湖上所謂「耍光棍」，實在也和自己的性格不很相近。遂認爲不宜去南寧。我乃覆信給熊社曦，婉辭不能即去南寧。但我向他建議三事：一是只能將大洪山辦成一個互助團體，爲此應籌措一些基金，爲總堂樹立一點經濟基礎，要注意同堂兄弟的福利事業。二是不要讓大洪山捲入政治漩渦。要提防一切政治派系，包括軍統的人員攘奪大洪山的領導權。三是大洪山將來的發展前途，應是海外而不是國內，準備我們萬一不能在國內立足，先在海外打下基礎，將來可以跑到海外去，尚有迴旋餘地。這三條意見當時的大洪山是可以做到的，可惜熊沒有按照我的意見去做。

大洪山「護山委員會」的成立

在日本宣告投降時，我在廣州出資和友人梁善文、包天放等組織一家「中興公司」，以公司名義承頂了《七十二行商報》改名爲《廣東商報》。因爲我的軍統身分已經暴露，不便出頭辦報，由包天放任該報社長，梁善文任經理，實權由梁善文掌握。梁善文在香港辦了十多年報紙，很有經驗，他接辦後，商報營業日有起色，到一九四七年，它的發行額在廣州所有報紙中已居第二位。這時梁善文個人在社會的交遊也廣了。他還在外面兼做一些生意，不能整天待在商報，但商報是他的根基，不能放棄，也隨時提防包天放搶奪他在商報中的權力，他有心要我替他在商報坐鎮。梁和我有二十年交情，對我是放心的。一九四七年十月，梁來澳門找我，說想請我到廣州以商報祕書名義替他坐鎮商報。他還說：「商報的社長和經理已由老包(天放)和我擔任了，沒有什麼適當位子安置你，可否請你以祕書名義在商報坐鎮，薪水和社長、經理一樣。」梁又說：「老包在商報占股額最多，雖擔任社長，但從不到報館，他已介紹一個副經理來報館；我又需要在外面做生意，老包是會搶奪我在報館的權力的。」我說：「我從未辦過報紙，毫無經驗，怎行？」梁說：「我每天還會抽一、二小時來處理館內業務的，這一點你可放心。」我想，我被解除軍統越桂邊區站站長職務後，橫豎沒有事情做，上廣州也好，因此亦就答允了。我在廣州商報館任職，同時也將家眷一起搬到廣州。

一九四八年二、三月間，熊社曦連來六、七封急信，要我赴南寧。我覆信問他有什麼要事，並說明我正在報館未便離開。熊後又來信說：「如不能來南寧久住，也務請到南寧一行。」三月下旬，大洪山的骨幹分子盧明軒、周家琪自廣西來到廣州。他們半爲商業、半受熊社曦囑託來到廣州促我早日返寧。我問盧明軒：「爲什麼熊大哥急於要我到南寧？」盧說：「熊大哥感到受桂系當局的壓力，難於待下去，所以急於讓何大哥到南寧面議應付辦法。」盧、周兩人，堅請我撥冗赴南寧一行。我答應了。

盧明軒還告訴我，一年來，大洪山發展得很快，除原先三個分堂外，現在在廣西的梧州、舊州、龍州、靖西；廣東的小董、欽州；雲南的剝隘；貴州的興義；都已建立了分堂。梧州分堂主持人是李國固，舊州分堂主持人是×××，靖西分堂主持人是×××，龍州分堂主持人是謝炳晉，小董分堂爲廖強，欽縣分堂爲蘇廷祐，剝隘分堂爲梁超武，興義分堂爲×××。盧還說：「剝隘分堂座堂大爺梁超武，在地方很有勢力，私人擁有很多槍枝。李國固則是梧州的稅務局局長。」這些分堂頭頭的身分，除盧明軒向我介紹的以外，我原知道蘇廷祐原是粵軍陳炯明手下的高級軍官，謝炳晉是現任的軍統龍州組組長。

我問盧、周二人：「你們說，桂系地方當局對熊大哥施加壓力，有什麼具體跡象？」他們都說：「在目前還舉不出具體事實；不過，如果不妥爲應付，將來難免會出事故的。」

盧、周二人陪我一同赴南寧，周家琪邀我到南寧時住他家。他說，他已搬住我以前住過的長春園。我同意了。在途中，盧明軒對我講：「在中緬交界的野人山中，盤踞有一股盜匪，頭子名王××，月前曾派人到百色來見我，說如果我有便到滇西時，請去他那裡一會。」盧問我是否可以去見那王某人。我說：「既然我們有心走江湖，就不怕見朋友，我們不會怕朋友多。何況你是做偏門生意的，又何妨去見見他。原則上，我認爲你可以去見他。不過那位姓王的，人們既稱他爲土匪頭，雲南當局一定注意他。就是去見他，千萬不能張揚。」盧點頭稱是。可是後來盧不再對我談及此事。

途中周家琪私下對我說：「去年底，熊大哥舉行一次生日盛會。兄弟們除了給他送禮物外，大家還合送了一筆現款。這現款數大約可買百多兩黃金。」我說：「熊大哥有沒有拿出一些來爲兄弟們辦些福利事業？」周說：「沒有。」我只微笑一下，說：「熊大哥未免太短視了。」以我所知，在那時無論是洪門或清幫，它的頭子們，幾乎都要假借生日或喜慶的名義，向他們的堂內兄弟或幫中徒眾勒索財物。不過大洪山復辦不久，熊就這樣迫不及待向下面要錢，未免太短視了。

我們乘船西上，經梧州不登岸，在貴縣歇了一晚，才換乘長途汽車。這時，我注意到碼頭上和交通要道的牆上新貼有桂系廣西當局黃旭初用廣西省政府主席和廣西民團總指揮名義的大幅布告。布告用嚴厲口吻限令廣西的文武人員不得參加幫會，如已經參加幫會者，要立即退出，否則從嚴懲處。我想：這是桂系當局對大洪山施加壓力措施之一。我心中琢磨，大洪山應如何應付目前的局面。想到近百多年來，洪門天地會一直在廣西流行，老一輩的天地會會員，尚有不少隱藏散處省內鄉間，在那時要完全禁絕像洪門這樣的祕密結社，是不可能的，現在桂系當局只發令嚴禁廣西軍政人員參加幫會，而尚未說要取締幫會，也說明它現在不是要立即禁絕幫會。我在廣西工作過，分析桂系所怕的是怕非廣西人掌握廣西的地方勢力。洪門已成爲一種很大的地方勢力，而大洪山兩個頭子都不是廣西人，我還是一個軍統分子。我和熊兩人在廣西境内控制幫會，桂系當局當然反對。假如找與桂系稍有關係的人主持大洪山，我想黃旭初是可以容納的。

我到南寧，立即去見熊社曦，他埋怨我爲什麼到得這麼遲。熊說：「我已決定離開南寧到武漢去，想請你來由你主持大洪山的事務，許多話是不便在信中商談的，所以寫了許多封快信催你來，而你偏偏拖到現在才來。」我說：「我不想住在南寧。大洪山總堂雖設在南寧，但洪門有不少成例，正副山主不一定非要在總堂所在地不可。」熊說：「我正因多次請你來而你不來，我急得不得了。前幾天，我和鄧篤初商量，說正副山主不在這裡，請他在南寧主持大洪山總堂事務。」我說：「篤初作何表示呢？」熊說：「篤初說：『這是你山主一人的意見，這還須副山主同意才行。』我看篤初是願意在此代理大洪山事務，看他還是求之不得呢，現在就看你的意見了。」我說：「我完全同意篤初代理我們在此主持山堂的事務。」熊說：「我們就此決定了。我立即通知篤初準備一切。」熊問我準備住在什麼地方。我說：「我已答應周家琪住在他家裡。」熊說：「那也很好。」熊留我在他家晚膳。並說：「明天我們就將總堂事務交給篤初。後天有一艘船直航廣州，我準備搭那條船，取道廣州轉武漢。明天我們就舉行一次儀式將總堂旗印交給篤初。到時我親來邀你。」我點頭表示同意。

第二天上午，鄧篤初在他開設的汽車行後進，一座很大的廳內，布置了香堂。熊和我將大洪山的印捧交給鄧篤初，並將正副山主的旗分別交給他。禮畢，鄧篤初請我向參加儀式的大洪山分子三、四百人講了話。我還是拿「團結互助」來勉勵他們一番，建議他們設法建辦一些生產事業作爲山堂的經濟基礎。儀式擧行後，擺了幾十桌酒席，既是爲熊社曦餞行也是爲我接風。席間我問鄧篤初，在南寧大洪山兄弟中，有沒有華僑和越南人。鄧說：「有幾個越南人參加，其中有一位叫黎復興，是和越南國民黨頭子阮海臣一起的，前幾天剛剛離南寧往香港去了。我們還幫助他旅費。」我說：「阮海臣一派，已被胡志明一派趕出越南。阮派有些人流落在我國。聽説阮海臣尚在廣州，他是希望能得到中國的支持和幫助，可是我們中國正在打内戰，自顧不暇，不能對阮有什麼支持。阮的人流落在中國，知道洪門講些江湖義氣，他們參加我們的山堂，無非是想得些生活上的幫助。我們不怕朋友多，但是我不主張大洪山捲入政治漩渦；我是主張將大洪山向海外發展。如果你們在越南的華僑中有熟人，此人又能在當地活動和有興趣搞幫會，你應留意結交他們。你已代理山主，有權可以物色人在越南建立分堂，可以吸收一些人在海外發展大洪山組織。」鄧說：「以後我會注意照辦。」

翌日一早，熊社曦帶領家人下船走了。他還不嫌麻煩，將大洪山眾兄弟送的木器家具統統帶走。

熊離開南寧的那天，有一個曾做過軍統廣西站站長的謝岱生來長春園見我。謝是南寧人，是南寧軍官學校畢業的。謝向我說，他現在廣西第四行政專員公署做顧問，新任的行政專員顏僧武，是他在南寧軍官學校的同學。謝說：他是代表顏僧武邀請我赴專員公署特爲我而設的晚宴的，我答應了。

一九四六年年底我初到南寧時，在一次羅奇的招待宴席上，認識了顏。顏曾在他的小別墅請我吃過一次飯。在他的書房内，我見書櫃上擺有不少新文學的書。遂認爲他雖是一個軍人尚不是一個守舊粗魯的人。

我依時前往專署。寒暄後，顏僧武微笑問我：「老熊是否走了？」我點頭説：「是，他已走了。」顏説：「何兄是否留在南寧主持你們幫會的事？」顏曾任桂系部隊的師長，據説是白崇禧的愛將。一九三九年桂南戰役，顏作戰不力，蔣介石擬將他扣留懲辦，是白崇禧派人祕密將他接往重慶，將顏收藏在家中包庇起來。顏這樣問我，我知道是他代表桂系當局試探我的。我也微笑答説：「不，我不能留在南寧，我在廣州還有工作。我們已經想過了，廣西境內大洪山的事，還是由一個廣西本地人來主持好。我們已將廣西境內大洪山的事，完全交給鄧篤初，熊和我都不多過問。」顏聽後，似很滿意的樣子，對我説：「好，你們這樣處理很好。」從顏的口吻中，我更摸清桂系當局對大洪山的態度，他們知道幫會不是一下子可以禁絕，但一定要由一個與桂系稍有關係的廣西人來主持，他們才放心。

我原打算在南寧住幾天就回廣州，可是在南寧的大洪山高層分子，紛紛挽留我參加宴會，一直被拖住二十多天，才能離開南寧。在這二十幾天內，除了出席宴會外，可記的有兩件事。一件是，在南寧的幾個大洪山大爺們向我建議説：現在桂林已成立新建會廣西分會籌備處，書記聽説是鍾可莊，請我往桂林一行，以與鍾聯繫。就將大洪山參加新建會，讓大洪山正式公開。他們還説，我如赴桂林，他們負責一切活動費用。我想，我這次來南寧之前，在廣州已聽説CC和軍統爲了建立新建會問題，正在互相鬥法，由黃埔學生爲主的復興社(即外面所稱的藍衣社)與陳果夫、陳立夫爲首的CC同是蔣介石手下的反動政團，雙方一向暗中互相排擠暗鬥。一九三八年，蔣介石要他們解散，合起來成三青團。復興社是眞的解散了，而CC後來還繼續存在。軍統的前身特務處，原是復興社下面一個專業特務機構，和CC領導下的專業特務機構——中統，也一向爲爭寵爭權，勾心鬥角，面和心不和。今天軍統想利用新建會來控制全國幫會，CC當然不甘心，當然一定要設法反對。按國民黨的規定，凡是組織社團，必須呈報社會部批准立案，才能正式成立。那時社會部部長是CC分子谷正綱，他們當然利用職權對新建會諸多阻撓，新建會想正式成立的阻力尚多。在廣西，黃旭初已發出布告禁止廣西軍政人員參加幫會，這是他限制幫會活動的第一步。黃旭初知道新建會要網羅各種幫會，各地幫會也會利用新建會爲掩護進行活動。黃當然也反對新建會，鍾可莊曾做過軍統廣西站站長，他與黃旭初毫無淵源，黃旭初怎麼會支持他成立新建會廣西分會。大洪山現在想找鍾可莊搭線，豈非自找麻煩。但我不便明言，只是向他們說：「新建會總會籌備會現在碰到一些波折，這是與國民黨內部意見派系之間競爭有關，新建會總會一時尚不易成立，總會未成立，廣西的分會也難成立，我看還是等一個時期，看定形勢後再去聯繫不遲。」我還向他們解釋，目前我們對拉政治關係不能不鄭重的原因。我說：「洪門建立將有三百年歷史。我們的祖輩，爲了反清復明，對清政府作前仆後繼的政治鬥爭。如太平天國時期，不少洪門子弟參加太平軍。清廷早已被推翻了，而洪門尚存在，因洪門已演變成爲江湖上互助爲主的祕密結社。江湖的互助，是長期的，而政治鬥爭則常常會有許多風險。我們要警惕，勿捲入政治漩渦。縱使新建會正式成立，我們大洪山仍應保持一定的獨立自主，不能隨便讓人牽著鼻子走，這才能保全自己，才能對得起自己的同堂兄弟。」他們聽我這樣一解釋，也就同意暫不去與桂林的新建會分會籌備處聯繫（後來新建會由於CC的破壞和黃旭初等的反對，不得立案而結束）。

第二件是，有一天，一位大洪山內八堂大爺王××請我吃飯。席上他介紹一個名李印的客人與我認識，他說李印在雲南下關經營汽車修配，爲人很義氣，結識不少江湖朋友。我和李攀談起來，覺得這個人很不錯。我問李，在下關有洪門組織否？李說，下關是昆明至中緬邊境畹町的中途大站，爲赴緬必經之處，客商不斷往來，各種人都有。可是現在當地尚無洪門組織。我就對李撩撥說：「李兄何不在下關建立一個洪門組織，不但可以結交更多朋友，也爲自己在滇西打下社會基礎，這對你個人經商和結識朋友都有利。」李似意動。但仍微笑說：「我尚未入門，對洪門禮儀不熟，這怎行？」我說：「洪門是可以一步登天的。初進洪門，也可就做大爺。如李兄有意，我可以保荐李兄參加大洪山，請這裡鄧篤初大哥發旗印給你，你回下關就可以建立分堂。至於洪門禮儀，是不難學的。在你未返下關之前，你加入大洪山後，每天可到總堂坐坐，他們會教你的。王××大哥就是大洪山一位大爺，他也可以教你。」在旁的王××也極力攛掇他。李遂表示願加入大洪山。他說：「何大哥既如此栽培，我回去一定盡力來發展大洪山。」

我即席寫了幾個字交王××轉給鄧篤初，請鄧發旗印給李印，讓他回下關去建立分堂。我囑咐李印說：「發展洪門，要耐心，不要太心急。下關分堂如建立起來，可以留心介紹適當的人，在畹町、昆明也建立大洪山分堂。如此就可聯成一線了。」但自從我離開南寧回廣州後，我對李印就未再見過面，也未通過信。

四月底，我離開南寧回廣州前，鄧篤初向我說：「南寧有個藍楚材，父親是南寧的名律師。藍本人在日軍占領南寧時，曾在軍統下工作過，熊大哥未離南寧前，藍已參加大洪山，是一位『心佛大爺』（是大爺輩中最低級的）。這人很活動，在南寧傷兵管理所內拉攏不少人。他請求給他也建立一個分堂，是否可准許？」我說：「在一個碼頭內建立兩個分堂是可以的。熊大哥和我已將大洪山事務交給你代理主持，你可以自己決定。你如認爲藍可以建立一個分堂，我一定同意。」鄧說：「那我就照辦。」

我離南寧東下，在梧州換船。抵梧州時，省（廣州）梧渡已啓航，只好停留一天，乘便去看看李國固。李邀我至酒家午膳，向我談了他的分堂一些情況。我也告訴他總堂交給鄧篤初代理的經過。李還說，他已接到上級命令，將調任靖西稅務局長。我說：「你如調到靖西，你的分堂可以改設在靖西。至於梧州這碼頭，假如有適當的人，也可以在梧州再設分堂。」李說：「友人黃天澤，是黃紹竑的族弟，他對洪門很有興趣，他曾表示，很想在梧州搞幫會。可惜黃剛回容縣原籍，否則可以帶他來相見。」我說：「如黃兄願爲大洪山在梧州主持一個分堂，你可以向篤初大哥推荐。我也另寫信給篤初，那是一定可以辦到的。」後來李國固調往靖西，果由黃天澤在梧州另建立一個大洪山分堂。

我和李國固分手後，回旅店休息。忽然旅店經理拿上一張請柬來，是梧州警察局長盧英龍請我今晚在某酒家宴會。我並不認識盧，他何以知道我到梧州，心想可能是李國固告訴他的，我想不會是惡意，便依時去了。盧在酒家客廳門口很客氣地迎接我，和我握手時，我發覺他故意用洪門暗號的手式和我握手。我遂微笑向他示意，同席幾個人，過去都不相識。在席上，盧只問我，此次到廣西何以不多逗留一些時間，問我何時再來廣西。我素知盧曾是廣西當局桂系頭子黃旭初的衛士，是黃的心腹。梧州是廣西的大門，是黃派他在此來看守大門的。在這種場面，我估計桂系很注意我的行蹤，盧請我吃飯，無非想親自向我查問一些話。我遂泰然對他說：「我此次只是應友人再三邀約，故到南寧一行，並無長久逗留之意。今後也不打算再來。」我這樣表示，既是實情，也會讓桂系放心。

我離南寧，行前曾與鄧篤初約定，以後大洪山在廣西，除了遭到政治麻煩可來信給我之外，其餘的事鄧可以完全作主處理，毋須向熊和我請示。我回到廣州後，數日未見鄧來信，我心想，黃旭初大貼布告，嚴禁文武人員參加幫會，似乎想對大洪山會進一步採取什麼行動。現在看來，大概正如我所估計，只要不是與桂系毫無關係的人，在廣西搞幫會，也還是允許的。

到八月中旬(一九四八年)我突然接到自南寧寄來快信。來信署名者有十一人，俱爲大洪山大爺輩骨幹分子。他們向我報告說，鄧篤初大哥患急病逝世，他們是向我報喪的。說他們已成立治喪委員會，爲鄧辦喪事。信中還說鄧大哥突然逝世，正副山主又不在南寧，大洪山不能無人主持，經在南寧的兄弟合議推出他們十一人，成立一個「護山委員會」云云。鄧篤初的早逝，頗出我意外。現在他們在南寧組織什麼「護山委員會」在洪門山堂中似尚無先例。我遂將來信內容，抄寄武漢給熊社曦，我在信中説：篤初兄逝世，實深哀悼，現在我不能去南寧，未知兄能否去南寧爲鄧主持喪事？如不能去，至少我們應派專人去弔唁。至於他們在南寧成立「護山委員會」在洪門中，似無先例。不過既已成事實，對此我並無意見，是否我們不作正面指示答覆，作爲暫時默認。因爲如果我們都不去南寧，也不易強令他們取消這個組織。」信發去後過了幾天，熊社曦自武漢派了張贇來廣州見我。張帶來熊信説：他已收到我的信，同時也收到「護山委員會」寫給他和給我相同的信。熊説：他也不準備赴南寧，特派張贇帶奠儀往南寧弔祭。熊還説，對於「護山委員會」事他同意我的意見，但熊堅請我去南寧一行。我確不願於那時去南寧，只置備了奠儀，也交張贇帶去弔喪。另去信給熊，説我暫不去南寧。

那十一個大洪山護山委員，十之五六我從未見過。他們的姓名，現在僅記得有李彩裔（是南寧一個長途汽車公司老闆）和孟璐，其餘現在我已想不起了。這個「護山委員會」，後來個別人事也有更動，但直到解放前他們都未曾寫信給我。以後我和熊社曦在廣州進行一些大洪山活動，也沒有事前去知會在南寧的「護山委員會」。

一九四九年大洪山在廣州的活動

大洪山在廣州建立「格字號」分堂。

自從熊社曦和我離開南寧後，南寧大洪山總堂的事務，先後俱由鄧篤初和「護山委員會」去主持，熊和我都不加干預。那時熊住在武漢，我住在廣州。一九四九年二月上旬某日，有一個名李日全的到麻行街我的寓所來拜訪我。他自稱是汽車司機，一向在廣西做汽車運輸，曾在廣西貴縣加入周俊主持的大洪山分堂。他説過去他不知副山主住在廣州，最近查到才來拜候。並説：他回廣州後，又參加了葛肇煌領導的洪門忠義會，現在他在忠義會下面主持一個「長江分會」。洪門子弟，參加一個山堂之後，再去參加另一個洪門組織，在習慣上是允許的。

李日全說，他回到廣州雖然參加忠義會，但是仍念念不忘大洪山。大洪山現在廣州尚未有分堂，可否許可他在廣州爲大洪山建立一個分堂。我聽後，躊躇起來。我青年時加入洪門，在南寧又復辦了一個洪門山堂，但在廣東故鄉，只有極少數人知我是洪門中人，如果將自己的洪門頭子身分在廣州擺出來，會增加不少對外交往和麻煩。從這點來想，我還不想在廣州爲大洪山設立分堂；但是，在另一方面，我又久想將大洪山在海外發展。廣州是海外華僑的重要出入口，不在廣州設立大洪山分堂，就難以吸收海外華僑，爲大洪山在海外打開局面。因此聽了李日全的請求，一時躊躇不決。我乃對李說：「此事不必心急，尚須與正山主熊大哥商量後才能決定。」李問了我熊社曦在武漢的通訊地址之後，告辭走了。

過了不到十天，熊社曦來信給我，說他接到李日全來信，請求許他在廣州建立大洪山分堂，他已同意了，已覆信給李。熊還說，他暫時不能來廣州，授旗李日全在廣州建立分堂的事一切請我主持。我見熊已同意李日全在廣州建立分堂，我也打消了猶疑不決的思想。這時，大洪山的紅旗管事張贇和大洪山幾名骨幹剛從廣西來到廣州（張贇是熊和我派他往南寧弔鄧篤初之喪，他便留在廣西）。我見張等到來，心中大喜，給李日全建立分堂事已決定了，我正愁舉行大香堂儀式時，掌儀的人手不全，張贇是精通這方面禮儀的，他到來，開大香堂的掌儀問題解決了。我將熊和我決定給李日全在廣州建立一個分堂事告訴他，叫他籌備一切。日期我們擇定爲三月二十九日。

李日全的大洪山分堂定爲「格字號」（大洪山每一分堂都取一字爲名，李日全的分堂名「格」字，鄧篤初的分堂名「日」字，莫郁芳的分堂名「和」字等）。舉行授旗的大香堂地點由我出面供用大德路海軍聯誼社的大禮堂，這是一座三層大洋樓，二樓、三樓有寬敞的大禮堂，還可以同時擺設幾十桌酒席。那天「格」字號開堂儀式，除了李日全在廣州的「長江分會」全班人馬和一些新來參加的兄弟外，我還邀請在廣州的洪門單位領導人，如廣東洪門忠義會會長葛肇煌等人，此外尚有一些來賓，人數共有四、五百人。

那天，除了爲李日全的分堂授旗外，我還授旗給鄧爲楫，由他在吳川建立分堂；授旗給周奇(曾在蔣軍中做過團長)由他在茂名建立分堂；授旗給趙炎(柳州人曾在廣西部隊做過團長)由他在柳州建立分堂；鄭爲楫是李日全舉荐的，當時他正被發表爲吳川縣長。我對參加儀式的人講了話，勉勵洪門子弟團結互助，儀式舉行後，就在海軍聯誼社舉行大宴會。那天香堂儀式的盛大與隆重，在廣州洪門歷史上可以說是空前的。過去，廣州的洪門組織開香堂，都是暗中祕密舉行，那次我恃著在廣州人面熟，放膽半公開來舉行，這在廣州幫會史上尚未曾有過，這很引起洪門忠義會的成員和頭子葛肇煌等的羡慕，他們在三個月後也在廣州舉行一次更盛大的傳斗和授旗大會。

大洪山「格」字號開堂後的十天，莫郁芳來拜訪。說他是香港洪門三合會「四和」的成員，他聽到大洪山「格」字號成立開堂的盛況也想參加大洪山。希望大洪山授旗給他也建立一個分堂。如允許的話，他的分堂準備在香港建立。我早想將大洪山的組織在海外發展。香港對海外交通比廣州更爲直接，莫郁芳既想加入大洪山，又準備在香港建立分堂，正符合我很久的希望，我即予答允。我叫張贇製備旗印頒發給莫，莫的分堂稱「和」字號。莫徵得我同意，將「和」字號先行在廣州成立。莫到過外洋，回國後，在西江輪渡中工作過。他在廣州建堂開始吸收的成員，大多是輪渡上的職工。到十月廣州將解放，莫才匆遽逃往香港。

日本宣告投降時，軍統在廣州增設一個文化組，組長是陳容子。陳是泰國華僑，中日戰爭爆發前，他回國在廈門大學讀書，出版過一本詩集。後來參加軍統，在擔任廣州文化組長時，他在漢民路(即現在的北京路)開設一家咖啡室以爲掩護，他又組織一個「文化通訊社」來掩護他的特務活動。陳來廣州擔任組長時，正值我在廣東站負責，對他的工作，我曾多方面予以協助，因此他對我感情很好。我離開廣東站職務後，住在廣州時，他經常來看我。

一九四九年七月的某一天陳容子邀我到他開設的咖啡室樓上出席宴會。我問他是什麼性質的宴會，他說是文化通訊社同仁的聚餐。他還說：「想介紹康有爲先生的女兒康同環女士見見何先生。康同環是民社黨黨員，廣州的民社黨成員對她都很敬重。她說要見見何先生，故趁文化通訊社聚餐的機會邀請你們去認識認識。」我在舊社會，是不拒絕社交的，也就答應了。席上，陳容子介紹康同環與我認識，同席還有熟人徐光英（徐是法國留學生，大革命時曾任葉挺將軍的參謀長，廣州起義時，起義的作戰計畫，據說是他草擬的，後來他成爲叛徒，投入軍統。日軍投降時，他是「中美合作所」別動軍第二縱隊司令，一九四六年至一九四九年，他在廣州上九路開設一家小飯店）。康同環能操極流利的上海方言，我用上海方言和她交談。席上我飲酒過多，竟對她譏評康有爲晚年的頑固，她立即爲她父親辯護。可能因此之故，她以後未再來找我。到了八月間，陳容子來見我對我說，他也脫離軍統，將回曼谷。他聽說我在廣州開洪門山堂，他問我可否讓他參加，如准他參加，他回曼谷後可以在泰國建立洪門組織。在海外發展大洪山是我的夙願，陳容子既主動提出，我立即同意，發了大洪山一個分堂的旗印給他。陳容子是九月初經香港返曼谷的，不久廣州即解放，以後和他失去聯繫。

我和熊社曦的分歧和兩次洪門會議

一九四九年三月底，我在廣州爲大洪山的李日全「格」字號分堂建立後，見時局日趨緊張，解放軍渡長江南下已迫在眉睫。我一方面幻想在海外加快發展大洪山的組織以作爲後退之路；另一方面要指導國內的大洪山兄弟如何應付將來的環境。我想，在解放軍南下的時候，各地的反動派難免不會利用洪門作政治鬥爭的工具。鬥爭的對象，當然是共產黨。共產黨是有嚴密組織的、有力量的。如果洪門向共產黨作鬥爭，徒然使洪門子弟遭受無謂犧牲。對這個問題，我想來想去，一時想不出妥善之策，頗感苦悶。那時我還妄想將大洪山成爲自己永遠可利用的工具，但又怕它捲入政治漩渦，因爲一捲入政治漩渦就會使大洪山成員遭受犧牲。最後，我決定務必令大洪山避免捲入政治漩渦。四月中旬，我起草了一份用大洪山正、副山主名義發出的內部通告。通告在南寧的「護山委員會」和各地的分堂，明確重申大洪山只能成爲江湖上的互助組織，不能介入當前政治鬥爭，以避免無謂的犧牲。我起草這通告稿後，喊了張贇來，叫他抄寫十多份，用掛號分別寄出，要求大洪山全體人員照辦。解放後，我才發現張贇與中統局有關係，他將我那份重要通告偷偷壓下，而欺騙我說是發出了。

五月間，熊社曦帶了家眷，從武漢逃亡到廣州，我循例設宴給他洗塵，並介紹在廣州的一些洪門頭子和他認識。我邀熊到我家內密談，我說：「看來我們在國內不能蹲久了，我們聰明的話，還是跑往國外好。兩年前，你在南寧，我回澳門，我迭次寫信請你設法物色可以在海外建立分堂的人，讓我們在海外發展，必要時我們也有一個退路，可惜沒有做到。」但熊答說：「我們還是應在國內發展。何大哥你對形勢太悲觀了，我就不然。我認爲國民黨不會失敗，現在我們的力量不是弱了，而是強了。何大哥你不要灰心。大洪山就是我們的本錢，我們有了這本錢，自會有人找上門來的。」我問熊：「你說現在我們的力量不是弱了，而是強了，何以見得？」熊說：「有錢就有力量，現在北方的錢都流到廣東來了，有了那麼多錢，還會做不出事來！」我聽他這樣說，心中不禁好笑，向他說：「你這樣想法太奇特，我不是這樣看法，我已下定決心，我是不想將大洪山拖入政治漩渦。熊大哥如不同意，今後只有各搞各的了。」熊聽後露出驚訝和失望的神態，半晌後，才吶吶地說：「在廣州，你是主，我是客，一切都要依仗你的。今後一切，我聽你的好了。」但我們的分歧已不能彌縫了。

我和熊的分歧，不僅在政治主張上，在其他方面也是如此。熊一到廣州，凡李日全的「格」字號，莫郁芳的「和」字號，兩個分堂舉行香堂儀式吸收新兄弟時，熊要李、莫二人每收一人必定要繳交他若干錢。一時未送去，他就派張贇去坐索（這時莫郁芳尚未逃往香港，在廣州先行開堂）。

李、莫兩人在廣州開香堂，我一向不出場，有人將這情況告訴我，我聽後老大不高興，認爲這是殺雞取卵的辦法，有礙大洪山的發展。我曾對李日全表示說：「熊大哥這樣做法不好。」李日全反而勸我，不必過於對熊苛責。我也見熊是逃亡來客地，生活可能困難也就只好隨他。

大洪山的瓦解

廣州是一九四九年十月十四日解放。廣州解放前，我對熊社曦說：「解放軍幾天內就要到廣州。他們到了廣州，我是不會見客的。我已決定往澳門去，你是否和我同去？」熊說：「我不打算離開了。」我問他：「你不離開，不會出事嗎？」熊說他不怕。後來我聽李日全說，熊自稱已和在廣州的共產黨地下工作人員搭上了線，所以不離開。

於是我十月十日乘輪船赴澳門，李日全趕來給我送行。李告訴我，他剛去參加葛肇煌的忠義會骨幹分子應變會議回來。李說：忠義會方面，因大洪山不同意共同在廣州阻擊解放軍，他們已改計畫，讓大部分人員潛伏下來，一部分人員跟隨廣州衛戍總司令部地方團隊指揮所撤往三灶島。我問李日全：「你和你的分堂人員怎樣打算？」李說：「格」字號人員多數是汽車工人，平時也沒有幹過危害別人的事，共產黨到來後，大概不致相逼，因此我們決定不走。後來我才知道李日全不走的原因，是他事前已和一個祕密組織「公車」取得聯繫，這個組織叫他不要走。所謂「公車」，是由CC分子蘇浴塵(原國民黨廣東省黨部宣傳科長)和中統分子鄔野佛等組織。蘇等自稱早和共產黨在廣州的地下工作人員取得聯繫，得到同意組織「公車」這個機構，準備在國民黨軍警撤出廣州而解放軍尚未來到這一段時期來維持廣州秩序。但黨的地下工作人員並不承認授意過組織這個團體，而是蘇浴塵等的非法組織。後來李、蘇、鄔等俱爲人民政府逮捕法辦，這是後話。

廣州解放時，熊社曦、張贇等還待在廣州。解放後，熊和他手下幾個親信人在中山路紅旗劇場搞到幾個職員席位來維持生活。政府要熊設法勸我回廣州，熊來信給我，但我置之不理。

我逃亡到澳門後，思想十分矛盾。國民黨的腐敗無能，我是清楚的。國內已經沒有一種力量能與共產黨對抗。我認爲那時人心思治，想煽動解放軍新控制區的居民來反抗共產黨的政權，已不可能，共產黨在大陸的政權，一定可以逐漸鞏固。我到達澳門後，碰到從廣州狼狽逃亡出來的葛肇煌。葛邀我到國際飯店商議今後的活動問題，我雖然向葛肇煌出主意，說如果想繼續與共產黨爲敵，你只有去靠攏軍統，葛是接受了我的意見，但我自己又不想走葛肇煌的那一條路。我想遠走高飛跑到南洋去，但一時尚未有機緣，同時，也捨不得拋棄家人遠離故國。我離開廣州時，妻兒未跟我同走，尚留在廣州。我到澳門後經常獨自一人到海濱釣魚以消磨時間。是年底，政府在廣州找到我的妻子，要她勸我回廣州。我收到妻子的信後，思想起了動搖。那時，我對於翻天覆地的社會主義革命，尚不理解，還拿大革命時期北伐戰爭的情況來相比。當年我們打開武昌城，活捉吳佩孚手下的湖北督軍劉玉春、省長陳嘉模，國民政府雖然對他們審訊，但並未判刑，即將他們釋放，以爲今天共產黨已取得全國政權，必毋須睚眦必報，個個要算政治舊帳了。我懷著「全國解放也不過是改朝換代」的想法，這樣我就決心回廣州投案。我於一九五〇年三月一日回到廣州。熊社曦一聽見我回到廣州，即來見我，他說政府一位負責幹部等著要見我，約定我在後天一同去會見。到了那天，那位幹部對我提出要求，要我回香港、澳門工作，我表示此行回廣州投案，已被在港澳的友人知道，難以回港、澳去工作，我便拒絕了。他又提出，可以仍讓我在廣州搞幫會活動，我也拒絕了。

三月七日，大洪山在廣州所有頭目，俱爲政府拘捕。後來熊社曦、李日全、張贇等人受到應有懲罰被鎮壓了。我則受關押二十五年寬大釋放。

後來，我聽說，在廣西方面的大洪山骨幹分子，解放後政府還讓百色的盧明軒搞汽車運輸，後來他陰謀暴動，爲政府發覺而被鎮壓。小董的廖強在解放時武裝拒抗，爲解放軍擊斃。南寧的藍楚材，解放後在右江糾聚一部分大洪山分子，舉行武裝叛亂，爲解放軍撲滅。藍楚材隻身潛逃香港後，暗中和在南寧的大洪山分子李彩裔通信，請求匯錢接濟他，爲政府發覺，將李判了徒刑。

大洪山一些頭目受到鎮壓後，隨即瓦解，國內的大洪山便從此消滅了。

一九七九年十一月二十五日於廣州

（原載《廣西文史資料選輯》第九輯）

回憶我在四川袍哥中的組織活動

范紹增

袍哥即洪門支派的哥老會。作者曾任川軍軍長、袍哥大爺，於袍哥組織中混跡三、四十年。本文記述四川袍哥的組織情況以及作者當年利用袍哥組織軍隊，參加四川新舊軍閥擴充實力、爭奪地盤的親身經歷。

四川袍哥會組織一般情況

清初四川袍哥的組織和制度

袍哥是四川的土話，俗名嗨皮，一般都稱爲哥老會，名稱雖有不同，實質就是一個東西。這個會黨組織起源於何時，係何人建立，其目的何在，我至今還沒能弄清。據清末駐四川邊防軍營長方夢山(四川人)說，這個會黨組織是在元末漢人起來「殺韃子」時候創立的。據大竹人說，是在明朝末年鄭成功占領台灣時產生這個組織的。當時活動極爲祕密，號召反清復明，滅滿興漢，所以人們又稱之爲漢留。另有人說，它是在清朝乾隆年間才開始有的，是一個反對清朝統治的組織。以上各說，都是傳聞，它的眞實歷史沿革，尚待考證。按袍哥會黨傳下來的組織宗旨，是以「孝悌忠信禮義廉恥」八個字爲標誌，這說明它的性質完全是爲了維護封建道德，保持封建社會秩序，爲封建統治階級服務的一個工具。

袍哥的組織，分爲十牌，即十干旗。有人說是：「仁義禮智信，威德福至宣」；又有人說是：

「仁義禮智信，松柏一枝梅」；還有人說，只有五個字號即「仁義禮智信」。至於「威德福至宣」與「松柏一枝梅」均爲其代號。參加仁字號袍哥的人，以士（包括管糧户、士紳、抓政權機關法團的首士及秀才等）爲主要成分，這是民國初年的情況。在清朝時，士紳均瞧不起袍哥，袍哥則認爲士紳是站在官府方面的，怕被出賣，不要他們參加。因此人數較少。參加義禮兩個字號袍哥的人，以商（包括行商、座賈、搞煙賭等非正當職業的人）爲主要成分，人數較多，並以義字號爲最盛。當時人們稱仁、義、禮三個字號爲三多：即仁號上的穀子多，義號上的銀子多，禮號上的定子（即拳頭）多。其他各字號的成分較爲複雜，包括士農工商兵各階層都有。這個組織流傳甚廣，後來的發展，幾乎要占全四川成年男人中的百分之九十左右。各字號的會衆，多半是自然結合起來的。有了會衆百數十人，即開設一個「山堂」，推袍哥兄弟夥中威望較高的（如糧户、士紳或秀才）爲坐堂大爺（又稱舵把子），其次爲二爺（少人嗨）、三爺（當家管錢糧）、五爺（管事行）、么大（又稱老六或么滿），么大以下稱副六十排。袍哥的這些龍位，多半是由么大逐步提升的。也有初入袍哥即取得這種地位，叫做一步登天，但非在社會上具有面子的人不能得到。大爺地位的形成，多半是由於他有錢有勢。如管糧户是地方上有錢的人，他爲了保護他的財產，而參加袍哥，並對袍哥兄弟夥給以小惠小恩，騙取袍哥兄弟夥對他的擁戴。又如士紳是地方上有勢力的人，有的還兼而有錢，平時能夠對大衆說幾句漂亮話，在袍哥兄弟夥中認爲這種人還「主持公道」，即不給實惠，也是擁戴的。除此以外，也有秀才當大爺的。他雖然無錢無勢，但憑他的一副封建道義的心腸，也是袍哥兄弟夥所擁戴的，但畢竟是極少數。在同一地區內，也有幾個大爺同時存在的，他們的領導與被領導關係，主要是從人上來看，其中有大爺威望更高的，即爲各大爺之首，名爲「總舵把子」，所以有當事大爺，有不當事的大爺。當事大爺管全面，發號施令，排解袍哥兄弟夥中的一切糾紛，處理各大爺處理不了的問題。還有當事三爺即當家管錢糧財務與會計。有紅旗管事，搞内外接洽拿言語。么大只是跑腿，一切都必須服從大爺的領導，但還是以兄弟之稱，如大爺叫大哥，三爺叫三哥，五爺叫五哥，么大叫么哥。當時參加袍哥還有一種俗諺說：「嗨大爺不能說年輕滑嫩，嗨管事五不能說口遲言頓。」各大爺都開設有各自的茶館（又名茶社），名爲「立碼頭」。一般都是利用茶館作爲袍哥兄弟夥活動的中心，並藉此對外送往迎來，廣爲交納。各大爺之間，亦互相拜訪，互相標榜。但如遇有嫌隙，亦互相摩擦，互相排斥。他們的錢糧來源，主要的有以下幾個：一是嗨袍哥時繳的基金或有錢人的投資；二是拜碼頭，開茶館的收入；三是大擺賭博抽頭吃利；四是經營煙毒，囤積糧食、油脂等一些不正當的收入。過去四川省內，無論縣城或場鎮，到處賭場林立，有的甚至在一個很小的場鎮上，開設幾個賭場，都是大爺們搞起來的。在袍哥兄弟夥中，一般都有職業，生活上無多大問題。但也有一部分四業不居的人，主要靠賭博生活。

袍哥組織的規章制度，最初要求很嚴格。規定參加袍哥的條件，是要「身家清白」，認爲不忠不孝不仁不義的人，不能加入袍哥，即使參加了，一經發覺也有「擱皮」的危險。在參加袍哥組織時，必須認教本堂口的幾個知名之士爲拜兄，如恩、承、保、上、引五個拜兄。恩拜兄一定要大爺，承拜兄要管事，保拜兄要當家，上拜兄要管事，引拜兄就是么大也可以（恩即恩賜，承即承認，保即保證，上即上福，引即引進）。由於稱哥論弟，父子不能同堂，如父子同進一個堂口，則兒子只能嗨小么，父死後才能提上么大。但是嗨大爺或提升大爺，就得有一定的條件和上層人物的「抽火」。在年齡上要歲數比較大的，起碼是中年人；在政治上起碼在一個場鎮有號召力，說話有人相信，或者有一定的官階，過去稱之爲一方之仰或者稱之爲「辛口」的人；在經濟上要活動，要不吝嗇，對過往袍哥要有應酬。他們認爲在社會上做剃頭、修腳、擦背、看門、裁縫、強盜、小偷、扒手、妓院老闆等生活的人，都是不正派的人，屬於「下賤」之類的，一律不能參加袍哥。參加袍哥組織，首先要當眾發誓，要嚴守十條十款的紀律，履行「孝悌忠信禮義廉恥」的信條，不姦淫搶劫，不偷竊欺騙，不以下犯上，但准許搶皇餉，劫貪官與爲富不仁者。如上不認兄，下不認弟，荒淫亂倫，要受「三刀六個眼」的處分，自綁自殺，或自己挖坑自跳活埋。一般規定是每月一個會期，叫吃「哨期茶」。每年農曆五月十三日大擺筵席聚會一次，叫辦「磨刀會」(即關二爺磨刀之期的意思)。如遇有袍哥兄弟夥中違犯了規矩，則由大爺臨時召集袍哥兄弟夥議論，集會地點多半是在茶館裡。議論開始前，由舉發人先向大爺「丟腕子」(見大爺的禮節)，陳述犯事者的經過情形，然後由大爺交付袍哥兄弟夥共同議論。如犯事情節較輕的，由犯事者當衆認過賠禮，並認付茶錢，即可了事。情節重大的要按規矩制裁。大爺對袍哥兄弟夥有支配一切的權力，並有決定生死之權。在袍哥兄弟夥中不能姦淫自家兄弟的妻子，如遇有這種事件，由大爺給犯事者匕首一把，叫他自己「找點點」(即自裁)。如發現外人姦淫袍哥兄弟夥的妻子，則由大爺指派袍哥兄弟將姦夫淫婦一齊殺掉。殺人者事後有兩個辦法可以選擇：一是提著兩個人頭親自投官自首，一是逃向外地。大爺對投官自首者必運用袍哥組織力量向官府斡旋，減輕其判罪，保全其生命。如殺人者不願投官，大爺即介紹到外地，大爺和袍哥兄弟夥都看得起他，並在生活上給他妥善照顧。袍哥兄弟是講結仁結義的，他們普遍流傳的一句話，就是「四海之內皆兄弟也」。這不僅在會黨中人以此相結合，即會外人亦皆稱頌之，影響甚大，因而參加者多，曾興盛一時。他們在舊社會裡能立足，並形成一種力量，其原因也在此。過去四川的雷波、馬邊、屏山、大小涼山一帶，是土匪最多的地方，經常殺人越貨，人們不敢通行，但對袍哥兄弟不敢傷害，特別是持有各地大爺名片或介紹信的人，更是另眼看待，保障其安全。當時參加袍哥組織的以商人爲最多，都以此作爲護身符。袍哥兄弟不分地域，彼此一經認識，就一見如故。袍哥同袍哥見面，川東叫「會首」，川西叫「對識」。外地袍哥首先也是來到茶館接洽，茶館裡經常有袍哥兄弟接待客人。在接觸時彼此都雙手捧著茶碗，由招待者先問客人貴姓，客人即答說，我姓什麼。再問：「有站無站？」或「在不在園？」客人即答說「有站」或「有在」。再問「你在哪牌？」客人即答說我在某字號上或說嗨二堂、三堂。經過這樣初步的會話以後，招待者即去請大爺出來見面。當大爺來到時，招待者即向客人說：「某大哥來了。」回頭又向大爺說：「大哥，有客人來了。」大爺即說：「打個請字。」客人接著說：「請大哥首座。」大哥就很客氣地拉著客人一塊坐下。招待者向客人介紹說，大哥姓什麼，本地碼頭，嗨大爺。客人即向大爺說，大哥名揚四海，兄弟少來拜望，今天特來拜候請安。這就是袍哥會客、拿言語的簡要情況。如果甲地袍哥要遷到乙地居住，要打響井，要拜碼頭，貧者一元，富者幾十元。如果是來外地經商或遊玩，還要現出你恩拜兄的名片，才吃得開，才可以通暢無阻。據說袍哥會黨關於走江湖，拜碼頭規定有一套全本叫做「嘔江令」，到處通用，因為我没有見過這個東西，不能全面介紹。

辛亥革命時袍哥的作用及其以後的混亂

在辛亥革命運動中，四川的袍哥兄弟同其他各省一樣，絕大多數都參加了革命。辛亥革命是以同盟會爲主要動力，而同盟會人又多是同各地袍哥會黨有聯繫。在袍哥會黨中包括各階層的人，從總體上說，是以窮苦大眾占多數。他們身受清朝政府的殘酷剝削和壓迫，心懷不滿。即大爺們中也有不少開明的人，再加之以同盟會人的啓發策動，有的個人參加了同盟會，有的集體行動和同盟會共同組織了同盟軍。同時袍哥組織遍及城鄉各個角落，到處可以打擊清軍。特別是袍哥兄弟夥中的農民，平時都散在田間，從事耕種，一遇清軍，即出其不意地突然襲擊，滿山遍野地同清軍展開戰鬥，聲勢極爲驚人。從四川革命史來看，袍哥在各次起義中，對打擊清軍以至最後驅逐四川總督趙爾豐都起了一定的作用。他們的缺點是缺乏嚴格的軍事訓練，僅憑一己之勇，各自爲戰，因之在戰鬥中犧牲很大。還有最壞的是地主豪紳出身的大爺，在革命鬥爭中，出賣袍哥組織，依附清朝，同清軍勾結，阻撓和破壞革命運動，接受清軍賄賂，掩護清軍敗退，使革命受到損失。

辛亥革命後，封建道德，已開始打破。袍哥會黨中的「孝悌忠信禮義廉恥」這八個字的信條，逐漸失掉它的作用。在袍哥兄弟夥中占百分之九十的人，把清規戒律都拋得一乾二淨，一切壞事，無所不爲。多數大爺成爲包庇作惡，坐地分贓的贓主。比較安分的大爺，一般都是清苦的，袍哥兄弟夥對他也表示同情，即用代他做生日的辦法，一次可收集壽金一、兩千串銅錢，足夠他半生生活的受用。不安分的大爺，分得贓款，還嫌不足，也採用做生日的辦法，每年要做生日三至四次(包括父母和妻子的生日在內)，大斂財物。袍哥兄弟夥中無錢送禮的，逼得只有攔路搶劫，將搶劫到的財物作爲壽禮。大爺明知之，亦故昧之。如被官府查拿，大爺還多方庇護，外人亦不敢檢舉他。野心較大的大爺，則利用袍哥勢力，暗收槍彈，組織武裝隊伍，在偏僻地區，霸占要口，徵收貨稅，販運食鹽和煙土。有的甚至盤踞一縣至幾縣，稱霸一方，如陳蘭亭、魏楷(輔臣)、鄧國璋、楊春芳、湯子謨、鄭啓和、龔渭清和我都是這樣搞起來的。除鄭啓和以後被蔣介石殺了以外，其餘的人都成爲四川袍哥隊伍中的出色人物。袍哥組織，自被這些人操縱以後，物以類聚，人以群分，各擴張各的勢力，各奔各的前程，勾結黨羽，作威作福，成了騎在人民頭上，壓榨與剝削勞動人民的工具。原來的袍哥兄弟夥也大批變爲他們的嘍囉。這時候，人們對他們的看法是：袍哥即盜匪，盜匪也即袍哥。因此袍哥中就有清水和混水之分。清水袍哥，多半靠賭博爲生；混水袍哥，則爲非作歹，無所不爲。當時吃袍哥飯的人固然不少，利用袍哥榨取民財，剝削勞動人民的也是不少。人們有種俗語說：「光棍要光盡，紅白喜事要應酬，交往哥老要招待，有朝一日時運轉，兩條褲兒重起穿。」但另一方面，也有紳糧嗨大爺的處處受氣，弄得傾家蕩產，成爲無業遊民。人們也有一種俗語說：「叫你莫嗨你要嗨，嗨了上不得街。」總的來說，這時候的袍哥極其混亂，給人們的印象是極不好的。

在四川軍閥混戰期間，許多軍事首腦人物如熊克武、劉湘、楊森、潘文華、劉存厚、田頌堯、鄧錫侯等都利用過袍哥隊伍，爭奪地盤。因爲袍哥隊伍比一般的幫會組織更爲嚴密，既有兄弟關係，又有上下關係，既有袍哥的家法，又有軍隊的軍法，是拆不開打不散的。因而有的利用袍哥隊伍得到了好處，但亦有不善於利用，從而受到了損失。蔣介石本人原來就是搞袍哥的，他很懂得袍哥的利害。他背叛大革命竊取政權以後，對待袍哥的態度因人而異，有的禁止，有的還是暗中支持。他對付四川各軍閥，是利用袍哥隊伍，以毒攻毒。四川袍哥對助長軍閥混戰，特別是對鞏固蔣介石的法西斯統治起了一定的作用。

我利用袍哥搞軍隊活動的經過

少年時參加袍哥

我十三歲時即參加袍哥組織。其原因和經過是這樣的：我住在大竹縣青和場上，袍哥大爺在場上擺賭場，賭風甚盛。影響所及，使我從小就喜歡賭博。家裡送我到場上一家私塾讀書，我有三分之二的時間待在賭場裡。我爺爺屢次把我捉回去連打帶罵，我總不改，並失手將爺爺的眼睛打傷。他在場上當局司(即鎮長)，認爲我敗壞了他的家風，是個不肖子，在氣憤中叫我伯伯拉我到山上活埋。當時圍看的近千人，我已被埋到半截，當時我隔房的伯父以身體將我爺爺的視線遮住，並大聲説「埋歸一了，埋歸一了」。同時還有些人把我爺爺連推帶勸地送回家。另一些人偷偷把我挖出來。我母親祕密地把我送到舅父家。養息了半個多月，我母親給我一塊錢，要我外出找生活。我辭別母親時，心裡確實很難過，但一想到今後不再受打罵，我也就覺得好些。過去在賭場裡聽人説，達縣百靈口有個張大爺，擺賭場，我就找到了他。我把來意向他説明，他安慰了我，叫我到賭場裡幫助他們做些事情。我本來喜歡賭場，並且樣樣都在行，因此，深得張大爺的喜歡。不久，張大爺叫我加入袍哥組織。以後，我就逐漸成了他的得力助手。

糾集武裝參加顏德基部隊

我在張大爺那裡時間久了，知道他的名字叫張作霖，是前清的秀才，很有學問。他表面上嗨袍哥，擺賭場，暗地裡鬧革命。他爲了擴充勢力，從賭博中積聚了些金錢，買了幾支手槍。有了槍，就叫兄弟夥去搶劫，搶來的財物，他提五分之二作爲購買槍支的基金。不到兩三年時間，他的勢力就壯大到有千把人，一、二百支槍，打出了革命的旗幟。這時，四川督軍是袁世凱系的胡景伊(文瀾)，他派第三師的一個旅開到達縣來打我們。張大爺把隊伍拖到陝西邊境的山裡，那個旅打不著我們。恰好這時反袁的革命勢力威脅成都，胡景伊急於要把部隊調回去鎮壓革命，於是他改變了對我們的政策，變剿爲撫，招安我們。張大爺將計就計，接受了招安。爲了使他信任，我們還幫助他招安了幾個袍哥隊伍。那個旅裡，有個王靖澄連長，是革命黨人，同張大爺暗中有聯絡。當他們的部隊開回成都的中途潼川，王連長起義討袁，張大爺率部響應，同時加入護國軍。張大爺編爲支隊長，我當排長。未久，討袁戰爭結束，四川護國軍統歸熊克武整編，張大爺支隊除挑選一個連的人槍外，其餘全被遣散。在改編前，我受張大爺的指示，隱藏了一百多支好槍，放在棺材裡。部隊被遣散後，張大爺帶我到他家住了一年多，仍暗中進行反熊活動。事爲熊部偵悉，命吳履謙(行光)營長把張大爺殺害。我逃走後，糾集了袍哥兄弟夥二、三百人，取出隱藏的槍支，占據達縣、渠縣、大竹三縣交界處，就地籌款，擴充勢力。其籌款辦法如下：㈠收貨物稅。對往來船隻，按其所載貨物多少、貴賤不同抽稅，保障船貨安全。㈡擺賭場。㈢包紳糧收租子。那時紳糧都逃到城裡，不敢回家收租，我派人同他們商議，包他們收租，抽五分之一的包收費。㈣搶人。四種籌款辦法進行的結果，我積的錢很多，把多餘的錢，就購買槍支。槍是怎個買法呢？很簡單，就是指派兄弟夥到軍隊裡勾結當兵的，凡拖來一支步槍，即獎洋一百元。另外還收集一些同類的小股，愈集愈多。就這樣不到二、三年，由二、三百人和一百多支槍擴大到七、八百人和四、五百支槍。當時袁戰事結束，靖國軍收編我們時，我就當上了顏德基部曾輯五旅王維舟團的營長了。

我怎麼能在三縣交界處盤踞二、三年，順利地壯大起來的呢？其原因是：㈠各軍閥間忙於互相混戰，無暇來過問我。㈡我利用袍哥關係並發揮「錢能通神」的作用，買通了三縣警備隊。那時縣屬警備隊只有二百多人，力量並不大。他們被我收買之後，凡是奉到命令要來打我之前，就暗中給我送信。我在他們未來到之前，就把部隊拖到另一個縣的安全地方，並留派袍哥兄弟私下送給警備隊二、三百元，給他們的兄弟「打牙祭」。警備隊回縣報告說是把我攆走了，可是不久我又回到了老巢。㈢駐達縣的統領曾輯五、警備大隊長王維舟都是革命黨人，我同他們都有聯絡，儘管官府明令派隊要打我，我在曾的掩護下，卻能夠到縣城裡去觀光，安全無事。

一九一六年顏德基在達縣、渠縣、宣漢、興寧(開江)、大平(萬源)、城口、開縣、夔府(奉節)、雲陽、巫山、大寧(巫溪)、通江、南江、巴中、保寧(閬中)、蒼溪、南部、營山、儀隴一帶宣布起義討袁，我就參加了這次起義運動，被編入顏部曾旅王團當營長。部隊整編後，開駐夔府。不久王維舟離團，我被升任團長。當時同駐在夔府的有滇軍田宗谷旅楊希閔團，鄂軍黎天才部，豫軍王天縱部。年餘後，滇軍離開夔府，鄂豫兩軍即勾結來打我。他們要打我的原因是：㈠企圖霸占夔府地盤，擴充勢力。㈡我反對他們的部隊紀律太壞，捕殺過他們的部下。㈢滇軍開走後，我一個團的力量單薄(那時我有一個營駐在雲陽城外)，他們認爲我可欺。戰事發生後，我被打出夔府，連夜趕到雲陽，集結全團，並糾集附近的袍哥、土匪隊伍，合計三千多人，編成四個營。首先將分駐在雲陽的黎、王兩個營殲滅，車轉身來，連夜向夔府急進。到達夔府時，天近拂曉。黎、王尚不知我已消滅了他們在雲陽的兩個營，毫無戒備。我衝進城裡，打他個措手不及，不到半天，他們一萬多人中就死傷了幾千人。逃出城外的，有的被老百姓打死，有的被水淹死。第三天，熊克武的第二混成旅劉伯承團來到，我主動將防地交給他，向他要了五萬發子彈，就移駐開縣。當時我認爲我既不是什麼軍事學校的學生出身，又無黨派作依靠，只有一心一意把部隊整理好，規規矩矩地當個正式軍官，才有出路。因此，到達開縣後，積極整頓，發奮圖強。幫助我整理部隊的是副團長羅君彤。

一九一六年，討袁戰事結束，熊克武當了川軍第五師師長，兼重慶鎮守使。一九一七年，護法之役，熊克武爲四川靖國軍總司令。一九一八年熊克武爲四川督軍。此時，熊除了僅能指揮但懋辛的第一軍外，其他如劉湘、劉存厚、鄧錫侯、田頌堯、劉斌(季昭)、賴心輝、顏德基、肖德明(靜軒)等部，都各霸一方，勾結滇、黔軍，不聽熊的指揮。熊爲了統一全省，聯合第二軍劉湘部，首先打顏德基。劉湘爲了藉此機會擴張地盤和勢力，就貌合神離地和熊克武合作打顏。顏德基部的裝備素質本來不大好，加之又分駐在川東、川北各縣，當然抵抗不住熊、劉的合擊。顏部旅長潘文華，看形勢不利，即叛顏投劉，劉升他爲師長。因此，顏部就很快被打垮了。我團改編爲熊部第六師余際唐部的二十一團，我仍當團長。兩個月後，第六師經過整理又去打廣安的鄭啓和師。我利用袍哥關係，把鄭師周紹軒團拉了過來，編爲第六師第二十二團。鄭啓和師也很快地被打垮了。

余際唐的第六師在打鄭勝利結束後，開到雲陽整訓。在整訓期間，余際唐因所部四個團都是袍哥隊伍，他怕靠不住，藉口把周紹軒撤職，押在旅部。由於周團是因我的關係拉過來的，他被撤職扣押，我怎麼好不管他呢？因此，我向余際唐請假不幹，要求釋放周紹軒。余答應了我的要求，釋放了周紹軒。我離開了第六師，住在萬縣熊克武部楊春芳旅的一個營部裡作客。我在當團長時，曾回家請過以前被我搶過的人，團聚一堂，償還他們的損失，有的還加倍償還，因而改變了家鄉人對我的看法，拉攏了人心，所以當時跟我到外面做事的人很多。

以後我成立八十八軍時，到家鄉一喊，人都要不完。我的部隊不容易打垮，這也是原因之一。

投入楊春芳部

我離開第六師後，感到自己是袍哥出身，又沒有依靠，儘管是想往好的幹，出死力，還是要受人排擠。因此，認爲軍隊裡是幹不出什麼名堂來的，決心安分守己做一輩子老百姓算了。這時，川軍第一、二兩軍，各抽調一師，表面上揚言要打湖南趙恆惕，假道宜昌，實際上是要打盤踞宜昌的直系吳佩孚。因吳部有了準備，結果川軍雖然得了些槍支，但傷亡很大，退回四川。打宜昌的部隊回到萬縣，軍政各界設宴歡迎他們，第二師的團長饒國華在宴會上說我過去當過土匪，搶過人，有錢，要捕捉我。並說搶人的人，都不是好東西等等。參加宴會的魏楷(輔臣)是劉湘部的團長，事後把饒國華講的話祕密地告訴了我，並很氣憤地說，饒國華這龜兒子，明說你暗是說我，此仇非報不可。我聽了這些話以後，原來不想再幹軍隊的思想動搖了。覺得俗話說的「強盜收心做好人」這句話，在我是做不到的。環境逼迫著我，想做好人，也是不成的。於是同魏輔臣密商怎個報復饒國華，結果決定由魏借我手槍二十支，便衣兵一百名，並要楊春芳也借給我手槍二十支，便衣兵一百名。此外，我還向陳明三大爺借得手槍二十支，並把跟我離開第六師流落在萬縣的一些弟兄，暗地召集起來，準備同饒國華幹。這裡要說明一下，魏輔臣、楊春芳爲什麼願意借給人和槍，並鼓勵我同饒國華幹呢？原因是他們過去也和我一樣搶過人的。饒國華在宴會上這樣說，使他們當眾丟了面子傷了心。

過了幾天，我打聽了饒國華團開回重慶的確實日期和行軍宿營的地點——分水鎮，我便帶了準備好的人和槍，先一天祕密地趕到分水鎮隱藏著。果然第二天饒國華團要在這裡通過，下午黃昏前，他的後尾部隊兩個連，正在吃晚飯，全無戒備。我帶領我的人，一股勁衝進去，把兩個連的槍一下子就收繳過來。

我得到這樣多的槍支後，馬上將附近各縣的袍哥兄弟和大小股匪糾集起來，編成一個團，自稱團長，報到楊春芳部。劉湘恨我收繳了他部下的槍支，同時又恨楊春芳收編了我，即派李樹勳(樾森)旅來打我們。由於這個亂子是我惹出來的，我就掩護楊春芳從豐都向石青陽防地範圍內的酉、秀、黔、彭方面退卻。在退卻戰中，我避開李的正面主力，打擊他的側背和零星散兵，結果我又獲得了百多支槍。李樾森看到我們退到山區後，也就不再追擊。我們藉此機會，就在黔江地區進行整頓和休息。這時熊克武、劉湘正在醞釀爭奪地盤的戰鬥。熊派吳玉章爲代表來收編我們，委楊春芳爲第一軍獨立旅旅長，我爲楊旅的團長。在熊、劉的爭奪戰中，楊旅配合熊的第一軍作戰，把駐在涪州(涪陵)、忠州(忠縣)的劉湘部隊打跑了，擴大了地盤。我們全旅駐在豐都。這次熊、劉之戰，劉部全被打垮，劉湘下台回到老家大邑。他的殘餘部隊由楊森收拾起來，退到川鄂邊境。

投靠楊森前後

楊森率領殘部退到川鄂邊境後，投靠了吳佩孚。並盜用川漢鐵路存款，向漢陽兵工廠買了大批槍支。經過一年多的準備，吳佩孚派盧金山師長率于學忠、宋大霈、張元明(錫章)、趙榮華等旅，援助楊森回川。時盤踞在西北各地的劉存厚、田頌堯、鄧錫侯、陳蘭亭等部標榜中立。當熊、楊兩部正在萬縣以東地區激戰時，我向楊春芳說：「我們跟熊一年多了，熊對我們只利用而不補充，始終把我們當外人看待。這次作戰，如楊敗熊勝，我們這個番號一定保不住。我建議不如起來反熊迎楊，爲自己立功，取得楊對我們的信用，我們的前途一定要好得多。」楊春芳極表同意。於是我們馬上打下熊軍後背的軍事基地——萬縣，熊軍突然處於前後夾擊之中，即紛向重慶退卻。楊森因我們打熊有功，委楊春芳爲第四師師長，我爲楊師第八旅旅長。楊森乘勝追擊，熊克武又放棄重慶，退到成都。這時石靑陽坐鎮在酉、秀、黔、彭，尚在作壁上觀。楊森因兵力不敷分配，對石亦未理會，繼續向成都追擊前進。賴心輝、劉成勳(禹九)由於影響到自己的地盤關係，改變了中立態度，轉到熊克武這一邊。在楊森進攻龍泉驛時，賴、劉即加入對楊作戰，經過約三個星期的作戰，楊森被擊潰，退守重慶，在重慶又被擊潰，被迫向川東退卻。這時石青陽出酉、秀、黔、彭，截擊楊森進占重慶。

在熊、楊混戰時，原來所謂標榜中立的那一夥人都是假的。他們乘楊森潰敗，都不費一槍一彈擴大了各自的地盤。楊春芳的第四師，自迎接楊森通過重慶後，就去搶占瀘州，僅留我旅參加了龍泉驛的爭奪戰。當楊森向下川東退卻時，我旅仍歸還第四師建制。我們同楊森的聯繫，即被石青陽部所隔斷。我們處在這種情況之下，一面占據瀘州地盤不放，一面竭力向石青陽靠攏。石亦有意拉攏我們來擴大他自己的勢力，所以也樂於替我們周旋。同時熊克武正急於應付那些所謂中立派，也就無心來收拾我們。

退到下川東的楊森，經過休整半年之後，又暗中勾結那些所謂中立派，向熊克武再度進攻。我們的第四師爲了配合楊森主力部隊作戰，由瀘州出自流井，向富順、資中、內江圍攻熊部，熊部前後被夾擊，全軍潰散，熊克武被趕出四川，四川軍務督理寶座遂由楊森取得。

楊森當上了四川軍務督理後，論功行賞，調我爲新成立的第九混成旅旅長。雖然同是一個旅長，但全旅一色都是新槍，編制很大。當時楊森所屬有三個師和九個混成旅，他要憑藉這些力量來統一四川。他的計畫的第一步是先從成都附近打起，命我指揮于邦齊、楊漢域、楊淑身(懋修)、雷忠厚、喬得壽(種權)連同我的第九旅共六個旅，先打盤踞綿陽的劉季昭，再打盤踞新津的劉禹九。把這兩部掃清以後，第一步計畫完成，楊的政權得到了初步的穩定。楊爲鞏固既得權利，擴大其影響，乃以同學關係，請劉湘出山，幫助他統一四川。但劉的野心很大，不願甘居楊下。可是這時劉能掌握的力量，僅唐式遵、潘文華兩個師和李雅才一個混成旅，和楊相形之下，力量還是懸殊很大。由於此時不敢反楊，劉湘由大邑來到了重慶，外表上還是與楊保持若即若離的關係，暗地裡和駐在重慶的黔軍袁祖銘勾結，割據重慶。經過約三年的時間，劉將盤踞四川各地的軍閥都聯絡到一起，打破了楊森統一四川的計畫。劉湘在重慶並與袁祖銘訂了密約，一同反楊。如反楊勝利，劉給袁大批武器，幫助袁打回貴州，爲貴州督軍。劉的反楊作戰準備完成後，一九二五年七月在資中、內江、榮昌一帶發動戰爭。當劉、楊戰爭正在緊急關頭的時候，素稱心腹的師長王纘緒叛楊投劉。因此，楊部軍心動搖，失去鬥志，在四面八方的反楊聲中，楊被迫下台。這時，楊的總指揮黃毓成(雲南人)向楊建議，將所有殘部收集起來(尚有一個師七個混成旅)，帶去打雲南。因當時川籍將領不願離鄉別井，遂作罷論。同時，還有人獻策，爲了保存實力，暫時權宜行事，以待時機。劉湘亦在這個時候，放出一種空氣說，只要楊森交出政權，其所屬各部隊，除范紹增匪部必須解決外，都一視同仁，予以維持。劉湘的這些話，無非是要分化楊部，穩定人心。在劉湘看來，楊森這次垮台，絕不會再起來的了。楊森接受了某人的獻策，安排下台，並令所屬各部隊權宜行事，即率領我和楊漢域兩個旅離開成都。我到達敍府時，扣留一隻輪船，請楊森上船，並派手槍兵四十名護送，不准船上向外發報，不准沿途靠岸，一直開到宜昌。

我護送楊森出川後，即與楊漢域投靠賴心輝，並對賴說，如楊不回川，我們永久跟著你，絕不食言。我們兩固旅的人數有萬餘人，賴亦樂意接收，以壯聲勢。楊森留川的其他各部隊，也都被劉湘收編，分駐在榮昌、資中、內江等地區。

楊森出川後，又在湖北進行回川活動。一九二六年楊森率領駐巴東的舊部王仲明師西進。曾被劉湘收編的楊森部隊和我投靠賴心輝的兩個旅共計六個部分，由郭汝棟(松雲)師長統一指揮，由資、內、富順等出發經重慶北邊東下，迎楊回川。當時六部東下的將領是：郭松雲、吳行光、白駒(道成)、包曉甫、楊漢域和我。在萬縣和楊森會合，我駐墊江、長壽。一九二六年蔣介石委楊森爲第二十軍軍長，朱德爲軍黨代表。一九二七年夏，蔣令楊出川打武漢，朱德即離開部隊。打武漢失敗，楊森率部退入四川。

投入劉湘部隊

楊森投蔣介石後，有了靠山，盤踞四川萬縣附近各縣，藉口整軍，排除異己。首先扣押師長魏輔臣，改編其師。並藉口由他直接督訓，命其他各師都抽調一團到萬縣集訓，實際上是要逐漸剝奪各師長的實力。這樣一來，所有各師旅長都人心惶惶，不敢到萬縣去。有一天楊漢域祕密對我說：「你如怕整，可離開，但望你以後不要打楊森。」我說：「絕不違背你的好意。」後來賴心輝、郭松雲聯絡我去打萬縣楊森，我爲了履行我的諾言，沒有同他們合作。劉湘偵悉楊森的內部情況，派出多人暗中向各師旅勾結拉攏。當時派來拉我的是潘文華，他向我解釋過去改編的事說：「前次甫公（劉湘號甫澄）並無解決你部的意思，都是別人從中造謠，挑撥離間。現甫公希望你參加第二十二軍共襄大局。」我正苦於沒有出路，經潘這一遊說，就同意了。潘在將要離去之前，爲了堅定我的意志，同我結拜爲兄弟，並提出保證。我也向他作了如下表示，我說：「楊森過去對我不錯，這次離開他，絕不殺回馬槍。除此以外，我完全聽甫公指揮，過去一切，一筆勾銷，說話算話，請看今後的事實吧！」從此時起，我搖身一變，又作了劉湘部下的打手。

在劉湘部參加打劉文輝、打紅軍

楊森打退了賴心輝、郭松雲的進攻，即聯合李家鈺、羅澤洲、謝無圻（德堪）等部打劉湘。在這次戰鬥中，我爲劉湘出了大力，把謝德堪部打垮，占領大竹、鄰水兩縣，取得了劉對我的信任。劉湘打垮楊森，幾乎把楊森的地盤全部搶奪過來，使楊、羅龜縮在渠縣、廣安兩縣。

劉湘因此當上了四川省主席，即大肆擴充軍隊，成立修械所。並請劉神仙當軍師，聽從劉神仙的獻策，拉攏鄧錫侯、楊森，打擊盤踞瀘州、敘府、自流井地區的劉文輝，迫使劉文輝退守雅安。

一九三三年，蔣介石令劉湘派四個旅出川去打洪湖的紅軍賀龍部。在戰鬥中，我旅一個團被殲，結果紅軍向桑植轉移。戰事告一段落，我將沙市、宜昌防務移交蔣系李延年部接替，部隊回川，我個人到上海養傷。是年冬，紅軍徐向前部進至通江、南江、巴川地區。一九三四年，劉湘命劉神仙駐順慶指揮部隊向紅軍地區進攻，我率部參加，沒有結果。

劉湘利用整編名義把我部改編，迫我離職

一九三五年，蔣介石派賀國光率參謀團入川，加委劉湘爲「川軍剿匪總司令」。隨即又派顧祝同爲重慶行營主任，又派何應欽爲整軍主任，進行整軍。將劉湘部共整編爲四個師：第一師師長王纘緒，第二師師長唐式遵，第三師師長劉湘自兼，以王陵基爲副師長負實際責任，第四師師長是我。潘文華由於沒當上師長不滿意，王纘緒也覺得劉湘不好對付。他們兩人認爲我同蔣介石的人員很接近，推我向顧祝同建議：把劉湘扣押，改推唐式遵爲省主席兼總司令。當時顧祝同對四川情況尚不熟悉，不敢採納我的意見。是年春，紅軍徐向前部放棄通江、南江、巴州地區，我參加了堵截紅軍。蔣介石對川軍並不放心，各師都有他的親信，叫做「聯絡官」。有一次蔣召劉湘到南京去開會，唐式遵又要我通過「聯絡官」向蔣建議，將劉湘扣留，未被採納。劉湘因此對我懷恨在心。適我堵截紅軍失敗，他向蔣報告說我作戰不力，要蔣把我撤職查辦。蔣介石一方面還拉攏我，另一方面又要應付劉湘，結果給我一個撤職留任的處分。劉湘並不滿意，只因蔣介石壓在他的頭上，不好下手。一九三六年蔣介石在西安被扣，劉就大膽地整我，名義上調升我爲副軍長，實質上不讓我到差，並暗中派人監視我。我爲了生命安全，請求到上海去休養，劉湘很高興，並設宴爲我餞行。

同孔祥熙的勾結

一九三七年，抗日戰爭開始，劉湘當了第七戰區司令長官。四川部隊在全國人民的抗日高潮中，陸續派出好些部隊參加抗戰。一九三八年，在保衛武漢外圍戰時，劉湘因胃潰瘍住院就醫。這時我正在漢口玩耍。有一天蔣介石的特務頭子戴笠找我說：「劉湘有病，住萬國醫院的第一號房間，我開了第三號房間。你現在無事，請你住到我開的第三號房間去暗中監視劉湘，了解他每天來往的是些什麼人。」(這時，戴笠已收到劉湘同韓復榘的往來密電尚未譯出。)我在戴的房間裡住了一段時間，同看護劉翠英混熟了，每夜我都找她去跳舞、吃東西，有時送東西給她，順便打聽了同劉湘往來的客人。後來她和劉湘發生了關係，劉湘還說要送她到美國去留學。因此，她不再對我說劉湘的事了，我也更注意劉湘的行動。某天，我見有一個單瘦的長個子的人來看劉湘，我不認識是誰，正準備告訴戴笠，恰巧戴笠來找我，當我談到發現一個不認識的人時，戴即反問我說：「是不是一個單瘦長個子？」我答說：「是。」他囑咐我要特別注意那個人的行動。過不到幾天，我的舊部團長潘寅久從前線被撤職回到武漢，來向我說：他去過劉湘長官部參謀處看老朋友徐思平(孝匡)，由於彼此都是熟人沒有經過通知，他一直進到了辦公室。恰巧徐孝匡正在聚精會神地寫命令，他從徐的背後，看見命令的內容是要王纘緒帶兩個師出川占領宜昌，同即將到襄樊的韓復榘取得聯絡。待徐發現他背後有人時，即把寫的命令蓋住，說是寫家信。潘把上述情況說完後，和我一樣都認爲其中必有問題。我即到孔祥熙家去，時孔正在家宴客，我請孔離席，將潘寅久所見告訴了孔，孔聽完後，不再回到席上，即刻到武昌去報告蔣介石。回頭來孔又問我：「是否可靠？」我把潘寅久找去，當面對證。潘對孔說：「如果不眞實，請槍斃我。」當晚，蔣介石即乘火車到開封，以召開會議爲名，將韓復榘逮捕。

蔣介石因我發覺劉、韓勾結叛變有功，要我新成立第八十八軍，並發表我爲軍長。孔祥熙爲了酬勞我的告密，也決定撥款買機槍九百挺，無償贈送，其他武器全是顧祝同給我的。這個軍在四川很快地成立後，即徒步行軍開到江西東鄉同日寇作戰。一九四二年，蔣介石調我任王敬久集團軍副總司令，即離開八十八軍。抗日勝利後，我又到上海去玩耍。一九三八年蔣介石政府西遷到四川重慶後，杜月笙勾結戴笠，成立一個「港濟公司」，偷運四川的煙土出去。他們一次獲得純利三千五百多萬元，因我知道這個事，瓜分的時候，還給了我一百萬元的紅利。由於孔祥熙准予放行，也得了五百萬元。

跳出火坑，爭取新生

抗日戰爭結束後，我溜到上海，整天同杜月笙等吃喝玩樂。一九四九年八月間，顧祝同邀我回川，並以西南長官名義發表我爲挺進軍總司令。我奉令回川後，一面在大竹縣成立總司令部，以爲號召；一面聯絡嘉峨管區司令陳孟熙，準備起義。我正在大竹附近各縣調集兵力，適中國人民解放軍的二野劉鄧大軍從湖北入川，我看時機已到，即宣布起義。

（李驤騏　李月基整理）

西康雅屬的袍哥

楊國治

舊中國西康雅安一帶，曾是以煙、槍爲中心，兵、袍、匪橫流的天地。作者曾經「嗨袍哥二、三十年」。本文即介紹當年雅安一帶袍哥組織的情況以及軍閥、土匪、袍哥販賣槍彈、運售鴉片的種種勾當。

概況

西康袍哥在清末就已經很盛行。辛亥革命時，各地袍哥差不多都投入了保路同志軍，齊集雅安、滎經，阻擊川邊清軍回援成都的戰鬥。著名的有雅安羅子舟，他以袍哥大爺而成爲川南同志會水陸全軍督辦。天全袍哥大爺游惠廷、張南軒，滎經陳朗珊，瀘定譚吉之等，也都是辛亥革命時同志軍的「大帥」。

但是，那時的袍哥組織還不是很盛行的。民國初年，雅安有三道仁字旗的公口，一道是賓雅堂，大爺郭金山、古華慶；一個是萬同公，大爺陶樹成；一個是集賢社，大爺夏鼎三。天全方面有仁字旗的信義公，大爺是清末的兩個把總，一叫游惠廷，一叫張南軒。另外在靈關還有個大爺楊瑞林。滎經有仁字旗的滎賓合，負責大爺也是一個把總叫陳朗珊。其他瀘定大爺譚吉之，蘆山大爺鄭潤生。漢沅、名山也都有袍哥組織。

民國七、八年時，雅安開始成立義字旗的會義同，大爺李輝庭；禮字旗的澄清社，大爺李貴華。民國十五、十六年富順景文甫來雅安成立了仁字旗的客籍社。

一九三四年，二十四軍退西康，劉文輝叫他的五哥劉文彩來西康組織袍哥。除了劉文彩外，還指派軍部副官長陳耀倫(號仲光)，旅長袁國瑞、楊升武，財政廳長文和笙等四人幫助籌備。諸事齊備後，劉文彩特派人到宜賓邀請仁字旗敘榮樂大舵把子宛玉庭，義字旗大爺李紹修來雅安，主持成立敘榮樂雅安總社，以劉文彩等五個籌備人爲總舵把子。但是敘榮樂只是在雅安成立了總社，沒有能夠向各縣發展，因爲陳耀倫是榮經人，他在民國七、八年當連營長時曾駐防雅屬各縣，與各縣袍哥很熟，他想：要成立袍哥，應當自己幹。由於他有這種打算，所以敘榮樂到各縣就不受歡迎，無法發展。到了一九三五年紅軍長征時，劉文彩同文和笙等都離開了雅安，敘榮樂也就擱下了。

一九三九年，雅屬各縣開始普種鴉片。種煙、運煙都需要武力，於是大批槍彈流入各縣，地方武裝大大發展，而這些武裝又都掌握在袍哥手中。二十四軍爲了掌握這些地方武力，各師旅長都講起袍哥來，袍哥組織就像雨後春筍一樣應運而生。一九四一年起，單是在雅安先後就成立了九道公口：

(一)進同社　由二十四軍團長劉述堯任社長，一個退職營長陳碧光任副社長，約有袍哥六百人。

(二)忠義社　由二十四軍退職團長權光烈任社長，副社長是二十四軍特務營副營長李忠孝和西康保安團團長王德全，約有袍哥一千五百人。

(三)榮賓合　由二十四軍副官長陳耀倫任總社長，副總社長四人，是二十四軍軍部交際主任楊國治，科長沈季和、俸薪樵，雅安縣參議會議長(後來的國大代表)高炳鑫，雅安總社約有七百四十四人，各分社共有四千六百八十三人，總計五千四百二十七人。

(四)成仁大同社　由二十四軍營長安國長任社長，副社長二人，一是軍部副官徐紹武，一是榮經倒底壩鄉長熊繼湘，約有三百五十七人。

(五)會仁同　由西康省保安大隊長張明清任社長，軍部經理處委員彭文淵任副社長，共約二百多人。

(六)國光社　二十四軍參謀長伍培英作幕後，由其侄子二十四軍軍部副官伍棟梁任社長，約二百多人。

(七)群賢社　二十四軍一三七師師長劉元琮作幕後，由其族弟劉元萼(號體忠)任社長，約一千二百人。

(八)辛巳俱樂部　由劉文輝的侍從室主任吳定一任社長，副社長有軍部副官處副處長左仲三、毛麗三，退職團長王吉三，約四百多人。

(九)會禮同　由雅安地方袍哥舵把子開木器鋪的生意人李輝庭任社長，地方袍哥舵把子開碗鋪的生意人周玉成任副社長，約二百多人。

由上面各個公口的主持人就可看到當時的袍哥與軍隊的關係了。至袍哥的發展就不止是軍隊，也擴充到反動派的黨政團參各界，甚至中小學教師、中醫生等。國民黨雅安縣書記長鄧守勳、天全三青團幹事長劉茂松，都是榮賓合的三排。天全縣書記長熊大武是榮賓合的大爺，寶興縣長權光烈、蘆山縣長楊方叔、丹巴縣長段崇實、瀘定縣長陳叔才，都是袍哥。王達生當了天全縣長，感到不是袍哥吃不開，趕忙跑回雅安向陳耀倫叩頭，請求栽培；陳提他作個三排，他就感到「恩同再造」。唐湘帆當榮經縣長，帶的衛隊都是袍哥便衣隊，別人稱他縣長他還不高興，總希望人家稱他唐大爺。

至於二十四軍的軍隊裡面，袍哥更是不消說的，有些部隊團長、營長是大爺，全團全營都是袍哥。一九四八年的一天晚上，二十四軍代理軍長劉元瑄去到軍部特務營點名，發現安國長連全連在營官兵才五人；因爲安國長是袍哥大爺，他的兵都是他的兄弟夥，都安了家，都回家過夜去了。

當時的雅安已經是一個公口林立的袍哥世界。各個袍哥組織之間的明爭暗鬥是很厲害的，各公口都想向各縣發展組織，但各縣都被陳耀倫「壟斷」。各小公口雖然彼此水火，互挖牆腳，但爲了打擊陳耀倫，也曾彼此聯合起來，在雅安城區張貼標語，要「打倒陳耀倫，解散滎賓合」。在滎經事變時，劉元琮把被群眾擊斃的官兵屍首抬到陳耀倫家，隨後又藉事把滎賓合副總社長楊國治扣押在滎經，關了半年多。這些混亂情況，本來是應當很傷腦筋的；但是劉文輝對於這種情況一點也不感到頭痛，反而很欣賞；他只是不時把一些舵把子如陳耀倫、權光烈等叫去訓訓話，說袍哥的活動只能以二十四軍的團體利益爲重，不准分裂，不准亂整。他所說的團體利益，就是以他本人爲中心的利益，這就是他一定要組織袍哥的眞實目的。

袍哥雖然與劉文輝擺過一些攤子，但是在他有目的、有意識地運用之下，袍哥也替他做過一些事情。比如軍統特務羅國璽任西康緝私處長後，準備帶一個稅警團到雅安，劉文輝在成都向羅說：「西康困難很多，情況複雜，請不必帶人來，需要時可由二十四軍撥給武裝歸你指揮。」羅未同意，決定硬幹。結果二十四軍部隊同袍哥化裝在新津擋住，羅的處長就被轟垮。軍統改派易乃良帶一個中隊到雅安，後來也被「袍哥」轟走。

袍哥的混合組織——滎賓合

「滎賓合」是清末滎經把總陳朗珊開始組成的，陳死後由他的兒子陳叔才繼續掌舵。他的另一個兒子陳耀倫，由於「家學淵源」，很早就嗨了袍哥。民國七、八年，陳耀倫當連長駐防雅安、天全一帶。那時的軍隊裡一般都有袍哥，一個部隊分駐各地，一個連，一個排單獨駐防，只要是袍哥，開到一個地方，首先就向當地碼頭「拿言語」，碼頭上就會給部隊送酒送肉。萬一不通袍，大凡小事，就要遭到地方打擊。陳耀倫憑他父親的招牌和他自己的打幹，當時就在各縣袍哥中很有威望。後來陳耀倫當了二十四軍的副官長，二十四軍由成都退到雅安，陳耀倫就想利用袍哥關係把各縣地方勢力組織起來，但是他怕引起劉文輝的懷疑，一直就沒有動手。

一九四一年，雅安袍哥組織像霍亂一樣地流行開來，陳耀倫認爲時機已到，於是與楊國治商量，由楊赴天全組織榮賓合。一九四二年天全榮賓合正式成立，楊國治回到雅安；陳耀倫想在雅安成立榮賓合，但沒有基礎。

其時雅安東岳坪鄉長高炳鑫組織有一個燒棒棒香的團體「大雅青年互助社」，全社有六、七十人，都是青年。他們採用的雖是袍哥章法，但不是袍哥組織。他們聽到陳耀倫要在雅安成立榮賓合，就去找楊國治接洽，願意全體參加榮賓合，條件是高炳鑫要當大爺。當時高炳鑫還是客籍社的五排，經榮賓合與客籍社聯繫，由客籍社提升高爲三排，然後再由榮賓合提拔他出山，晦榮賓合的副總社長。這樣「大雅青年互助社」就成了雅安榮賓合的基本隊伍。

「榮賓合」是袍哥組織中的託拉斯，它的成員包羅萬象，大多數爲軍政人員：上至將官，下至士兵，九流三教，都可加入；原有仁、義、禮各旗的袍哥都可個別參加，也可全社集體參加。參加後一律平等，算是仁字旗。

榮賓合總社設雅安，並在各縣設榮賓合支、分社，由總社社長陳耀倫兼各縣社長。各縣實際負責人都是副社長。縣下設支、分社，一百人以上設支社，一百人以下的地方設分社。

天全榮賓合社，全縣共約社員五千多人，副社長楊國治。楊本來是副總社長，因他是天全人，故兼了天全縣副社長名義，但實際負責的爲副社長高鑒民(原來的袍哥大爺)。榮賓合社成立後，天全原有各袍哥組織一律加入榮賓合，各醫、鄉、鎮以人數多寡，分別設立支、分社；除榮賓合外，全縣別無公口。

蘆山榮賓合社約三千多人，副社長爲曾任過寶興縣長的楊方叔，全縣各鄉、鎮長都是榮賓合的袍哥。

寶興榮賓合社約一千多人，副社長爲川軍退職營長焦海珊；全縣袍哥都加入榮賓合。

滎經滎賓合社約三千多人，副社長爲曾任過天全、瀘定等縣縣長的陳蜀才和原袍哥大爺陳治霄，全縣袍哥都是清一色的滎賓合。

名山滎賓合社約一千多人，副社長爲參議員徐聯選，全縣清一色。

瀘定滎賓合支社，社員約五百人。

越西滎賓合支社，約七百多人，社長爲二十四軍連長宋俊。

康定滎賓合支社約二百多人，社長的茶商老闆高國昌。

洪雅羅壩支社約三百多人，社長爲鄉長董伯熙；洪雅五溝支社，社長伍仁齋(鄉長)；還有洪雅中山支社。

各縣滎賓合社中，以雅安社最爲龐大。雅安城有滎賓合集賢社，又稱第一支社；集賢社原有袍哥二百多人，集體參加進來，社長爲原集賢社舵把子劉澤民，副社長爲原大爺高斌如。另外又新成立了一個滎賓合自強社，爲第二支社，約五百多人，社長劉德全(二十四軍軍部副官)，副社長陳珠珊(著名老中醫師)、魏昌華(軍部副官)。

滎賓合雅安社，除了城區兩個支社隊，並在十四個鄉設了支社。

滎賓合一成立後，各縣袍哥多歸入組織，雅安各袍哥組織的發展也受到影響。因爲一般人認爲，那些以川籍軍政人員爲後台的袍哥組織都是水；而陳耀倫楊國治都是西康人，是不會搬家的石頭。

滎賓合社員最多的是天全、蘆山、滎經，每縣都有幾千人，最少的是康定，也有幾百人。

袍哥給地方的災難

袍哥給地方的災難，實在不是可以歷數得完的。在國民黨反動統治的年代裡，每個地主惡霸差不多都是一身而兼袍哥、土匪、國民黨員的。當時有句流行話：「何必修仙論道，只要是袍、土、國，外加耶穌教。」很多地方的知名人士往往都是由袍哥而土匪，由土匪而國民黨員，而官而紳的。要把這些事說個大概也不容易。我是天全人，我想著重就天全袍哥的罪惡說一說。

民國初年，天全袍哥就已很盛行，社會各階層的人們，根據他們的職業地位，分別參加仁、義、禮幾堂。那時的袍哥因爲還要講個「身家清，己事明」，所以一般說來都還正派。

一九二一年，楊森派四川兵工廠總辦馬德洪（號維新，天全人）爲川南總司令，帶了金良佐一個步兵團到天全，同時還委了謝克熙爲天全縣長。謝克熙是一個二十多歲的年輕人，不懂得什麼政治手腕。他爲了向地方籌集軍費，辦了酒席請地方士紳吃飯。在席上他首先就要團練局長楊敏三出錢，楊是天全的大地主，又是袍哥的舵把子，一向是武斷鄉曲，目無官府的。縣長當著地方士紳要他出錢，他感到面子難過，就不答應。謝克熙說：「你是地方首戶，你都不帶頭出，誰願出？」兩人你一句，我一句，說起氣來。楊在桌上拍一巴掌說：「老子就不出」，隨即忿然離席而去。他一出城就調集各鄉袍哥來圍城。團長金良佐知道事情是由於籌集軍餉引起的，就一面指揮部隊守城，一面提了幾桶洋油，揚言要將全城街房燒毀。那時天全仁字旗袍哥信義公的舵把子是楊鶴山，由於天全只有這一道仁字旗的公口，楊鶴山又是個正直熱心的人，平時與楊敏三的關係又還不壞，看到事情緊急，就挺身出城去會楊敏三。但是楊敏三不接受調停，要繼續攻城。楊鶴山回到城裡扭著金良佐說，要他體恤老百姓，不能燒城。金良佐看到攻城的人多，寡不敵眾，怕城破後自己走不脫，於是答應只要地方與他籌點軍費，他願率隊離開，並請楊鶴山送他到雅安。金團一走，楊敏三率領袍哥打進城，將謝克熙捉住。楊敏三向謝說：「你要我的錢，我要你的命！」謝克熙被綁出時，慘叫：「楊大爺，我才二十幾歲呀，請饒個命吧！」但是楊敏三無動於衷，謝克熙就這樣被槍殺。

天全永盛鄉十八道水場有個袍哥曹茂松，原曾任過縣衙門的警備隊長，後來退職嗨大爺。

一九二七年秋天，他的兄弟夥進城，爲了一點小事與駐軍的士兵打起來。袍哥人少，有些挨了打跑了，有幾個仗恃自己是袍哥，跑到連部去，想連長與他們敷敷面子；哪曉得連長楊某是一個不通嗨的人，他聽這些人提到袍哥，就說：「老子不懂，毛多(袍哥)嘛肉少。」這些袍哥挨了罵，回去找曹茂松如此這般、加鹽加醋地一說，曹就「下令」，擁了袍哥二百人，一律便衣帶刀，乘雙十節的晚上進城，用馬刀砍死連部衛兵，搶進營盤，殺了楊連長並砍死砍傷士兵幾十人，然後將全連槍彈搶劫一空。當時天全駐軍是二十四軍張旅長部下李松營的第三連，張旅長大爲震怒，立刻調集部隊要剿辦天全。地方士紳嚇慌了，忙又把楊鶴山大爺找了出來，張旅長提出懲辦禍首、清還槍枝、撫恤傷亡等條件。結果是曹茂松被逼走了，死的由地方掩埋，傷的由地方醫治，清不齊的槍彈由地方賠償。幾個不怕事的袍哥提勁，弄得全縣人民受到驚惶和負擔。事後曹茂松還說：「楊敏三當年殺死縣長都沒事，殺個連長算得啥。」言下之意，不是他害了地方，而是地方紳士太膽小哩。

就是這個曹茂松，過了兩年(到一九二九)由於他的兄弟夥與另一袍哥大爺楊紹興的兄弟夥打架，他也出頭。雙方爲了與兄弟夥扎起，曹家就同楊家打起明仗來。這一場仗夥，前後打了十五年。楊紹興先被曹家打死，後來楊家又把曹茂松打死。前一輩死了，後一輩又繼續打下去。楊紹興的兒子楊明光與曹茂松的侄子曹獨手又打了幾年。雙方前後死傷幾百人，燒的四合頭大瓦房就有若干間。十八道水場本來是天全縣的首場，附近都是產米區，但由於袍哥長期打仗，場上幾百家人都搬走，只剩下幾户孤寡，場沒有人來趕了；四周的田都無人栽種，成了一片荒野；老百姓死的死，逃的逃，連上糧也沒有人了。一九四四年，劉文輝任命陳耀倫爲雅屬剿匪司令，由楊國治先行帶了三個營的兵力到天全，經與天全縣長商議，決定對十八道水採取招撫的辦法，由楊國治先去用「叫梁子」的方式把兩方說好。雙方同意以前的事一刀兩斷。陳耀倫到了十八道水，向雙方約定，今後如果誰先動手，軍隊就站在被打的一方。

這樣這場械鬥才算停止。當我們約集雙方到十八道水時，滿街房屋大多已歪歪斜斜，牆穿屋漏，街面上已長了一人高的苦蒿和野草。但是雙方當事人對於這種慘況若無其事地，似乎一點也不覺得難過。我也是一個袍哥，但是在那時也對袍哥起過懷疑。

受到「袍災」的地方不是只有十八道水這一個地方。天全青年袍哥李銀，原來是陳步勝的兄弟夥，李銀在陳步勝的提拔栽培下，嗨了大爺就不讓陳的黃。陳步勝就要喊人打死他，李銀就跑到新場鄉丁春壩他的挑擔(襟兄)陳思亮處去躲禍。於是陳步勝就同陳思亮打起來。陳思亮去搬鄰近碼頭的袍哥侯明清、黃元昭、唐萬壽來幫兵，陳步勝去搬李元亨、李紀文甚至還遠到滎經搬來朱世正、熊大武等來助陣。戰火從一九四一年開始，打到一九四六年才由雅屬剿匪司令陳耀倫調解好。六年之中，雙方死傷幾百人，燒了房子幾十間，新場街子也鬧得幾年沒人趕集。

應當說，「袍災」也不只是限於天全的。在那些年月裡，幾乎是哪裡有袍哥，哪裡就有災難。雅屬各縣，無處沒有袍哥，也就無處沒有災難。寶興縣趕羊鄉袍哥大爺、縣參議員楊克舉與另一舵把子彭安成打明仗，從一九四一年一直打到解放。蘆山縣程家壩袍哥大爺程志武與另一舵把子牟國才打明仗，程志武拉來靈關的余國文、楊朝明幫忙，牟國才拉來太平場的廖常君、廖常武助戰，從一九四一年打到解放。一九四六年轟動全國的雅屬事變，也都與袍哥有關。這些仗都是要人死的，都是會使廣大的善良人民受到池魚之殃的。

袍哥大爺不僅是男的嗨，女的舵把子也是不乏其人的。天全的孫三嫂，隨時帶著幾十個「兄弟夥」搶人。滎經包三嫂更是一個連軍隊也害怕她的女大爺。在雅屬事變時，包三嫂統率一支袍哥隊伍打破天全城，攆走縣長張孟滔，打開監獄放了全部被囚禁的人。聽說她在縣政府對面茶鋪裡喝茶，看到天全縣政府的橫匾後有「黃以仁書」四字，她恨死黃以仁，立刻拔出手槍來，對準黃以仁三字，一槍一個，槍槍打中。包三嫂的槍法是天生成的麼？不是，她是在豪強稱霸、殺人放火中練成的。

袍規一斑

聽說袍是分爲仁、義、禮、智、信，威、德、福、志、宣十堂的，但是就我所知，西康雅屬的袍哥只有仁、義、禮三堂。

仁字是袍哥的第一等資格，義字袍哥對仁字袍哥要稱大伯爺，禮字稱仁字爲老老輩，稱義字爲大伯爺。

每一堂口裡的兄弟夥分爲十排。一排爲大哥，一般稱爲大爺，或稱爲舵把子。大爺當中又分當家的執法大爺和不管事的閒大爺。一個公口的執法大爺在民國初年只有一、二人；後來人事複雜，席位增多，如榮賓合的執法大爺就有五人。

二排又稱爲聖賢二爺，一般公口這個位置都是空著，沒有人願嗨這一排。聽說嗨了二爺要霉，因爲關雲長是老二，神威太大。

三排爲當家三爺，每一堂口有很多三爺，但只有一個執法的(負實際責任的)。全社的一切對內對外，人事、經濟、組織發展，三爺都要過問，是袍哥的第二把交椅。

四排、七排沒有人嗨。相傳鄭成功曾將他組織明遠堂時的法令規章寫來用鐵匣子沈在海底，後來「海底」被發現時才知道當時的錢四、胡七曾經出賣過袍哥的祕密，成爲叛徒。所以就沒有再設四、七兩排。

五排是管事，嗨的人多。但正的管事稱爲「紅旗大管事」，簡稱「正五」，其他稱爲「閒五」。五排的職務，主要是統率本社的兄弟夥，是眞正的「帶兵官」。同時關於一切人情來往、支賓待客，也都是五排的事。新袍哥入社一定要透過五排。

六、八、九、十排稱爲小老么，但也有分別。初「進步」的都是么滿十排；在過一定時間，出了一定的力，與拜兄跑得有路的，就得到提升，由九而八，而六。有些地方把六排稱爲巡風六爺，但雅屬袍哥没有這個稱呼。一般六排可以提升閒五。至於正五，那要舵把子相信得過的人才行。

老的一代袍哥要講「身家清，己事明」。所謂身家清，是要三代人無醜事，男的不偷不搶，女的不娼不淫。所謂己事明，除了不偷不搶，還不能幹當時認爲下賤的職業；有些地方很嚴格，三代祖宗幹過下賤職業的都不能講袍哥。所謂下賤職業，包括推車、抬轎、當吹鼓手、剃頭匠、擦背、修腳、衙門差人、倡、優、戲、卒等等。西康袍哥，表面上也没有這些人，但事實上這些人也在講袍哥，不過不擺在面上來講而已。

老一代的袍哥是不能出錢捐的。身家不清，己事不明，就不能嗨「光棍」。但是後來這個規定尺度放寬了，有些人有了錢有了勢，他想嗨袍哥時，還會受到袍哥的歡迎，成爲一步登天、扯旗放炮的大爺。

所有老袍哥，從大爺到十排，都有資格介紹新的兄弟夥來參加袍哥，但是一定要經過紅旗管事向執法大爺請示，並在一定的場合如單刀會之類的日子公開。

參加袍哥必須要有恩、保、引三駕拜兄：恩兄一定要是當家大爺，保舉、引進一般閒大爺都可以。參加袍哥時必須向本堂每個大爺面前送一份禮，包括薑片子（一塊肉），灰包子（一封點心）。有錢人入袍哥還要幫碼頭，三百、五百、一千八百没有定規，憑自己的能力和大方。

老一代的袍哥有很多戒條，但是後來都不大講究了。一般說來，通常有四不准：一不准穿人賣人（裝桶子出賣袍哥）；二不准卡拿滅股（分錢財不公平）；三不准進門參灶（看內財，與袍哥的妻女搞關係）；四不准紅面肆凶（吃了酒發瘋，亂出言語，不認黃）。聽說以前還有什麼義效桃園，講孝弟忠信、禮義廉恥、打富濟貧等等，後來這些都没有人提了。

袍哥也有一套懲罰辦法，一般都在單刀會之類的場合執行。

袍哥犯了錯，起碼就是「矮起説」。所謂「矮起」就是跪著。由管事點名後叫「各找地位」，犯者立即跪下認罪。所犯罪情由管事「報盤」後請示拜兄處分。處分要看罪情輕重。有「紅棍」處罰，用一根染紅的棍子打屁股，這是輕的。重的是「黑棍」處罰，用一條染黑的棍子打屁股。挨了黑棍的都要掛黑牌開除。所謂「掛黑牌」就是由社內用一塊黑牌將被開除人的名字公布。掛了黑牌還要「走字樣」，那就是用本公口的大紅帖子和被開除者的恩保引三只名片，由管事向其他各公口公開。經過掛黑牌的袍哥是永輩子不能再嗨袍哥的；既不能再在本公口開復，其他任何社團也不能再收他。

最重的處分是「要腳給腳，要手給手」或者「三刀六個眼」自己去闖。所謂三刀六個眼，就是把三把尖刀埋在地裡，刀尖向上，犯了戒條的人，自己赤身撲上去，在身上進出戳穿六個眼。這種處分，在雅屬袍哥中很少執行，因爲後來的袍哥已經發展到可以隨便用槍殺人，就用不著採取這種「落後」的方法了。

拜兄決定的事，兄弟夥是不能有異議的。袍哥不能説拜兄的壞話，否則稱爲「出言語」，「不認黄」。拜兄對於出了他的言語，不認黄的袍哥，可以隨便叫個兄弟夥去把他「做了(殺了)」。袍哥與袍哥間發生隔閡，後來也發展到採取直接槍殺的行動，用不著再提到會上去處分。

這裡順便介紹一下「燒棒棒香」的組織。

「燒棒棒香」不是袍哥組織，也不是「掉譜換把」。它也有「大哥」，但不是「碼頭」，不是公口，没有舵把子。它是一種小組織，其成員多爲學徒、小市民青年，也有些學生；他們爲了免受閒氣，組織成一個團體。這種組織不像袍哥那麼穩定，隨時有解體可能。這種組織差不多每縣都有，一個團體三、五十人，一個地方可能有很多個這種組織；它們之間互有往還，每個組織都有個名字。

在早些年，棒棒香團體是看不起袍哥的。他們認爲袍哥分子複雜，有九流三教的浪子，有拖魚尾鞋的濫王。而袍哥也看不起這種組織，不向棒棒香團體「伸手」，辦會和一切活動都不邀請他們。後來，這種組織變了性質，有些袍哥爲了擴大自己的聲勢，也搞起這種組織來。

在早些年，棒棒香團體分裂後，大多數人都參加袍哥，但不是集體加入而是個別加入。後來這種情形也變了，雅安客籍社袍哥高炳鑫組織的棒棒香團「大雅青年互助社」，就是集體「歸標」轉爲榮賓合社社員的。

單刀會和武堂子

陰曆五月十三是關聖帝君的生日，袍哥人家是「義效桃園」的，他們在五月十三這天都要舉行個一年一度的盛會，稱爲「單刀會」。渾水袍哥在五月十三也照樣要辦會，但他們的會不稱爲單刀會而稱爲「武堂子」。

在有關帝廟的地方，一般都在關帝廟舉行單刀會。有些地方公口很多，就只好找其他大寺廟爲場所舉行。會場當中要掛關公像或關聖帝君牌位，點上香花蠟燭。開會時由總舵把子先向神像叩頭，然後再由其他大爺叩頭，以下依排行叩頭。敬神以後，執法大爺坐在當中，以下依排行排座，五排以上都有座位，以下就一律站立兩旁。座位定後，由紅旗管事出來辦理新「進步」的手續，先向執法大爺丟個拐子，請示請罪，然後將「進步」的兄弟夥帶到當中向上跪下，管事再一次請示請罪，大聲呼唱新進步某人、恩兄某人、保兄某人、引進某人。新參加人一直跪著，管事報了三駕拜兄又一次請示請罪，然後才由恩兄分示新參加人的排行。恩拜兄針對參加人的社會身分決定，可以由十排到閒五。有些由別個碼頭來歸標的，可以提升，如原爲五排的，可以提爲三排，原三排的可以提升出山。歸標不能換旗，仁字歸仁字，義字歸義字。

有錢有勢的人，出了山就要辦出山酒，親戚朋友都要來放炮致賀。出山酒可以請外碼頭的客人，而且越多越好。

在辦完新進步的手續後，管事又再請示請罪，辦理提升調補，辦完又再辦處分。這些辦完之後，大家入席，划拳飲酒，盡興而散。

一九四四年雅安榮賓合社在沙溪村白馬廟辦單刀會，事前推出十個管事進行籌備，分擔新進、提升調補、宴會席桌、布置會場等工作。開會那天，單是雅安總社和各鄉分支社代表就來了八、九百人。榮賓合社總社長和四個副總社長都是執法大爺，新進兄弟夥的恩兄就不限於總社長，而由參加人自由選定。因爲選定某人爲其恩兄，就表示與他有深厚關係，以後的生命財產，生活前途都就交由恩兄「保障」了。

渾水袍哥除了五月十三的「文堂子」以外，還可以不定期地舉行「武堂子」。「武堂子」又叫「做賢事」，赴會稱爲「踩堂子」。渾水袍哥都是血債累累，積案如鱗的一些殺人犯，他們爲了增強力量，常常彼此聯合拉攏以打擊敵方，或以對抗官兵。

一九四六年七月，我在天全十八道水親自參加過一次當地袍哥舉行的「武堂子」。這次是袍哥大爺楊崇凱等與另一碼頭的大爺高鑒民等拉攏，由楊崇凱負責籌備。開會那天，會場四周安起警戒，架起機槍，各地袍哥陸續到達，都是帶了全部「棍子——兄弟夥」來的。來人一律進入警戒，因爲有些敵對的公口聽到某些袍哥要踩堂子就常常會到時前來破壞，稱爲「爆堂子」，爲了防止堂子爆，所以警戒是非常認眞的。

外碼頭的客拜兄一到，就派出管事拿了公口片子，親候各公口的大爺，這些大爺有些還只是慕名未會過面的。中午時分各地客人就差不多到齊；但由於很多人是吸鴉片煙的癮哥，要擺出大煙盤子過癮，所以到約莫午後二時才開始坐席。這次來赴會的共約六百多人，席是九盤九碗，也有酒可喝。飯後是一陣休息，有癮的人繼續過癮。又過一陣，只聽有人在喊「進山了」！於是幾百人鴉雀無聲地進入會場。會場當中是用黃紙寫的一張「漢壽亭侯關羽」的牌位，點燃香燭，公舉一位拜兄坐堂。其餘拜兄分坐兩旁，照樣是五排以上才有座位，以下依次站立，人人帶槍實彈，如臨大敵。這時，只見一個管事出來，丢了個拐子說：「向拜兄請令」。坐堂拜兄說聲：「令出原堂。」管事折轉身來面向大家叫了一聲：「盛會開始。」隨著就是所謂的「一百零八堂法式」。但一百零八堂法式已僅有其名，其實我所見到的僅有五堂。

第一堂爲「訪山」。由一個大管事出來用編成「四言八句」的話講一番歷代講義氣的「英雄」故事。

第二堂爲「團江」(團字讀上聲)。由一個對各方面都熟識的人出來用袍哥的一套術語介紹五排以上的袍哥彼此認識，稱爲「對識」。這一堂的場面完全與川劇《巴九寨》的情形一樣。由於要介紹的人很多，比起唱戲更爲熱鬧。

「團江」以後，還對於這次會出了力的一些人員進行了提升調補。

第三堂爲「過紅」。事前已把所有參加的幾百人的姓名寫在紅紙上，擺在會場當中，每個名字上壓一個小錢。又端出一大盆酒擺在牌位前，然後管事拿一支「長冠(雄雞)」在牌位前宰了，把雞血滴一些在酒內攪勻，然後又把還在滴血的雞在名單上繞三轉，看血滴在哪些人的名字上。據說從這些滴血可以預卜吉凶禍福。滴完後就由一位有經驗的大爺，根據滴血的名字一一吩咐，叫他們應當注意如何避凶就吉。

第四堂爲「吃咒」。先由坐堂拜兄掐了一杯酒跪在牌位前賭咒說：「上坐關聖賢，下跪弟子×××在面前，今後如敢上不認兄，下不認弟，死於非命，亂槍打死。」咒後將酒一飲而盡，然後其他參加的人依次上前發誓，有說亂刀砍死的，有說亂槍打死的，有說死無葬身的，有說不得好死的。所有的人經過「吃咒」，喝過這杯血酒，發過誓，以後就同生死，共患難。張三有事帶個信與李四，李四不能不來，李四有事，帶個信與張三，張三不得不到。袍哥人家不一定要先有認識，只要一經這種儀式，以後就猶如親弟兄了。

吃咒完後就是「出山——散會」。「出山」時每個由會場出來的人都要打幾槍示威，稱爲打威武炮。機槍步槍，乒乒乓乓，山鳴谷應。鬧了一個通夜，出山時已經是天光大亮了。

會後，當地主人辦招待，遠地來的人，哪怕是三百、五百，要三天、五天都要殺豬宰羊，大辦招待。

李化安筆記整理

（四川省雅安政協供稿）

安清幫在濟南的活動概況

段子涵

安清幫即清幫。作者當年曾爲安清幫頭子，對濟南安清幫的活動方式、幫規暗語、歷史演變知之甚詳。本文記述安清幫在濟南的活動概況，以及抗日戰爭爆發後安清幫轉爲「安清道義會」，成爲日寇的漢奸工具，寫下一頁頁罪惡的歷史。

安清幫一名安清道，又名三番子。據傳説創始人是明萬曆間的進士，名楊萊如。他是山東即墨縣人，明亡後在嶗山從程楊旺學道，創立此道。初傳布於燕、齊，後至長江流域和東北等地。安清原名「闇清」，是滅清的意思，是作反清復明之舉，後被清朝利用，才改爲安清。安清道徒均有標誌，以青布包頭，從此呼之爲青幫。

安清道的活動方式

按濟南的安清幫説，沒有什麼特殊的活動，就是互相聯絡，彼此吹捧，你給我介紹徒弟，我再給你介紹徒弟，誰徒弟多了，就能活動的開。收徒弟大略可分爲兩派：有坐地收徒的一派。這一派的人，多半是有職業的人，不是靠徒弟生活的，有幾個算幾個，不活動多收，多了怕落麻煩。也有爲了政治或經濟的目的活動著多收的，愈多愈好。這一類人是無職業的，多半是要人的，外人稱爲坐地虎(流氓)，當他有了相當多的徒弟以後，自覺羽毛豐滿有了勢力，便糾眾行惡無所不爲，所謂義氣爲重，騙人而已。再一派是在當地活動不開，爲了培植自己的勢力，樹立自己的黨羽和坑人騙財，或另有其他見不得陽光的目的，出外到各碼頭上去活動的。這一類人如同雲遊僧道一樣，到一個地方不久住，收上幾個徒弟就走。他每到一個地方，先找熟人，如沒一個熟人就先找一個茶館坐下喝茶，倒上一壺茶，擺上兩個茶碗，先滿上一碗，端起茶碗來，用兩手捧著，伸出右手三個指頭，請三老四少們喝茶，這樣一表示，如有在坐的同道站起來問：老大從哪裡來？你得說是從杭州來。問到哪裡去？得說到五台去(杭州是潘的家鄉，五台是翁、錢、潘學道的地方)。繼問老大貴姓？答在家姓某，出門姓潘。問向哪位前人孝祖？回答他老人家姓某，名字上是什麼字，下是什麼字。如忘了說不上來，就說在堂前少受前人慈悲，借前人的路走。對方聽你這樣說，就不再問了。僅問香頭多高。回答之後，如對方與自己是平輩，彼此均以師兄稱呼，可以交談起來。如對方是晚一輩的，馬上稱師父，先說給師父見禮，這裡就說香堂口見。如對方是長輩，也是同樣的稱呼。如要雙方對問答都很熟悉，可就一問一答的多了。對方一聽答的很熟，就知道是想在這裡活動傳道，除對你安置食宿外，並通知他那當地的徒弟來參見，很快的就傳遍了。張羅著給你介紹徒弟。住上一個時期，收上三幾十個徒弟，就要離開再到別處去。臨走時同道們和新收的那些徒弟們，設筵送行，再額外奉送路費。這一類人稱爲跑海的。他們每到一個地方，至少可以騙得幾十元，多者一次可騙到幾百元，而生活又都由其徒子徒孫供給，不用他們掏一文錢的腰包。

他們騙錢的方式，並沒有硬搞硬撞的手段。過去是徒弟吃老師，因收的徒弟多了，把財產都弄光了，後來是老師吃徒弟，人稱爲吃徒弟肉。據說一個安清道首，打著「義氣」二字的旗號，一年三節可以收禮千元或幾千元之多。如再加上兩壽(夫妻兩口的生日)的收禮收入就更多。另外，藉幫喪助婚爲名，叫徒弟們湊錢，從中再扣下一份，也是他們生財之道，有時甚至可以扣下很多錢。若遇上資本家請他們助威保鏢，那就更有了錢門。只要他們給資本家出把力拚一拚命，資本家便會給他們許多錢，例如一九二一年，濟南花生稅局投標招商包辦(三年一次投標)因爲這是一項投機發財的生意，每次投標的人，都是省會議員們的代表，一九二一年以前是一個議員的親信包的，一九二一年投標則是省會議員國晉卿暗中包下來的，但前者不交代，並花錢招安清道首聶鴻昌出來抗拒，國晉卿沒辦法，便也花錢請出另一個安清道首酈秋江來幫忙。酈和聶原本是一套人，他倆預先協商好了，第二天酈秋江便帶領城裡的道徒三十餘人，保護著包辦人去接收花生稅局，到達後，聶鴻昌的嘍囉就乖乖的退了出去，國晉卿便很順利的接收過去。其結果他們不僅得到了一大筆金錢的酬謝，而且還有好幾個道徒得到了職業上的安排。他們對諸如此類的收入，名之曰吃炸醬，也叫吃包子。這是他們騙錢的方式之一。

還是在一九二一年間，省議會爲爭奪議長問題。田中玉包辦議會，議員分化爲兩派，一是擁田派，一是倒田派。有一次省議會開會要選議長，倒田派占多數，擁田派占少數，田中玉一方面指揮擁田派搗亂會場，破壞選擧，同時又密派軍警換上便衣包圍議會。倒田派首領(天壇俱樂部)張思緯請了一個通字輩的幫徒袁景陽幫忙，但袁景陽是個軍人，沒有幾個徒弟，勢力單薄，又轉請上酈秋江，聯絡了五十多個徒眾給張思緯保鏢。但由於擁田派的搗亂，倒田派議員也沒選成議長就散了。聽說事後張思緯對袁、酈二人都請了一次客，送了幾十元錢。並聲稱如議長選成了，給大家找點工作，結果議長沒選成，即作罷論了。

濟南安清道的興衰

濟南安清道的起伏興衰，約有三個時期。在清末光緒年間，因庚子戰役之後，復興小糧船運了一個時期的糧，青幫又活動起來。在河路碼頭上的所有搬運工人，均是青幫道徒，外人很難插入。有一個張星垣，濟南市人，是青幫通字班的，手下徒弟不少，充當腳行把頭，此人孔武有力，能擧八百斤重的石墩子，並能在身上玩花。黃台橋、小清河、黃台車站的搬運均歸他包辦。食糧、鹽、炭、蔬菜、裝卸火車、船隻，所得費用除開發腳夫工資外，據說每月他自己的收入就有二、三百元，不到十年即成了富家翁。不過在這一時期濟南城內青幫並不興盛。至宣統元年，因沂州地區出了一個人命案件。此案起因，是有一賣菜的喊「賣白菜幫」，觸犯了青幫的忌諱。青幫徒不准喊白菜幫，賣菜的不服，遂起鬥毆，結果青幫徒眾把賣菜的打死，鬧成重大人命案。清朝沂州官府除對打死人的判罪外，並通令緝拿青幫道徒，此案擴大到省，山東巡撫又下令在全省取締安清道，並指令各縣捕獲。因此，當時安清道不得不暫時潛伏起來。這是清末一段的情況。

至民國成立後，安清道徒們又活動起來，但是收徒傳道只在暗中進行，不敢明目張膽。清末民初在濟南活動收徒的安清道分子(都是大字班)有四、五個人：一、高保章，歷城人，住千佛山下，務農，後遷移北京。起初濟南道眾對他不熟悉，所以他沒有活動，至民國初年才露頭角，但認他爲師的人甚少；二、丁福讓，原籍東平縣人，移居濟南，住洛口，船行出身，在洛口理門公所「當家」，在濟南收徒不少；三、趙冠鑫，濟南市人，住西司門口街(現省府前街)，清末在布政司衙門內當房師，民國成立後移居徐州，在軍隊當司書，在濟南收徒弟也不少；四、剛慶元，濟南城內人，住南關永勝街，在清末移居台兒莊，他濟南的徒弟不過十幾個人。除此以外活動比較廣泛的就數著通字班的聶鴻昌了。聶在前清末期就入了道，據說他有一千多徒弟，在通字輩裡以他資格最老，連大字輩也對他很恭維。道裡人常說：「在幫不在幫，得問聶鴻昌。」在他面前冒充是不可能的。他所收的徒弟極爲複雜，幹什麼的都有。他是流氓出身，無文化無職業，專靠安清道爲生活，專吃他那些徒弟。除聶鴻昌外，還有個查瑞卿，他比聶鴻昌徒弟少，但名聲與聶相等，查是平陰縣人，在清末民初時，曾當過膠濟鐵路警察，敵僞時期在僞警務廳情報處充任外勤股長(特務)，率領一部分人專門爲日寇搜集情報。他所帶的人均是他的徒弟，因他有個股長的頭銜，所以有一些小商人也拜他爲師。此外還有一個柏錦章(柏後生的父親)，是津浦站搬運把頭，所帶工人均是他的徒弟，依靠貨棧和轉運公司運輸貨物獲收利潤，除發給工人工資外，他每月有百餘元的收入。在民初時有東把頭西把頭之稱，東把頭是張星垣，西把頭是柏錦章。柏死後，其徒弟張冠甲繼柏充當把頭。張冠甲是悟字班的道徒，長清縣人，爲人粗暴，橫行濟南，没收過徒弟，一般人對他如敬鬼神而遠之。他自幼就很潑皮，一年在萬字巷因辱罵回民而被打昏兩次，經人送回家中，甦醒過來，逼迫家人用門板抬回萬字巷，仍是辱罵，從此他就在萬字巷橫行霸道，回民對他也得讓步。後經濟南戒嚴司令馬良以擾亂萬字巷市場爲名將其逮捕，押了半年，釋放後仍是橫行霸道，甚之較前更甚。在民國七、八年間，津浦、膠濟兩站搬運工人有了組織，把頭吃不開了，況且工人們對張冠甲之粗暴行爲早就不滿，於是便把他取消了。不久中國銀行在經二路緯六路成立打包廠，該廠經理祝燮臣爲了鎮壓工人，又雇張冠甲到廠內去當把頭，每月工資八十元(其實每月收人有二百元)。他每日出入茶館酒肆，吃喝概不拿錢，娼家妓女任其蹂躪，無一敢示反抗，一般道徒更對他奈何不得。通字班的除聶鴻昌、查瑞卿之外，還有王春發、崔朝臣、郭兆福、莊捷三、丘風閣、張杰三、馬星南、勾瑞卿、酈秋江等人，也都曾在濟南横行一時，號稱安清道二十八宿。他們每個人的經歷我不大清楚，只知道除馬星南、莊捷三、崔朝臣有職業外，其他均無正當職業。如前所述，一九二一年前因爲山東巡撫下令在全省取締安清道，因而安清道一度轉入地下暫時潛伏起來，而一九二一年以後濟南市出現儲錢會風，安清道又一度興盛起來。按這種儲錢會，歷史很久，發起人多爲小商販，他們因資本少周轉不開，於是邀請幾位比較富裕的人、或十人或數十人，每人十元或五元，大者百元或五十元，一次交給起會的人使用。之後再一月一次或兩月或三月一次集會，起會人每次拿出第一次集錢總數的十分之一或百分之幾交給其他入會的使用。第三次第四次亦復如此，直到大家都得一次爲止。這本不是一件壞事，但是，有位呂竹年，是安清幫通字班的道徒，他名下徒弟不少，對此他看出了竅門。便先在他這些徒弟身上動手起了會，漸漸引動群眾隨他的會。一時外人皆稱他爲會王。後來群起而效，引起安清幫的活動，他們結合著起會，廣收門徒，起了會賺了錢，便開錢號，出錢票子。一時濟南市各飯館裡都成了攏會的場所，鬧得烏煙瘴氣不成樣子。與此同時又來了一個厲大森，濟寧縣人，是濟南警察所騎警隊隊長，也是安清道大字班的道徒，跑海來濟，想活動收徒弟。有人說他不是大字輩，是扒的梳。後來他當了騎警隊長，由他所率之騎警隊員，均是他的徒弟(外界認他爲師的很少)，他帶的騎警夜間在四郊巡行，晝間便出入茶館酒肆，娼寮戲院。潛來濟南的土匪，均與他的騎警有聯繫，有的土匪甚至就在他的騎警隊住著，市面上的小偷也與他通氣。土匪、小偷搶劫和偷盜的財物，都得給他一半。如遇上有勢力的人被劫被盜必須破案時，他也可即時破案還贓，證明他平素就養著匪徒，專預備頂案的。例如在一九二三年間，膠濟鐵路張店站長葛某(不記其名)被架，土匪要三千元贖回，否則就撕票。路局無奈備款往贖，由說票人通知，言明在濟南東舍坊墟子門外耿家林交錢交人，約定時間夜間十二點後。到時正在辦理接交手續時，正遇上騎警出巡到此，土匪認爲是拿他們，當時就把葛站長打死。因此，路局懸賞緝拿匪犯。軍政當局令厲大森即刻破案，否則以厲是問。厲奉令後，因上司追逼甚緊，便找了一個來濟落網的土匪頂了案。他不但得到了路局的賞金，同時他兒子還因此被委爲路局稽查員，月薪五十元。不意半年之後，該隊又把眞案破獲，架票的原來是膠濟路的某車站站長高良臣。由於會風風行一時，嚴重影響了金融市場的安定，官府始嚴令禁止起會，並將會王呂竹年逮捕法辦，以擾亂金融罪名判處三年徒刑，至此起會之風即行消滅。而安清道又消聲匿跡了，雖是還能暗中進行活動，但不如以前之盛了。

一九三三年軍閥韓復榘掌魯政時期，安清幫又一度興盛起來，不但舊有道徒活動起來，同時文武官員也重視起安清道來。原因是曾充當過河北省督辦的安清道大字班幫徒李景林到濟南來，韓復榘支持他成立山東國術館，傳授武術。濟南有人知他是安清道徒想認他爲師，他拒絕不收，推舉出個錢寶亨來，讓入道者拜錢爲師。過去對錢寶亨知者甚少，經李景林這一推荐，以後便成了赫赫有名的上流人物了。錢寶亨，北京通縣人，文化不高，清末宣統年間，在北京辦過《京都日報》，民國成立後加入社會黨。民國二年曾謀刺袁世凱未成，逃亡上海，迨袁死後，他返回北京。他父親是有名中醫，素與北京同仁堂樂家交往。錢寶亨回北京後，他父親對他的行爲不滿，不願他住在北京，因此要求樂家給錢寶亨找一工作，使他離開北京。樂家派他來濟南，與宏濟堂樂家負責人樂敬宇接洽，派他到宏濟阿膠廠當經理。他對安清道大字班的身分本未曾吐露，經過李景林這麼一推荐，他就收了幾個徒弟（俱是些小資本家），但當時並没有大肆活動，到了敵僞時他才活躍起來，不僅勾結上日本憲兵隊特務頭子楊芝祥，而且經楊介紹又與憲兵隊長有了聯絡。不久便與楊芝祥合夥成立了協和昌土莊，包銷大煙土，幫同日本毒化中國，接著又組織安清道義會，回北京視家時，又與北京僞中國內河航運公會總副會長張英華發生關係（是同道，又是大字同輩），張又派他充當濟南內河航運公會分會長。該分會成立時，張英華同王琦又親來濟南主持。該會在名義上是向船民收公會費，實際上是個變相的船捐局，剝削船民。成立有八個月，爲濟南鐵路局接收過去，改爲水運系。錢寶亨的這一系列活動，在一部分資本家中大大抬高了身價，於是有一些較大的資本家如晉魯銀行經理胡伯泉，儲蓄銀行經理孫月舫，濟南有名的資本家金小青等均拜他爲師，聽説還有些鹽商也是他的徒弟，日本特務人員和僞組織機關職員拜他爲師的也不少。他由北京來濟之初是賃房居住，至此便由他的徒子徒孫湊錢爲他在廣智院街修建了一處很像樣的樓房，僅會客室就有兩處，屋內應用的木器家具，都是預先設計好的。這一來他既有了住的，有了吃的，出入又坐上了汽車，氣焰日高。有一次有人請他在百花村飯莊吃飯，天下了大雨，他叫百花村派人到某家裡拿膠鞋，因没去拿，他大鬧脾氣，把百花村飯莊的人員罵了一頓，後來便指揮他那些特務徒弟，常到百花村去擾亂，鬧得百花村經理盧秀齋没辦法，託人向錢寶亨求情賠禮（盧是安清道通字班的道徒），經人領著向錢磕了頭才算完事。又一次僞組織官員不知開什麼會，僞省長唐仰杜到會時，全體起立歡迎，獨錢寶亨坐在椅子上不動，唐仰杜對他極爲憤怒，但是也無可奈何。他的氣勢之大可想而知了。錢寶亨發跡雖然主要是在日寇占領濟南時期，但他開始收徒弟還是在韓復榘掌魯時期。李景林雖然只抬出個錢寶亨來，但安清道卻因此又一度興盛起來。此次不但一般原有道徒活動起來，就連韓復榘的文武官員也重視起安清道來。甚至韓復榘也託人到上海請了一個大字班的張鏡湖，想認他爲師。張鏡湖見了韓復榘就謝絕了，他說的很好：「主席是山東最高的長官，我是山東人（滕縣人，當過南通鎮守使）不大合適，如主席升調他省，我可收爲門生，主席既愛這個道，有此一緣，暫做記名徒。」韓復榘雖然沒有入道，但他的一些師長如孫桐萱、李漢章、曹福林、展書堂等，則都拜在張的門下，個個都成了安清道徒。韓的民政廳長李樹春本人沒入道，但也叫他的兒子拜在流氓聶鴻昌的門下。由於軍閥官府的支持和達官貴人紛紛入道，因而這一時期安清幫可說盛極一時。

「安清道義會」的組織活動情況

一九三七年濟南淪陷後，由於日人以迷信麻醉中國人民，提倡復興各種會道門迷信團體，如一貫道、龍華聖教會、無極道、聖賢道等。比較稍爲大的會道門都復活起來，安清幫當然也不例外。在一九三八年五月間，有一日本特務山口恭右，自稱是安清道徒，與錢寶亨勾結欲組織安清道義會。他們先在宏濟阿膠廠成立籌備會，開始徵集同道會員登記。起先一般道友均持觀望態度，前往登記的人不多，錢寶亨遂與日人山口揚言說：我們成立這個會是爲道友「安全」謀保障，有事我們兩個負責。本來日本侵占濟南後，日本憲兵隊特務機關慘殺、逮捕濟南市民，人人自危，生命財產無所保障。在這恐怖之下，錢寶亨這一說傳布出去，濟南道徒就動起來，但是登記的人仍是不多。道義會內部組織很簡單，除由錢寶亨指定了十位籌備委員外，又派了辦理登記的人員，均是義務職，會長是錢寶亭。入會會員發給證書證章，交工本費五角。開始在宏濟堂阿膠廠，以後又移於林祥南街，日本人山口恭右也住於會內。這個日本人吸鴉片煙，除與錢寶亭接洽外，與其他籌備員很少談話，錢寶亭到安清道義會就到山口住室內去，一同吸大煙。籌備不過兩個月，因孟兆晉率領抗日軍攻進城裡，該會暫時停止活動，孟軍退出之後，日本憲兵隊特務出動，藉搜索孟兆晉軍事人員爲名，亂捕、亂殺。山口恭右也奉特務機關任務，搜捕遺留孟軍人員。事後山口回國，錢寶亭回北京看家，安清道義會的事就交查瑞卿臨時負責進行。至同年十二月間，錢寶亭由北京返濟，北京僞中國內河航運總會委他爲濟南船運公會分會長，隨他同來的還有北京總會副會長張英華，王琦（張宗昌的護路游擊隊司令，這時充任僞山東保安總司令），顧問日人佐野，來濟成立中國僞內河航運濟南分會，所有內部辦事人員均是北京僞總會委派的。該會內部分總務股、業務股、會務股、保衛股、文書股，除保衛股長是由錢寶亭在當地選擇委用外，其餘均是北京總會委任的。這個會實際是安清道組織，會務股辦理會員登記，非安清道徒不吸收。會員登記後發給公會證章證書，交納登記費五角（後增至一元）。該會在小清河、黃台橋、黃河的洛口、運河的濟寧、德縣的衛河，均設有辦事處，辦理船隻登記和徵收公會費及保衛費（按運載貨物運價抽收百分之五）。但所刮的錢均交北京總會，分會開支則再由總會按月發給，不准截留所收款項。船隻登記後發給船民執照、船號牌，釘在船上，並發給小旗一個，上寫中國內河航運公會字樣，插在船頭上以做標誌。對不登記的船隻，則不准載運貨物。僞航運公會成立之後，錢寶亭所組織的安清道義會就併入航運會裡面了。該會活動八個多月，即奉到北京其上級的命令停止進行，趕辦結束，準備鐵路局接收。經鐵路局接收過去後改爲水運系。航運公會職員鐵路局繼續錄用。他們活動時間雖然不長，但從船民身上刮來的錢卻達六、七萬元之多，使船民蒙受了很大損失。

在僞航運公會結束以前，有一部分道義會的道徒，對錢寶亭不滿，認爲他當上僞航運公會分會長以後，就不問安清道徒的事了，於是他們又結合了一些道徒，想復活安清道義會。其中有一個叫金祖德的道徒勾結日寇古屋猛(化名古友仁，是個中國通。年齡三十多歲，說的一口中國話)，到處聯絡，企圖重組安清道義會。迨僞航運公會結束後，由金祖德、查瑞卿、聶鴻昌、王春發等十餘人同古屋猛邀請錢寶亨出來復興安清道義會。第一次以錢寶亨爲名召開了一個預備會，到會的有三十多人。此時會章已經訂好，而此次所訂的會章與前次的宗旨完全不同。第一次的會章是張捷三起的草，我記得大致是尊重道德，崇尚義氣，道友團結，共謀道友福利。這次所訂宗旨，內容是擁護「新中國政權」(即日僞政權)，以「暢達民意」，「復興中國」，「振作安清道友」，建立防共陣線，徹底反共，「團結安清道友」與「友邦提攜」以達「反共救國」之目的。純粹是賣身求榮，爲日本帝國主義充當漢奸走狗效勞的反革命章程，是由日寇分子古屋猛操縱和製造出來的。有人曾主張再修改一下，古屋猛說業經日本軍部參謀處批准，不能再修改。這次預備會錢寶亨又被推爲會長，任聘三爲副會長。任聘三，名鴻恩，山東德縣人，軍閥時期在浙江督軍盧永祥部下充任衛隊旅旅長，江浙戰役盧失敗後，他潛居天津。韓復榘掌魯時，他與韓的民政廳長李樹春有舊交，被委爲東莊公安局長，濟南淪陷後又轉回濟南居住。任是安清道大字班的道徒，但最初濟南道徒知道他的很少，在金祖德等活動復活安清道義會時，因錢寶亨還當著航運公會長，金祖德這夥便把任聘三托出來，以代替錢寶亨。但是任聘三新來濟南，在道徒中聲望不夠，醞釀幾個月也沒辦出個名堂。

一九四〇年五月一日開復活安清道義會的籌備會議，到會的有一百四十多人。大字班的有錢寶亨、任聘三，通字班的有查瑞卿等一百多人，悟字班到會四十多人。錢寶亨主持開會，古友仁宣讀章程，首先成立了安清道義會籌委會(由十七個委員和十三個監察委員組成)，又設立了會務、總務兩個部，會務由酈秋江負責，總務由查瑞卿負責，這一來較第一期龐大的多了。籌備經費由古友仁擔任，不足時再向其他人募捐。雖有如此龐大的籌備機構，但道徒前往登記的仍是不多，道徒們對該會也不甚信仰。後來因為該會與日寇各方勾結，取得了日寇的信任，日寇給該會以很多方便：如帶上該會證章出入城墟門不受日寇檢查，到火車站可優先買票等等，因而登記道徒始逐漸增多，甚至連一些跑買賣的商人也託人介紹進道認老師。活躍了一個時期之後，錢寶亨因與任聘三不和辭去會長職，於是又推任聘三為正會長，查瑞卿為副會長。與此同時，該會又設立了參議會和諮議會兩個組織，參議會邀錢寶亨為參議長，在濟大字班道徒張征三、鮑玉銘、王大同、梁世棟等四人為參議員；諮議會除原籌備會人員全體為議員外，又吸收在濟通字班道徒王授廷、何聞天（歷城縣偽縣長）、岳雲亭等二十多人為諮議；悟字班道徒雖因輩低不能充當參議或諮議，但可當聯絡員。其實參議會等於虛設，開會沒有一個到會的，諮議會共有四十餘人，而經常到會的也還是那些所謂籌備委員，此時的總務部也分為會計事務、文牘兩個股，以查瑞卿兼部長（後改為主任），會計邢敬齋、事務韓友仁都是查的徒弟，會務部則仍由酈秋江負責，其所謂工作有登記和審查會員兩項，登記員有三個人，審查員有二人。長期到該會辦事的人員，規定每月送車馬費二十元。該會內部組織經過一番整頓後，便於同年七月十四日假北洋大戲院正式舉行了安清道義會成立會，至此，濟南安清道義會便正式落草降生了。這個成立會到會約有六、七百人，其中除道徒外，還有漢奸政權機關和日寇占領軍的駐濟機關的負責人，漢奸市長朱桂山還在所謂成立會上講了話。安清道義會成立兩個月以後，收羅道徒會員約有五百餘名，每月收所謂會費二百五十多元（每人交五角）。在此之後不久，各縣安清道組織聞訊也到濟南接洽成立縣分會，於是濟南安清道義會便無形成了山東全省的安清道義會總會了。各縣分會組織由各縣自行籌備成立，但分會圖章由總會發給，不准自刻。凡成立分會的縣安清道，均需向總會交納所謂補助金，大縣每月十元，小縣每月五元。據會務部統計，最後有四十多個縣成立了分會組織。

各縣安清道義會的分會，統統被資本家、流氓、地痞、豪紳、惡霸之類所掌握，如博山縣的幾個主辦人均是些資本家(不是煤礦經理，就是股東)。他們和日寇勾結在一起，都是日寇侵略軍的幫凶，都做過不少的壞事。博山安清道義會成立時，就是我去指導的，也曾邀日本侵略軍駐博山部隊長菊池和漢奸政權的僞縣長、警察局長之類參加成立會，菊池並講了一個多小時話。

道義會自一九四〇年五月重行改組後，比以前有所發展，但做壞事也就更多了，罪惡也就更大了。其創辦人之一的古友仁以解決道義會經費爲名組織了一個「山東土產公司」，在日本占領軍部領了一個專買證，統制牛皮買賣，不准其他皮商私相販賣，所有牛皮必須賣給土產公司。牛皮行均與這個土產公司發生聯繫，有一天有一個姓魏的人(名字不詳)坐在會門口哭。問他有什麼寃枉事？他說：「是賣牛皮的，從金鄉縣來，被土產公司查著，説我私賣牛皮，給我没收了五張皮子，而每一張皮子能賣三十多元，和他們爭論，不但不還皮子，並且還挨了打！」大家聽了，極爲憤怒，又不敢去問古屋猛，只得找任聘三來。任聘三又找了古屋猛，最後每張牛皮只給了五元僞鈔。後來我對山東土產公司了解了一下，據皮行一個姓左的(回民)説：類似姓魏的這種情況何止一、二，光没收的皮子就有若干。此外，濟南安清道義會的幾個會首都接受日本侵略者的薪俸。任聘三每月二百元，查瑞卿每月一百元，金祖德每月一百元。

濟南道義會還發刊《道義半月刊》，才動議時大家均不同意，都説一没錢二没人，當時不能辦。金祖德説古友仁有辦法。隔了幾天從日本機關報《新民報》中，請了一個周白采負責辦理半月刊的事，每月送工資五十元。《道義半月刊》宗旨是：本刊應時勢之需要，爲文化之前鋒，以站在興亞反共最前線上，向新時代前程邁進。内容除些會務新聞外，別無其他言論。有一篇《共產黨的眞面貌》，是轉載抗日以前汪精衛的言論，忘了是在什麼報上登載過的，周白采無恥的冒充是他作的。半月刊所登載的會務新聞中，如成立崇義小學、籌設小清河物產有限公司等，只是一種虛僞宣傳，基本就没辦，還有在「濟寧成立水上警備隊，交軍方領導，均是道中健兒」，這件事連影子也沒有。一九四一年秋間古屋猛回國，金祖德也搬出道義會。會務由任聘三和查瑞卿完全負責，又聘請王琦(山東保安司令)爲副會長。

一九四一年一月間有一個天津商人范東升，帶著款來濟買土產。拿著介紹信來找錢寶亨，想入安清道義會好與土產公司聯繫。錢寶亨叫找任聘三，接洽如何不知道，不幾天范東升即被日本憲兵隊捕了去，說他是河北省游擊隊的軍需，帶款來濟活動，拘留在領事館。後來天津櫃上來人，拿著證明文件找任聘三設法營救，任聘三託古屋猛去辦，人是被放出來了，然而被他們没收了一萬二千元錢。聽說古屋猛得了五千元，其餘日本領事館留下了。

古屋猛回國後，任聘三因和查瑞卿有矛盾不能解決，又聲明辭去會長職。查瑞卿是通字班的，道徒對他不大信服，所以到會的道徒漸漸少了。一九四二年夏間，日本軍部又要用林祥南街道義會所用的房子，催遷甚急，無奈搬到本街路北一個小房子住，没住上三個月，日特朝陽公館又要占用，道義會又遷移寧波會館暫住。經過這一連串的變動，道徒到道義會的更少了。就是兩個管理登記人還經常去，其餘會計、事務早就没有人了。查瑞卿也見無大作爲，辭職到青島去了。在這種情況下，道徒們又推舉王授廷爲會長、馬星南爲副會長。王授廷並捐了二百元錢作爲會務經費。這個奄奄一息的道義會，至此又暫時復甦了一下。一九四三年春間，因所住吳子彬的房子賣了，要交給買主，要求道義會搬家。會長又無處找房子，敷衍了將近一年，道義會就無形解體了。道義會的始末就是這樣。

道徒柏俊生和王大同的罪惡

在濟南安清道義會成立之後，安清道徒柏俊生因和日寇勾結到處招搖撞騙，招收了一批徒弟，其中有濟南最大的顏料莊股東狄連芬，還有裕興顏料莊經理和股東(姓名不詳)。便自己創立了一個安清道的組織(會名不詳)，並在日寇支持下辦了一個新生小學校，他不僅讓其徒子徒孫納錢修建學校和購置學校的一切設備，同時還要他們給他自己建了一所住房；此外，他還辦了一個《新生日報》，也是由他頂名由他的徒弟出錢。日寇在濟南設立的勞工協會，主要任務是給日本帝國主義招收華工到日本去做工，實際是專門出賣中國人的漢奸機構。柏俊生是這個所謂協會的董事，當然也是禍首之一。日本投降後，國民黨政權曾要查辦他的漢奸罪，經何冰如給他疏通，介紹他與秦向村的胞兄結識，不僅沒有被當作漢奸懲辦，而且在國大代表競選時，居然又通過競選當上了國大代表，成了濟南的一霸。他有一個孀母，據說平素到他家吃一頓飯，他都不高興；但她死了之後，他爲了藉死人發財，便把屍體抬到自己家去治喪，發出訃告就兩千多份，上自國民黨中央下自濟南地方達官貴人，都送輓聯、輓匾和現金。出喪時第一台輓匾就是蔣介石的，送殯的小汽車五十多輛，他們都是達官顯貴。這個惡棍終於在解放後被依法處決，濟南群衆無不稱快。

安清道徒王大同，沂州人，乳名叫小羊子，鄉里叫他王羊，是個大騙子手。最初他在濟南市唱著耶穌教詩歌賣《時兆月報》，後來不知怎麼弄到一封耶穌教某要人（姓名不詳）的介紹信去見張宗昌，活動辦報紙，居然把張宗昌說通了，於是他便以督辦公署名義向各處募股。聽說募了有十萬多元，之後就在濟南辦了一個《世界眞理日報》。出刊不久，王大同藉赴上海購買機器爲名，攜帶四、五萬元巨款逃走了。一九三八年濟南淪陷後，他又露了頭，成了安清道大字班的道徒，在濟南、天津從事安清道活動。不久又在濟南市騙去一曹姓寡婦的房屋一百多間。後來他還辦了一個大同中學，藉以招搖撞騙。直到濟南解放，這個惡棍才被鎭壓。他所騙的房屋也被收爲公有，辦了現在的丁家埡小學。

（原載《山東文史資料選輯》第十四輯）

關於杜月笙

范紹增口述　沈　醉整理

杜月笙，舊上海清幫頭子、流氓頭子，與黃金榮、張嘯林並稱「上海三大亨」。作者當年曾與杜結爲盟兄弟，過從甚密。本文憶述杜月笙的生活方式，思想性格，以及他攀附洋人，勾結官府、特務，橫行上海的劣跡。

我和杜月笙是從一九二五年前後開始往來的。當時我在四川軍閥楊森部下當第七師師長，駐防在萬縣。杜是上海清幫頭子，我早已聽人說過。我是四川的袍哥大爺，他也知道。由於這一關係，他便經常介紹他的徒弟們來找我，要我幫助他們在我的防區內收購鴉片煙。我每次接到他的介紹信，總是盡力幫助。

一九二八年前後，我在劉湘部下當川軍第四師師長時，他還介紹他的同門兄弟、嗎啡大王陳坤元到我的防區鄰水縣來開設了一座嗎啡工廠，由我給以保護。當時在鴉片煙出產地設廠製造嗎啡，所獲的暴利比從四川運鴉片煙到上海要大十幾倍。

一九二九年，我第一次去上海和他見面，他除了對我盛情歡迎外，還和我換了庚帖，結爲異姓兄弟；並陪我在上海盡情玩樂，極力顯示他在上海的特殊勢力。

以後我幾乎每年都要抽時間去上海玩玩，每次去他都是盡我所好來招待我。

一九三三年，蔣介石調四川部隊去湖北進行反共戰爭時，我率部與賀龍領導的紅軍作戰負了重傷，他得到這一消息，立刻派他的徒弟張松濤趕到漢口，接我去上海就醫。船剛一到碼頭，他又叫顧嘉棠代表他迎接我，送我到白渡橋公濟醫院，找了一個英國醫生給我診治，我負傷的右臂才未被截去。從這以後，我和他的關係就更加要好。

抗日戰爭期間，他到了重慶，我當時的部隊雖調往前方，我自己卻是經常回重慶玩，和他時常在一起。抗戰勝利後，我住在上海，他的第二個女兒杜美霞拜給了我做乾女兒，我們便成了乾親家，雙方家眷也經常往來。

這份資料，大部分是我和他接觸中親自看到或聽他講的；有些是長期和他一道的顧嘉棠、馬世奇等人告訴我的；還有一些是我從種種關於他的傳說中，選出較爲可靠的部分。

初期活動

杜鏞，別號月笙。光緒十四年(一八八八年)陰曆七月十五日生於上海浦東高橋。幼年家境貧窮，十多歲便到上海打流，跟小流氓馬世奇等結識，專做無本生意。經常和馬在小客棧裡擠在一張牀上過夜，他很愛睡懶覺，肚子餓得發慌的時候，才爬起來央求馬等叫伙伴們去抓別人的帽子(上海人叫「拋頂宮」)賣點錢來塡肚子。

他這樣混了幾年，感到不是辦法，才在黃金榮開的「大世界遊樂場」門口擺水果攤，並代顧客削水果皮。因以販賣萊陽梨出了名，許多人便給他起了一個綽號叫他「萊陽梨」。當初他對這樣一個渾名是很得意的，別人叫他，總是連聲答應，自己向人介紹，也愛用它。以後他慢慢發達起來，才沒有人當面這樣叫他。不過當年和他在一起混過的許多小流氓，在向他要錢不遂意時，還是不客氣地當面向他大叫。我在上海和他一道去四馬路會樂里妓院吃花酒時，便看到好幾次這樣的事：當他的汽車剛一停下，一群小流氓便圍過來向他伸手，他一面趕緊走，一面叫他的手下人快給錢。有時錢給少了，這些流氓便大叫：「萊陽梨，多給一點！」他的手下馬上就得加錢，才能把這群癟三打發走。

我第一次看到這一情況，大爲不解，怎麼這個大清幫頭子會沒有辦法對付這些人？後來馬世奇告訴我上述這一經過，我才明白原來是這麼一段歷史關係。

他以後一直還保留了削水果這門手藝，我常常看到顧嘉棠遇到只有我和他在一起時，便拿起一只水果送到他面前，叫他削，他總是笑著很快把它削好，毫無不愉快的表現。同時，他也愛開顧的玩笑，因顧是花匠出身，他便叫顧把他家裡的花擺好。

顧和他是相互依賴，彼此捧場，如果有客人在面前，顧總是裝出恭恭敬敬十分聽話的樣子，他們倆在一起時卻無話不談。我以後與他們相處久了，才看出他們之間這種特殊的關係。

杜一向以善於出主意而出名，在幫會中有「軍師爺」或「諸葛亮」之稱。他販水果時，許多小流氓便時常找他出主意去敲詐勒索。據說當時許多商店，在開張時怕流氓搗亂，便請巡捕房派人保護。他就指使小流氓在夜間去偷招牌，第二天再去勒索。還有些生意很熱鬧的商店，不肯花錢給流氓，他就指使這些人去這些商店門口相互毆打，拋糞便等，弄得顧客紛紛趨避，最後只有出點錢才能了事。

不久，他的名聲漸漸傳到黃金榮老婆耳朵裡，她叫人找了他去談話，發現他果然有不少名堂，便決定把他收到黃家去。從此，他和黃狼狽爲奸，成了黃手下的一個重要幫手，在法租界不知幹了多少壞事。

他在黃家的幾年中，一邊替黃出主意，一邊也爲自己將來「獨立門户」而暗中作了不少準備。他利用黃的關係大肆交結，拉攏各方面關係。等到他認爲羽毛豐滿，便脱離了黃家，與張嘯林、金廷蓀及顧嘉棠等結爲一伙，連黃的廚司馬祥生也被他拉了出來。黃對他很不滿，他就去拜另一個青幫頭子陳世昌爲師。

陳世昌的老師是早期一個流氓集團「仁社」的頭子，叫張鏡湖，這人做過通海鎮守使，山東人。他的學生中不少是反動派頭子，如楊虎、賀貴嚴、韓復榘等。蔣介石在上海打流時也拜過張的門下，以後蔣的地位爬高了，才不承認這個老師。

我也拜過張，參加了「仁社」，本來和杜的老師陳世昌是同一輩，以後由於杜在上海有勢力，誰也不再和他論輩份高低了。

杜剛離開黃家時，自知敵不過黃，不敢和黃爭奪財源，便向工商界方面另求發展。他的手下都是聽從他的指使去搗亂的，所以工商界只有找他出面，才可平安無事，這就慢慢形成了他替資本家充當保鏢的基礎。

黃金榮一直靠老一套強搶硬要的手法弄錢。當時一些官僚在外省搜刮了人民血汗跑到上海想當寓公，被黃的手下知道了，便會用種種手段進行勒索，直到把這些人帶去的錢弄光，然後給他留點路費離開上海。杜卻不這麼幹，凡到上海來的外地軍閥官僚等，他有機會便與之結識，交朋友，充當保鏢。所以他和新舊、南北軍閥官僚政客結識極多。

他和黃金榮表面上一直很客氣，但兩人暗中鬥爭卻從未停止過。我還記得，抗戰勝利後，黃向交通銀行董事長錢新之敲詐兩億元，錢怕在上海出事，便如數給了黃。杜當時是交通銀行董事，和錢又異常要好，知道了此事，大爲不滿，埋怨錢新之事前沒有告訴他。沒過好久，黃又出面寫信向重慶商業銀行要借四億元。我是該行董事，我去找杜。杜爲我出主意，叫我自己打一個電話給黃，當面問他，看他怎麼好意思？我照他的辦法，黃果然不承認是他自己幹的而推給他的手下，這筆錢才沒有要去。

杜在上海的勢力逐漸形成的另一個原因是他搞來的錢很多，花得也痛快，總是左手進，右手出，不像黃金榮只進無出，這樣替他捧場的人也就越來越多了。

他能混出名來，還有他一套拉攏人的手法。他想要結交的人，總是先找與這人有關係的親友表示對這人的仰慕和恭維，使人樂於和他見面。他結交人的手法也跟一般人不同，見面時表現很親熱謙虛。一經見面之後，他認爲這個人對他有利，必然千方百計在其他場合，或在與這人有關的人面前，故意吹捧這人一番，使這些話傳到對方耳中，叫對方從心眼裡感到高興，對他發生好感。

他善於揣摩別人心意，能根據不同類型性格的人，運用不同的手法去對待。使一些人和他見面後，總愛與他交往。

別人有事要找他幫忙，只要以後能從這人身上找回本錢，他也總是很痛快答應下來，暫時賠點錢，他也肯幹。他常常向我談什麼要從遠處著眼，不要只看眼前等，所以等到他要去利用別人時，也往往能夠順手。

他這些手段，不僅使許多流氓能爲他死心塌地去賣命，就像楊虎、陳群、顧嘉棠等，對他也是言聽計從。

他還極力收容和拉攏一些失意的官僚、政客和文人爲他充當謀士，替他捧場，他也很注意聽取這些在政治舞台上見過大風大浪的人的意見。

他用的祕書當中，有曾爲袁世凱搞籌安會的所謂「六君子」之首的楊度，以及當過徐世昌總統府祕書的徐慕邢。還有不少舊文人、洋博士之類的人，經常爲他出主意。他對這些過去有點地位和名聲的人，使用起來，不像一般反動頭子用部下那樣，而是處處表示出虛心向人求教的態度，執禮甚恭，使這些自鳴清高的人，忠心耿耿爲他充當工具而不自覺。

他早年一向想學梁山泊上的宋江，在社會上當「及時雨」，經常愛施小恩小惠。而捧他的一些失意官僚政客和文人，爲了要藉他抬高自己的身價，便把他捧爲什麼「當代春申君」和「小孟嘗」。

他在施小恩小惠時，還有一著很高明的手段，用他自己的話來說就是：「花一文錢要能收到十文錢的效果，才是花錢能手。」這也是他經常看到我亂花錢而不大講究目的而規勸我的話。他對人幫助，往往自己不出面，如送人一筆錢，或幫人解決一個困難問題，做了以後，不承認是自己做的，而代他出面的人，又往往把他幫助人而不肯出面的內情告訴對方，這樣一來，受他幫助的人便更加感激，而且到處爲他宣揚。

杜月笙捧人的手段的確很有一套，這對他的成名有極大幫助。他捧人捧得不著痕跡，使被捧的人非常高興。我還記得抗戰勝利後四川發生水災，四川省參議會議長向傳義和何北衡去上海募捐，先找市長吳國楨商量，吳推得乾乾淨淨，說他們來遲了一步，剛剛募過蘇北等幾處水災，又要捐沒有辦法。向等便去找杜，杜馬上答應下來，並拍著胸口說：「我們在四川吃了幾年，今天四川有災，不幫忙還算什麼人！」他沒幾天就把這件事辦得頗有頭緒。本來他可以把募得的錢交與向等就可以了，但他卻藉此機會去捧孔祥熙。他先向孔說明四川募捐吳國楨不幫忙的經過，並說他願代辦，請孔出面就行。孔很高興地聽他安排，請吳國楨等人到家裡吃飯，我與何北衡、向傳義也都參加了。席間，孔照著杜告訴他的話說了一遍，加上幾句四川是第二故鄉，有難一定要盡力幫助等之後，便指著杜說：「這件事我已關照月笙馬上去進行，一定要對得起四川同胞。」杜便站起來表示：「既然院長這麼關心這件事，月笙一定遵命盡力去辦，也希望大家盡力協助我。」我們幾個知道內幕的人，看到他耍的這一套手法，使得孔眉開眼笑，莫不在背後舉起大拇指說：「月笙不愧大好佬。」

他捧孔一向肯下功夫，因此孔也願替他捧場。如一九四七年他的兒子維屏、維新兩人在上海麗都花園同一天舉行婚禮時，請了孔去當證婚人，我便聽到孔當著介紹人錢新之、章士釗和去參加婚禮的賀客顏惠慶、徐寄顧、李石曾等一千多人的面，說杜是「中國少有的事業家，有遠大的見識和克己助人的人生態度……」

由於杜對孔這麼討好，孔在很多地方也特別照顧他，給過他不少找錢的機會。如抗戰勝利後，有一次孔知道蔣介石決定要把日本交出的大量棉紗拋出，他便暗地通知杜趕快把手上握有的棉紗拋出去，免得吃虧。杜因此而賺了一大筆錢。在蔣、宋、孔、陳四大家族中，孔是最受他那一套吹捧手段的，兩人的關係也最好。

他在社會上受到人們的注意，還是從一九二四年開始的。那年秋天，由於齊燮元和盧永祥兩個軍閥在上海附近打起仗來，四鄉居民紛紛逃往租界避難，成千上萬的人流落街頭。那時租界內的流氓正趁機詐騙難民僅有的一點財物並販賣難民婦女。杜卻別出心裁，居然跟著一些靠吃慈善飯的所謂「善士們」，辦起難民救濟工作。他以救濟名義，叫爪牙們拿著捐簿向商民強徵硬募。這種明目張膽的搞錢辦法，不但可以從中得到很大好處，而且還受到一些人的稱讚，難民對此也很爲感激。杜月笙就這樣一下變成了「大善士」。

從那次得到甜頭後，不論什麼地方發生天災兵禍，他總是非常熱心襄助這些「善舉」，在上海大肆捐募。因爲這種無本生財之道，可以名成利就，所以他樂此不疲。

我還記得，抗戰前某年不知什麼地方遭受天災，他又在主持「救濟」工作，當時他在上海已紅極一時了，爲了舉辦賑災義演，他和張嘯林、王曉籟等人也登台客串，以資號召。他扮黃天霸，張扮竇爾墩，票價最高十元。

那天我邀了大批人去替他捧場。他剛一出場，就引起一陣哄堂大笑。他平日雖愛聽京戲，小老婆姚玉蘭又是名演員，長年還和一些京劇「泰斗」有往來，可是他自己卻唱得非常蹩腳。張嘯林剛一開口，假牙一下滑出來，他慌忙拾起，台下一陣狂笑，張連唱詞都忘記了。金少山在馬門邊一看不妙，便急中生智，忙捧著一把茶壺給張送水，把唱詞念給他聽，這時台下有人在發牢騷說俏皮話了，還有人大聲在叫：「梅蘭芳的票才賣五元，『萊陽梨』賣十元還這麼開玩笑。」他的爪牙們一聽，抓起說這些話的人就痛毆起來。台上倒沒有打開，台下卻眞的動起武來，打成一片。

杜能夠成名，爲很多人所稱道，主要是他善於耍「兩面三刀」的手段。這裡就我所見到過的幾件比較重要的事情來說明一下。

第一件是調解一九三〇年上海法租界水電工人大罷工的經過內幕。在這一事件中，被法帝國主義打死打傷的工人有二十多人，造成了上海的「七·二一」慘案。他在這一慘案中抬高了自己的地位。

事件的起因是法國資本家憑藉在上海的特權殘酷壓榨工人。當時在水電公司的法國籍員工，月薪起碼有二百多兩銀子，華工月薪卻平均只有十二元。每次答應了工人提出的改善待遇的要求從不兌現。一九三〇年六月中旬，工人實行總罷工，要求履行增加工資的諾言。法方竟於第二天關閉廠門，拒絕工人上工。法商水電工會決定實行罷工，並正式提出每人每月增加工資八元、廢除罰款制度作爲復工條件，法帝方面完全不接受。國民黨上海市黨部幾次邀請勞資雙方進行調解，法方拒不參加，態度異常蠻橫；並宣布所有參加罷工的工人一律開除，另外招雇了一批白俄和新工人接替工作，雙方矛盾加劇。

杜月笙先是僞裝同情工人，送了一筆錢支援他們，並答應他們的請求進行調解。這時法國資本家的代理人、法商水電公司買辦沈叔眉也去找他，請他設法制止工人堅持罷工，他也滿口答應。

這次罷工最初只限於機務部門，自從法帝指使越南巡捕在華成路開槍打死了一名去參加開會的工人後，車務部門的工人也參加了罷工，弄得法租界內電燈不亮，電車停開，自來水供不上，預定在七月十四日舉行的法國國慶狂歡也不得不宣布改期。七月二十一日，法國巡捕槍殺在水電工會俱樂部開會的工人，當場死傷二十餘人。這一慘案激起全市工人的憤怒，其他工會一致起來支持。

法國總領事甘格霖和巡捕房警務總監費沃禮，請杜出面，設法不讓工潮繼續下去，可是對工人提出的要求卻不肯接受。杜爲了討好法帝，便指使他的門徒陸京士等組織「罷工後援會」，明爲支援，實則進行分化瓦解。

這時上海市長張群和警備司令熊式輝也貼出布告，嚴禁工人擅自罷工；不准其他工廠支援罷工。警察局還派出大批警察，保護法帝派出的白俄到華界去修理通向法租界的自來水管，這更引起工人們的不滿。因法帝拒絕國民黨市黨部調解的理由是，他們的公司沒有向國民黨政府註冊，所以國民黨無權過問。可是國民黨政府卻自動派警察前往保護，還大肆逮捕阻止白俄修理水管的中國工人。

蔣介石生怕工人堅持下去會影響中法邦交，趕忙派國民黨中央委員李石曾到上海進行調解。李一向和法帝有勾結。李到上海後，首先就找杜，杜滿口答應，願爲蔣介石分勞分憂，加緊施展分化工人的狡計。

法帝方面態度仍極野蠻，他們宣布法租界實行戒嚴，加派鐵甲車巡邏，並繼續逮捕領導罷工的工人，這些人跑到華界，警察局也同樣逮捕他們。

工潮一直堅持到八月中旬，由於法租界水電供應一天比一天恐慌，電車交通斷絕，法國當局才允許每人每月增加工資二元四角，但堅持要開除領導罷工的四〇名工人。

杜月笙和李石曾一聽到法方答應加了一點工資，以爲是了不起的勝利，便一定要工人復工。對法方開除的四〇名工人，他答應負責安置到工會工作，工資歸他支付。罷工工人只好勉強同意復工。

在簽字的時候，工人們要求在復工前釋放先後被捕的幾十名工人，法方堅持要復工後看情況再定，幾乎又成僵局。後來由杜簽字保釋，才結束了這一工潮。法方要開除的四〇人，杜墊了兩個月工資就把他們打發走了，達到法方開除的目的。少數不願復工的還被他的爪牙打了一頓。

這件事給李石曾添了面子；爲蔣介石解除了憂慮；法帝更看重他；一些不明眞相的工人也對他表示感激。杜是一舉而四得了。

第二件是一九四七年國民黨選舉副總統的事。我那時和杜同在南京，我住在中央飯店，曾擴情成天陪著我，怕我出去活動，因我能控制不少四川國大代表的選票。曾要我支持孫科，我因李宗仁過去對我不錯，準備支持李。有天早上，陳立夫來找我，説蔣介石召見我。我不想去，下午他又送來蔣的手令，叫我一定要準時去。見了蔣，才知道也是爲了要我支持孫科，我沒有料到蔣會自己出馬替孫科拉票，便老老實實告訴他，我答應了投李的票。蔣便指示我，我的一張可以投李，其餘能控制到的選票都要投孫。我對此事有點猶豫不決，便去找杜月笙。他很坦率地告訴我説，無論誰叫他支持，他都答應下來，不像我這樣。在這種場合，應當機靈一點，不但不能爲這種事得罪人，還要藉此機會來籠絡人才是辦法。他把他的這種祕訣傳授給了我以後，我留心觀察，果然每個參加競選的人都對他抱著希望。本來他能控制的選票就不多，分散開來根本起不了作用，但他自己卻得了許多好處。

他早年手面很寬，非常注意利用送禮來出風頭和拉攏人。抗戰前，蔣介石提倡「航空救國」時，他立刻表示響應，買了一架法國教練機送給了上海飛行社。後來孫桐萱的兄弟孫桐崗從法國學航空回來，他又買一架飛機送給了他。在當時，送人飛機，還是很稀罕的事，所以報紙上爲他這種舉動大吹特吹，這正達到了他的目的。他在送這兩架飛機時，都是用他的名字來給飛機命名的，如送飛行社的叫「月文號」，送孫桐崗的叫「月輝號」，其用意是不言可知。

其他像送人以汽車、小老婆等，更是平常事。好些反動頭子在上海公館裡用的汽車都是他送的。還有許多在巡捕房工作的外國人，他也送給汽車等物。許多中西探長、探目，每逢年節，他都要送一筆厚禮，動輒一兩千元。

早年給他和法帝拉關係的張翼樞，最稱讚他這一手。張是留法學生，在法租界公董局當過華董，據説他和法國內閣方面有勾結，法租界當局不答應他的事，他能直接寫信給法國內閣有關人員。杜在法租界早年時吃得開，張翼樞對他有過不少幫助。他的門徒在法租界內犯案被捕，或別人託他向法捕房講人情保釋人等，只要他一個電話，或一張名片，便可解決問題。遇到特別重大的事或不便由他出面時，張翼樞便代他去奔走行賄，也是很生效的。

他結交朋友很廣，無論南北軍閥與官僚政客及外國名人到上海，他都得通過有關方面去聯絡應酬一番。他最得意的是日本元老西圜寺到上海時，對他表示非常好感。當他告訴我，他以後一直與西圜寺保持聯繫時，我還將信將疑，後來我的兒子范之青去日本讀書，他寫了封信交我兒子帶給西圜寺，果然很得到照顧，我才相信他不是吹牛。像李頓調查團到上海，他也曾盛情招待；主持中國海關與郵政的外國佬也同他經常保持往來。至於各省軍閥官僚和國民黨軍政官員到了上海，他也照例招待一番。

在不到十年中，他便超過比他資格老得多的黃金榮等大幫派頭子了。當他在社會上漸漸有了點名聲後，爲了想與所謂「上流人物」打交道，過去那種歪戴帽子，捲起袖口，拖著鞋子走路的姿態，不得不改變一下，而裝成文質彬彬的樣子。據他告訴我，在這方面他是下過一番功夫去模仿的，最初很不習慣，以後他在任何公共場所露面，甚至大熱天在家裡見客，都是穿起長衫；去見有地位的人，還得罩上馬褂。他不但自己這樣做，還要求他的徒子徒孫們也這麼打扮，他常常對我說：「衣食足，應當禮義興了，不能再讓人家一看到就討厭害怕。」

他的文化程度和我差不多，正楷字還能認識一些，略帶行草便認不出來了。但他對寫自己的名字，卻下過一番功夫，看他的簽名，倒也像讀過幾年書的樣子。他說話一向不急躁，以後更裝得斯斯文文，在公開場合和交情不夠的客人面前，他是不隨便多講話的，以免露出馬腳。故初次和他見面又不了解他的出身的人，是一下識不出他的廬山眞面目的。

由於以上這些原因，他不願別人像對黃金榮一樣稱呼「老闆」，而喜歡別人叫他「杜先生」。

他一向以不擋人財路而爲江湖弟兄所稱道，凡是在上海發生了綁票勒索等案，有人託他去幫忙解決時，他明知是哪一路的人幹的，只要他出面便可平安無事，但他卻從來不肯答應做這種事。一方面是不願得罪那些亡命之徒，怕別人以後對他不利；另一方面也害怕別人說他與匪徒有勾結，影響自己名譽。

他幫助別人發橫財卻非常之夠朋友，我自己就有過幾次這樣的事。

一九四六年，我聽人說，國民黨在上海拍賣接收的敵僞物資，可以整個倉庫賣出，只要找到門路，頂到一個倉庫，即能發橫財。我便和杜商量，他叫我請敵僞物資管理局長劉攻芸吃飯，由他出面說人情，我便和顧嘉棠，張君生三人合夥做這筆生意。我和劉攻芸本來熟識，但交情不深，我照杜的意見，在我家設宴招待劉，由杜作陪，酒醉飯飽之後，我便向劉提出要求頂倉庫事，劉還沒有回答，杜馬上插嘴說：「這些東西都是抓在他手上，那還有什麼話好說……」，劉只好答應頂一座倉庫給我。當時還不必付給現款，只是由我開的福華銀行出了一張期票便妥，完全等於白送。

倉庫中的布匹、棉紗、蜂蜜、皮毛等數量品種之多都出乎我們意外。這些倉庫從接收後，連清點都没有清點過，問倉庫管理人員，不但答不出數量，連究竟有些什麼東西都說不清楚。腐敗的程度，實在使人吃驚。那一次我就賺了黃金三千多兩。

杜兼上海證券交易所理事長，我和顧嘉棠想做投機生意時，便向杜請教，他指點我們一下，一轉眼就可以得到幾十、幾百兩黃金。後來我和顧向他要該所經紀人的號碼，他說怕別人說閒話，因爲要這東西的人太多，黑市已賣到幾億元一個。但結果他還是給了我和顧兩人合共一個。以後我們懶得跑交易所，便把這個號碼賣了幾百兩金子。抗戰勝利後，我在上海有那麼多的錢亂花，大都是靠了杜的幫忙。

他從離開黃金榮家，在上海獨立門户以後，便極力注意避免樹敵。但看不起他的人還是很多，有些是怕他爬起來對自己不利，處處打擊他。據他告訴我，他剛出頭時，遭到不少人的欺壓，最使他懷恨的是魏廷榮兄弟。魏是浙江幫，在上海的惡勢力比杜形成得早，在法租界中也是風頭一時的人物。當江浙軍閥混戰時，不少散兵游勇竄到租界，到處亂來，帝國主義也感到窮於應付。魏廷榮在法租界發起創辦「中華義勇團」，自任團長，幫同維持法租界治安，很得法帝的賞識。以後當過商會會長和法租界公董局華董。杜初露頭角，魏怕將來與自己競爭，便處處壓制他，杜在羽毛未豐時，只有盡量忍受，而內心則恨之入骨。以後杜與帝國主義及國民黨都有了勾結，勢力一天天壯大，便向魏進行報復。曾派他的爪牙去綁架魏沒有成功，又準備去暗殺他。魏因自己力量日小，不再受法帝的重視，只好離開上海暫避。以後杜在上海的地位已鞏固，才不採用那套凶狠報復手段。魏後來回到上海時，杜表面對他還是很客氣。

杜身體一向不好，卻好女色，還吸上鴉片煙，癮很大，每天得抽二三兩。不過他抽煙有定時，每日早午晚三次之後不零抽，所以不大耽誤應酬和工作，他答應了去什麼地方，一般都不會失約，以後甚至氣喘病大發，也勉強帶病去參加約會。他經常對我說，無論怎樣，要言而有信，否則不如不答應。我記得有次是川鹽銀行上海分行開張，他和我及顧嘉棠三人一同去道賀，在汽車上他喘病大發，幾乎連氣都回不過來，稍許好轉一點後，仍堅持前往。到了以後，我急忙把這一情況告訴了劉航琛，劉沒有讓他下車便請他回去了。

他不愛穿西裝，卻愛吃西餐，喜愛吃點心零食。他有五個老婆。大老婆的情況我不大清楚，只聽說他的大兒子杜維藩不是他親生，是大老婆抱了人家的孩子。他很迷信，自這個兒子抱進門後，事事順利，因此把這個兒子看成了「興家寶」，非常喜愛，勝過親生。

他以後又從妓院中討了老三、老五兩個小老婆，還不滿足，又由楊虎一手替他包辦，硬把一個京戲名演員姚玉蘭收爲小老婆。抗戰勝利後，又與京戲名演員孟小冬同居，上海解放後逃往香港，雖已六十開外，還與孟擧行正式結婚禮。他雖有這些老婆，還愛經常到會樂里長三堂子去胡調。以抗戰前銀元來計算，我和他在長三妓院請一次「花酒」，總是花五百到一千元。以後他得了氣喘病，連上一層樓都費力，卻還是要去這些地方玩，上不得樓，便叫人用藤椅把他抬上抬下。

他自己儘管成天花天酒地，過著荒淫無度的生活，對他的女人卻管得很嚴。我聽人說，他的大老婆本來和他還好，以後有人告訴他，說她與他的一個同門兄弟有曖昧關係，他一氣之下，便指使他的爪牙把這個兄弟的腳砍去，以後弄清楚完全是誤聽讒言，他又怕別人議論，只好把這個終生殘廢的兄弟收養在家，不久這人就死去了。他的大老婆也因不堪虐待死了。他不但對自己老婆如此，抗日戰爭時期在重慶，聽到楊虎丟在上海的一個名叫「小老虎」的小老婆，與楊的徒弟汪盼有關係，他和戴笠一定要楊虎設法把汪盼殺掉，說這是嚴重違犯了幫會規矩，非置於死地不可。以後不知道是什麼原因，楊虎並沒有殺汪，他對此事還表示很不滿意。

他的孩子除維藩是抱來的外，以後老三、老五、姚玉蘭等又生了維恆、維屏、維翰、維寧、維新、維善、維嵩等七個兒子，及美如、美霞兩個女兒。

他幾個老婆都存有不少「私房錢」，我有時錢不夠花，還找他的老婆去借。有一次向姚玉蘭借兩萬美元，她說只有一萬九千。我拿到後，很奇怪怎麼會恰好少一千？顧嘉棠便點醒我說「你歸還時不就替她湊成了總數！」我才知道這是乾親家母先把利錢扣去了。

靠反共造成的特殊勢力

杜月笙在舊中國能享所謂「盛名」達三〇餘年，長期得到帝國主義和蔣介石等的信任，以及大資本家的支持，關鍵是靠反共。

一九二七年春，北伐軍打到上海之前，上海幾十萬工人在共產黨領導下已經組織起來，成立了總工會，並擁有自己的武裝糾察隊。在孫傳芳的直魯聯軍潰逃時，工人們奮起收繳了潰兵的大量武器彈藥，俘虜了大批反革命軍隊，維持了上海的治安，撲滅了潰兵逃走前放的大火，因此很受上海老百姓的熱愛。

工人們提出了打倒帝國主義和收回租界兩個口號後，公共租界和法租界的帝國主義分子都驚慌失措，恐懼萬分。便急電本國請求增調軍隊到上海，同時與當時東路軍前敵總指揮白崇禧和以後趕到上海的蔣介石進行勾結。

四月初，美、日、英、法等八個帝國主義國家調集了五〇多艘兵艦開到上海；英國把一艘載有幾十架飛機的航空母艦也開到吳淞口外；法帝從巴黎和海防抽調幾個營的法、越軍開入法租界，兩租界從三月間開始實行戒嚴，通向華界的鐵門關閉，馬路上架起大炮機槍，裝甲車四處巡邏。

當時謠言很多，帝國主義更經常捏造事實，說某處工人持槍企圖衝入租界，因而向白崇禧提出抗議。據杜後來回憶說，當時租界的帝國主義氣焰很凶，國民革命軍軍官士兵，在租界鐵門旁邊貼宣傳標語，都常被租界的巡捕捉了去。那時魏道明正在上海當律師，巡捕房每次把捕到的官兵送到租界的法院去審訊判刑時，都是由魏道明代爲辯護，每次審判往往是被捕官兵被迫承認誤入租界，具結悔過後才能保釋。蔣介石便下手令嚴禁官兵進入租界，查出要以違令懲辦。

杜當時在上海的勢力雖不如黃金榮，但他卻異常活躍。當時前敵總指揮部政治部主任陳群、蔣介石總司令部特務處長楊虎、淞滬警察廳廳長吳忠信等和他都有密切往來。陳群領他去見白崇禧和蔣介石後，蔣、白對他都非常稱讚，還設宴招待他和黃金榮，張嘯林等。

帝國主義的頭子中，先是法軍司令巴而雪很賞識他，以後陳群又介紹英軍司令鄧坎、美軍司令白多樓等與他往來，他們從杜口中可以了解到總工會和蔣介石、白崇禧等方面的情況，因而他一下子便顯得重要起來。

四月初，蔣介石在上海曾召集白崇禧、宋子文、李濟深、吳忠信等開過好幾次祕密會議，杜從陳群那裡了解到蔣有反共清黨的準備。當時外面早也傳言紛紛，有的人說共產黨要組織政府，打倒國民黨，並武裝接收租界。據杜說，這種謠言是由陳群的政治部散布出來的。另一種是說國民黨要驅逐共產黨、解散總工會和糾察隊，這是蔣介石等反共的陰謀被洩漏出去了。

杜說最好笑的是當時共產黨領導人陳獨秀，聽了這些話之後，還去找汪精衛查究，汪當然矢口否認，兩人便發表一個聯合聲明來爲兩種說法闢謠。蔣介石還贈送糾察隊一面「共同奮鬥」的錦旗，上海市政委員會也褒揚糾察隊是「民眾的武裝」。沒想到幾天之後，就發生了一場反共的大屠殺。

杜得到陳、楊兩人的通知，要他動員上海流氓參加反共後，他先勸說張嘯林，張同意後，又去說服黃金榮。黃開始拿不定主意，因他看到共產黨提出的口號和主張，擁護的人很多，怕國民黨對付不了共產黨，要杜看看誰勝誰負再說。杜認爲機不可失，參加反共將來在政治上才有地位。據說黃最後被杜說服，是杜提出共產黨勝利了決不會對他們有好處，只會是和國民黨同歸於盡；與其這樣，不如全力與國民黨合作反共，使國民黨取勝，才有前途，黃才決定參加。

杜的爪牙早有一部分混到了總工會和糾察隊中，他們預先仿製了不少總工會用的標幟，事前由杜與租界方面商量好，同意流氓和特務在租界內集中，配合反革命軍隊去解除糾察隊的武裝。蔣介石把一切布置好以後，便於四月七日離開上海去南京。

四月十二日早晨四點鐘以前，杜和黃金榮、張嘯林分別集合了他們的黨徒，杜的爪牙高鑫寶、芮慶榮等由顧嘉棠率領；黃的門徒由唐嘉鵬、顧竹軒率領；楊虎特務處的特務由彭伯威率領。一律工人裝束，佩帶工字臂章，攜帶武器，分股從租界鐵門衝向南市和閘北糾察隊駐地及電車工會、三山會館、湖州會館、中新紗廠……。

這批冒充工人的特務、流氓，趁糾察隊員尚在夢中時，繳了守衛的槍枝。有的地方被他們欺騙搜繳了一些武器，有的地方當時發生衝突，工人們倉促應戰。事前約定好了的二十六軍周鳳岐部由參謀長祝紹周指揮該軍第一師伍文淵部和第二師斯烈部四個團，分別將糾察隊包圍，向糾察隊進攻。同時假稱調解雙方衝突，命令雙方放下武器，趁機將糾察隊武器全部騙走。在衝突時，糾察隊當場被打死一百多人，打傷幾百人，總工會委員長汪壽華被殺害。流氓把糾察隊的東西搶劫一空，循原路退入租界。杜月笙等當時沒有離開租界，而是在鐵門內守候，看到他們的人都安全回來，才離開鐵門。

消息傳出以後，上海工人們憤怒異常，所有工廠均罷工，工人分別在南市、閘北等處集合開會，要求嚴厲懲辦殺人凶手和主謀犯，立即發還繳去槍械，會後舉行了大規模的示威遊行。顧嘉棠等第二天也大批出動，協助搜捕總工會和糾察隊負責人。顧親自在閘北寶山路口仁善女校、第二師司令部門口，觀看遊行的工人被該師全副武裝的士兵打死一百多，陳屍遍地。反動派又對工人們進行新的誣衊，說總工會內部隱藏有直魯聯軍，已搜出了大量直魯聯軍符號證件，「通敵有據」。以此爲藉口，大肆搜捕和屠殺工人。

這一陰謀又是杜月笙的得意之作。因爲流氓們搶劫了糾察隊所有東西之後，回去一檢查，值錢的東西並不多，文件等便送給了楊虎。在清點這些東西時，杜發現工人們在收繳直魯聯軍潰兵槍械時，也繳了他們的符號證件等物，沒有毀去，杜便建議拿這些東西作藉口來捕殺工人。

在兩天的混亂局勢中，反動派一會這麼說，一會又那麼說，許多人還不明白究竟是怎麼一回事。陳群得到白崇禧和蔣介石的指示，由他擬好一個通電，叫杜和黃、張三人署名發出去，並印了幾千張在上海散發。十四日上海和南京等有些地方的報上就刊出了這一通電。在這一通電中，對中國共產黨極盡誣衊誹謗之能事，同時大肆攻擊總工會和糾察隊的負責人。但電文不打自招，說什麼「同人等急起邀集同志，揭竿爲旗，斬木爲兵，滅此凶蠻，以免遺害子孫，尤望全國父老，父詔其子，兄勉其弟，共起而鏟除之。同人等抱國家興亡匹夫有責之義，出而奮鬥」。恰恰證實了蔣介石勾結流氓進行反共的陰謀。當晚，白崇禧便去南京見蔣介石覆命，行前又找杜等去勉勵嘉獎了一番，因此杜的勁頭更大了。

上海工人們並沒有被這場大屠殺嚇倒，除了繼續舉行集會和示威遊行外，他們印發了不少文件，揭發蔣介石爲首的叛變革命屠殺共產黨的大陰謀。杜又指使他的爪牙到處偵察共產黨人，隨時向楊虎遞送黑名單，不斷搜捕中共人員。

杜的通電還沒有發出，他就找了與他有關的一些團體，陳群也指使一些與國民黨有關的團體，共湊集了六、七十個，於十五日在各報刊出了致蔣介石、白崇禧的通電，把這幾個流氓打手捧爲「救國義士」，說他們十二日晨，親自率領「敢死同志」搜繳總工會槍枝，解散糾察隊，使全市中外人士爲之歡躍慶賀，希望全國各省市各團體一致仿效上海辦法，向他們看齊。以此作一次輿論試探。

十六日，陳群奉蔣介石的指示，要杜等公開出面招待新聞界，發表反共談話。通過這一系列試探之後，蔣介石和白崇禧才不再掩飾，公開提出了反共的言論。

杜常說，他一生事業，奠基在反共之上。既討得帝國主義的歡心，又爲蔣介石等所器重，還得到資本家的擁護，一舉而三得。

多年以後，在他做六十生日時，《中央日報》曾用這樣的話來稱頌他：「十六年國軍方奠定東南，上海伏莽遍地，一時人心未定，秩序紛然，先生以安定地方爲重，與黃金榮、張嘯林仗義執言，昭告國人，復默運機宜，不旬日而反側以寧，此則有造於黨國之始也。」對他這次充當反共急先鋒的功勞，一直沒有忘記。

蔣介石背叛革命成功以後，對上海青幫頭子特別表示好感。不久他到上海，曾盛宴招待杜、黃等人，當面稱讚他們「深明大義」，是「識時務的俊傑」。

蔣第一次下台，住在上海楊虎的俱樂部裡，杜盛情招待過他，據說還給他送過錢。不過杜自己對送錢給蔣的事，我沒有聽他談過，別人問到他時，也不正面答覆，因他怕蔣知道不高興。

多年來，蔣和他一直是保持著一種很特別的關係。在大庭廣眾中，對杜從不表現過分的親熱；當只有他兩人或少數親信在一起時，卻對他非常要好。我在抗戰前有一年去上海，正遇上他被蔣邀去南京，蔣約了他和錢新之與另外兩個金融界的人一同吃飯，座上對他極爲親熱。他們曾一同論起年齡，以杜最小，蔣特別鼓勵他，説他前途無限，回來他非常高興。據他自己説，蔣介石曾向他表示過，有困難可以隨時去找他。杜對此萬分感激，常以此炫耀自己和蔣的關係。但他非遇到特別重大問題，關係到他切身利害，從不肯輕易去使用這張王牌。他和蔣手下不少人有深交，一般問題不必通過蔣就能解決。我過去只聽到他談過兩件事，這是當時許多人認爲沒有辦法可想，他才直接找蔣而得到解決的。

一件是抗戰前，上海南市太平里的大嗎啡案，這個龐大的嗎啡製造廠是杜月笙叫顧嘉棠包下來的。以後因與憲兵、特務等分贓不均而被破獲，由憲兵司令部派一連憲兵看守。結果這一連的官兵都大偷嗎啡，從連長到士兵全部逃走。蔣介石大怒，非徹查不可，鬧得上海滿城風雨，反動派内部也吵鬧不休。杜知道追查下去，必然會查到他的頭上，只好帶著一筆鉅款趕到南京，一面買通蔣的左右，一面自己見蔣，請求不要徹查下去。這件轟動一時的大案子，就虎頭蛇尾地收場了。

還有一件是他最有錢的徒弟徐懋棠的兄弟徐懋昌，抗戰那年在上海和官僚資本勾結，做棉紗交易，引起了市場上一次軒然大波。蔣介石命令戴笠在上海逮捕徐，這時杜的徒弟王兆槐在戴笠控制的淞滬警備司令部任偵察大隊長，王奉令後，便去密告杜。徐懋棠向杜求情，他看在錢的份上，立刻飛到廬山去見蔣，請求不要逮捕徐等，蔣接受了他的意見，叫戴笠和他商量辦理。以後由於牽涉到孔祥熙的老婆，要辦也辦不下去，這件事也就不了了之。

從一九二七年到一九三七年這十年中，是杜一生最得意的時期，他倚仗上海租界的帝國主義，甘心充當幫凶，又與反動頭子有勾結；而兩方面又都需要利用他充當工具，他的地位被抬高了。楊虎第二次當上了淞滬警備司令後，對他更是言聽計從。

杜爲了直接控制警備司令部的主要部門，把他最得意的徒弟陸京士推荐去當該部的軍法處處長，這個從來沒有穿過軍服的工賊，一下成了陸軍上校。他的另一徒弟王兆槐是該部偵察大隊長，在警備司令部裡，許多人對杜比對司令還恭敬。

在租界方面，他的勢力原來只限於法租界，這時也擴充到了英租界。法租界巡捕房的中國督察長金九林是完全聽他安排的；公共租界的流氓頭子季雲卿和他徒弟——英租界捕房督察長陸連奎，對他也很尊敬。再加上商會會長王曉籟是他支持出來的，自己又兼了不少的董事長、理事長、總經理一類職務，故在工商金融界也很有勢力。

在他全盛時期，他是揮金如土。如果靠他所經營的企業銀行和兼職等正當的收入，他絕不可能一擲萬金無吝色。他那麼多的錢是從哪裡來的？這裡不得不談一談他的「生財之道」了。他自己雖不直接做鴉片生意，但他大宗的收入是靠包庇販運鴉片等毒品而得。當時在上海行銷的各種毒品，都要由他「保護」，這筆「保險費」爲數相當驚人。每年由各地運到上海行銷和加工的毒品有幾千擔之多，他從中可以收到上百萬的「保險費」。他不僅可以擔保「貨物」不出問題，連搞這項生意的人，也由他保護。顧嘉棠便向我談過，戴戟在上海當警備司令時，有次他手下的特務把嗎啡大王陳坤元扣捕在英租界新新公司樓上，準備不通過英租界巡捕房把陳祕密押回司令部。此事被一個認識陳的妓女看到了，立刻打電話向杜報告，杜馬上叫顧嘉棠帶了八個攜槍的打手，闖進房間，硬從特務手中把陳搶走。他們平日護運毒品，也都佩帶手槍，隨時敢與檢查人員對抗，死人流血在所不懼。

他另一大宗收入是包賭，上海許多大的賭場，都是由他負責包下來。我只去過其中一家最大的，是在同孚路一八一號，那裡由顧嘉棠派顧苗根等十幾個人，攜帶手槍，擔任保護。這是一座相當大的花園洋房，鐵門經常關閉著，只有認識的汽車才能直開進去，對不認識的人他們還要抄一下身，怕帶手榴彈等物進去出事。他們對前去搗亂的小流氓，輕則毆打，重則殺害。

進賭場以後，便向賬房換籌碼，從一元到一百元不等，主要是輪盤賭，還有單雙、大小、回門攤、麻將、撲克……中西賭具一應俱全。我在那裡賭過輪盤和大小，總是輸的時候多。那種賭面相當大，一次輸贏都是幾百到萬元。賭場除了靠贏錢外，還用見十抽一的辦法來「抽頭」。一千塊錢只要輸出贏進十次就等於沒有了。

一些從外地來的大賭客，把錢輸光以後，賭場還照例代購車船票送回去，好讓回去再拿錢來賭，同時也免得在賭場尋短見或耍賴皮。贏得多的人，賭場也派人護送回去，但這種情況極少有。

賭場設備很齊全，可以免費供應上等鴉片煙、中西餐、冷熱飲料等，休息時可以大吃大喝，以此來吸引賭客。杜月笙從這個賭場每月可以拿到三四萬元，顧嘉棠每月也可得五千元。

杜自己不到這種場合來賭博，平日總是在家裡賭。客人贏了錢，得給他家裡的人「小費」，爲數也很可觀，有些人想巴結他，給的比「抽頭」還多。他一般小賭是「挖花」，陪他玩的有劉航琛、康心之、顧嘉棠和我等人，雖說是小賭，每次輸贏也是上千塊銀元。大賭是推牌九，每場是幾萬到幾十萬銀元。抗戰勝利後由於法幣貶值，便用美金計算。下場時再按當日美金黑市價格折算法幣結帳。這種大賭，他是十次有九次要贏，而且贏得很多，他自己不耍花樣，靠別人和他合作來做假。像以前一個大鹽商的兒子朱如山、律師徐士豪等都有一套很高明的手藝。我曾和他合夥搞過大賭，他因身體不好，只賭到晚上十點左右便去休息，由我守通夜、往往到天明才散場。他在桌上時總是贏，做假的朱如山等人也和別人一樣輸錢，所以不易引起別人的注意。當時輸得最多的是四明銀行董事長吳啓鼎，在杜家裡先後輸掉九萬多美金(當時外面傳說吳輸了九十多萬，我記得是九萬多)，還有四川幫的劉航琛、康心之、康心如，以及杜的小同鄉陸根記營造廠老闆陸根泉等，也輸過不少。贏得的錢，我和杜三七分，我有時一夜可以分到幾千或上萬美元。

杜玩假牌的手藝並不高明，有次戴笠和我們一起在我家裡表演過，還是戴笠那一套比我們倆人都高明，他不論拿什麼樣的骰子都可以隨心所欲地擲出自己所要的點子來。我和杜都稱讚他這一手「絕技」。

杜在上海，不僅中國人開的賭場由他包庇，連當時外國人搞的大翻戲，他也分成。抗戰前上海的跑馬、跑狗、回力球，不知騙去中國人多少錢。我認識的許多女人中有不少愛去賭回力球，好多都弄得傾家蕩產，甚而自殺。

當時這些公開賭場，是得到租界當局保護的，雖不像中國人開的賭場一樣向他送包銀，但也得和他拉上關係才能太平無事。我過去愛買馬票，每年舉行春秋兩季香檳賽開彩時，也請杜去主持。那時頭彩最高有過二十五萬元，可是從來沒有一個中國人得到過，得主都是不在上海的外國人。我最初還不明白是什麼道理，後來杜告訴我，這些得頭彩的外國人都是假的，要是眞的付出那麼大一筆獎金，那些外國人還吃什麼？所以他從不去賭這些玩意兒，而只是從這幾個外國大賭場中拿回一筆數目不小的車馬費。

他兼差之多，眞是驚人。他自己主辦的商號倒不多，如像中匯銀行，名義上是他辦的，實際上是他的徒弟徐懋棠等占的股金比他多，還有通商銀行是從別人手中搶過來的。這通商銀行據説開辦在光緒年間，是家老銀行，發行過鈔票。他搶的辦法很毒辣，先叫人去該行存款，等到銀行把這些錢放出去以後，便派人在同一天内去提取現款和兑換鈔票，官僚資本的銀行又不幫它調頭寸。這樣一來，弄得該銀行措手不及，支付困難，風聲一傳出去，存户紛紛提款擠兑，眼看該行要垮台了，該行負責人只好去請他幫忙維持，他先還故意推三推四，等他答應出任該行董事長後，他關照一聲，提款和擠兑風潮馬上就和緩下去。以後又由錢新之等在該行增加了官股，這樣通商銀行便被他搶過來了。當時的經過很複雜，我只記得這一簡單情況。

另外他兼任中國、交通兩銀行的常務董事；浦東、國信、亞東等銀行的董事長。還有其它一些銀行的兼職。

在交通界，他是全國輪船業公會理事長兼上海市輪船業公會理事長、大達輪船公司董事長、招商局和民生公司的董事。

他懂得要成名還必須靠報紙爲他吹捧，所以他也想方設法鑽入了新聞界。他是上海《申報》的董事長、《新聞報》的董事、《中央日報》的常務董事。他的徒弟辦的許多小報，如陸京士辦的上海《正報》都和他有關係。

他兼的重要職務還有上海市地方協會會長，中國紅十字總會副總會長、上海商會常務監事、浦東同鄉會常務理事、華商電氣公司董事長、中紡公司董事長、證券交易所理事長、世界書局董事長、大東書局主席董事等。杜兼的這類職務約一百個之多，有時連他自己也記不清楚。他所兼的這些職務，一個月單是車馬費就很可觀，再加上乾股分紅，那就爲數更大了。他的這許多兼差，大都是靠使用流氓手段和倚仗帝國主義與反動派的勾結所取得。有些人則是利用他的「牌頭」來應付意外的麻煩，有時他也利用這些兼職來達到他個人的目的。如抗戰開始時，蔣介石想要拿些輪船沈到長江當封鎖線，許多私營輪船公司都不願意把船拿出去。兼大達輪船公司董事長的杜月笙，便首先響應號召，拿出了幾條船沈到江陰，別的公司也只好忍痛犧牲，長江封鎖線便這樣完成。杜因此而落得個「愛國」的名聲。

一九三二年，他創辦了「恆社」。這是以社會團體爲名，實際上是個幫會集團，該社成員都是他的門徒。它標榜的宗旨除一般幫會的所謂道德信義之外，特別提出它是「服務社會，效忠國家」，以此騙人和討好反動統治者。他常常誇耀，他有「八千子弟，患難相從」。這完全是吹牛，實際上是兩千不到。就連他的徒弟陸京士的「清社」、張克昌的「暢社」等徒子徒孫加在一起也不到八千。這些人和他的關係，他自己也很清楚，無非是借重他的勢力來作擋箭牌，除了早年跟他打流的一夥人要靠他生活，常跟他在一起外，大部分工商界的人都是彼此利用而已。他的門徒中軍官極少，因爲他很懂得蔣介石的脾氣，這個流氓出身的獨裁者最忌諱他的學生和部下去拜別人當老頭子。「恆社」中的將級軍官如王兆槐，是奉戴笠指示才去拜他的門的。他平日和許多反動軍官雖有往來，但大都是交朋友，並不拉來當自己的門徒。

他當時每月得支付一筆爲數很大的錢，去養一批失意的官僚政客。每到月底，各方面的「進賬」還沒有轉入他的户頭，就有部分送出去了。我曾經看到過接受他的錢的名單，其中不少都是曾經有過一些名聲的人，如章士釗等。

祠堂落成和六十大壽

我認識杜以來，先後參加過他一生中兩次最熱鬧的場面。一次是一九三一年六月，參加他在浦東高橋新建的杜氏家祠的落成典禮。一次是一九四七年八月三十日他六十歲做生日。前一次是他大走紅運的時候；後一次雖也熱鬧非常，卻是在走下坡路了。

我於一九三一年五月間，便接到他的邀請，六月初才到上海，没有趕上參加他那大規模的籌備會的工作，只是去看了一場熱鬧。當時替他主持籌備工作的都是所謂上海「聞人」和「商界四傑」之流。如總務主任是虞洽卿和黃金榮，劇務主任是張嘯林，衛生主任是王曉籟、龐京周，招待主任是袁履登等。

他在家鄉修建祠堂，把在家裡的祖宗牌位送進祠堂去供奉，是想藉自己當時的聲勢來光宗耀祖，所以典禮中最隆重的節目便是送這些牌位的盛大遊行。爲了籌備一支精采的儀仗隊，他把所有的關係都幾乎用上了，一兩個月前就向各地的朋友、同門兄弟、門徒等發出邀請函電，半個月前，各方送來的匾額、對聯、賀詞和禮品等已堆積如山。他挑出其中一些地位高的人送的匾額隨儀仗隊送去，其餘都先掛進祠堂，大部分祠堂裡掛不下。

六月十日，是經過幾個風水家選定的送主日期。那天一早，我趕到法租界華格臬路他家的時候，附近的幾條馬路已被幾萬名儀仗隊和客人擠得水洩不通。儀仗隊分爲六個大隊，這裡我只把第一大隊組成的情況談談。它由幾十面兩丈見方的特大國民黨旗和杜字旗作前導，每面旗由四人抬舉。前後左右用一百多輛自行車護衛，接著是由法租界和英租界巡捕房派來的英、法、印、越巡捕組成的騎隊，後面跟著一大群「金榮小學」的學生，和幾年來各處送給他的十幾把「萬民傘」，以及掛著蔣介石送的「孝恩不匱」的金匾的匾亭，何應欽、熊式輝等人的匾亭等。還有一個上百人的樂隊。

其餘五個大隊是由公安局的保安警察大隊，陸、海軍的軍樂隊，陸軍第五師和吳淞要塞司令部步兵各一營。還有救火會、保衛團、童子軍、緝私營、偵緝隊、工會等組成的隊伍，以及各團體的旗傘。每隊都分別配有吳佩孚、段祺瑞、孔祥熙、劉峙等南北軍閥、新舊官僚政客送的匾亭，還有上萬名來賓。蔣介石送的一篇祝詞彩亭殿後。

他的祖宗牌位是用特別紮成的神轎抬著，前面用八面特大銅鑼開道，幾十個盛滿鮮花的花籃和幾十個燒著檀香的大香爐，由穿著彩衣的少女捧著隨轎前行，他帶著兒子跟在轎子後面。據他告訴我，當時最不易選到的是一個扶轎槓的人，不知他根據什麼人的建議，扶轎槓的要用清朝有過功名的地方官才行。他說要找一個當過什麼總長、將軍的人倒容易，找一個這樣的人反而費事。後來總算找到了當過上海縣知事的李祖夔來充當。轎後是集中了上海京戲班子裡用的宮鑾和戈矛劍戟等幾百件古代武器。這一不倫不類的隊伍和六個儀仗大隊，從他家到法租界金利源碼頭走了三個多小時，所經馬路交通全部斷絕，一路上鞭炮不停，看熱鬧的有幾十萬人。

當儀仗隊和來賓從碼頭分乘十幾艘火輪渡江時，秩序很亂，法租界的巡捕探警全部出動維持，還是有不少人被擠落黃浦江中。

從高橋到杜家祠堂還有十里路左右，全是新建的馬路，路旁插滿彩旗，一里一座彩牌坊，這些彩旗和彩牌坊都是由各商店所贈。臨時還從上海調來不少汽車和大量的人力車接送客人。杜祠前面，搭著五層樓高的大彩牌坊，四周搭起一百多間大席棚和臨時戲台，祠堂本身並不很大，只是一座三進五開間的房子，門前卻立著一對很高大的石獅，氣派很不小。

那天上海郵政局也在那裡設立一個臨時郵局，贈送來賓每人一套印有「杜祠落成典禮紀念」的信封信紙，並加蓋紅色紀念郵戳。許多商店都去贈送扇子、汽水等作廣告宣傳。都錦生絲織廠用純絲織成的杜月笙照片，則專送外賓和一些有地位的來賓。凡去道賀的客人都可以得到一枚很精緻的紀念徽章，憑這一徽章可以去看戲和吃飯。

舉行栗主入祠典禮時，由陸、海軍、公安局西樂隊等組成的大樂隊奏樂，要塞司令部在附近鳴禮炮二十一響。首先由楊虎以國府中將參軍身分代表國民政府和主席蔣介石道賀。當日報紙登有這樣一則電報：「上海楊參軍嘯天勳鑒：本月十日為杜月笙先生新祠落成，請執事代表致賀，國民政府祕書處青。」當時連我都感到有點奇怪，怎麼一個幫會頭子的家祠落成，堂堂的國民政府會派代表去道賀？

公祭典禮是由吳鐵城、劉志陸、宋子文的代表宋子安、孔祥熙的代表許建屏、何應欽的代表何輯五等執祭，杜率兒子在旁答禮。接著是來賓道賀。參加道賀的來賓有法國總領事甘格霖、公共租界警務部長毛鼎，還有日本總領事和日本駐軍司令板西將軍及許多外國客人。此外，各省主席、市長的代表、各地幫會頭子、上海工商、金融等各界的頭面人物共一萬多人。去趕熱鬧的賀客，不少是爲了去看幾場南北京戲名角會演的拿手戲，這在當時是有錢也不易看得到的。我還記得那次梅蘭芳是從廣東趕回來，荀慧生是在上海大舞台出演，程硯秋是從哈爾濱來，尚小雲是從天津趕來，還有十多年沒有到南方的龔雲甫，那次也破例去了，王又宸有病，也在頭天趕到。其他如馬連良、言菊朋、高慶奎、蕭長華、姜妙香等也都是很早就去了。

從十日到十二日的三天連台好戲，使上海、南京都爲之轟動。一萬枚紀念徽章早已發完，臨時還加添了幾千個入場證。附近幾縣趕去看熱鬧的根本不能入場，便由天蟾舞台等戲班在外面演唱招待。每次開飯一千桌左右，要分四五次才能開完，幾乎整天都是在開飯。從各方送禮之多，堂會戲目之精彩，排場之闊綽，據說在上海都是空前的。

事後杜告訴我，連他自己也沒預料到有這麼大的場面。他最感激的是法租界當局准許他那樣大搞，因自有租界以來，從來沒有讓中國軍隊列隊開入過，這次能把陸、海軍、公安部隊等開入租界還是第一遭。蔣介石去上海住在法租界的公館裡，也只能帶便衣警衛，從來也不准調軍隊去給他守衛。

這次費用據說花了幾百萬銀元，有許多項目是完全由別人湊錢代辦的，還不計算在內。不過他收的禮金也不少。

杜爲了想抬高自己身價，曾查過許多代祖先，也找不出一個可以給他撐點面子的先人。這次祠堂落成，吳佩孚送了他一面特大金匾，題了「武庫世家」之後，其他的人也跟著送了些「武庫家聲」、「武庫經綸」等金匾，他非常高興。經吳佩孚這麼品題一下，使他一下子成了唐朝名將杜預（杜預善用兵，當時人稱爲杜武庫）的後裔了。許多爲他捧場的文人，在爲他起草特大的鳴謝啓事中，便有這麼幾句：「……賓朋聯袂，車騎如雲。草綠郊坰，見元戎之小隊；花開閭巷，多長者之高車。地當江海之濱，幸有煙花十萬，人愧春申之俠，居然爲履三千」又儼然以杜甫自況了。

就在他祠堂落成不久，宋子文的老娘出殯，雖有蔣介石、孔祥熙去執拂，在中國四大家族中占了三個是她的子婿，也沒有杜祠落成的排場；被上海人稱作洋財神和哈同不久死去，這個最有錢的大地主，也沒有辦法組成一個那樣的儀仗隊。多年以後，杜在津津有味地談起那一件事的時候，還是得意非常，看作是他的力量的一次大檢閱。

一九四七年八月三十日，是他六十歲生日。我從七月間便參加由陸京士、徐采丞、顧嘉棠等人所組織的「祝壽委員會籌備處」的工作。開始是發動各方面送賀禮和通知在外地的熟人及門徒前來參加祝賀。同時接洽邀請南北京劇界名演員前來演出，並利用所有的關係去進行宣傳聯絡等活動。

在生日的前幾天，我經常和他在一起，那幾天各方面送來的賀禮、祝壽文等一天比一天多。杜的耳朵裡每時都聽到當時的所謂要人姓名和禮品名目，許多院長、部長、省主席、總司令等，他都沒有多大興趣，他最關心的是蔣介石送他一點什麼，好炫耀一下。因那時他已開始走下坡路了，生怕蔣會忘記了他。等了幾天，一直沒有看見蔣的東西，他有點著急了，便掛起長途電話去問蔣的親信陳布雷，希望陳代蔣寫幾個字給他裝裝面子。陳當時也答應了，可是過了兩天，蔣的東西還是沒送到，他心裡很不安。眼看只差一天了，忽然接到一個電話，說蔣已派了一架專機送來了禮物。他馬上接待這個專使，並立刻打開禮物，原來是蔣親筆寫的「喜樂宜年」四個一尺多大的字。以後陳布雷告訴他，說蔣聽到陳提出這件事的時候，沒有叫人代寫，陳也不便再催，沒有想到是他自己動筆。

在大批壽禮和壽文中，他只看了一些有名人物的東西。送禮最早的是錢大鈞，第二是邵力子夫婦送的「仁者壽」三個大字，還有宋子文送的用乾隆年間竹根雕成的壽桃和佛手。他看到這一禮物時曾笑著說，想不到這位洋化朋友會送中國古董給他。

當時最忙碌的是從各地趕來祝壽的京劇界名演員，整天在安排演出精彩的節目。我起先不大了解，爲什麼這些名演員這麼熱情賣力，後來我經過這樣兩件事才明白。一是張君秋在上海中國大戲院演出時，老闆沈蘭庭兩個月都不給他錢，還要他繼續演下去。張把這一情況告訴我，我向杜說了一聲，杜拿起電話問了沈幾句，沈馬上就付給張五根金條。還有一次是抗戰勝利後，程硯秋去上海演出，我經常接到南京許多反動頭子的電話託我買戲票，老是買不到好票，因票被朱文庸包下了。我很不滿意，便去找杜商量，準備程在上海演出時搗一次亂，使他演不成。杜初不答應，並說把程每場送他的四張好票轉送我招待朋友，我没有要。過了幾天，情況還是這樣。我再去找杜，他回答說程是有些不對。他一鬆口，我便找楊虎弄到一枚手榴彈，到我在上海的幫會組織「益社」找一個我養的打手，在程演出的戲院裡丟了那枚手榴彈，後來程知道再在上海演下去要出大問題，便趕忙束裝回北平了。所以在當時情況下，不去走他的門路，是没有辦法在上海吃那碗飯的。禍人福人，只是在他一搖頭與一點頭之間。

他六十生日時，原來還準備舉行堂會演出的，後來他的一些謀士向他建議，才決定改爲賑濟兩廣、四川、蘇北等處水災的義演，將全部收入作爲救災之用。另外把壽禮收入辦一個月笙圖書館和編印上海市通志。幾個替他捧場的人，準備在編印通志時，把他過去在上海的一切活動都寫進去。他一向是希望「人死留名，豹死留皮」的，所以對這件事極感興趣。他口頭上雖大談什麼國內到處有災荒，不忍心過分鋪張，實際上那次生日，浪費還是相當驚人的。

頭天晚上，顧嘉棠等發起爲他暖壽，在北京西路佳廬顧的家中，辦了四十桌最豐盛的酒席。到的有許世英、錢大鈞、王正廷、鄭介民、錢新之、王曉籟、章士釗、唐生明、潘公展等三百多人。那晚章士釗讀了他寫的一篇祝壽文，這篇壽文是由于右任、孫科、居正、戴傳賢、李宗仁、宋子文、孔祥熙、吳敬恆、吳鐵城、何應欽等一百人聯名簽字送給他的。在宣讀時，不少人當時都感到捧得實在太過分了。爲了讓這篇奇文不致全部失傳，特抄下其中幾句：

「……盧溝變起，海內震動，未達三月，敵席捲千里，浸不可制，如是者相持至於八載。頃之，強敵一蹶不振，肉袒請降，此摻之至堅，導之使然之二三君者，其誰乎？吾思之，吾再思之，此其人不必在朝，亦不必在軍……試執塗之人而問焉，吾敢曰，戰時初期，身居上海而上海重，戰事中期，身居香港而香港重，戰事末期，身居重慶而重慶重者，捨吾友月笙先生，將不知所爲名之也……」

其餘的賀客中，也有不少極盡阿諛之能事者，有的把他捧成郭子儀，更有人說他的富貴壽考都超過了郭子儀。杜只簡單地致了答謝，席間還由各地來道賀的曲藝名演員說了幾段相聲和滑稽戲助興。

第二天壽期，是在泰興路麗都花園舉行祝壽典禮的。壽堂正中懸掛一個比人高的壽字，由上海市參議會全體參議員簽名於上。壽幛上面是蔣介石的題字。八個兒子都穿長袍馬褂，幾個老婆和兒媳女兒等都掛著精巧的壽字胸花。當天他自己不去壽堂，請陸京士、楊虎、徐寄廎、徐采丞、顧嘉棠和我六個人代他招待客人。凡去賀壽的人，都可以得到精印的吳稚暉和葉恭綽親筆書寫的壽文和華福煙公司贈的壽煙一盒。汽車前面均貼上「慶祝杜公六秩壽辰」的小條。當天上海的憲兵、警察、特務大批出動去保護，警察局長俞叔平親自在門前指揮進出的汽車。

第一個去祝壽的，是蔣介石的代表、國府文官長吳鼎昌。接著才是宣鐵吾、宋子文、王寵惠、魏道明、俞鴻鈞、湯恩伯、鄭介民、吳國楨等院長、部長、總司令、特務頭子及金融、工商等界的所謂巨頭和社會名流、穿長袍、西服與全副戎裝的都有。當天去的汽車有一千多輛，賓客有八九千人。中央電影製片廠還把這一熱鬧場面攝成了新聞片，在上海等地放映。

這次表面上説是爲了提倡節約，實際上是分等級招待，一般賀客只能吃到一碗素麵，而有地位的都被請到裡面去享受上等筵席。

蔣介石對他還是特別表示好感，除親筆題字與派吳鼎昌代表祝壽外，又叫他兒子蔣緯國領著兒媳到他家裡去拜壽，向他行子侄禮，杜對此非常興奮。

祝壽賑災的京劇義演，原定從九月三日到七日爲期五天，因很多有錢人認爲這種南北名角的聯合演出太不容易，又要求延長了五天。票價分五等，最高五十萬，起碼二十萬。當時米價是三十多萬一石。十天義演得到了二十多億元。壽儀卻有三十多億。這些錢都是隨收隨存於中匯銀行，名義上他是一錢不要，但等到把這筆錢捐出去時，米價已漲到五十多萬一石。這些因法幣貶値所得到的巨額利潤，全上了他的腰包，只是苦了那些演員白幫他一場，而他卻名利兼收了。

第一個大發國難財和接收財的人

「七·七事變」剛一開始，杜月笙就在上海大聲疾呼，要那些還正在過著花天酒地的人不要再那樣醉生夢死，上海也有發生戰爭的可能，並著手組織上海市救護委員會，大肆徵募醫藥用品。不久，「八·一三」戰事果然發生，過去説他是危言聳聽的人，也不得不佩服得五體投地。他的門徒和替他捧場的人，更利用這件事把他吹得比未出茅廬便預知天下大勢的諸葛亮還要高明。後來我從孔祥熙口中聽到，原來是孔先知道中共已提出堅決抗日的主張，蔣介石被迫不得不接受。孔爲了勾結杜利用戰爭來發財，所以把這一消息及早告訴了他，他自然是大賣氣力。早在「一·二八」時，他已嘗過甜頭，在那次戰爭中他是名利雙收的。

上海開戰以後，他又組織抗戰後援會，向工商界攤派和徵募了巨額物資和現金，爲數在千萬元左右，全部由他支配。上海撤退後，這筆巨款成了糊塗賬，誰也沒有向他清理過，大部分上了他的腰包，他成爲抗戰開始第一個大發國難財的人。

這段期間，他和戴笠勾結得更緊，戴藉抗日爲名，趁機組織起特務武裝部隊，成立了「軍事委員會蘇浙行動委員會」。杜被邀去當了委員，並由他的徒弟陸京士等，把他們所控制的郵務工會員工組成了一個郵工支隊，還拼湊了許多流氓幫會分子參加。以後這些部隊在上海與日本軍隊一接觸就垮了，剩下的逃到安徽改組成了「忠義救國軍」。

上海淪陷後，他很不願離開他的「發祥地」，還想利用租界作保護，留在上海不走。當時主張他離開的人，大都是與蔣介石集團有關係的。主張他留下的人也不少，這些大都是他在工商界的門徒。後來由於錢新之和戴笠的勸説，他才動搖。戴臨走之前，曾和他幾次研究，如何利用他在上海的社會關係搞特務活動，他在這一點上是求之不得的。因爲能留下一批人繼續保持他在上海的地盤，而且是名正言順地留下來，將來無論哪方面取得勝利，對他都有好處。於是決定把他的祕書徐采丞和管家萬墨林等留下。同他住在一個大門内的兄弟張嘯林不想走，也作爲有任務而留下，戴同意了。後來張投敵，發表爲浙江省長，戴派特務把他打死了。這一内幕我知道一點。張不願走的原因是對蔣介石早就不滿，因張的兒子從法國留學回來，張想過去在「四．一二」時他與杜月笙、黃金榮三人充當過反共的急先鋒，希望蔣能夠念及他的這一功勞，培植他兒子一下。便要兒子去南京見蔣，希望給他兒子一個銀行經理或高級職員當當。蔣在接見時，一聽到他在法國讀書一年要花十幾萬元，便不敢用他。張對此異常懷恨，認爲蔣太不講交情。杜也了解這一情況，所以淪陷後除了家務方面和個人財務等請他幫忙照顧外，有關祕密工作，都不願意要他參加。後來張與陳公博、汪精衛及日本人有了關係，對杜的話根本不理，並且多方面想了解杜和戴在上海的活動。這樣一來，杜、戴兩人爲了自己的利害關係，在杜的布置下，由戴的特務收買了張的汽車司機，很容易地把這個與杜合作多年的老伙計打死了。

杜和錢新之一道帶著姚玉蘭和兒子逃到香港後很不得意，因爲在上海橫行多年，這一親手打出的碼頭丟掉後，便有寄人籬下之感。當時他絕沒有想到這個仗會一打就八年，他總認爲一兩年便可見分曉。要是日本人打勝了，因他沒有去重慶，回上海照樣可以保持原來的地位，他與日本人還有不少關係；要是中國打勝了更不會有問題，所以他待在香港，靜觀變化。

他在香港期間，也是採用兩面手法，既和敵僞有聯繫，又替戴笠做過不少工作。他和敵僞的關係，沒有具體和我談過。但從他無意中說出的汪僞組織的情況中，可以聽出他在香港與這些人是有密切關係的。而他談得最起勁的，是和戴笠搞的那一套。

汪精衛與日本方面祕密簽訂的賣國條約，據杜月笙說，還是他最先得到這一條約的全文，由他告訴戴笠轉報蔣介石，重慶方面才公布出來的。不過這一密約他是從什麼人那裡得來，在抗日戰爭期間，他一直祕而不宣，抗戰勝利後他雖說出，當時代表汪精衛與日本接洽的高宗武，曾兩次到過香港和他談過許多情況，可是也沒有說這密約是交給他的。

他在香港碼頭是吃不開的，收入便大成問題。這個離開名和利便感到痛苦的人，再也耐不住了。一九三八年夏天，他去武漢，見過孔祥熙。同年冬天，他又帶著一批從上海逃到香港的金融界與工商界的頭面人物，從香港到河內轉往昆明、重慶，表面上是去西南旅行，準備投資開發西南工商業，實際上是去接洽做鴉片煙生意。

過去他在上海走紅時，是包庇別人做鴉片煙生意，從中分紅，自己不願直接去做。到香港後，沒有了大宗收入供他揮霍，不得不在這方面打主意了。他在香港和幾個大鴉片煙販子進行了談判，這些人知道他如果肯出面做這生意，是保險不會出問題的。所以都願意先付巨額定洋，向他購買。他去西南便是找戴笠商量，並弄清西南煙土產運等情況。這次收穫很大，戴笠不但同意他做，還保證把大量煙土護送出口；並決定成立一個專門搞這門生意的港濟公司，分別在重慶和香港設立機構，表面上是顧嘉棠負責。當時西南許多地方負責人，還以爲他眞是想投資開發西南，對他大肆歡迎，誰也不會想到他的眞正目的。

港濟公司成立後，香港的大煙販便爭著和他訂貨，在一九三九年期間，法幣還沒有大貶值時，他就接洽了三千多萬元的定款。這些人都很相信他，認爲他做這生意是「通了天」的。定金拿到後，他又活躍了起來，對他在香港的中央賑濟委員會常務委員和第九區的賑濟工作，早已置之腦後，成天與戴笠研究如何把大批煙土運去交貨的問題。

他承攬的這筆生意拖了一年多還沒有法子交貨，他不得不去重慶找戴笠，催促他履行合同，否則他在香港再也待不下去了。很湊巧，在他離開香港不久，太平洋戰事發生，香港陷敵，他沒有當俘虜，這筆生意救了他。

爲了以後還要在社會上混日子，他不能因香港淪陷而不講信用，到重慶後，還是極力催促戴笠把貨運出去，後來聯絡好改在中越交界處交貨。

戴笠早把這大宗煙土準備好了，但最後還有一關沒有打通。在蔣管區內走私販毒，戴笠可以爲所欲爲；但出口大宗毒品，必須有財政部發的證明文件才能通行。孔祥熙和戴的關係一向不好，所以戴一直沒弄到這張護照。

杜到重慶後，有天他找我去，把這一經過告訴我之後，便拿出一張五百萬元的支票給我，叫我去送給孔祥熙。他先叫我對孔說，他要我給孔買點東西，我實在想不出買什麼好，所以把錢送去，請孔自己去買。當時孔是住在范莊我的房子裡，我每天都可去見他。我受了杜的委託，照著杜讓我說的話向孔談過以後，便把支票交給了孔。孔接過一看，一邊笑著說：「太多了，太多了！」一邊趕忙塞入口袋。杜關照過我，只要孔收下便不必再說什麼，回去告訴他一聲就行。

我把這一經過回覆杜以後，他立刻抓起電話通知戴笠。我當時在旁，只聽他簡單地說了句「貨物馬上準備起運。」接著就去與孔聯繫。第二天，財政部放行這批煙土的護照便拿到了。戴笠派了一排武裝特務，押著這幾十卡車的煙土安全送到了廣西鎮南關去交貨。我經手一下，也分到了一百萬元。我還記得，當時王曉籟在重慶周轉不靈，顧嘉棠也送了他五萬元。還送葉焯山五萬元（當時黃金才幾百元一兩）。大宗是杜和戴兩人平分。錢新之、顧嘉棠兩人也分到一些。我們便把這筆錢在宜昌合夥辦了一個電力廠，買了一批新的機器。

他到重慶後，就更加感到不能爲所欲爲，內心很苦悶，經常向我說：「一日無權，人人都嫌。」只有孔祥熙、戴笠、錢新之等少數人和他還拉得不錯，比起過去在上海自然差得太多。錢新之在很多方面都比較照顧他，除在打銅街交通銀行樓上給他準備了住處外，還利用交通銀行的錢在南岸汪山給他建了一座小洋房。

他原來還打算利用和戴笠的關係把他的「恆社」在重慶發展起來。因上海方面的徒弟們也有一部分逃到了重慶。他在臨江路騫家巷轉角處弄到了一幢樓房，作爲「恆社」社址。而戴笠有他自己的打算，蔣介石曾指示他組織幫會流氓搞特務活動，於是成立了一個「軍事委員會人民動員委員會」，拉了不少從外地逃來的青洪幫頭子和四川江湖大爺等做該會委員，杜也被邀請參加。所以戴不願意他把「恆社」恢復到像在上海時一樣，只望他協助自己搞這方面的工作。戴還去拉他的人，他看出了如果再發展自己的組織，便要和戴笠及四川地頭蛇發生摩擦，所以決定只維持現狀不求大的發展。後來有人提議把「恆社」改成政黨的組織，他感到問題很多，沒作這一打算。由此，他對人民動員委員會的工作自然不感興趣。戴笠召集開會時，他常藉口身體不好，重慶氣候對他的氣喘病很不適應等理由不參加會議。戴笠爲了顯示自己的力量，常請他去軍統局和中美所參加慶祝或節日等活動，他也不常去，去了也很少講話。

最使他感到不愉快的，是蔣介石對他的冷淡。有一天孔祥熙邀我和他，以及楊虎三個人去他家吃飯時告訴我們，蔣介石認爲四川幫會勢力太大，準備殺一兩個青洪幫的頭子壓一壓。孔向蔣說，別人又沒有反對你，還擁護你，爲什麼要殺他們？蔣才沒有再講下去。孔講這番話的時候，我們都懂得他是想藉此來拉攏我們，同時也是勸我們要小心謹慎，不要被蔣找到藉口。所以我們對孔也更加尊敬。

杜聽到這番話很受刺激，雖然他估計到蔣要殺也不會殺到他的頭上，但對蔣介石這種翻臉無情的作風是很不以爲然的。出來後，他便和我與楊虎說：「我們一向擁護他，今天成功了就要殺我們，以後大家都得小心些。」

孔談出這件事不久，蔣介石把兵役署署長、四川袍哥程澤潤槍斃了。原因是被蔣介石看到了死在機房街羅漢寺的新兵。其實兵役署已把兵交給了交通部的運輸大隊，責任不在程而在俞飛鵬。但因俞是蔣的親信，蔣不追查，卻把程殺掉。當時曾引起幾十萬四川袍哥的極大反感，他們準備大鬧一場。大家認爲蔣介石不僅已開始殺袍哥，而且要殺四川人，不能不團結起來拿點顏色給蔣介石看看，免得他再這樣亂殺。楊虎當時在重慶也沒有被蔣重用，早已萬分不滿，便到處挑撥，鼓動四川袍哥一定要藉這事，名正言順地大鬧一場。

戴笠早已得到情報，正調集大批武裝特務準備應付，一場大的流血案眼看就要發生了。杜得到這一消息，也了解到戴正在大肆布置，便出面極力勸阻。他說，大家如果鬧了起來，蔣介石更會藉口多殺人，槍桿子抓在他手裡，何必吃這眼前虧。同時也對不起孔祥熙，因他很關照我們，絕對不能這樣瞎來。許多袍哥頭子一向相信他，也考慮到鬧起來不會有好結果，這件事才慢慢平下去。

杜由於平日說話很小心，不易看出他對誰有什麼不滿意的地方。我原以爲他對蔣介石非常忠實，和戴笠也像是無話不談，實際上他曾暗中和人進行過反蔣的活動，如果不是我親自參與其事，我怎麼也不會相信的。

一九四一年前後，我從前方回到重慶。有一天，楊杰請了他和我，還有黃琪翔、章伯鈞、楊虎五個人到他南岸的家裡去吃飯。飯後，楊杰提出請我們參加一個什麼黨，念了一些東西，我看杜同意，我也同意了。出來時，杜便再三叮囑我，千萬不能向任何人講出這件事來，並説連顧嘉棠都不能讓他知道。我相信他也絕對沒有告訴戴笠，要不楊杰早就被殺掉了。

我當時糊裡糊塗，完全沒有弄清楚是參加了什麼組織。我只看杜同意了，便認爲不會有錯。他比我一向仔細，肯考慮問題，跟他一道吃不了虧。解放後，我問起黃琪翔，究竟那次楊杰搞的是什麼？黃説他也不明白，只知道楊那時就在搞反蔣活動。

我當時認爲杜忠於蔣，是因爲他在重慶時向我談過他替蔣介石做過許多事。如蔣爲了加強和統一淪陷區工作，成立了一個「上海市統一委員會」，戴笠和吳開先推荐他爲主任委員，得到蔣介石的同意。他作過的一些工作中，認爲最得意的，是他利用過去在上海工商界的關係，爲蔣介石推銷了幾千萬元的戰時愛國公債。蔣爲此而設宴招待他，並當面嘉獎了一番。後來我才知道，當時在上海投敵附逆的許多工商界分子，爲了預留退路，才肯拿出極少錢認購了一些公債，作爲將來的「護身符」。抗戰勝利後，不少落過水的人，便拿出這些東西來作爲自己「愛國」和忠於重慶蔣家王朝的證據。

他和戴笠除了搞過出口大量鴉片煙的生意外，一九四三年前後，又搞了一個通濟公司，由他任董事長，並把錢新之拉去擔任副董事長，實際上戴笠是老闆。當時蔣介石集團的要員們都是利用種種特權大做其生意，發國難橫財。連他的美國主子也覺得太不成話，向他提出過警告，蔣曾下令禁止官員經營商業。故戴笠自己不出面，卻去向蔣備過案，由杜出面經營，讓他分點紅利。

通濟公司倚仗戴的特權，做盡了任何奸商所不能做的生意。當時交通檢查，戰時貨物運輸等大權，都操在戴笠手上。如當時不准出口的軍火工業原料，這個公司卻大量運到淪陷區去賣給日本人，讓敵人製成軍火來屠殺中國人。又能夠從淪陷區換回在後方能賺大錢的棉紗布匹等日用必需品。這種喪心病狂的作法，還經常受到蔣介石的嘉獎。

一九四二年，杜曾應胡宗南的邀請去過西北，要他去是希望他號召一些人投資開發西北。他本來早就答應過胡，戴笠也催過他，遲遲沒去的原因是，他對開發西北毫無興趣，投資多而獲利少且慢，不如在重慶搞投機倒把可以賺大錢。這次恰好他的小老婆老三（杜維恆的母親）和張嘉璈的妹妹一同由上海來，他順便去西安迎接。

在西安，胡宗南待他如上賓。陝西的地方豪紳爲了討好胡，也爲他而舉行了一次盛大歡迎會。據説還因爲一九二八年陝西大旱，朱子橋在上海作救災募捐時，杜幫過忙。他好久沒有遇到這種場面了，非常高興。那次他除了主持籌辦西北毛紡織廠外，還爲通商銀行在西安設立分行進行過一些活動。

一九四五年夏天，蔣介石正忙於準備接收中國人民抗日勝利的果實時，他也異常活躍起來。他多次向戴笠談到日本投降在即，應如何設法防止新四軍進入上海、南京，以及對僞軍的聯絡等問題。儘管這方面工作重慶早在積極準備，但他的意見還是很受蔣介石的重視。蔣一聽到他願盡一臂之力，馬上召見了他。當時他氣喘病時時發作，蔣勸他先派幾個得力的人去布置，等秋涼他再去。他生怕錯過機會，寧冒生命危險，也決心冒盛暑長途跋涉。蔣介石當面便答應了他的要求，叫他和戴笠一同前去。

六月二十五日，他帶著顧嘉棠、陸京士、葉焯山、楊志雄，醫生龐京周、祕書胡敍五等十多人，乘汽車由重慶出發。行前他身體還不舒服，可是一想到不久便可回到上海，他立刻變得精神抖擻，氣喘病也好多了。二十七日到貴陽，戴笠和中美所美特頭子梅樂斯也趕到與他會合，改乘美國軍用飛機，經芷江到達長汀，他稍事休息便到鉛山去見顧祝同。顧當時滿以爲一定由杜負責主持上海南京的接收工作，對他極表歡迎，杜曾和顧談了兩天關於如何接收上海的工作，要顧多從中協助。沒想到勝利後，蔣介石並沒有把這一發橫財的任務交給他，這連杜自己也沒有估計到，否則他就不會去白跑那一趟。

他在浙江淳安住了一個多月，隨時和戴笠研究如何接收上海的問題，並兩次打電報給蔣介石。第一次主要是關於重慶政權到達前僞幣的繼續流通問題，具體内容我記不起。第二次是他在上海的代理人徐采丞趕到淳安，向他談了上海方面許多落水投敵的工商界漢奸，希望杜在勝利後設法保護他們。杜便向蔣建議，對這類人將來給以寬大處理，不宜牽涉過多的人，以免有傷元氣。他準備只要蔣對這一問題有回電，便馬上通知上海，讓這些人早點安心。但蔣對他這一電報没有給予答覆。

他到淳安的消息很快在上海傳開了，陳公博也派了代表去見過他。還有不少漢奸也紛紛派人和他聯繫，這時他又顯得異常忙碌起來。

當時戴笠在淳安，專搞聯絡敵僞軍，布置勝利後阻止新四軍和人民游擊部隊進入上海、南京及京滬沿線大城市等陰謀活動，杜盡力予以協助，並向戴提供了許多當時京滬等地敵僞方面的重要情報。這一對狼兄狼弟配合得很好。他自己也叫人放出消息，説他是由蔣介石派到東南去協助主持接收工作的。他留在上海的門徒更大造謠言，説他將出任勝利後的第一任上海市市長。

他在淳安時，便有些人從上海趕去和他接洽這樣的事：上海許多與敵僞有關的漢奸產業有的給他補上股東；有的認他做後台老闆，分一部分股權給他，避免日後被查封没收。當然他都一一答應了。因此，在敵人還未正式投降，重慶所派的接收人員還没到達，杜已經在進行這種變相的「接收」，成爲發「接收財」的第一個人了。

走下坡路

一九四五年八月二十八日，他迫不及待地從淳安經杭州回上海。到達上海的那天，正是日寇正式宣布投降的九月三日。隨同他回上海的，除重慶帶去的一批人外，又添了由上海去迎接他的另一批人，一路浩浩蕩蕩，不減當年的威風。事前上海方面早已準備了盛大的歡迎會。不少人都趕到車站去迎接他。這使得他又躊躇滿志了。

他很久就想過過大官癮，可是蔣介石對他卻一直不肯公開重用，因爲怕別人會聯繫到蔣自己的流氓出身。而杜的野心又不小，非特任官他是不會做的。他認爲上海市長這樣一個職務對他最適宜，希望蔣介石念他昔日反共和長期擁蔣的功勞，能把這一職務給他。加上孔祥熙對他的極力支持，他以爲很有把握。結果，蔣介石卻發表了錢大鈞爲上海市市長，這使他非常失望。以後上海市參議會成立，他又想退而求其次，能當當上海市參議會議長也行。不料CC又把潘公展推出來，搶了這個位置。弄來弄去，只弄到一個上海市參議員的職位。兩次失敗之後，他只好改變口氣，大談什麼：「推進社會力量，扶導經濟事業以輔佐政府，是個人生平夙願。」來爲自己解嘲。

剛回上海，他還有點舊日餘威，主要是和戴笠勾結得很緊密。軍統和中美合作所上海聯合辦事處剛一決定成立，他就把他在杜美路七〇號一幢新洋房借與戴笠使用。其實當時戴要在上海找像他那樣一幢房子，實在太容易了。但戴爲了表示不首先占用敵僞房屋，也樂得利用一下。

戴笠勝利後負責主持逮捕漢奸的工作，大權獨攬，氣焰很高。凡被軍統逮捕的人，很少人能去說人情，杜卻可以去保釋人或請求戴暫緩逮捕。他用的辦法也留有餘地，從不當別人面向戴笠說人情，也很少用電話直接和戴談這些事。當他接受了漢奸家屬送去的金條之後，總是找戴笠手下的處長王新衡去說，王一向是代軍統和他聯繫工作的，是他家座上的常客，通過王向戴去轉達，戴十有九次肯買他的交情。這一時期中，漢奸家屬奔走他門下的絡繹不絕，唯恐他不肯收下金條美鈔。他也很懂得戴笠的脾氣，往往是選擇些案情不太重和僞職不太顯要，但搜刮卻是很多的，才去保釋幾個，一般他也是不肯答應的。

一九四六年三月的一天，我正在和唐生明等在麗都打牌，得到戴笠飛機失事的消息，我立刻去找杜，他一聽大驚失色。他一向認爲結識了戴這樣一個兄弟，對他來說，眞如虎添翼。滿以爲勝利後可以相互勾結起來，在上海大幹一場。沒想到戴這麼快就暴死了，他內心的沈痛，從他在上海主持戴笠的追悼會時落淚的情景，便不難看出。隔了好久，他一和我談起戴來，還是無限懷念。戴笠死後，情況就隨之而起變化，許多特務自己直接找漢奸家屬談條件，不願他從中插手了。

勝利後的上海，雖然租界沒有了，卻成爲國民黨各派各系大搶劫的重點地區。CC、軍統、中統、憲兵、蔣介石的侍從系、湯恩伯的實力派，加上孔祥熙、宋子文四大家族和他們的爪牙一起擁來，彼此搶來奪去，把上海搶得一團糟。杜在這種局面下，不要說恢復過去的特權，連他自己搶到的東西也有人在打主意了。沒有租界，他的惡勢力再也敵不過這許多掌握特權、軍權、政權的大小餓狼。他雖施展出全身本領進行聯絡拉攏，但這不是交情問題，而是關係到與反動派切身利益的衝突，哪裡還能容許他再來插手！CC在上海的一些頭目，表面上對他很客氣，而暗中攻擊他最凶。

首先使他感到最難堪的，是他的門生——上海副市長吳紹澍向他開火。吳公開向他要退門生帖，再也不承認他這個老師；並在他主辦的《誠報》上大肆攻擊他，一些影射他的文章，使他很傷心。顧嘉棠告訴我說，這是三十年來上海報紙第一次這樣罵他，他怎麼會不難過？過去上海發行的報紙，哪一個不是捧他的場？這次著實刺痛了他，他無刻不在等機會報復。當吳下台後，陸京士主辦的《立報》，便連篇累牘地揭發和攻擊吳，趁機大打落水狗。這樣他仍感不足以洩恨，還指使他的門徒王兆槐派人去暗殺吳。這件事被毛人鳳知道了，曾派保密局處長沈醉趕到上海，堅決不允許王爲杜去充當打手，使他一直沒有洩出這口怨氣。

接著使他丟臉的事又發生了。一向倚仗他的勢力在上海橫行慣了的萬墨林被扣捕了。萬是他家的總管，淪陷時留在上海爲他照顧財產和與敵僞勾結做米的生意，賺過不少錢。抗戰勝利後，由於杜證明萬留下是替軍統做地下工作，使萬不但逍遙法外，還繼續當他的豆米業公會理事長和萬昌米行的大老闆。這次爲了糧食貸款舞弊案被牽涉進去，法院傳訊後予以扣押。他也看出這是他的反對派有意識在倒他的台，用殺雞警猴辦法拿萬來開刀。他知道敵不過，只好忍氣呑聲，不敢出面袒護。但背地裡卻大發牢騷，說什麼「淪陷時上海無正義；勝利後上海無公道。」因爲那次糧貸舞弊案萬墨林不是主角，只是利用糧食貸款來進行糧食投機倒把的活動，幕後貪污得更多的人卻沒有事，所以使他很感不平。我那時常和他在一起，一談起當時上海一團糟的情況，他總是說：「過去帝國主義統治租界時期還有些建設，秩序也比較好。國民黨來了後只知道要錢，搜刮民脂民膏的手段超過帝國主義十倍還不止。」這時他處處小心，什麼事都不敢過問，常常自稱是「一品老百姓」。

他雖然希望平安無事地過下去，維持一個苟延殘喘的小局面，不要再讓他過分的難堪便算了。可是反對他的人並不肯就此放過他，使他更加丟人的事終於接二連三地發生了。一九四八年秋天，他的兒子杜維屏被蔣經國逮捕了。這一下幾乎把他氣死過去，一連好多天都起不得牀。以後便以養病爲名，一個多月不出門，也不見客。有一天我去看他，他氣憤到極點地對我說：「我捧蔣介石捧了這麼多年，捧到今天連我的兒子也被他抓起來了！」我還是第一次看到他這樣激動。他喘了好久，又嘆了幾聲氣說：「現在租界沒有了，該是他們要我下台的時候了。」

關於他兒子被捕的消息，當時不僅轟動了上海，連許多大城市的投機商人也爲之大吃一驚。這件事的經過，我當時在上海，比較淸楚，它的內幕談起來是相當複雜的。

一九四八年夏天，由於法幣貶値得更厲害，物價的狂漲，的確驚人。當時省管區內一些地方的物價，往往是以上海的行情爲轉移，跟著漲落。蔣介石總希望憑藉人力把物價壓下去，先後曾幾次給杜電報，請他籌措平定物價的辦法。他當時很清楚，他不可能想出辦法解決這樣一個嚴重的問題。我記得他第一次接到這個電報時，曾對我和幾個常接近他的人談過，只有採取標本兼治才能有效。他覆電蔣便提出了「進行勸導與納游資於正軌」兩項辦法。據說蔣對他這樣空空洞洞的意見很不滿意，又要他提出更具體的辦法。他找了不少謀士，研究一番之後，便提出了吸收游資最好辦法，是拋售一定數量的物資，使大量法幣回籠，市場可望穩定。他當時認爲很得意，曾向孔祥熙談過，孔也認爲是一項好辦法，只是南京政府控制的東西太少了。蔣介石又向很多方面徵詢意見，不少人的主張和杜相同，最後才決定了收回游資的幾項緊急措施，主要是出售幾個所謂國營企業的股票和國庫券，同時拋售接收的敵僞物資和美援物資。

這一緊急措施得到的結果，是所有拋出的物資很快便被搶購一空。因爲消息靈通的「南京客人」早帶著大量現金趕到上海，這些陌生的顧主比上海的投機商人不但人數多，而且鈔票更多。他們購到的東西，馬上就能弄到交通工具運往內地。這樣一來，南京政府手中不多的一點東西，眼看快要拋光，而物價仍未能平定下來。法幣一面回籠又一面大量出籠，上海的游資還是異常雄厚。這不但是蔣介石始料所不及，連杜月笙也感到驚異不止。他告訴我，他最初的確認爲拋物資是一項有效的辦法，卻沒有料到南京方面會有這麼多人趕到上海，而且能把拋出的東西一口吞下去。

由於這一著棋失敗，蔣介石的憤怒也發到了杜的頭上。當時傳說蔣認爲杜不是誠心幫他解決問題，而是夥同投機商人把庫存物資搶走囤積起來。他聽到這些話的時候，曾大叫冤枉。

金圓券發行前夕，蔣介石把他和上海金融工商界的頭面人物找到南京去商談。回來後，他便對我說，這是蔣介石在打招呼，希望大家幫他忙進一步搜刮。他對蔣是心有餘而力不足，想幫忙也幫不上。

金圓券發行的頭一兩天，物價沒有波動。第三天便不客氣開始上漲。蔣介石派出自己的兒子蔣經國和俞鴻鈞到上海坐鎮。名義上俞是經濟督導專員，實際上他早看準要失敗，因而不肯出面，連開會也要劉攻芸代替。蔣經國雖是副專員，卻自持有「尚方寶劍」，決心藉幾顆人頭來挽回這一局勢。

我當時便聽說蔣經國原來決定左右開弓：一面打擊一下官僚資本；一面壓制地方勢力。他選中的對象便是他的表兄弟孔令侃。這個一向倚仗父親孔祥熙勢力橫行不法搞慣了的揚子公司年輕董事長，搞不法的黑生意名震一時，誰也不敢惹他。當時如果能把他拿來開刀，是可以暫時使許多官僚資本家斂跡一些的。蔣經國去南京向他父親請示，蔣介石爲了要維持他的統治，也同意犧牲這個外侄。我當時是揚子公司的董事，常和孔令侃一起玩。這個消息傳來，孔有點恐慌，便決定請蔣經國吃飯，當面拉拉言語，結果蔣經國不接受他的邀請。他一看苗頭不對，連夜趕往南京向宋美齡去哭訴，經宋向蔣介石提出堅決反對辦她的外甥後，蔣立刻通知蔣經國另行選擇對象。孔令侃得意洋洋地回到上海，見到熟人便說：「看他(指蔣經國)能把我怎麼辦？」

蔣經國辦不了孔令侃，便決定要在杜的身上來顯示一下自己的權力，蔣介石也同意拿這個老伙伴來替代孔令侃。嗅覺靈敏的杜月笙，早就提高了警惕。因蔣經國到上海後沒有去拜訪他，他已處處留心，使別人不易在他身上找出大毛病。蔣經國的特務找來找去才從他兒子身上找到了問題。杜維屏是上海證券交易所的經紀人，憑仗著父親的關係，一向很吃得開，經常搞點投機倒把，在他看來完全不算一回事。那次是在交易所外面拋售了永安紗廠股票二千八百多股，在他看來，眞是小事一件。沒有料到蔣經國便在這件小事上大做文章，以「連續在非其交易所買進賣出，進行投機倒把」這樣一個罪名，把他和另外兩個同樣情況的人逮捕。

杜月笙得到這個消息，雖氣個半死，卻表面上裝出滿不在乎的樣子，還口口聲聲說：「這孩子破壞了交易所的規章，應當辦。我絕不去保他。」

杜維屏這個「所外交易」的罪名，無論蔣經國如何想擴大，也判不了死刑。因為當時比杜維屏嚴重得多的人多得很。便只好送他到法院勉強判了八個月徒刑。一送法院，都知道不會成問題了。杜維屏也聲明不服，延請了幾個律師上訴，拖到十一月間，法院只好改判六個月，並准以罰款了事。

蔣經國原以為這麼來一下，可以把操縱市場的投機商人駭倒，結果卻失敗得更快。杜自己雖然害怕再塌台，不敢直接去和他作對，可是暗地裡，卻極力支持他的手下去興風作浪，自己從旁看熱鬧。金圓券的貶值比法幣更快，沒有好久，上海市場物價便由硬性的「限價」改為「議價」。議了幾天，又恢復到以前的「隨意漲價」了。蔣經國在上海搞了不到三個月，毫無起色，只好回南京。這時，杜才抱著幸災樂禍的神情，再度在公開場合露面。

抗戰勝利後，他做六十歲生日時，雖遠不如杜家祠堂落成時那樣的氣派，但蔣介石等還是給了他不少面子，因此他還想再次檢閱一下他在上海的力量。在競選國大代表時，他想和CC較量一下，便決定參加上海市的「國大」競選。他明明是以CC為對手，卻偏偏要CC在上海的骨幹分子吳開先領頭提名，當時了解他的人都稱讚他這一招很高明。表面看他還是在靠攏CC，但等到他發動全部力量暗中活動，想在開票時搶個第一時，便被擅於搞這一套的CC分子看出他想藉此來抬高身價。於是集中力量進行壓制，堅決不讓他搶到第一。開票那天，他還很有信心，認為可以得到壓倒性的多數票。結果又出他的意外，市參議長潘公展得到了第一；在上海向無基礎的市黨部主委方治得了第二；他被壓到第三名當選。當時他非常後悔，不該去參加這次競選，屈居於潘、方兩人之下，在他看來，是件很不體面的大事。

「國大」第一次在南京開會，他又想選入主席團去露露臉。最初他以為南京方面的老朋友會支持他，等到要選主席團的頭兩天，他一摸情況，才知道可靠的票少得出他意外，他的確感到非常著急。要他坐在下面而登不上主席台，他又認爲是件丟人到極點的事。他連夜找我商量，神情沮喪。我立刻答應盡力幫忙，他才轉憂爲喜。他告訴我還差四票，我爲了怕別人臨時拉他的後腿，便給了他六票。開票時，果然答應他的又少了兩票，加上我多給他的兩票剛好選上。他對此感激萬分，回上海後，便要我把這二個投他票的黃色工會負責人請去吃飯，親自殷勤招待了一番。

在這一段時期內，他知道自己越來越走下坡路了，過去那種揮金如土的作風也變了，左手進錢放入腰包，右手進錢也放入腰包，很不容易向外掏出了。

解放前夕，我和他都決定出賣在杜美路的房子，那時只有美國人肯花錢買那些東西，我十一號的房子賣了一百七十根金條，他七〇號房子賣了四十五萬美元。他帶著這筆款逃到香港去當寓公。一九五一年他去世時，聽說只剩下二十五萬美元的遺產，由孟小冬和幾個老婆瓜分了。

他死後，顧嘉棠和他老婆把他的屍體運往台灣，停在寄柩所內。顯赫一時的杜月笙終於弄得死無葬身之地。

我所知道的黃金榮

黃振世口述　何國濤記錄

黃金榮和杜月笙一樣，是舊上海「三大亨」之一，也是當時社會生活中舉足輕重的「風雲人物」。軍閥政客、官商私販、三教九流無不趨之若鶩，狼狽爲奸，共存共榮。通過黃金榮發跡史，可以對舊上海灘的發展史有更具體的了解和認識。

家庭

上海最大的清幫頭子黃金榮（錦鏞），生於一八六七年農曆十一月初一日。自幼生長在上海漕河涇。黃「發跡」之後，就將父母墓地周圍的土地買下來，起造黃家花園，裡面還有一個黃氏家祠，因此有人説他是上海人。其實，他的原籍並不是上海。據滙中銀行經理黃雨齋説，黃金榮是餘姚人。老大房食品店主人陳漢勤卻説他是崇明人。但黃本人每次對我談起，總説他的祖籍是蘇州。他只有兩個胞妹，長妹住漕河涇，除了婚喪大事，平時很少來往。次妹嫁給鄒姓，丈夫早死，一直寄居在黃宅。

黃金榮自雙親去世後，就被葉姓招爲上門女婿。元配葉桂生，後來也是一個出名的女流氓。曾生一子，領有童養媳李志清。此子扶養到十七歲就去世了。李志清一直守寡未嫁。葉桂生自與黃結婚後，因黃在外面與盛家七姨太有染，又與京劇名伶露蘭春私通，夫妻間感情漸有裂痕。一九三〇年，黃在父母墳墓周圍起造黃家花園，依照葉桂生的意思，認爲黃是葉姓的上門女婿，要定名爲葉家花園，黃堅決不肯，兩人從此鬧翻分居。黃宅當家大權就付之其媳李志清。外間紛傳黃與李志清有曖昧之事，黃宅佣人背後對我也作如此說。但黃在門生面前，對李志清強作大方，若無其事。

黃金榮開設共舞台，長期聘露蘭春掛正牌。當時正是時裝劇盛行之時，露擅長演時裝戲，共舞台營業因而大盛。黃見露色藝雙絕，即以暴力占露爲妾。但兩人相處不久，露也繼葉桂生下堂求去，嫁給唱老生的安舒元。

此後，黃就與盛家七姨太同居於呂宋路十號，成爲公開的祕密。抗戰勝利後，黃授意於邱子嘉，擬由門生發起，將盛家七姨太扶正。醞釀多時，卒以反動政府發動反革命內戰，扶正一事拖延未決。後來終於沒有成爲事實。

黃有領子名源濤，小名叫做連弟，原是大舞台一個武行的兒子。源濤長大後，充當大世界裡面高峰舞廳的經理。他依仗黃金榮的惡勢力，也收了一二百個門生。抗戰勝利後，又與國民黨軍統特務戚再玉等相勾結，任警備司令部稽查處義務稽查大隊長，收羅了一批投機商人和幫會分子，充作爪牙，幫助稽查處當眼線。黃金榮的外孫鄒政之就是在源濤負責的一個義務稽查大隊裡當稽查員。

李志清自丈夫去世後，先後領養了兩個兒子，大的叫成法，小的叫成德。解放後成法與養母住在香港，成德留在大陸，是新華影片公司老闆張善琨的女婿。另外還領了一個養女，也帶往香港。李志清因爲多年主持家政，搜括了不少私蓄。去港時，把所有現款首飾，全部席捲而去。

學徒、捕快到探目

一八八〇年，黃十四歲，由熟人介紹到上海邑廟九曲橋得意樓旁一家叫凌雲閣的裱畫店當學徒。據黃自己跟我説：這種小店裡的學徒，除照顧店務外，附帶充作淘米、煮飯的伙夫，根本沒有工資。老闆每月只給他五十文月規錢。剃頭、洗澡而外，就所剩無幾了。他認爲幹這一行沒有出息，要想找門路改換職業。八十多年以前的上海，遊藝場還沒有興起，要算城隍廟一帶最熱鬧。得意樓茶館裡每天有人在這裡吃講茶，擺龍門陣，成爲流氓出入聚會的處所。一八八三年，黃金榮學徒滿師，有了九千六百文一年的工資。他就不時上得意樓吃茶，擠入流氓隊伍裡鬼混，漸漸結識了上海縣衙門裡一班六房書吏、捕快差役等人。大約在一八八六年前後，經過多次請客送禮，終於被他謀到一個上海縣值堂的差役，不久又充作捕快。

那時，上海縣屬松江府管轄。他每天要送公文到松江府去，往來一百五十多華里。經常穿了蒲鞋，背著雨傘，提著燈籠，從清晨三、四點鐘起程出發，要到深夜八、九點鐘才能回到衙門。日子久了，他感到這種差使雖能仗勢欺人，找些外快，但畢竟要起早落夜，風來雨去，太辛苦了，於是又想另找出路。

一九〇〇年(光緒二十六年)，法帝國主義者第二次擴充上海法租界，設總巡捕房於公館馬路大自鳴鐘(今爲金陵東路老北門)。由於轄區擴大，法捕房公開招考華捕，黃金榮也去報名應考，但沒有考取。後經挽人向主考者送禮行賄，才錄取爲一名三等華捕。

處世手腕和對幫會的影響

清洪幫集團發展到清末民初，勢力越來越大，成爲舊社會的一個特殊階層，產生了像黃金榮、杜月笙那樣的所謂「大亨」，其中固然包含著許多根源，而租界的存在卻是一個主因。

黃金榮是怎樣利用幫會分子起家的？

黃金榮知道當一個洋奴，要向上爬，必須博取法國主子對他的信任。爲了表現自己的偵緝才能高人一等，他收買了一班慣竊慣盜，充作眼線，利用他們去破獲另一批竊盜集團所犯下的案件。有時還和眼線講通，保證被捕後可以保釋。由眼線糾集了一批人到「界」內去進行搶劫，黃則密報法國主子，法國主子派出探捕，化裝埋伏，果然將盜匪一網打盡。如此連續破了幾次盜案，法國主子認爲他幹練有能，對之另眼相待。

爲了造就自己的勢力，他又唆使一班小流氓，向當地商店、居民和殷實富户去尋釁取鬧，自己則緊跟在後面大做好人。法捕房向有便衣巡捕配合包探巡邏街頭維持治安之舉，黃金榮每次出巡，碰到流氓向商店拆梢這一類情事，他一定要對著拆梢的流氓「大擺華容道」，故示懲罰，而那個被打罵的流氓對黃金榮猶如老鼠見了貓，使得旁人看了，認爲黃金榮眞有一套。其實都是預先布置的假戲文。有時又運用了另一種手腕，提高自己的「威信」。如在法捕房對街的興記咸貨店，黃暗地裡叫人去搗蛋，一面又指使門生對店主說：「這事只要託黃老闆出來一壓，保證太平無事」，店主挽人請黃出場，果然不再有人到他店堂裡去搗亂了。總之，黃金榮暗中製造了紛亂的不法情事，鬧得租界內雞犬不寧，而他自己又來親自消滅這種紛亂的現象，這是他早期博得「聲譽」的唯一手法。

到了後來，他在法捕房的地位鞏固了，就進一步勾結帝國主義培養封建幫會勢力。舉例來説：杭州阿法，就由黃金榮一手扶植，成爲民初出名的大流氓。太古、招商局金利源碼頭上，鴉片提貨裝運，均歸阿法爲首的八股黨獨享全權，黃爲其撐腰，坐地分贓。如果別人去提貨，法捕房就要派出探捕，嚴加緝捕，歸案法辦。杭州阿法又承包了法租界花捐，凡在法租界轄區内開設的三等妓院，都得依靠阿法牌頭才能開業。這樣，杭州阿法在十六鋪一帶，仗恃黃金榮的惡勢力，爲非作歹，欺壓商民，横行到了極點。阿法的徒子徒孫，經常在聚寶樓等處吃講茶、打架，率眾以利斧傷人。

法捕房的流氓班頭目徐阿東對待流氓一向採取高壓手段，流氓畏之如虎。黃金榮要提高「白相人」的地位，壓制徐阿東，頗費苦心。在第一次歐戰結束以後，黃金榮因「維持」法租界治安有「功」，法帝加聘他爲法租界公董局顧問，領少將銜。法捕房裡所有華籍探目、巡捕，均由黃金榮提名升級。徐阿東當然也想往上爬，於是便向黃金榮請求提名。黃叫他到新北門聚寶樓去找杜月笙，說這次提名升級的探捕，都歸杜月笙擬定名冊。徐阿東如約到聚寶樓去見杜月笙時，杜早已得黃金榮暗示，約好兩租界以及閘北、南市地區的白相人，等候阿東到來。徐阿東對杜說明來意後，杜月笙立即拍胸擔保。但說，今後在公事方面，要請徐先生對今天在座的各位先生另眼看待。徐只好一口應允。杜月笙當著眾人的面，高聲宣稱：「徐先生和我們是一家人了，今後不走大家的樣（就是毆打和逮捕，使流氓難堪的行動）。」徐阿東經過這一次事實教訓，不敢再以硬派作風對待流氓。這事以後，英、法兩租界捕房裡的包探，不但不敢再開罪白相人，反而向大流氓門下投帖，認作門生（如英捕房督察長劉紹奎等拜在蔡洪生門下），流氓勢力更加飛揚跋扈。

在黃金榮和杜月笙之前，白相人是沒有社會地位的。如杜月笙的師父陳世昌，綽號簽子福生，在天后宮一帶用三根紅木簽子供遊人用竹圈投擲，騙取學齡兒童的糖果錢。此外又強包附近居民婚喪喜事的儀仗隊，稱爲吃「紅白飯」等等。而陳世昌在早期白相人中，也算得上是一個頭面角色。黃金榮利用幫會分子打天下，慢慢爬到法捕房華探督察長時，流氓勢力就大爲抬頭，黃是他們可靠的後台老闆。由黃金榮幕後操縱，承包了法租界煙、賭兩項特種事業，於是造就了像杜月笙、金廷蓀、馬祥生那樣的大流氓。杜、金兩人又從開賭台和包銷鴉片煙得來的錢，經營工商事業。黃金榮自己經營了大世界、共舞台等遊藝場。這樣，白相人的生財之道，就從妓院、浴室、旅館、飯店等類擴大而爲工廠、銀行、公司的老闆，擠入「名流聞人」之列。

網羅羽翼和勾結軍閥政客

黃金榮投靠了法帝國主義，並在白相人中有了地位以後，進一步拉攏各種惡勢力爲自己服務，勾結官僚政客作爲靠山。這樣就使黃金榮成爲帝國主義、封建主義、官僚政客的混血兒，在社會上起到極大的影響。

黃金榮是怎樣勾結官僚政客和拉攏各種惡勢力的？

浙江督軍盧永祥的兒子盧小嘉看中了共舞台坤角露蘭春，接連幾天到共舞台看戲捧露蘭春的場。前已言之，露蘭春早被黃金榮霸占爲妾，黃看到盧小嘉所作所爲，醋海生波，派他的門徒到共舞台將盧小嘉打了兩下耳光。盧遭辱後，向乃父盧永祥哭訴。盧永祥聞言大怒，即命淞滬護軍使何豐林（原盧的部下）設法將黃拘捕，押解至龍華，要置他於死地。何豐林的母親信佛教，聽到黃金榮常和叢林的當家和尚打交道，況且黃金榮又是法捕房督察長，有帝國主義當靠山，何母認爲此人開罪不得，要何豐林釋放他。何迫於母命，只得釋放。這一場風波卻使怨家結成親家。黃感何母緩頰之恩，拜認他爲寄母，這樣，黃金榮與何豐林結爲義兄弟。從此黃金榮不但有外國帝國主義爲靠山，也有中國軍閥爲靠山。黃何結義之後，進一步勾結當時淞滬警察廳長徐國梁，販賣鴉片，從中牟利。造孽錢越來越多，惡勢力越來越大。凡在上海租界地區幹不正當行業的人，都得向他送禮行賄。後來，上海市面上一批鬧事生非的白相人，均惟黃的「馬首是瞻」。

黃金榮勾結新舊軍閥，另有一套隨機應變的勢利眼光。如黎元洪到上海，黃金榮曾派金廷蓀等組織一批流氓去保駕。徐國梁當淞滬警察廳長時，黃就與徐國梁勾結起來，該廳偵緝隊長赫仕林，成爲黃門的常客。後期擔任淞滬警察廳偵緝隊長的喬松生、盧英等，黃收羅他們充作門生。民初，袁世凱當政，袁黨聯絡法捕房總巡在租界內逮捕國民黨分子。有一次要到望志路去捉汪精衛與陳公博，黃金榮採用兩面手法，他帶領一批探捕出發之前，暗派門徒程子卿去通風報信，以留後步。在他一生中勾結官僚最得意的，是和蔣介石之間的關係。

蔣介石初在陳英士部下，陳死後，蔣在政治上失去靠山，乃與戴季陶、陳果夫從事物品交易所的投機買賣。因投機失敗，處境十分狼狽。蔣乃決定離開上海到廣州去投靠孫中山先生，進行政治投機。因逼於債務，又缺乏路費，由虞洽卿介紹他去投拜黃金榮爲師。黃見此筆交易好做，不但不收蔣介石一筆壓帖贄敬，而且送給蔣介石大洋二百元作爲路費，助其成行。一九二六年北伐軍從廣州出發，蔣介石竊據北伐軍總司令。這自然使黃感到無上榮耀。黃爲討蔣歡心，把蔣介石投遞門生帖子悄悄送還，不以「師父」自居，給面子與蔣介石，使蔣黃之間始終維持密切關係，彼此利用，狼狽爲奸。

黃金榮爲著擴大自己的社會影響，又挖空心思用種種手法拉攏各方面的惡勢力，對下層階級，還施以小恩小惠來毒化麻痺。如他對江湖上落魄的三教九流，也肯接濟一點。到了晚年退職閒居，每天上浙江南路逍遙池浴室洗澡，必帶二三十元現鈔銀幣，分贈地頭上遊乞，每人二角至一元，無日間斷。乞丐隊中視爲慣例，等他的汽車停在逍遙池門口，就派代表去領受「賞賜」了。黃金榮對在內地犯案潛逃來滬的巨盜慣匪，也能網開一面，以留後步，而拉關係。特別對於到上海來的外埠幫會分子，更加沆瀣一氣，只要引見有人，備了一分賄賂厚禮，就來者不拒，廣事交結。這不僅因爲他們臭味相投，更重要的是黃金榮想擴大他的影響面，將自己的惡勢力發展到各地去。通過錯縱複雜的關係，黃金榮與外地幫會頭子也漸漸交上朋友：如武漢的洪幫頭子楊青山、向松坡，九江地界有名的鴉片販子九江阿生，蘇州的劉晉康，天津的潘子欣，揚州的曹幼珊，華北的高士奎以及寧波的俞康樹等，凡他們的徒子徒孫到上海去活動時，黃對若輩均予便利行事，多方照顧。因此之故，黃的門徒到外地去幹些走私販毒之類的不法情事，當地幫會頭子莫不「愛屋及烏」，大力幫助。

組織「中華共進會」，投入反革命政變

當北伐軍抵達上海前夕，上海工人在中國共產黨的領導下，積極組織工人武裝起義。租界當局藉口保護租界安全，命令黃金榮、杜月笙等組織糾察隊，協助維持界內治安。法捕房僅有的十六輛坦克終日在公館馬路、霞飛路等熱鬧馬路上往來巡邏，以防止法租界工人起來響應北伐軍。實際上充當了反共反革命的急先鋒。

黃金榮的早期門生，大都是兩租界捕房的探目和軍警人員：如法捕房的陳三林、金九齡、程子卿，英租界捕房的陸連奎、尚武、馮志銘等以及南市公安局偵緝隊的喬松生、盧英、張榮、董明德等。工商界的門生並不多。大世界經理唐嘉鵬當時是他手下得力的門生，唐徒王文奎、樊良伯各有一二千名徒弟。馬祥生雖爲陳世昌徒弟，但他早年在鈞培里黃宅曾充廚司，是黃一手提拔起來的大流氓，他如杜月笙、金廷蓀以煙、賭起家，亦由黃所扶植。他以法捕房督察長身份組織起來的流氓武裝隊伍，人數達二三千以上。

蔣介石陰謀發動「四．一二」反革命政變之前，一面勾結英、法帝國主義，一面策動清洪幫集團充作打手，配合嫡系部隊進行反革命大屠殺。他派楊虎、陳群去找黃金榮，由黃再召集杜月笙、張嘯林等定計設謀，利用「中華共進會」名義，在申、新各大報上刊登反共啓事，隨即召集大批流氓，手持武器，襲擊工人糾察隊。據親身參加這次反革命政變的董明德(董爲鎭海人，杭州阿法女婿，和我拜把兄弟)告訴我：他那時任國民黨上海市公安局偵緝隊分隊長，每天押解著大批共產黨員和工人，從法租界押解到龍華司令部。馬祥生和金廷蓀在這次反革命血腥大屠殺中，都賣足了力氣。金廷蓀後來和我談起這件事，常常以此自誇。說他一生中有幾件自命不凡的事：一是黎元洪到上海，黃金榮命他去保護；一是他在「四．一二」反革命政變中，押送李立三，驅逐出法租界。

「中華共進會」設辦事處於愛多亞路安樂宮旅社內。黃金榮、杜月笙坐鎭指揮。事先與第二師劉峙部陰謀劫取工人糾察隊的槍械，由黃等派出便衣流氓數百人，持械圍攻寶山路商務印書館、東方圖書館工人糾察隊總部。正在搗毀襲擊之時，劉峙部隊突然又將共進會分子趕走，對被害的工人糾察隊假意慰問。臨去時，邀請工人糾察隊全體到北站廣場上舉行「軍民聯歡大會」。工人糾察隊負責人不知是計，竟去赴約。他們將帶去的槍械放下架好，準備觀看第二師演出節目時，就被預伏的反革命部隊包圍繳械。接著就開始了反革命大屠殺。

黃金榮、杜月笙、張嘯林這一次替蔣介石充當反共反革命的急先鋒，事後得到了北伐軍總司令部不少勳章和獎勵，並給以顧問、參議一類的名義。黃金榮晚年退隱家居，每逢黃宅有什麼結婚、做壽一類的事，他必定將這些勳章掛在胸前，以此自耀。在這些琳瑯滿目的勳章中，還有法租界當局和北京軍閥政府頒發的。這件事本身適足以說明了黃金榮是帝國主義、北洋軍閥、封建幫會和國民黨反動派的忠實代理人。

黃、杜矛盾與「忠信社」

自從「四．一二」政變以後，杜月笙躍居爲流氓政客。他的實力和地位超過了以「老太爺」自居的黃金榮。究其原因，有這樣三個方面：

第一，杜月笙、張嘯林、金廷蓀三個流氓頭子是依靠黃金榮勢力承包法租界煙、賭兩項特種事業起家。黃金榮身爲法捕房華探督察長，只能在幕後操縱掌握，不能公開出面去經營煙館和賭場。實權就落入杜月笙和金廷蓀手中，黃只是坐地分贓，分嘗一臠。杜、金兩人從煙、賭中獲得厚利，在有錢就有勢的舊社會中，連法捕房裡法籍捕頭都見了眼紅，甘願投拜杜月笙爲老頭子。如當時法捕房嵩山捕房捕頭「鵝牌」，小東門捕房的捕頭「馬松」這兩個人都拜杜月笙爲老頭子，每月可向杜月笙賭場拿五百元俸祿。一班與杜地位相等的白相人，如顧嘉棠、芮慶榮、孫嘉福、榮炳根、袁珊寶等，甘爲杜所利用，充實杜黨勢力。

第二，杜月笙與國民黨反動派打成一片後，交結孔祥熙和宋子文，與特務頭子戴笠結成生死之交。他又千方百計收羅國民黨黨、政人員投拜門下，並以重金聘請「名士」幕僚，組成「智囊團」，助其定策設謀，擴大聲勢。這就促使杜月笙在反動政府統治時期地位大爲提高。黃金榮收錄門生，只視作個人進益的一條途徑。他的門生中只有唐嘉鵬、丁永昌輩替他奔走效勞，實力漸不如杜。

第三，杜月笙熱中於工商事業，開設銀行、商店、工廠等等，影響越來越大；黃金榮故步自封，他從來不肯出資與他人合營企業。所以除了早期在法捕房督察長任內經營的共舞台、大舞台、大世界等等以外，只有一些房地產。他在工商業的收益，反不如金廷蓀。

杜有政治野心，肯花錢，手面闊，手段辣，能籠絡別人，利用別人。黃滿足現狀，只肯花些小錢，不願冒一點風險。所以他辦的所謂「事業」都是些不會虧本的買賣。黃以敲詐勒索所得，購置房產，坐收房租，認爲較投資於工商業牢靠穩妥，比將現金存在銀行裡還要保險。有人勸他加入股份合資開店，他害怕虧本連累，一概謝絕不幹，終其一生，沒有和人合營過一項企業。

杜月笙早年跟杭州阿法在十六鋪一帶私運鴉片，幫會中輩份極低。後得黃金榮撐腰，漸露頭角，所以才有後來這樣煊赫的地位。黃金榮六十歲做壽那年，曾與杜月笙、金廷蓀結爲換帖弟兄。杜、金兩人尊黃爲「大哥」，雙方勾結甚密。但到了杜月笙勢力達到登峰造極之後，黃、杜兩人漸有裂痕，只保持表面上的合作了。

先是，黃的門生陳培德當英美煙廠工會主席，時在「九·一八」之前。杜的門生陸京士任淞滬警備司令部軍法處長。陸爲打擊黃門，擴充自己勢力計，指陳有共產黨嫌疑，拘捕關押，不肯釋放。後經黃金榮親自出馬，向司令楊虎直接說情，陸才將陳放出。陳培德獲釋後，對陸懷恨在心，在黃金榮前哭訴進讒，說陸心目中只知有杜月笙，不知有「老太爺」，矛盾誤會，日益加深。我於一九二八年進入黃門後，因加入魚市場籌建工作，被杜黨排擠傾軋，心懷不滿之後，也在黃前點火。那時正當杜月笙的「恆社」氣焰極盛之時。一九三六年的夏天，黃默許門生祕密組織「忠信社」，專事對付杜黨，企圖製造杜門師生矛盾，搞垮「恆社」。「忠信社」命名的由來，取之於漕河涇黃家花園走廊前面六角亭上蔣介石寫的「文行忠信」石碑。黃即以其中「忠信」兩字爲名，組成社團。忠信社的社員在黃門子弟中也不是公開的。其中主要分子有邱子嘉，丁永昌、陳培德、張善琨、徐笠衫、姚松如、陳福康、魯錦臣、潘瑞生、龔天健、胡憨珠、杭石君、吳玉蓀和黃振世等，算是該社委員。社員則由委員口頭通知聘定，沒有正式手續，也没有開過成立大會。黃金榮名爲社長，但他只默許我等按其指示去搞，每次集會均不來參加。黃在組社之前，密召我們幾個親信門生說：「你們可以搜集一些關於杜月笙的確實資料，由我親自向委員長告發。」我等得此要領，即著手組織「忠信社」，起先在黃家花園聚會，每星期日以聚餐爲名，祕密商量搞垮「恆社」的對策。後來感到杜黨勢大，乃聯絡楊虎的「興中社」，結成聯盟。大約在一九三六年夏秋之際，兩社主要分子，每逢星期日，相約到半淞園聚餐。雙方湊滿一桌圓台面，視爲常例。當時所以擇定半淞園聚餐，因黃、楊兩人對杜尚保持虛假情面，不願被外人偵知內情，半淞園地處南市郊區，可以避人耳目。當時初步定策：第一步，拉攏「恆社」活躍分子脱離杜黨，製造杜門師生矛盾。預定拉攏的對象中有魚市場常務理事唐贊之和《大美晚報》發行部經理李駿英諸人；第二步，搜集杜月笙在政治上的劣跡，作爲密告材料，好由黃金榮去向蔣介石告御狀。這樣擧行了六七次祕密會議，搞垮「恆社」的陰謀仍不能實現，而搜集杜月笙劣跡又查無實據。接著「八・一三」淞滬抗戰爆發，「忠信社」的祕密組織就在連天炮火聲中趨於癱瘓，隨即銷聲匿跡，無形解體了。

退休以後的剝削生活

黃金榮在做過了六十歲壽以後，就辭去法捕房華探督察長職，退休閒居。沈德福繼其後任，繼沈後任的是任水揚。這兩個人皆因不趨奉黃金榮，爲潛存在法捕房裡黃金榮的惡勢力所排擠而去職。繼任後任的是金九齡，以及法捕房政治部主任程子卿，兩人均出黃門。擔任法捕房總巡多年的喬辨士，法駐滬領事杜來，在黃退休後，常到黃宅，商量有關法租界治安的事情。黃在幕後操縱法捕房警權，以維持其幫會集團中的霸權。因此，黃的退休，是以退爲進，將衣缽傳之徒弟，自己以太上皇自居的一種做法。

這時，他的門生約有一千多人，每年都要向他送禮以示「孝敬」，加之他在法捕房督察長任內，受賄貪汚之所得，經營了共舞台、大舞台和大世界，這是一項包賺鈔票的生意，收入足夠他揮霍一世。所以他到了晚年，就不問外事，在家納福，過其荒淫無恥的剝削生活。

榮記共舞台是他最早經營的戲館。當時京劇是男女分開的。女演員搭班演出的，稱爲髦兒戲。他在共舞台首倡男女合演，營業大盛。

「一．二八」事變後，他將共舞台租給張善琨。其他如大舞台，最早租給沈長賡，後由范恆德長期租用經營。黃金大戲院則租給金廷蓀。此外尚有大世界、榮金大戲院，則派其門生管理經營。

大世界初爲黃楚九開設，黃金榮出資五十萬盤下，改爲榮記大世界。黃也有個打算：按照當時情況，將五十萬元現鈔存放銀行，每年只得三千多元利息。大世界每天可出售門票五六千張，日得五六百元。除去各場開支，實際收入每天可得二、三百元。星期例假及元旦、春節就有加倍的收益。一個月的收入約在七、八千元以上。他認爲這項買賣不會虧本，況又可安插大批徒子徒孫在那裡混飯吃，樂於經營承盤。

鈞培里黃宅內部的家務由寡媳李志清當家。全宅有男女佣工三十餘人。賬房（俞永剛）、祕書（駱振忠）、當差、裝煙、門房、保鏢、司機等等，各司其職。此外，有廚司三人及房裡打雜的女佣五、六人。黃息影家居，猶如下野官僚，每天交往訪會的客人川流不息。門前車水馬龍，迎來送往，戶限爲穿。這些客人中，有外省軍政人員、當地富商縉紳、清洪幫流氓頭子、下野軍閥、失意政客以及國民黨達官貴人等等，各式各樣的人物全有。如有女賓，例由李志清出面接待。招待這些客人的方式，不是抽煙，就是賭博。黃公館裡的麻將，每天至少有四五桌。抽頭所得的錢，由李志清分給內外僕役，作爲賞賜。

黃以勢利眼光待人。敬客的香煙是分等級的：普通客人奉以大前門；中等客人奉敬爲白錫包；上等客人則爲茄力克；再高級一些的，就以上好大土供給。對於子弟也是如此：身價較低的門生，見面點一下頭，就算敷衍過去了；對於地位高勢力大的門生，才顯得親近一些。他本人煙癮很大。客人如有請託謀求之事，就在鴉片鋪上商量解決。他經常用四五支名貴煙槍，輪流調換。所吸煙土，均爲多年儲藏的大土，和以上等沈香珠粉之類。所以他雖爲癮君子，而臉上毫無煙容。

國民黨政客中，與黃金榮有過交往的，有宋子文、孔祥熙、王柏齡、楊虎、吳鐵城、戴季陶、吳稚暉、于右任、蔣伯誠以及大漢奸褚民誼、陳群等人；上海工商界則有虞洽卿、王曉籟、俞佐庭、方椒伯、袁履登、林康侯、秦潤卿、聞蘭亭、盛老三、盛老七、李思浩、李祖萊等。此外，如南市豪紳李平書、姚紫若、南市水電公司姚慕蓮、救火會毛子堅、閘北王丙毅、顧馨一，與黃均互有勾搭。常到黃門作客「孝敬」的幫會分子，三教九流，無不齊全。我所接觸過的，有大字輩高士奎、曹幼珊、張錦湖，也有北京著名的飛賊燕子李三。

黃自退隱閒居，不時到漕河涇黃家祠堂遊憩。他的門人對他阿諛奉承，便建議將祠堂擴建爲家園，得黃默許。於是由唐嘉鵬、馮志銘兩人經營其事，在黃門子弟及其他幫會分子中普遍捐募。各人視經濟力量大小，分別出資。最少的三四十元，多的千餘元。我那時捐助五百元，唐嘉鵬出一千元，杜月笙與金廷蓀大約捐出四千多元。這是一種變相的敲詐。捐募所得，除付出黃家花園的全部建築費外，尚有幾萬元餘款。兩位經手人由於手續不清，雙方互相攻許，鬧出一場狗咬狗的醜劇。黃偏信唐嘉鵬，對馮志銘大爲不滿，竟加以驅逐。馮因此有一年多不到黃宅走動。

新建的黃家花園占地約六十畝，有一個很大的客廳，題名爲「四教廳」。四壁懸掛黎元洪、徐世昌、曹錕等大軍閥的匾額，是黃家祠堂的舊物。廳右一塊「文行忠信」大石碑，是蔣介石送的。四教廳的建築，仿造叢林的大雄寶殿。廳前陳列著一堂樊石八仙，中供福祿壽三星，兩旁擺著十二把紅木大座。封建色彩十分濃厚。四教廳後面是一列鋼骨水泥二層洋房，一共有十幾間，充作黃歇夏的別墅。

花園內假山亭池，曲徑通幽，頗多名貴花木。如玉蘭、黑松、大牡丹等，桂花則尤爲普遍。黃家花園落成之後，每星期日，一般黃門子弟，不邀而集都到漕河涇花園內聚會，中午就在那裡聚餐，遊玩到下午三四點才盡興而散。黃本人每年過了立夏節，就遷至花園內歇夏，一直到八月秋涼後，再回鈞培里本宅。手下一班遊手好閒的門生，成天陪著他抽鴉片煙或賭博，消磨歲月，養尊處優地過著荒淫無恥的生活。黃愛好挖花牌和碰銅旗兩種賭博，龔天健、夜壺阿四、陳福康、魯錦臣四個門生終日跟隨爲伴。偶然也到漕河涇附近小茶館去擺測字攤(就是泡一壺茶閒聊)，視作閒居一樂。

黃金榮具有濃厚的封建迷信思想。上海城隍廟每年一次的執香會，他是會長，必率親信子弟前往祭供叩拜，還叫些流氓裝扮成判官、小鬼、陰皂棣，兩個一對地搭成對子，面對面，在馬路上表演。黃家花園內設有關帝廟，廟後土山上有觀音堂，題名爲「紫竹林」。每逢農曆正月十三、五月十三和九月十三日舉行關帝會，黃門子弟每人出資十元，到花園內關帝廟聚餐，菜餚由黃宅廚房供給。多餘的錢就作爲黃家花園的內部開支。這又是借名斂錢的一套手法。他又樂於交結僧道，五台山、九華山、普陀山及上海龍華寺的當家和尚常到鈞培里化緣募捐。黃出手不大，最多幾百元。而各院主持均以得黃題名爲「榮」，多少在所不計。他對江湖上落魄的三教九流，若有所求，慣以小恩小惠來擴大影響，拉攏關係。對於各項社會救濟事業，不肯做發起人。在情面難卻時，敷衍一下就算。他在法租界八仙橋辦了一所金榮小學，由黃門子弟流氓律師金立人任校長，算是他唯一賠錢的事業。

自從六十歲生辰後，他每年要做一次生日。借祝壽爲名，公開向門生和平素交往的人們敲一記竹槓。門生中稍有地位的人，至少送一百元禮金，多的往往送五百、一千。杜月笙、金廷蓀等輩，每年都送二三千元，視作常規。因他性好阿堵物，接近他的人摸透他的個性，故凡黃宅婚喪等事，大家都以現金相贈，不送禮物。壽誕酒席，例由黃徒仇萬榮所開的桃花宮（後改大利春）包辦，有時歸鴻運樓定席。這樣每年一次的壽誕，除去辦酒等各項開支，至少可賺一二萬元。

此外，黃門子弟一千餘人，每年三節要送節禮孝敬。這三節是端午、中秋和春節。如我這樣，每節送門房二十元，茶包一百元，節禮一百元。一年之間要向鈞培里黃公館「孝敬」六百多元。黃金榮門生衆多，加起來就是一筆數目可觀的收入。我爲什麼心甘情願向黃金榮按時「孝敬」這許多錢呢？在舊社會裡，有一句流行的話，叫做「有勢就有財」。我在沒有拜黃金榮爲師之前，只是個初露頭角的生意白相人，剝削勞動人民的辦法還不多。自從進入黃門之後，我在社會上的地位抖起來了，擔任了許多社會團體理事一類的職務，剝削的辦法就更多。歸根結蒂是依仗黃金榮的惡勢力才能有這樣的成就。所以也就樂意從我的剝削收入中抽出一些錢來供應自己的老頭子。封建幫會的師生關係，就是這樣相互利用，狼狽爲奸的。

黃時常去吃小館子。小東門德興館是他當年當法捕房探目時常去的。此館後來盤給唐嘉鵬的徒弟吳全貴。吳開設泰新旅館，製造紅丸，是黃的徒孫。抗日戰爭時期，德興館因地處華界邊緣，法租界當局在界邊設置鐵門，若遇緊急情況，就要宣布斷絕交通，德興館的生意因而十分清淡，顧客寥寥可數。吳全貴特地邀請黃金榮去該館會宴，把他當作活廣告，以便招徠顧客。黃素來愛吃重油厚味，對當年德興館的紅燒桂魚和獅子頭砂鍋猶有回味，於是在一天中午，由鈞培里開出汽車兩輛，到德興館小宴，當即引起一班好奇的小市民聚而圍觀，要看一看這個流氓頭子是怎樣一個三頭六臂的人？爲德興館大做一番宣傳廣告。抗戰勝利後，蘇州木瀆石家飯店老闆如法炮製，也邀了黃金榮到那裡去小吃，把他當作活招牌，吸引顧客。石家飯店老闆是黃門生，彼此利用，各得其所。

黃門子弟內訌紀實

黃金榮在晚年退居的最初十年中，不斷收納門生，視爲一條進財的途徑，有時往往鬧出笑話。

安清幫師徒相承，最初以二十字定輩份，即「清靜道德，文成佛法，仁論智慧，本來自信，元明興禮」二十個字。到了清朝末年，二十字輩用完了，又添上「大通悟覺」四字。民初輩份最大的幫會分子是大字輩。黃金榮沒有正式拜過老頭子，在清幫中稱爲空子。按照幫會組織規定，沒有進過香堂，就不能開堂收徒，所以他所收的都是門生，門生是沒有字輩的。只因他位高勢大，不需要再去投師拜祖，自有一批流氓頭子尊他爲「老太爺」。他雖不是眞正幫會中人，但在幫會組織中的地位，反比幾個大字輩的流氓要吃得開。因此有人問他，他就開玩笑說：「我是天字輩，比大字輩多上一劃」。後來他的老朋友高士奎、曹幼珊、王德鄰等大字輩都勸他認一個曾任江蘇通海鎮守使的張鏡湖爲老頭子，他也不推不就。實際上仍未舉行過儀式。

雖然如此，但在黃的門生中，爲了培養自己手下一批小嘍囉，卻有不少是正式進過香堂的幫會分子。如我和盧英、董明德、何國梁等三十個黃門子弟，在「八・一三」前，聯合拜安清幫大字輩曹幼珊爲老頭子，並開堂收徒，繼承封建幫會這份家業，收了許多徒弟徒孫。黃金榮晚年濫收門生，而這些門生中，有不少是我的徒弟徒孫，輾轉挽人介紹，又投拜黃金榮爲師，這樣就和他的原來老頭子成爲同門兄弟。這在幫會中名爲「爬香頭」，是一件令人頭痛犯忌的事。所以我們幾個在外面混混的門生，曾經勸黃停收門徒，他當面也認爲應當如此，但不多幾時，卻又開門納徒。這是與他見錢眼開，貪得無厭的剝削本性分不開的。

黃在法捕房所收的門生，除金九齡、陳三霖、程子卿等少數幾個人外，後來比較接近的門生，大都是他成爲大流氓頭子後所收。軍、警、工商、文藝、科技以及星相醫卜等各色人員全有。其中比例最大的當然是遊手好閒的白相人。因爲人數太多了，有的門生連黃本人也叫不出名字。他們經常出入黃公館，與黃金榮勾結甚密的人，是唐嘉鵬、顧竹軒、陸連奎、盧英、金九齡、張善琨、丁永昌、陳培德、張子廉、邱子嘉、董明德和我等二三十人。有些人雖拜黃金榮爲師，除了逢年過節去走動，平時就很少來往。在國民黨統治時期，一些正當商人要在當時社會上發展事業，對於像黃金榮這樣具有惡勢力的流氓頭子，是不能不敷衍一下的。

周信芳最初在丹桂第一台演出，當時有個文武老生常春恆，在顧竹軒開設的天蟾舞台演出全部「漢光武復國走南陽」，賣座頗盛。顧竹軒對待被聘請的演員一向不肯出大包銀。常春恆以天蟾生意好，要求增加包銀，顧不允。常乃提出輟演要求。顧暗使其門徒將常打死，續聘周信芳在天蟾演出。後來周又因不願受顧竹軒的剝削，期滿不肯續演，顧對人揚言要置周於死地。旁人都爲周的生命擔憂。周知顧蠻不講理，只得採取「以毒攻毒」的手法，挽人投拜黃金榮爲師。黃接受周的請求，特地召顧到黃公館，對他說：「信芳現在是你自己兄弟，今後要照顧他。」自此以後，才得相安無事。周深恐顧乘機暗算，急忙離開上海，到北方去遊碼頭。三年後，始重返舊地。先在黃金大戲院演出三天，使顧不敢侵犯。

顧竹軒在黃門子弟中是個以殺人著名的惡霸。他是蘇北鹽城人，小名顧四，綽號癟嘴，幫會集團中都稱他爲「四老闆」。原爲人力車夫，後來考進英租界捕房當巡捕。以敲詐勒索所得的贓款，開設車行，出租給貧苦的蘇北同鄉。他以巡捕身分，不怕車夫短欠租費。同時，又向各捕房站崗巡捕打招呼：凡他出租的車輛，偶有不遵守交通規則，寬容放過。這樣一來，他的車行生意大好。他見有利可圖，乾脆辭去巡捕之職，擴大車行業務，又開設天蟾舞台。後因永安公司串通英租界工部局，勒令顧竹軒將天蟾舞台遷址，改建爲永安公司南部。他心有不甘，聘請了穆安素和甘維露兩個外國律師，向工部局大打官司，一直上訴到英倫法院。結果，由英倫法院判決，工部局應賠償天蟾舞台損失十萬元。自此以後，顧在幫會中成爲紅角，蘇北同鄉等稱他爲「顧四太爺」。

顧與唐嘉鵬兩人是黃門中兩大台柱，各人都有一部分惡勢力。後因大世界包場爭利，相互仇殺，形成同室操戈。先是陳榮生，綽號水果榮生，當了大世界經理不久，就被人殺死。由唐嘉鵬繼任爲大世界經理後，各場包場，取決於唐一人。會有季雲卿的徒弟許福寶，因爲包不到大世界的場子，懷恨在心，蓄意將唐嘉鵬殺死雪恨。許與顧竹軒在東方飯店開三〇一號長房間。那天許對顧說：「唐嘉鵬這傢伙不是東西，打死他怎樣？」顧笑而不答。許乃乘機驅車至顧的徒弟蘇北人王興高家中，對王說：「顧四爺要你打死唐嘉鵬。」王信以爲眞，即備手槍至大世界門口等候。唐偕同說《描金鳳》的吳玉蓀從大世界出來，正欲上自備包車之時，被王興高槍殺致死。此案發生後，黃金榮立即打電話給法捕房督察長金九齡，堅主嚴緝凶犯。法捕房緝獲了凶犯王興高後，招出顧竹軒爲幕後主使人，顧因此被扣，判處五年徒刑，關了兩年就交保釋放。黃照舊視顧爲心腹，並沒有因此而斷絕師生關係。在此案發生後，曾使金九齡非常爲難，因爲顧、金兩人是兒女親家，難以下手。

我在黃門中原爲唐嘉鵬一黨。唐被殂後，陳福康、邱子嘉、丁永昌和我各樹一幟。其中邱子嘉以元老派自居，和我互有勾結。丁永昌只保持表面上的協作。陳福康一向管理黃宅房地產及大世界帳目。龔天健、夜壺阿四、魯錦臣等與陳結成一黨，包圍老頭子黃金榮，過其幫凶分贓的寄生生活。唐嘉鵬的徒弟王文奎也加入一夥。每逢黃公館過年過節或喜慶大事，他們都來吹拍奉承，是黃宅內部的一批群小，我與他們互不協作。有次爲了黃的養子源濤之妻在南市某煙館吸食白面，我在黃金榮面前提起此事認爲若不加以禁止，不但與黃面子有關，即在我們子弟面上也失去光彩。黃聞言勃然大怒，竟將源濤之妻趕出黃宅。因此之故，內宅群小對我雖話不投機，但怕我在「老太爺」面前直言不諱，大都以「敬而遠之」的態度與我相處。不過在背後卻與我爲敵，造謠中傷，挑撥離間，是常有的事。「一·二八」後，杜月笙任上海市冰鮮魚行業同業公會主席，我爲該會總幹事，與杜常有接觸。陳福康就在黃金榮面前說我背黃聯杜，要投拜杜門等話。黃金榮將信將疑，經我解釋分辯後，才不置信。又在一九三七年初秋，我獲得了一尾重達六千餘斤的大沙魚，想到大世界去展覽，門票所入四六拆帳，並已向黃金榮談妥。結果因未許陳黨錫箔灰，即以有礙衛生、公董局衛生處不會許可爲理由，阻止展出。我見此事不成，轉向新世界尤阿根談妥將大沙魚放在新世界展覽。當時新世界營業不盛，遊客寥寥可數，門可羅雀。經在報上吹噓招徠，突然觀眾劇增。尤阿根大爲高興，我也因此賺得了三千元暴利。

抗戰時期的苟安生涯

抗日戰爭時期，上海守軍後撤，兩租界處在日寇四面包圍之中，成爲「孤島」。敵寇利用漢奸，成立維持會，幫會中的亡命之徒便乘機大肆活躍。一時群魔亂舞，比往時更爲猖獗。這時，杜月笙、金廷蓀已避走香港，日本特務機關一度看中黃金榮，要他出任維持會長。有一天，敵酋(名已忘)前來要挾。黃事前僞裝癱瘓，由兩個家人扶著他出來接談，聲稱他有病在身，本人不識字，不知國家大事，不配當維持會長等語，被他逃過了這一關。

其後，幫會分子徐鐵珊、金鼎勳投敵，日寇利用他們組織「黃道會」。徐、金勸他出面主持，黃又用同樣方法婉言推辭。但他對來訪的敵酋與落水的漢奸，從來都是以禮相待，不敢得罪他們。抗戰八年中，日本特務機關時常有人到鈞培里訪談，黃禮待有加。其中僞黃浦分局長日人小林來往黃宅尤勤，關係更加密切。

黃門子弟中，媚敵附逆的，頗不乏人。其中惡名昭著的，要算盧英了。盧在抗戰前夕，任上海市警察局偵緝隊長。一九三八年冬，敵寇軍部組織僞大道市政府，物色盧英出任僞警察局長，盧躊躇未決，與黃金榮商量。那時「租界」上日本人的勢力還不能滲入，黃叫盧英不要落水。隨著敵僞勢力日益猖獗，租界當局處處向日寇讓步。盧英在汪僞政權中的地位，由南市警察局長而躍升爲僞軍委會參軍長，成爲「新貴」中的要角。盧再次到黃公館探望他，黃把盧英當作炫燿黃門的得意門生看待，十分寵待他。黃金榮不親自下水當漢奸，並不是他有什麼愛國之心，這從他對待漢奸徒弟態度和聞蘭亭、林康侯、袁履登所謂滬上三老下水後友好關係中可以得到證明。他曾對人說：做維持會長，怕別人暗殺。爲的是要保全自己的生命。

這一時期，社團的活動是較爲消沈的。杜月笙的「恆社」與楊虎的「興中社」均遷往內地，「忠信社」因爲失去了攻擊的對象，無形趨於停頓。我於一九三五年就組織起來的「振社」票房乘機大肆活動，黃金榮時常到「振社」來閒坐，看到「振社」內部進進出出的社員甚多，當面對我讚許一番，認爲是黃門中一件得意的事件。

他對各項社會活動，一概以「年老體弱」爲名，謝絶不去。每日下午到逍遙池浴室洗澡，視爲常課。一九四一年夏天，幫會分子高蘭生在麗都花園擺宴做五十歲生日，黃金榮前往祝賀。同座者有公共租界捕房探長尚武、劉紹奎、湯堅等諸人。忽然從外面走進滬西七十六號魔窟綽號「殺人太保」吳四保（吳四保爲七十六號警衛大隊長，吳妻佘愛珍於一九四一年五月間乘車到公共租界燙髮。西捕索閱派司，她的衛士不肯，被西捕開槍打死衛士及車夫），當著黃金榮面，手指尚武、劉紹奎等一批捕房探長，指桑罵槐地說：「這批癟三，現在壽世已滿，再與老子爲難，窮爺一個個都要打死他們！」極盡威嚇謾罵之能事。黃金榮在旁噤若寒蟬，不作一聲，眞是深得「能屈能伸」之道。

「榮社」成立後的一些活動

一九四五年九月，杜月笙從上饒乘火車回到上海。因爲是從後方來的，身價頓增十倍。他所主持的「恆社」重又活躍起來。此時楊虎擔任了中華海員特別黨部執行委員會主任，他的「興中社」已改爲「興中學會」，吸收海員一萬餘人爲社員。洪門鄭子良組織「俠義社」，社員也有一萬餘人。黃金榮見而眼紅，欲將停頓八年的「忠信社」恢復活動。後由我和邱子嘉建議，改名爲「榮社」，採取公開形式辦社，要與「恆社」互爭千秋。黃同意我們的建議，即物色社址，擬定組織。會址設於嵩山路振聲里隔壁前法租界公董局買辦趙振聲家中。一九四五年十一月間，榮社正式舉行成立大會。杜月笙、楊虎、王曉籟等均以來賓的身分前往觀禮。當場選出「榮社」社長：黃金榮。

黃金榮拙於辭令，那天社長致詞，他以家長身分說：「今天『榮社』成立，大家聚集一堂，歡歡喜喜，我很高興，今後大家更要團結……」不知所云地說了幾句。

「榮社」成立後，除了舉行多次不定期的聚餐外，一般說來，不如「恆社」活躍。我因爲另有「振社」組織，對「榮社」活動不大熱心。邱子嘉也不是一個有力的辦社能手。兼之有些自稱爲社員而沒有社員資格的人，如黃源桃徒弟陳雄、湯雄及鄒政之等，對外以「榮社」社員自居，敲詐勒索，無所不爲，遂使我們這班中堅分子也大爲洩氣，不願以全副精力發展所謂「社務」了。

有一次，黃金榮向我提出，說是「榮社」房子很大，可以將我的「振社」和我的門生周一星的「星社」都搬到「榮社」，合併起來，人多勢眾，也就更熱鬧了。而我呢？「振社」是我稱霸仗雄的一塊基地，一旦合併過來，上有黃金榮，中有黃家班的群小插手，我自然不願將自己辛苦培植起來的小團體輕易放棄，便推說「振社」分子複雜，反而不好，因此作罷。

一九四七年農曆十一月初一，黃金榮八十歲。若在往年，他要大辦宴席，熱鬧一番的。這次忽然主張節約不鋪張，只在玉佛寺辦幾席素菜。「榮社」子弟事前爲他組織祝壽籌備的人員，聘請杜月笙爲總理，楊虎爲總招待，我擔任了總務。那天上海市長吳國楨及各局局長均來拜壽。孔祥熙也來了。杜月笙、楊虎見孔駕到，即對我說：「我們去陪陪孔院長，這裡就請你代勞了！」他們只捧孔祥熙，反把壽翁冷落了。

一九四八年八月，蔣經國以上海區經濟督導副專員的身分在上海執行經管事務，口口聲聲要打幾隻大老虎，偶然還微服出行。我那時被聘爲評價委員，風聞杜月笙暗中策動徒眾搶購物資，搞垮蔣經國。我認爲這是一個打擊杜黨的好機會。於是由我向黃金榮獻計，請蔣經國到「榮社」赴宴，勸他以後行動要謹慎些，以防有人對他有所不利。順便告訴他杜月笙正在暗中煽動搶購物資的消息。叫他預作準備。黃金榮認爲此舉十分必要，當即由他備好一份請帖，叫我面邀蔣經國。我去見蔣時，他謙遜地說：「請老太爺不必費心！」經我再三邀請，才允赴約。誰知到了第二天，酒席已經擺好，蔣卻派了吳紹澍、蔣恆祥兩人爲代表。這樣一來，當然不便跟吳紹澍談起關於杜月笙的話。我們的計畫便全部破產。事後不久，杜月笙次子杜維屏被蔣經國扣押。杜已風聞「榮社」宴請蔣經國的事件，認爲是我暗中搗蛋。實際是有因無形。我們雖有倒杜的打算而沒有成爲事實。

向人民坦白交代

上海解放後，黃金榮的寡媳李志清席捲了黃宅所有金、鈔、細軟及鑽石、珍寶，帶領其養子成法及領女（忘其名）逃到香港亡命。這個聞名全國的大流氓頭子黃金榮一生搜括得來的人民脂膏，已十去其九。其時杜月笙、金廷蓀等一批罪惡顯著的流氓頭子，均已逃往香港。有人勸黃也去港安身。黃說：「我年已八十多歲了，死在香港倒不要緊，只怕在路上生了急病，豈不要死在半途！」因此堅主不走。他本來思想頑固，晚年信賴潘七爺（子欣）和我，不時和我談論大局，並和我說：「有事多和潘七爺商量。」一九四九年十二月，我受寧波旅滬同鄉會指派，去港爲寧波籌救濟款。臨行前去見黃，他叫我見到杜月笙時，商借美元五萬元。那時大世界、共舞台、大舞台等企業均歸職工管理，他無法再向人民進行剝削，而手頭的現金又被他媳婦盜取一空，漸漸對這麼一個開支浩大的黃公館感到應付爲難，所以叫我向杜借錢，可能是出於無奈。我到港後，即向杜月笙提起此事，杜當面表示十分抱歉，說此事且與黃家妹妹（即李志清）商量後再說。後來就沒有下文了。

我去港前，得楊虎暗示，要我動員杜月笙、金廷蓀、王曉賴等返回大陸，政府一概不咎既往，希望他們回頭是岸，向人民戴罪立功。王曉賴聽了我的勸告後，當即表示願回上海，杜、金及其他流亡的幫會分子不但堅決拒絕，反而勸我叫黃金榮速去香港，免得落入人民法網。我回滬後，對黃談起杜、金諸人託我轉達的話。黃沈思一會，問我道：「振世，你看怎麼辦？」我說：「還是不去的好。」黃默然無語。

一九五三年某月，上海市副市長盛丕華勸黃向軍管會坦白交代。黃著龔天健草具自白書一份，由舟山同鄉會會長陳翊庭陪同到外灘中央銀行大樓上海區軍事管制委員會。當由首長粟裕、副市長盛丕華兩位接見。據陳翊庭事後告訴我，黃於提呈自白書，交代歷史罪惡後，與他一同步出首長辦公室，兩人方至樓下門口，陳忽發現攜帶的用物遺忘在樓上首長辦公室。即叫黃在門口稍待，匆匆上樓去取。及陳再次下樓時，黃已不在，各處遍找無著。事後知他恐生變故，迫不及待地獨自一人回到黃宅去了。此後不久，黃偶然發熱病倒，不數日，就不治身死。

張嘯林的一生

朱劍良　許維之

張嘯林，舊上海流氓頭子，「通」字輩青幫分子，與黃金榮、杜月笙結爲盟兄弟，狼狽爲奸，橫行霸道。抗戰期間其勾結日寇，充當漢奸，後被「軍統」暗殺。以下兩篇短文，簡要介紹了其罪惡一生。

張嘯林原名小林，乳名阿虎。生於一八七七年（清光緒三年），浙江省慈溪縣人。父是木匠，早故，全家依靠母親勞動度日，生活艱難。

一八九七年，張二十歲，由於在鄉下難以度日，舉家移居杭州府拱宸橋。到杭州後，與兄張大林一起進杭州機房學織紡綢。但他遊手好閒，不認眞勞動，專同流氓地痞爲伍。不久，棄工考入杭州武備學校，在校與同學張載陽等人結爲密友，這就是他後來同軍閥方面有勾搭的由來。以後，他又拜杭州府衙門的一個領班（探目）李休堂爲「先生」，從此除充當李的跑腿外，就在拱宸橋一帶以尋事打架、敲詐賭博爲生。當時拱宸橋一帶另有一個賭棍，諢名叫「西湖珍寶」，以張小林經常勾引他的賭徒爲由，同張結下了仇恨。一次，「西湖珍寶」糾集手下的賭徒尋張小林打架，張因寡不敵衆，在拱宸橋待不下去，不得不與同夥躲到別處，靠製造和出賣點花牌九、灌鉛骰子等賭具爲生。

張小林不但在杭州城裡賭博騙錢，還於每年春繭上市和秋季稻穀收穫的時候，到杭嘉湖一帶引誘農民賭博，騙取錢財。鄉間的農民受張的騙，有的輸得當空賣絶，有的輸得投河上吊，因而民憤極大。清末宣統年間，杭嘉湖一帶人民曾寫狀上告，但張小林憑他在衙門裡的熟人爲他通風報信，得以逍遙法外。

一九一二年，上海英租界的著名流氓季雲卿去杭州邀請名角到上海演出時，與張小林相識，一見如故，結爲莫逆之交。張即隨季到上海，在五馬路（今廣東路）滿庭芳一帶吃賭台和妓院俸祿，又在四馬路（今福州路）大興街一帶設茶會，專幹勾嫖、串賭、販賣人口、逼良爲娼等勾當。

張小林爲了在上海站穩腳跟，發展流氓勢力，拜了清幫「大」字輩樊瑾丞爲「老頭子」，成爲清幫「通」字輩成員。隨後，他廣收門徒，發展勢力。由於身材魁梧，臂粗力大，凶狠毒辣，曾自比爲奉系軍閥張作霖，他的門徒也捧他爲「張大帥」。

當時，上海灘上的流氓各霸一方，相互爭雄。一次，張小林爲了奪取碼頭上販運水果的權利，和廣東幫流氓大打出手，混戰一整天後，終於被張奪得販運特權。後來，張又和南市流氓范開泰（諢名叫「烏木開泰」）、范回春（諢名叫「象牙回春」）、蘇嘉壽等，爲搶奪鴉片販運權同法租界流氓金廷蓀等發生毆鬥。金廷蓀是當時法租界巡捕房督察長黃金榮的得意門徒，而張小林和浙江省長張載陽、督軍盧永祥有私交。當時淞滬護軍使何豐林原是盧永祥的部下，於是張嘯林和何豐林搭上了關係。黃金榮、杜月笙爲了利用張同軍閥的關係，不想同張翻臉；張爲了在法租界發展勢力也不想同黃、杜弄僵，於是請出在上海的清幫「大」字輩出面調停，提出了所謂「黑心錢公平用」，各租界各幫共同合作，合夥販運鴉片的約定。有一次，黃金榮因觸犯軍閥盧永祥的兒子盧小嘉而遭監禁，張運用和軍閥的關係夥同杜月笙出力營救，使黃獲釋，黃對此十分感激。從此黃、杜、張三人就結爲把兄弟。

一九二〇年，黃、張、杜三人正式合夥搞鴉片聯運。張依靠何豐林的人馬把鴉片從吳淞口運到十六鋪，再由杜月笙派「小八股黨」包運到法租界，在法租界內由黃金榮發「通行證」。這樣，黃、杜、張三個流氓頭子就成了上海赫赫有名的販毒集團的首腦，大發販毒財。三鑫公司就是他們販賣鴉片的大本營，給幫會頭子、軍閥和租界當局帶來了巨大的經濟收入。一九二四年，黃金榮把在法租界華格臬路（今寧海西路）兩畝地基，分贈給張、杜兩家，造了兩幢洋房，張住東宅，杜住西宅，兩家共由一個大門進出，親如一家。

一九二七年四月初，蔣介石在上海準備公開叛變革命，指使上海的幫會頭子盜用辛亥革命時的「共進會」的名義，組織「中華共進會」，把上海的清、洪幫組織起來，充當反革命急先鋒。張小林是這個組織的三大頭目之一。四月十二日，黃、張、杜指使流氓冒充工人，從租界出發向上海工人糾察隊發動進攻，在國民黨軍隊的配合下，製造了震驚中外的「四・一二」大屠殺。事後，蔣介石爲了酬謝他們，委任黃、張、杜爲國民革命軍總司令部的少將參議。從此，張小林又和新軍閥搭上了關係。黃、張、杜還和國民黨的王柏齡、陳群、楊虎等拜爲把兄弟，以爲結納。

一九三〇年，張小林「榮歸故鄉」，一時轟動杭州城。當地土豪劣紳、反動政客、鄉鎮長和地痞流氓爲他擺酒接風，無恥文人每吾生爲張獻名爲「寅」，號嘯林（因張生肖屬虎故名寅，嘯林意即虎嘯於深林之中，以顯示威勢）。此後，杭嘉湖一帶的盜匪、歹徒、地痞、流氓紛紛投在張的門下。張在杭州西湖畔建造別墅，在湖濱路上開設天然飯店，並購買大量良田，對農民進行殘酷剝削。

一九三一年，張與杜月笙等在福煦路（今延安中路）一八一號合開一家賭台，藉以搜刮錢財。他們還將用非法手段得來的巨款投資於銀行及工商企業，由流氓一變而爲「實業家」。國民黨統治集團中的孔祥熙、宋子文等人也和他們有來往。上海金融界、工商界、廠主、店東中有些人找他們作靠山，請他們掛名。一九三二年，經杜月笙推荐，張當上了上海華商紗布交易所的監事。張嘯林的「五十大壽」、黃金榮的「黃家花園」和杜月笙的「杜氏家祠」落成，竟成了轟動當時上海灘頭的盛典。

三〇年代，杜月笙在上海的權勢以及和政界的關係均超過了黃、張，使張十分嫉妒。一九三五年，蔣介石實行法幣政策時，孔祥熙、宋子文事先對杜月笙透露消息，杜沒有將消息告訴張，自己在交易所中興風作浪，發了大財，張對此深爲不滿。又由於張爲人吝嗇，而杜善於慷他人之慨，因而張的門徒紛紛改換門庭，投拜到杜的門下，再加上一九二七年底張的兒子張法堯從法國留學回來後，張託杜引見蔣介石，但一直沒有得到蔣的重用，張怪杜不肯幫忙。由於上述種種，張杜之間開始產生矛盾，常是面和心不和，張和蔣的關係也漸有疏遠。

一九三七年抗日戰爭爆發以後，上海淪陷前夕，蔣介石指使杜月笙要黃金榮、張嘯林和杜同去香港。當時黃以年老多病不問外事，決定不去香港。張認爲杜月笙去香港，黃金榮不問外事，正是他依仗日本勢力，獨霸上海的好機會，所以決定留在上海。「八·一三」滬戰開始，張正在莫干山避暑，日本特務機關立刻派人潛往莫干山跟他密談。上海淪陷後，張即返滬，指使其門徒充當漢奸。

一九三九年前後，在日本特務機關的授意下，張嘯林組織了一個「新亞和平促進會」，召集他的門徒到四鄉爲日本軍隊收購和運銷急需的煤炭、大米和棉花等重要物資，在軍需物品的補給上爲日本帝國主義效勞。在日本侵略者的支持下，張的生意越做越大，乘機大發其財。

一九三九年底，張嘯林和日本特務機關暗中策劃，準備建立浙江省僞政府，由張充當僞省長。國民黨特務探聽到這一消息後，決定殺張。

一九四〇年一月十五日，張嘯林的親信、在「新亞和平促進會」中主持棉花資敵工作的俞葉封約張去更新舞台看戲，張因臨時有事未去，結果俞在看戲時被人暗殺，張雖僥倖未遭暗算，但已嚇得心驚肉跳。同年，有一次張乘車外出，汽車剛開到福煦路附近，突然紅燈擋住了去路，只見一陣槍彈向張的座車射來，玻璃窗上連穿三洞，張的司機猛踩油門，闖過紅燈，張嘯林才免於一死。

經過這兩次事件，張從此閉門不出，並雇了二十多名身有絕技、槍法奇準的保鏢，住宅周圍還有日本憲兵日夜守衛。後來國民黨特務用重金收買了張的隨身保鏢林懷部。一九四〇年八月十四日，林懷部乘張嘯林和僞杭州錫箔局局長吳靜觀在三樓商量事情之際，故意在樓下與張的司機大聲爭吵，張從樓上窗口伸出頭來責問，林拔出手槍擊中他，結束了這個地痞流氓加漢奸的罪惡一生。

（原載《上海文史資料選輯》第五十四輯）

我所知道的張嘯林

俞雲九

張嘯林自幼因父母寵愛，事事依順，故而驕橫跋扈。長大後，終日在外閒蕩，所交者俱是浪蕩子弟、遊手好閒之徒，經常聚賭滋事，侮辱婦女，因警局有人爲他們撐腰，所以任意橫行。他們以三粒骰子做賭具，巧立青龍、白虎等名目，俗稱「顛顛巧」，其實是詐騙錢財。杭州人替這班凶神惡煞起了個綽號叫「撩鬼兒」，這是杭州土語，意爲没出息。

張嘯林在杭州聲名狼藉，便跟吳鴻到上海。吳鴻原是浙江省警務廳廳長夏超的舊部，當過杭州蒙古橋第二警署署長，在上海清幫中熟人很多。兩人到上海後，由吳鴻奔走，遍訪清幫中的關係，聯絡了一批中等流氓，並託人先後把張介紹到市區寶裕里「燕子窠」(低級煙館)及滬西大賭台「榮生公司」等處，充當稽查(俗稱「抱台脚」)。不久，張積了一點不義之財，就租賃重慶路馬樂里一棟舊式石庫門房屋，每天呼朋喚友，聚賭抽頭，並將其妻子婁氏接來同住。

民國初年，張嘯林在上海邂逅其父生前友人唐觀經。此人是黄金榮的徒弟，曾任杭州大世界遊樂場經理。不久，經唐介紹，張嘯林結識了投機藥商黄楚九，由黄介紹，拜清幫大字輩樊瑾成爲老頭子。從此，他利用幫會勢力，與人合夥販賣煙土，同時廣收門徒，擴張勢力。當時杜月笙已漸露頭角，兩人結爲莫逆之交。後來在華格臬路(現寧海西路)各建住宅，樓上樓下闢暗室相通，專供張、杜兩人密會時啓用。張嘯林發家後，野心勃勃，拉攏日本浪人土肥原，又由土肥原介紹，認識了日本軍人永野修身，經常在華格臬路祕密出入。當時華格臬路張、杜住宅前，車馬盈門，有捕房警探保護。

軍閥混戰時期，張嘯林以「實業救國」爲名，聯絡范回春、周邦俊、黄楚九等，共同組織大賽馬場「遠東公共運動場股份有限公司」，實際是個大賭場，地點在江灣，辦事處設在法租界嵩山路，聘請包蘭文、洪糾咎等負責日常業務。又在法租界愛多亞路(現延安東路)共舞台對面創設杭州飯莊菜館。中蘇恢復邦交後，張和杜月笙合作組織霖記木行，與蘇聯駐華商務代辦機構訂立在遠東獨家經銷俄國木材的合約。此時他早與東北日軍勾結，並與漢奸殷汝耕取得默契，把蘇聯運來的全部枕木調到東北遼瀋碼頭卸貨，由霖記木行業務主任趙南生派一心腹在東北坐莊，辦理卸貨與交接事務。霖記木行設在愛多亞路九十七號，由張嘯林任董事長，杜月笙爲總經理，俞肇桐爲常務監理，負責主持日常業務。後又在木行內組織了長城唱片公司，委派鄭子褒全權負責，目的想拉攏文藝界、新聞界的一些人捧場。鄭別號「梅花館主」，擅長書法及散文。

張嘯林有一妻三妾，同居華格臬路。髮妻婁氏。妾張秀英，本青樓名妓，接交過許多軍政要員，張利用她的關係，擴充勢力。幾個妻妾都未生育，四子二女都是自幼領養的。長子法堯與兩個女兒都住在華格臬路，次子忠堯另住邁爾西愛路(現茂名南路)，其他兩子行蹤不明。張嘯林企圖在上海自立山頭，除廣收門徒外，還想利用法租界公董局和法捕房勢力，因而將其長子法堯送往法國留學。數年後取得博士文憑，不料回國後沒沒無聞，掛牌開業也無人問津。杜月笙爲照顧張的面子，將張法堯安插在中匯銀行任襄理，本係掛名，不數月辭職。

張嘯林爲讓其子出頭，拉攏顧維鈞、褚民誼等，攜帶法堯赴南京，晉見蔣介石，希望進入政界。事前經顧等通關節，蔣已默許，在上海安排法堯一個局級地位，不料法堯在晉見時與蔣話不投機，不歡而散，故而做官的希望落空。

後來張嘯林與杜月笙反目。杜月笙組織了一個「恆社」，張不肯示弱，組織了「中華共進會」及「忍廬」等集團與杜對抗。

抗戰前，西藏班禪活佛到上海參觀訪問，張嘯林心血來潮，以上海佛教會名義，請班禪一行到他的寓所隨喜。招待的場面奢華至極，從大門口開始直到百忍堂正廳，全部鋪設黃色地毯，從華格臬路口起，排滿他的爪牙及捕房中西探捕，列隊歡迎。

抗戰爆發，上海淪陷後，張嘯林經黃楚九、周邦俊介紹，勾結漢奸陳公博、周佛海、江亢虎等，經常在自己寓所設宴招待。後又與土肥原密議，準備公開下水，不久即爲林懷部刺殺。

（原載《上海文史資料選輯》第五十四輯）

清幫頭子張樹聲

孫玉田

張樹聲，早年從戎，曾參加灤州起義。失敗後逃往上海，加入清、洪幫，成爲輩居黃金榮、杜月笙等之上的清幫「老頭子」。其後，廣開香堂，遍收徒衆，抗戰時期於重慶被稱爲「無冕帝王」。

張樹聲，字駿傑，生於一八八一年秋天，原籍河北滄縣人，同馮玉祥在第六鎭第十一協第二十一標（即團）同時當哨官（即連長），辛亥革命中，又同時當營長。馮因革命起義，有人密報王懷慶，派人到灤州抓馮御香（當時馮玉祥用這個名字），馮聞訊逃跑，找到陸建章掩護。陸升京畿執法總長，委馮玉祥爲京衛軍第二營長，後升團長。一九一四年九月升第十六混成旅長。張樹聲在欒州起義失敗後逃到上海參加了清幫和洪幫，黃金榮還是他的徒弟。這時馮玉祥旅由四川回到河北廊坊，張樹聲由上海來到廊坊，馮委張爲高參。一九一八年到了湖南省常德，馮委張爲該旅第三團長。一九二一年十六混成旅改爲第十一師，馮兼陝西省主席（編者注應爲督軍），委張爲交際處長。一九二二年第一次直奉戰爭後，馮兼河南省主席（編者注應爲督軍），張仍任交際處長。一九二四年夏天，張樹聲向張作霖的親信馬炳南（前曾在第六鎭十一協第二十一標任團部書記，與張早已相識）透露，馮處境極爲苦悶，馮因吳佩孚在第一次直奉戰爭後，行賞不公，心懷怨忿，頗有與奉軍聯繫之意。

馬炳南返回瀋陽，將張樹聲所談情況，密報張作霖。張即派馬炳南入北京，與馮玉祥暗取聯繫。正好馮玉祥與李德全結婚，馬乃代表張作霖往賀，由張樹聲帶見馮。馬談到張作霖願與馮合作，馮曾向馬笑著說，你要好好負責。當時通過馬的往還，曾由奉軍祕密接濟一些軍事上的補給。

一九二四年秋天，曹、吳密謀出兵東北，馬炳南找張樹聲問馮，張樹聲告以吳佩孚派馮率隊去古北口經承德襲擊奉軍後路，並以黑龍江主席許馮（編者注當年黑龍江省級官職設督辦，省長。），馮決心與奉軍合作。張樹聲密告馬，馮部一師三旅移防高麗營、懷柔、密雲、石匣、古北口，馮意請奉方千萬勿入關。馬立即回瀋報告。馮按兵不動。馬將張作霖信交給馮，只要達到和平目的，奉軍可以不入關。馮閱後很爲滿意，當即用一張舊東昌毛頭紙寫了一個很大的「成」字，下署「玉祥」二字。馬拿馮字回瀋報告張作霖。張派馬炳南和馮玉祥的老朋友賈德耀，送馮二百萬元。

這時馮接到吳佩孚的參謀長張萬嚴電告，前線情況危急。馮見電後，堅定了回師北京的決心，準備將軍隊到北京後開到天津楊村北倉打垮吳佩孚。一九二五年春天，馮玉祥任西北邊防督辦，張樹聲任西北邊防幫辦（編者注《國民軍史稿》記載：任騎兵第一師師長），專收土匪事宜，計有王英匪部、劉黑七匪部、榮三點匪部、夜貓子張匪部，聯絡孫殿英部和萬選才部。一九三〇年十月馮閻第二次討伐蔣介石，西北軍全部崩潰。

張樹聲到了上海，黃金榮與張準備一處住宅，專門在上海、杭州、蘇州、鎮江、南京、蚌埠、徐州、開封、漢口等地，收清、洪幫徒弟。每到一處就拜香堂一次，徒弟照顧吃、住，臨走徒弟買好頭等車票，到某站，有徒弟迎接等等。例如一九三八年一月，蔣介石召集一、五戰區旅長以上將官在開封開會（是押韓復榘的時候），張樹聲由上海到了開封城裡，住在鼓樓南馬道街某百貨公司拜香堂。張樹聲邀西北軍各級將領吃飯，飯後拜香堂所到的師旅長全拜張樹聲爲師：有一三二師師長王長海，三十七師師長張凌雲，第一集團軍特務旅長孫玉田（寫材料時屬一〇七軍二六一師師長），三十八師師長黃維綱，三十七師旅長吳振聲、王爲賢，一三二師旅長柴建瑞、劉景山等十幾人，每人拿拜香堂用費一百多元。日軍占領上海、南京、徐州、開封、漢口，張樹聲仍在上海未動。

附：記張樹聲二三事

王治秋

抗日戰爭期間，重慶街頭許多店鋪的匾額、招牌，下面都落著張樹聲的名字，有人看到很奇怪，覺得這位姓張的字寫得並不好，爲什麼這些人找他寫招牌？原來這位姓張的，不是什麼「寫家」，而是一位清幫「老頭子」。

張樹聲曾經在馮玉祥的西北軍中當過騎兵師長，也曾經作過馮的代表和張作霖的代表聯絡過。後來他不幹軍隊了，就在北京等地搞幫會❶。由於他的輩分高，是所謂「大」字班的，所以在幫會中地位很高。

❶ 此說和《清洪幫頭子張樹聲》一文的說法不同。

「大」字班，即清幫中排輩字的「大、通、悟、學」之「大」。按輩數來說，即爲第「廿」輩。又稱「念」字輩，以下則稱「念一」「念二」……按他輩數來源，比蔣介石、黃金榮、杜月笙等都高。抗日戰爭期間，他到了重慶。當時幫中輩數最高者，據說有兩人，一爲張之江，一爲張樹聲，都是「大」字輩的。張之江據說曾拜過「祖師爺的衣冠」，又比張樹聲多一層資歷，但他早已「關了山門」，不收徒弟。剩下只有這位張樹聲，按理他也應該早關山門，但他卻沒有「關」，繼續收徒，而且大收特收。有人說，某一年(約在一九四〇年前後)，他的徒子、徒孫等等光是在重慶的就有九萬人。上至蔣介石周圍，下至中統、軍統、各機關，水旱碼頭都有他的徒弟。有一年蔣介石下了手令，禁止公務員入幫會，就是爲了抵制他的，但未生效。杜月笙到重慶也曾勸過他：「你老人家不要再給我們收些小祖宗了」，他也沒有理這回事，還是照樣「開香堂」。

他在重慶時，老是住在兩家飯館子樓上，這半年住在上清寺一家河北飯館，那半年就住在校場口附近一家天津飯館。只要他一住下，這家飯館就生意興隆，「高朋」滿座。因爲他隔幾天就「開」一回「香堂」，少則十幾人，多則幾十人。開過香堂，大擺酒宴，生意哪能不好？

這人那時約有六十以上年紀，胖身材，有兩撇小鬍，講話慢慢的，穿的很樸素，常常穿一身灰衣服，褲子後面補了兩塊大補釘。

他每次「開香堂」，都照例講一套幫會的歷史，說的卻是「反清復明」的一套。對於「安清幫」有一些新的解釋。例如他說：幫會是顧炎武等創始的；幫會中用的「手式」，屈著食指是「九」字，大手指代表「十」，剩下三個手指，代表「三」，合起來就是三月十九日崇禎上吊的日子，供的「祖師爺」姓「潘」，是代表明朝最後的三個藩王。他說後來乾隆下江南，在運河船上加入了幫會，改爲「安清幫」，可是幫會中人大部分沒有受利用，還是反清，並沒有「安清」。他大約受到馮玉祥一些影響，常常講到這裡，就講一些愛國愛民道理，反對日本侵略。

他的左右有許多徒子徒孫當特務，可是他有時在一兩個人的場合下，也大罵特務。

他雖然主要的是搞清幫，但也搞「洪幫」，同四川的「袍哥」也有一定關係。據說還有一種「黑幫」他也搞，因此同各地土匪也有關係。

他也常同馮玉祥來往。馮玉祥後期搞「利他社」，實際上是學張樹聲的一套，甚至入「社」形式，也是跪拜，好像「開香堂」的樣子，不過每次人數少些罷了。

張樹聲在重慶「開香堂」，實際上也不僅是在重慶的一些上下人等拜門，而是常常有些由各地專誠到重慶來拜在他門下的人，混個「通」字班，回去好方便行事。例如有些雜牌子隊伍中的軍長、師長、團長之流，那時隊伍很不好帶，蔣介石一面叫他們搞摩擦，一面又派了許多特務在部隊中搞鬼，而部隊中土匪流氓也應有盡有，那麼這些人拜了門，回去以後，就多了一層「一個門裡」的關係，所以就紛紛來「拜門」。例如劉汝明部的劉尊三軍長，本有軍統關係，但又拜了張樹聲，回部隊以後，一面借此鞏固內部，一面利用幫會關係，與一股土匪拉上這個關係，把土匪頭弄來稱兄道弟，天天吃喝玩樂，最後把這股土匪吃掉，據說坑殺了千多人。

張樹聲在重慶被稱爲「無冕帝王」，從他一次得病的經過，就可見他的勢力之大。他那次得了「搭背」，在上清寺一所教會辦的寬仁醫院中開刀。這所外國人辦的醫院是當時在重慶最闊氣的醫院之一，他居然包了二樓整個一層的房間，從他病牀前面起，直到大門，都有便衣「副官」站崗，有穿西裝的，有穿中山服的，都佩帶著新的美式左輪。每天來問病的人川流不息，有坐汽車的，有坐滑竿的，眞是三教九流，無所不有。送的禮品，就擺滿了兩間房間。

有一次馮玉祥的副官周茂藩被捕，案情十分嚴重。而周茂藩究竟被特務搞在什麼地方，口供究竟怎麼樣，無法知道。後來找到張樹聲，他叫來「副官」一問，馬上就知道關在南岸一處祕密特務機關中。他馬上給那裡的看守所長寫信。派人去後，所長一看是張的信，把所長房子讓出來，把周茂藩帶出與去的人見面。

有一次特務準備把一個人在他從歇台子到重慶的途中綁架走，張樹聲親自去找他送信，他不在城裡，又託人帶信到鄉下，讓他無論如何去他那裡見面。見面以後，張樹聲就說：「特務要路上綁你的票，綁去以後，就把你拿硝鏹水化掉啦！」後來那人說：「我有兩個月沒進城了，城裡出了什麼事，我完全不知道！」張樹聲信了他的話，馬上叫來一位「副官」，說：「告訴他們那邊，這個人我們這邊擔保啦！」以後就沒有出事。

張樹聲在解放前夕已經死掉。我知道關於他的事，就是這些。

舊北京的理門

張國祿

理門原爲「反清復明」祕密組織，民初以後雖以戒煙酒相號召，實爲封建迷信之道門。其道衆多爲舊中國下層社會的民衆。本文作者於民國元年(一九一二年)即入理門，曾擔任過理門全國總會候補執行委員。作者對理門內部情況多有了解。文中介紹了理門的起源、組織演變、點理儀式等情況。

理門起源的歷史傳說

根據理門領衆(俗稱當家的)的遞相傳說，理門創始於清初，創始人爲楊來如(理門中尊稱之爲楊祖)。楊原爲北京白雲觀道人(邱祖第十三代徒孫)，後在原籍直隸省薊縣岐山攬水洞修煉，雲遊各處，顯示神跡，因之跟他學道者日衆。楊來如雖是出家人，但目睹清兵入關後屠殺漢人之慘狀，遂萌反清復明爲國報仇之志，乃組織理門。謂修道必先修身，吸煙喝酒對人身害處最大，故修身之始以戒煙戒酒爲先。楊來如於圓寂前，對其徒親傳理門的五字眞言爲「反清復大明」。楊來如之徒天津人尹來鳳(理門尊稱爲尹老先師)繼楊來如之志，理門之組織基礎乃定，還規定「反清復大明」五字眞言，上不傳父母，下不傳妻子，並立爲戒條。謂如洩露眞言，將有殺身滅門之禍，蓋當時清廷當局正千方百計搜羅反清復明之祕密組織。

另一傳說，謂理門是洪門派生的漢人革命組織。明末清初，鄭成功在大陸勤王失敗，渡海入台灣，但鄭滅清復明之志極堅，乃發起組織洪門，聯絡大陸和海外的愛國志士，祕密進行反清復明工作。楊祖當時亦參與洪門組織，惟以直隸省地近京畿，受清廷之監視最嚴，恐遭破壞，乃以理門戒煙戒酒的組織形式公開出現於社會，以爲祕密進行反清復明工作之掩護，故其五字眞言「反清復大明」與洪門相同。

以上兩種傳說，內容雖不盡相同，然理門創始於楊來如和這個組織開始有反清復明的宗旨的說法是一致的。

理門的道門化

自尹來鳳繼楊來如之後以勸戒煙酒爲號召，理門組織由天津、北京向全國發展起來。清道光以後，由於鴉片爲害於社會，理門以能戒除鴉片爲宣傳，故參加理門的人就更多了，各省城市差不多都有了理門公所的組織。不過各省城市的公所互不統屬。某一理門資深道親如能取得當地有力紳商之支持援助，便可設立公所自爲領眾(當家的)，開始點理傳道，勸戒煙酒。某地紳商爲了倡導戒除煙酒，也可從有理門組織的地方，接聘領眾，前來設立公所，點理傳道，勸戒煙酒。

清康(熙)乾(隆)之後，對中國之統治已臻鞏固，且由於各地理門公所的領眾多結交官府紳商，並以此爲生，遂將「反清復大明」的五字眞言改爲宗教迷信性的「觀世音菩薩」五字，並加上許多似通不通非驢非馬的佛教道教色彩，且巧立名目爲「八方道」，這樣遂把理門變成一種道門的形式。如理門各領眾都對道眾宣稱理門是三清道、三寶法。所謂三清道就是說根源於道教，而三寶法卻屬於佛教，所敬之神亦爲佛教的觀音菩薩，所傳法語亦多爲佛經法語。說來可笑，我國佛教和道教原是兩個格格不入的獨立宗教，而理門卻把它混在一起，對道眾胡說亂講，施行欺騙。多少年來，也竟能越傳越廣，成爲一個全國性的組織，擁有廣大數目的道眾。究其原因，不外以下三種：(一)我國人民過去受教育者少，知識未開，容易接受迷信；(二)參加理門的道眾絕大多數屬於舊社會的所謂下九流；(三)勸戒煙酒在過去惡習多端的舊社會確屬一件客觀需要的好事。

雖然理門反清復明的宗旨早已消失，但到光緒年間，清廷還曾據報理門爲反清復明組織而一度下令捕拿理門的道眾。當時在理者爲了性命安全，有的反了理，吸起煙喝起酒來；不反理者，也都假裝吸煙，隨身帶著煙袋、煙荷包，荷包裡裝的卻是茶葉。各公所的領眾都是「鞋底抹油，滑之大吉」。等到清廷弄清了理門眞實情況不再捕拿時，各地理門公所才又陸續重整旗鼓。從此反清氣味，掃清無餘。

理門全國統一組織
——中華理善勸戒煙酒總會之成立及其投靠日僞情況

到了一九一三年，安徽人(一說是江蘇人)李毓如(自號「了然」，有時署名「江淮散人」。有小名士之名，當時北京許多商店的招牌都是他寫的)，串通了當時理門聞人苑文鑒(京西掛甲屯人)，聯合北京各理門公所領眾，組織中華全國理善勸戒煙酒總會，並託人疏通了袁世凱的紅人趙秉鈞，得到他的支持，內務部准予立案。奔走有功的李毓如被推爲總會會長，苑文鑒爲理事，設總會會址於京西掛甲屯(即苑文鑒家所在地)，李毓如雖爲會長，但總會內部事務完全把持於苑文鑒之手，李毓如只管對外應付場面。

中華理善勸戒煙酒總會成立之後，苑文鑒即向全國各省市推廣成立分支機構(即各省市中華理善勸戒煙酒分會)。當時以上海、江蘇、湖北、天津和東北各省的規模較大。在各省市分會成立過程中，分支機構的籌辦人必須先到總會報請批准，在取得總會的委任狀和領到法卷(即理門歷代宗派記載)、圖記、號牌以及理門的宣傳文件之後，才能成立。能否獲得總會批准，那就看經手籌辦人對總會報效的錢多少；錢花的多，很快就可批准，否則就會以種種藉口留難不批。獲得總會批准後，除發給上述各件外，還對各分會所在地行政機關發出「准予設立分會，請予協助」的公函。北京城郊各地區，如有人想設立一個新的理門公所，也得按上述手續辦理，自然也得向總會花錢。那時成立一個公所至少得花一百五十元，否則便難得總會批准。平時各公所辦齋，也得向總會交錢。因此，中華全國理善勸戒煙酒總會成立之後，成了一個對全國理門分支機構的控制機關和剝削機關，多年來搞了些錢。總會的收支帳目，一向把持在苑文鑒手中，苑文鑒死後，由其子苑雨農接任理事，依舊把持一切。

李毓如當總會會長時，辦過一個理門刊物，名爲《理鐸》，其內容除了宣傳吸煙喝酒之害處和戒除煙酒的好處外，還宣傳「行善」以及似是而非半通不通的理門道理和一些迷信傳說。這個刊物由全國各分支機構和理門道親訂閱，發行範圍及於全國。總會還印行《理門須知》一書，發全國分支機構。

自中華全國理善勸戒煙酒總會成立之後，這個機構也儼然與一些佛教會、同善社之類的宗教迷信團體並列，積極參與一些爲統治階級塗脂抹粉的所謂慈善救濟一類的活動。各省市分支機構的主持者自然也競走這一路線，企圖爬到該地統治階級大人先生士紳之列。

李毓如於一九一八年離京，所遺總會會長改推謝天民繼任。這時苑文鑒已死，其子苑雨農繼續把持總會事務。謝天民擔任會長之初，因諸事摸不著頭緒，一切得仰仗苑雨農，故與苑雨農還相安無事。但過了幾年，在權力方面就和苑雨農時起摩擦。謝天民認爲我是會長，一切應聽我的支配，苑雨農認爲總會是我苑家經手組成的，你來當個現成會長還不便宜，因而互不相讓，勢成水火。一九三六年，苑雨農勾結國民黨北京市黨部，把中華全國理善勸戒煙酒總會的會長制改爲委員制，並在國民黨北京市黨部舉行改選，依仗國民黨的支持，擠掉謝天民，另選出與苑雨農有交情的北京文武會首領陳永利爲總會主席（北京文武會是北京市民每年上妙峰山及各大廟朝山進香的一種組織。文是指進香時對神所獻的糖、鹽、佛花等，武是指進香時所耍的獅子、秧歌、開路鬼、五虎棍、雙石頭等)。陳永利、苑雨農、趙星如等十一人爲總會執行委員,張子餘(北京長春堂藥店經理,是道人出身的大資本家)等五人爲總會監察委員,張國祿、李文煥、徐芝軒、方世增、馮俊驥五人爲總會後補執行委員。總會儘管改爲委員制,但很少開委員會,主席陳永利又不常到會辦事,因之實權依舊是操在苑雨農和他兒子苑少農手中。

謝天民被擠掉後,並不甘心下台,時思尋找機會,東山再起。但他有一個致命的缺點,吸食鴉片煙。雖然極端祕密,而苑家父子知之甚悉。謝天民自審力量不敵苑家,只得埋頭隱忍。「七·七事變」後,日寇侵占北京,謝天民認爲時機已至,就輾轉鑽營和日僞方面拉扯關係,計劃把中華理善勸戒煙酒總會改組爲中國理教總會,把全國理門的分支機構置於中國理教總會之下。活動結果,得到興亞院❶的支持,他便放膽向北京各理門公所領衆和理門知名人士大肆吹噓和拉攏,說他在日僞方面有辦法,並大肆攻擊苑家祖孫三代把持中華理善勸戒煙酒總會的行爲,提出非徹底改組不可。

❶興亞院是抗日戰爭時期日本內閣設立的專業負責處理侵華事宜的機構,其在中國設有許多分支機構。——編者

這時苑少農已死,職務由其子苑少農代理。苑少農對謝天民企圖東山再起並向日僞方面鑽營活動,早有所聞,爲了保持他祖傳三代的金飯碗,也祕密地向日僞方面找尋後台老闆。結果得到僞新民會對他的支持,並暗中做好了一切布置和準備。

一九三九年秋某日,謝天民藉中南海懷仁堂召開理門大會。事前他在各報登載啓事,宣布改組中華全國理善勸戒煙酒總會,成立中國理教總會,希各公所領衆以下各道親全體參加。苑少農帶領他預先聯絡布置好的理門道親也前往參加。當謝天民登台演說,宣布成立中國理教總會的宗旨和報告籌備經過之後,苑少農即登台發言說:「我有一點意見向各道親說一說。

咱們理門的主要宗旨是勸戒煙酒，自楊祖創立理門到現在已二、三百年，宗旨沒變。謝天民過去身爲中華全國理善勸戒煙酒總會會長多年，竟一直祕密吸食鴉片煙，破壞道規，現在還要更進一步破壞我們總會會務，另外組織什麼理教總會。我請問大家，一個大煙鬼子來領導我們勸戒煙酒的理門行不行？這樣我們上怎對得起楊祖，下怎對得起全國道親？道規何在！會章何在！」苑少農的話音剛落，會場各處就有事先布置好的人大喊：「不行！不行！」也有的喊：「打倒大煙鬼子謝天民！」這樣一鬧，會場秩序大亂。謝天民見事出意外，立即叫預備好的僞警察逮捕苑少農，說他搗亂會場秩序。僞警察正要逮捕苑少農時，忽有幾個便衣(特務)人員(苑少農預先準備好的)跳上講台，掏出「派司」(即特務證)對僞警說：「這是他們會裡鬧意見，你們不能偏向哪一邊，更不應當抓人，讓他們在理的人自己解決好了。」僞警一看惹不起，只好乖乖退去。這時會場秩序已亂，與會者紛紛離座外出，氣得謝天民目瞪口呆，毫無辦法。中國理教總會的成立大會被鬧散了。

儘管成立大會被苑少農鬧散，但謝天民依仗興亞院的支持，仍在北城舊鼓樓大街掛起中國理教總會的招牌，自稱會長，拉攏與他接近的理門公所當家的作爲它的下級機構。

這時中華全國理善勸戒煙酒總會會長陳永利已死，苑少農怕總會沒有形式上的合法領頭人，自己年輕資淺，敵不住謝天民的中國理教總會，乃一面繼續投靠僞新民會取得其支持，一面又勾結他父親苑雨農的把兄弟，在天橋賣蟲子藥發了財的坐地虎孫洪亮改組中華全國理善勸戒煙酒總會，恢復會長制。一九四〇年春，某日，也藉中南海懷仁堂召開理門大會，改選孫洪亮爲總會會長，重新整理各公所以與謝天民對抗。孫洪亮原是天橋的混混出身，在天橋一帶下層社會中極有勢力，當時在天橋有四霸一虎，這虎就是孫洪亮。他是天橋的坐地虎，凡來天橋做生意、要技藝的人都得先到孫洪亮處送禮掛號，求得他的維護，否則孫洪亮便促使他的爪牙搗亂。孫洪亮當了會長後，把總會由掛甲屯移到離天橋不遠的城隍廟街。以後北京各理門公所的當家的，既不敢得罪孫洪亮，又不敢得罪謝天民，只得兩方面都敷衍著，於是各公所門上大都掛上中華理善勸戒煙酒總會××公所和中國理教總會××公所兩塊招牌。解放後，孫洪亮被人民政府鎮壓了。謝天民聽說也已死去。

北京各理門公所的概況

北京城郊原有公所三十二處，以後又陸續設立十八處，共有五十個公所，還有不設領眾的分所二十處。在總會没成立之前，北京的理門公所，原是互不統屬的，自總會成立之後，這些公所便都直屬於總會。總會給每個公所編定一個號頭，例如永定門外二郎廟的悟眞堂公所是一號，崇文門外北橋窪的清靜山房公所是二號，西便門的樂善同修公所是四號等。

北京五十個公所的名稱和領眾（當家的）姓名，還能記憶的有以下各公所：永定門外二郎廟悟眞堂公所，領眾于來潤；崇文門外北橋窪清靜山房公所，領眾李元；西便門樂善同修公所，領眾袁玉德；萬佛寺灣廣善同修公所，領眾王來有（道人）；虎坊橋同心合意公所，領眾包松山；南橋灣鞭子巷四條志怡堂公所，領眾李文煥；沙土山志善廣修公所，領眾畢廣義（道人）；城隍廟志善同修公所，領眾連海；仟兒路寶善堂公所，領眾劉廣順；趙錐子胡同正善堂公所，領眾劉子江；三廟街遇善堂公所，領眾盧成瑞；廣內大街洪洞館福善同修公所，領眾榮福；建國門內呂祖洞修玄別境公所領眾蘇俊（道人）；西便門內安扶樂善公所，領眾張子榮；爛麵胡同水月庵樂善合緣公所，領眾杜海信；前門外大馬神廟悟修堂公所，領眾鍾信賢（道姑）；白紙坊正眞觀正善堂公所，領眾王培五；石頭胡同繼善堂公所，領眾恩××；其餘的現在都想不起了。這五十個公所以永外二郎廟悟眞堂（一號公所）規模最大，道親最多，其遠因是悟眞堂公所在北京創設最早，理門二代尹來鳳老先師的墳即在此；近因是這個公所的支持者是理門聞人總會監察委員張子餘。張子餘是北京長春堂藥店的經理，是大資本家，他常出錢支持這個公所。

一九二八年國民黨勢力控制北京後，理門公所作爲一個民眾團體亦受國民黨的影響，各公所除領眾外又增設許多職員名目，計有執行委員二人、監察委員一人、區代表一人、宣傳委員一人、文牘一人、交際一人，還有幾個別的名目的職員記不起了，總共有十二人。這些職員，都是由領眾從在理的道親中選派的，其選派的原則是平素誰對本公所最熱心和在財力人力方面貢獻最大，領眾就派定他一個職務作爲鼓勵和加強關係。這些職員全是義務職，不但不拿工薪，而且遇事自己還要比普通道親多出錢出力。他們爲什麼爭著盡這種義務呢？因爲在理的道親絕大多數都是舊社會所謂下九流的人，在任何場合都被人看不起，都沒有地位，因而他們情願花錢買面子。當上了理門公所的一個職員，就覺得在社會上有了地位，在群眾中有了面子了。公所領眾都是些深通舊社會人情世故的人，爲了滿足一般道親「花錢買臉」和爭名譽地位的需要，還做了各種職員證章給他們佩帶，以爭取他們對公所在人力財力上的更大幫助。公所當家的對道親的「修煉得道成仙成佛」等許多迷信宣傳，也是抓取道親們對公所作財力人力貢獻的重要手段。

點理儀式

社會上有煙酒嗜好的人願意在理者（自願的或經在理道親勸說的），先在理門找三個人介紹，這三個人一個是「帶道師」、一個是「求師」、一個是「引師」，先替願在理者寫一張「求、引、帶帖子」遞交公所當家的，然後把新在理的人帶到公所在領眾主持下舉行點理儀式，這叫作「點新理」。公所領眾收下帖子後定日期點傳新理或趁齋期點傳新理。點新理時，領眾在公所擺設理壇。理壇設在公所正房的大炕上，炕上擺炕桌。桌上中間放一壇香爐，香爐後擺一堂葫蘆（五個），兩邊有「止靜」、「求順」牌，葫蘆後置觀音菩薩瓷像。炕沿掛白布（或白綾），上畫或繡海水荷花。

炕前地上置一黃布拜墊。炕桌兩旁設四個坐墊，坐四位在理資深道親爲陪座。炕桌後正中設大坐墊，領眾盤膝坐此。理壇設置完備後，帶道師把新理帶到理壇前，再由引師領著在壇前拜墊上叩拜，稱爲「下參」。「下參」後，引師跪在壇前說：「今有×××帶道，×××求我弟子在壇前引一新師弟，願得師傅傳授新理，叫我壇前作一引師，引師二字不敢當，不過引的是新師弟，壇前一切道理道規謹請師傅慈悲下來。」領眾坐著回答說：「多引多帶，多占造化。」領眾接著問新理說：「今有×爺帶道，×爺爲求師，×爺爲引師，引你身入善門。你在理是朋友所勸還是父母所逼？是否出於本心情願？」在新理的人回答說：「出於我心自願。」領眾說：「好！」領眾即拉著新理的手念道：「我手拉你腕，對口傳一念，得授聖佛理，同登菩提岸。」接著對新理傳授五字眞言，他對新理說：「我怎麼念，你也怎麼念，念順了一輩子造化。」於是把「觀世音菩薩」五字眞言一字一字的傳念。連念三遍之後，領眾問新理：「你可記清了？」新理說：「記清了。」領眾說：「你自己念一遍。」新理照念一遍，領眾說：「好！以後念理就不這樣念了。以後念時，必須閉口、藏舌、舌尖頂上顎、沈心浮氣、氣託心念，一氣貫通。這是默念五字眞言的二十一字訣，你必須記好練好。」接著領眾再傳授新理理門道理說：「咱們理門中的道理是孝敬父母、和睦鄉鄰，吃虧便是便宜，有便宜來不到咱家。咱們理門的五字眞言，上不傳父母，下不傳妻子，逢人不可告訴，告訴人如同壞理一般。如有大災大難之時，找無人之處，出口念眞言三聲，聖佛聞聲，必有搭救。」再接著領眾對新理傳授道規說：「咱們理門中有八戒：一戒燒香、二戒燒紙，三戒敬神像，四戒養雞，五戒養貓，六戒養狗，七戒吸煙，八戒飲酒。」可是領眾緊接著對新理作自相矛盾的解釋說：「不過，燒香的仍可燒香，燒紙的還可燒紙，不養雞貓狗不成人家，唯有戒煙戒酒你可要切實記著！」我們老在理的道親也認爲理門的八戒，除戒煙戒酒外，其餘的都是自戒自犯，首先理壇上就在燒檀香，就在敬觀音神像，理門中有句俗話說：「我們理門是買理賣理不講理。」領眾還對新理說：「咱們理門還有幾個小戒，就是戒玩鮮花，戒帶戒指，戒嚼檳榔，戒吃瓜子，這都是玩物喪志之事。」領眾傳授完畢這些半通不通自相矛盾的所謂道理道規之後，很鄭重的問新理：「你都聽清楚了嗎？」新理回答：「都聽清楚了。」末了，領眾對新理說：「下去與你求、引、帶師傅下參（即行禮），願師弟你以後佛天造化。」如此就算完結了點新理的儀式。從此這個新理就算是我們理門的道親了。

在理的男道親稱爲「有門坎」亦稱「大眾」，女道親稱爲「有攔布牆」或「二眾」。所以在理的人在遇見煙酒交際應酬場合，有人讓煙讓酒的時候，他就可以用「有門坎」三個字來婉辭，而別人也就不再強讓，並且也就不怪他了。

理門中有不少道親勸說他的老婆也在理，還把他的孩子從小就引到公所給點理，這稱爲「全家福」。小孩從小就點理稱爲「童子理」。這種「童子理」由於從小就沒有沾染煙酒的環境和習慣，長大後也很少犯戒。

在理的人如果犯了煙酒之戒，以後又後悔，還可以鋸理，稱爲「鋸大碗」。「鋸大碗」也有簡單的儀式，請求鋸理的人，仍須由引師領到分所理壇參拜後，引師對領眾說：「今有×××師弟因病服藥，誤犯師傅戒律，現請求再爲慈悲。」領眾說：「苦海無邊，回頭是岸，回頭好，回頭好，前番錯過一筆掃。好！你自己念吧！」鋸理的人照念了一遍。這就算把理又鋸上了。鋸理之後，一般理門之人仍以道親看待他。有些道親竟屢鋸屢犯甚至達十次八次者，連他自己也不好意思再向原來的公所去請求鋸理，但可以到另一公所去鋸理。

北京理門各公所經常點傳新理，各公所點傳的新理姓名都有一個專門簿子記載，叫作「求引錄」。每個公所平時每月約點傳新理三、五十人至七、八十人不等，如在齋期則點傳新理的人數較平時爲多。因此北京理門的道親是逐月增加的。但另一方面，由於理門的組織特別鬆，點理之後重犯煙酒之戒的人也不在少數。

據我所知，一九二一年至一九三六年期間，北京的理門爲最盛時期，有些較大公所的道親數目超過兩千人，中小公所也都有一千多人，少的也在千人之上。平均以每個公所二千道親計算，則全北京五十個公所再加上遠郊區無公所的道親，估計道親總數可達十萬上下。因爲各公所的「求引錄」都沒有了，這個數目只能是估計。

理門公所的斂錢、迷信活動

各理門公所向道眾的斂錢方法主要是「辦齋」。各公所一般每年在春夏秋冬四個季辦四次齋，也有少數因情況特殊辦不到四次或超過四次的。所謂辦齋，就是公所領眾定期召集道眾在公所大吃一頓，同時擺設理壇點收新理和舉行一些宣傳迷信的活動。每次辦齋，公所領眾先得向全國理善勸戒煙酒總會報准日期，總會一面用公函通知該公所所在地的警察分局知照和協助，一面到時派人前往參加辦齋活動，其主要目的是從該公所辦齋收入中分錢。

齋期之前，公所領眾向所屬各道親大發通知帖子，並委託有活動能力的熱心道親向其他公所的道親散發帖子請他們屆時來參加。因爲參加的人越多，弄的錢就越多。領眾還向平素熱心支持本公所的有力道親懇談、活動，要他購辦所需用的米麵肉魚菜蔬等等。表面上説是請他們暫時墊款，實際上就是讓他們多出錢或出實物。道親參加吃齋的叫做來「捧齋」，都得量力出齋份，三元五元都可，十元八元更歡迎，最少也得出幾角錢。外公所來捧齋者往往聯合多人出獻米麵等實物。這些齋份的收入，辦齋當然開支不完，剩下的除了上交總會一小部分外，其餘的都留作公所領眾生活之用。有時公所領眾還舉辦臨時茶齋，只招待吃茶，道親也得酌出齋份，這更是不言而喻專爲斂錢了。

北京各公所辦齋，除了永定門外二郎廟一號公所是素席外，其他各公所差不多都是葷席，只是沒有酒而已。道親吃齋時，沒有讓的習慣，一開始就大吃起來，而且像搶著吃一樣，理門叫作「搶造化」。曾有人作打油詩一首，譏笑理門吃齋情況云：「大肉大魚偏説齋，無煙無酒亦開懷，爭先恐後不須讓，虎嚥狼吞胃口開；遮羞巧言搶造化，人同此心何須猜，最是當家關心處，齋後能餘多少財。」這首打油詩確實描寫出了理門吃齋的情況和道親與領衆不同的心理。

辦齋之日除了大吃一頓之外，領衆還擺設理壇點收新理和講道，講些理門須知或楊祖得道的迷信神話故事，也有時講些「觀世音善薩」五字眞言「靈應」的故事。有些道親爲了表現他懂得理門的道理多，還跑到壇前給觀音善薩像添香叩拜，當衆念「辭贊」。其實所謂辭贊都是一些似通不通的迷信話，毫無意義。儘管這些所謂辭贊俚俗不通，由於進理門的多是沒有文化或文化程度較低的人，因之看見別人能在大庭廣衆之間念辭贊，反認爲他的道深。

當齋期領衆坐壇的時候，往往有別的分所前來捧齋的道親，在壇前念著向領衆盤道式的辭贊，如領衆當時答對不上來，是很難看的。因之在壇前必派一個能說會道的資深道親爲「擋衆」來應付。有一次，我同幾個道親到西北店公所去捧齋，該公所領衆很客氣地把我們同去的四人請在壇上作「陪坐」，請我作壇前「擋衆」，同去的人都替我擔心，怕我應付不來。我卻心中有數，因我學過幾句應付的辭贊。果然來一位道親到壇前上香後念了幾句向領衆盤道式的辭贊。我一聽他是來找事的，就答覆他道：「清淨無爲實可誇，天下在理是一家，三清道，三寶法，師弟你問的是哪一家？四六八句成造化，胡說亂鬧實難答。師弟，你下山求造化去吧。」同時對他客氣地一笑。這樣他再無話說，就把這個意圖攪鬧的道親給擋回去了。但雙方如果繼續還有辭贊對答，各不相下，就會引起衝突甚至打起架來。

在齋期前夕，公所往往演「叫山」與道親們看，這是旣宣傳迷信又藉此以廣招徠的玩意兒。「叫山」的布置概略如下：以一人中坐充觀音菩薩。觀音左前方陪坐二人，一充五台山文殊菩薩，一充普陀山準提菩薩。觀音右前方陪坐二人，一充峨嵋山普賢菩薩，一充九華山地藏王菩薩。四個陪坐之前站二人，站左者充韋陀，站右者充天王。再前方設佛像，像前置檀香爐，爐前站一人爲「擋眾」。演「叫山」的人(即叫山)先到「擋眾」跟前念道：「山高路遠水又深，知人知面不知心，不知裡面是何人？」「擋眾」回答念道：「雖然不是親兄弟，相逢俱是同道人。」「擋眾」接著問道：「你由何處來，到何處去？」叫山回答說：「由來處來，上山朝佛。」於是「擋眾」讓開，叫山進門對佛像添香參拜，然後進至韋陀跟前。韋陀問：「你由何處來，到何處去，姓甚名誰，何處修煉，哪年得道？」叫山不答韋陀之問，反問韋陀：「你且休來問我，我先問你，你在何處修煉，何年得道？」韋陀回答說：「玉虛洞內修眞性，七世童男修成站佛。」叫山通過韋陀後，再依次向各山叫問，與各菩薩問答，其問答所用詞句完全是些從舊小說中學來的修仙得道荒唐無稽的話。在問答中有時裝入自己的新添詞句，使對方一時答不上來，因而有時爲了各顯其能，也往往衝突打架。民國十五、六年以後，北京的警察機關就不准各公所辦齋時演「叫山」了。演「叫山」一舉，在有知識的人看來是荒唐可笑的，可是在當時理門道親中卻是最喜歡看，有些道親甚至認爲這就是諸神佛當年成佛得道的眞實。其宣傳迷信，貽害之大，可見一斑。

公所的領眾和道親的品級

在理門中，儘管以後有了全國性的總會組織，但中心的活動人物還是各公所的領眾，因爲沒有全國性的總會組織之前，公所的領眾便是獨立活動的中心人物。他熟悉理門中歷代相傳的歷史故事和一切有關的迷信神話傳說，他掌握著理門中道理道規，因爲他們以搞理門爲職業。

理門公所的領眾絕大多數是無兒無女的，在沒被推爲領眾之前，一般是熱心於理門各項活動和熟悉理門一切情況的，在理門的道親中有較高的品級，在道親中有資望、有人緣。這樣在公所前領眾圓寂之時，他就有資格被公求公保而繼任這個公所的領眾。所謂公求公保，是理門推舉領眾的一個習慣法手續。當公求公保的人，在道親中最低需要有「幫眾」或「八方催」

的品級，稱爲公求師和公保師。當前領眾圓寂之前(病危時)，向領眾申請公求公保某某道親將來繼任領眾，得到前領眾的認可，前領眾死後，即在公所公布某某繼任領眾，其公布內容大致如下：「×××公所前領眾×××法師因病圓寂，現由本公所承辦請出公求師×××、×××……公保師×××、×××……在×××法師座前公求公保，蒙恩放×××爲×××公所繼任領眾，特此公布。」當公求師公保師的人數最少要五、六十人。當過這次公求師公保師的人以後對新任領眾可以在理壇上不下參(不行禮)。

如果在某地新創設一個公所，其領眾也必須得到當地道親形式上的公求公保，才算合法。各公所的領眾除了道人道姑出身的仍舊道家打扮外，其餘領眾一般都穿著寬大質樸的灰布袍子和灰布坎肩，多留著鬍子，衣襟扣子上掛著一串小葫蘆和胡梳之類的玩意兒，手持念珠或銅環，言語行動都儘量表現道貌岸然的樣子，見了道親總是滿口「多占造化」一類的瞎話，其實心裡想的是怎樣多搞幾個錢。領眾都住在公所中，完全以此爲業，除了辦齋、辦茶齋、設壇點新理外，還替人戒除鴉片煙癮。他替人戒煙癮並沒有什麼特殊的有效藥，主要是用草藥熬成的茶膏，是一種瀉藥，別名叫鐵刷子，服後下瀉，認爲可以把肚腸內的煙毒刷洗乾淨，煙癮自然就戒絕了，其實這是一種硬抗硬戒的辦法。有人來公所戒煙，藥費就要十元。戒的時候，一、二天之內不准吃任何食物，只准喝涼水。很多戒煙的人因受不了而偷跑，領眾白落了藥費，還說戒煙的人沒有決心毅力。當然也有這樣硬戒成功的，不過爲數很少。

理門道親家中有了喪事，公所領眾必帶著與喪主有交情的道親到喪家弔唁，還在死者靈前念香贊和轉咒，香贊詞如下：「南無一夢斷，西域九蓮開，翻身舊淨土，合掌見如來，早到西方去，蓮花朵朵開，花開無數葉，葉葉見如來。」轉咒詞如下：「南無大慈大悲，廣大靈感元通自在天尊命都城隍率領本方土地將故去亡魂×××送至西方極樂世界，享受清福，爲善者路過金橋，尋生接引。」接著領眾再念往生咒。領眾這一套迷信的瞎搗鬼，會獲得喪家的感激，除了大加招待外有時還給以報酬。

每到陰曆過年，又是公所領眾搞錢的機會。領眾以籌辦公所佛前年供爲題，手持年供緣簿，向各道親募化。緣簿上寫著：新年好將居，所有本公所壇上壇下佛前供品尚無著落，懇請八方爺們鼎力維持，以成善舉。」每次年供的募化收入，數目也很可觀，不下於一次辦齋收入。

陰曆除夕之夜十二時，領眾爲了表示報答一年所受的八方供養，還要「向天交表」。先把佛前年供擺好，鐘響十二時，領眾親到公所院中向天交表，表是用黃表紙糊的，表上寫：「我受八方供養，就得給八方人消災免禍，所有八方大眾二眾童子童貞一切駁雜瑣碎疾病災難都由我領眾一人承受。」領眾在院中裝模作樣地先對天叩拜，然後親口念表，念完焚化。領眾向天交表這個花頭，平素很能騙取道親們對他的同情和支持，認爲領眾「眞是一心一意以一身而代替全體道親的一切災難」。因而認爲領眾平素在道親中搞幾個錢是應該的。

以上所敘，是公所領眾「理所當然」的正常活動，另外還有少數公所領眾甚至搞錢不擇手段，藉理門公所爲非作歹作奸犯科的。如寶善堂公所領眾閻月庭原是妓院當伙計出身，當了領眾後所收新理多是妓院中人，經常招來妓院的男女到公所聚賭抽頭，妓院買賣人口，也到公所來請領眾代寫字據。這是當時人所共知的，又如悟修堂公所領眾鍾信賢(道姑)看見道姑馬信修裝神弄鬼深得各大宅院的太太小姐信仰，紅極一時，便也學馬信修的做法，裝神弄鬼，欺騙婦女。馬信修說，妙峰山神傻哥哥附她之體，可以詢問禍福、治療疾病，深得段祺瑞宅眷的信仰，經常出入段公館和各大公館，騙取財務和託情說事，從中搞錢。

在領眾之下的一般道親有五等品級，由下而上爲：「小催眾」、「陪座」、「八方催」、「擋眾」、「幫眾」。道親中有品級的占很少數。一個道親如果平時熱心公所的事，在財力人力上對公所的貢獻比較大，領眾就可以授以品級或提升他的品級，一般道親也均以能得到一個品級爲有面子，自然品級越高，在理門中面子就越大。升到了「擋眾」就可以代領眾點新理，升到了「幫眾」就可以代理領眾職務，平素在公所中說話也有力。五等品級是挨級擢升，領眾授與誰某等品級時還教授某等品級的「法」，如小催眾的「法」是「阿彌陀羅尼經」六字。說穿了，所謂道親品級的授予和提升，不過是領眾藉此搞錢的一種手段。甚至領眾有時直截了當地對某道親說：「這次辦齋，你貢獻××包大米，我授予你××品級。」

其他

在理的道親有一個習尚，玩葫蘆。公所的領眾自不必說，即普通的道親家中桌上也無不擺著大大小小的葫蘆，每天要用乾淨布擦拭，使它變成自然紫黃顏色。好像葫蘆成了理門特定的標誌似的。相習成風，還形成了葫蘆的規格和價值，以體形周正古奇為上選，並且要有本的（即葫蘆上要帶著原有的蒂把）。如果葫蘆的蒂把上還能有別枝而枝又結著小葫蘆，那就更稀有名貴了。五個葫蘆為一堂，大的有二、三尺高，小的僅寸許。在公所擺設理壇，葫蘆是必不可少的東西。在一九二一年以前，道親中玩葫蘆之風最盛，競相購置一堂好葫蘆擺在家中佛桌上以為炫耀。當時一堂好葫蘆的價值竟高達五、六十元。

追究理門玩葫蘆的原因和意義，誰也弄不清楚，不過有一種傳說：當年楊祖修煉好道，到處顯示神跡之時，身邊常帶著一個葫蘆；因此以後理門組織擴大後，就習尚玩葫蘆。理門還有葫蘆贊云：「葫蘆乾坤、奧妙內藏、道通天地、理協陰陽。」這當然是胡說八道，不過俗語說：「不知他葫蘆裡賣的什麼藥」，崇尚葫蘆，有叫人對理門也感玄妙的意思。

理門最主要的宗旨是戒煙戒酒，但是到了民國以後，在理的聞「聞煙」卻在不禁之列，越是品級高，差不多越有聞「聞煙」的習慣。據理門的許多公所領眾自己分辯解釋說，聞煙與鼻煙不同，是薄荷、荷葉等清涼性質原料配製的，聞之可以清心明目。其實這是強辯的鬼話，聞煙也有煙葉的成分在內。當時北京西四南大街萬盛麻店所賣的聞煙最為理門所樂用。不過理門控告過萬盛麻店，說他們聞煙的配製有煙葉成分，有意破壞理門道規。萬盛麻店中訴說，他店所賣的聞煙又名明目散，不是專對理門發賣，理門的人要買著聞，不是本店的責任。結果萬盛店勝訴，仍舊賣它的聞煙，在理的道親也仍照舊買著聞。後來有些道親聞「聞煙」不過癮了，乾脆買鼻煙當聞煙聞。理門的聞人長春堂的經理張子餘也製造一種名叫「避瘟散」的「聞藥」，原料也同萬盛店的差不多，行銷全國，因而發了大財。

民國以後，外國啤酒輸入我國漸多。在交際應酬場中，非理門的人往往以啤酒對理門道親相勸，說啤酒不是酒，於是理門道親也藉此說啤酒不是酒，於是飲啤酒在理門便被默認為不算犯道規。

理門這一組織，沒有任何紀律起約束作用，入了理門之後，永遠不去公所捧齋也沒人管。當然熱心於理門公所各項活動的亦大有人在。我在舊社會幾十年，就是一個熱心的理門道親。當時聽了領眾那一套「修道」、「行善」的迷信宣傳，信以為眞，因而對公所的活動就熱心參加和儘量出錢出力，認為這就是「行善」，有「得道的希望」。領眾一找我說這次辦齋米還沒著落，我就是當時沒現錢也得到米店去賒米送去。過年的時候，家中不論怎樣困難，也得設法擺出一堂很好的佛供。不但捧本公所的齋，而且熱心於到別的公所去捧齋。把老婆孩子也都引到公所點理，成為「全家福」。直到日寇侵占北京時期，我親眼看見了苑少農和謝天民爭奪理門大權的醜劇，又看見天橋坐地虎孫洪亮也當上了理門總會會長，又聽說各公所有些領眾為非作歹，自己才逐漸醒悟過來，認為過去是上了當，受了騙，才不再參加理門的各項活動了。

（陳子堅整理）

天津的「混混兒」

李然犀

庚子年（一九〇〇年）以前，有一種流氓，他們有組織，無紀律；不勞動生產，但憑一膀子力氣，一副伶牙利齒，在社會上「平地摳餅，白手拿魚」，橫行不法，斂財致富；有的竟也「成家立業」，甚至廁身於縉紳之列。這就是舊天津的「混混兒」，官府把他們叫做「鍋匪」，而他們自稱是「耍人兒的」。

源流、組織和作風

混混兒原是反清的祕密社會組織，創始在清代初葉；據故老傳說乃是哥老會支派，只因年深日久，漸漸忘卻根本。事實上他們確是和官府作對，因而設賭包娼、爭行奪市、抄手拿佣，表現種種不法行爲。但遇有地方公益，有時見義勇爲，出人出錢，而且抑強扶弱，打抱不平。

至於組織和設備極爲簡單：在鬧中取靜的地方，半租半借幾間房屋，設立「鍋夥」；其中只有一鋪大炕，一領葦席和一些炊具桌凳。這個組織在表面上無任何形式，他們卻自稱「大寨」，首領稱爲「寨主」；實際不過暗藏兵刃，如蠟桿子、花槍、單刀、斧把之類；有事一聲呼喚，抄起傢伙，便是一場群毆；無事只在裡面吃喝盤踞。寨主之下有兩三個副寨主，另外聘一個文人暗中劃策，稱作「軍師」。餘者概無名稱，寨主對於眾人一律稱爲兄弟。入夥的不舉行任何儀式，沒有師徒行輩，只按平日行輩相稱。入夥叫作「開逛」，日後因故自動退出的名爲「收逛」。有新加入的，當天大家吃一頓撈麵，如是而已。

加入鍋夥的人不外是好吃懶做的遊惰少年、不守家規的子弟；也有些逼上梁山的，乃是鞋行工人。鞋鋪裡多没有作坊，本櫃同人只管開夾子、剪面子，發給女工在家中粘面子、沿口，以下綹皮臉、圈底、緔鞋等手續，概由作坊工人做好，按件給酬。但交活時，鞋鋪卻百般挑剔刁難，稍不如意，就得翻工另作。工資也不當日照付，經過多次哀求，還只給一部分；而又不是現款，用低値的日用品強作高價折合；當時若不收，便没日子見錢。工人爲了兩頓飯，受盡多少氣，只好忍痛接受。他們到忍無可忍時，咬牙跺脚，抛棄這碗飯，投入鍋夥充當混混兒；爲的是脱離羈絆，遇機尋釁報復，發洩寃氣，特意到鞋鋪借買鞋照樣挑剔發横。這時鞋鋪中人也只得忍氣呑聲，反受他們的氣了。

混混兒的穿著和常人不同，入夥時覺得自己了不起，稍微手中有幾個錢，便穿一身青色褲襖，做一件青洋縐長衣披在身上，不扣鈕釦；或者搭在肩上，挎在臂上；腰紮月白洋縐搭包，脚穿藍布襪子、花鞋；頭上髮辮續上大綹假髮，名叫辮聯子，越粗越好，不垂在背後而搭在胸前，有的每個辮花上塞一朶茉莉花。走路也和常人不同，邁左腿，拖右脚，故作傷殘之狀，所以當年稱爲「花鞋大辮子」。但是久經世故的老前輩看著不順眼，當面予以申斥。他們立時將髮辮後垂，斂手站立，諾諾連聲。有的老前輩勒令脱下花鞋，手拿著走，也只得謹遵莫違，俟老前輩走遠再穿鞋走。

他們平日無事可做，只想招災惹禍，討一頓打，借此成名。按他們的規矩，挨打不許還手，不准出聲呼痛，名叫「賣味兒」。倘若忍不住，口中迸出「哎呀」兩字，對方立時停手，這人便算「栽啦」，從此趕出鍋夥，喪失資格；但破口大罵的不在此例。有機會隨同打架，應當本著「不膚撓不目逃」的精神，勇往直前，爭取勝利。有人用刀剁來，應當袒胸相向；斧把來打，用頭去迎，以示不畏；如果軟化或用武器去搪，名爲「抓傢伙」，雖不致立時被斥，也被賤視，成爲終身笑柄。

如此經過一個時期，漸漸有些聲名地位，這時可以尋個生財之道，憑膽量、氣力、言談謀個自立之路。再過一個時期已居中年，飽經世故，對人和藹客氣，穿著上務求樸素：袍子漸短，馬褂要長，袖子比常人長一、二尺，爲的是袖中暗藏斧把；有的腿帶子上插一把匕首（俗名攮子），時刻不離身畔。衣服顏色，由青藍而灰，鞋早改穿雙梁布鞋緞鞋。

到了老年，多半家成業就，回家享福。有的中途轉折到縣衙門班房裡補個名子當差，熬成班頭，來路也頗可觀。有的到總兵衙門投效，也可做個小武官。總兵俗稱鎮台，管轄天津、河間兩府十幾州縣的軍務，有不少武職地位。混混兒們差不多先作旗牌在衙中服役，一點點地遞升作千總，把總和外委的職位。李鴻章做直隸總督時認爲其中大有人才，居然有些人被拔充爲幾管統領以上的軍官。

他們發財致富之後，即改變服裝：長袍短褂，紬緞纏身，雲子履、夫子服，表面上和鄉紳無別。或者做辦理地方公益的董事，遇事排難解紛，墊人墊錢，仿襲古人所稱的「任俠」一流人物。不過仍要挺起腰肢，説話提高嗓音，使外人一望即知其爲如何人。他們在這個期間不知受過多少折磨和考驗，方能造成名利雙收的露臉人物。露臉以後，年紀已老，更須保持令譽，言談行動不得有絲毫差錯。倘若一時失於檢點，一言説錯，一事做差，被人問短，頓時前功盡棄。在這種情況下，惟有把自己禁閉在家中，永不見人，至死不出大門一步。舉個例子如下。

當年天津城內東南角草廠庵前有兩個混混世家，一姓滕，一姓竇，每姓都有百十個族人；其中有個姓竇行三的老者，遠近皆尊稱爲「竇三爺」而不名。這竇某壯年時作過一件錯事，不知爲了什麼把盟弟張某用刀捅死，經許多和事佬出面調停，私了人命，勸令苦主不必經官，竇某除爲死者發喪外，對於孤兒寡婦每天交錢「一吊」作爲撫養費。如此履行若干年，張家母子得以生活無缺。後來張子長大也投入鍋夥，關於前事，家中外面皆諱莫如深，本人只知道這位盟伯是由於一番義氣，撫養自己成人，感激莫名。不料後來竇某得罪了人，前事便被和盤託出。張子得知這段隱情，頓起復仇之念。他知道竇某每天早晨必出東門到天后宮前河沿一家外號破鍋(諧郭)的澡塘內洗澡，便在一個冬天的凌晨預先到東城根等待，竇某走來時，就迎上前去道：「三大爺咱爺兒倆說句話。」遂從身邊取出一把刀子，把刀尖對著竇某繼續說：「我爸爸怎麼死的？」竇某知道勾起前案，今天必有一場禍事，爲了保全性命只好裝呆說：「老啦！七十多的人糊里糊塗，以前的事全忘了，不記得怎麼回事啦！」這話分明是裝傻圖賴，顧惜性命，表面既不承認，又不否認，含混搪塞，按耍人兒規矩算作「走基」。對方見他如此，認爲自己完全勝利，冷笑一聲說：「好，既是想不起來了，我也不必再往下問，反正你明白，我明白。」說罷收起刀子，抹頭就走。竇老者愣了些時，自知這人勢必逢人皆道，不久即傳滿全城，自己再沒臉見人，立時返回家中，終身不出大門一步。由此看來，成名的混混兒到老年自比名貴的瓷器怕磕怕碰；有些新出來的後生，時常想掀翻老前輩，遇機把成名的人物掀倒，自己也可成名。但小鬼有時鬥不過老鬼，被他用言語支撐，軟一句、硬一句就打斷了小鬼們的雄心，無法下手了。

混混兒中當年也有女人，雖然爲數無幾，做出事來，不讓男子。個中傑出者便是火燒望海樓教堂案中崔老台之妻。當時天津人焚毀教堂，殺死十八個法籍男女，釀成交涉。曾國藩被清廷特派來津和法國領事談判，結果除賠償損失外，要十八個人抵命。無奈殺人的凶手已經逃無蹤影，不得已由一個在籍的武官也是混混兒出身的張七把自告奮勇，一手包辦。他用騙哄手段，騙得十八個混混兒，情願捨身紓難，崔老台即是其中之一。張七把按每人五百兩銀子包下來，十八人抵命後，每家只給五十兩。後來馳名遐邇的崔老台乃是他的妻子頂著丈夫的名字，加入混混兒陣中，打架奮勇當先，堪稱一員健將。她平日以賣糖爲生，自食其力。有時想起仇恨，便到張家門前叫罵。張七把只得煩人出資了結，前後不知多少次。據說她身體高大，相貌魁梧，作事豪爽，膂力過人。有一次她到一家大柴禾廠，廠主要試試她的膂力，向她說如能扛起一個大葦坨子，分文不取任她拿走。她一聲不響，扛起一個一百多斤的葦坨子便走了。

斂財之道

鍋夥長期養著一群閒人，必須設法覓取生財之道，以資維持。茲略擧其斂財之法如下。

開賭局 開賭局是最普通的方法，只要有寬闊地方，賭徒不難招致。鍋夥選強梁的混混兒作局頭，撥些打手相助，立時成局。其中以押寶、推牌九、搖灘，獲利最多，每日所抽的頭錢以千百吊計。除一部分給執事人外，尚有一大筆收入，便不愁鍋夥中吃喝。只不過對於官方人隨時應酬，年節點綴一下，即可平安無事。遇有攪局的，自己打手們可以應付。

抄手拿佣 一年四季，天津城廂一帶，需用青菜瓜果甚多，都來自四鄉和外縣。鄉民運貨來到天津，在沿河一帶及衝要地點躉售，自由成交，並無任何花銷。左近的混混兒就出頭把持行市，硬要全數交給他們經手過秤，轉賣給行販。成交後，向雙方取佣。初時當然無人聽從，他們便用武力解決，打翻幾個，不怕你不俯首貼耳，百依百從。這叫作「平地摳餅，抄手拿佣」，打下來的天下成爲定例，便作行規。最大的要數西頭老老店，是大批瓜菜總匯，當初設立時不知經過幾次惡戰，傷亡了多少人，才奠定根基。至今尚有老老店的故址存在，至少也有一、二百年的歷史。

魚鍋夥 無論西河、北河的河鮮和海河的魚蝦蟹，由船運到天津，必須卸在魚鍋夥裡，由他們開秤定行市，賣給全津的大小行販，他們從中得佣錢。河東水西有不少的魚鍋夥把持，分有疆界，各占一方。其中以陳家溝子、河北粱嘴子、邵家園子幾處爲巨擘，而李家、趙家、邵家乃是其中最大的。李家是陳家溝子的首户，即是江西督軍李純的上輩。邵家、趙家是河北一帶老財主，出過不少的文武擧人、秀才，卻不料當年都是由武力創出來的世傳事業。

把持糧棧　一般糧行斗店代客買賣是官方許可的正式行商，鍋夥這般人也可以在村邊料峭的地方，以武力把持，和上述是同樣性質。

開腳行　腳行表面上是替行棧客商起卸運輸的承攬人，有定價、有行規；但索價極高，而以極低的代價叫勞動者搬運。勞動者流的血汗掙來的工資僅足糊口，他們所得卻超過若干倍。他們各有轄境，互不侵犯，管裝不管卸；如兼管卸貨，須另給當地腳行一筆費用，名爲「過肩兒錢」。違犯行規，便是一場凶毆。

以上數端都是犖犖大者，皆能得到大批利益。此外尚有小賭局、小瓜菜市和其他小規模方式，舉例於下。

擺渡　當年各河橋樑不多，每隔一個地段必有擺渡口。渡口撐船的也是這類人把持。有的一家獨攬，有的兩三家合作，每人過河一次雖只一文錢，而一日所得爲數也頗可觀。這也是憑爭打得來的世傳事業。

口上的　口上的是小腳行，但限於抬轎和替人搬家，以及遇有婚喪大事代雇小人工等，每兩三條巷子，必有一家口上的把持。一般也有管界，不得逾越，違者也能釀成群毆。這行又名「站口的」。

攔河取稅　當河攔一道大繩不令船隻渡過，派有專人把守。船經過時給他一筆錢，方能撤繩放行通過，違者立即苦打。當年有幾句口號說：「打一套，又一套，陳家溝子娘娘廟，小船要五百，大船要一吊」，即指此事。

立私爐　天津南關外二、三十里，原是一片荒涼地帶，出南門便是荒草水坑。混混兒在那裡私立鑄錢爐，用帶砂子的次黃銅鑄錢。所鑄一般都是光緒錢，其薄如紙，入水不沈，名爲「水上漂」；其小不及原來一半的名叫「鵝眼」；也有較大較厚的。這些錢私運入城，每三四吊換正式制錢一吊，而他們仍然有利，成色之次可知。商人把私鑄錢買到手中，參雜正式制錢中使用。

這些行業都和府縣衙門差役有勾結，平日供奉，三節送禮，應酬周到；而公門差役多半是混混兒出身，豈能物傷其類。常言說：「吏不舉，官不究」，下邊無人告發，上邊樂得糊塗，早成公開祕密。一旦鬧到不可開交，官廳少不得出示嚴禁，派差抄拿，只擇幾個平日應酬不到的抓來充數。他們也知進退，臨時收場，候風聲平定，繼續再幹。

除上述斂財之道外，還有捧場的贈予。當地紳商喜愛這類人物，遇有必要時贈予錢財、米糧。打完群架之後，受官刑挨打的，打架受重傷的，也有人送錢、送米、點心、食品，應有盡有，送的東西堆積如山。因爲他們沒「走基」，露了臉，所以予以鼓勵。他們認爲無上光榮，名利雙收，樂此不疲，死而無怨。

爭行奪市

有了平地摳餅、白手拿魚的無本生涯，便有人存心覬覦想從他們手中奪來享受。於是掀起爭行奪市的平地風波。爭奪的方式分個人的和集體的，略述如下。

攪賭局 賭局抽頭，可謂日進斗金，羨慕的自然大有人在。若想從中染指，也不是容易的事，必須單人獨馬，闖進賭場大鬧一場。方式方法各有不同。有的到時橫眉豎目，破口大罵，聲稱把賭局讓給他幹幾天。局頭見禍事到來，挺身應付，說不到三言五語，兩下說翻，一聲令下，打手們取出斧把便打。來者應當立時躺下賣兩下子。躺下有一定的姿勢：首先插上兩手，抱住後腦，胳臂肘護住太陽穴，兩條腿剪子股一擰，夾好腎囊，側身倒下。倒時攔門橫倒，不得順倒，爲的是志在必打，不能讓出路來替賭局留道。如果一時失神躺錯，主人藉此自找下梯，誣賴他安心讓路，不是眞挨打來的，奚落幾句不打了。這一來便成僵局，來人空鬧一場無法出門，結果是丟臉而已，不曾達到目的，反鬧一鼻子灰。橫倒下後，仍是大罵不休，要對方打四面。其實只能打三面，打前面容易發生危險，既無深仇大恨，誰也不肯造成人命案子，那一來賭局便開不成了。打時先打兩旁，後打背面。打到分際上，局頭便自喝令「擎手吧！夠樣兒了」。打手們立時住手，聽候善後處理。另有人過來問傷者姓名、住址，用大笸籮或一扇門，鋪上大紅棉被，將傷者輕輕搭上，紅棉被蓋好，搭回去治傷養病。有禮貌的主人親自探病，好言安慰，至此改惡面目爲善面目，少不得送錢送禮。這便是天津俗語所謂「不打不相識」。傷癒後，經人說合每天由賭局贈予一兩吊錢的津貼，只要有賭局一天存在，風雨無阻，分文不少，或自取或派人送到，名爲「拿掛錢」，江湖切口叫「拿毛錮」。從此反成好友，這人算有了準進項，便可安然享受。如果被打的喊出哎呀二字，不但白挨一頓打，而且要受奚落，自己爬著走，也得算數。當年頗有些初出茅廬的未經考驗，率爾輕舉妄動，勢必丟臉而回。

還有的混混兒另用一種方式：進門後不動聲色，到賭案前自己用刀在腿上割下一塊肉作爲押注，代替押寶的賭資。有的寶官只作未見，押上時照三賠一的定例割肉賠注。這一來便不好了結，雙方造成僵局。另由旁人過來，滿臉賠笑婉言相勸，結果仍須給掛錢。不幸押輸，寶官把肉摟走也是不好下台的。對方只好將案子一掀，作二步挑釁，少不得重新挨打。遇有識事的賭頭急忙趕到笑著說：「朋友！咱不過這個耍兒……」隨向手下人說：「快給朋友上藥。」便有人拿過一把鹽末，捂在傷口上。這時來者仍然談笑自若，渾如不覺疼痛的模樣，神色如常，少不得經人解勸，結果也可以每天拿錢，總之，不打出個起落，是不成的。及至言歸於好，反成莫逆之交，便是俗語說的「好漢愛好漢」了。

至於集體的攪局，必須帶領一群，揚言整個接收。賭局中素有防備，雙方便是一場惡戰。但看結果如何，敗者退出，勝者占有，也就是說敗者無條件讓渡，揚長一走也不顧惜。若打不出勝負來，必經外方和事人說合，賭局成爲共有，通力合作，利益均沾。

爭腳行 腳行有大有小：大的能霸一條繁盛的大街，所有鋪户皆由他起卸運輸，或獨攬一家斗店、行棧，向火車站、水旱碼頭等處大批搬運；小的在比較冷落去處，做些零星小搬運。但無論大小，都有堅固的組織，大頭目之下有若干小頭目，都是當初出力的，每人有一根籤作爲世襲罔替的憑證，每天按大小股分錢。本人死後，由子孫們承襲。後代子孫另有出路不屑吃這碗飯，可以把籤賣給他人頂名接替。不成材的子弟，到了債台高壘，無法維持時也可出賣。所有持籤者多半不出去供職，只在家中享受。如此痛癢相關的人漸少，内部日漸空虛，便有人想乘機謀奪。單人獨出的能用上述方式，賣味挨打，爭取一根籤分錢。集體的可以整個奪取，一場群毆後決定勝負。他們爲了終身衣飯，勢必破出死命地惡鬥；一場分不出強弱，不惜再接再厲，竟有鍘刀鍘人、抬小炮子轟擊的驚人惡戰。有的經官纏訟，多年不能了結。

奪老店 當年奪老店曾經造出驚人奇事。據老年人傳說，當年奪老店，不止於爭打，尚有擺陣的，雙方約定時日，當場比賽。有的架一塊大鐵板，用火燒紅，赤足在上面走幾趟，對方不能照辦，知難而退。最後一次是：主人張紹增(回教徒)熬熱一鍋油，跳在鍋裡炸死，從此永遠無人再敢生心，奠定了子孫們永世衣飯根基。這事轟傳一時，六、七十歲以上的人都知道這件故事。

奪糧棧 河東有一家糧棧，主人外號叫「王半城」，因爲有人謀奪他的事業，他當時慨然應允；等接替的到來，他在門前燒一鍋熱油，伸手到熱油中撈了幾下，將手臂炸成焦炭，就把對方驚走了。

打群架、受官刑和其他

混混兒認爲打群架是正當行爲，更有一定的步驟。原因不論爭行奪市，或是因細故而擴大，雙方釀到不可遏止時，有的約定時、地，有的突然襲取。事先由一方約妥若干人預作準備，名爲「侍候過節兒」。在準備期間，一律集中在一起，每日供應好吃好喝；沒有巨款的勢難應付，因所約多至百人以上，少也數十人。有的日期不能預定，因爲對方何時來到難以預測，一時一刻不能放鬆。表面上要不露形跡，有人問及，堅不承認，只稱萬無此事。至於公開爭鬥的場面便又不同：人到齊後，門前擺出所有的兵刃，名爲「鋪傢伙」，意在示威。在出發前，如同對方有「死過節兒」，預先選定幾個人準備犧牲，或自告奮勇，或用抽籤法取決，名叫「抽死籤」。即使當場不死，事後也由這些人頂名投案，認作凶手。出發時，寨主當前，眾人隨後；長傢伙當先，短傢伙跟後，一概散走，並無行列；最後有些人兜著碎磚亂瓦，在陣後向對方投擲，名叫「黑旗隊」。雙方會面後，用不了三言兩語，立即會戰。他們平日不練武術，只有少數人能抖蠟桿子，餘者一概死打死剁。但只限於頭破血出，肢體傷殘；不必要時，誰也不願釀出人命重案。及至打到分際上，甚或有死亡的，才有人出頭勸止，再辦善後。

當時負責地方治安的鄉甲局(它的職責有如後來的警察派出所)有一個小武官稱做「老總兒」，手下有些兵丁名叫「老架兒」，平日維持交通，彈壓地面；晚晌小官出巡，照例前面打著兩個「氣死風」的官銜燈，四名老架兒跟隨，騎在馬上也頗威風。老總兒聽到該管地保(天津人叫地方)來報混混兒打架時，立即馳往肇事地點彈壓，到時只在遠處遙望，並不制止；直到打架人停手，方才近前幾步喝止。雙方明知鄉甲局已到，只作不見，毫無忌憚地苦鬥；鬥到將要停下來，又聽見吆喝，少不得給點面子，眾人閃在一旁；雙方寨主走到馬前，請一個安說：「副爺請回，我們一會兒就到。」所謂副爺馬上一拱手說：「好吧，回頭再見。」副爺走後，雙方寨主各自查點；死亡的候知縣驗屍，重傷的抬回；一聲令下「哥兒們，丁著下！」甩著長袖子各回鍋夥。這時準備叫頂凶的投案，受傷的聽候驗傷；如認爲受傷人數不多，由寨主選些無用的人冷不防把他們打傷或剁傷，以便湊數。投案的到了鄉甲局，並不審問，具備一張呈文押解到縣衙處理。縣官早已得報，先帶凶手到屍場驗屍、驗傷，隨即回衙升堂審問。兩造上堂，爭先搶作原告，雙方要先受一次苦刑。這時堂下瞧熱鬧的擠得風雨不透，多半是各方的混混兒，由寨主起，凡屬已成名、未成名的都來觀看。有關的雙方尤爲提心吊膽，生怕自己的人當場出醜。初次受刑是掌嘴。挨打的也須懂行，如不把嘴張開，將來兩旁槽牙皆掉。打時皂隸掌刑，且打且唱報數目。如果把錢花到滿意時，可以徇私，打時多唱少打。每十下一頓，受刑人低聲叫「老爺恩典」。其次是打板子(打手心)。把手綳在墩上，也是十下一停。不過數目要二百起碼，多者論千。終歸打得皮開肉爛，手掌迸裂，不然毒火悶在心裡，傷不易治。挨打的最忌出聲呼痛，犯者立時喪失混混兒資格。縣官立即斥退他，當堂轟出。這時他要爬著下堂，堂下的老前輩們每人踢他幾腳，一直踢出衙外。此人便斷送一切，不齒於同類；即便另謀生理，污點一世也難洗掉。這次過堂只決定原被告，雙方各訴一番理由，凶手寄押。挨打的如果没有走基，下堂時看的人們個個挑大拇指稱讚，由兩個人架到班房院中，早備好單間休息所休養。立時有人送錢、送米、送點心、鮮貨、熟食，紛紛齊至；錢帖子塞在枕下，東西成堆，不問受刑人清醒昏迷，安慰幾句，撂下東西走去。班房的班頭、原差皆來道辛苦、慰問，備有雞蛋清、子生牛肉片敷在傷處，並請外科醫生治傷。傷癒後聽候下次過堂。

二次過堂時，原告情節輕的可以責打一頓取保開釋，下次傳喚不誤。情節重的不分原被告一同刑訊。這次以後即用大刑、酷刑，如打掃帚枝、蟒鞭、壓河流、壓槓子、坐老虎凳、上光棍架、跪鐵鎖種種。打掃帚枝乃是脱去上衣用竹帚打後背，起碼便是一千下，没有幾下即能血肉橫飛，好似一片紅雨，濺得到處皆是。蟒鞭係用牛皮條編成，打在背上更爲難捱；鞭梢有個疙疸，甩到前胸，肋條可以擊壞。挨打的昏迷過去，用草紙燃煙熏醒，或冷水噴面，也能甦醒過來。其餘酷刑都是壓腿；上刑不到幾分鐘，立時額角汗如雨下，隨即昏迷。上夾棍時將兩腿夾起用皮條緊勒，可以將腿夾折。以後隔些日過一次堂，到定讞爲止。

混混兒們打折臂、腿是常有的，便有應運而生的「正骨科」。正骨科創始人姓蘇，當時被稱爲「蘇老義」，天主教徒，是從法國人學來的「絶技」：骨頭折了，不用開刀，只憑手摸，即知傷勢如何，什麼地方折幾塊和折的成分。兩手隔著肉，便能對好上藥，圈竹篦，繫綳帶，給幾丸藥吃，以後按時換藥。傷好後恢復正常，不留殘疾；陰雨之日，不覺痛癢。至今正骨科蘇家，都是他的後代，並傳些徒弟，成爲獨得之祕的專業。但有時對方在蘇先生手裡花一筆巨資，買囑留些殘疾，也使人或者拐瘸，或者陰雨痛癢。治傷的找到跟前質問，他也承認，並云「如欲完全治好，仍須挨兩遍痛。」有的聽了，立時將殘腿搭在門檻上，用斧頭自行打折，求他重新另治。據説眞有打兩次，方給治好的。

打架審理定案以後，按情節重輕依律判刑。徒刑計有「六年徒刑」、「十年大軍」、「打解地」、「解獄」幾種，都由縣裡出公文派差解送指定地點，分別處理。關於前兩種，清制只用短解，不用長解，由兩名役人押送，犯人魚枷木肘，送到鄰縣，投文交差，再由鄰縣派差，一縣遞一縣地送到終點；犯人當堂釋放，但不足年限不准私自回籍。犯者謂之「逃軍」，當地縣官查出行文到原縣，出示嚴拿，並出海捕公文追捕。其實便是回來，衙門中人也不逮捕，除非是另犯他罪勾起前案來，依法嚴懲。「打解地」和「解獄」都是一犯一差。解獄的到達指定地點入獄收押，打解地的到達後帶鎖放出，派專人看守。起解時一差一犯在途中到處訛索。類如遇到賣鳥的，犯人便説：「人犯罪押起來，鳥犯什麼罪也入籠裡？都給我放了！」差人便做好作歹，令賣鳥的出錢買得眼前清靜，不然買賣便做不成。二人得資後夥吃。至於逃軍回籍的也有幸不幸。當年有一個殷浩然，犯法充軍十年，不足二三年他便逃回；由於強買一把鵰翎扇，被賣扇人託一個候補官僚的兒子金少爺到縣舉發，捉到後嚴刑拷打幾次，最後站籠而死。

死刑分「斬立決」、「監候斬」和「斬監候」三種。斬立決又叫「就地正法」，乃是對於案情重大、有關明夥搶劫、趁火打搶之類的犯人，一刻不能容緩，稟請上憲送營務處，按軍法處治。餘者全案上詳，經知府、臬台三審之後，解北京打朝審，仍解回原縣收獄候判。能搪刑的可以在此期間推翻前案呼冤，謂之「滾供」，卻有破出皮肉受苦，滾出來的，然而九死一生，所餘只有皮骨而已。如判死刑，仍須由皇帝批准，方能行文一層一層批到本縣，秋後或冬至日執行，這叫「監斬候」。「斬監候」等於後來的無期徒刑，終身不能出獄；卻有經過多年熬成「獄頭」的，便是全獄之主。他可以向犯人任意勒索，單立廚房，任意吃喝；出口便是命令，無人敢違。終老獄中，被尊稱爲「當家的」。

打架傷人後，照例有瞧病的儀式。打人的帶同禮物親自登門慰問受傷者，見面後一味客氣，表面上不啻深交密友，彼此交談十分親熱。當時認爲不如是即爲失禮，而且怕事。

打架如果傷人不多，更無死亡，可以不經官涉訟，雙方和解；也有已經涉訟，經人和解雙方遞呈息訟的。和解方式：由雙方知交的老前輩所謂「袍帶混混兒」湊集幾人，分頭向雙方解釋，請求拋棄前嫌，言歸於好。他們必須說先到這裡，經許可後再到那邊；兩下裡都這般說，以示尊重。經過兩三次說和，得到雙方同意，再約定日期地點，由和事佬出資備若干桌酒席，並請些人作陪。他們量好時間，約定雙方同時到來。雙方見面彼此客氣幾句，兩人都不肯先進門，互相讓過三兩遍，終由和事佬婉商，仍須一先一後入內。入座時後入的首座，先進的陪座。臨走時後入的先出，先入的後出。入座時彼此一味客氣，衆人趁著幫腔，只敍舊交，不談前事。這一席酒飯雖不是上等酒席，但動輒三幾十桌，所費也屬不少。每人只吃一小碗飯便罷，同時起席。二人向衆人告別，出門後仍由原和事人相陪送回。這種會餐，俗名「坐坐兒」。雙方經過這次會面，一揖分手之後，一場惡戰從此告終。

此外尚有一種和解方式，不是私了，而是官了。頭次過堂之後，如情節不重，可以由當地紳士聯名遞公稟請求和解，官方如認爲無足輕重的案件，樂得多一事不如少一事，也能批准，傳和解人上堂回話。這群和事人未必都是眞正紳商，只不過是些袍帶混混兒充任。他們確不是冒充，只因當年有一椿博得虛銜的規則。類如地方上臨時出了軍事、河工賑濟，官府人員不夠用時，召集一些急公好義的襄助。事後由高級長官發給一紙文書，給一個虛功名。共有兩種：一種文職「六品獎札」；一種武職「五品功牌」。得到這類獎狀，即可頂戴榮身，厠身縉紳之列。後來印得太多，任意濫發，減價出售，初時一張功牌獎札能值十吊八吊，後來貶值到兩三吊錢，卻是空白的，買到手中自己塡寫姓名，也能生效。買得的生前頂戴輝煌，死後報喪貼子上可稱「誥授武德騎尉」或「文林郎」。袍帶混混兒手中不難有此獎札，到了堂上，袍子馬褂，頭戴五品水晶頂子，上堂不跪，誰說不是紳士呢。縣官也賞面子，誇獎幾句，令兩造出具息訟的甘結，原案撤銷，各自回家無事。

混混兒們固然以打鬧爲前提，但有時也不願意事態擴大，不可收拾。當年天津城內東北角三義廟有個成名的人物賀慶遠，年過半百，早在縣衙作了頭壯班班頭，已成小康之家。他有三個兒子，因細故和近鄰趙天二發生嫌隙，這兄弟三人把趙天二的腿打折。賀慶遠聞耗，立即馳往肇事地點，一面申斥三子，一面安慰趙天二，將他搭到自己家中，請醫治傷，百般款待。傷癒後已屆冬令，替他做些新棉衣被褥，給了些錢很客氣地送出。他知道這人是殺人不眨眼的魔王，俗稱「手黑」的人物，生怕他記恨報仇，一旦窄路相逢，兒子必有性命之虞，故用柔和手段敷衍。趙天二沒有生活，又不屑於住在鍋夥中吃閒飯，自己在東南角城上角樓中居住。賀慶遠知道他絕不甘心，仍然不時訪問資助。鬧得趙天二無可如何。後來趙天二得罪了侯家後的佟狀元逃走在外，賀慶遠這才放心。

另有一個叫張四的，打群架時手使單刀應戰。戰到緊要關頭，眼看一刀下去對方立時斃命，他不肯造成命案，刀又不好撤回，便生急智，假作失手，將刀甩出多遠，因此博得「飛刀張四」的綽號。又有一個人在河北群毆，一槍向對方肚子上刺去，身旁有個叫石橋劉老的忙用斧把將槍磕開，那人便是一愣。劉老忙提醒他，「咱跟他沒有死過節兒」，一樁人命案立時化爲烏有。諸如此類，不勝枚舉。總之，他們平日受過前輩的訓練，遇事機警，絕不是一味蠻幹。

但遇到死過節兒卻不顧得許多。所謂死過節兒，皆屬前人的血債，勢必報仇。其中有幾件最忌諱的事，一件是被人扒下鞋來扔掉，一件是往身上潑尿，都認為奇恥大辱，不惜以性命相拚，比血債還要緊，不把對方致死，誓不甘休。

這些人雖說天不怕，地不怕，有時限於經濟或勢力便吃不消了。每到窘迫之際，卻有救星，從中斡旋，能夠轉危為安。當年作混混兒後援最出名的要數侯家後的佟再棠。他是個武狀元，又是當地大財主，卻不想做官，只在家中鬼混。平日庇賭包娼，武斷鄉里，暗中利用混混兒作爪牙。有人得罪「佟四老爺」，不用本人出面，自有人將他處置。故此一般人聽到他的名姓無不心中害怕，當面恭維，不敢觸犯。其次便是草廠庵的「戴二老爺」，考武的不走他的門徑，休想考中。更有西頭的小鬼王、河東雲家大門的「雲大老爺」，都是他們的庇護者。他們都是在籍的武官，所以戲劇中的武舉多屬反面人物，不是無因的。相反地他們對於文人卻畏之如虎。怕的明面上說好話，暗中一張稟帖，送到官府，便是大禍一場。東門內劉家胡同的文舉繆鐵珊不時寫名片到縣裡舉發他們的賭局，竟被查抄。所以混混兒見了文人一味恭敬。而文人們背地裡常說：「一張三寸紙條能送他們忤逆不孝。」當年都知道硬胳臂根兒惹不起拿筆管的。

上角、下角及其由來

混混兒中人分上、下角，以河北大街為分界。當年河北大街離御河不遠有一座收稅的大關。清廷內用的米和旗人發放的口糧都由南方運來，經過大關收一筆稅；大關以西名為關上，以東稱做關下。「上角」、「下角」的名稱即由此而來。他們分界的原因有一段事實：遠在一百多年前河北關下刷紙廟空場，來了一夥子女觔斗，俗名跑馬解的。她們是遊行江湖的藝人，全夥男女二三十人。男班主叫老漢，女班主叫老坐子，女藝人叫把式；一概不用外人，都是自己的兒女、媳、婿和徒弟。把式分「清門兒」和「渾門兒」：清門兒憑技藝掙錢；渾門兒兼操副業，下店後勾引浮浪子弟們作暗娼。所以都把「馬班兒」視爲流娼。但無論清渾，到了一個碼頭，至少做兩三個月的生意，更要拜謁地方上的劣紳土豪爲靠山，以防有人攪擾。這夥人下店後即拜見當地的寨主黑心王六，王六自是大包大攬，允許幫忙。到做買賣時需要一根大杉篙使用，上面綁椅子掛刀獻技，只因借杉篙便成了禍根。這夥女觔斗生意頗好，地面上亦見繁榮；便有關上幕安寺一家寨主「白張三」想約到他的轄境內演一期。已經說妥，苦於這類長大的杉篙一時難借。張三不得已親自求黑心王六代借。王六認爲奪了他的利益，當面駁斥，二人一番口角。經人勸開，張三自回。誰知王六尚有餘憾，想趁此消滅關上的鍋夥，獨霸河北全境。在不久一個凌晨，王六帶領多人把張三的鍋夥包圍。裡面的人夢中驚醒，知道禍事臨頭，苦於門已被人堵住，無法出來，只得推倒後面的籬笆牆竄出迎敵。無奈眾寡不敵，被王六打得風流雲散，將鍋夥占領，而且波及旁家，關上的人全軍覆沒。關下的人侵到關上，設兩三處鍋夥作犄角之勢，一切進益盡被奪去。關上的混混兒二、三年不敢出頭。個中有個王三，是其中突出的人物，時時志在恢復，只是有心無力，沒有大批錢財，不能舉事。他不時在一家鴉片館裡廝混，暗中尋找機會。這日遇見河北大街路西郭家素鋪(即素飯館)的主人，有意無意談及此事。郭某一時興奮，允許出一筆巨資替關上爭一口氣。王三有了保障，暗約關上有名的王九、王十兄弟爲首，連同張三一干人分頭募款約人。這次乃是空前的舉動，凡是相識的鍋夥都被邀到。黑心王六得了消息，也大量約人。到會戰這日，差不多天津的混混兒一律來到。一陣苦鬥的結果，關下失敗，關上的鍋夥依然復興起來，而「關上王十」的大名也無人不知。從此以後，凡被關上約請的鍋夥概屬上角，被關下約請的盡稱下角。

上下角既分之後，成爲世仇，而各鄉各鎮所有鍋夥都分了界限，成爲習慣。有的隔幾條巷即不同角，有的一條街上也分兩角，界限很嚴，彼此不得越界。上角的混混兒誤入下角地帶，被認出來即遭攢毆。下角誤入上角也是同樣。他們更有一種習慣，素日無論交情如何深，一朝反目，終身不忘，不但避不見面，連對方住的街巷也不肯走。本人之外，尚傳及子孫，結下累世解不開的芥蒂。只有侯家後的混混兒，因爲環境關係，不分上下角，有事兩角都可約請，因此被稱爲「活軸子」。

中年以後的營生和活動

混混兒到了中年，自知平日所爲不循正軌，而且危險萬分，遇有機會，另尋長久之計，致力於下述的營生。

開娼窯　開娼窯雖非正當營業，卻得官方許可。搭上個老妓，開個班子或較低的妓館，也能每日錢來伸手，飯來張口，無事提籠架鳥，喝清茶，聽評書，鬥紙牌。澡塘子、酒館裡都能消磨時光。有的結交官紳，得些意外之財。馳名幾十年的天寶班便是個典型。天寶班的女班主小李媽原是西鄉人，來到天津，初在振德店大鹽商綽號「黃三大王」家中充女僕，後來結識了縣衙頭皂班班頭陶慶增，二人在侯家後開了個班子。不少巨紳富賈大官到那裡去。二人藉此做了不少的賣官鬻爵、斡旋官司的生意，發了大財。庚子後挪到南市華樓旁。陶慶增死後，全仗女班主一人支持應付。民國後的北洋軍閥曹錕、張作霖每到天津，必到天寶班盤桓時日。於是買賣更爲興隆，謀官求差的人情甘拜在門下認子認孫，作爲升官得職的捷徑。當年已被撤職的警察廳長丁振芝即走她的門路，運動張作霖，二次復職，並兼全省警務處長。直到民國十年左右，她仍未死，已經八十歲的人，外面仍稱她「小李媽」。

開小押　小押當鋪沒字號，暗中營業。當本比一般當鋪大，利息卻十分高。一百天爲滿，不贖將物折本。當時預扣一個月的利錢，當一吊只給九百五十文，合五分利，有的比五分利還重。

滾利盤剝　他們放利息錢有不少的方式，有的按月取息，普通的三分利、四分利，有的叫轉子錢，借錢人寫十二個條子，一年還清，借十吊每月還一吊。或按日歸還，出一個札子，借十吊每天還一百文，一百二十日爲滿，名爲「印子錢」。還有可怕可惡是滾子錢、贅兒把、蹦蹦錢等名目，不外將息作本，息上加息，一經上套，便還不清。這類錢沒有期限，借錢的多半富家不成材的子弟，滾上些年，勢必房產地業儘量滾到他們手中爲止，借錢人只落得家產盡絕，最後仍然不能償清。其實初借時爲數無多，經過幾個月，本利合起，再給些錢湊成整數。如是堆積，便成千累萬。當年冰窖胡同的邢美芝以開一個雜貨鋪爲名，用此種方法獲得無數的大宅子和門面，成爲有名的富户。這種借款名叫「孝帽子錢」，父母在世，無法歸還，父母一死，立即追索。更有所謂「見面利」，不論日限，見面即討利錢，逼得負債人走投無路，惟有自殺。苦主無法伸冤，他們卻逍遙法外，便告狀到官也難受理。放債人憑借字索償，必經多人哀求解勸方休，他反落得放棄債權，輕財仗義的美名。

開戲園子　開戲園子比較容易，只要覓好相當地點，收拾好，賃些桌凳即可，只是不易遇到空園子。開張約角不用自己出錢，自有鮮貨案子、壺碗、手巾把所謂「三行」代墊。他們每月應給園主一筆費用，應有墊款的義務，方能在園中作業。這類營生，無人爭奪。

開落子館　按天津傳統的行規，一個落子館統轄若干高等妓館，所屬的妓女能唱的皆盡義務給落子館唱曲，分文不給。後台另有一班人主持稱做後台老闆，領導些彈拉歌唱的男藝人。侍候場面兼報告節目的名叫「皮靴」，自稱「男伴伙計」。開場先由男藝人幾名拉打「十不閒」，鑼鼓喧天，一面號召顧客，一面藉此通知各妓，另派專人催場。前三場由男藝人演唱，以後皆由妓女演唱，她們稱爲唱手。前台對於後台不給工資，全賴教妓女歌唱得代價，遇有台前點曲，及外邊侑酒得資，館主扣一部分，餘者充後台開支，妓女得不到分文。所得票價全數歸館主，更有三行的月例。館主對於妓館妓女有保護責任，她們借錢由館主經手向放債人轉借，落子館作保，因而獲得監視權。故此沒有潛勢力和手眼的絕對不能幹這行生意。當年侯家後有永順、東永順、天泉等數家，肉市口有金華、紫竹林有晴雲幾家。庚子後舊日租借地有同慶、中華兩家崛起。繁華地帶移到三不管時，始有華樂、權樂、群英、慶雲幾家依次出現。至今尚有些舊名猶存的。

他們這般人也有些庸庸碌碌，到老尋不著生財之道，因餓而死的比比皆是。有的闖禍之後，不敢投案，或無法應付，便拋井離鄉遠走高飛到異地逃避，大多是出門到東北謀生。但闖出山海關以外，便沒人追捕。他們到了關外十之八九是開娼窯。此外便是開賭局，或者投軍當兵。這都是走投無路中的一線生機。

他們家成業就以後，仍然不甘寂寞，便作些所謂公益事件，出出風頭，舉例如下。

組織救火會　在沒有消防隊以前，遇有火災，概由有地位的混混兒們去救。他們有相當組織，名爲「水會」，就地向富紳大賈募集巨款設立「會所」，購置水激子、水筲，以及旗幟、燈籠、響器；公推幾個有聲望的人們主持，選一個會頭作首領，加入組織盡義務的都是勞動人民和小販。一有火警，會所鳴鑼號召，立時拋下工作到會齊集，一面鳴鑼向各方報警，並通知鄰近兄弟會協助，一面馳往急救。事後由被災者及未波及商店住户贈予若干點心酬謝。每逢火警，各糕點店的小八件爲之一空。助點心的少者二十斤，多者一百斤不等。救火者每人一斤，此外分文不取，只不過每年由水會備酒席宴請一兩次作爲酬勞。另外尚有助水會助水、撓鈎會扒火道以免波及。正式水會，全天津共有四十八家，總會在東門外大街名叫「闔津會所」，最後的總會頭支玉林即是成名的老混混兒，此人在解放前尚在，那時已經九十多歲了。

舉辦賽會　在神道設教下的舊社會，各大廟宇盛行賽會迎神，招待所謂的善男信女前往燒香。按規定的日期出會，叫著出巡。其中以天后宮的皇會、城隍廟的鬼會爲最盛。更有許多小型的會如中幡、挎鼓、重閣、鶴齡、法鼓、吹會之類參加，都由他們這般人作會頭以及承辦。

主持在理公所　在理公所原是一種反清組織，表面上是戒煙戒酒的公會。後因清廷查拿得緊，便改變形式成爲類似修道的樣子。當家的參禪打坐，在原有祖師「楊祖」之外供奉觀音菩薩。主持事務的人，以他們這般人爲多。

最後的沒落

庚子年義和團勃興，雖然短短幾個月，卻把鍋夥遮蓋下去，不敢活躍。及至八國聯軍破城，地方官逃走，洋兵掌握地方政權，他們更不敢出頭露面。辛丑條約成立，洋兵退出，政權收回，袁世凱作直隸總督。袁少年在津時，頗知天津風俗，深恨這類人。他到任不久，就下令嚴拿，一經捉獲，即誣爲海盜送往營務處梟首正法，當時不知死了多少。他們知道這位混世魔王不易應付，爲了保全腦袋，只得斂跡銷聲，無形解散，再不敢故態復萌。從此鍋夥的組織，混混兒的名稱成爲過去了。

（河北省政協、天津市政協供稿）

包頭流氓組織——「梁山」

劉映元

包頭低層社會的「梁山」，是流氓無產階級的江湖組織。它起自民國初年，消亡於新中國成立前夕。「梁山」徒衆，品流蕪雜，受雇於包頭的工商業資本家和地主集團勢力的代表「大行」、「農圃社」，「維持」街面秩序，保護商賈利益，包攬巡邏、打更、件作、鼓匠等行業。其勾結土匪慣盜，仗勢欺壓百姓，成爲黑暗反動勢力的工具。

京綏路於一九二三年修至包頭，一九二六年包頭才由薩拉齊的一個鎮設治爲縣。因爲包頭是長城口外一個水旱碼頭，從清乾隆年間修起「綏遠城」，漢民從晉北、陝北遷入蒙地開墾以後，就與張家口（東口）、「歸化城」（西口）、多倫（喇嘛廟）齊名，成爲商業上和軍事上的重鎮，也成了流氓無產階級覓食的地方，流行著「東口至西口，喇嘛廟至包頭，東走哩，西竄哩，每天也要吃飯哩」的調調。清同治年間馬化龍和白彥虎在甘寧起義，左宗棠奉旨「平回」，「嵩岳軍」張曜的後方便設在包頭。李鴻章「淮軍」的「水上巡防營」和「洋槍隊」，也在包頭和托克托的河口鎮及薩拉齊的善岱鎮防守，曾一度爲內蒙古西部帶來名叫「簧腔」的「徽劇」。包頭在那個時候，已經是萬家燈火和絲竹盈耳的繁華城市了。到了光緒年間，巴彥淖爾盟和伊克昭盟還非常荒涼，河套的隆興長和梁外的羊廠壕，雖然設治了五原廳與東勝廳，但是五原和東勝的「廳官」與西蒙墾務、鹽務上的行政人員嫌那些地方生活艱苦，都住在包頭鎮內辦公，這樣包頭就形成爲內蒙古西部的政治重心。而且商賈雲集，車船輻輳，冠蓋往來，軍隊屯聚，一年比一年繁華，社會也一天比一天複雜。但關於地方的管理，在清末時只是由薩拉齊廳派一個「巡檢」來負責；到了民國初年，也只是由薩縣巡警營分設了一個分駐所。這時包頭已發展到五、六萬人口，各個階層都有。一個巡官帶著三十多個警察，怎會有力量控制這麼大的局面？原因爲包頭長久以來一直是關帝廟的「大行」和東河的「農圃社」利用「死人溝」的「梁山」，來維持街面的秩序和鎮壓人民群眾。

所謂「大行」，是包頭工商業資本家的公會組織，到了民國改稱爲商務會。所謂「農圃社」，是郊區地主們的封建集團組織。所謂「梁山」則是包頭流氓無產階級的江湖組織。包頭在設縣建市以前的管理辦法是：由「大行」出代表四人，「農圃社」出代表一人，組成議事機構，在「大行」裡邊辦公，受薩拉齊廳和以後的薩拉齊縣委託，由巡檢和巡官監督協助，處理包頭地方上的各種事務。買賣人和莊戶人只能出錢出糧和出車繳草。其他有關地方警察的輔助工作，便由「大行」和「農圃社」雇用「梁山」的人來擔當。因此「大行」和「農圃社」的議事機構就是當時包頭的行政衙門；死人溝的「梁山」，就是當時包頭的警察機關。

死人溝在包頭舊市區草市街以北，解放以後改爲「慈人溝」。原先是一個停厝棺材的地方，後來乞丐在那裡掏窯打洞居住，成了包頭的貧民窟。清朝和民國初年，死人溝是押人的「黑房」。凡是在包頭逮捕和五原、東勝與薩拉齊後山地區送來的人犯，先在死人溝看管，然後再往薩拉齊監獄解送。死人溝除了居住乞丐，還有好幾家鼓房。「梁山」的頭兒所在地——「忠義堂」就設在鼓房以內，它的人馬都散布在包頭各個角落，給「大行」和「農圃社」打雜，並執行警察和特務工作。「梁山」的人首先是負責巡查街道和彈壓會場。清朝的時候包頭有好多聚賭的「寶店」，廟宇上經常唱戲，陰曆正月十五和二月二大鬧「紅火」，七月十五在南海子放河燈，這些地方最容易打架鬥毆和阻塞交通。「梁山」的人扛著「大行」的虎頭牌，手拿牛皮鞭和鐵繩、鐵鎖走過來倒過去，不用說平常的老百姓們不敢搗亂起鬨，就連在賭場頂好漢股子的「白花」，也都對他們畏懼。

「梁山」裡邊什麼人都有，更不乏拳棒手和頂命鬼。相傳在辛亥革命時攻打大同的「二麻煩」，曾於宣統元年從大同到包頭闖碼頭，自恃武藝高強，不把包頭的江湖放在眼裡，得罪了死人溝的「梁山」，就被「梁山」的頭兒派了些拳棒手，趁他在剃頭鋪低下頭梳辮子的時機，用石灰先把他的眼睛蒙住，然後拉到街上毆打，幾乎打死。「二麻煩」雖遍身鱗傷，沒有哎呀一聲，但也吃了大虧。「梁山」的人在夜間負責全城的巡邏打更，提著「大行」的燈籠，可以盤問、檢查、逮捕夜不歸宿的行人。守城門的兵丁到城外要錢，有時還叫他們在城門房子裡掌管鑰匙，因而也敢於在夜間私開城門，放行商旅。其他如街道上的垃圾，官廁所的糞便，倒斃路旁的死屍，全由他們來清理。發生火警以及各種自然災害，亦由他們負責撲滅。一九一八年包頭鼠疫流行，死了三千多人，都經「梁山」的人給抬到城外焚化。凡是惡死(非命而死的人)，也由他們協助「仵作」檢驗或是抬埋。罪犯執行死刑，如無屍主領屍，他們即將衣服剝下，洗掉血跡，賣給估衣攤子。甚至把死屍掏心挖腦，泡製成藥，以高價出售。他們除平時由「大行」供給柴米工資，每年四大節還由商號給他們送禮；有時也用訛詐的手法找點「外快」。因此，他們並不缺小錢使用，有鴉片嗜好的也能解決，有家口的也能養活。於是他們把「梁山」這個江湖組織視爲衣食的父母，終身的依靠。

「梁山」是包頭流氓低層社會的總稱。它所以命名爲「梁山」，並沒有「替天行道」的理想，只是要把「下九流」的人團結起來，像宋江等一百單八將那樣堅強，好互相幫助，彼此關照，不受外人欺侮，能在包頭寄生和鬼混下去。「梁山」是江湖上「鎖」、「裡」兩家的聯合組織，以後才把不屬於幫會的「跑腿子」的流浪漢都吸收到「梁山」以內。「鎖家」是乾隆年間「歸化城」公主府打更的馬三紅和種菜的秦四海建立的，故分爲馬三紅和秦四海兩門子人。「裡家」最早由北京城滿洲八旗的八個窮王爺當首領，故分張門、高門、韓三門等八門子人。這兩家的組織過去在華北的其他城市都有，他們的區別是「鎖家獨霸一方，裡家走遍天下」。鎖家供奉的祖師是明朝的永樂皇帝，以吹鼓手和六合鋪的抬轎夫爲基幹，但只能在一定的範圍內活動，這個範圍叫「方場」。如包頭鎖家的「方場」，就是東至莎爾沁鎮，南至大樹灣，西至麻池鎮，北至石拐溝。鼓房和「六合鋪」超出這個「方場」的範圍，即不能招攬紅白喜事。裡家是以乞丐和打「蓮花落」、「數來寶」的行吟藝人爲基幹，可以在天下任何地方流浪，不受地區的限制，供奉的祖師是范丹老祖。據說孔子當年在陳國絶糧，經范丹救濟才没有餓死，因此乞丐供奉范丹爲祖師。他們向貼有春聯的商店住户要飯，含有替祖師向識字的孔子的徒子徒孫討債的意思。其實孔子是春秋時代的人，范丹是東漢桓帝時候的人，相隔千年，可見所説荒誕。但范丹是歷史上出名的「窮漢」，他們也是窮漢，供奉他當祖師，還不無附會的理由。至於鎖家爲什麼要供奉明朝的永樂皇帝當祖師，則說不出什麼道理。按當時兩家的組織成立，是如上所説是清朝宗室和他們的下人們開創的。看他們後來的行動始終是當順民，對統治階級採取恭維態度，這就有可能是當時的雍正皇帝爲了鞏固自己的統治地位，削弱幫會「反清復明」的民族革命力量，授意他的宗室和家奴，去另外組織兩個反動的下層社會集團，來進行分化和瓦解。但卻又把明朝的永樂皇帝供奉當他們的祖師爺，則骨子裡似又含有洪幫「反清復明」的意義。並且在辛亥革命時期，還有人打過刀什爾(土默特旗的地名)，是何緣故和是否有矛盾，因找不出有關這些的材料作根據，很難臆斷。

「鎖家」和「裡家」這兩大派系，在其他地方都是各立門户。但在包頭，一方面由於「大行」和「農圃社」有意的利用和集中管理他們；一方面鎖、裡兩家爲了擴大自己的社會力量，這便聯合起來，共同組織爲一個「粱山」，號稱「鎖幫裡，裡幫鎖，鎖裡是一家」。但「粱山」的領導權卻始終被「鎖家」的鼓房把持，由各鼓房的班主中產生「粱山」的領袖「頭兒」。哪家的鼓房班主擔任「梁山」的「頭兒」，哪家鼓房就是「忠義堂」：門口掛著「大行」的虎頭牌和牛皮鞭，閒雜人等都要肅靜迴避；裡邊的神堂中供著「鎖」、「裡」兩家的祖師；除過囚室、伙房，還有專供記帳先生和「把式匠」（打手）居住的宿舍，儼然是一座森嚴的衙門。「頭兒」出門有保鏢的跟在後邊。他的兵符印綬是一根木杖，名叫「拐挺」，平常放在祖師前面的供桌上，有事的時候用它行刑打人，「頭兒」以外，誰也不得捋動。其他地方花子朝拜的那個「杆兒」，也許就是這件東西。「梁山」對內完全實行家長式的封建統治，有三大規矩和懲罰的辦法：第一是「踩窮漢窩鋪」（跟自己本家裡的女人通姦）的活埋；第二是「唾臭」（捏造事實損壞別人的名譽）的挖眼；第三是違反其他制度的跪在祖師供桌底下，用「拐挺」毆打。他們標榜「梁山」的「忠義」兩字，是忠誠老實地替「大行」服務，保護各商號的利益。「鎖」、「裡」兩家的人不能行動，由「梁山」養活，死後給買一個「狗碰頭」棺材。一九一四年，山西孔庚的軍隊在包頭嘩變，變兵從東營盤出來，路過死人溝的時候，叫「梁山」的人跟他們去發「洋財」，有些人已經躍躍欲試地走出窯洞，看見「頭兒」樊虎娃橫眉豎目，手執「拐挺」站在那裡，大喝了一聲「哪個敢動」，都慌忙縮回窯洞，吹熄燈睡覺。「梁山」的人平日全叫「拐挺」打怕了，到了非常的時候，才有這麼大的威懾力量。

「裡家」的流動性很大。「鎖家」是根深柢固的「坐地户」。加上「梁山」的「頭兒」由鼓房產生，因此包頭的鼓匠很「硬」。商民舉辦紅白喜事，說是「訂一班鼓匠」，他們就不高興，說是「寫一班鼓匠」，他們才喜歡。「寫鼓匠」的時候，訂錢很少，可是寫下以後就百般勒索，除了工資酒飯煙茶，還有「賞賜」、「喜錢」、「辛苦錢」、「水煙錢」、「折飯錢」這些名目。並且每回吹打一個「曲牌」，還要額外的附加錢。寫時已講妥是十塊錢，到吹打完畢非二、三十元不能開銷。他們先是好言好語恭維東家，用軟法達不到目的，便要無賴和「跌死皮」。由於「梁山」在背後給撐腰，普通商民都惹不起他們。況且凡是舉行鼓樂的人也不在乎這幾個錢，尤其娶媳聘女都是大喜的日子，誰也不願意和鬼生氣，只好忍氣呑聲地吃啞吧虧。如果遇見懂「梁山」規矩的人給東家當總管，他們也就適可而止，不敢發野放刁。至於「裡家」的乞丐，平日就在指定的街巷討要，遇見喜慶宴會，亦不能「越界」來湊紅火熱鬧。「梁山」爲人使東家不致丟失東西，特派專人給站崗，叫做「蹲門的」，這個人在門口整蹲一天，除了替東家打發乞丐，還制止閒雜人等入內。工資通常是一天一元銀幣，臨走還替「梁山」不能行動的乞丐代討一元，拿回去交櫃，不敢私自剋扣。他們並且從不混進鼓匠棚裡吃飯，說是「我們上不了桌面，怕犯了梁山的規矩」。好像「裡家」的地位不如「鎖家」高超。「鎖」、「裡」兩家都是「和尚教」，傳徒不傳子。到了包頭設縣建市以後，「梁山」一天比一天衰敗，許多戒條也被打破。像解放以前死人溝的保長李根羅，他原先是個兵痞，在商震的三十二軍當過排長，冷口抗戰時受傷回到包頭。可巧他的叔父是「梁山」的「頭兒」，這時因病逝世，他在王靖國統治包頭的時代，依靠傷兵的勢力，硬把他叔父的徒弟趕走，承繼了鼓房的財產，篡奪了「梁山」的領導。

包頭在解放以前除了大的商店，還有許多暗房買賣，並且水陸交通四通八達，各種貨物都在這裡進出，客商過著花天酒地的生活，普通市民也是大吃大喝，所以乞丐和「跑腿子」的人把包頭看成一個樂園。只要和商店字號的伙房搞好關係，給他們掏爐灰、倒泔水，就可以把成桶的剩飯打弄回去。遇到過生日或滿月，喬遷開業，或是慶壽過節，念幾段吉利的「喜歌」，更能討到新鮮的酒食，自己吃不了還給人。鴉片煙也可以用「偷雞摸狗」的「外快」換到。如果肯揀些破爛，割些柴草，越發不缺零錢。死人溝的乞丐，每天都是日上三竿方起，因爲「梁山」禁止「鎖」、「裡」兩家在夜間偷盜，晚上十二點鐘即鎖窯門，他們必須在這以前趕回。死人溝的白天非常清冷，到了夜晚特別熱鬧，每座窯洞都是燈火煇煌，有歌有唱，煤火、爐子四周，放著茶壺和熱飯的小桶，炕燒的滾燙，在數九天也不寒冷。除了地下的尿桶薰人和牆上的臭蟲與身上的虱子咬人，簡直是一個溫暖的「安樂窩」。乞丐們吃完剩茶剩飯，每個人都擺著一盞「悶燈」，把鴉片「灰子」一吸，眉飛色舞地灰説，聊到天亮才睡。人要是墮落到這種地步，不但看不見討吃偷盜剝削他人是可恥，並且看不見對統治階級的奴顏婢膝求恩賜更可恥。如內蒙古西部有「討吃三年給官不做」的諺語；呼和浩特所謂「陽溝沿的鴨子，皮毛不好肚囊肥」，也是指此類流氓無產階級而言。至於在包頭黃河兩岸和陽山前後討要的乞丐，的確有騎著毛驢裝米麵的事。這不是梁外後山河套人憨厚，也不是糧食多得沒有地方存放，而是「裡家」跟土匪勾通，並給官兵擔任偵探，農民恐怕得罪了他們生事惹禍，才顯得那樣「慷慨」。這也就更可以說明他們是什麼樣的品質。包頭的乞丐由「梁山」的暖窯熱炕的收容起來，如遇天陰下雨或是冬季嚴寒，還供給稀飯。這並不是眞個用義氣待遇他們，主要是派他們擔任各個街巷的眼目，打聽新聞瑣事，注意形蹤可疑的來路人。要是他們不馬上反映報告，出了問題便拿「拐挺」對待。平時「頭兒」也完全是家長式的統治，稍有不合，便非罵即打。因此他們雖表面上是及時行樂，內心中也都有不少的苦悶，只不過是「高高山上一根棒兒，好活了一陣兒是一陣兒」的泡混。但參加和脫離「梁山」都很困難，當乞丐也得拜師。「鎖」、「裡」兩家怕人稠地狹，收徒有一定限額，特別是對「裡家」考察更嚴，答不上「行話」，即驅逐出境。如果賴著不走，也有最殘酷的對待辦法，或是打成殘廢，扔在城外的山溝餵狼；或是找一個僻靜地方把人活埋。「梁山」對內控制極嚴，「鎖」、「裡」兩家的人，誰也不敢洩漏「梁山」的祕密。爲了封鎖和保守祕密，參加進來的人就很難脫離出去改行從事其他職業，只有當了兵和准許離開包頭的人，才有可能。因此「梁山」這個江湖組織，也就多年來發展得非常平衡。

本來小偷和竊盜不包括在「裡家」以內，可是包頭的「梁山」一方面給「大行」緝盜，一方面爲了坐地分贓而通盜，也把他們掌握在自己的組織當中。凡是外埠來到包頭的小偷竊盜，必須先到「梁山」上掛號，由「頭兒」根據偷竊的類型指給活動的時間和地段。黑夜偷盜叫「跑紅條的」，白天偷盜叫「跑青條的」，一早一晚偷盜叫「打燈虎兒的」。「跑紅條」的分兩種人，站在房上巡風放哨，叫「登桿子的」，進入院中升堂入室，叫「跳池子的」。在俵分贓物時，「跳池子」

的要比「登桿子」的多頂厘股。「跑青條」的分爲四種人，偷大商店門市部的叫「高買」，偷市場小販叫「掃攤子的」，偷農民旱板車或毛驢馱子叫「滾輪輪的」，偷街上行人叫「捏把子的」。他們各幹一手，跑了「青條」就不能再跑「紅條」，「掃了攤子」就不能再「捏把子」，指定在西前街活動，也就不能再到東前街游竄，誰要違反這個規矩，被討吃叫街的乞丐發現，回去報告給「梁山」的「頭兒」，死人溝即派人扣捕。初犯用「拐挺」毆打，屢犯不改，便送往薩縣。如果聽從「梁山」的指揮，可以一直在包頭存在，不過這也有兩個條件：第一是偷到東西以後，三天以內不得處理，恐怕偷在「碴兒」(有勢力的人)上，「梁山」得給負責往回尋找；第二是東西變價以後，須以百分之三十捐獻「梁山」做爲「公益金」，據「頭兒」對小偷竊盜們說，像養活殘廢、埋葬死者、修繕窯洞、購買柴炭，以及給祖師爺「領牲」唱戲，全由這筆錢來開支。其實這些開支用不了多少，何況多由「大行」給撥款，結果「梁山」從小偷盜竊身上徵收的百分之三十的「重稅」，都入了「頭兒」的腰包。一直到包頭設縣建市以後，「梁山」還掌握著小偷小盜，只是這百分之三十的重稅，不能由「頭兒」獨吞，還得把一半孝敬給刑事隊長或偵緝隊長一類的警官。但隨著偷盜案的增多，「頭兒」所得的仍然不少。

私入頭兒腰包的，並不止此；如在清朝和民國初年，梁山的「頭兒」就冒名頂替，領取過社會上的物資捐款。一九二九年大旱時，華洋義賑會的賑米，也被「頭兒」中飽的不少。至於憑藉梁山的力量作其他投機和訛詐的勾當，更是手眼通天。在梁山全盛時期，「頭兒」有大小老婆和大小廚房。「大行」的執事老闆，到了「標期」(山西幫銀錢業的比期)周轉不靈，也得以高利貸向他們借錢。「頭兒」以正常和非正常的手段，弄個萬兒八千兩銀子，比錢莊票號還來得快當。他們雖然列不入縉紳階級裡頭，卻是地方上眞正有勢力的惡霸。

包頭死人溝「梁山」的没落，主要是以後的警察機關代替了他們大部分職權；其次是「哥老會」分裂了他們的組織。在一九二五年楊萬禎(小五楊)未被石友三槍斃以前，東川(土默特旗)、河套、後山和梁外，都是「哥老會」的世界，「白頭牛」(非會員農民)簡直無法存在，包頭四面都被「哥老會」包圍。「梁山」上有「出息」的人，看見「哥老會」快要獨霸西北，特別是「裡家」的人都參加了「哥老會」，後來都淪落爲土匪。只有「窩囊鬼」仍依靠死人溝過活，所以「梁山」的聲勢就不若過去烜赫。經過日僞統治了八年，「梁山」的威望越發低落千丈，不過還管理乞丐和掌握小偷竊盜。

我因好奇心驅使，一九四五年從陝壩回到包頭以後，就想了解死人溝「梁山」的內幕，可是被鼓匠和乞丐吸了我好多紙煙，他們也堅不吐露其中的實況。一九四六年春天，還是包頭警察局長韓霽堂，派他的刑事隊長牛占田把死人溝的保長李根羅找來，才給我很詳細地介紹了以上的情況。雖然時隔十四、五年，但由於我當時在《奮鬥日報》上寫過一篇〈訪問死人溝〉的通訊，所以至今仍有深刻印象。那次我參觀了乞丐的貧民窟，並且到李根羅家裡串了一個門子。死人溝裡邊除過鼓房是四合院，其餘都是窯洞，並停厝著不少的棺材，活人跟死人爲鄰。有的是家庭窯洞，有的是集體窯洞，有的乾脆和棺材住在一起，裡邊都被煤煙和燈煙薰黑，走進去非常陰森可怕。我去的時候正是白天，只有五官四肢不全的人坐在炕上捉虱子，能行動的人都上了大街，由哈叭狗兒給看守各自的破爛行李。這些哈叭狗兒看見衣帽整齊的人不住狺吠，每盤炕上都有二、三十條。雖然我黑夜裡沒看見他們怎麼樣，但這和以上所說的梁山興盛時期死人溝是乞丐的安樂窩，氣氛就大大不同了。又到了李根羅的家中去看，和這些窯洞相較，更是有天堂地獄的差別。一進院，三間大正房全是玻璃門窗，裡邊一律紫漆家具，牆上有八扇屏和自鳴鐘，炕上是栽絨毯和紅緞被，正中的神龕中有兩座金碧輝煌的牌位，就是供奉著永樂皇帝和范丹老祖。我問他「拐挺」到了哪裡，他說已被他叔父的徒弟帶走。李根羅提起「梁山」的往事，有不勝今昔之感。談到這裡是藏龍臥虎的地方時，他說：「辛亥革命時這裡的人跟閻錫山當兵，有八個人在晉軍中升了團長和營長。現在有一個給孫殿英當過縣長的人，也在這裡討吃。抗日戰爭時我曾掩護過調查室(軍統)的人。你老兄的朋友在包頭丟了東西，只要你老兄來找我，不出三天準能給找回。」這個封建把頭言下非常得意，表示他仍在包頭有很大的社會力量。

死人溝的「深山人」，除辛亥革命時民軍「秦晉蜀北伐先鋒軍山西大都督」閻錫山到了包頭，曾派大同的李德懋前去招撫，有人跟上莎縣的張萬順(胖撓子)隨同同盟會會員王平章、「綏遠城將軍」雲享、「土默特旗都統」經權和統帶王家集打過刀什爾(陶思浩車站)，起了一些積極作用而外，在這以前和以後的歷次變革動亂當中，都是持著順民的態度。例如一九〇〇年(清光緒二十六年)義和團「扶清滅洋」，「深山」的人沒有加入「神兵」。一九一四年晉軍因縮編隊伍不發遣散費激起孔庚部下嘩變，「深山」的人沒有幫助反抗。一九四八年冬天，第一次解放包頭，「深山」的人亦未做攻占國民黨倉庫的響應。而一九一四年趙守鈺的軍隊跟烏拉特三旗起義的部隊在沙壩子作戰，和同年蘆占魁包圍包頭，以及一九三九年傅作義反攻包頭與一九四五年董其武防守包頭時，「深山」的人卻給「晉軍」、日本軍隊和國民黨的頑固軍穩定後方，並到城外擔任偵探。至於他們爲地主資本家看家跑腿當奴才，對善良的老百姓欺詐和勒索，更是日常生活。由此我們就可以知道「深山」是什麼政治立場和其反動的本質了。它對於一切剝削統治階段，始終是奴顏婢膝，俯首貼耳。他們眞正是「好人的害，灰人的菜」，也只有在舊中國才能那樣長期地寄生泡混。

(內蒙古自治區政協供稿)

「江相派」——一個迷信詐財的集團

于城

江相派是以迷信詐財爲職業的祕密集團。這個集團在舊中國有著兩百多年的歷史。其組織鬆散，並無嚴格的紀律，成員遍及東南亞許多國家和地區。作者十五歲即得江相派「眞傳」，本文較爲詳細地披露了江相派的騙人「祕本」及其犯罪活動。

源流和沿革

舊時代裡，在廣州語系地區內，曾經長期存在著一個以迷信詐財爲職業的祕密集團。這個集團自號爲「江相」，意思是江湖上的宰相（以後還要詳加解釋）；而叫其他不屬於這個集團的同行爲「土相」。

這個集團的分子極爲複雜，既有相命先生、神棍、廟祝、道士、尼姑、和尚，也有齋婆、「姑婆」（齋堂的女主持）、江湖販藥者、「老千」（騙子）、流氓、喃嘸、小偷等等。這個集團和洪門會有很密切的關係，集團的大多數成員都是洪門會的會員，構成集團核心的頭子，即所謂「師爸」「大師爸」等必然是洪門會內的大學士、狀元、進士等等；但又都必然是所謂得到「師門」眞傳的大相士、大神棍等。

江相派創始於什麼年代，很難考據了。但從他們奉洪門五祖之一的方照輿作開山祖師這一點看來，相信它最早也不過形成於清康熙、雍正年間。據我所知，晚清時期，是這個派系的極盛時代，直至距今四十年左右，這個派系還未衰落。當時的「大師爸」，香港有何立庭、李星南，廣州有鍾九、陳善祥，上海有傅吉臣、黃煥廷，新加坡有楊海波等；其中何立庭更有「通天教主」之稱。而它的成員，也遍布兩廣各大城市以及上海、漢口、香港、澳門、馬來亞、南洋群島等地。一九二五年至一九二七年大革命之後，這個派系開始衰落了；到了抗日戰爭時期，更是一蹶不振。但我相信，今天在港、澳、新加坡等地，仍會有這個集團的存在。

因爲這個派系在舊中國裡存在達兩百多年之久，而且代代的大師爸們都是有「法」有「術」的大相士、大神棍，他們憑藉著「師門」傳授下來的「法」和「術」，更運用自己的機詐和組織的力量，不斷製造出許多「神蹟」來，以欺騙和愚弄廣大人民群眾，並加固了封建社會「神權」、「命運」的迷信堡壘。

我父親就是這一個派系的成員，他做了四十多年的相命先生，在香港、廣州、韶關都曾名噪一時。他的招牌叫做「幼而學」，相信今天還有許多老廣州會曉得這個名字。我青、少年時代，一直跟隨他一起過活，而且認識了其他許多行家，包括許多大、小師爸。

據傳這一派系奉劉伯溫爲始祖師，而以洪門前五祖之一的方照輿爲開山師祖，世系也是從方開始。方曾傳授過四個徒弟，因此從第二代起就分爲四房，即乾、坤、坎、離四房，取天(乾)地(坤)交泰，水(坎)火(離)相濟的意思。不曉得打哪時候起，它又和洪門會結合，江相派的成員同時也是洪門會員。據我父親說，一來他們都是洪門五祖之一的嫡傳弟子；二來在舊時代裡，如果江相派人物不和洪門會結合，就難免綠林好漢攔劫以及受到「地頭蛇」(土霸)的欺凌；三來這批人都是下層知識分子，有文化，有計謀，洪門大哥們也願意得他們的幫助。北方江湖黑幫分爲八大將，都稱做「將」，但南方江湖黑幫只分「將」和「相」，同時把「拆白」和「拐子」這兩行排出黑幫之外。因爲「拆白」騙財又騙色，「拐子」離人骨肉，有壞江湖義氣和規矩，所以不把他們列入。但「放白鴿」(即女拆白)不包括在內，這因爲受騙者貪色而被騙，咎由自取。綠林好漢、撈家把頭等大哥，在洪門會內稱「將」，江相派人物卻稱爲「相」，取「將相和」的意思，也用此來劃清文、武行。

江相派的首領稱爲「大學士」，就是「宰相」，以下是狀元、榜眼、探花、翰林、進士、舉人等。凡得「師門」眞傳的，出身就是「翰林」，以後可以升到「大學士」。而得不到「師門」眞傳的，出身是「舉人」，以後最多只能升到「進士」。「大學士」一職，是由各房弟子公推的，大概每一個大埠頭(大城市)總有三兩個「大學士」，外間稱號叫「大師爸」。

大概在辛亥革命之後，「江相派」便和洪門會分家。據我父親說，辛亥革命之前，他們和洪門會合作得很好，當時洪門各堂公推「四大寇」之一的尤列做總領袖，與孫中山先生領導的同盟會合作反清。廣東方面的洪門大將是黃和順，廣西方面的大將是陸發仔。廣東反正時，事前孫中山先生和尤列曾共同簽字委派黃和順當廣東省都督的，但後來部分同盟會人混水摸魚，推了胡漢民做都督，黃和順只得個民軍總司令；當時江相派人物有許多參加到民軍裡去當諮議、參謀、書記等等。

據我父親說，黃和順被殺後，廣東、廣西及南洋各地的洪門堂口，曾推舉代表到香港舉行過一次會議，意圖和同盟火併，但尤列卻不贊成，說：「我們的目的是推倒滿清政府，建立共和政府，今日目的已達到，何苦兄弟相爭，自相殘殺，害了老百姓，又給外人恥笑呢？」這一番話，弄得大家無言可說，各自散去。從此尤列也不再問政治，隱居香港油麻地當中醫。

辛亥革命後，洪門各堂的撈家、土匪，也壞了規矩，連對江相也一樣搶劫、欺負了。他們因此便和洪門會分家，自樹一幟。各房子弟便公推「玄機子」張雪庵做「掌門」，號稱「通天教主」。張死後，便由何立庭接充。何生前很豪闊，他在香港荷李活道開業，占卦算命，一家三口人，卻住一層樓，共有兩廳三房；除了頭廳做「檔地」外，其餘一廳三房都設有煙局，一日二十四小時，不絕有人出入，經常在他那裡食宿的就有二十多人，每天鴉片煙、酒、菜、飯的開銷要二、三十元。凡是江相派人馬，不管識與不識，「帝壽」(江湖黑話，是蠢材、不肖而又撈到發霉的意思)要躲避時，便來找他們，在他們那裡食宿，但撈到世界時，也自動送錢給他使用。何立庭死於一九二八年，死時很窮，還是由我父親帶頭捐款替他殮葬，但送殯的人卻很多，有三兩百人。何死後，大家也有意再推舉人接替，但沒有適當人選。當時最得眾望的有兩人：李星南和傅吉臣。但李星南在最後一次「做阿寶」時失手，被香港政府判令驅逐出境，從此他便宣布「收山」；傅吉臣卻因為用「扎飛」手段，騙了幾個人家姨太太做妾侍(他一共有七個老婆)，有些同門師兄弟因此很不贊成。而且占卦算命、舞神棍、做阿寶(詐騙)這一行，已大為衰落了，沒有人敢當頭子，所以始終找不到人來接充。不久，江相派也衰落了。

隱語和規矩

江相派內有很多「隱語」(黑話)，現在先記述一部分，以後並在文中隨時加以注釋。

數目：流(一)，月(二)，汪(三)，則(四)，中(五)，神(六)，星(七)，張(八)，厓(九)，足(十)，尺(百)，丈(千)，方(萬)，皮錦(元)，星(毫)，黃(金)。

人物：天(父)，地(母)，比(兄弟或姐妹)，七(夫)，八(妻)，追(兒子)，七路(男人)，星枝(女人)，老唸(和尚、道士)，琴頭(房東)，生孫(商賈)，拖尾(官吏)，蜂仔(暗探)，一哥(顧客)。

行事：班目(看相)，叩經(占卦)，問丙(算命)，扎飛(拜神)，火(有錢)，水(窮困)，古(倒霉)，生路(生意)，古爍(患病)，帝(愚蠢)，壽(撈到霉)，拜萬壽(不發市)。

江相派裡，有三大規矩：第一、絕對不能洩漏行中的祕密，失手時不得出賣同夥；第二、只許騙錢，不得騙色，所騙的也要是不義之財；第三、不許做瓜(死)一哥(顧客)。如果誰做瓜一哥，就由本埠大學士或他的師父，通告全行聲明把他驅逐出派或師門，並追回騙得的財物，通過各種方法，把它歸還死者家屬，使死者家屬不去告官揭發。凡違犯上述三大規矩的，都被驅逐出派，本派人物就不再和他合作。

「翰林」要升級，不很容易，第一，要當「相」十年以上；第二、要他做過幾處「響檔」，經同門師兄弟承認；第三、要他心術正，沒有違犯過規矩，並夠義氣，能周濟同派中人。

一般來說，凡是出來當「相」的，都可以收徒弟，但要收授「眞傳」弟子，要「探花」以上才有這個資格。收「眞傳」弟子時，先要和本門師兄弟商量，經他們同意才可，收了之後，也要帶這個徒弟去拜見「大學士」和各師叔伯。

至於怎樣區分是否本派中人？是同派抑或同師門呢？這也很易辨，因爲師父在傳授時已把這些「口訣」都傳授了，而且派內嚴格規定，絕對不能冒認「身分」。

那「口訣」是這樣的：

問：誰點你出來當相(上聲)的？

如果對方答是××××，那麼，你就曉得他不是同派中人了。如果對方答：「我的師爸。」那你就再問：「你的師爸貴姓？」如果對方答：「姓方。」並反問你道：「請問你的師爸是誰？」你就知道他是同派中人了。你這時候便答：「我的師爸也是姓方。」並反問他道：「你是什麼出身？」如果對方答是擧人或進士。你就可以知道他是同派而不是同門，你就可以向他表明自己身分，彼此可以談談「生路」(生意)等等，或者請他和自己合作，「點」(介紹，誘引)枝「一」來。

如果對方答道：「在下是第×傳探花。」那你就曉得他是「同門」；這時，你應該考慮他的輩數。如果他的輩數比自己老，就稱呼他做師叔，同輩稱師兄，輩數低稱師侄。你就這樣問他：「師×既然是翰林院出身，請問有何憑證？」對方這時候便答：「有詩爲證。」並會反問：「師×既然知道有個翰林院，一定也知道翰林院的規矩吧。」你便答：「知道。」並立即斟茶，用三個手指拈著茶杯，遞過去說：「師×請，在下是第×傳××。」對方也用三個手指拈著杯底，接過去，並把它放在茶几或桌子上，如果他輩數老，就放在几子或桌子的左角，平輩或卑輩則放在右角。他放好杯子之後，便問：「師×有何指教？」你便問：「旣然有詩爲證，師×可以賜教一二吧？」他這時便要把自己的世系歌念出來，這首歌前四句是這樣：「祖師遺下三件寶，眾房弟子得眞傳，乾坤交泰離濟坎，江湖四海顯名聲。」以後便是敍述自己世系的歌詞，彼此不盡相同了，但最後四句，即敍述自己的輩數、身分的歌訣，卻有一定的格式，它是這樣：「……第十×傳傳到我，稟承師命闖江湖，出身原是翰林院，如今分屬××郎。」

對方念了歌訣之後，你也說句：「領教了。我也有詩爲證。」跟著自己也把世系歌念了出來。不過，用這樣方式來認識「同門」是不多的，因爲在廣州語系地區裡，許多大、中城市都有「大師爸」和「師爸」，他們之間是互通聲氣的，只要有「大師爸」一封介紹信，對方就會知道你是不是同門。據我父親說，他一生只碰過一次這樣的事，而傅吉臣也是初到上海時碰過一次。

江相派雖然沒有嚴格的組織和紀律，但由於下述種種互相依存關係，他們卻非依靠這個組織和在一定程度上遵守共同的紀律不可。第一、他們要做「響檔地」(開碼頭)，做「生菩薩」(騙富翁)，「做阿寶」(行騙術)，就不是個人獨力所能爲，非有很多的「媒」(助手)不可，有時還要依靠「大師爸」們的指點和辦理善後工作。第二、他們派內有句成語說：「醫要守，相要走」，不僅「做阿寶」的要常常「撇檔」(放棄碼頭)，逃到遠處，就是一般的相命先生、走江湖的、做神棍的等等，也是經常要搬「檔地」，在各大、中、小城市流動，如果沒有當地大、小師爸的幫助，就不僅會受到「地頭蛇」的欺侮，甚至連食宿、歇腳的地方也沒有。第三、如果誰不遵守「師門」的戒律，弄出事來，例如做死「一哥」(顧客)那就會暴露祕密，就會「趕絕同行」，弄到大家都無法再騙人了。第四、誰被逐出「師門」和派內，他就不准再當相，即再靠這一行來覓飯吃。從前對這種人的懲罰是很嚴厲的，據我父親說，在晚清時代，那些被逐出「師門」和派內的人，如果再出來「行江」「當相」，輕的就給你個「岔檔」(搗毀檔口)的處分，重則當他是個「蜂仔」(叛徒或暗探)，實行殺害。

派內還有句成語，說「江湖財，江湖散，不散有災難」，所以同派中人是相當講義氣的。大師爸們的家裡，固然是經常「食客」滿座，就是一般的江相，同派中人去求他幫助，也絕不會拒絕的。所以只要入了「行」，就不愁餓死，這也是這個「派」能夠長期存在的原因之一。

英耀篇

我十五歲那年，我父親有個同門師弟，不曉得為什麼會看上我，在他病危的時候，把師門的「法」和「術」匆匆地傳給我。因此，我深知其中的黑幕，但過去我一直不敢把它揭露；我不是害怕它報復，而是耽心會產生很壞的反效果——會給壞分子利用這些「法」和「術」來欺騙廣大的善良人民。

所謂「師門」眞傳的「法」和「術」是什麼呢？「法」就是指一本大相士、大神棍們必讀的「祕本」，名叫「英耀篇」。「術」就是歷代積累下來的，怎樣舞神弄鬼、欺騙群眾、行之有效的經驗；它又分為兩本：一本名叫「扎飛篇」（「扎飛」就是舞神弄鬼的方法）；一本名叫「阿寶篇」（「阿寶」就是用「種金種銀」的詐術來騙人財物的方法）。

「英耀篇」被認為是師門大法，是不輕易傳授給徒弟的；得到這個「祕本」，才算得到師門的眞傳。它規定不能傳授給兒子、女兒和女婿，又規定被傳授人要具備下列幾個條件：「個頭」（即相貌、儀表）能夠「壓一」（即使得求神問卜的人們見而敬服的意思）；資質要聰明、伶俐，聲音要洪亮，詞鋒要銳利，心術要正（這指的是不過分貪婪，能保守師門祕密，遇到失手時不出賣同夥）。傳授時，被傳授人要經過拜祖師、焚丹書立誓等一套儀式，才由師父把這祕本口授給徒弟，並傳授怎樣鑒別同門的方法，以及一首自述宗派、世系的歌訣。我父親一生曾收過十多個慕名前來拜師的徒弟，有幾個還跟著他十年八年，卻沒有一個得到這個祕本。我父親有幾個徒弟，知道我得到了這個祕本，曾經費盡心思想求我念一遍給他聽，我以師門法規來做擋箭牌，堅決拒絕了。這祕本結尾有兩句話說：「愼重傳人，師門不出『帝壽』；斯篇玩熟，定教四海揚名。」可見這派系怎樣重視這本「大法」了。

「英耀篇」是師門大法，所以傳授時是一字不移的。至於其他兩篇，卻因爲每一宗的上輩經驗不同，所以不同師父的相士、神棍，他們的做法也各有不同。

什麼是「英耀篇」呢？「英」就是家底、身世的意思；「耀」就是用非常高明的手法去取得的意思。合起來就是：「怎樣運用高明的手法去使對方吐露自己的家底和身世」的意思。

這「祕本」是用駢體文寫的，全文不過七百多字，卻把封建社會裡倫理之間的利害關係，各色各樣人物的意願和欲望，怎樣從他們的外表、言語來觀察他們的身世和內心世界，怎樣使他們吐露自己的家底、身世的方法等，都很概括地寫了出來。但文內最主要的詞句，全用江湖黑語代替，例如「天」代表父親，「追」代表兒子等，但即使你懂得這些黑話，如果不是由師傅親自指點，也無法領悟其中最主要的部分——方法論。先將原文錄下：

一入門先觀來意，既開言切莫躊躇。天（父）來問追（子）欲追貴，追來問天爲天憂。八（妻）問七（夫），喜者欲憑七貴，怨者實爲七愁，七問八，非八有事，定然子息艱難。士子問前程，生孫（商賈）爲近古（近況不好）。疊疊問此件，定然此件缺；頻頻問原因，其中定有因。一片眞誠，自說慕名求教，此人乃是一哥。笑問請看我賤相何如？此人若非火底（有權有勢的人物），就是「畜生」！砂礫叢中辨金石，衣冠隊內別魚龍……（下缺四句）。

僧道縱清高，不忘利欲。廟廊達士，志在山林。初貴者志極高超，久困者志無遠大。聰明之子，家業常寒。百拙之夫，財終不匱。眉精眼企，白手興家之人。碌碌無能，終生工水（職工、貧窮）之輩。破落户窮極不離鞋襪，新發家初起好炫金飾。神暗額光，不是孤孀亦棄婦。妖姿媚笑，倘非花底(妓女)定寵姬。(中缺兩句)滿口好對好，久居高位；連聲是是是，出身卑微。面帶愁容而心神不定，家有禍事。招子(眼睛)閃爍而故作安詳，禍發自身。好勇鬥狠，多遭橫死。怯懦無能，常受人欺。志大才疏，終生咄咄空抱恨。才偏性執，不遭大禍亦奇窮。治世重文學之士，亂世發草澤英雄。通商大邑競工商，窮鄉僻壤爭林田……(下缺四句)。

急打慢千，輕敲而響賣。隆賣齊施，敲打審千併用。十千九響，十隆十成。敲其天而推其比(兄弟)，審其一而知其三。一敲即應，不妨打蛇隨棍上，再敲不吐，何妨撥草以尋蛇。(下缺兩句)先千後隆，無往不利；有千無隆，帝壽之材。故曰：無千不響，無隆不成。學者可執其端而理其緒，舉一隅而知三隅。隨機應變，鬼神莫測，分寸已定，任意縱橫。愼重傳人，師門不出帝壽，斯篇玩熟，定教四海揚名。

我現在對「袐本」文句作些解釋，並儘量譯成語體和一般用語。

「袐本」劈頭第一句便說：「一入門先觀來意，既開言切莫躊躇。」這就是說，對那些前來看相算命、求神問卜的人，一進門來，就要先觀察他是懷著什麼願望和心事而來的，你如果忖摸不透，就不要胡亂發言，但一開口，就要運用一套「軍馬」(有組織、有層次的發言和發問)來對付對方，切勿猶疑不決，你一有猶疑，對方就會對你不信任了。

跟著，它便根據人們心裡一般規律，一一分析說：「父親來問兒子，是希望兒子富貴；兒子來問父親母親，必然是父母遇著什麼不幸的事情。妻來問夫，面上露出一片希望神氣的，是想丈夫富貴騰達；面上露出怨望神色的，必然是丈夫好嫖好賭，或者是寵愛妾侍。夫來問妻，不是妻子有病，就是她沒有養育兒子。讀書人來問，主要是求功名富貴；商賈來問，多數是因爲生意不前。」「袐本」還提醒後學門徒說：「態度誠懇而又自說慕名前來求教的人，多數是最相信命運的『一哥』(一哥實際是死人的意思，這是江湖相士們侮辱顧客的隱語)；而笑口吟吟說：請看我賤相何如？這種人，如果不是衣豐食足的權勢人物，就是『畜生』(畜生是江湖相士們罵那些有意前來搗蛋的顧客的隱語)。屢屢問這件事，定然缺少這一樣，頻頻問什麼原因，其中一定有原因。要注意呵！有些富貴中人會裝出很窮困很倒霉的樣子來試你，你要在砂礫叢中辨開是金是石；要小心呵！有些破落大家的子弟或是清寒之流的人物，會混進一群富貴人中來相命，你要在衣冠隊裡認別誰是龍，誰是魚。」

「袐本」的第二部分，是從人們的外表、談吐、性格來分析他們的意願、心理狀態，以及可能遭遇的命運等。它說：「即使是最自鳴清高的和尚和道士，他們心裡仍然忘不了利欲；但那些做大官的人物，即使心裡很貪戀祿位，卻喜歡談論歸隱山林。」「剛剛中了舉人、進士或新做官的人，他們的欲望極大，而且趾高氣揚；而那些長期潦倒或鬱鬱不得志的人，他們希望卻很低，不會有遠大的志願。」「聰明之子，他們高不成，低不就，左碰右碰，結果常是很潦倒很貧苦。百拙之夫，他們希求不高，上司喜歡他，老闆喜歡他，他那飯碗倒是可以長久保持，家中常會有節餘。」「皮肉幼嫩而形容枯槁，衣服寒酸卻穿鞋踏襪，多數是破落户。粗拳大爪而意氣自豪，衣服樸素但帶著金玉飾物，必然是個白手興家的老闆。」「衣飾雖華麗，但額角光滑，面帶愁容的，不是孤孀，就是棄婦；滿手金飾，打扮得很妖姿，眉目間帶有風情的，不是當紅的妓女，就是富貴人家的寵姬。」「滿口對，對，對，會是個有權勢的人物；連聲是，是，是，他的職位、身世一定很卑微。」「面帶愁容，心神不定的，一定是家中發生不幸事，但如果言詞閃爍，故作鎮定的，必然是他本身的罪惡醜行敗露了。」

「袐本」的第三部分，是方法論，是全篇最重要的部分。它把怎樣套取對方家底、身世，以及他們心誠悅服的方法，歸結爲：「敲、打、審、千、隆、賣」六個字。「敲」就是旁敲側擊；「打」就是突然發問，使對方措手不及，倉卒間吐露眞情；「審」就是察貌辨色，判分眞僞，並從已知推斷未知；「千」就是刺激、責罵、恐嚇，向要害打擊；「隆」就是讚美、恭維和安慰、鼓勵；「賣」就是在掌握了對方資料之後，從容不迫地用肯定的語氣一一攤出來，使對方驚異和折服。這六個方法是互相配合的，所以「祕本」指出說：「隆、賣齊施，敲、打、審、千併用。」至於怎樣配合運用呢？它說：「敲其天(父)而審其比(兄弟)，審其一而知其三。」「急打慢千，輕敲響賣。」「一敲即應，不妨打蛇隨棍上，再敲不應，何妨撥草以尋蛇。」但最重要的是「千」、「隆」兩個字，所以「祕本」上反復指出：「十千九響，十隆十成。」「無千不響，無隆不成。」「先千後隆，無往不利。」「有千無隆，帝壽之材。」

怎樣靈活運用這些方法呢？那個傳授人曾經舉出很多例子來說明。其中一例說：比方有個二十五歲的青年男子跑來看相算命，他外面穿著一件七八成新，尺寸很相稱的文華皺長衫，內面卻是一套陳舊但質地手工很好的熟紗衫褲，鞋子很時款但已破舊不堪。他入門後，遲疑了一下，望望周圍，見到沒有熟人，這才放心走入，看他的樣子：手尖腳細，皮膚幼嫩，但愁眉不展，滿面懊悔的樣子，而且眼內無神，面色憔悴、蒼白。問他是占卦、算命，抑或是看相看流年氣色？他問清楚價錢和內容之後，考慮了一下，就答道：「先給我看看氣色吧。」

這個青年男子的這種行藏動作，就已經把自己的身世和遭遇，告訴了相命先生了。他的衣著、外貌、表情、語言……是一致的。他的衣著很稱身，質地上等卻破舊；他手尖腳細，皮膚幼嫩，但愁眉不展。這表明他是個「二世祖」之流的人物，三兩年前還很豪闊，但近一兩年來已經破落了，陷入貧困境地了。青年男子總喜歡三五成群跑來看相算命，問前程，特別是那些讀書人和富家子弟，更喜歡相士們在他的朋友面前恭維他的「富貴命」，而獲得精神上的安慰和滿足。而這個人卻反常，這只有兩種可能：或是他心中有不可告人的疑慮或營謀；或是他的朋友拋掉他，他窮極無聊，獨個兒閒蕩，撞上門來碰碰運氣。但他不是前者。一般人迅速破產的原因不外三個：一是生意失敗，一是意外的災禍，一是自己揮霍無度。而

「二世祖」們破產的原因，十分之九是由於第三種——好嫖濫賭，揮金如土。但由於意外災禍而破產的人，面上表情只有慘淡而無懊悔；如果是由於生意失敗，如果他曾經在商場內混過三幾年，那麼，倒霉的時候就不會再穿件文華皺長衫；如果他濫賭，這件文華皺長衫也值得幾文錢，早就拿去作賭注了，留不到今天。只有那些不久以前還在花廳妓館稱豪充闊的紈袴子弟們，窮死也要留回一兩件光棍皮來遮門面；也只有這種人，窮了就失掉平日那班豬朋狗友，所以他才會獨個兒跑來看看命運，而且行藏閃縮，怕碰見從前那班闊少們。從他破產的原因，又可以「推」出：他可能年幼時就没了父親，極可能還是個獨子，最低限度，他的父親也在幾年前亡故，他有兄弟也不會多。如果他的父親還活著，或有長兄當頭，那麼，他們斷不容許他把那分家產花個精光的。只有那些自幼就没了父親的二世祖們，在慈母的溺愛和縱容底下，才會養成這樣一個不知稼穡艱難，亂揮亂散的寄生蟲。還可以「推」出：他出身於富商的家庭，而不是官僚世家。因爲官僚世家子弟，他的親戚和父執輩中，總會有些是官場人物，他即使讀書不成，總會想到找找那些闊親戚，找分差事當也不難。如果他心中有所營謀，就會先占支謀望卦，問問能否成功？但他不占卦而看氣色，眼中又没有露出希望的神色，這表示他潦倒漫無希望。爲什麼他不敢求求那些親戚、父執們幫助，謀碗飯吃呢？這只有一個解釋，他們都住在本處，大家都曉得他濫嫖或濫賭的行爲，而從前正當商人們，最憎惡這種敗家子弟的，所以他不敢去見他們。

雖然這個青年男子的身世，大部分都已掌握到，但有經驗的相命先生，還不敢貿貿然「落千」，仍然「敲」個清楚，「審」個眞確。

首先用「我看你滿面暗晦之色，怕你在這一兩年內會有大喪，你還有母親没有？」這一類的話來「敲」他的父母。如果對方答：「母親去年死了。」那就「響賣」一下：「我看得對吧，你這一兩年内眞是喪了母親吧。」跟著，就打蛇隨棍上，「打」他一下，突然問他道：「你父親死了多久？

你幾歲没有父親的？」對方如果答：「他在我五歲時死了。」那又可以再「響賣」一下：「額角岩巉先喪父，你額角這樣岩巉，當然幼年喪父呢！」跟著又「打」：「你是長子吧？」對方如果答：「是。」那他有多少兄弟就可以「審」出來了。試想想：他是長子，但五歲就死了父親，難道還有五六個兄弟嗎？所以又可以「賣」一下了，說：「你居長，我怕你没有兄弟，有也不超過一個兩個，而且也不會和氣。是不是？」

把對方的父、母、兄弟，都探清楚了，看來自己的估計大致不錯，就可以落「千」，先「千」他的潦倒，再「千」他那班豬朋狗友怎樣忘恩負義，不夠交情；又「千」他的親戚朋友，說他們怎樣冷落他輕視他……這些話，不僅對於這個「敗家蕩子」適合，就是對於一切家產衰落的人們都適合，當然能夠句句「千」中這個青年男子的心靈深處，使他感到這個相命先生眞是「靈驗」。所以「祕本」上說「無千不響，就是這個道理。

可是，單是有「千」還不成，因爲「千」只能靈得從前，只靈得一半，要連未來也靈驗，就非「隆」不可。因爲「隆」可以發生兩種作用：一是使對方感到目前的精神上的安慰和滿足，使他替你吹噓，介紹別人到來看相算命；二是這種未來命運的預言和暗示，常會發生一種精神力量，影響著對方的前途。所謂「隆」，並不是盲目地恭維和讚美，最主要的還是結合社會的發展和需要，以及對方的出身、性格、資質、社會關係等等，對他的前途作出適當的預示和加以鼓勵。對這個「二世祖」，他已經二十五歲了，讀書不成，也没有膽識和勇力，連謀生技術也没有，在封建時代裡，他既無條件應科舉試，從仕途出身；也没有膽量去投軍就武，博取功名。從事工商業嗎？既没有經驗和技術，也怕籌不出本錢。對於這種人，如果你預言他將來可以當大官，教他從政從軍，或者說他將來可以做個大工商業主，教他賣了僅剩下那間住屋來做本錢，這是毫不適合實際情況的，結果只有完全失敗，那你的預言就不靈驗了。但如果你教他痛改前非，下氣低頭去央求一下親戚朋友，謀求店員的職位，勤勤懇懇地工作，非常節儉地生活，將來也許可以做到小康小富，這倒不是幻想。因爲他雖然目前破落了，還會有許多有錢的親戚朋友，如果這些人見得他確實悔改前非，肯勤勤懇懇的工作，也許會有一兩個體念親戚的情面，收用他；如果他今後能夠勤勤儉儉，漸漸有了做生意的經驗，又認識了多一些商界人士，那麼，他那個飯碗也許可以長久保持。這樣，你的預言就靈驗了。所以「祕本」上說「無隆不成」，就是這個道理。

傳授人特別著重「隆」這個字。他教我說：「如果是太平盛世，你就要多鼓勵資質好、有條件的人去應科擧試或從事正當的工商業，如果是亂世，你就要多鼓勵夠膽識、夠豪爽的人去從軍就武，或是撈偏門(即承辦煙賭、捐稅以及走私、炒買炒賣等)。」他還說：「這樣做，對自己大有好處，而且有百利而無一弊。你教一千人一萬人這樣做，說他們將來一定發跡，他們的心裡一定很喜悅，而替你吹噓，這你目前就有收益。但將來的收益會更大，只要其中有三幾個人眞的當上大官或做起大富商大財主，他們即使沒有重重酬謝你，也會替你宣揚，誇獎你靈驗，有三幾個這樣有勢有面子的人替你撐腰捧場，你就享受不盡了。而那些撈不起的絕大多數人，也不敢說你不靈驗，因爲你在替他們相命的時候，早已埋伏了好幾手，例如說看他們家山風水怎樣？祖宗陰德怎樣？自己私德怎樣等等。他們不發跡，只好自怨家山風水不好，祖宗德薄，自己私德有虧等等。至於那些在戰爭中戰死的人，更沒有生口對證，哪還會說你不靈驗！」

我的父親以及同一派系的許多大相士們，都是靠著這樣的伎倆來欺騙世人，享名一生的。當然，這本「英耀篇」所傳授的，還只是一般的「法」，如要更靈驗，更能騙人，他們還另有「術」。

扎飛篇

「扎飛篇」也是「師門」三寶之一，但它不如「英耀篇」那樣重要，是准許傳授給一般徒弟的。它大致也可以分爲三部分：第一部分是一段二百字左右的綱要式的文字，扼要論述「扎飛」的一般法則和對象。這一部分，各家的「傳本」都大體相同；第二部分是敘述怎樣祈禳鬼的儀式和辦法。這一部分，各家的「傳本」互有差異；第三部分最重要，即所謂「師門心法」，是上輩舞神弄鬼的具體做法和經驗。這一部分，各家的「傳本」幾乎無一相同，即使同一師父的「傳本」，也互有分歧。第一部分原文如下：

> 凡「一」皆可以「扎飛」也。君子敬鬼神而遠之，小人畏鬼神而諂之。或求妻財子祿，或畏疾病災禍，非有所懼，即有所求。察其所懼，覘其所求，而善用「軍馬」，則「一」無不唯命是聽。故曰：「我求他不如他求我。」
>
> 「扎飛」之術，貴在多方，幻耶眞耶？神化莫測。小驗然後大「響」，眾信然後大成。鬼神無憑，唯人是依，一犬吠形，百犬吠聲，眾口爍金，曾參殺人；雖明智之士，亦所疑惑，何況「一」哉。善爲「相」者，莫不善用「媒」，故曰：「無『媒』不『響』，無『媒』不成」。

「扎飛篇」劈頭幾句意思就是說：「對一切迷信鬼神、命運的愚夫愚婦們，都可以用舞神弄鬼的辦法來騙取他們的財物。具體的方法是：先要了解他們心中最擔心的最害怕的是什麼？最渴望的日夜祈求的是什麼？然後善於運用「軍馬」(語言)，恐嚇他們，引誘他們，他們就會一廂情願地聽從你的指使，甚至央求你替他們祈神禳鬼，替他們消災消難，或者求神庇佑賜福了。所以上輩傳下來說：『你求他們出錢祈神禳鬼，不如設法要他們自動來求你』。」

第一部分第三段也是最重要的一段，意思是說：「鬼神是沒有的，一切所謂神跡和鬼事，都是人製造出來的。儘管是那些有知識的人，也會被謠傳弄到疑惑不定，何況那些迷信鬼神的人呢！所以最懂得舞神弄鬼的『相』(神棍)，沒有一個不善於運用『媒』(助手，暗中的爪牙)，沒有『媒』，就不能使人們驚異，沒有『媒』，你就什麼事情都做不出來。」

第二部分是舞神弄鬼的手法，包括畫符、念咒、扶乩、祈神禳鬼的儀式，以及怎樣運用化學藥物來愚弄和恐嚇群眾等等。例如治鬼要拜張天師，求子要拜金花娘娘和送子觀音，用黃磷和硃砂畫符能在暗中閃光，用白礬寫字燒後現出黑字，用黃羌水浸過的「稽錢」放在白醋內變紅色，等等，無甚重要，茲不再贅。

關於利用「媒」來行騙，我父親的師叔「玄機子」張雪庵曾做過一件這樣的事。大約在清朝光緒三十二、三年，順德大良城裡有個龍二公子，父兄做官，家財豪富，單是租穀就有十幾萬石。張雪庵打聽清楚，特在大良租得一棟稱爲「鬼屋」、無人敢住的房子，自己和妻妾分乘大轎，帶領婢僕十多人搬了進去。隨即掛出「玄機子在此候教」的三尺金漆招牌；並廣貼「招軍」（即街招），自稱「雲遊四海，結交有緣人士」，標明「口談氣色、流年，收毫洋五元；看全相、批八字，看人訂價，從十元以至一千元。」龍二公子本不相信命相，專門尋花問柳，曾來過幾個江湖相士，都被他的詩社中人打走了。這次玄機子以闊綽姿態出現，便由龍的門下清客徐某綽號「打齋鶴」的劃策：徐僞裝大紳士，另外兩位貴公子扮他的兒子，龍二公子扮僕人，到玄機子相館尋開心；預定一言不符，就打碎招牌，驅逐這個闊相士出境。不料玄機子卻能道出他們每個人的眞相，連龍二公子身上有顆硃砂痣也說了出來，一口氣索取了龍的相金一千兩。這樣就轟傳全城，眾口齊聲稱讚玄機子是個活神仙。大良城所有巨紳富商都紛紛登門求教；不到三個月，玄機子便撈了萬多兩銀子，雲遊別處去了。原來「打齋鶴」就是玄機子的同夥，派在龍二公子那裡作「媒」的，那還有什麼不一清二楚的嗎？玄機子這樣作，在江湖上叫作「火檔」，是專騙富貴人家的。

關於第三部分行術的經驗，有一段極爲殘酷，也就是他們自供的罪狀，約略如下。

廣州市東水關濠畔，舊有一座仙童廟，內供和、合二仙童，據說是南極仙翁的徒弟。清光緒初年，此廟已破落不堪。忽有一天早晨，先後來了四隊抬著粉亭、供奉香燭、三牲的儀仗隊，說他們是「神功會」的道友，十多天前有三個人相繼夢見兩個分穿紅綠、頭梳丫角的仙童，告以這日正午升天，要他們來廟前迎接。這樣就傳開了，鬧得東關一帶的信男信女紛紛攜帶香燭前來迎仙。到了中午水退時候，突然在東關濠水面上，逆水漂來兩具併在一起的童屍，分著紅綠緞衣，黃白綢褲，足踏麻鞋，頭挽雙丫，宛如畫相裡和、合二仙一樣。神功道友中就有人喊：「仙童來了，逆水浮屍，正是仙家妙用。」於是馮姓道首帶領眾人鳴鼓奏樂，焚香膜拜。跟著馮道首叫把仙童屍身撈上，立即焚化；並叫匠工把骨灰摻入陶土，塑造兩具仙童偶相。同時發起募捐，重修仙童廟，馮姓和幾個道友自作廟祝。自然這更轟動了廣州全城以及附近的鄉村，每天前來膜拜的多至五六千人，廟祝們撈到大筆收入。捐款不久募齊，修成一座寬大華麗的新廟，豪紳富商們還送了匾額和楹聯。從此香煙繁盛，奇蹟速傳，滿足了廟祝的欲望。

原來馮道首也是江相派大師爸之一，「仙童招夢」和「逆水浮屍」是他們製造出來的。他們在外地收買了兩個十歲左右小乞兒，養了幾個月，在升天前兩天帶到廣州來打扮好了，活活淹死在水內，用鐵錨和繩子把屍首繫著，沈在仙童廟下游不遠的地方，上面蓋著一隻大船。另叫助手在上游停泊兩艘小艇，從艇頭放下兩根篾纜，末端繫以重物，不使浮出。宣傳仙童升天那日，大船上的人拉開錨繩，浮起屍身，小艇上的人暗將篾纜絞入一拉，屍身便逆流而上了。

由這項記載看，他們所謂不害人命只是幌子而已。

五、阿寶篇

「做阿寶」即藉種金種銀來騙取財物的騙術，在舊時代被人相信由來已久了。解放前，報刊上也常有這種事件的刊載，但都只有受騙者被騙經過的記述，卻未能揭穿其中的內幕。「做阿寶」根據「阿寶篇」，「阿寶篇」是「師門」祕術，不輕易傳人。一般徒弟，只傳授「兜生路」

(誘受騙人入彀)的方法，唯有得到「師門」眞傳的徒弟，才有資格受授全部。

「阿寶篇」也像上述兩種「祕本」一樣，只用口傳，不准筆錄，以防洩漏祕密。它也大致分爲三部分，第一部分是一段二百多字的「引言」，第二部分是「兜生路」的方法，第三部分是「術」。但這些「術」不是用抽象的詞句來表達，而是用前輩的事例來作具體說明。

「引言」是一段很奇怪的文字，它把受騙者的被騙，歸咎於他自己，而認爲並非「做阿寶」者的罪過。它這樣道：「貪者必貧，君子引爲大戒，佛門亦以爲五戒之首，故『做阿寶』咎不在『相』(騙者)而在『一』(受騙者)。」

跟著，它指示後學門徒道：「貪官者，民賊也；奸商者，民蠹也；豪強者，民之虎狼也；其或以智欺愚，恃強凌弱，欺人孤寡，謀人財產，此皆不義之財也。不義之財，理無久享，不報在自身，亦報在兒孫。不義之財，人人皆得而取之。故曰：『做阿寶』者，非『千』(騙)也，順天之罰而已。」

「阿寶篇」最重要的一節，是「做阿寶」的原則。它說：「凡『做阿寶』，博觀而約取，愼始更愼終；未算其利，先防其弊；未置『梗媒』，先放『生媒』。故善爲『相』者，取之不竭其力，不傷其根，上順天理，下快人心，並使之有所畏怯而不敢言。不善爲『相』者，竭『一』之力，傷『一』之『丙』(生命)；取非不義之財，上逆天理，下招人尤，非吾徒也。小子鳴鼓而攻之可也！」

上兩節易懂，這一節非經師傅傳授，你就無法了解其中的涵義和道理。

所謂「博觀」，就是要調查清楚「一哥」的底細。第一、要調查清楚他的身分，社交關係，他可不可以作爲被騙的對象，事發之後他有沒有勢力追究，會不會連累行家等等。第二、要了解清楚他的財產來源是不是「不義之財」，浮財有多少，實業有多少。這一關很重要，因爲：如果他的財產來源不是「不義之財」，而是「血汗之資」，即用自己勞動博取和節儉而得的話，騙了他，他一定不肯甘心，拚命追究，追究不得，可能弄到他自殺，這樣便不會得到社會人士的原宥。如果他的財產來源是些「不義之財」，騙了他，冤枉來冤枉去，他不會想到輕生，甚至不敢對旁人吐露，只有啞子吃黃蓮，有苦說不出罷了。即使給社會人士知道，人家也只會譏笑他惡因結惡果，活該，絕不會同情他。第三，他的至親好友中，有沒有「江相派」師爸和江湖上黑幫頭子，有沒有給其他的「相」做過「阿寶」。這關也很重要，因爲可能在事情進行中敗露，自己脫身不得。甚至光棍遇著沒皮柴，自己陪了夫人又折兵。即使給你騙到手，也會被追得吐出來。既白費心思，也壞了江湖義氣。

所謂「約取」，就是不要過分貪婪，騙得過多，弄到「一哥」活不下去。至於騙取多少呢？最好只騙取他浮財部分，即他本身擁有現金和可能借到那部分，切不可弄到他要賣實業。因爲這樣有兩個壞處：賣實業會傷他的根本，弄到他活不下去；賣實業要經過一段時間，時間長了，事情就容易敗露。

所以，凡「做阿寶」，事前要調查清楚，開始時要非常謹慎，同時要考慮到如中途發生變卦時，怎樣處理？「做」了「世界」(即騙取到手)之後，又要怎樣圓滿地收場？最圓滿的收場，就是要使對方怕丟面子，怕受法律處分，怕受社會輿論譴責，怕受親友譏笑等等，而不洩漏出來。即所謂「使之有所畏怯而不敢言。」

傳授人還諄諄教訓我道：「『一哥』就是因爲貪心，才上我們的鈎。如果爲『相』者貪求無厭，這時『一哥』已被你利誘到墮入迷魂陣中，要竭盡他的財力並不難，只怕旁觀者清，他的親友看見他賣屋賣田，又不是有所經營，一定明查暗究，這樣事情無不敗露。即使不敗露，傷了他的根本，弄到他『瓜』(自殺或顛狂而死)，師叔伯們也就不會寬恕你，一定按照規矩把你逐出師門，並且把贓物追出來，那你就無容身之地了！」其實，據我看來，這個規矩並不是怕弄出人命案子，有傷天理，主要是怕事情敗露，連累到同行再不能以此來騙人罷了。

什麼是「梗媒」？「梗媒」就是引誘、指使「一哥」前來的明「媒」，這個「媒」在做了「世界」之後，就要和主騙者一起「散水」(逃遁)的。什麼是「生媒」?「生媒」是不露痕跡的暗「媒」,專負責辦理善後工作,使事情由大化小,由小化無。「一哥」要輕生自殺,也是由他負責挽救的。

江相派中人怎樣「做阿寶」呢?我想非用實例就無法說明。傳授人最推崇李星南,說他的手法最高明,認爲他是「前無古人」的大師爸。李星南大概生於清光緒初年,南海人,據我所知,他在一九一五年至一九二五年這十年間,做過七、八單「生路」(生意),騙到十多萬元,個人所得不下十萬元。表面上,他還是個正當商人,是一家藥材行和一家進出口商行的經理,他在高第街還有一座三層樓很漂亮的洋房。他的兩個兒子——李天祿、李天爵,是從日本留學回來的牙科醫師,各有一間設備很齊全的私人醫館。他的女兒嫁給高第街許家(廣州有名大户之一)。像這樣一個富商,誰也不會懷疑他是個大騙子、江相派的大師爸的。

香港有一個靠在第一次世界大戰期間囤積居奇發家的富商死了,遺囑把他全部生意都交給大兒子,小兒子陳某只分得幾千元現款、兩萬元股票以及價值三萬元左右的幾座洋房。大概那個富商也曉得自己的小兒子是個碌碌無能的人物,所以把這些產業分他,讓他靠股息和租金過活。

陳某常常到一些俱樂部去搓搓麻雀,賭幾手撲克,雖然都是消遣性質,每次贏輸不大,但每天消夜、聚餐等,總要花費多少。不夠一年,那幾千元現款就已耗去大半。

在俱樂部裡,陳某結識了兩個朋友,一個姓朱,是家洋雜店的老闆;一個姓胡,據他自己說是某間洋行的高級職員,月薪有三百多元港幣。彼此來往甚密,如是者半年之久。

有一天,朱某突然向他們兩人借一千五百元去買「水蚧」(即很便宜的貨物),胡某人一口答允借出五百元,陳某也就答允借出一千元。個把月後,朱某邀請他們到自己店子密室,說那宗貨物已經拋出了,獲得不少利潤,現在璧還借款。還後並請他們吃飯,順便往匯豐銀行存款,朱一下就存入兩萬元。後來胡某密告陳某說朱某不像做生意,而是另有祕密。兩人計議把朱灌醉，套出他一句話說是「轟天雷」的指點。以後陳某就找到相士轟天雷，先算得一個發橫財的命；轟天雷又點香請神，拿出一只神祕的碗，碗內只有一泓清水，讓陳某凝神注視，轟天雷一面念咒，一面由紅葫蘆倒水添入，陳某就突然看見自己的形象，後面有三堆金子和兩個看守的惡鬼，但一霎那就又是一泓清水了。這時轟天雷便說必須設法禳解，他的道行不夠，只有請出他的師伯才有辦法。那師伯卻是四海爲家的，好不容易才到港來，並帶有一個年輕漂亮的三姨太。師伯當陳某面要他把十塊袁頭放進「法罏」，蓋上蓋子，貼道神符，然後焚香念咒，半個鐘頭，揭蓋一看，滿滿一罐光洋，數數一百一十枚，恰好是原來的十倍。接著就要陳某籌措三百兩黃金作種金。陳某出賣了股票，換成三百兩金條，他們在半山區租賃別墅，安頓師伯夫妻，並準備進行燒爐大法。三百兩金條放進八卦爐時，師伯還自加六十兩，說是借陳某的福，算是酬勞，此外不要分文。燒爐要經七天七夜，輪流看守。到了第六夜陳某自己看守時，三姨太送來參湯，陳某一喝神魂顛倒，竟擁著她在爐邊行淫。這個當兒，八卦爐破裂了，冒出一陣清煙。師伯、轟天雷就推門而入，見狀大怒，要把三姨太用柴刀劈死。轟天雷從旁勸阻，師伯用刀劈開八卦爐，裡面紅亮亮的條子堆滿一爐，霎時由紅而灰而黑，夾出幾條一看，全成泥土，但表面還有幾處金色。當然陳某只好賠罪認錯，寫下悔過書了事。他無精打彩地回家，還不敢向人家說。

幾個月之後，他才曉得自己被騙，找轟天雷，早已跑掉，找胡某，也不知去向。他問朱某，朱某卻說自己確是到過轟天雷那裡算過命，但沒有別的交道。而且反責備陳某爲什麼當時不來問問他，又勸陳某說：「錢是丟失了，他們也逃遁了，你還是不要洩漏罷，何必再招惹他們報復呢。」說得陳某膽戰心寒，從此不敢再提這件事了。

那個所謂「師伯」，就是李星南。胡某是「梗媒」，轟天雷、三姨太都是他的助手。朱某是「生媒」，他專負責善後。如果陳某活不下去，他就假仁假義地借三兩千元給他，教他不要尋死；

如果陳某要報官追究，他就用言語安慰他，恐嚇他，打消他這個主意。

至於「照水碗」、「招銀」等這一套，説出來也很簡單。那個「水碗」是特製的，碗底是一塊凸水晶，陳某和金元寶、鬼魂等形象，都是繪在一張紙上，貼在碗底。碗裡水少時，那塊凸水晶把光線反射出去，就看不到那些形象，當注水到一定滿度，那些形象便顯露出來，再注水，那些形象又告消逝。「招銀」更膚淺，那不過用偷龍轉鳳的手法，把另一個同樣的罎子掉換就是。而這個罎子裡早就貯下一百一十枚光洋了。

「八卦爐」更沒什麼祕密，只要在一次參湯裡放一些安眠藥，待陳某睡熟之後，什麼事情不可以幹呢？爐內的泥條就是在那個時候放進去的，同時並把金條偷出來。至於泥條上面的金色，不過是用金箔貼上去罷了。其中最重要的一節，就在於那最後的一碗參湯上。這碗參湯內裡摻有一種叫做「金烏蠅」(即西班牙土鼈)的春藥，從前香港的西藥房都有出售。這種藥物最能刺激性慾，令人無法自制。陳某服了，哪有不上鈎之理。這樣做法，眞教陳某「有所畏怯而不敢言」了。

「做阿寶」的罪惡活動就是如此。據我所知，何立庭、傅吉臣、李星南等人，一生就不曉得幹過多少次這種罪惡的事情。我父親有沒有幹過，我就不曉得。但當他曉得那個同門師弟把這些「師門」大法傳授給我之後，卻諄諄告誡我道：「英耀篇還算是身旁之寶，可以學，將來你百事不成時，還可以披起這件破棉袖來糊口。至於『扎飛』，『做阿寶』這兩件事，可以知，卻不可以做。我看同門之中，凡做『老唸』(神棍)和『阿寶』的，沒有一個有好結果的。我靠『英耀篇』享名一生，不唸『老唸』和『阿寶』，不是也可以養妻活兒嗎？但我連這本東西也不願意傳人，怕那些徒弟拿來害人。」

(廣東省政協供稿)

國立中央圖書館出版品預行編目資料

幫會奇觀／范紹增，何崇校等著. --第一版.
臺北市：新銳，民83
面；　公分
ISBN 957-8888-22-8(平裝)　--

1.祕密會社

546.9　　83007293

幫會奇觀

著者・范紹增　何崇校等
出版者・新銳出版社
發行人・張淑瓊
責任編輯・張文昌　封面設計・韓振祥
地址・台北市和平東路二段339號
電話・706-7000　傳真・706-4003
劃撥帳號・1754-7375
排版・天翼電腦排版有限公司
製版廠・唐山彩色製版公司
印刷廠・永光彩色印刷公司
本書由中國文史出版社授權出版
中華民國83年9月第一版
局版台業字第5145號

定價380元